John Martel ist ehemaliger Air-Force-Pilot und erfahrener Prozeßanwalt, der auf über hundert spektakuläre Verfahren zurückblicken kann (von denen er nur vier verloren hat). Er hat das District Attorney's Office von San Francisco beim Fall O.J. Simpson beraten und ist in verschiedenen Anwaltsgremien aktiv. Martel praktiziert in der Sozietät Farella Braun & Martel in San Francisco und lebt mit seiner Frau in Sausalito, Santa Cruz und auf Maui.

Von John Martel ist bereits erschienen:

Die Partner (Band 60332)

Vollständige Taschenbuchausgabe
März 1998
Droemersche Verlagsanstalt
Th. Knaur Nachf., München

Titel der Originalausgabe:
»Conflicts of Interest«

Originalverlag: Pocket Books, New York
Umschlaggestaltung:
Angela Dobrick, Hamburg
Umschlagfoto:
TCL/Bavaria, Gauting
Satz: Ventura Publisher im Verlag
Druck und Bindung:
Clausen & Bosse, Leck
Printed in Germany
ISBN 3-426-60703-4

2 4 5 3 1

John Martel

Der Auftrag

Roman

Aus dem Amerikanischen von
Gabriele Sommer

Knaur

Mein Dank gilt Fred, Bill,
Dudley, Patsy, Kristina, Grant,
Mark, Allen, Stu, Jim,
allen meinen nachsichtigen
Partnern in der Sozietät und,
für frühere kluge Ratschläge,
Kathy und Linda.

Es kann vorkommen,
daß kleine Unterschiede in
den Startbedingungen zu sehr
großen Unterschieden
im Endphänomen führen.
Ein kleiner Fehler bei
den ersteren führt zu enormen
Fehlern beim letzteren.
Eine Voraussage wird unmöglich.

Henri Poincaré
HIMMELSMECHANIK, 1882

Meteorologen weisen gern
darauf hin, daß selbst der leichte
Schlag eines Schmetterlings-
flügels an Punkt A eine so
große Auswirkung auf Poincarés
»Startbedingungen« hat,
daß »enorme Fehler« in der
Voraussagbarkeit die Folge sein
werden, bis ein Unwettersystem
empirisch an Punkt B fest-
gestellt wird. Entsprechend
wird dieses Phänomen in
der Chaosforschung
»Schmetterlingseffekt«
genannt.

Prof. Henry Daimler
VORLESUNG, 1982

Wenn du den Weg nicht kennst,
wirst du wahrscheinlich
woanders herauskommen.

Will Rogers

ERSTER TEIL

• 1 •

DIE WELT WÜRDE, um mit Abe Lincoln zu sprechen, die bevorstehende Verhandlung im altehrwürdigen Gerichtssaal von Modesto, Kalifornien, »weder besonders beachten noch lange im Gedächtnis behalten«. Doch Seth Cameron wußte, daß der Prozeß, der in wenigen Stunden beginnen sollte – sein Kampf gegen Sterritt Malm, einen der Spitzenanwälte Kaliforniens –, ihm endlich den entscheidenden beruflichen Erfolg bringen konnte, auf den er seit seinem Examen gehofft hatte. Eine letzte Chance, zu Ruhm und Reichtum zu kommen und damit sein gesamtes Leben zu verändern.

Er jagte den dampfenden Chevy die Internationale Nr. 5 entlang – eine vierspurige Verkehrsader von der mexikanischen Grenze bis hoch nach Kanada –, und seine Gefühle schwankten zwischen Erregung und Langeweile: Er raste mit einem Wagen, den er gerade gestohlen hatte, auf die entscheidende Auseinandersetzung seines Lebens zu – durch eine Gegend, die an Tristesse und Öde kaum zu überbieten ist. Weit und breit nichts als Asphalt und Wüstensand, der vom Wind in die Luft gewirbelt wurde.

Seth fühlte jedesmal heftige Stiche im Herz, wenn er sich bewußt wurde, wie wichtig der bevorstehende Prozeß für ihn war. Nicht wegen des Geldes, obwohl es im Endeffekt um eine sechsstellige Summe gehen konnte, oder wegen der kolossalen Bedeutsamkeit dieses Rechtsstreits! Es ging ja bloß um eine lächerliche Produkthaftung, die der Schwager seines Gegners eingeklagt hatte. Dieser Idiot behauptete, ein Stück von einem Insekt verschluckt zu haben, das in einer Dose Garbanzobohnen versteckt war. Seth hatte die Verteidigung des Produzenten übernommen. Nein, der Fall war für Seth so verlockend, weil ein Sieg über Sterritt Malm ihm ein Vorstellungsgespräch bei Miller & McGrath verschaffen würde. M & M war eine der renommiertesten Anwaltskanzleien in San Francisco – und damit bot sich Seth endlich die Chance, dreihundert Meilen zwischen sich und Bakersfield, Kalifornien, zu bringen. Außerdem könnte er dann beweisen, daß er so gut war wie die hochbezahlten Spitzenanwälte aus San Franciscos Montgomery Street. Asse wie Sterritt Malm – der Mann, der in Modesto auf ihn wartete.

»Du mußt Malm schlagen«, hatte ihm Harrison Cooper geraten. Cooper war ein ehemaliger Kommilitone aus der Zeit des Jurastudiums, mit dem Seth noch in lockerem freundschaftlichem Kontakt stand. Cooper hatte, wie Seth, vor dem Studium bereits in anderen Bereichen gearbeitet. Im Unterschied zu Seth hatte er jedoch als Zweitbester seines Jahrgangs abgeschlossen und Angebote von erstklassigen Kanzleien der Stadt erhalten. Er hatte sich für Miller & McGrath entschieden. In zwei Jahren würde er zum Teilhaber bei M & M ernannt werden. Das war ein heißbegehrter Posten, der soliden Reichtum und Ansehen versprach.

Auch Seth hatte als Student hervorragende Leistungen erzielt – bis zu seinem dritten Jahr. Dann verlor er sein Herz an eine Studienanfängerin namens Trish Mayfair. Sein Verstand litt dabei ebenfalls erheblich: Seth verbrachte sein fünftes Semester in einem Dämmerzustand aus Wut und Selbstmitleid und stillte seinen Wissensdurst mit Cuervo Gold Tequila. Seine Noten wurden immer schlechter, und schließlich ließ keiner der Vermittler, die die besten Studenten für die großen Kanzleien in San Francisco anwarben und Seth anfangs ernsthafte Angebote gemacht hatten, mehr etwas von sich hören.

So blieb ihm nach dem Examen nichts anderes übrig, als zurück nach Bakersfield zu gehen. Dort gründete er mit einem Jugendfreund, Tom Huckins, der vier Jahre zuvor sein Examen abgelegt hatte, die Kanzlei Huckins & Cameron. Tom betreute die Klientel der Geschäftsleute – meistens Verträge, Testamente und kleine Handelsgeschäfte –, und Seth spezialisierte sich auf Gerichtsverhandlungen, wobei er meistens die Verteidigung in Versicherungsprozessen übernahm, was arbeitsintensiv und finanziell undankbar war. Daneben übernahm er alles, was ihm angeboten wurde. Sein Vater, ein pensionierter Gerichtsschreiber, lebte einsam in Bakersfield und wurde zunehmend debil. Das hatte Seth eine glaubwürdige Ausrede für seine beschämende Rückkehr geliefert. Aber eigentlich hatte er in diesem Provinznest um keinen Preis mehr leben wollen.

»Wenn du Sterritt Malm schlägst«, hatte Harry gesagt, »kann ich dir ein Vorstellungsgespräch, vielleicht sogar ein Angebot bei M & M verschaffen.«

»Das ist alles? Ich muß nur einen der besten Anwälte Amerikas schlagen?«

Harry hatte gelacht. »*Du* bist der beste Anwalt Amerikas, Seth. Wo siehst du ein Problem?«

Nun war Malm tatsächlich einer der besten Anwälte. Er dominierte im Gerichtssaal, er beherrschte alle faulen Tricks. Sterritt Malm würde für seinen Schwager alle Register ziehen, selbst wenn dieser Kerl eine Null war und keinen müden Dollar besaß.

Seth seinerseits hatte keinerlei Beweismaterial, mit dem er die Anklage hätte widerlegen können. Malms Schwager forderte allen Ernstes Schadensersatz mit der Behauptung, er habe dieses Insekt verschluckt und leide noch immer an den Folgen. In der Anklageschrift hieß es, der Kläger sei in direkter und unmittelbarer Folge des Verzehrs besagten Objektes erkrankt, habe große Schmerzen erlitten und müsse bis heute körperliche und seelische Qualen erdulden.

Das größte Problem allerdings war, daß Sterritt Malm noch kaum einen Prozeß verloren hatte.
»Mach einen Termin für das Vorstellungsgespräch, Harry«, hatte Seth geantwortet und aufgelegt.

Als Seth nun einen flüchtigen Blick auf seine Armbanduhr warf, krampfte sich sein Magen zusammen. Der Prozeß begann um 9.30 Uhr, und er war viel zu spät dran. Schnell überprüfte er im Rückspiegel, ob ihnen die Polizei folgte, und drückte das Gaspedal durch. Seth war Mitte Dreißig und hatte lebhafte, blaue Augen. In seine Stirn hatten sich für sein Alter schon zu viele Falten eingegraben, und seine Augen blickten hungrig und unruhig. Sein Ehrgeiz setzte ihn schon genug unter Druck. Nun lief er auch noch Gefahr, zum wichtigsten Prozeß seines Lebens zwanzig Minuten zu spät zu kommen. Bei Gericht zu spät zu kommen war, als würde man einem Gegner beim Rennen von Indianapolis zweihundert Meilen Vorsprung geben: Oft war der Richter dann so verärgert, daß es für den Klienten des unpünktlichen Anwalts schwer werden konnte, einen fairen Prozeß zu bekommen.
Deshalb hatte Seth in Avenal den Chevy gestohlen. Dort zu übernachten war ein großer Fehler gewesen, obwohl Rosies Vorschlag an sich vernünftig gewesen war. Rosies Tante Claire – die älteste Schwester ihrer Mutter – wohnte genau auf ihrem Weg. Am Morgen um halb sechs hatte sich jedoch herausgestellt, daß der altersschwache El Camino über Nacht den Geist aufgegeben hatte. Das Getriebe war defekt.
Vor dem Nachbarhaus parkte ein Chevrolet, Baujahr 1982. In seiner Verzweiflung hatte Seth den Wagen, ohne zu zögern, kurzgeschlossen. Das schlechte Gewissen hatte er bald überwunden. Jetzt bedauerte er höchstens noch, daß er kein schnelleres Auto gestohlen hatte – oder wenigstens eins mit Klimaanlage.
Rosie war entsetzt gewesen und stieg nur widerwillig ein, ob-

wohl ihr Seth erklärt hatte, daß Mietwagenagenturen – ebenso wie Bowlingbahnen oder 7-Eleven-Läden – nicht zu den Annehmlichkeiten gehörten, die Avenal bieten konnte. Seth hatte nur getan, was getan werden mußte. Außerdem hatte er auch einen Scheck über 500 Dollar und seine Visitenkarte im Briefkasten hinterlegt, mit der schriftlichen Zusicherung, das Auto in vier Tagen zurückzubringen. Nun hoffte er inständig, daß das den Besitzer davon abhalten würde, die Polizei einzuschalten. Jedenfalls hatte Seth durch das Ganze wertvolle Zeit verloren.
Im Rückspiegel sah er, daß kein Streifenwagen hinter ihnen her war. Deshalb hielt er das Gaspedal durchgedrückt, setzte die karierte Thermoskanne an den Mund und stürzte den Rest Kaffee hinunter. Er war noch immer warm, bitter und stark. Seth war froh, daß Rosie schlief. Sie mochte seinen Fahrstil nicht, selbst wenn er Autos fuhr, die nicht gestohlen waren.
Seth hatte den Sender für Countrymusik eingestellt, und jetzt spielten sie das Lied *Be Careful What You Pray For, You Just Might Get Her* (Überleg dir gut, worum du Gott bittest, du könntest sie bekommen). Er mußte grinsen. Dabei hob er nur einen Mundwinkel etwas nach oben zu seinem verschmitzten Lächeln, das Rosie völlig umhaute, als sie sich vor zwei Jahren kennenlernten. Dieses Lied hörte er zur Zeit am liebsten, obwohl er sich nicht vorstellen konnte, wie jemand sich etwas wünschen sollte, was schlecht für ihn ist.

»Vielleicht bin ich ja der Mann, der ihn schlagen kann«, hatte Seth vor der Abreise zu seinem Vater gesagt. Joe Cameron plagten Arthritis und die Alzheimer Krankheit, und er verfiel zusehends. Zu allem Übel hatte er in den letzten Jahren auch seine alte Vorliebe für Wein jeder Sorte und Farbe wiederentdeckt. Aber er verstand sofort, was sein Sohn vorhatte.
»Bleib bloß nicht meinetwegen hier!« Joes Stimme klang gepreßt, was ein untrügliches Zeichen dafür war, daß sich seine Laune verdüsterte. »Von mir aus kannst du zum Teufel gehen!«

Seth zuckte schmerzlich zusammen, als er den Alten so sprechen hörte. Genauso hatte er sich als kleiner Junge gefühlt, als seine Mutter den Vater und ihn verlassen hatte. Damals hatte sich Joe Cameron mit Schnaps getröstet und sich innerhalb einer einzigen Woche von einem sanftmütigen Wesen in einen tyrannischen Hitzkopf verwandelt. Seth war damals erst sechs Jahre alt und verstand diese Veränderung nicht. Ihn verschreckte alles nur. Vier Jahre später hatte sich Jimmy Maxwell, der Richter, dem das Bezirksgericht unterstand und für den Joe arbeitete, persönlich um Joe gekümmert. Er war selbst bei den Anonymen Alkoholikern und hatte Joe das nötige Geld zur Verfügung gestellt, damit er irgendwo im Napa-Bezirk eine Entziehungskur machen konnte. Anschließend hatte er dafür gesorgt, daß Joe einmal in der Woche zu den Treffen der Anonymen Alkoholiker kam. Daraufhin war Joe wieder der liebevolle Vater geworden, der Seth umsorgte und allein aufzog, ohne sich zu beklagen oder gar grob zu werden.

Jetzt hatte Joe sich wieder verändert: Er war ein boshafter Fremder geworden, eine giftige Natter, ein Greis, der nur noch aus Haut und Knochen bestand.

»Versuch doch, mich zu verstehen, Dad«, sagte Seth. Er öffnete das Fenster, um frische Luft in das streng nach Alter und Unsauberkeit riechende Zimmer zu lassen. Dann warf er seine Lederjacke hin und setzte sich neben den Vater. »Jetzt oder nie. Das ist meine allerletzte Chance!« Joe starrte stumm vor sich hin.

»Ich ersticke hier, Pop! Ich kann nicht den Rest meines Lebens hier bleiben und wissen, daß mich später im Spiegel ein alter Mann mit leeren Augen ansehen wird. Ein alter Mann, der ausgebrannt ist und niemals versucht hat, wenigstens ein kleines Stück vom Kuchen zu bekommen.«

Das hätte er nicht sagen sollen: Sein Vater *hatte* die leeren Augen eines alten Mannes, der ausgebrannt ist und niemals versucht hat, wenigstens ein kleines Stück vom Kuchen zu bekommen. Er war immer nur ein kleiner Staatsbeamter gewesen, ein

Gerichtsschreiber, dessen bescheidenes Ziel im Leben es war, eines Tages eine anständige Frau zu heiraten, seine Familie zu versorgen und ein wenig Geld auf die Seite zu legen. Statt dessen hatte er Ruth getroffen, als er schon vierzig war.

Wie Seth erwartet hatte, warf sein Vater den kleinen Kopf herum, und zwar so jäh wie ein aufgescheuchter Vogel. »Du willst jemand *sein*«, spottete er. »Das klingt wie aus einem schlechten Film, aus hundert schlechten Filmen. Dein Problem liegt darin, daß du etwas sein möchtest, was du nicht bist.« Joe konnte nicht weitersprechen, ein Hustenanfall schüttelte ihn. »Du denkst wohl, nur weil dich in der Provinzliga niemand schlagen kann, kannst du's auch in der Oberliga schaffen«, fuhr er endlich fort. Sein Gesicht war gerötet, was ihn paradoxerweise gesund aussehen ließ. Wieder hielt er kurz inne, um Atem zu holen. »Du denkst wohl, du kommst in der Stadt groß raus, und das bringt sie dann zurück. Hab' ich recht? Aber dieser Frau sind wir beide vollkommen gleichgültig. Drum vergiß diesen ganzen Mist von wegen groß rauskommen und etwas Besseres werden. Außerdem – und das sage ich sehr ungern – habe ich schon fast alle Großen gesehen, auch Sterritt Malm, in meinen fünfundzwanzig Jahren im Dritten Department. Du hast nicht das Zeug dazu, ihn oder einen anderen dieser Weltklasseanwälte zu schlagen.«

»Ich weiß, daß du viele große Anwälte erlebt hast, Dad, aber mich hast du noch nie vor Gericht gesehen ...«

»Und was wird aus deiner Kanzlei hier in Bakersfield? Was wird aus Huckins & Cameron? Du wirst noch auf allen vieren zum großen Tom zurückgekrochen kommen! Aber er wird dir dann sagen, daß du nicht kommen und gehen kannst, wie es dir paßt, du Luftikus. Hast du das eigentlich schon mit Big Tom besprochen?«

Daß er seinen Partner erwähnte, ärgerte Seth, gleichzeitig beschämte es ihn. Er hatte schon immer Neid empfunden, weil Tom mit seinem Vater so gut auskam. Der große Tom, hochgewachsen, gutaussehend, Reaktionär und Rassist, standfester Trinker, Weiberheld, Egoist. Big Tom, der Inbegriff dessen, was sich sein Vater als Sohn wünschte, zynischerweise ein Mann, der genau das verkörperte und lebte, was Joe beim eigenen Sohn nie geduldet hätte. Er hatte ihn ja auch entsprechend anders erzogen. Seth holte tief Luft und setzte sich auf den Stuhl, der genau vor seinem Vater stand. Er beugte sich vor und zwang den Alten, ihm in die Augen zu sehen.

»Dad, können wir uns über *mein* Leben hier in Bakersfield unterhalten, ohne abzuschweifen? Ich habe Harry Cooper angerufen, weil ich hier eingehe, seelisch, körperlich, beruflich, finanziell ... Das hat nichts mit Tom Huckins zu tun.«

»Natürlich nicht, verdammt noch mal! Du machst dich davon, weil du Flausen im Kopf hast, und ich sage dir, daß Tom dich nicht mehr bei sich arbeiten läßt, wenn du Schiffbruch erlitten hast.« Plötzlich wurde Joes Gesicht hart. Er starrte wie in Trance aus dem Fenster und schien Seth völlig vergessen zu haben. Doch dann packte er den Sohn mit erstaunlicher Kraft am Handgelenk. »Verstehst du es denn nicht, mein Sohn? *Sie haßte uns beide! Dir* warf sie vor, du hättest ihre Figur ruiniert, und *mir*, ich hätte ihre Hoffnungen und Träume zunichte gemacht. Das hat sie tausendmal gesagt. Vergiß sie«, flüsterte er, »denn *ich* will sie auch nicht mehr zurückhaben, unter keinen Umständen.«

Seth' Mutter war vor fast dreißig Jahren mit einem reichen Bekleidungshändler aus Los Angeles durchgebrannt und hatte nie wieder von sich hören lassen. Nur zu Seth' Geburtstag schrieb sie regelmäßig eine Karte, immer ohne Absender.

Joe Cameron strich mit seiner Hand, aus der die Adern stark hervortraten, sein schütteres, weißes Haar an beiden Schläfen zurück. »Vergessen wir diesen verdammten Unsinn, mein Sohn.«

Seth versuchte sich zu beherrschen. »Du hast mich völlig mißverstanden, Dad«, sagte er leise. Er betrachtete das welke Gesicht seines Vaters, die Risse und roten Äderchen.

»Ich versuche nicht, Mom etwas zu beweisen – um Himmels willen, das ist doch aussichtslos. Ich weiß schon, wie sehr sie mich ... abgelehnt haben muß. Und ich lasse weder dich im Stich noch Tom, noch sonst jemanden. Ich werde immer für dich dasein, wenn du mich brauchst. Und mit dem Geld, das ich dort mehr verdienen würde – mehr als das Doppelte von dem, was ich hier bekommen kann –, könnte ich Rosie heiraten. Und du könntest die Ganztagsbetreuung bekommen, die du jetzt brauchst, wie der Arzt meint, oder ein Zimmer in Summercrest ...«
»Summercrest!« Joe Cameron sprang wütend auf. »Geh, wohin du willst, verdammt noch mal«, knurrte er. »Aber ich bleibe hier. In *meinem* Haus, wo ich hingehöre. Und wenn du *sie* siehst, dann sag ihr, sie soll bleiben, wo sie ist!«

Rosie wachte am Stadtrand von Modesto auf. Über Mittelwelle erklang im Radio Musik von K. T. Oslin. Die Straße war mit Schlaglöchern übersät. Rechts und links lagen bizarre Stahlskelette, die langsam verrotteten: Autowracks, einige verbogen wie Hefekringel, andere plattgedrückt und je sechs hintereinander auf Eisenbahnwagen oder auf gewaltige Tieflader gestapelt. Der rostige Schrott lag verstreut über eine riesige Sandfläche, auf der früher einmal üppige Pfirsich-, Aprikosen- und Walnußplantagen gediehen. Ein endloser Autofriedhof, der sich längs der Crows Landing Road erstreckte, so weit das Auge reichte. Nur Garcías Reparaturwerkstätte, *Rodriguez' Carnicería* und eine Grundschule in einer Wellblechhütte unterbrachen die Eintönigkeit.
Rosie gähnte. Es fiel ihr auf, daß Seth selbst für seine Begriffe sehr schnell fuhr, doch sie bürstete nur ihr langes dunkles Haar und begutachtete ihre Zähne im Spiegel. Seth machte sich darauf gefaßt, daß sie jetzt wieder anfangen würde, über eine mögliche Regulierung ihrer leicht vorstehenden Zähne zu sprechen, doch sie beugte sich nur zu ihm herüber, gab

ihm einen Kuß und fragte vorsichtig, ob er sich verfahren habe.
Seth konnte nicht antworten, so wütend war er auf sich. Anstatt auf der I-5 zu bleiben, dann über die McCracken Road zur 132 zu fahren und von dort aus immer Richtung Osten ins Zentrum von Modesto, hatte er versucht, Zeit zu gewinnen, indem er bei Crows Landing abgebogen und dann die Crows Landing Road in Richtung Norden weitergefahren war. Sofort war er hinter einer Kolonne festgesessen, die er nicht überholen konnte: Einem Mähdrescher, der zwei Fahrspuren beanspruchte, folgte ein Konvoi aus überdimensionalen Wohnwagen mit entsprechender Zugmaschine von der Größe eines Sattelschleppers. Endlich war er irgendwo am Stadtrand von Modesto angekommen – doch wo genau?
»Ich glaube, wir sind in South Modesto Acres«, sagte Seth und riß den Wagen mitten auf dem Yosemite Boulevard um 180 Grad herum. »Aber nichts ist mehr so, wie ich es in Erinnerung habe.«
Vor mehr als einem halben Jahrhundert waren Hunderte von Farmern aus Oklahoma nach South Modesto Acres gekommen, da anhaltende Dürre ihre Existenzgrundlage zerstört hatte und sie sich hier einen Neuanfang erhofften. Großvater Tom Cameron, der eine Frau und zwei Kinder ernähren mußte, war auch unter diesen Leuten gewesen. Beide Großeltern hatten hier in den Feldern gelebt und gearbeitet. Sie mußten sich mit geringstem Lohn zufriedengeben. Doch sie legten großen Wert darauf, daß Joe und seine Schwester an der High-School ihren Abschluß machten, was für arme Wanderarbeiter nicht leicht war. Joe Cameron war stolz auf seine Herkunft, aber Ruth hatte sich eine andere Familiengeschichte der Camerons ausgedacht und jedem erzählt, Joe entstamme einer alten irischen Familie aus Boston. Joe machte das nichts aus, wenn es nur Ruth gefiel. Dabei waren weder Joe noch sein Vater jemals in Boston gewesen. Kurz bevor sie Joe verließ, hatte Ruth jemandem am Tele-

fon sogar erzählt, daß ihr Schwiegervater in der guten alten Zeit fast täglich mit Joe Kennedy zu Mittag gegessen habe.
South Modesto Acres hatte sich verändert, seit Seth vor Jahren das letzte Mal durchgefahren war, doch immer noch wohnten in dieser Gegend die Armen. Heute waren es vor allem mexikanische Saisonarbeiter, die hier kein Wahlrecht hatten. Die meisten waren illegal über die Grenze gekommen und gingen Fremden aus dem Weg. Die Einwanderungsbehörde duldete sie in diesem heißen, trostlosen Getto, da sie bereit waren, Obst zu ernten, das so mit Insektiziden gespritzt war, daß kein anderer es angefaßt hätte – die neue Ernte der Früchte des Zorns.
Seth warf einen Blick auf die Uhr am Armaturenbrett und fluchte leise. Es war 9.15 Uhr.
»Schau, dort drüben, Seth!« sagte Rosie. »Der Junge dort weiß vielleicht, wie wir zur Innenstadt kommen!« Auch Seth hatte den jungen Mexikaner, der sein Haar zu einem Pferdeschwanz zusammengebunden hatte, entdeckt und stieg auf die Bremse. Er sprang aus dem Auto und rief den jungen Mann an. Von der Kühlerhaube des Wagens stieg flirrender Dunst auf. »Wo zum Teufel ist Modesto?« fragte Seth. Dabei fiel ihm auf, daß die linke Hand des Jungen in einem schmutzigen Gipsverband steckte. »Verstehst du mich? Die Stadtmitte? *El centro?*«
Der junge Mann hob seine gesunde Hand, um die Augen vor der Sonne zu schützen, und zeigte dann in die entgegengesetzte Richtung.
»*Da* lang? Unmöglich! *Es verdad?*« Seth fuhr sich mit beiden Händen durch sein verschwitztes Haar. »*El centro?* Zum Gericht?«
Als er die letzten Worte hörte, huschte der Junge – er war barfuß und lief durch den weißen Sand, lautlos wie eine Katze – zu einem Wohnwagen und verschwand darin. Der Unterschlupf stand mit unzähligen anderen dieser Hütten auf vier Rädern auf engem Raum und sah so stabil aus wie eine Kleenexschachtel.

»Keine Arbeitserlaubnis«, sagte Seth und verzog sein Gesicht, als er beißenden Geruch bemerkte. Der typische Geruch einer mexikanischen Grenzstadt mischte sich mit dem stechenden Metallgestank des kochenden Kühlers und dem Gestank einer Talgfabrik, die eine Meile von der Straße entfernt lag. Seth kannte diese Fabrik, die Modesto prägte, von früher. Der Wind weht aus der falschen Richtung, vor allem an einem Tag wie heute, wenn es in der Frühe schon über 30 Grad hat. Sein Hemd war durchgeschwitzt. Achte darauf, daß du vor Gericht immer korrekt aussiehst, mein Sohn. Falle nie dadurch auf, daß du nachlässig oder zu chic gekleidet bist! Seth fielen diese Worte seines Vaters ein. Er hatte ein frisches Hemd im Koffer – falls er genug Zeit haben sollte, sich umzuziehen.

»Der Junge hat keine Arbeitserlaubnis«, murmelte er in sich hinein. »Er fürchtet wohl, jemand findet heraus, daß er sich illegal in die Hölle geschwindelt hat.«

»Es ist traurig«, stimmte Rosie zu und betrachtete die trostlose Gegend. Hier gab es keine Straßenbeleuchtung, keine Rinnsteine, kein Kabelfernsehen, keine Gehsteige, kein Gesetz und keine Läden. Sie lehnte sich aus dem Fenster und machte vorsichtig den Vorschlag, sich an den Rat des Jungen zu halten – es sei die einzige Chance, noch rechtzeitig anzukommen.

Doch Seth stand bewegungslos vor seinem Wagen, fast paralysiert. Er sah auf seine Armbanduhr: 9.18 Uhr.

Rosie zuckte zusammen, als Seth mit voller Wucht auf die Kühlerhaube schlug und dabei zischte, er habe es satt, in diesen gottverlassenen Provinznestern zu arbeiten wie ein mieser, kleiner Vertreter. Dann stieg er wieder ein, wirbelte den Chevy herum, bis dieser in die Richtung zeigte, die ihnen der Junge gewiesen hatte, und brauste los. Er visierte die Mitte zwischen zwei lebensgroßen Löwen aus dem Jahr 1916 an, die die Brücke der Seventh Street bewachten. Seth bezwang den Tuolumne River in Sekunden. Dann sah er auf seiner rechten Seite einen riesigen Wasserturm, auf dem in mannshohen Buchstaben MODESTO geschrieben stand. Seth bog rechts ab – und plötzlich kannte er sich wieder aus. Er überquerte den alten Highway 99 und fuhr dann durch den majestätischen Torbogen aus Stahl, der seit fast hundert Jahren stolz verkündet: WASSER, REICHTUM, ZUFRIEDENHEIT, GESUNDHEIT!

Seth riß das Auto nach links in die Tenth Street – The Drag –, unsterblich geworden durch *American Graffiti* von George Lucas, Modestos einziger Berühmtheit. Jetzt würde die öde Straße wohl eher den Hintergrund für einen anderen Kleinstadtklassiker, *The Last Picture Show,* abgeben. Die Ampeln waren allerdings noch in Betrieb, und Seth hatte nur Rot. Er raste einfach durch.

»Seth!« sagte Rosie. »Der Wagen ist gestohlen!«

Seth schoß über eine weitere Kreuzung, trat dann voll auf die Bremse und grinste. »Du hast recht, mein Schatz. Also nichts wie raus hier, verdammt noch mal.« Sie standen vor dem Gebäude des Stanislaus-Bezirksgerichts.

Es war 9.27 Uhr.

»Seth, mein Lieber, das ist ein gutes Omen. Los, beeil dich. Ich suche einen Parkplatz und komme dann ins Gericht nach.«

»Ein gutes Omen? Hast du zufällig geträumt, daß ich Malm schlage?«

Rosie lachte über Seth' Anspielung auf ihre Träume – ein Thema, über das sie noch vor einiger Zeit nicht hatte lachen können und das auch jetzt noch zu Spannungen führen konnte. Rosies wunder Punkt war ihre Mutter, derentwegen sie sich schämte. Esther Wheeler war Hellseherin in Los Angeles und hatte in einer Illustrierten wöchentlich eine Kolumne. Sie war die Tochter einer Schamanin namens Amelia Moon aus dem Stamm der Irokesen. Esthers Behauptung, sie habe die Gabe der Mutter geerbt, in Träumen die Zukunft zu sehen, war durch vereinzelte Vorfälle unter Beweis gestellt worden. So hatte sie einmal der örtlichen Polizei geholfen, ein Kind zu finden, das in einen Luftschacht gefallen war. Das hatte ihr sofort die Bewunderung der Regenbogenpresse eingebracht. Doch es war für sie nicht einfach gewesen, sich von ihrem Außenposten in South Dakota allmählich nach oben zu kämpfen und sich gegen die berühmte Hellseher-Konkurrenz durchzusetzen. Also hatte Esther in ihren ersten Kolumnen in Übertreibungen geschwelgt – »Amy Eisenhower trinkt, um ihre jungfräuliche Geburt zu vergessen« oder »So wurde Sal Mineo wirklich getötet: von einem Rudel wilder Hunde zerfleischt«. Das hatte Rosie als Kind den Spott ihrer Klassenkameraden eingebracht; und deshalb sprach sie auch niemals über ihre eigenen Träume, in denen sie jedoch manchmal Zukünftiges in erschreckender Weise vorausahnte.

Seth nahm die Tasche mit den Prozeßunterlagen vom Rücksitz und beugte sich zu Rosie, um ihr einen Kuß zu geben. »Nun«, fragte er ironisch, »wie ist der Traum ausgegangen? Habe ich gewonnen oder verloren?«

»Los, Seth, beeil dich«, sagte Rosie. Es gelang ihr zu lächeln, während sie behutsam den ersten Gang einlegte. »Ich würde nicht im Traum daran denken, daß du verlierst. Nicht bei deinem Talent! Wir sehen uns drinnen.«

Seth lächelte zurück und legte seine kalte Hand auf die ihre. Seine Augen, die selbst dann noch Kraft ausstrahlten, wenn er entspannt war, funkelten jetzt gefährlich: Er war bereit!

• 2 •

DOCH DIE FOLGENDEN vier Tage im Gericht waren eine Katastrophe gewesen. Seth starrte in das grelle Licht der Mittagssonne, die über dem San Joaquin Valley stand und durch das Südfenster in den alten Gerichtssaal drang. Er hörte kaum noch dem Schlußplädoyer der Anklage zu. Die Worte hallten durch den Saal und wurden von der rissigen Eichentäfelung der Wände zurückgeworfen. Seth sann vergebens darüber nach, von welchem Moment an alles schiefgelaufen war. Vielleicht hatte die erbarmungslose Gluthitze das letzte bißchen Verstand der Geschworenen und Zuschauer zum Schmelzen gebracht.

Seth' Gedanken wanderten zu Dantes *Inferno.* Schließlich ist es ja für einen Anwalt die Hölle, einen Prozeß zu verlieren. Und er stand kurz davor, einen zu verlieren, den er hätte gewinnen können. Und es war nicht *irgendein* Prozeß. Es hätte *der* Prozeß seines Lebens sein sollen, sein Schlüssel zum Erfolg!

Seth war blaß geworden, doch er zwang sich, wieder der »Stimme der Vernunft« zuzuhören – so hatte sich Sterritt Malm bereits zweimal bezeichnet. Er sah zu seiner Bestürzung, daß Malm die zwölf Geschworenen in seinen Bann gezogen hatte. Er war eine kräftige, imposante Erscheinung. Er elektrisierte die Zuhörer mit seiner stakkatohaften Redeweise. Bei jedem Gedanken, den er betonen wollte, schnellte zudem sein Kopf vor. Diese Bewegung erinnerte Seth an ein Huhn bei der Fütterung. Nein, Malm erschien ihm doch eher wie ein eitler Gockel, wie er da vor den Geschworenen auf und ab stolzierte. Das Schlußplädoyer triefte geradezu vor Rechtschaffenheit, als er die unlauteren Machenschaften von Perfection Food anprangerte – einer Firma, der er jede Geschäftsmoral absprach. Sie habe es »vorsätzlich und leichtfertig« in Kauf genommen, daß drei der abscheulichsten Kreaturen in eine Dose Garbanzobohnen hatten gelangen können – daß die Untiere zuletzt im Mund des Klägers gelandet waren, also im Mund von Malms Klienten, der dadurch seelisch nachhaltig erschüttert worden sei.

Malm hielt kurz inne. Im Saal war es vollkommen still, die Zuhörer waren betroffen und nachdenklich. Plötzlich tänzelte Malm gewandt zum Tisch der Verteidigung zurück und löste damit die allgemeine Spannung. Mit einer gebieterischen Geste deutete er auf den stellvertretenden Direktor der Firma, als wollte er Seth' Klienten vorstellen. Perfection Food wurde durch Orville

Baskins vertreten, einen knochigen, kantigen Mann, der aber sehr solide wirkte.
Malm fuhr fort: »Wem schenken wir eigentlich mehr Vertrauen als denjenigen, die unsere Nahrung herstellen?« Er zeigte dabei mit seiner ausgestreckten Hand genau auf Baskins' schamrotes Gesicht. »Unsere Nahrung, die uns am Leben erhält!« Malm war auf Produkthaftungsklagen spezialisiert und demonstrierte nun geschickt persönliche Betroffenheit, indem er die Hand aufs Herz legte. »Und haben wir nicht alle – Sie und ich und auch der Kläger Arnold Johnson – das Recht, uns darauf verlassen zu können, daß Lebensmittelhersteller wie Perfection Food alle nötigen Vorsichtsmaßnahmen treffen? Wenn wir eines ihrer Produkte kaufen und verzehren, sollten wir dann nicht sicher sein können, daß wir« – jetzt griff Malm mit seinen gepflegten Händen hinter sich und nahm, ohne sich umzudrehen, die Beweisstücke der Anklage 1A, 1B und 1C vom Tisch des Gerichtsschreibers – »dabei nicht auch noch *dies hier* verzehren?«
Sterritt Malm setzte seine Attacke fort. Triumphierend bewegte er sich seitwärts hinüber zur Geschworenenbank, drehte sich abrupt herum und hielt jedem einzelnen Geschworenen die toten Käfer direkt vors Gesicht. Die Geschworenen erstarrten vor Ekel, einer nach dem anderen zuckte vor den Insekten zurück, so daß eine Wellenbewegung entstand, wie man sie von Fußballspielen kennt.
Auch Seth hatte Abscheu in den Augen – doch nicht wegen der Käfer, sondern wegen seines Gegners. Dann wandte er sich wieder um und sah zum Fenster. Er suchte vergeblich Trost im Spiel des Lichts.
Und plötzlich erinnerte er sich daran, daß er sich vor Jahren schon einmal so hilflos und verlassen gefühlt hatte. Damals war er Schüler in der zweiten Klasse und starrte aus dem Fenster des Klassenzimmers. In der Nacht zuvor war seine Mutter mit Alfred Gamut verschwunden.

Jetzt konzentrierte sich Seth auf die zimtfarbenen Blätter einer Esche, die durch das Fenster des Gerichtssaals zu sehen waren. Auch nicht der Hauch eines Lüftchens bewegte sie. Der Baum wirkte so tot wie die drei widerwärtigen Käfer, die den Geschworenen gerade präsentiert wurden.

Seth hielt seine geröteten Augen geschlossen, als Malm sein Plädoyer beendete. Knapp und forsch bedankte sich Malm bei den Geschworenen für ihre Aufmerksamkeit und platzte dabei fast vor Selbstbewußtsein. Dann setzte er sich wieder an seinen Platz am Tisch der Anklage. Er konnte es nicht unterlassen, kurz zu Seth herüberzugrinsen – ein höhnisches Grinsen. Verächtlich hatte er seine Oberlippe hochgezogen und zeigte seine, dank kosmetischer Hilfsmittel, strahlendweißen Zähne.

Malm hatte allen Grund, mit sich zufrieden zu sein. Es war offensichtlich, was die Geschworenen dachten. Malm würde Cameron schlagen – vernichtend. Niemand im Saal konnte das ernsthaft bezweifeln. Der gebrechliche, arthritische Rentner, der schon seit zehn Jahren täglich im Gerichtssaal vorbeischaute; die korpulente Matrone, die tagtäglich dieselben Sitze in der zweiten Reihe für sich beanspruchte; und auch die schöne, blasse Frau mit den langen, dunklen Haaren im hinteren Teil des Gerichtssaals – sie alle hatten keinen Zweifel daran, daß der elegante, souveräne Rechtsanwalt aus San Francisco, der die Anklage vertrat, dem Staranwalt aus Bakersfield die erste Niederlage seit fünf Jahren zufügen würde: ein Urteil, das eine Schadensersatzforderung von über 100 000 Dollar für Rechtens hielt.

Seth gab sich den Anschein, als lasse ihn das alles kalt. Er ignorierte Malms Arroganz und brachte es sogar fertig, Baskins beruhigend zuzunicken und sich eifrig Notizen auf seinem gelben Block zu machen. Sein drahtiger Körper war über den Tisch der Verteidigung gebeugt, der wie üblich weiter von der Geschworenenbank entfernt war als der Tisch der Anklage. Die stoische Ruhe, die Seth nach außen hin zeigte, stand in krassem

Gegensatz zu dem Aufruhr, der in seinem Magen wütete. Sein völlig ausdrucksloses Gesicht spiegelte allerdings seinen momentanen geistigen Zustand recht gut: Sein Verstand schien abgestorben – so tot wie diese drei winzigen Käfer, die Malm schlau auf dem Umschlag der Beweisaufnahme liegengelassen hatte, so daß die Geschworenen weiterhin diesem widerlichen Anblick ausgesetzt waren.

Wenn die Geschworenen nicht wie hypnotisiert auf die Käfer starrten, sahen sie mit leerem Blick zu Seth hinüber und warteten darauf, welchen Eindruck er auf sie machen würde.

Sie beobachteten ihn, wie er aufstand und zum Pult des Gerichtsschreibers ging. Demonstrativ blätterte er in den Gerichtsunterlagen, so als prüfte er die Dokumente genau und ordnete sie für seine Verteidigungsstrategie. In Wahrheit wollte er nur Zeit gewinnen.

Aber Zeit wofür? Er starrte auf das Bündel Dokumente, ohne es wirklich zu sehen. Seite um Seite blätterte er um, und seine eigenen Hände kamen ihm dabei fremd vor. Die Zeit arbeitete gegen ihn: Es war zu früh für die erlösende Mittagspause und zu spät, um noch einen überzeugenden Beweis beizubringen, der die Verteidigung hätte retten können.

Seth hätte jetzt einen guten Schluck seiner bewährten Medizin brauchen können.

Der Richter, der sein Amt politischen Beziehungen verdankte, war voll und ganz von dem berühmten Gast aus San Francisco eingenommen. Er blickte ungeduldig zu Seth herunter, trommelte mit Zucchinifingern auf seiner Grapefruitbacke herum und sah demonstrativ zur Uhr des Gerichtssaals. Schon zu Beginn des Prozesses hatte Seth gemerkt, daß Richter Swinerton nicht zu jenen Richtern gehörte, die ihre Gefühle vor den Geschworenen verbergen. Er war offenbar ein Kriecher und versuchte, sein Ansehen aufzupolieren, indem er sich bei Leuten eines höheren gesellschaftlichen Status anbiederte. Aus eigener Kraft hätte er niemals in die von ihm angestrebten Kreise vordringen können. Swinerton war einer der Richter, die einem Anwalt seine Arbeit auch unter den besten Umständen schwermachen können – erst recht dann, wenn dieser Anwalt einen hoffnungslosen Fall zu vertreten hat. Und Seth' Fall hatte nicht die geringste Chance, was mit jedem Verhandlungstag deutlicher geworden war.

Seth richtete mühsam und widerwillig seine Konzentration auf Beweisstück Nr. 2 der Anklage, ein medizinisches Gutachten. Darin wurde erläutert, wie der Kläger Arnold Johnson, ein zweihundert Pfund schwerer Zimmermann und Gewerkschaftsmitglied, eine Dose Garbanzobohnen der Firma Perfection Food öffnet, wie er den Inhalt schon fast zur Hälfte ausgelöffelt hat, als er bemerkt, daß er womöglich unbeabsichtigt einige Proteine zusätzlich zu sich genommen hat: Proteine in Gestalt eines *Stenopalmatus fusci*, eines kleinen, aber besonders widerwärtigen Insekts, dessen teilweise noch erhaltener Körper – ein verstümmelter Rumpf – sich inmitten der Garbanzobohnen in der Dose befand. Zusätzlich waren darin auch noch zwei Artgenossen des Widerlings verborgen, genauso tot, doch offensichtlich im Besitz sämtlicher Körperteile.

Seth nahm nun die Anklageschrift zur Hand. Hierin wurde die Beschuldigung erhoben, daß der »Schock, den der Kläger erlitt, eine bereits bestehende pathologische Angst vor Kriechtieren jedweder Art drastisch verschlimmerte«. Johnsons Nervensystem sei dadurch so angegriffen worden, daß es ihm »während der letzten drei Jahre unmöglich war, seinem Beruf nachzugehen«. Das bedeutete, daß er Arbeitslosenunterstützung bekam und für seinen täglichen Bierkonsum auf den Verdienst seiner Frau angewiesen war. Bier schien übrigens ein notwendiger Bestandteil seiner Therapie zu sein, denn er hielt offensichtlich eine Diät ein, die nach jedem dritten Rennen in den Golden Gate Fields ein paar Gläser vorschrieb.

Seth wußte das alles, weil er Leviticus Heywood beauftragt hatte, Johnson vier Tage lang zu beschatten. Er kannte Heywood seit 1978, als sie zwei Monate lang gemeinsam in der Football-Mannschaft der San Francisco Forty-Niners spielten. Jetzt arbeitete Heywood als Privatdetektiv in San Francisco. Die Geschworenen würden die aufschlußreichen Details über den Kläger im übrigen niemals erfahren. Es gab zwar unter hundert examinierten Juristen wohl nur einen einzigen, der so eine Information für »irrelevant und der Rechtsprechung abträglich« hielt, aber der Zufall wollte es, daß ausgerechnet dieser Jurist den Prozeß leitete: Richter Swinerton in der besonders großen schwarzen Robe für Übergewichtige.

Ja, Johnson war ein Simulant. Doch Seth hatte die Geschworenen während Malms Rede beobachtet und festgestellt, daß sie Johnson jetzt genauso sahen, wie Malm ihn in seinem Plädoyer dargestellt hatte – als unschuldiges Opfer erschreckend unzulänglicher Verarbeitungsmethoden von Perfection Food. »Einen gebrochenen Mann« hatte er Johnson in seiner Rede genannt, die sich gefährlich am Rande eines inszenierten Melodrams bewegte. »Ein hochgradig sensibler Mensch, der nun unter Schlaflosigkeit leidet«, hatte er geschluchzt, »dazu verurteilt, Tag für Tag ungenutzt verstreichen zu lassen und endlose Nächte ertragen zu müssen – Nächte, in denen er ununterbrochen von Angstvorstellungen heimgesucht wird. Und das nun schon drei qualvolle Jahre lang.«

Seth legte das Beweismaterial zurück, schenkte Richter Swinerton ein karges Lächeln und ging zum Verhandlungstisch zurück. Elston Winneys Worte klangen ihm jetzt im Ohr. Winney, der verantwortliche Leiter der Abteilung für Schadensersatzforderungen bei Perfection Food, hatte ihm dringend davon abgeraten, den Fall zur Verhandlung zu bringen: »Sie haben absolut nichts in der Hand, Cameron. Nichts, nichts und noch mal nichts. Bieten Sie diesem Nassauer lausige fünfzehn Riesen an. Sie bewahren sich Ihre makellose Laufbahn und mir meinen Job.«

»Nassauer! Genau das ist es, so müssen wir vorgehen!« hatte

Seth am Telefon geantwortet. »Sie sehen das so, ich sehe das so, und ich werde die Geschworenen dazu bringen, das auch so zu sehen. Der Kerl findet zwei oder drei tote Käfer, erbricht sich ein paarmal und erwartet Tausende von Dollar als Entschädigung.«

»Falsch, Cameron«, hatte der Leiter der Schadensersatzabteilung mit ätzendem Sarkasmus gesagt. »Mr. Johnson findet zwei tote Käfer und nur den *Teil* des dritten. Die Geschworenen werden den Eindruck haben, daß der Kläger allen Grund zur Annahme hatte, daß der fehlende Teil besagten Insekts bereits in seinen eigenen Dünndarm gewandert war. Schon bei dem Gedanken daran wird mir schlecht, obwohl ich dem Idioten nicht mal glaube. Bieten Sie ihm fünfzehn Riesen an. Er wird sie nehmen. Der große Sterritt Winthrop Malm wird wegen so eines miesen kleinen Falls nicht extra in das gottverlassene Modesto kommen wollen.«

»Vielleicht will er für seine Schwester den Helden spielen ...«

»Um so mehr ein Grund für ihn, ihr schnell fünfzehn Riesen in den Geldbeutel zu zaubern. Heiland, Cameron, ich versuche hier, Ihren Arsch zu retten. Wir können noch nicht mal seine Behauptung widerlegen, daß diese Käfer bei Perfection Food in die Dose gelangt sind. Sie haben die Firma ja selbst überprüft und mir hinterher erzählt, die Produktionsanlage erinnere Sie an eine Szene aus *The Naked Jungle*, in der Ameisen versuchen, Charlton Heston ein Ohr abzufressen.«

Winney hatte leider recht. Seth hatte der Firma außerhalb von Manteca tatsächlich einen Besuch abgestattet. Es war ein unerträglich schwüler Augusttag gewesen, heiß und feucht wie in einem Dampfbad. Und er würde niemals vergessen, wie sehr er sich geekelt hatte, als er sich abends im Motel ausgezogen hatte und zwei dieser kleinen Widerlinge aus den Umschlägen seiner Hose gekrabbelt waren. Sie hatten sich dort wohl versteckt, um aus ihrem Gefängnis auszubrechen.

»Und warum hast du den Vergleich abgelehnt?« hatte Rosie in der letzten Nacht gefragt, in ihrem Zimmer im *Holiday Inn.* Sie wollte damit nicht in seiner Wunde bohren, sondern ihm Mut machen, damit er wieder an sich glaubte. Sie sah, daß er kein Selbstvertrauen mehr besaß, nachdem er tagelang von dem Gespann Sterritt Malm und Richter Swinerton malträtiert worden war. »Kann es sein, daß dieser Winney einmal in seinem Leben wirklich recht hatte?«

»Links«, sagte Seth.

»Wie bitte?«

»Weiter links!«

»Ach so!« Rosie massierte Seth' linke Schulter, die so verhärtet war, als läge ein Stahlnetz darüber.

»Ich glaube, ich habe einfach nicht damit gerechnet, daß ich einen katzbuckelnden Holzkopf als Richter bekomme oder daß Johnson seine Rolle so gut spielt. Und erst Malms sündhaft teure Fotos! Verdammt, diese farbige Vergrößerung von den Käfern war furchterregender als die letzte Szene in Jeff Goldblums *The Fly.* Dann hat er mich mit dieser bestochenen Psychiaterin aus Stockton ausgetrickst. ›Traumatische Neurose‹, um Himmels willen!«

»Ich dachte immer, die Verteidigung kauft sich ihre eigenen Psychiater, die so was dann abschmettern.«

»Beauftragen, Rosie, nicht *kaufen*«, sagte Seth. Er lächelte, griff mit beiden Händen nach hinten und streichelte ihre schmalen Hüften. »Ja, mein Schatz, gewöhnlich kaufe ich mir meine eigenen Gutachter, aber ich wollte einfach nicht auf Malms Strategie eingehen, als er in letzter Minute mit dem psychischen Leidensdruck ankam. Das war ein übles Spiel, und ich stand mit meiner Verteidigung plötzlich da ohne Möglichkeit zur Revanche.«

Malm hatte in den letzten Tagen nicht einen einzigen Fehler gemacht, und die Geschworenen waren völlig in seiner Hand. Rosie wollte Seth fragen, ob er Angst hatte, wußte aber, daß sie darauf keine Antwort erhalten würde. Sie war schon damit zufrieden, daß er nüchtern blieb.

Jetzt sollte Seth sein Schlußplädoyer halten, doch seine Kehle war wie zugeschnürt, und er spürte mit eisiger Gewißheit, daß er verlieren würde. Er hielt den Atem an – ein schlechtes Zeichen für einen Anwalt kurz vor einem schwierigen Plädoyer ohne Erfolgschancen.

»Mr. Cameron!« Richter Swinertons Tenor klang seltsam verzerrt, sein eigener Name wirkte für Seth fremd. »Ihr Schlußplädoyer! Bitte!«

Das macht dem Fettwanst auch noch Spaß, dachte Seth. Plötzlich fühlte er einen Anflug von Mut: Sollten drei tote Käfer und ein arroganter Wichtigtuer seine Karriere verhindern? Er holte tief Luft und erinnerte sich an ähnlich niederschmetternde Erfahrungen bei Verhandlungen – an Plädoyers seiner Kontrahenten, die ein scheinbar unangreifbares Gedankengebäude errichtet hatten. Dennoch hatte er zuletzt gewonnen.

»Ich bin gleich soweit, Euer Ehren«, sagte er und dachte: Sobald mir irgend etwas Vernünftiges einfällt.

Aus dem Gerichtssaal drangen vertraute Geräusche an sein Ohr: das gedämpfte Flüstern des telefonierenden Gerichtsschreibers, das unsichere Hüsteln eines Geschworenen, das leise Klappern der Schreibmaschine – im Protokoll waren noch nicht alle Beweismittel aufgenommen – und ein quietschendes Pfeifen wie bei einem ungeölten Fahrrad: sein eigener Atem. Wenigstens atmete er wieder!

Eine Flasche Cuervo Gold Tequila tauchte plötzlich vor seinen Augen auf – nur einen Schluck nehmen, einen einzigen! In seinen Schläfen pochte es, mit großer Mühe gelang es ihm, einen Schwindelanfall abzuwehren, und sein Stift schrieb nur noch Unsinn, nur noch Unsinn.

Sein Mund war ausgetrocknet. Er wollte seine Lippen anfeuchten, doch das unterließ er, weil er wußte, daß die Geschworenen ihn genau beobachteten. Er war für sie wie ein Insekt, auf einer Nadel aufgespießt. Sie beobachteten, wie er sich hin und her wand, und warteten gespannt auf das kleinste Zeichen von Unsicherheit oder Angst.

Er haßte diese musternden Blicke, denen er schutzlos ausgeliefert war. Kein körperlicher Makel, selbst die Narben einer früheren Akne, entging ihnen, und sie erwarteten viel zuviel von ihm. Er stellte sich vor, er würde aufstehen, seinem Klienten viel Glück wünschen und aus dem Gerichtssaal hinausspazieren in die sonnige Wärme des Spätvormittags – ohne ein Plädoyer zu halten.

Bei Gericht gibt es eine alte Redensart, und als Seth an sie dachte, wuchs sein Mut: »Wenn das Gesetz gegen dich ist, argumentiere mit dem Sachverhalt. Wenn der Sachverhalt gegen dich ist, argumentiere mit dem Gesetz. Wenn Sachverhalt und Gesetz gegen dich sind, knöpf dir den gegnerischen Anwalt vor!«

Gut, aber wie? Weil Malm zu viele Beweise vorgelegt hat? Denk nach, Cameron, befahl er sich, dieser Bursche muß einen Fehler gemacht haben.

Allmählich arbeitete Seth' Verstand wieder, und damit wich die Angst. Seth suchte fieberhaft nach Malms schwacher Stelle. Es mußte eine geben.

»Mr. Cameron«, mahnte der Richter erneut mit schneidender Stimme. »Wir warten auf Sie. Erweisen Sie uns nun die Ehre, Ihr Plädoyer zu halten, oder dürfen wir nicht mehr damit rechnen?«

»Sicher, Euer Ehren, ich bitte um Verzeihung«, sagte Seth. Dabei wandte er sich den Geschworenen zu, um sich auch bei ihnen zu entschuldigen. Dann unterstrich er schwungvoll zweimal einen Satz, den er vorher auf seinen gelben Block gekritzelt hatte. Er wirkte selbstbewußt und von seiner Sache überzeugt, was den Geschworenen nicht entgehen konnte. Der Satz, den er unterstrichen hatte, lautete: Dieser beschissene Fall ist völlig hoffnungslos!

Rosie saß in der letzten Reihe, und ihr feines Gesicht zeigte Anstrengung und Angst. Sie starrte unverwandt auf den Rücken ihres Geliebten, der immer noch bewegungslos über den Tisch gebeugt war. Sie war zwar in großer Sorge, vertraute aber gleichzeitig darauf, daß Seth sich besinnen und erkennen würde, welchen Kniff er anwenden mußte. Er würde auch diesmal wieder ein Kaninchen aus dem Hut zaubern. Eigentlich wollte Rosie Seth mit positiven Schwingungen unterstützen. Doch im Grunde wußte sie nicht, welches Ergebnis sie wirklich erhoffte. Einerseits wußte sie, wieviel Seth das Angebot aus San Francisco bedeutete, andererseits mußte sie auch an sich denken. Und nun hatte sie starke Schuldgefühle, weil sie befürchtete, ihre wahren, geheimen Wünsche könnten den Prozeßverlauf *gegen* Seth beeinflussen. Sie kam vom Lande, aus dem kleinen Nest Custer in South Dakota. Dort in den Schwarzen Bergen war sie geboren und aufgewachsen. Sie fühlte sich wenig dazu geeignet, mit den kultivierten und gutgekleideten Damen aus San Francisco zu konkurrieren. Sie würde nie in diese Welt passen – ihr war Bakersfield groß genug –, und warum sollte sie so weit von ihren wenigen Freunden wegziehen? Sie mußte ständig an den Traum denken, den sie in jener Nacht in Avenal hatte.
Trotz aller Unentschlossenheit schmerzte es Rosie sehr, den geliebten Mann in einer so verzweifelten Lage zu sehen. Sie litt mit ihm und wünschte von ganzem Herzen – zumindest in diesem Augenblick –, Seth möge wieder zu sich finden. Es mußte ihm doch gelingen, die Geschworenen Malms meisterhafte Polemik vergessen zu lassen, diese schlüssige Argumentation, die sogar sie überzeugt hatte. Jeder konnte sehen, daß Seth in Schwierigkeiten war. Doch als er jetzt aufstand und selbstsicher zu den Geschworenen hinüberging, lief Rosie ein Schauer über den Rücken: Plötzlich war sie voll Zuversicht.
»Euer Ehren. Meine Damen und Herren Geschworenen!« begann Seth. Er hatte sich schon in manch anderem hoffnungslosen Fall dazu gezwungen, einfach draufloszureden, bis er den

Faden gefunden hatte und nach und nach selbst an das glaubte, was er sagte. Und damit beginnt das Pendel in die andere Richtung auszuschlagen: Er hat schon einen oder zwei Geschworene halbwegs überzeugt. Er gewinnt an Sicherheit, und plötzlich springt der Funke über, immer mehr Geschworene geraten in seinen Bann. Er ist wie in Trance, meint den eigenen atemberaubenden Auftritt mit dem Stolz seines Vaters zu verfolgen. Er ist brillant. Jedes seiner Worte verdichtet das Netz aus unangreifbarer Logik ...

»Ich habe Mr. Sterritt Winthrop Malm«, fuhr er fort, »mit großer Aufmerksamkeit zugehört. Es mag Sie überraschen, aber es fällt mir schwer, einen überzeugenden Gegenbeweis anzutreten. Fast alles, was Mr. Malm uns darlegte – und dafür kam er den weiten Weg von San Francisco extra zu uns –, muß ich so hinnehmen. Ich kann zum Beispiel nicht beweisen, daß diese kleinen Tierchen sich *nicht* in der Dose Garbanzobohnen meines Klienten befanden. Ich kann weder den angegebenen Zeitpunkt noch den Ort bestreiten, an dem Mr. Johnson diese Tiere bemerkt haben will. Nur immer zu! Er kann sagen, was er will. Er war schließlich als einziger anwesend. Ich war nicht dabei und Mr. Malm auch nicht. Es gibt keinen einzigen unabhängigen Zeugen, der Mr. Johnsons Behauptung widerlegen könnte, daß ein Teil des Rumpfes vom Beweismittel Nr. 1C der Anklage fehlte, als es der Kläger zum erstenmal sah. Außerdem kann niemand bezeugen, daß der Kläger nicht tatsächlich für zwei oder drei Tage ernsthaft erkrankte. Der wirkliche Anlaß sei einmal dahingestellt. Allerdings dokumentieren die Unterlagen seines Arbeitgebers – Beweismittel Nr. 4 –, daß er keinen einzigen Tag mehr gearbeitet hat, nachdem er die Beweisstücke Nummer 1A, 1B und 1C getroffen hatte. Die Kerlchen verdienen einen Namen, denn sie sind zwar stumme, aber entscheidende Zeugen in diesem Fall. Nennen wir sie ... Tick, Trick und Track.«

Seth bemerkte, daß eine der Geschworenen – eine kleine Frau

mit weißblond gefärbtem Haar, deren Alter man schwer schätzen konnte – bereits unverhohlen grinste und mindestens zwei andere sich bemühten, ein Grinsen zu unterdrücken. Es fiel ihm auch auf, daß Sterritt Malm ansetzte, Einspruch zu erheben, doch die Gelegenheit ungenutzt verstreichen ließ. Seth' Strategie nahm Gestalt an. Wie ein Spürhund verfolgte er instinktiv die aufgenommene Fährte.

Endlich hatte er eine Strategie: wohldosierter Spott.

»Ich möchte, wenn Sie gestatten, ganz offen mit Ihnen sprechen. Mr. Sterritt Malm verlangt hier von Ihnen, daß Sie seinem Klienten enorm viel Geld dafür geben, daß diesem schlagartig der Eifer für harte, ehrliche Arbeit abhanden kam, nachdem er Bekanntschaft gemacht hatte mit Tick, Trick und Track ...«

»Einem *Teil* von Track!« Malm war nervös aufgesprungen und unterbrach Seth' Rede. »Ich meine natürlich – einem Teil von Beweisstück 1C«, verbesserte er sich, worauf ein Geschworener leise lachte.

Seth sah zu seiner Freude, daß nun schon mehr als die Hälfte der Geschworenen mit dem Lachen kämpfte, und fuhr fort: »Meine Damen und Herren, Mr. Malms Einwand ist berechtigt: einem *Teil* des kleinen Track.« Er steckte seine Hände tief in die Hosentaschen und ging näher an die Geschworenenbank heran. Er sprach immer noch entspannt und sachlich, doch wurde er plötzlich sehr ernst. »Aber das ist auch schon der letzte Punkt, in dem ich mit Mr. Malm übereinstimme. Vor allen Dingen halte ich es für unlauter, daß man das Mißgeschick eines Nahrungsmittelherstellers derart unverschämt ausnützen will, falls denn Perfection Food dieses Mißgeschick überhaupt unterlaufen ist. Der stellvertretende Direktor dieser Firma, Mr. Baskins, ist auch für die regelmäßige Qualitätskontrolle verantwortlich. Er hat Ihnen persönlich versichert, daß alles Menschenmögliche getan wird, damit die Lebensmittel appetitlich und genießbar sind. Und vergessen Sie nicht, daß Mr. Johnson noch nicht einmal behauptet, vergiftet worden zu sein. Er sagt lediglich, daß er tödliche Angst hatte, *möglicherweise* vergiftet worden zu sein. Das hat er sich dann so lange eingeredet, bis er schließlich krank wurde. Und was hat diesen zweihundert Pfund schweren Mann so erschreckt, daß er seinen ehrlichen Beruf aufgeben mußte? Ein bengalischer Tiger? Ein Werwolf bei Vollmond? Nein: Das waren Tick, Trick und ... ein Teil von Track. Die sind dafür verantwortlich, daß Mr. Johnson nicht mehr länger ein nützliches Mitglied unserer Gesellschaft sein kann.«

Ja, das ist gut, dachte Seth. Er spürte, wie er immer selbstsicherer wurde. Das gefällt ihnen. Er fragte sich, ob die Geschworenen merkten, daß Malms aristokratisches Gesicht angespannt war.

»Wenn ich mir das alles genau betrachte, meine Damen und Herren, komme ich zwangsläufig zu der Schlußfolgerung, daß Mr. Johnson in Wahrheit etwas anderes erschreckte. Von seiner Sorte gibt es leider eine ganze Menge. Wir erleben sie jeden Tag in unseren Gerichtssälen, wie sie versuchen, aus Mißgeschicken ihrer Mitmenschen für sich einen Vorteil zu schlagen und reich zu werden. Was Mr. Johnson wirklich erschreckte, war die Vorstellung, für seinen Lebensunterhalt arbeiten zu müssen.« Ein gefährliches Spiel! Mühelos gemeistert wie von einem Wunderknaben.

»Oder haben Sie eine andere Erklärung dafür? Menschen sind verschieden, und jeder hat einen anderen Geschmack. Doch ich persönlich bin der Meinung, daß man schon einen sehr robusten Magen braucht, wenn man eine halbe Dose ... kalte Garbanzobohnen ohne weiteres verträgt. Und dann sollte man eigentlich auch den Anblick dieses Trios aus Gottes Schöpfung ertragen können, ohne so ein Theater zu veranstalten.«

Nun grinsten noch mehr Geschworene. Seth holte auf. Behalt die Zügel in der Hand, Junge. Er hielt es für klüger, vorsichtig zu sein. Sterritt Malm war zu weit gegangen, als er die Geschworenen so rücksichtslos mit den Käfern attackiert hatte. Sie waren geschockt und angeekelt gewesen, aber vielleicht nicht nur wegen der Insekten, sondern auch Malms wegen. Vielleicht hatten sie es ihm sogar sehr übel genommen, daß er ihnen diesen Anblick nicht erspart hatte. Seth wußte, daß Geschworene empfindlich sind und man behutsam mit ihnen umgehen muß.

»Ich werde Sie nicht mit einem Vortrag über die Rechtslage langweilen. Es ist im wesentlichen genauso, wie es mein Kontrahent dargelegt hat. Etwas anderes erscheint mir hier aber sehr wichtig, und das möchte ich in aller Deutlichkeit sagen. Selbst ein Mr. Malm darf Ihren Verstand nicht so beleidigen. Auch er darf Sie nicht für so dumm halten, daß Sie ihm 100 000 Dollar – ja noch nicht einmal 5 Cent! – zugestehen, nur weil sein Klient Tick, Trick, und einen Teil von Track in einer Dose Garbanzobohnen gesehen hat. Mr. Malm nimmt an, daß Sie ihm die Geschichte einfach glauben. Sein Klient, Mr. Johnson, verspeist den halben Track, erkrankt daraufhin und entwickelt die Symptome, die uns Dr. Harris so eindrucksvoll schilderte. Und nur Gott allein kennt die Wahrheit!«

Seth berührte mit seinen Fingerspitzen leicht das Geländer der Geschworenenbank und fuhr, eine Nuance lauter, fort: »Man muß sich die Tatsache vor Augen halten, daß Mr. Johnson nicht einen einzigen stichhaltigen Beweis dafür erbringen kann, daß er tatsächlich den halben Track gegessen hat. Und beim Kläger liegt die Beweislast, darauf wird Sie der Richter in Kürze hinweisen. Das heißt natürlich andererseits auch nicht, daß der Kläger lügt – er ist sich ja selbst keineswegs sicher, ob er nun dieses Tier verschluckt hat oder nicht. Er kann nicht *mit Bestimmtheit* sagen, daß das der Fall war. Eben genau deshalb kann er auch keinen *stichhaltigen Beweis* dafür erbringen – jedenfalls keinen, der den Anforderungen des Gesetzes genügen würde.«

Seth breitete seine Arme weit aus, wobei er die Handflächen nach oben hielt, als wolle er um Gottes Beistand bitten. Dann ließ er die Arme langsam wieder sinken und sagte: »Deshalb, meine Damen und Herren, unterstelle ich, daß in diesem Fall

niemand echten Schaden genommen hat und kein Gesetzesverstoß vorliegt.«
Unwillkürlich nickten ihm vier Geschworene zustimmend zu. Seth spürte ein erregendes Kribbeln in seinem Rücken. Ja, das Pendel schlug tatsächlich in die andere Richtung aus. O mein Gott, welch ein wunderbarer, aufregender Beruf!
»Ich behaupte ja gar nicht, daß ich mich nicht auch furchtbar aufregen würde, wenn ich 79 Cent für eine Dose Garbanzobohnen bezahlt hätte und mitten im Schmausen diese kleinen Kerlchen finden würde. Vielleicht ist es Ihnen aufgefallen, daß Mr. Malm die Untiere praktischerweise auf diesem weißen Umschlag liegenließ, so daß Sie alle sie gut sehen können. Das ist übrigens einer der ältesten Tricks in unserem Beruf: Das soll mich in eine Zwickmühle bringen. Entweder hören Sie mir nicht richtig zu, weil Sie ständig von diesen Viechern abgelenkt werden, oder ich wage es, die Beweisstücke wieder im Umschlag verschwinden zu lassen. Und dann sitze ich in der Falle, denn Mr. Malm würde Sie in seiner abschließenden Stellungnahme mit Sicherheit darauf hinweisen, daß *auch Mr. Cameron ganz offensichtlich den Anblick dieser entsetzlichen Tiere nicht ertragen kann*!«
Acht Geschworene sahen ihn jetzt verschwörerisch an. Er hatte sie gewonnen. Doch der Sieg war ihm noch nicht gewiß. Malm durfte zum Schluß noch einmal Stellung nehmen, das stand laut Gesetz allen Klägern zu. Und dann entschied das Urteil über Sieg oder Niederlage.
»Meine verehrten Damen und Herren Geschworenen! Im Grunde sind Tick, Trick und Track gar nicht so furchterregend. In einigen Gegenden Afrikas sind diese kleinen Burschen womöglich sogar eine Delikatesse.« Seth wandte sich den Beweisstücken der Anklage Nr. 1A, 1B und 1C zu und nahm Tick in die Hand. Er verschloß ihn sorgfältig in seiner Faust und hielt ihn, so verborgen, den Geschworenen entgegen, wobei er genau darauf achtete, daß er Abstand wahrte. »Wenn Sie es sich leisten können, dann können Sie in der Gourmetabteilung Ih-

res Supermarktes mit Schokolade überzogene Ameisen kaufen und in einigen Delikatessenläden sogar Grashüpfer – wesentlich größer als unser Tick hier.«

Seth hielt inne, schüttelte wie nachdenklich den Kopf und sagte: »Kein Wunder, daß unsere Gerichte überlastet sind und die Firmen darüber klagen, daß die Herstellungskosten in die Höhe schnellen.« Das brachte einen weiteren Geschworenen auf seine Seite. Ein ehemaliger Buchhalter, nun im Ruhestand, nickte zustimmend. Seth nahm an, daß dieser Mann zum Sprecher der Geschworenen gewählt worden war. Ein Rat seines Vaters kam Seth in den Sinn: Jeden überzeugt etwas anderes, mein Sohn, und du mußt es *erspüren* können, was jeden einzelnen von deiner Sache überzeugt – deshalb ist die Behauptung, Fleiß sei wichtiger als Intuition, schlichtweg Unsinn.

»Was soll denn das ganze Theater? Worüber regt man sich so auf? Was ist denn so schlimm an unserem kleinen Tick hier?« Er warf noch einen letzten Blick auf die glasigen Augen des Insekts, wünschte sich schaudernd guten Appetit und stopfte sich Tick blitzschnell in den Mund. Alle zwölf Geschworenen schnappten gleichzeitig nach Luft, so daß man fast den Sog spürte. Malm sprang in höchster Erregung auf und schrie: »Euer Ehren, Mr. Cameron verschluckt das Beweismaterial! Verhindern Sie das!«

»Dafür ist es zu spät!« sagte der Richter mit weit aufgerissenen Augen. Ihm stand das Entsetzen im Gesicht. »Haben Sie wirklich soeben das Beweisstück 1A verschluckt, Mr. Cameron?«

Seth riß sich zusammen. Jetzt kam es nicht darauf an, was er sagte, sondern wie er es sagte. Sein Speichel schmeckte bitter, schaurig war das Knacken und Knirschen, als der Panzer des Insekts nachgab. Er spürte, wie die sperrigen Käferteile seine Kehle hinunterwanderten ... Diese Erfahrung würde er nie vergessen.

»Allerdings, Euer Ehren, und ich würde auch gerne 1B und 1C verspeisen, aber wie ich sehe, haben wir ja bald Mittagspause.«

Jetzt lachten einige Geschworene, die Atmosphäre entspannte sich.
»Das ist überhaupt nicht komisch, Mr. Cameron«, antwortete der Richter und warf Seth einen vernichtenden Blick zu. Dann sah er hilfesuchend zu einem Gerichtsbeamten hinüber.
»Mr. Cameron verhält sich ungebührlich vor Gericht, Euer Ehren!« schrie Malm und nahm mit dramatischer Geste die Brille ab. »Ich bezichtige ihn des groben Verstoßes gegen die Vorschriften und verlange, daß der Fall wegen Verfahrensfehlern in der Prozeßführung neu verhandelt wird. Er hat diesen Prozeß zu einer Farce gemacht – ein Hohn auf die Gerechtigkeit.« Malm heulte und winselte genauso, wie es Seth erhofft hatte.
»Bei allem Respekt, Euer Ehren«, fuhr Seth fort, »dieses Beweisstück war völlig überflüssig. Mr. Malm hat mit einem Expertengutachten ja eindeutig nachgewiesen, daß das Beweisstück 1A mit dem noch vorhandenen Beweisstück 1B und dem Teil von 1C identisch ist. Es ist also keinerlei Schaden entstanden. Was den Vorwurf anbelangt, ich mache diesen Prozeß zur Farce, möchte ich feststellen: Dieser Fall war von Anfang an eine Farce, bereits als Mr. Malm seine frivole Klage einreichte. Ich habe das nur offengelegt.«
Seth spürte, daß er Herr der Lage war, drehte dem Richter den Rücken zu und sah den Geschworenen ins Gesicht. Alle hatten sich mittlerweile von dem Schrecken erholt und betrachteten ihn amüsiert – und mit gewissem Respekt. »Meine Damen und Herren! Zum Schluß möchte ich Ihnen noch zwei Dinge sagen. Erstens: Das Beweisstück 1A hätte etwas Mayonnaise und vielleicht eine Prise Salz vertragen. Zweitens: Ich habe meine Pflicht erfüllt. Jetzt sind Sie an der Reihe.«

• 3 •

»DAS WAR DAS URTEIL – 79 Cent Schadensersatz? Mach keine Witze!«

»Das ist die Wahrheit, Harry«, sagte Seth. Er stand in einer Telefonzelle vor dem Gerichtssaal. Gleich nach der Verhandlung hatte er Harry angerufen. »Das ist genau der Betrag, den Johnson für die Dose Bohnen bezahlt hatte. Die Geschworenen haben ihn durchschaut. Sie haben noch nicht mal eine Stunde für die Beratung gebraucht – und dabei sind sie zweimal unterbrochen worden. Man mußte sie ermahnen, nicht so laut zu lachen.«

»Sie haben gelacht? Ich glaube dir kein Wort, Cowboy.«

»Verdammt, wirklich! Nach der Urteilsverkündung hat sich Malm noch nicht mal nach dem Abstimmungsverhältnis erkundigt. Er hat mich nur kurz angegiftet, seine Aktentasche geschnappt und ist auf und davon.«

»Unglaublich!« rief Harry aufgeregt. »Es sah doch so günstig für ihn aus. Wie bist du denn mit seinem Beweismaterial umgegangen?«

»Nichts für ungut, Harry, ich habe es aufgegessen. Zumindest einen Teil davon.«

»*Was* hast du gemacht?«

»Ich habe den kleinen Tick verspeist. Das ist ein Käfer von einer Spezies, die leider vom Aussterben bedroht ist, ein stolzes und besonders unternehmungslustiges Tier. Beweisstück 1A, um genau zu sein.«

»Großer Gott«, sagte Harry, »was ... was geschah dann?«

»Ich mußte mich erbrechen – in meine Aktentasche! Allerdings habe ich damit gewartet, bis alle Geschworenen den Saal verlassen hatten.«

»Ich meine: Wie reagierte der Richter?«

»Ach, er bat die Geschworenen, den Vorfall mit dem Käfer nicht zur Kenntnis zu nehmen. Er wollte die Sache herunterspielen und hat alles nur schlimmer gemacht … mein Freund, für dich gilt dasselbe, was ich den zwölf Geschworenen in meinem Plädoyer ans Herz gelegt habe: Ich habe meine Pflicht erfüllt, jetzt bist du an der Reihe.«

»So war es ja abgemacht, Cowboy. Ich werde mich sofort mit dem Personalchef bei M & M in Verbindung setzen. Wie lange brauchst du, um nach San Francisco zu einem Vorstellungsgespräch zu kommen?«

»Ich kann in vier Stunden bei euch sein«, sagte Seth. »Du brauchst nur zu pfeifen.«

»Das dürfte jetzt kein Problem mehr sein«, sagte Harry. »Es gibt kaum einen Anwalt, der Malm vor Gericht geschlagen hat. Außerdem haben uns gerade zwei Kollegen verlassen, die auf Gerichtsverhandlungen spezialisiert waren. Übrigens, glaubst du, du könntest einige deiner Klienten mitnehmen, falls du zu uns kommen solltest?«

»Aus Bakersfield? Das kann doch nicht dein Ernst sein! Huckins & Cameron hat nur einen einzigen festen Klienten von größerem geschäftlichem Format. Wir geben uns doch fast nur mit Bagatellen ab – Testamentsbeglaubigungen, Scheidungen, kleinen Handelsgeschäften und Pachtverträgen. Wir haben absolut nichts, was M & M interessiert.«

»Was ist mit diesem einen Klienten? Was macht der?«

»Das ist eine private Telefongesellschaft, die ungefähr vierzig Kleinstädte in Kalifornien betreut. Ich kümmere mich um ihre Prozeßangelegenheiten, und Huckins ist für den geschäftlichen Teil verantwortlich.«

»Kannst du sie zu uns mitnehmen?«

»Keine Ahnung – ist das wichtig? Ich dachte, M & M will mich bloß wegen meiner Redekünste.«

Harry lachte und versicherte ihm, ja, sie wollten ihn auch deshalb. »Aber die Zeiten sind hart, Seth. Die Teilhaber nehmen jeden Bewerber genau unter die Lupe, bevor sie ihn zum Teilhaber ernennen. Ein Anwalt mit längerer Berufserfahrung soll-

te auch einen festen Klientenstamm mitbringen können. Der Konkurrenzkampf in der Großstadt ist mörderisch, und wir nehmen, was wir kriegen können.«
Seth sagte, er werde darüber nachdenken, aber Harry betonte, das sei keine notwendige Voraussetzung. »Es könnte die Räder ein bißchen schmieren. Aber mich interessiert noch etwas anderes: Was hat denn Malm nach der Verhandlung zu dir gesagt?«
»Er sagte, ich sei am Rande des Abgrunds herumgetanzt. Das nächstemal werde er mich hinunterstoßen. Ich habe ihm geantwortet, er solle seinen Mund nicht so voll nehmen, sonst müsse er das nächstemal seinen großen Bruder mitbringen.«
»Ziemlich unverschämt. Du kannst es einfach nicht lassen, deine Gegner anzupflaumen. Das stammt noch aus deiner Football-Zeit als berüchtigter Kamikaze-Cornerback.«
»Ihm hat es auch nicht besonders gefallen.« In der Leitung war es für einen Augenblick still. »Harry?«
»Ja, Seth«, sagte Harry schließlich. »Ich habe gerade nachgedacht ... Ich hoffe, du nimmst es mir nicht übel, wenn ich dir einen Rat gebe.« Harry wählte seine Worte sehr vorsichtig: »Ich weiß, daß du eine starke Persönlichkeit bist und so sein mußt, wie du bist ...«
»Keine Angst, alter Freund, ich werde schon nicht in Cowboystiefeln oder auf meiner Harley bei euch in der Kanzlei aufkreuzen. Ich werde mich benehmen wie ein Mann von Welt – gepflegter Umgangston, beste Manieren, sozusagen die Crème de la crème der feinen Gesellschaft.«
»Das klingt vielversprechend, vor allem wenn das jemand sagt, der Brezen und Bier für zwei der wichtigsten Nahrungsmittel hält«, sagte Harry. »Aber ich dachte eher daran, daß dich jeder nach deinen Sieg über Sterritt Malm fragen wird. Möglicherweise ... wäre es klüger, die kleine Angelegenheit mit Beweisstück 1A nicht zu erwähnen.«
»Da fehlt mir bestimmt etwas«, sagte Seth nach kurzem Schwei-

gen. »Aber ich habe gewonnen. Das ist doch das einzige, worauf es ankommt, vor allem bei euch in der Großstadt. Entwickeln die Leute aus der Montgomery Street nicht auch ab und zu Phantasie?«

»Sicher, Seth, aber so meine ich das nicht.« Harry sprach mit äußerster Vorsicht. »Einige Leute hier könnten den Eindruck haben, daß du dich nicht an die Vorschriften gehalten hast. Verstehst du mich? Sie könnten dein Verhalten für fragwürdig halten, für ... hmmm ... unmoralisch.«

»Unmoralisch?« Seth lachte höhnisch. »Ausgerechnet ihr in San Francisco? Ich kann mir vorstellen, daß sie mich für verrückt halten, aber nicht für unmoralisch. Das ist doch unglaublich. Willst du behaupten, daß diese Typen bei M & M Skrupel haben? Die tragen feine Anzüge und bekommen 400 Dollar pro Stunde dafür, daß sie den großen Konzernen helfen, kleine Firmen zu schlucken. Und wir wissen doch alle, wie das läuft. Die Multis kaufen die kleinen nicht etwa mit dem eigenen Geld. Sie nehmen Kredite auf und stoßen dann schnell die Aktien der kleinen Firma ab, weil sie das Darlehen zurückzahlen müssen. Dann werden die Arbeitskräfte entlassen, und die Multis stecken den ganzen Profit ein. Und diese Leute wollen sich zu Moralaposteln aufspielen?«

»Langsam, Cowboy. Du kannst ihnen keinen Vorwurf machen. Solche Aufkäufe sind heute üblich. Diese Firmen stärken nur ihre Position auf dem Markt. Es geht um sehr viel Geld.«

»Das sagte auch Willie Sutton, als man ihn fragte, warum er Banken ausgeraubt hatte.«

»Jetzt werd nicht bissig, Seth. Sie sind bestimmt keine Engel und erwarten das auch nicht von dir. Es ist eher eine Frage ... nun ja ... des Stils. Ich möchte nur verhindern, daß man dich für ein exotisches Original hält. Zur Zeit befindet sich unser Chef in Yale. Er unterrichtet dort ein Semester lang. Der Leiter der Personalabteilung nimmt sowieso schon die Gelegenheit wahr, und versucht, jemand anderem zu dem Posten zu verhelfen.«

»Wer ist denn euer Chef?« fragte Seth neugierig. Seine Empörung hatte sich wieder gelegt.
»Anthony Treadwell. Er leitet die Kanzlei.«
»Ich habe einmal eine Vorlesung von ihm gehört. Er ist einer der ganz Großen.«
»Wenn du zu uns kommst, kannst du dir seine Strafpredigten anhören.«
»An so was bin ich gewöhnt.«
»Das glaub' ich dir gerne. Wie geht es deinem alten Herrn?«
»Schwer zu sagen. Der Arzt meint, Pop hat vielleicht einen Tumor im Gehirn. Deshalb spielt er ab und zu verrückt. Wenn's bei M & M klappt, sorge ich dafür, daß er in ein gutes Pflegeheim kommt ...«
»Wir brauchen dringend einen guten Anwalt mit Erfahrung vor Gericht. Der Wurf ist schon im Kasten.«
»Also, Harry, auf jeden Fall bedanke ich mich für deine Mühe.«
Harry schwieg eine Weile. Dann sprach er so leise, daß Seth ihn kaum verstehen konnte. »Ich bin dir noch etwas schuldig, Seth.«
Seth holte überrascht Luft. »Das ist Vergangenheit, mein Freund. Vergiß es. Grüße sie von mir.«
Harry versprach das, und sie verabschiedeten sich.
Seth starrte noch eine Weile auf den Hörer. Dann knallte er ihn auf die Gabel. Er riß die Tür der Telefonzelle auf und stürzte hinaus. Fast hätte er Rosie umgerannt.
»Was ist los?« fragte sie erschrocken. »War Harry nicht begeistert?«
»Aber doch. Kein Grund zur Aufregung«, erwiderte Seth. »Alles ist in bester Ordnung.«
Einer der Geschworenen kam jetzt auf Seth zu, um ihm zu gratulieren. »Das schlägt alles, was ich je erlebt habe«, rief Mr. Thornton begeistert und schüttelte Seth kräftig die Hand. »Ich wußte gar nicht, daß das erlaubt ist. Aber den kleinen Tick einfach so zu verschlucken – sagenhaft!«

Seth rang sich ein Lächeln ab und sagte: »Camerons Maxime lautet: Arbeite mit allen Tricks, solange sie nicht eindeutig gegen das Gesetz verstoßen. Wenn es der Sache dient, bemühe ich mich eben, den Tathergang für die Geschworenen möglichst realistisch nachzustellen. Das mache ich jederzeit wieder.«

Mr. Thornton kratzte sich nachdenklich am Kopf und grinste breit. »Gut, daß das kein Mordfall war.«

»Selbst für mich gibt es Grenzen«, erwiderte Seth und versuchte, an dem stämmigen Geschworenen vorbeizukommen. »Leider kann ich mich nicht länger mit Ihnen unterhalten, Mr. Thornton. Ich bin etwas in Zeitdruck ...«

Der Mann machte respektvoll Platz.

Seth ging rasch den Gang hinunter. Er wollte so schnell wie möglich aus dem Gerichtsgebäude kommen. »Nichts wie raus hier«, flüsterte er Rosie zu. »Sonst kommt noch ein Feinschmecker aus Modesto und will das Rezept für *Crêpes Tick.*«

»Du hast den vielleicht wichtigsten Fall deines Lebens gewonnen und benimmst dich, als hättest du ihn verloren. Was um Gottes willen hat Harry zu dir gesagt, daß du auf einmal so schlecht gelaunt bist?«

»Darüber reden wir später, okay? Dort drüben auf der anderen Seite des Flurs gibt es noch einen Lift.«

Sie kamen an verschiedenen Abteilungen des Bezirksgerichts vorbei. Auf dem Gang drängten sich die Leute. Sie sahen mutlos aus und schienen sich in ihr Schicksal zu ergeben. Hier wurden die Bagatellfälle verhandelt: kleine Verkehrs- und Drogendelikte, Mißhandlungen von Ehefrauen, unspektakuläre Schadensersatzforderungen. Einige der Wartenden versuchten, Seth' Blick zu erhaschen. Aber Seth sah unverwandt geradeaus – er wußte, was sie von ihm wollten: In einem Gerichtsgebäude wird jeder Rechtsanwalt an seiner dicken Aktentasche sofort erkannt und von Hilfesuchenden umlagert. Er hat, was sie dringend brauchen: Er kennt die verborgenen Geheimnisse dieser fremden Welt, die sie einschüchtert und in die sie unfreiwillig geraten sind. Er ist für viele die letzte Hoffnung.

»*Señor, por favor*! Bitte?« Als Seth sich umdrehte, sah er eine zarte, kleine Frau. Ihr Alter war nicht zu bestimmen, sie konnte dreißig, aber auch sechzig sein. Die drahtigen Haare wirkten ungekämmt, die trockene Haut war ungepflegt und von der Sonne verbrannt. Sie roch nach Früchten – Pfirsichen und Aprikosen. Wohl eine Saisonarbeiterin, die hier ist, um Obst zu pflücken, dachte Seth und ging unbeirrt weiter zum Lift. Aber sie huschte neben ihm her und umklammerte plötzlich sein Handgelenk.

»Lassen Sie mich bitte los«, sagte Seth und ging weiter. Rosie wurde blaß. Sie eilte voraus und drückte hastig den Liftknopf. Doch die Frau klammerte sich immer fester an Seth. »Bitte, *Señor Abogado*«, bettelte sie, »nur eine Minute.« Einige Leute waren bereits aufmerksam geworden, manche folgten ihnen sogar neugierig. »Es ist ja nicht für mich«, fügte sie atemlos hinzu, »ich will ein junges Leben retten. Bitte! Ich flehe Sie an, *Señor*.« Sie wollte vor ihm auf die Knie fallen, doch ein großer junger Mann eilte herbei und hielt sie zurück. Er trug seinen Arm in einem schmutzigen Gipsverband.

»No, Mamá, no es necesario.«

»Seth«, flüsterte Rosie erschrocken, »das ist der Junge vom Autofriedhof!«

Der junge Mann mit dem Pferdeschwanz lächelte entschuldigend. Mit der unverletzten Hand löste er die Finger seiner Mutter von Seth' Arm. »*Es muy loco*, er ist völlig verrückt! Er kann nichts dafür!« schrie die Frau Seth zu, als der Junge sie bereits energisch wegführte. »Aber wir haben keinen Anwalt, der Richter wird ihn deportieren lassen! Bitte, *Señor*, bitte!«

Seth starrte auf die Lifttür. Dann drehte er sich um und rief: »Der Richter wird einen Anwalt für Ihren Sohn bestimmen. Sie brauchen sich keine Sorgen zu machen.«

Endlich öffnete sich der Lift, und Seth zog Rosie hastig hinein.

»Der Richter wird einen Anwalt für ihn bestimmen«, wiederholte er tonlos, während sich der Lift in Bewegung setzte. Rosie starrte auf die Anzeigetafel und beobachtete, wie die Nummern der Stockwerke nacheinander aufleuchteten. Sie schwieg.
»Er wird politisches Asyl beantragen«, versicherte Seth. Er stieß einen Seufzer aus und ließ seine Taschen mit einem lauten Knall zu Boden fallen. Er konnte das Bild vor seinen Augen nicht loswerden: die dunklen Augen der schmächtigen Frau, die ihn um Hilfe anflehten. »Der Prozeß kann die Abschiebung jahrelang hinauszögern. Die Behörden werden sich bald nicht mehr für den Fall interessieren.« Schweigen.
»Das kommt alles in Ordnung, Rosie. Glaub mir!«
Rosie war immer noch verstimmt. Doch nun nickte sie kurz, und ein versöhnliches Lächeln huschte über ihr Gesicht.
Der Lift öffnete sich, und sie traten in das gleißende Sonnenlicht hinaus. »Es wird höchste Zeit, daß Bonnie und Clyde zurück nach Avenal fahren und sich in die Falle hauen.«

• 4 •

SETH ERWACHTE UND stand auf, um sich zu rasieren. Seit einer Woche ging für ihn hier in Bakersfield wieder alles seinen gewohnten Gang. Er absolvierte sein tägliches Pensum – ein ständiger Wechsel zwischen todlangweiligen Besprechungen mit Klienten und hektischer Anspannung im Gericht. Seth rasierte sich jetzt zum zweihundertzehntenmal in diesem Jahr. Er war nervös.
Rosie summte laut in der winzigen Küche, während sie ihm zum zweihundertzehntenmal in diesem Jahr das Frühstück bereitete. Wie jeden Morgen gab es warmen Haferbrei (seine geliebten Eier mit Schinken hatte sie schon vor einer Weile gestrichen) mit etwas frischer Kleie (»Du brauchst Ballaststoffe, mein Schatz«) und entrahmter Milch (nur zwei Prozent Fettgehalt).

Da war auch mit Tupelo-Honig und Rosinen nichts mehr zu retten: Die Sache schmeckte nach Sägemehl.
Die letzte Woche hatte nicht vergehen wollen. Seth war immer unruhiger geworden. Es quälte ihn, »daß dieses Telefon sich so hartnäckig weigert zu klingeln«, wie er zu Rosie sagte. Aber er fühlte sich auch schuldig und schäbig, weil er mit Tom Huckins noch nicht über seine Pläne gesprochen hatte. Tom hatte zwar auch seine Fehler, doch er hinterging seine Freunde nicht. Auf der anderen Seite wollte Seth Tom auch nicht unnötig aufregen: Die Sache war ja noch keineswegs sicher.
Dann war es soweit. Die Sekretärin richtete Seth aus, daß Harrison Cooper am Telefon sei. Seth konnte vor Aufregung kaum sprechen. Die widersprüchlichsten Gefühle stiegen in ihm für Bruchteile von Sekunden auf und lösten sich wieder auf.
Harry sparte sich Floskeln. »Paßt es dir am nächsten Donnerstag, Cowboy?«
»Um wieviel Uhr?«
»Pünktlich um 9.30 Uhr geht es los. Ich werde dich zunächst mit Vic Lydell bekannt machen, das ist unser Personalchef. Er wird dich zu den entsprechenden Leuten bringen. Eigentlich dürfte ich es dir nicht verraten, aber die Sache ist so gut wie sicher. Natürlich darfst du Lydell nicht auf die Schuhe pinkeln oder seiner Sekretärin einen unsittlichen Antrag machen. Wie es aussieht, sollst du mit 150 000 Dollar im Jahr anfangen, weil du bereits Berufserfahrung hast. Wenn sie mit dir zufrieden sind, kannst du in anderthalb Jahren Teilhaber werden.«
»Klingt gut! Hast du eine Vorstellung davon, was man als Teilhaber im ersten Jahr verdienen kann?«
Harry überlegte kurz. »Genau weiß ich es nicht, aber ich schätze, wir bekommen weitere 100 000 Dollar im Jahr – mindestens!« Harry lachte leise. »Ich wußte gar nicht, daß Seth Cameron dem allmächtigen Dollar verfallen ist.«
»Das kannst du nicht verstehen. Du hattest ja immer genug von diesen allmächtigen Dollars.«

Harry lachte. »Davon kann man nie genug haben. Dostojewski nannte das ›Münzen der Freiheit‹.«
»Ziemlich treffend.«
»Darf ich das als Zusage auffassen?«
»Meine Satteltaschen sind gepackt.«
»Schön. Richte es doch so ein, daß du mit mir und Trish am Abend vorher zum Essen gehen kannst. In einem gemütlichen Lokal in San Francisco werde ich dir dann genauer erzählen, was dich erwartet. Vielleicht kann Rosie mitkommen, wenn sie sich frei nehmen kann.«
Als er aufgelegt hatte, holte Seth tief Luft und ging zu Tom Huckins' Büro auf der anderen Seite des Flures.

»Seth, alter Kumpel. Darf ich dir Tammy vorstellen? Wir sind gerade in einer Besprechung. Tammy arbeitet im *Big Burger Restaurant* und will ihren Chef wegen sexueller Belästigung verklagen.«
Tammy knöpfte sich flink die Bluse wieder zu. Allerdings hegte Seth den Verdacht, daß sein Partner die Bluse vorher mit geübten Griffen wesentlich flinker *aufgeknöpft* hatte. Dann erkundigte sich Tammy nach der Damentoilette und verschwand. Seth schüttelte den Kopf. »Wohl schon mit den Nachforschungen angefangen, Huck?«
»Ich nehme meine Fälle gern immer gleich fest in die Hand, das weißt du ja, Cowboy. Man kann nicht früh genug damit anfangen, Justitias erquickenden Rechtskörper zu studieren.« Tom strich seine dunklen Locken zurück. Dann sah er Seth ernst an: »Du hast ja recht, Seth, sie ist eine Nutte.«
»Darum geht es nicht«, antwortete Seth mürrisch. »Sie ist deine zukünftige Klientin. Aber wenn du schon darauf zu sprechen kommst – sie ist wirklich eine Nutte, eine professionelle. Das sollte es dir etwas einfacher machen, dich auch professionell zu verhalten – wie ein seriöser Rechtsanwalt.«
»Nun beruhige dich, alter Freund. Das hat mit dem Geschäftli-

chen nichts zu tun. Du weißt, ich kann an keiner Frau vorbeigehen.«

»Auch an keinem Spiegel«, erwiderte Seth trocken und dachte dabei: Nur weiter so, Tom. Das macht es mir leichter.

Dann sagte Seth die Wahrheit. Er machte auch kein Hehl daraus, daß er sofort zusagen werde, wenn er die Stelle bei M & M bekäme.

Tom starrte Seth fassungslos an. Als ihm klar wurde, was das alles bedeutete, preßte er wütend die Lippen zusammen. »Das kannst du nicht machen«, sagte er leise und schüttelte ungläubig den Kopf. »Wir kriegen hier gerade die Kurve – der Laden läuft endlich. Willst du wirklich alles im Stich lassen, was wir so mühsam aufgebaut haben? Seth Cameron verkauft sich an eine Kanzlei in der Großstadt! Das kann doch nicht wahr sein!«

»Tom, das ist ja alles noch nicht sicher. Ich weiß aber, daß ich hier in Bakersfield vor die Hunde gehe. Und da ist noch etwas: Doc Farley meint, Pop braucht ganztägig Betreuung. Die Wahrheit ist, daß sich mein Vater ständig vollaufen lassen würde, wenn er das Geld dafür hätte. Und mit dem, was ich hier verdiene, kann ich weder seinen Schnapskonsum noch ein anständiges Altenheim bezahlen. So – das wär's! Ich hab' dich informiert. Du hast das Recht zu wissen, was los ist. Ich brauche von dir keine Erlaubnis dazu, und deine Ratschläge kannst du dir auch sparen.«

»So geht das nicht. Ich sage dir meine Meinung, ob dir das paßt oder nicht.« Huckins ließ sich in einen Sessel fallen, nahm einen Stift in die Hand und drehte ihn langsam hin und her. Er dachte nach.

»Schau, Seth, wir beide haben Freunde, die bei großen Kanzleien in San Francisco oder Los Angeles arbeiten. Sind die so glücklich wie wir hier? Nie und nimmer! Die müssen immer auf der Hut sein. Dauernd werden sie beobachtet – ob sie auch ja im richtigen Club sind, ob sie bei den stinkfeinen Dinners die richtige Gabel nehmen. Das ist doch nichts für dich, Mann! Du ge-

hörst hierher, zu mir, Rosie und deinen Kumpels. Hier kannst du sein, wie du bist. Verdammt, Seth, bleib in deiner Welt! Du spielst Pool und nicht Polo. Du hast keinen einzigen Tropfen blaues Blut im Leib. Du bist durch und durch ein Cowboy.«
Seth sah ihn nur an. Tom war auf seine Art auch ein Snob: stolz auf seine Ignoranz und Intoleranz. Ein Egozentriker, der selbstverständlich annahm, daß alle seine Freunde die Welt genauso sahen wie er. Er hatte keine hohen Erwartungen ans Leben und war mit dem gegebenen Ablauf zufrieden. Samstags ging man zum Wasserskifahren, sonntags sah man sich die Übertragung der Profi-Footballspiele an. Unter der Woche mußte man tagsüber hart arbeiten. Abends versuchte man, eine Frau aufzureißen. Am Freitagabend betrank man sich bei *Jason's* und kroch am Samstag gegen Mittag aus dem Bett, um mit dem Programm von vorn anzufangen.
Tom brach das Schweigen. »Ich habe doch recht, Cowboy? Oder glaubt der Herr Anwalt vielleicht, nur weil er in der Provinz ein Star ist, ist er besser als wir anderen Wüstenmäuse?«
Seth bemühte sich zu lächeln. »Lieber Gott, Huck. Mach doch nicht gleich einen Klassenkampf daraus. Natürlich glaube ich nicht, daß ich etwas Besseres bin. Was ist denn so verwerflich daran, daß ich große, interessante Fälle bearbeiten möchte? Und so etwas wird auch noch phantastisch bezahlt! Was gibt es denn daran auszusetzen?«
Tom zeigte mit dem Stift auf Seth. Seine dunklen Augen waren ganz schmal vor Wut. »Nichts, absolut nichts, Seth. Aber dir geht es nicht nur ums Geld. Du willst mehr. Du willst der Star sein, erstklassige Frauen haben – alles nur vom Feinsten und Besten. Das Schlimme ist, daß du es wahrscheinlich auch bekommen wirst. Aber dann wirst du merken, daß du nirgends mehr zu Hause bist. Und laß dir das gesagt sein: Wenn du von hier fortgehst, alter Freund, brauchst du nicht mehr zurückzukommen. Du wirst hier nie wieder willkommen sein. Darauf kannst du Gift nehmen.«

»Tom, ich kann nicht glauben, daß du ernst meinst, was du ...«
»Glaub es ruhig, du Arschloch!« Tom schnellte aus seinem Stuhl und trat dicht an den erschrockenen Seth heran. »Ich habe damals meine gute Arbeit aufgegeben, um mit dir die Kanzlei aufzumachen. Du hast eine Verpflichtung mir gegenüber, du Hund!«
»Das stimmt nicht, Tom. Du weißt genau, daß ich nie irgendeine Verpflichtung eingegangen bin, auch dir gegenüber nicht!« Seth versuchte, sich zu verteidigen. »Und komm mir bloß nicht mit deiner angeblich so guten Arbeit. Das kannst du jederzeit wieder anfangen, Titel vermitteln – an den Bakersfielder Landadel – für 2000 Dollar im Monat! Die sind heilfroh, wenn sie dich wiederbekommen.«
»Und die feinen Pinkel sind wohl heilfroh, wenn sie dich bekommen, was?«
»Wir werden sehen.«
Tom wanderte gewichtig auf und ab. So wäre er gerne als imposanter Anwalt im Gericht vor Geschworenen aufgetreten. Doch dazu hatte er es nie gebracht. »Wissen die Leute bei M & M eigentlich, wen sie sich da einkaufen?«
»Niemand kauft mich, Tom.«
Tom kicherte boshaft, schnippte den Stift vom Schreibtisch in die Höhe und fing ihn geschickt in der Luft. »Na, von mir aus kannst du das gern glauben.«
Seth wandte sich zur Tür, um zu gehen, doch Tom kam erst in Fahrt: ein Ankläger, der Seth vor Gericht stellte.
»Wissen sie bei M & M zum Beispiel etwas von deiner kurzen, aber vielbeachteten Karriere als Autodieb an der High-School?«
»Das war jugendlicher Leichtsinn – eine kleine Spritztour aus Jux und Tollerei. So hat man es auch aufgefaßt. Übrigens war ich ja nicht der einzige, der so etwas gemacht hat.«
»Und was ist mit der Geschichte, die in deinem letzten Schuljahr passierte? Joe Hemphill mußte drei Tage lang auf der Intensivstation behandelt werden, weil du ihn halb totgeschlagen

hattest. Und das nur, weil er dein schrottreifes Motorrad stehlen wollte.«
Seth wurde wütend, doch er wollte sich nicht provozieren lassen.
Tom Huckins fühlte sich jetzt sehr stark. Er schnalzte mit der Zunge. »Hey, alter Freund, versteh mich nicht falsch«, sagte er und grinste. Meistens grinste er auf diese Weise Freitag abends im *Jason's* die Mädchen an, die er später aufs Kreuz legen wollte. »Ich kann dich gut verstehen, aber ich mach' mir so meine Gedanken. Diese feinen Leute könnten das ja möglicherweise für eine leichte Überreaktion halten – einem Mann den Kiefer zu zerschmettern wegen eines Haufens alten Schrotts.«
Seth war nun zu gereizt, um noch ruhig bleiben zu können: »Dieser Haufen Schrott war damals das einzige, was ich jemals in meinem erbärmlichen Leben besaß.«
»Okay, okay, ich kann das ja verstehen. Vielleicht können sie das ja auch verstehen. Aber was ist mit deiner ruhmreichen Karriere als Footballspieler? Wissen denn die vornehmen Kricketspieler in San Francisco, daß du aus der Footballmannschaft rausgeworfen wurdest, weil du ständig gegen die Regeln verstoßen hattest? Gefährliches Spiel und diverse andere faule Tricks!«
»Das ist erlogen! Was redest du denn da? Die Forty-Niners haben lediglich meinen Vertrag nicht verlängert.«
»Und wie häufig mußtest du aus dem Spiel genommen werden, bis man dann schließlich deinen Vertrag nicht ›verlängerte‹, Seth?«
»Genug, Huck«, sagte Seth traurig und wollte gehen. »Ich merke, daß das für dich sehr schwer ist. Dieses Gespräch führt zu nichts. Lassen wir es sein!«
»Und du läßt besser diesen Unsinn sein!« Huck war wieder aufgestanden. »Beantworte mir noch eine letzte Frage! Wissen sie über dein Examen Bescheid? Kennen sie deine Noten vom letzten Semester?«

Seth blieb kurz an der Türschwelle stehen, zutiefst verletzt. »Ich glaube nicht!«

Seth fuhr zum *Bakersfield Broadway Bowl and Bar* und stellte seinen Wagen auf dem Parkplatz ab. Allmählich beruhigte er sich wieder. Er hatte nicht erwartet, daß Tom sich freuen würde, aber mit so einem Wutausbruch hatte er nicht gerechnet. Tom hatte Angst. Aber er war in der ganzen Stadt beliebt und konnte gute Arbeit leisten, wenn er sich nicht gerade von seinen Nebenbeschäftigungen ablenken ließ. Er würde gut ohne Seth zurechtkommen, er brauchte nur Zeit, um sich an die neue Situation zu gewöhnen.

Mit Rosie war das schwieriger. Nach dem Sieg über Sterritt Malm waren sie so ausgelassen und übermütig gewesen, als hätten sie eine Bank ausgeraubt. Sie hatten Modesto schnell hinter sich gelassen, und auf dem Weg nach Avenal waren sie in der Nähe von McHenry in das Restaurant *Mallard's* gegangen, um den Erfolg bei Sekt und feinem Essen zu feiern. Rosie hatte dann fast während der ganzen restlichen Fahrt geschlafen – sie konnte sogar im Stehen schlafen. Seth hatte sich noch einen Sechserpack Anchor Steam gekauft, im gestohlenen Wagen die Automatik eingestellt und genüßlich das Bier getrunken. Die Stille störte ihn nicht. Im Gegenteil, er brauchte die Ruhe, um zur Realität zurückzufinden. Es dauerte immer eine Weile, bis sich die narzißtische Hochstimmung legte, in die ihn die aufregende Atmosphäre bei Gericht versetzt hatte.

Südlich von Los Banos wachte Rosie auf. Ihre Stimmung war umgeschlagen. Sie sprach offen – über sich und ihre Probleme. Sie wußte nicht, ob sie ihre Arbeit als Bedienung bei *Bakersfield Broadway Bowl and Bar* aufgeben sollte. Sie hatte zum erstenmal in ihrem Leben das Gefühl, ein Zuhause zu haben, und wollte sich nicht von ihren Freunden trennen. Und sie wollte die Gemeinde der Bakersfielder Unitarischen Kirche nicht verlassen.

Wegen ihrer Verbundenheit mit der Kirche war es zwischen ihnen schon häufig zu Spannungen gekommen.
»Meine Güte, Rosie«, antwortete Seth, »in San Francisco gibt es mindestens ein Dutzend Glaubensgemeinschaften.« Er öffnete noch eine Dose Anchor Steam.
»Auch eine Unitarische Kirche?«
»Sehr wahrscheinlich! Auf jeden Fall gibt es dort eine Episkopalische Kirche. Das ist doch so ziemlich das gleiche.«
Rosie seufzte. »Würdest du mitkommen? In die Kirche, meine ich. Wenn ich mit dir nach San Francisco gehe?«
Seth klemmte die Dose zwischen die Beine und rieb sich mit beiden Händen die Augen. Er spürte allmählich, wie erschöpft er nach dieser Anstrengung war. »Du weißt, ich kann nicht viel damit anfangen, wenn ...«
»... wenn du es nicht sehen, anfassen oder mit Tonicwater mischen kannst!«
»Alles, was ich weiß, ist, daß man an sich selbst glauben muß.«
»Was soll denn das, Seth? Das stellt doch niemand in Frage, auch keine Kirche. Niemand erwartet von dir, daß du vor der Kirchentür deinen gesunden Menschenverstand abgibst. Außerdem würde es dich bestimmt nicht umbringen, wenn du für ein paar Minuten in der Woche darüber nachdenken würdest, daß es in deinem Leben noch etwas Höheres, Wichtigeres gibt.«
Seth nahm einen kräftigen Schluck, holte tief Luft und fuhr sich mit der Hand über seinen verspannten Nacken.
»Verstehst du mich, Seth? Eine höhere Macht!«
»Hast du wieder einmal geträumt?«
Rosie sah ihn scharf an. Sie wußte, was er beabsichtigte. »Das ist etwas anderes, Seth«, sagte sie kurz, und ihre Augen waren dunkel und kalt. Es war ein großer Fehler gewesen, Seth von ihrer Großmutter, der Schamanin mit dem zweiten Gesicht, zu erzählen. Doch sie hätte ihm niemals anvertrauen dürfen, daß diese besondere Gabe oft erst wieder an die Enkel vererbt wird. Rosie

hatte sie geerbt. Aber sie konnte damit nicht umgehen und wollte es auch nicht. Es war wie ein Mal auf ihrer Stirn, das sie nicht auslöschen konnte. Sie war diesem Erbe wehrlos ausgesetzt, denn die prophetischen Träume kamen mitten in der Nacht zu ihr, wenn sie schlief. Oft ließen sich ihre Träume einfach erklären, manchmal waren sie schlichtweg falsch, aber manchmal …

Seth ließ das Thema fallen, um Rosie nicht weiter zu verletzen, und versuchte, sie zu beruhigen. Sie sollte sich nicht über etwas aufregen, was noch gar nicht sicher war.

Doch Rosie ließ sich nicht ablenken. »Ich wette, Tom Huckins hält es auch für einen Fehler, daß du nach San Francisco gehen willst. Er sagt doch immer, daß es nur noch in Kleinstädten wie Bakersfield richtige Ärzte und Rechtsanwälte gibt. In den großen Kanzleien denken sie nur noch ans Geld – wieviel sie verlangen können oder wie hoch ihr Hauptgehalt ist.«

»Grundgehalt.«

»Genau.«

Es ärgerte Seth, daß Rosie annahm, Huckins' Meinung könne für ihn und seine Zukunft ausschlaggebend sein. Eigentlich hatte Seth Rosie zeigen wollen, daß er Verständnis für ihre Probleme und Sorgen hatte. Statt dessen hielt er ihr vor, daß sie von Huckins' selbstgefälligem Mist noch begeistert sei. Diesen Beweis für sein Einfühlungsvermögen quittierte sie fünfundzwanzig Meilen lang mit eisigem Schweigen. Schließlich entschuldigte sich Seth, doch er bestand darauf, sie könne unmöglich ernsthaft erwägen, in Bakersfield zu bleiben. Rosie ließ sich nicht umstimmen. Mit Tränen in den Augen versicherte sie ihm, daß sie zwar bei ihm bleiben wolle, aber auch ein eigenes Leben brauche. Ihre Lippen zitterten, als der Schmerz sie überwältigte, und ihre Worte offenbarten eine Traurigkeit, die Seth ans Herz ging. Kurz bevor sie in Avenal ankamen, einigten sie sich darauf, die Sache auf sich beruhen zu lassen, bis sie von Harry Definitives erfahren hätten.

Jetzt hatte Seth Definitives erfahren. Er setzte sich an einen Tisch im *Bakersfield Broadway Bowl and Bar* und verfolgte, wie schlangenhaft geschmeidig sich Rosie auf Rollschuhen zwischen den Tischen hindurchwand. Sie lächelte den Gästen, die sie bewunderten, freundlich zu, und Seth wußte in diesem Augenblick, daß er niemals ohne Rosie fortgehen würde. Der Gedanke, daß er sie verlieren könnte, war ihm unerträglich. Sein schmales Gesicht verriet Anspannung. Seth' Gesicht war nicht ebenmäßig schön, doch ausdrucksvoll und interessant. Er nippte gedankenverloren an seinem Kaffee und fragte sich, wie er Rosie klarmachen könnte, daß das auch für sie die letzte Chance war, von hier wegzukommen.
Aber was, wenn sie in San Francisco nicht miteinander zurechtkämen? Sie waren sehr unterschiedliche Persönlichkeiten. Und bis jetzt hatten seine Beziehungen zu Frauen nie besonders lange gehalten ... Er wußte nicht, was für sie beide das Richtige war, und es zerriß ihm fast das Herz, als er Rosie zusah. Sie glitt sicher und elegant zwischen den Gästen hindurch, nahm plötzlich eine leere Karaffe vom Tisch auf, ohne ihren »Flug« auch nur im mindesten abzubremsen, und glitt weiter wie schwerelos durchs Restaurant. Die Gäste waren begeistert.
Rosie setzte sich, etwas außer Atem, zu Seth an den Tisch. Am späten Nachmittag war es im Lokal immer recht ruhig, und sie hatte etwas Zeit. Sie beugte sich zu ihren Rollschuhen, um die Schnürsenkel zu binden. Dabei konzentrierte sie sich so intensiv, als müßte sie eine tickende Zeitbombe entschärfen. Sie wußte offensichtlich schon Bescheid. »Tom hat dich angerufen, nicht wahr?«
Rosie war hingebungsvoll damit beschäftigt, eine zweite Schleife zu binden. Sie zog kräftig und schwungvoll an den Bändern und tat so, als habe sie ihn nicht gehört. Dann goß sie heißen Kaffee in zwei Tassen und lehnte sich in ihrem Stuhl zurück.
»Ich habe ein bißchen Angst, Seth«, flüsterte sie so traurig und verloren, daß Seth zutiefst berührt war.

»Hey, Mädchen, nimm es nicht so schwer«, sagte er. Rosie beugte sich über ihren dampfenden Kaffee. Ihre dunkle Haarpracht löste sich und fiel in schweren Kaskaden nach vorne. »Verdammt, vielleicht mache ich ja bei dem Vorstellungsgespräch einen schlechten Eindruck. Und wenn nicht ... Erinnerst du dich an Mill Valley, das Tal bei San Francisco? Wir sind da einmal durchgefahren, als wir in Tiburon im *Sam's* zu Mittag aßen. Es hat dir so gut gefallen.«
Rosie vermied es, ihm in die Augen zu sehen. Deshalb streckte er seine Hand zu ihr hinüber und berührte sanft ihre Hände. »Vielleicht können wir ja dort etwas für uns finden, direkt am Fuß des Tamalpais. Du hast damals etwas sehr Poetisches gesagt – daß dich die wogende Stille an die Schwarzen Berge erinnere.«
Rosie starrte immer noch trübsinnig auf ihren Kaffee, der genauso schwarz war wie ihre Augen. »Es geht nur alles so furchtbar schnell. Hier geht es uns gut. Bis vor kurzem kam es mir wenigstens so vor. Und mit einem Schlag sollen wir alles hinwerfen und etwas Neues anfangen. Manchmal überstürzt du die Sachen, Seth, ohne sie recht zu bedenken.«
»Rosie, ich neige bestimmt nicht dazu, unüberlegt zu handeln.«
»Ach? Und wie war das, als du letzte Woche Tick verschluckt hast? Das hast du dir wohl vorher genau überlegt. Oder als du Soapy Frederickson letztes Jahr bei der Silvesterfeier niedergeschlagen hast, weil er dich dumm angeredet hatte. Oder ...«
»Das waren doch keine unüberlegten Handlungen, Rosie. Das war doch alles bis ins kleinste Detail geplant und vorbereitet, was beweist, daß ich vorsätzlich handelte und deshalb eindeutig wahnsinnig war.«
Rosie mußte lachen, obwohl ihr gar nicht danach zumute war. Wenn sie verärgert war, konnte Seth sie immer wieder versöhnlich stimmen, indem er eine passende Stelle aus dem juristischen Handbuch *Blackstone's Law Dictionary* zitierte. »Ich mag es wirklich gern, wenn du wie ein Anwalt sprichst«, flüsterte sie.

Aber damit war die Sache für sie noch nicht erledigt. Das Wichtigste hatte sie noch nicht angesprochen. »Und was wird aus deinem Vater? Wir gehen fort – und er soll ganz allein hier bleiben?«

Seth sah weg. Die Bowlingkugeln rollten laut die Bahnen entlang und warfen krachend die Kegel um. Die Luft war staubig und verbraucht. Allmählich bekam er Kopfschmerzen. »Vielen Dank für den Hinweis, Rosie. Genaugenommen bin ich gerade auf dem Weg zu ihm, um ihn zu informieren.«

»Aber wie soll er denn zurechtkommen? Seth, er ist doch dein Vater.«

»Das weiß ich, Rosie. Aber ich glaube, ich bin Joe Cameron nichts mehr schuldig und sollte vielleicht auch einmal an mich denken. Wenn ich diese Chance nicht wahrnehme, ist es für immer vorbei. Ich werde unter Garantie nicht noch einmal eine bekommen – nicht in meinem Alter und mit meinem beruflichen Werdegang. Für Pop ist es sowieso zu spät. Wenn ich das jetzt ausschlage, ist es für mich auch zu spät.« Nun war es an Seth, trübsinnig in den Kaffee zu starren. »Doc Farley meint, Pop brauche jetzt ganztägig Betreuung oder müsse in ein Altersheim. Bezahlen kann ich momentan weder das eine noch das andere. Wenn ich die Stelle bekomme, denke ich, wird es das Beste sein, ihn nach Summercrest zu bringen.«

»Ein *Heim*? Du würdest ihn in ein *Altersheim* stecken?« Rosie fauchte so laut, daß ein Gast, der an der ersten Bahn kegelte, aufmerksam wurde. »Es tut mir leid, Seth«, sagte sie hastig. »Ich weiß, wie schwer du es hattest, und liebe dich auch dafür, daß ...«

»Nun, er liebt mich nicht. Meistens kann er mich nicht einmal leiden.«

»Das liegt daran, daß er im Kopf nicht mehr ganz richtig ist, mein Lieber.« Rosie sah ihn an. »Aber eigentlich geht mich das alles überhaupt nichts an.«

»Sicher geht dich das was an, Rosie. Mit dem Geld, das ich in

San Francisco verdienen würde, könnte ich gut für ihn sorgen. Er könnte endlich dort leben, wo er mit Sicherheit glücklich wäre.«

»Mit dem Geld, das *du* verdienen würdest«, sagte Rosie und stand langsam auf. Ihre Augen funkelten wütend. Seth wußte genau, was in ihr vorging. »Und was zum Kuckuck soll ich tun, wenn wir in San Francisco sind oder in Mill Valley oder sonstwo, hm? Ich arbeite in diesem Lokal seit 1988, Seth, und soll demnächst zum Manager für den Abendbetrieb aufsteigen. Selbst wenn ich das nicht schaffen sollte, verdiene ich hier gut genug, um mir ein angenehmes Leben leisten zu können.« Sie wollte sich schon in Bewegung setzen, um ihre Arbeit wieder aufzunehmen, doch sie drehte sich noch einmal kurz um und sah ihn scharf an. »Dir wird es in der Großstadt gefallen. Aber hast du auch nur ein einziges Mal darüber nachgedacht, wie es mir dort gehen könnte – oder *uns*?«

Seth sah verlegen auf seine Hände. Auseinandersetzungen vor Gericht machten ihm nichts aus, aber einen Streit mit Rosie konnte er kaum ertragen. Er war sich ja darüber im klaren, daß sie beide sehr verschieden waren. Er war eher intellektuell und ehrgeizig, wenn auch oft unbeherrscht. Sie war warmherzig und erdverbunden, eine Frau, die in allem etwas Schönes erkannte, selbst in ihm. Trotz all der Unterschiede hatten sie sich immer verstanden, oft sogar ohne zu reden. Selbst als sie sich vor zwei Jahren dazu entschlossen zusammenzuleben, geschah das unglaublich unkompliziert.

Seth erinnerte sich: Rosie war ihm im *Broadway* aufgefallen, wie sie in ihrer unvergleichlichen Weise um die Tische glitt. Er war dann regelmäßig dorthin zum Abendessen gegangen, ihre ebenso unschuldige wie erotische Ausstrahlung zog ihn unwiderstehlich an. Rosie war es natürlich nicht entgangen, daß Seth so häufig kam. Das Lokal stand nicht im Ruf, eine besonders gute Küche zu haben. Bald unterhielten sie sich über Alltägliches, und Seth konnte ihr bei dieser Gelegenheit tief in die

Augen schauen. Er war sehr überrascht, als er merkte, daß sie innerlich stärker und reifer war, als sie nach außen wirkte. Ihre Augen spiegelten den Lebenshunger und die Leidenschaftlichkeit, die er in seinen eigenen Augen sah, wenn er sich beim Rasieren im Spiegel betrachtete.

Allmählich lernten sie einander näher kennen. Sie erzählten viel über sich. Rosie sprach über ihre berühmte Mutter und ihre Großmutter aus dem Stamm der Irokesen. Sie schilderte ihm, wie sie in den Schwarzen Bergen aufgewachsen war, und sie gestand ihm auch, daß sie fünf Monate lang mit einem versoffenen Gitarristen aus einer Rock-'n'-Roll-Band verheiratet gewesen war. Der hatte sie mit nach Los Angeles genommen und ihr dort vier Monate lang eine Lektion erteilt, die sie nie vergessen würde. Seth erzählte, daß er an der Berkeley-Universität in San Francisco studiert hatte. Er hatte dort ein Stipendium wegen seiner sportlichen Leistungen bekommen. Sie lachten beide, als er ihr von seiner Karriere im Profi-Football berichtete – und von deren jähem Ende. Rosie war gerührt, als sie von seinem besten Freund erfuhr – einem Hund, der nur noch drei Beine hatte und Fat Dog hieß. Sie hörte ihm zu, wenn er ihr seine Ansichten über Politik und wichtige Ereignisse in der Welt darlegte. Er hörte ihr zu, wenn sie ihre spirituellen Erfahrungen und Einsichten erklärte. Sie diskutierten auch grundsätzliche Fragen – zum Beispiel, inwiefern Freiheit auch Einsamkeit bedeuten kann oder das Problem der fließenden Grenzen zwischen Sicherheit und Macht. Sie mochten dieselben Farben, Lieder und Weinsorten. Und sie lachten immerzu.

Als Rosies Tante Claire einmal in Schwierigkeiten war, hatte Seth ihr als Anwalt helfen können. Das war eine unbedeutende Sache gewesen, doch Rosies Dankbarkeit schmeichelte ihm so, als wäre er zum Richter beim Obersten Gerichtshof ernannt worden.

Seth mußte zwar in diesen ersten Wochen ihrer Bekanntschaft sein körperliches Verlangen unterdrücken, doch er sah Rosie anders als alle Mädchen, die er bisher gekannt hatte: Er war in sie verliebt.

Sie waren noch nie zusammen ausgegangen, und sie hatten sich noch nie berührt.

Seth war sich sicher, daß sie seinen Ruf kannte. In Bakersfield gab es keine Geheimnisse. Rosie sollte wissen, daß sie für ihn etwas Besonderes war und nicht eines dieser Mädchen für eine Nacht. Endlich fragte er sie, ob sie mit ihm ins Kino gehen wolle.

Sie hatten Glück und fanden einen Parkplatz direkt vor dem Kino, doch sie öffneten die Autotüren nicht. Sie blieben beide sitzen und schauten verlegen geradeaus.

Nach fünf endlos langen Minuten sah Seth Rosie an und fragte sie, ob sie zu ihm ziehen wolle. Rosies fragender Blick drang in sein Innerstes und prüfte seine Aufrichtigkeit. Unehrlichkeit hielt diesem Blick nicht stand.

Sein Herz schlug schneller, und er war unendlich erleichtert, als Rosie ihren Blick abwandte. Vor dem hellen Kinoeingang zeichnete sich ihr Profil deutlich ab, die zarten Gesichtszüge einer noch mädchenhaften Frau. Er erinnerte sich selbst jetzt, zwei Jahre später, noch an jede Einzelheit. Rosie saß lange schweigend da und dachte über seinen Vorschlag nach. Seth konnte kaum atmen, doch er flüsterte: »Verstehst du, ich meine: Willst du mit mir zusammenleben?«

Niemals würde Seth diesen Augenblick vergessen. Die Nacht war warm und die Luft trocken, eine der schönen Nächte in der Wüste. In ihm stieg eine wilde Freude auf.

Endlich antwortete Rosie. Sie sagte nur: »Okay.« Dann fuhren sie zu ihrer Wohnung und luden fast all ihre Sachen auf die Transportfläche seines Wagens.

Es stellte sich heraus, daß Rosie und sein Vater sich sofort mochten, was für Seth vieles leichter machte. Vielleicht kam es zu der gegenseitigen Zuneigung, weil Joe Cameron nie eine Tochter gehabt und Rosie in ihm einen Vater gefunden hatte.

Irgendwann erzählte Seth Rosie denn auch von jenem Schmerz, den man ihm als Kind von sechs Jahren zugefügt hatte – und der tief in ihm saß:
Als Joe Cameron Ruth Hollander heiratete, war das seine erste Ehe, für sie bereits die zweite. Joe erzählte gern, daß er zu diesem Zeitpunkt gerade »zum Manne gereift war«, was nichts anderes hieß, als daß er schon vierzig Jahre alt war. Seth vermutete, daß sein Vater vor der Ehe keine Erfahrungen mit Frauen gehabt hatte. Ruth Hollander war damals erst vierundzwanzig Jahre alt, doch an ihre Jungfräulichkeit konnte sie sich sicher kaum noch erinnern. Als Kind war sie von ihrem Vater geschlagen worden, in ihrer ersten Ehe von ihrem Mann. Das hatte sie offensichtlich dazu veranlaßt, eine Ehe mit einem zuverlässigen Beamten mittleren Alters einzugehen. Sie erhoffte sich wohl, in einem ruhigen Leben von den seelischen Verletzungen zu genesen – sie erholte sich zehn Jahre in einer Ehe, in der sie nicht mißbraucht wurde. Dann hatte sie genug von dem langweiligen Leben und verschwand eines Nachts mit Alfred Gamut. Dichter Regen und Dunkelheit hüllten sie ein, als sie in einem großen Cadillac ihre Familie für immer verließ. Seth hatte jedes Detail klar in Erinnerung.

Seth ist sechs Jahre alt. Er träumt, daß ihn seine Mutter im Schlaf küßt. Plötzlich wacht er auf. Stille. Reifen knirschen auf dem Kies vor dem Haus. Ein Wagen hält an. Seth läuft zum Fenster. Ein Fremder preßt seine Mutter gegen die Autotür. Das Kind ist außer sich. Es will das Fenster öffnen. Aber es geht nicht auf. Der Rahmen ist mit Farbe verklebt. Das Kind will schreien. Die Kehle ist zugeschnürt. Jetzt drückt der Mann seine Hand auf die Brust der Mutter. Mit der anderen Hand greift er ihr unter den Rock. Er sucht etwas. Sie windet sich los. Der Fremde packt sie. Er wirft sie auf den Kotflügel. Er beugt sich zu ihr und küßt sie. Seth weiß, das kann kein Traum sein. Er rüttelt am Fenster. Es bleibt verschlossen. Er fühlt seine Ohnmacht. Sein Atem beschlägt das Fenster. Jetzt gelingt es der Mutter, den Fremden mit beiden Händen am

Kopf zu fassen. Ein Bein kann sie um den Rücken des Fremden legen. Der Schuh hat einen hohen Absatz. Seltsam! Sie küßt ihn. Sie streichelt den Fremden zwischen den Beinen. Sie könnte ihm mit dieser Hand ins Gesicht schlagen. Sie küßt ihn auf die Stirn, obwohl er ihren Pullover hochzieht. Er vergräbt sein Gesicht in ihren nackten Brüsten. Sein Gesicht leuchtet gespenstisch weiß vor dem schwarzen Pullover. Jetzt kommt sie frei! Aber ... sie lacht und rennt los. Und sie rennt nicht ins Haus, sondern um das Auto herum. Ein wunderschönes schwarzes Auto. Sie öffnet die Beifahrertür. Nein, Mama, nein! Bitte! Verlaß mich nicht! Der große schwarze Wagen verschluckt sie. Er fährt fort. Der Junge geht wieder in sein Bett. Er ist verwirrt und schweigt. Er berührt seine Wange, dort, wo ihn seine Mutter im Schlaf geküßt hat. Er spürt den Lippenstift – ein rotes Mal des Verrats. Morgen, wenn er aufwacht, wird er es immer noch spüren. Dann wird er sicher wissen, daß es kein Traum war.

Alfred war ein Charmeur aus Los Angeles. Er produzierte und verkaufte Damenschuhe und hatte damit ein Vermögen verdient. Das Geheimnis seines Erfolgs lag darin, daß er ein einfaches, aber geniales System entwickelt hatte, Krokodilleder aus Afrika zu exportieren. Er hatte sich ein Dorf in Afrika gesucht, dessen Einwohner von Krokodilen geplagt worden waren. Immer wieder waren kleine Kinder von den Reptilien gefressen worden. Die erbärmlich armen Dorfbewohner waren nur zu froh gewesen, diese Kindermörder mit Knüppeln zu erschlagen – und für jedes getötete Tier auch noch 25 Cent Prämie zu bekommen. Alfred zahlte dem Häuptling weitere 25 Cent dafür, daß dieser die Häute stromaufwärts zur Stadt Bukoa bringen ließ. Von dort aus wurden die Häute nach Alicante in Spanien verschifft, wo sie zu Schuhen und Handtaschen verarbeitet wurden. Für die Herstellung zahlte Alfred 2 Dollar pro Stück. In seinen Läden an der Madison Avenue verlangte Alfred dann einige hundert Dollar für die Produkte, was Imelda Marcos und andere Frauen aus diesen Kreisen ohne weiteres dafür zahlten. So war Alfred sehr reich geworden. Dann hatten Tierschützer

durchgesetzt, daß der Handel mit Krokodilleder verboten wurde. Die Krokodile blieben in Afrika und fraßen wieder kleine Dorfkinder. Das war zynischerweise wieder von Vorteil, denn die Eltern konnte ihre Kinder jetzt sowieso kaum ernähren, da sie keine Prämien für die Krokodile mehr bekamen. Ökologisches Gleichgewicht!
Auf jeden Fall waren Joe und Seth plötzlich sich selbst überlassen. Nie wieder würde der kleine Seth einen Gutenachtkuß von seiner Mutter bekommen und dabei ihr Parfüm riechen. Nie wieder würde sie ihn morgens mit dem Duft frisch gebackener Muffins wecken, nie wieder würde es am Wochenende Omelette mit Pilzen und Schinken zum Frühstück geben. Nie wieder würde sie morgens vor sich hin summen, während sie seine frisch gebügelte Kleidung für die Schule herauslegte. Nie wieder frisch gebügelte Kleidung!

All diese Erinnerungen gingen Seth durch den Kopf, als er nun zum Haus seines Vaters fuhr. Er hoffte, daß Joe ausnahmsweise bei klarem Verstand sein würde, rechnete aber nicht damit.
Seth konnte sein Auto in der Auffahrt abstellen, da Joe keinen Wagen mehr besaß. 1987 hatte Joe Cameron nach einem kleinen Vorfall seinen Führerschein abgeben müssen. Er war nach Ladenschluß in einen Supermarkt eingedrungen – und zwar in seinem Wagen, einem alten Buick Roadmaster.
»Du bist doch mit dem Bezirksstaatsanwalt befreundet«, hatte Joe zu seinem Sohn gesagt. Dieses Gespräch war dem Vater so peinlich, daß er Seth nicht in die Augen schauen konnte. »Könntest du mit ihm reden? Wenn ich keinen Führerschein mehr habe, sitze ich hier in meinem Haus fest wie in einem Gefängnis. Verstehst du, Knast – Kittchen – weg vom Fenster!«
»Dad, das ist doch kein Strafzettel, weil du falsch geparkt hast. Und selbst wenn es nur darum ginge, könnte ich das wahrscheinlich auch nicht für dich in Ordnung bringen. Aber ich werde auf jeden Fall mit ihm sprechen.«

Daß Seth etwas für ihn »in Ordnung bringen« sollte, war seinem Vater höchst unangenehm, und er kam nie wieder darauf zu sprechen. Seth dagegen unterließ es nicht, mit dem Staatsanwalt zu sprechen, und brachte die Sache richtig in Ordnung – ein für allemal: Sein Vater würde den Führerschein nie mehr zurückbekommen.

Joes erzwungene Häuslichkeit brachte es mit sich, daß er mit der Zeit den schönsten Garten des Viertels hatte. Das Haus lag in einer breiten, gepflegten Pappelallee. Die hohen Bäume zu beiden Seiten der Straße schienen die Häuser zu bewachen. Alle Häuser befanden sich auf gleicher Höhe und hatten als Vorgarten ein breites Rasenstück. Diese Wohnanlage mit der Gestaltung der Gärten und der Straße war typisch für Bakersfield. Joe Camerons Haus fiel in dieser Eintönigkeit angenehm auf. Neben der Haustür rankte sich eine üppige Bougainvillea an einem Spalier hoch. Pop hatte sie 1967 gepflanzt, als er von seiner Kur zurückgekommen war. Seth trat ins Haus und fand seinen Vater fest schlafend auf der Couch. Er betrachtete den alten Mann mit wehmütigem Lächeln.

Joe Cameron, der so grausam gehörnte Ehemann und König aller Philosophen, war im Körper eines kleinen Beamten gefangen. Mit achtzehn Jahren hatte er als Laufbursche für die Gerichtsschreiber am San-Joaquin-Bezirksgericht seine Karriere begonnen. Mit dreiundzwanzig war er bereits zum Gerichtsschreiber des Dritten Departments aufgestiegen und arbeitete für den legendären Richter Jimmy Maxwell, der damals schon als der beste Richter des ganzen Bezirks galt. Joe war Seth fast immer ein guter Vater gewesen, nur während der vier alptraumhaften Jahre nicht. Beide hatten von dieser Zeit nicht viel in Erinnerung behalten, aus unterschiedlichen Gründen. Sie sprachen niemals darüber.

Nach der Entziehungskur hatte Joe sich bemüht, die verlorenen Jahre wiedergutzumachen, indem er seinen Sohn in die Geheimnisse der Gerichtswelt einweihte. Er lehrte ihn Angriffs-

und Verteidigungsstrategie. Er zeigte ihm, welche Grundregeln man beachten muß, wenn man den Kampf im Gerichtssaal bestehen will. Ich habe bei meiner Arbeit die Allerbesten beobachtet, mein Sohn. Und was Yogi Berra sagt, stimmt: Man kann durch Beobachten unendlich viel lernen.
Sein Vater hatte außerdem versucht, ihm die »Goldenen Regeln« einzutrichtern, die er während der Entziehungskur in sein Zwölf-Punkte-Programm übernommen hatte. Doch Seth konnte mit den geistigen Werten, die sie vermittelten, nicht viel anfangen. Besonders absurd kamen Seth die beiden Regeln vor, daß man seinen Mitmenschen helfen und immer sanftmütig sein solle. Als Belohnung dafür werde man einst die ganze Welt bekommen. Joe Cameron war stets sanftmütig gewesen und hatte seinen Mitmenschen stets geholfen, und als Dank dafür hatte ihm Alfred Gamut die Frau weggenommen.
»Ich stehe vor der entscheidenden Wende in meinem Leben, Pop«, flüsterte er. Dann strich er seinem schlafenden Vater zärtlich eine Strähne des weißen Haares aus dem Gesicht. »Du willst nicht, daß auch ich von dir fortgehe, das weiß ich. Du glaubst, daß du ein zweites Mal verlassen wirst. O ja, Dad! Ich weiß, was damals in der Nacht geschah. Ich konnte nie mit dir darüber sprechen. Zuerst habe ich es einfach nicht verstanden. Später erkannte ich, was sie dir angetan hat. Aber ich dachte, ich würde dich noch mehr verletzen, wenn du erfährst, daß ich die Wahrheit kenne. Und ich weiß genau, was damals passierte. Ich spüre immer noch ihre Lippen auf meiner Wange. Und ich habe nicht vergessen, wie sie lachte in jener Nacht! Mit uns hat sie so selten gelacht. Fast nie! Ich sehe diesen großen schwarzen Cadillac deutlich vor mir, wie er langsam davonfährt und deinen Stolz in den Schmutz zieht. Du konntest ihr den Luxus nicht bieten, den sie brauchte, Pop. Aber jetzt wirst du selbst im Luxus leben – ob du willst oder nicht. Wenn nächsten Donnerstag alles gutgeht, wirst du deinen Lebensabend in Summercrest verbringen, mit den reichsten Alten aus ganz Kalifornien. Du

wirst dieselbe teure Kleidung tragen wie sie. Alter und Krankheit machen alle gleich.«

Joe öffnete langsam seine Augen, erst das eine, dann das andere. »Hallo, mein Sohn«, sagte er, beugte sich vor zu seinen Beinen und hob eines nach dem anderen vorsichtig von der Couch. Endlich saß er und sah Seth an.

»Ich habe dir deinen Lieblingskuchen mitgebracht, Dad«, sagte Seth. Er betrachtete seinen Vater genau und versuchte herauszufinden, wie gut bei Verstand er im Augenblick war. Zu seiner Freude waren die wäßrigen blauen Augen ungewöhnlich klar. »Apfelkuchen mit Rosinen von Rosie!«

»Zum Teufel mit dem Kuchen, mein Sohn«, rief Joe und zog genüßlich den Duft der Äpfel ein. »Rosie soll kommen!«

Seth lachte. Sein Vater humpelte bedächtig durch sein kleines Wohnzimmer in die Küche. Es war eine schmale, enge Küche, doch hell und sonnig. Seth folgte seinem Vater: »Ich fürchte, sie ist im Moment nicht so gut auf mich zu sprechen, Dad.«

»Na ja«, brummte der alte Mann und lachte spröde. »Ohne Zweifel bist du im Sinne der Anklage schuldig, was auch immer sie dir zur Last legt.«

Seth wußte, daß nun der Augenblick gekommen war, offen zu sprechen. »Stimmt genau, Dad«, sagte er so beiläufig wie möglich, beobachtete aber seinen Vater aus den Augenwinkeln. »Mein Wunsch hat sich erfüllt. Ich werde wahrscheinlich nächste Woche in San Francisco anfangen können, und ich will, daß Rosie mit mir kommt. Sie hat sich aber noch nicht entschieden.«

Joe stellte den Kuchen auf die Arbeitsfläche neben der Spüle. Die Kacheln waren alt und teilweise zersprungen. In dem fleckigen Becken stand ein Berg schmutziges Geschirr. Joe blickte eine Minute lang starr aus dem Fenster in den hinteren Garten. Seine Augen waren weit geöffnet. Auf der Veranda hing noch immer die alte, zerrissene Hängematte, und am hinteren Ende des verwilderten kleinen Gartens war noch das Gehege, das er und Seth vor langer Zeit gebaut hatten, als Ruth einen Welpen mit nach Hause gebracht hatte. Der Drahtzaun war inzwischen von Efeu überwuchert.

Joe rührte sich nicht. Seth befürchtete schon, daß sein Vater wieder in den Dämmerzustand entglitten sei, doch plötzlich drehte sich Joe mit einem heftigen Ruck um und sagte leise: »Sie ist ein gutes Mädchen.« Dann humpelte er zurück ins Wohnzimmer.

»Ich kann sie nicht dazu zwingen, mit mir mitzukommen, Dad. Das wäre nicht richtig … selbst wenn ich es könnte.« Zufällig sah Seth ein Foto von seiner Mutter. Zu seinem Erstaunen stand das Foto noch immer auf dem kleinen, halbhohen Bücherschrank, der auch als Anrichte benutzt wurde. Der Schrank war vollgestopft mit alten Büchern seines Vaters: Klassiker von Joyce bis Faulkner, die abgegriffen und schäbig waren, Kriminalromane von Raymond Chandler und weniger bekannten Autoren, eine mehrbändige *Encyclopaedia Britannica*, die sich aufzulösen drohte, und ein Handbuch über die Gesetze und Vorschriften des Bezirks Kern. Das Foto zeigte eine Frau mittleren Alters mit einem traurigen Gesicht, doch die Augen waren voll Lebenshunger. Seth fiel auf, daß er nun ein oder zwei Jahre älter war als die Frau auf dem Foto.

Joe sah ebenfalls auf das Porträt. »Paß auf, daß du sie nicht verlierst, mein Sohn«, sagte er leise.

»Ja, hoffentlich gelingt mir das, Pop. Aber mir liegt noch etwas am Herzen. Hast du schon darüber nachgedacht, wie du zurechtkommen wirst, wenn ich und Rosie, nun ja, wenn wir beide von hier fortziehen werden? Wir müssen eine bessere Lösung für dich finden, Dad.«

Sein Vater wurde sofort mürrisch. »Ich bleibe hier zu Hause. Mit meinem Kopf ist zwar nicht mehr alles in Ordnung, aber ich komme sehr gut zurecht.«

»Dad, was hat dir der Doktor erzählt? Was ist mit deinem Kopf nicht in Ordnung?«

»Er meint, vielleicht ist es nur das Alter. Vielleicht ist es auch etwas wie *Dementia senilis*, was wohl das gleiche ist.«
»Nichts anderes?«
Pop zuckte mit dem Kopf ein wenig zur Seite. »Vielleicht ist es ein Tumor im Gehirn, der langsam größer wird.«
Seth faßte den Vater bei den hageren Schultern. »Was glaubst du, Pop?«
Joe lächelte tapfer und sagte heiser: »Künstlerpech!« Es schnitt Seth ins Herz.
Nach dem Abendessen legte sich sein Vater erschöpft auf die Couch und schlief sofort ein. Seth spülte die Teller ab, als er plötzlich seinen Vater rufen hörte: »Wer ist da?«
Das Küchentuch in der Hand rannte Seth ins Wohnzimmer. »Ich bin es, Dad.« Seth trocknete sich die Hände ab.
»Was zum Teufel treibst du hier?« zischte sein Vater. »Sehe ich so aus, als ob ich ein Kindermädchen bräuchte? Scher dich nach Hause zu deiner Frau!«
»Dad, Rosie und ich sind nicht …«
Und schon stritten sie sich. Seth sagte, er werde nach San Francisco ziehen und dafür sorgen, daß Joe nach Summercrest komme. Joe erwiderte, nur über seine Leiche sei das möglich. Darauf brüllte Seth, daß Joe sowieso bald sterben werde, wenn er hier allein zurückbleibe. Joe schrie aufgebracht zurück. Dann war endlich Stille.
Seth stand schwerfällig auf, ging zur Küche und holte eine Flasche Wein aus dem Versteck, das sein Vater schon seit Jahren für seine Alkoholration benutzte. Er schenkte zwei Gläser ein und brachte eines seinem Vater. »Nun, komm schon, Pop. Versuch, mich zu verstehen. Das ist eine tolle Chance bei einer Spitzenkanzlei. Ich werde dort viel Geld verdienen können. Vielleicht kann ich später sogar einmal wirklich große Fälle bekommen und gegen die besten Anwälte aus ganz Amerika antreten.«
Der Vater leerte sein Glas in drei Zügen, wischte sich den Mund

mit der Hand ab und lachte boshaft. »Dich fressen sie bei lebendigem Leib auf. Ich habe die Großen kommen und gehen sehen – vierzig Jahre lang … Ich habe sie hier in unserem Gerichtssaal beobachtet und …«
»Und man kann durch Beobachten unendlich viel lernen, nicht wahr?«
»Wie?«
»Ach, nichts«, antwortete Seth resigniert.
»Wenn du ein erstklassiger Anwalt werden willst, steht dir nur eine einzige Sache im Weg, mein Sohn.«
Erwartungsvoll schaute Seth auf.
Der Vater fuhr sich mit der Zunge über die trockenen Lippen: »Die Realität!« Er grinste boshaft. »Sie werden dich in Stücke reißen und den Geschworenen zum Fraß vorwerfen.«
»Dad, fang nicht wieder damit an!«
»Ich sag dir nur knallhart die Wahrheit, mein Kind: Du hast nicht annähernd das Zeug, gegen die Großen antreten zu können.«
Seth konnte seine Wut kaum unterdrücken. Die Augen seines Vaters waren voll Verachtung auf ihn gerichtet – die Augen eines Fremden.
»Wir werden es sehen«, sagte Seth leise. Dann stellte er lautlos sein volles Glas auf den Couchtisch und ging. Sein Vater rief ihm nach, er werde bald reumütig zum großen Tom Huckins zurückgekrochen kommen.
Im Freien holte Seth tief Luft und schüttelte sich. »Wir werden ja sehen«, murmelte er und trat auf die leere Straße hinaus.

• 5 •

DAS VORSTELLUNGSGESPRÄCH LAG bereits zwei Wochen zurück, und Seth hatte schon fast die Hoffnung aufgegeben, als Harry endlich anrief und ihm gratulierte. Seth sollte so bald als

möglich anfangen. Er mußte allerdings vorher noch einige heikle Privatangelegenheiten regeln.
Vor allen Dingen hatte Seth in der besonders heiklen Geschichte mit Mrs. Delbert Spathe aus Avenal eine endgültige Regelung finden müssen. Mrs. Spathe hatte ihn wegen Autodiebstahls bei der örtlichen Polizei angezeigt, der zuständige Staatsanwalt hatte sich bereits eingeschaltet. Nach langwierigen Verhandlungen war Mrs. Spathe schließlich bereit, die Anzeige zurückzuziehen – gegen 3000 Dollar Schadensersatz. Das war weit mehr als der alte Chevy, Baujahr 1982, nach Liste wert war. Seth hatte ihr ja bereits 500 Dollar gezahlt und zusätzlich einen nagelneuen Kühler einbauen lassen, bevor er den Wagen zurückgegeben hatte. Es war klar, daß die völlig überzogene Forderung pure Erpressung war. M & M stellte nun mal keine Gesetzesbrecher ein – Mrs. Spathe hatte offenbar sofort erkannt, daß sie Seth in der Hand hatte. Der zuständige Staatsanwalt war obendrein ihr Schwiegersohn.
Als er den Scheck abschickte, tröstete sich Seth damit, daß er seiner kriminellen Eskapade letztlich die Anstellung bei M & M zu verdanken hatte – ohne Mrs. Spathes Chevy wäre er nicht rechtzeitig zum Prozeß gekommen. Er war bereit, dafür einen gewissen Preis zu zahlen.
Jetzt war Tom Huckins an der Reihe. Seth sah auf seine Uhr. Es war fast halb sieben – Tom war jetzt, wie immer um diese Zeit, im *Jason's*.
In Bakersfield gab es immer noch einige der exotisch eingerichteten Cocktailbars, die anderswo längst aus der Mode gekommen waren. *Jason's* sah aus wie ein Gewächshaus im Botanischen Garten. Achtzehn gewaltige Farne hingen wie ausgefranste Schirme von der Decke herab, die mit Zedernholzimitat verkleidet war. Dazwischen fanden auch zwölf nachgemachte Tiffanylampen Platz. Neben einer langen Theke aus Eichenholz standen vier Tische, an denen man Backgammon spielen konnte. Nachmittags gegen halb sechs füllte sich das Lokal regel-

mäßig mit Stammgästen. Halbstarke Angeber klopften ihre Sprüche und fanden immer ein paar Mädchen, mit traurigem, verlorenem Blick, die so einsam waren, daß sie ihnen zuhörten. Seth betrat das Lokal und entdeckte Tom am Tresen. Er saß auf einem Barhocker an seinem Stammplatz, den eine Messingtafel für ihn reservierte, und hielt hof.

»Heilige Einfalt, da kommt mein Partner, Seth Cameron!« rief Huckins. Er hatte seine Krawatte gelockert und war offensichtlich bereits in Wochenendstimmung. »Brauchst wohl mal eine Abwechslung. Ist Rosie verreist?« Toms Freunde, Trigger und Lo-Ball, brachen in derbes Gelächter aus. Die beiden bezeichneten sich als Bauunternehmer und belieferten Baustellen mit Gipsplatten zur Verschalung von Wänden. *Jason's* diente ihnen als eine Art Büro, hier waren sie meist zu erreichen. »Barkeeper!« rief Tom zu Ken, »mach diesem Cowboy hier einen deiner umwerfenden Kamikazes. Und für mich kannst du auch gleich noch ein paar machen!«

»Ich möchte ein Bier, Ken«, sagte Seth. »Tom, kann ich einen Augenblick mit dir sprechen?«

»Klar, aber fasse dich kurz, alter Freund«, antwortete Tom und leerte sein Glas. »Siehst du dort drüben bei der Musikbox die kleine Rothaarige? Das Schätzchen wird die nächste Mrs. Huckins.«

»Miller & McGrath haben mir die Stelle angeboten«, sagte Seth ruhig. »Und ich habe zugesagt.«

Toms Kopf zuckte nervös zur Seite, und die Muskeln am Kiefer spannten sich. Er erhob sich so langsam und bedrohlich von seinem Barhocker, daß Trigger und Lo-Ball vorsichtshalber zum anderen Ende des Tresens gingen. Jetzt stand Tom leicht vorgebeugt und stützte sich mit beiden Händen auf der Theke ab. Er war einsfünfundachtzig groß, kräftig und muskulös. Seine Schultern waren hochgezogen, er starrte geradeaus.

»Das sagst du einfach so?« knurrte er schließlich. Er sah Seth immer noch nicht an.

»Du wolltest doch, daß ich mich kurz fasse.«
»Kurz und bündig, so kann man das nennen. Und was passiert mit deinen Klienten hier? Willst du sie vielleicht mitnehmen?«
»Nur einen: Central CalComm, die Telefongesellschaft!«
Tom drehte blitzartig seinen Kopf herum und sah Seth an. »Laß mich raten«, sagte er. »Du hast schon mit Benson gesprochen. Hast du ihm erzählt, daß du ihn bei einer großen Kanzlei viel besser betreuen kannst?«
»So etwas in der Art, ja!«
Huckins' Augen funkelten vor Wut und Haß. »Ein weiteres Beispiel für Seth' angewandte Philosophie des Eigennutzes: Fressen oder gefressen werden! Jeder ist sich selbst der nächste.«
»Die Entscheidung liegt immer beim Klienten, Tom. Das weißt du doch.«
»Ich werde dir sagen, was ich weiß.« Huckins sprach sehr leise. »Das ist verdammt unmoralisch. Mir kann man viel vorwerfen – aber ich habe nie so verdammt unmoralisch gehandelt.«
Seth lachte verächtlich und nippte an seinem Bier. »Tom, du hast so viel mit Moral zu tun wie außerplanetarischer Kunstrasen mit saftigem, grünem Gras.«
Ken war die ganze Zeit unruhig hinter dem Tresen auf und ab gegangen. Er hatte besorgt beobachtet, wie Toms Stimmung sich verdüsterte. Nach Seth' letzter Bemerkung schnappte sich Ken die drei Dollar, die Seth auf den Tresen geworfen hatte, und brachte sich flink am anderen Ende in Sicherheit. Dort standen schon Trigger und Lo-Ball und beobachteten die Szene aus sicherer Distanz.
»Ich lege nicht soviel Wert auf Central CalComm«, fuhr Seth fort, »wenn es dich so schwer trifft.«
Huckins leerte den frischen Kamikaze-Cocktail in einem Zug. Seine Augen waren gefährlich schmal geworden. »Ich wußte immer, daß du ein eiskalter, ehrgeiziger Hund bist«, zischte er. »Aber das habe ich in Kauf genommen, weil du *mein* eiskalter, ehrgeiziger Hund warst.«

»Da hast du dich aber gründlich geirrt«, sagte Seth.
»Du Mistkerl!« Ohne Vorwarnung schmetterte Tom seine Faust Seth ins Gesicht. Seth taumelte durch das ganze Lokal und prallte mit dem Rücken gegen die Wand. Das verhinderte wenigstens, daß er zu Boden fiel. In der Bar war es vollkommen still geworden, alle Gäste waren starr vor Schreck. Ken trocknete das Glas in seiner Hand nicht weiter ab, und die Rothaarige blieb in der Tür der Damentoilette stehen.
Seth wischte sich mit dem Handrücken Blut vom Mund. »Heiland, Tom«, sagt er spöttisch, »vielleicht hättest du doch ans Gericht gehen sollen – bei deinem kämpferischen Einsatz!«
Huckins' Gesicht war unbewegt. Wie ein Boxer tänzelte er auf Seth zu und umkreiste ihn. Die mächtigen Fäuste hielt er in Angriffsstellung.
»Sei nicht so ungemütlich, Huck«, sagte Seth und wich geschickt den ersten angedeuteten Fausthieben aus. »Das *Jason's* ist doch keine Tanzbar.«
Als Antwort darauf schlug Huckins mit seiner rechten Faust zu. Wieder zielte er mitten in Seth' Gesicht. Doch diesmal konnte Seth rechtzeitig nach rechts ausweichen. Er spürte nur, wie Hucks Faust sein linkes Ohr streifte und dann in die Wand hinter ihm donnerte. Huck hatte ein Loch in die Gipsplattenverschalung geschlagen und steckte mit seiner Hand fest. Er hatte nur knapp ein Foto verfehlt, auf dem Jason mit einem Hollywood-Filmsternchen und dem besten Golfspieler der Gegend, Steve McClean, posierte. Huck versuchte vergeblich, sich aus seiner mißlichen Lage zu befreien, denn Trigger und Lo-Ball hatten vor acht Jahren gute Arbeit geleistet. Seth versetzte Huck blitzschnell eine Rechts-links-Kombination. Dann schlug er ihm die Linke mit voller Wucht in den Solarplexus. Huck stöhnte vor Schmerz. Blut lief ihm aus der Nase. Der große, kräftige Mann brach zusammen und fiel gegen Seth.
Die Last drückte Seth fast zu Boden. Er richtete seinen benommenen Gegner an den Schultern auf und hielt ihn mit der Lin-

ken von sich weg. Seine rechte Hand schloß er zur Faust, um Huck mit einem gezielten Uppercut den vernichtenden Schlag zu versetzen.

»Cameron!« brüllte Ken. »Tu's nicht, Mann!«

Seth' Herz klopfte heftig. Alles verschwamm vor seinen brennenden Augen. Niemand rührte sich. Schließlich packte er Huckins und manövrierte ihn schwerfällig auf einen Stuhl, der in der Nähe stand.

»In Ordnung, Ken«, keuchte Seth. Dann ging er zum Tresen und nahm eine Serviette mit der Aufschrift *Jason's – Treffpunkt guter Freunde.* Er drückte sie auf seine blutenden Lippen. »Mach für Huck einen starken Kaffee. Und bring ihm etwas Eis.«

»Zum Teufel mit ihm, Seth«, sagte Ken und schleuderte das Handtuch ins Spülbecken hinter der Bar. »Ich habe genau gesehen, was passiert ist. Eigentlich hättest du dieses Arschloch fertigmachen sollen. Von mir aus kann er seinen Kaffee woanders trinken.«

Seth stützte sich am Tresen ab und atmete tief durch. Dann wankte er zur Tür. »Immer die Haltung bewahren, Ken«, rief er ihm zu. »Tom ist betrunken, und du hast ihm zu Recht geholfen. Der Mann ist sternhagelvoll. Hier sind 20 Dollar. Mach meinem Expartner einen Kaffee und setz ihn in ein Taxi!«

Seth fuhr zum *Bakersfield Broadway Bowl and Bar.* Er kam gerade noch rechtzeitig vor dem abendlichen Ansturm. Er ging zu dem Tisch, an dem er fast immer saß, und ließ sich auf einen Stuhl fallen. Rosie bestellte für sie beide Kaffee, setzte sich neben ihn und nahm seine Hände. »Du siehst nicht gut aus, mein Lieber. Deine Lippen bluten. Was ist passiert?«

»Tom hat seine Meinung über meine Kündigung nicht zurückgehalten, und ich habe zugeschlagen – mit meinem Kinn mitten auf seine Faust.«

»Ich hol' dir etwas Eis, Schatz. Das lindert den Schmerz.«
»Das kann ich gut brauchen, vor allem, wenn es zu dem Eis einen doppelten Jack Daniel's gibt.«
Rosie zog ihre pinkfarbenen Rollschuhe mit einem Schlüssel nach. Es war Seth damals sofort aufgefallen, daß Pink ihre schlanken Fesseln betonte. Seth legte seinen Kopf in den Nacken, um die Verspannung zu lösen.
»Tom hat Angst, das ist alles«, sagte Rosie.
»Wie verhält er sich dann erst, wenn er wütend ist?«
»Hast du ...«
»Sicher, aber es hätte schlimmer sein können. Er ist noch am Leben.«
Rosie war beunruhigt, doch sie hielt es für klüger, das Thema zu wechseln. »Wann sagst du es deinem Vater?«
»Morgen! Für heute reicht es mir. Dad wird mir nur wieder sagen, daß ich nicht gut genug dafür bin – wie immer.«
»Wenn er bei klarem Verstand ist, wird er dir alles Gute wünschen. Im Grunde weiß er, daß es richtig ist, was du tust.«
»Und du? Weißt du, ob es für dich das Richtige ist?«
»Was soll das Richtige für mich sein? Mit dir mitkommen oder meinen eigenen Weg gehen?« Ihre Stimme klang eiskalt. Seth fühlte sich, als würde Rosie einen Revolver laden und auf ihn zielen. Jetzt band sie sich hingebungsvoll die Schnürsenkel.
»Das eine schließt das andere nicht aus.«
»Vielleicht doch«, sagte sie. »Ich habe den Eindruck, daß es dir noch gar nicht in den Sinn gekommen ist, daß ich eine eigene Persönlichkeit bin und ein eigenständiges Leben führe.«
Seth ließ durchblicken, daß sie in der letzten Zeit wohl häufig in *Cosmopolitan* geblättert habe. Voller Wut schlug Rosie unter dem Tisch ihre Beine übereinander, was wegen der Rollschuhe etwas schwierig war. Sie knallte mit dem Knie an die Unterseite des Tisches, Kaffee schwappte aus den Tassen.
»Entschuldige, Seth! Ich meine, weil ich jetzt auch noch über dich herfalle. Du hast sowieso schon genug am Hals.«

Seth setzte sich wieder, doch zwischen ihnen herrschte ein bedrückendes Schweigen.
»Versuch doch, mich zu verstehen, Seth!« sagte Rosie endlich. Sie nahm sich zusammen, sie wollte keinen Streit. Die Musikbox spielte, auf allen Bowlingbahnen herrschte lebhafter, lauter Betrieb. »Ich habe einfach Angst davor, meine Arbeit hier aufzugeben. Für dich mag es ja so aussehen, als sei das hier gar keine wirkliche Arbeit, aber die Leute hier sind jetzt meine Familie. Außerdem könnte ich nicht mehr in meiner Kirche arbeiten. Und ich müßte mich von meinen Freunden trennen. Hast du denn davor keine Angst? Die Leute hier respektieren dich, Seth.«
»Wir werden bald neue Freunde haben.«
»In San Francisco? Dort gibt es viel zu viele Menschen. Zu viele Menschen! Stell dir vor, wir machen an einem normalen Wochentag eine Wanderung am Fuß der Berge. Nach einer Stunde treffen wir jemanden und begrüßen ihn freundlich. Wenn wir aber dieselbe Wanderung am Wochenende machen und alle fünf Minuten Leute treffen, dann grüßen wir niemanden mehr. Weißt du, warum?«
»Das werde ich ja wohl bald herausfinden.«
»Weil die Menschen dann nichts Besonderes mehr sind. Sie gehen einem sogar furchtbar auf die Nerven. Du triffst auf demselben Weg dieselben netten Leute, aber alles ist völlig anders. Ich habe mal irgendwo gelesen, daß bei Hamstern genau das gleiche passiert. Wenn man zu viele in einen Käfig sperrt, werden sie aggressiv.«
»Bei Ratten!« Seth lächelte Rosie an. »Das wird uns nicht passieren. Außerdem kennen wir ja schon Harry und Trish.«
»Das sind *deine* Freunde, Seth. Und überhaupt, das allein ist es nicht. Mir ist ja schon Bakersfield zu groß. Und jetzt willst du in eine *Großstadt* ziehen. Ich weiß nicht, ob ich das kann – ich weiß es einfach nicht.«
»Ich kann dich verstehen, Liebes«, sagte Seth. Er berührte zärt-

lich ihr Haar. »Wirklich. Aber du mußt mir helfen. Ohne dich kann ich nicht von hier fort.«
Rosies Augen füllten sich mit Tränen. Sie war gerührt, aber sie hatte ihren Widerstand noch nicht aufgegeben. »Können wir nicht wenigstens bis Januar warten? Ich bekomme in diesem Jahr Weihnachtsgeld, und ich wollte mir damit endlich ein ordentliches Auto kaufen.«
»Ich fürchte, das wird nicht gehen, Rosie. Jetzt oder nie. Große Kanzleien wie M & M holen sich ihre Leute normalerweise direkt nach dem Examen von der Uni und bilden sie selbst aus. Dann lassen sie sie mindestens sechs oder sieben Jahre schuften, ohne viel zu bezahlen. Erst dann beteiligen sie sie am Unternehmen – als Teilhaber. Mein Examen liegt doch schon so weit zurück. Für mich war der Zug eigentlich schon abgefahren. Es war reiner Zufall, daß ich mit Harry sprach, als gerade zwei ältere Kollegen M & M verlassen hatten, um zu einer anderen Kanzlei zu wechseln. Ich werde sogar genauso eingestuft wie Harry. Und der ging gleich nach der Uni zu M & M. Ich werde nie mehr so eine Chance bekommen.«
Wieder herrschte Schweigen.
Seth streichelte sanft Rosies Schulter. »Was ist aus deinem Pioniergeist geworden? Hast du keinen Mut zum Abenteuer?«
Rosie schnitt ein Gesicht. »Dazu braucht man allerdings Mut. Jeden Morgen muß ich in einem schrottreifen Oldsmobile, das Benzin schluckt wie eine Boeing 747, zu einer Arbeit fahren, die ich noch gar nicht habe. Abends fahre ich dann zu einem Zuhause, das wir auch noch nicht haben. Übrigens wird es bestimmt schwierig, ein Haus zu mieten, denn wir haben einen behinderten Hund, wie du weißt.«
Sie hätte einen guten Anwalt abgegeben, dachte Seth. »Das ist mir nicht entfallen, Rosie. Aber ich muß unbedingt nach San Francisco gehen. Wie Yogi Berri sagt: Wenn du an eine Abzweigung kommst, mußt du den neuen Weg gehen.«
Rosie lächelte nicht einmal.

»Verstehst du das nicht, Liebes?« fragte er. »Ich muß den neuen Weg gehen!«
Rosie war dem Weinen nahe. Seth nahm ihre beiden Hände und hielt sie ganz fest. Das war der schwerste Fall, den er je hatte. Hier halfen ihm keine Tricks und Spielereien. Hier konnte er keinen Käfer verschlucken. Hier half, wenn überhaupt, nur eines: die reine Wahrheit und nichts als die Wahrheit.
»Du mußt mit mir nach San Francisco kommen, Liebes.« Seth fuhr sich mit der Zunge über seine blutende Lippe. »Wenn du nicht mitkommst, werden wir uns verlieren.« Seth stand auf und blickte verlegen zur Seite. Die Gäste, die im Restaurantteil der Kegelbahn saßen, beobachteten das Gespräch interessiert, doch keiner von beiden schien das zu merken.
»Ich habe auch Angst, Rosie«, fuhr Seth fort. »Angst vor dem Unbekannten – Angst davor, meine letzte Chance zu verpassen. Aber vor allem habe ich Angst davor, dich zu verlieren.«
Rosie lächelte und schüttelte langsam ihren Kopf. Dann stand auch sie auf und rollte auf ihren acht Rädern zu ihm. Sie umarmte ihn und legte ihren Kopf an seine Brust. »Oh, Seth, du bist einfach unwiderstehlich. Hoffentlich sind im Marin-Bezirk schrottreife Oldsmobiles und dreibeinige Hunde erlaubt.«
Seth nahm ihren Kopf und beugte ihn leicht zurück. Dann küßte er sie, als wäre es das erste Mal. Einige Gäste pfiffen anerkennend und applaudierten. Doch davon merkten die beiden nichts. Sie standen versunken da und sahen einander an. Seth hätte schwören können, daß Rosies blasses Gesicht ein zartes Licht ausstrahlte. Ein Licht, das sich in ihren Tränen brach und in allen Farben schimmerte wie bei einem Kaleidoskop. Er war benommen vor Glück.

ZWEITER TEIL

• 6 •

»EIN HÜBSCHES, KLEINES Landhaus«, hieß es in einer Anzeige im *San Raphael Independent Journal*. Seth und Rosie setzten sich telefonisch mit der Maklerin in Verbindung. Beverly Jans-Becker war von dem Objekt selbst ganz begeistert. Sie schwärmte von der »traumhaften Lage«, genau am Fuß des Tamalpais im »malerischen Mill Valley«. Einkaufszentrum, Schulen und öffentliche Verkehrsmittel seien gut erreichbar. Ebenfalls nicht weit entfernt seien der »herrliche, sonnige Strand bei Stinson« und die »bezaubernde Bodega Bay«. Man vereinbarte einen Besichtigungstermin – und das Cottage entsprach haargenau Rosies und Seth' Vorstellungen: Es stand, halb verdeckt von einem Rhododendrenhain, im hinteren Teil eines großen Grundstücks, etwas abseits vom Haus des Besitzers.

Der Besitzer des Häuschens, ein älterer Witwer, war von Rosie so hingerissen, daß er noch nicht einmal eine Kaution von seinen neuen Mietern verlangte. Als sich dann noch herausstellte, daß Seth bei den Forty-Niners gespielt hatte, war er vollends begeistert. Der Mietvertrag wurde unterzeichnet.

Rosie und Seth brauchten nur eine Woche, um sich das Cottage einzurichten. Seth arbeitete bereits rund um die Uhr bei M & M. Am Ende der Woche rief er Rosie vom Büro aus an. »Zieh dir was Schickes an, Rosie! Wir gehen heute abend aus.«

»Du nimmst dir wirklich einen Abend frei? Was gibt es denn zu feiern?«

»Seit wann brauchen wir denn einen Grund zum Feiern? Heute

ist einfach Samstag abend! Aber wie wär's damit? Du hast eine Stelle bei *Luchesso's* in Aussicht, und ich habe meine erste Woche bei M & M hinter mir. Ich habe es geschafft, niemanden schwer zu beleidigen, und bin heute mit einer tollen Aufgabe betraut worden: Ich kann an einem Fall arbeiten, bei dem es um 70 Millionen Dollar geht. Außerdem möchte ich auf meinen Rennwagen anstoßen.«

Seth hatte einem Kollegen dessen 87er Porsche Targa abgekauft. Dieser Kollege, George Middleton, hatte nach seinem Examen sieben Jahre lang als Angestellter bei M & M gearbeitet. Dann war ihm mitgeteilt worden, daß er nicht zum Teilhaber aufsteigen werde. In fast allen Kanzleien der Stadt regierte dieses harte Geschäftsprinzip: Aufsteigen – oder aussteigen. Wenn ein angestellter Anwalt nicht den Ansprüchen genügte, wurde er nach der Probezeit nicht zum Teilhaber befördert. Auf diese Weise wurde man unliebsame Aspiranten elegant los. Middleton mußte sich also eine neue Stelle suchen.

Natürlich wurde dem Angestellten nicht einfach gekündigt. Diese barbarische Vorgehensweise überließ man kleineren Unternehmen. Das entsprach eben nicht dem Stil einer so angesehenen Firma. Bei M & M hatte sich eine andere Methode bewährt. Man verwehrte der oder dem Betreffenden die Teilhaberschaft. Außerdem übergab man ihr/ihm keinen Fall mehr zur Bearbeitung, und das Gehalt wurde nicht mehr erhöht! Sie wurden kaltgestellt. Selbst der Hartgesottenste ertrug diese Demütigung nur ein, zwei Monate. Dann reichte er selbst die Kündigung ein. Dafür stellte die Firma in der Regel ausgezeichnete Empfehlungsschreiben aus. Harry hatte Seth allerdings auch von einem höchst boshaften Vorgehen bei M & M erzählt: Anthony Treadwell hatte dafür gesorgt, daß Evans Thompson kündigte. Er warf ihm mangelnden Arbeitseifer vor. Die Referenz, die er Thompson ausstellte, war ein Paradebeispiel zynischer Zweideutigkeit. Das Schreiben endete: »Sie können sich glücklich schätzen, wenn Evans Thompson für Sie arbeiten sollte.«

Middleton hatte also gekündigt, Seth den Porsche verkauft und Rosies uraltes Oldsmobile in Zahlung genommen. Rosie bekam Seth' El Camino. Doch die ganze Sache gefiel ihr nicht so recht. Als sie beide am Abend im Porsche zum Restaurant fuhren, kam sie noch einmal darauf zu sprechen. »Ich freue mich zwar über den El Camino, Schatz, aber ich verstehe nicht, warum Middleton gehen mußte. Er war doch angeblich ein Genie.«

»Der Bursche ist brillant«, meinte Seth. »Aber das allein reicht heute nicht mehr. Er hat nicht genügend Arbeitsstunden bei den Klienten für die Firma in Rechnung stellen können. Vor allen Dingen aber hatte er kein Buch.«

»Was soll das heißen? Meinst du, er war nicht als Anwalt zugelassen?«

Seth lachte. »Aber nein. Das heißt, er hatte keine eigene Klientel. Er war kein Regenmacher. Er hat für die Firma keine Aufträge an Land gezogen. Und es sah auch nicht so aus, als werde sich in absehbarer Zukunft etwas daran ändern.«

»Buch? Regenmacher? Ist das eure Geheimsprache, Seth?«

»Nein, Liebes, das bezeichnet im wesentlichen wirtschaftliche Prinzipien, die auch für Kanzleien gelten. Mittlerweile wurde zwar in der Wirtschaftstheorie ein neues Konzept entwickelt, doch die meisten Kanzleien arbeiten immer noch nach dem altbewährten System. Ein Grundprinzip ist, daß jeder Teilhaber seine eigene Klientel hat, über die er eigenen Profit erarbeitet. Außerdem muß er mindestens zwei jüngere Anwälte beschäftigen und finanzieren können.«

»Wieso zwei Mitarbeiter?«

»Das Verhältnis ist genau festgelegt. Auf jeden Teilhaber kommen zwei angestellte Mitarbeiter. Die Angestellten wollen ja Teilhaber werden, also müssen sie sich anstrengen. Sie sind die fleißigen Bienen, die die meiste Arbeit machen. Je mehr Arbeitsstunden sie für die Firma berechnen können, desto besser. Und der Teilhaber muß dafür sorgen, daß er genug Mandanten hat. Nur so macht die Firma Profit.«

»Enormer Druck? Das steckt also dahinter!«

»Nun, ja.« Seth gefiel die Wendung nicht, die das Gespräch nahm. »Also, es ist so: Die angestellten Mitarbeiter sind die schuftenden Affen hinter den Kulissen. Sie kommen auf zweitausend bis zweitausendvierhundert Arbeitsstunden im Jahr, die sie den Klienten berechnen. Der Teilhaber vertritt die Firma vor allem offiziell. Der Gewinn wird weitgehend durch die Arbeit der Angestellten erzielt.«

»Der Affen! Gehe ich recht in der Annahme, daß du momentan einer der Affen bist?«

»Das war ja nur ein Bild, um dir die Sache zu verdeutlichen.« Sie waren bei *D'Angelo's* angekommen und suchten einen Parkplatz in der Nähe. »Also, da M & M immer neue Anwälte zu Teilhabern ernennt, braucht die Kanzlei auch ständig neue Klienten. Denn nur so ist sichergestellt, daß der neue Teilhaber zwei Untergebene beschäftigen kann.«

»Das wiederum heißt, daß sie immer mehr Teilhaber ernennen müssen, denn die sorgen doch für die neuen Klienten, stimmt's?«

»Genau«, sagte Seth. Und hier komme *ich* ins Spiel.«

»Das dachte ich mir. So klingt das nämlich. Du mußt immer wissen, was zuerst da war: die Henne oder das Ei!« Rosie lehnte sich im Schalensitz zurück und sah aus dem Fenster. Sie kniff die Augen zusammen und schob ihre Lippen leicht nach vorne. Das tat sie immer, wenn sie etwas prüfte. »Ehrlich gesagt, das hört sich an, als wäre deine Firma ein Waldbrand, der sich immer weiter ausdehnt. Was passiert, wenn es keinen Brennstoff für das Feuer mehr gibt?«

»Das ist nicht zu befürchten.« Seth' Antwort kam etwas zu schnell. »Nun ja, das Feuer würde natürlich ausgehen. Ein paar Kanzleien in San Francisco mußten ja auch vor kurzem schließen. Um so mehr Wert legt M & M im Augenblick darauf, daß ein Angestellter neue Klienten anwerben kann. Nur dann wird er Teilhaber. Und Middleton hat keine Kunden akquiriert.«

»Du hast nicht viel Mitleid mit ihm.«
»Sei doch nicht so verdammt rührselig! Entweder du bringst Klienten ins Haus, oder du mußt gehen.«
»Und wie sieht das bei dir aus? Gilt das auch für dich?«
»Natürlich. Mein Gott, Rosie! Ich habe doch den Sozialdarwinismus nicht erfunden. Der Stärkere gewinnt eben. Ich habe keine Angst davor. Dieses Prinzip bestimmt doch die ganze Welt da draußen. Abgesehen davon habe ich anderthalb Jahre Zeit – genug, um ihnen zu zeigen, was ich kann.«
Seth wendete den Wagen mitten auf der Straße und stieß blitzschnell in einen Parkplatz vor dem Restaurant. »Jetzt aber Schluß mit der Wirtschaftswissenschaft!« Seth zeigte sein strahlendstes Lächeln. »Jetzt wollen wir Spaß haben. Nach dem köstlichen Mahl fahren wir sofort nach Hause. Die letzten Nächte waren für dich recht einsam. Da habe ich einiges nachzuholen.«

• 7 •

ANTHONY TREADWELL saß in seinem Büro an dem massiven Konferenztisch und blickte verdrossen auf die Papierstapel, die sich vor ihm türmten. Er wirkte immer wenig umgänglich, doch wenn er mürrisch war, genügte ein Blick von ihm, um jedes Gegenüber einzuschüchtern. Seit fünfunddreißig Jahren lehrte er Anwälte und Zeugen der gegnerischen Partei mit diesem grimmigen Blick das Fürchten. Seine Sekretärin, Miss Tarkenton, hatte den Schriftverkehr in übersichtliche Stapel geordnet: »Interna«, »Eilt«, »Personal«, »Wichtige Post«, »Korrespondenz« etc. In den drei Monaten seiner Abwesenheit hatte sich einiges angesammelt.
»Wie hat Ihnen die letzte Woche in Yale gefallen, Mr. Treadwell?« fragte die Sekretärin, als sie ihm den Kaffee brachte – eine exklusive Mischung aus Java. Miss Tarkenton flatterte wie ein aufgescheuchtes Huhn herum.

Treadwells Miene wurde freundlicher, ja es schien fast so, als würde er endlich einmal lächeln. So guter Stimmung war er noch nie gewesen, seit ihn Miss Tarkenton kannte. Er erhob sich, ging zu seiner Aktentasche und holte eine kleine Schachtel hervor. Er hielt sie seiner diensteifrigen Sekretärin entgegen. Sie strahlte ihn erwartungsvoll an.
»Das war ganz reizend«, sagte Treadwell. »Meine Studenten haben mir zum Abschied dieses hübsche Waterman-Schreibset geschenkt.« Miss Tarkenton war sichtlich enttäuscht, doch Treadwell fuhr ungerührt fort: »Der Dekan der Universität gab mir zu Ehren ein großes Abschiedsessen.«
Treadwell nippte an seinem Kaffee, und der freundliche Gesichtsausdruck verschwand wieder. Treadwell blickte angewidert auf die Tasse. Die tiefen Falten auf seiner Stirn und um den Mund liefen in seiner spitzen Nase zusammen, die wie ein Stilett hervorstach. »Ist das meine Sorte? Vaters exklusive Java-Mischung?«
»Selbstverständlich, Mr. Treadwell!«
»Ach ja, mein Gaumen ist in letzter Zeit mißhandelt worden. Wenn ich nur an diesen Fleckentferner denke, den sie in Yale als Kaffee bezeichnen. Gut, ich mache mich jetzt an die Arbeit. Bitte geben Sie mir sofort Bescheid, wenn Mr. Addams kommt.«
Eine Stunde später betrat Allston Addams das luxuriös eingerichtete Büro. Bei M & M waren mittlerweile fünfundsechzig Teilhaber beschäftigt. Allston Addams war, mit Treadwell zusammen, am längsten bei der Firma, und zwischen den beiden herrschte ein Verhältnis gegenseitigen Vertrauens. Sie begrüßten sich herzlich, und Addams setzte sich an den Tisch. Treadwell besaß vier echte Fauteuil-Voltaire-Lehnstühle aus dem späten 19. Jahrhundert, von denen nur noch wenige existieren. Treadwell bot Addams eine Davidoff-Zigarre an, und dann wandten sie sich rauchend der Arbeit zu. Addams berichtete Treadwell über die wichtigsten Vorgänge der letzten drei Monate. Um 11.30 Uhr schlug Addams vor, sich in Treadwells

Club, dem *President's Club,* mit einem Cocktail zu stärken und zeitig zu Mittag zu essen. Addams mußte Treadwell noch über einen Vorfall informieren, der ihn mit Sicherheit verärgern würde. In der angenehmen Clubatmosphäre, bei einem guten schottischen Malzwhisky würde Treadwell die Nachricht vielleicht gefaßter aufnehmen.

Nachdem ihnen Henri, der Ober, den zweiten Drink serviert und norwegischen Lachs empfohlen hatte, hielt Addams den richtigen Zeitpunkt für gekommen. »Ich muß dir leider etwas Unerfreuliches mitteilen«, sagte er. »Es geht um eine Personalangelegenheit.« Nur Addams besaß das Privileg, Treadwell zu duzen.

Addams erzählte nun, daß ein gewisser Seth Cameron eingestellt worden sei, und bemühte sich, die Bedeutung dieses Vorfalls herunterzuspielen. »Ich war strikt gegen diese Einstellung, Tony. Aber es sieht so aus, als hätte ich mich geirrt. Der junge Mann schuftet wie ein Tier und scheint tüchtig zu sein.«

Anthony Treadwell schwieg.

Addams wurde unruhig. »Es ist mir ... uns ... bewußt, daß noch nie ein Anwalt ohne deine Genehmigung eingestellt worden ist.« Vergeblich bemühte sich Addams, ruhig zu sprechen. »Aber wir hatten so viele Aufträge, die dringend bearbeitet werden mußten. Dann haben uns die zwei Kündigungen überrascht ...«

Der scharfe Blick des Präsidenten durchbohrte Addams, und der sank in sich zusammen.

»Laß deine Beschwichtigungsversuche, Allston!« knurrte Treadwell. »Wenn du schon nicht den Mumm hattest, diese Einstellung zu verhindern, warum hast du dann nicht zum Telefonhörer gegriffen und mich angerufen?«

Addams leerte sein Glas sehr langsam, und legte sich dabei seine Verteidigung zurecht. »Der Kandidat wurde uns während einer Sitzung vorgestellt, ohne daß wir vorher informiert worden waren. Wir sind überrumpelt worden, Tony. Sie bestanden dar-

auf, daß wir uns sofort entscheiden, denn sonst hätten wir ihn an eine andere Kanzlei verloren. Dort hatte man auch von Camerons Sieg über Malm erfahren und wollte ihn anwerben.«
Treadwell wußte genau, wer die Leute waren, die auf Camerons Einstellung bestanden hatten: eine Gruppe junger, ehrgeiziger Teilhaber, die mehr Mitbestimmungsrecht in der Firma durchsetzen wollten. Seit drei Jahren versuchten sie, den Führungsstil zu verändern. Die Kanzlei war 1906 – im Jahr des großen Erdbebens – gegründet worden und von Anfang an streng hierarchisch organisiert. An der Spitze stand immer ein Vorsitzender Präsident, der wie ein absolutistischer Herrscher regierte. Diese Tradition war von Royston Miller über Samuel Peabody und Stanford Traeger bis zu Anthony Treadwell ununterbrochen fortgesetzt worden. Über achtzig Jahre lang hatte dieses System ausgezeichnet funktioniert und M & M zu einer der angesehensten Kanzleien gemacht.
Die älteren, konservativ eingestellten Teilhaber waren dagegen nicht an einer Veränderung interessiert. Noch bildeten sie eine knappe Mehrheit. Sie waren längst nicht mehr so leistungsfähig wie in jungen Jahren, und sie verschanzten sich hinter Treadwell. Sie akzeptierten seine Autorität, erwarteten aber von ihm, daß er sie vor Unbill bewahrte. Und Anthony Winthrop Treadwell war durchaus eine eindrucksvolle Persönlichkeit: Er entstammte einer vornehmen Familie aus Vermont, war eine Koryphäe auf seinem Gebiet – und sein Lebenslauf stand im *Who's Who in America.* Den Eintrag hatte Treadwell auf eine Uhr gravieren lassen, die er so auf seinem Schreibtisch plazierte, daß jeder den Text lesen mußte.
1983, als Stanford Traeger zum US-Senator ernannt wurde, übernahm Treadford den Vorsitz bei M & M. Während seiner Herrschaft blühte das Unternehmen, und er steuerte es sicher durch die Zeit der Rezession, die viele Kanzleien nicht überstanden. Jahr für Jahr erreichte M & M im Vergleich mit anderen Kanzleien eine Spitzenposition. Im *American Lawyer's,* der

jährlich die durchschnittlichen Jahreseinkommen der Rechtsanwälte Kaliforniens veröffentlicht, standen die Gehälter der Teilhaber von M & M stets mit an oberster Stelle.

Aber die Mitarbeiter waren dem autokratischen Präsidenten mittlerweile nicht mehr bedingungslos ergeben. Die Einnahmen waren zurückgegangen, und die jüngeren Teilhaber wurden unruhig. Der Konkurrenzkampf zwischen den Kanzleien war gnadenlos geworden. Wer überleben wollte, brauchte zusätzlich Marketingabteilungen. Scharenweise kamen Unternehmensberater, die mit den modernsten Computer- und Kommunikationssystemen arbeiteten. Größere Kanzleien schluckten kleinere und wurden ihrerseits von größeren geschluckt: Es entstanden immer mehr Zweigstellen großer Mutterfirmen. M & M hatte sich bislang gut gehalten. Doch auch Treadwells treueste Vasallen rieten zu Veränderungen. Sie waren zwar schon so betagt, daß sie 1938 in der amerikanischen Kino-Wochenschau hatten miterleben können, wie Chamberlain nach dem Münchner Abkommen versicherte, Hitler werde keine weiteren Gebietsansprüche mehr erheben; doch sie waren noch in der Lage zu erkennen, daß man den rebellierenden jungen Teilhabern Zugeständnisse machen mußte.

»Niemand stellt Ihre Führungsposition in Frage, Anthony«, hatte am Jahresanfang ein älterer Kollege zu ihm gesagt. »Sie haben uns alle reich gemacht. Um Gottes willen, niemand will wirklich etwas verändern! Die Jüngeren wollen lediglich ein Mitbestimmungsrecht.« Er versicherte Treadwell, daß selbst die ehrgeizigsten Kämpfer unter ihnen – Treadwell nannte sie Verschwörer, subversive Elemente – nur eine gewisse Veränderung anstrebten, aber keineswegs an seiner Führungsposition rütteln wollten. Sie beabsichtigten, ihn zum Vorstand eines erweiterten Direktoriums zu ernennen und ihm diesen Posten für drei Jahre zu garantieren. Jeder andere Chef, der bereits dreiundsechzig Jahre alt war, hätte das als Vertrauensbeweis angesehen.

Nicht aber Anthony Winthrop Treadwell! Er war ein erfahrener

Kämpfer, der wußte, wohin es führen kann, wenn man die Zügel lockert und Kompromisse macht. Er dachte gar nicht daran, auch nur das geringste Zugeständnis zu machen. Im Gegenteil! Treadwell festigte seine Position als Alleinherrscher. Das führte dazu, daß einer der jüngeren Teilhaber, ein überragender Spezialist für Prozeßrecht, kürzlich gekündigt und seine zwei Mitarbeiter, ebenfalls vielversprechende Talente, mitgenommen hatte. In diese Lücke hatte Seth rutschen können. Treadwell war zunächst davon überzeugt gewesen, den »sozialistischen Aufstand« niedergeworfen zu haben. Beruhigt hatte er das Angebot aus Yale angenommen. Doch nun mußte er feststellen, daß der Aufruhr weiter gärte. Ein Jurist war eingestellt worden, und man hatte es noch nicht einmal für nötig befunden, ihn zu benachrichtigen.

»Versetz dich doch in unsere Lage, Tony!« Addams stocherte nervös in seiner Vorspeise – auf Louisana-Art gegrilltem Thunfisch. »Wir haben alles getan, was in unserer Macht stand. Aber das ist jetzt überstanden. Glücklicherweise haben wir einen tollen Fang gemacht. Der neue Mann hat Erfahrung vor Gericht, ist brillant und arbeitet wie ein Pferd. Er kommt auf zweihundertzwanzig Stunden im Monat, die er für die Kanzlei in Rechnung stellen kann.«

Ein flüchtiger Blick auf Treadwell sagte Addams, daß er sich vergeblich bemühte.

»Allston, offensichtlich entgeht dir das Entscheidende. Hier findet ein verdeckter Machtkampf statt. Und die Einstellung dieses Provinzlers ist ein Schachzug der Verschwörer.« Treadwell tupfte sich mit der Serviette die Mundwinkel ab. Dann fuhr er fort: »Der junge Mann wird uns wieder verlassen. Reich mir bitte das Brot herüber.«

Die Tür zu Seth' Büro ging auf, ohne daß jemand angeklopft hätte. Seth wußte: Das konnten nur Harry Cooper oder Anthony Treadwell sein: Harry klopfte bei ihm nicht an, weil er

sein Freund war, und Treadwell klopfte nie an eine Tür, bevor er eintrat.
»Woran tüftelt unser Genie aus Bakersfield heute?« fragte Harry. Er war bester Laune. »Widmest du dich der Genforschung? Entwirfst du eine neue Verfassung?«
»Für so etwas habe ich heute keine Zeit.« Seth sah von seiner Arbeit auf. »Ich bereite nämlich den Antrag vor, den Charles Branch in der Sache US Minerals bei Gericht stellen muß.«
»Unser Cocktail-Charlie? Weißt du, daß Branch ein heimlicher Säufer ist? Mach die Sache so einfach wie möglich, denn Charlie wirst du garantiert nicht nüchtern bekommen.«
»Es gehört nicht zu meinen Aufgaben, dafür zu sorgen, daß meine Vorgesetzten nüchtern bleiben, Harry. Und dieser Fall ist ein juristischer Rubie Cube. Den Sachverhalt kann niemand vereinfachen.«
»Na ja, du darfst nicht schwarzsehen. Charles Branch ist eine Legende. Er war mal der beste Anwalt in San Francisco. Dann hat ihn der Alkohol erwischt. Doch es ist immer noch eine Ehre, für ihn zu arbeiten. Das ist sogar besser, als Treadwells persönlicher Sklave zu sein.«
»*Mich* hat dieser Mann jedenfalls zu seinem persönlichen Opfer auserkoren.«
»Ihr zwei kommt wohl nicht allzu gut miteinander aus?«
»Miteinander? Das gibt es doch bei Treadwell nicht. Der kommandiert einen doch nur herum.«
»Du lernst schnell. Er ist manchmal wirklich unerträglich.«
»Das ist viel zu harmlos ausgedrückt, Harry. Er ist ein arroganter Wichser – ein Sklaventreiber. Außerdem kann er ganz schön ordinär werden.«
Harry lachte. »Das ist alles richtig. Du hast aber noch etwas vergessen: Er ist ein dünkelhafter Snob. Er akzeptiert nur Leute, deren Vorfahren auf der *Mayflower* nach Amerika gekommen sind. Alle anderen sind für ihn Parias, die er am liebsten bis zum Kopf in einen Ameisenhügel eingraben würde.«

»Dann müßt ihr alle hier ordentlich zerbissen sein.«
»Und ob! Treadwell ist nicht nur stolz auf seine Karriere. Am meisten bildet er sich auf seine Herkunft ein – alter amerikanischer Ostküstenadel, makellose Familie. Das läßt er uns zwar dauernd spüren, aber daran gewöhnt man sich. Wir nehmen es ihm übel, daß er sich nicht in die Karten schauen läßt. Er allein bestimmt, wie der Laden läuft. Mit der Zeit hat er sich dadurch völlig isoliert. Die jüngeren Teilhaber versuchen, ihn zu umgehen. Wie er mit Menschen umspringt, ist ungeheuerlich.«
»Das brauchst du mir nicht zu erzählen. Schon die erste Begegnung! Treadwell deutete seelenruhig auf einen Berg Akten. Ich hätte einen Sattelschlepper brauchen können, um die Papiere in mein Büro zu schaffen. Er meinte nur, ich solle nach meinem Gutdünken verfahren, und ging auf Geschäftsreise.«
»Ach ja«, sagte Harry. »Der berüchtigte True-Valve-Fall!«
»Du hast also schon davon gehört! Mein Gott! Den Funktionären der Korporation wird betrügerische Preismanipulation vorgeworfen – und zwar zu Recht. Die stecken todsicher bis zum Hals in der Sache drin. Den Verdacht hatte ich sofort. Also habe ich ein Treffen mit ihnen anberaumt, um die Wahrheit herauszufinden.«
»Natürlich. Du hast geglaubt, daß Treadwell meint, was er sagt. ›Verfahren Sie nach Ihrem Gutdünken!‹ Das ist nicht ernst gemeint. Dein zweiter Fehler war, daß du die Wahrheit finden wolltest.«
»Dann weißt du also auch, wie die Geschichte ausging. Die miesen kleinen Betrüger kamen zu mir ins Büro. Einer von ihnen war sogar fast soweit, daß er alles zugab. Was da für Sachen zum Vorschein kamen! Bis auf Kindsmißbrauch war alles geboten. Und dann hatte er den Nerv, von mir zu verlangen, ich solle alle Register ziehen, um sie da wieder rauszubekommen.«
»Ach, und dann hast du …?«
»Genau! Ich habe sie hinausgeworfen. Treadwell hat mich spä-

ter zur Schnecke gemacht. Ich solle mich nicht als Richter aufspielen. Meinetwegen hätten sie einen gutzahlenden Klienten verloren.«
»Heiland, Seth, er hat recht! Wir sind hier in Amerika. Jeder hat das Recht auf eine gute Verteidigung.«
»Aber nicht mit mir, alter Freund. Und der Fall US Minerals ist auch so eine Geschichte. Ich habe das ungute Gefühl, daß er mir die Sache absichtlich übertragen hat. Er weiß, daß wir ziemlich sicher verlieren werden. Dann kann er mich dafür verantwortlich machen.«
Seth stand auf und ging zum Fenster. Müde sah er hinüber zu dem Trakt, in dem die Büros der Teilhaber untergebracht waren. »Tatsache ist, daß ich mit dem wichtigsten Mann in der Firma große Schwierigkeiten habe. Macht er es allen so schwer?«
»Nimm es nicht so tragisch, Seth! Treadwell geizt mit Freundlichkeiten, als hinge sein Leben davon ab.«
»Zum Teufel, Harry! Ich kann damit umgehen, wenn jemand nicht besonders höflich ist. Aber er hat mich auf dem Kieker. Und ich kenne den Grund nicht.«
»Es liegt nicht an dir, Seth. Es geht darum, was du für ihn symbolisierst. Du darfst das nicht persönlich nehmen.«
Seth ließ sich wieder auf seinen Stuhl fallen und legte einen Fuß auf den Schreibtisch. »Sieh mal, Harry. Ich bin seit drei Monaten hier. In dieser ganzen Zeit war Treadwell immer nur unzufrieden, egal wie gut ich gearbeitet habe. Im Gegenteil: Er freut sich, wenn ich eine Aufgabe *nicht* erledigen konnte oder ein Antrag *nicht* genehmigt wurde. Verdammt, er will, daß ich versage! Warum?«
Harry bemühte sich um ein aufmunterndes Lächeln. »Ich sagte dir doch, du darfst das nicht persönlich nehmen. Sicher, Treadwells Herkunft, sein Dünkel und seine Persönlichkeit haben damit zu tun: Du bist nicht unbedingt ein Mann von feiner Lebensart und verkehrst nicht in den Kreisen der Pacific Heights.«

»Das stimmt leider. So ein Mist!« Seth tat so, als wäre er betroffen.

»Vor allen Dingen aber«, fuhr Harry fort, »geht es hier um Firmenpolitik. Du hattest Pech. Du bist ausgerechnet zu dem Zeitpunkt eingestellt worden, als Treadwell gerade in Yale war. Bis dahin war noch nicht einmal ein Hausmeister ohne Treadwells Genehmigung eingestellt worden.«

»Warum läßt er das an mir aus? Ich hatte doch keine Ahnung von den ungeschriebenen Gesetzen der Firma.«

»Einspruch abgelehnt! Du bist ein Symbol. Du mußt doch mitbekommen haben, daß hier eine Rebellion im Gange ist. Fünfzehn bis zwanzig jüngere Teilhaber wollen mehr Mitbestimmungsrecht. Sie wollen das Direktorium erweitern, und König Treadwell soll Macht abgeben.«

»Ach? Wie kann denn ein Bursche vom Lande in diesem hochkarätigen Intrigenspiel ein Symbol werden?«

Harry seufzte. »Mein Gott, wahrscheinlich bin ich sogar teilweise dafür verantwortlich. Es war ein ungünstiger Zeitpunkt. Treadwell sieht in deiner Einstellung eine Provokation. Die Jüngeren demonstrieren ihre Macht.«

»Und wie zeigt der König jetzt am besten, daß er immer noch die Macht in der Hand hat? Er verweist den Eindringling des Landes, damit sich keine Seuche ausbreitet … Gibt es vielleicht etwas, was ich noch nicht weiß?«

Harry setzte sich umständlich. »Na ja, man hört Gerüchte. Es soll ihm nicht so recht gefallen haben, daß du kürzlich beim Firmenbankett in Cowboystiefeln aufgetaucht bist.«

»Harry, das sind keine einfachen Cowboystiefel. Das sind sündhaft teure Dinger aus Leder von Ameisenbären.«

»Ach ja? Außerdem wirft er dir vor, daß du dich für M & M nicht genügend einsetzt. Du erledigst deine Fälle so schnell wie möglich; das heißt, du sparst dir langwierige Befragungen und Verhandlungen.«

Seth schüttelte ungläubig den Kopf.

»Du wolltest es ja unbedingt wissen. Das ist nun mal zufällig die Haupteinnahmequelle von M & M. Wir sollen die Gegner unserer Mandanten so lange mit unseren Fragen quälen und in ihren Unterlagen herumstochern, bis sie entnervt aufgeben und den Streitfall nicht mehr vor Gericht bringen. Das ist nun mal unsere Politik der verbrannten Erde. Und unsere Klienten bezahlen uns dafür – und zwar nicht schlecht!«
Seth starrte ihn nachdenklich an. »Ich trage also die falschen Schuhe und spare meinen Klienten Zeit und Geld. Welche Verbrechen und Vergehen werden mir sonst noch vorgeworfen? Rück schon raus damit!«
»Na ja … nur ein Hinweis. Vielleicht sollte Rosie bei der nächsten Firmenfeier ein Kleid anziehen, in dem sie nicht so auffällt.«
»Meinst du, sie sollte sich besser anziehen? Mein Gott, Harry. Sie macht so etwas doch zum ersten Mal. Laß ihr ein wenig Zeit!«
»Es tut mir leid, Seth. Ich bin es doch nicht, der an euch herummeckert. Ich will euch nur helfen. Rosie hat eine unglaublich gute Figur, und ihr Kleid ließ daran nicht den geringsten Zweifel. Du wolltest es wissen, Seth! Außerdem sieht es für dich nicht so schlecht aus. Du hast einige auf deiner Seite. Du hast hervorragende Arbeit geleistet. Du hast in der kurzen Zeit mehr Fälle zur Verhandlung gebracht als irgendein Angestellter vor dir. Das schaffen sogar die meisten Teilhaber nicht. Viele halten dich für eine rentable Aktie.«
»Aktien können abgestoßen werden«, sagte Seth tonlos. »Außerdem merke ich langsam, daß ich zwölf Stunden am Tag schufte. Das wird mir zuviel.«
»Jeder in der Firma weiß, daß Treadwell dich mit Arbeit überhäuft. Er will, daß du zusammenbrichst und kündigst. Er will uns seine Macht beweisen. Mit dir oder deiner Arbeit hat es nichts zu tun.«
Seth holte tief Luft. »Es ist schon in Ordnung, alter Freund. Vielen Dank für deine Offenheit. Ich werde Rosie ein schönes neues Kleid kaufen.«

»Wie kommt sie denn zurecht? Es ist nicht einfach, sich an das Leben einer grünen Witwe zu gewöhnen.«
»Es fällt ihr alles sehr schwer. Ich bin froh, daß sich Trish um sie kümmert. Ich mag ja nun eine Schachfigur in diesem mörderischen Spiel geworden sein, aber ich weiß zumindest, was gespielt wird. Mit Rosie ist das anders. Sie vermißt ihre Freunde, und ihre neue Arbeit gefällt ihr nicht. Und diese Firmenfeiern liegen ihr schon überhaupt nicht.«
»Das ging Trish die erste Zeit genauso. Doch sie kann sich damit abfinden. Sie schätzt ihren 450 SL und unser großes Haus.«
»Ja, Trish mag Luxus.«
Beide schwiegen, unangenehm berührt.
»Vergiß es, Harry. So meine ich's nicht. Sie hat nie zu mir gepaßt. Ich erkenne das leider erst jetzt.«
Harry lehnte sich zurück. »Ich weiß nicht so recht, was ich sagen soll, Seth. Es tut mir leid, daß du so darunter gelitten hast.«
»Das ist in Ordnung, Harry. Ich kann ja wohl kaum dich und Trish dafür verantwortlich machen, daß ich im dritten Semester versumpft bin. Ich war schon selbst schuld. Außerdem bin ich ja jetzt hier – es ist noch alles drin.«
Harry richtete sich auf. »Und bei Gott, du wirst hier bleiben. Halt nur die Ohren steif, und laß dich nicht unterkriegen!«
»Mach' ich! Ich werde mich mit Treadwell schon arrangieren können.«
Seth' Sekretärin kam herein und meldete, daß Treadwell Seth sofort zu sprechen wünsche.
»Wenn man vom Teufel spricht ...!« seufzte Seth.
»Soviel Glück hast du nicht«, warnte ihn Harry. Er stand schon an der Tür. »Mit dem Teufel kann man einen Pakt schließen, aber nicht mit Anthony Treadwell.« Harry drehte sich noch einmal um. »Sag mir Bescheid, wenn ich helfen kann.«
»Mach dir keine Sorgen, alter Knabe. Ich kann auf mich selbst aufpassen.«
Harry schüttelte den Kopf. »Immer noch der einsame Wolf,

hm? Wie an der Uni! Du läßt dir nicht helfen. Vertraust keinem anderen Menschen – nur dir selbst!«
»Ich vertraue dir, mein Freund.«
»Das bezweifle ich.«
»Das klingt nicht gerade vertrauensvoll, Harry.«
»Stimmt«, sagte Harry. »Gut, ich glaube dir.«
»Das bezweifle ich.«

Seth war angespannt und nervös, als er Treadwells imposantes Büro betrat. Er hatte Angst davor, was ihm der Tyrann diesmal wieder aufbürden würde, zudem schüchterte ihn der feudale Reichtum ein. Der schwere Schreibtisch aus glänzendem Eichenholz wirkte wie eine uneinnehmbare Festung. An den Wänden hingen Originale von Picasso. In dem weiträumigen Büro gab es eigens einen Konferenzbereich, der allein gut zehn Leute fassen konnte. An einer Seite stand eine Bar aus schwarzem Ebenholz, in deren Vitrine Waterford-Kristall schimmerte. In jedes Glas waren Treadwells Initialen graviert.
Treadwell selbst war stets tadellos gekleidet. Die maßgeschneiderten Brioni-Anzüge saßen wie angegossen. Er hatte vollendete Manieren, und unglaublich reich war er außerdem. Seth fühlte so etwas wie Neid angesichts dieser weltmännischen Eleganz.
»Ich möchte, daß Sie die Unterlagen im Fall Sharpe Steel prüfen und mir ein Exposé erstellen, Cameron.« Keine Begrüßung, keine Höflichkeitsfloskel! »Ich weiß, daß Sie im Augenblick sehr beschäftigt sind«, fügte Treadwell hinzu, »es reicht also, wenn Sie die Arbeit in … sagen wir mal … drei Tagen abgeben.«
»Heute haben wir Freitag. Das heißt also: am Dienstag oder Mittwoch?«
»*Drei* Tage! Ich möchte Ihren Bericht am Montag um 17 Uhr.« Treadwell hatte nicht ein einziges Mal von seinem Schreibtisch aufgesehen.

»Ich habe von dem Fall gehört«, sagte Seth vorsichtig. »Arbeitet nicht Ted Arnold bereits an einem Exposé?«
Treadwell blickte Seth zum erstenmal an. Seine Augen lagen in tiefen Höhlen. »Arnolds Bericht liegt mir bereits vor. Jetzt erwarte ich den Ihren.«
Seth kannte diese Praxis: Man läßt zwei an demselben Fall arbeiten und spielt sie dann gegeneinander aus. Immer hat der eine etwas übersehen, was dem anderen aufgefallen ist, und so kann man *beiden* einen Strick drehen. Den armen Arnold hat er also auch in der Mangel, dachte Seth. Er überlegte kurz, ob er einen Einwand riskieren sollte. Schließlich hatte er bereits den Auftrag eines anderen Teilhabers für dieses Wochenende angenommen. Nein! Irgendwie werde ich es schon schaffen!
»Die Akten zum Fall Sharpe Steel werden in Kürze in Ihr Büro gebracht.« Die Audienz war beendet. Treadwell widmete seine Aufmerksamkeit wieder den Papieren auf seinem Schreibtisch. Seth starrte Treadwell an. Am liebsten hätte er ihn an seinem dürren Hals gepackt und gedrosselt, bis ihm etwas Farbe in das vertrocknete, verbitterte Gesicht gestiegen wäre. Es blieb ihm jedoch nichts anderes übrig, als devot zu lächeln und zu versichern, daß er das Memorandum am Montag abgeben werde. Dann ging er über den kostbaren Teppich zur Tür.
»Noch etwas, Cameron!« Treadwell sprach, ohne aufzublicken. »Ich muß Sie wohl nicht darauf hinweisen, wie wichtig es für die Firma ist, daß Charlie Branchs Antrag im Fall US Minerals genehmigt wird. Und Sie sind sich hoffentlich bewußt, welche Bedeutung das Ganze für Sie hat.«
Seth hatte sich wieder umgedreht und starrte gut eine Minute fassungslos auf seinen Vorgesetzten. Doch Treadwell ignorierte ihn.
»Branch wird gewinnen«, sagte Seth endlich und ging.
Als er das Vorzimmer betrat, fand da eine heftige Auseinandersetzung statt. Miss Tarkenton stand wie eine gereizte Kobra hinter ihrem Schreibtisch und zischte einen hageren, alten Mann

giftig an. So aggressiv hatte Seth sie noch nie erlebt. Der Mann war ungewöhnlich groß und dünn, seine Augen lagen in tiefen Höhlen, nur das Weiß der Augäpfel leuchtete hervor. Aus seinem schmalen Gesicht traten hohe Wangenknochen und eine scharfe Adlernase. Die Haut war faltig und fleckig. Das Erstaunliche an dem zerbrechlichen Greis war jedoch sein Auftreten: Er trug seine Gebrechlichkeit eher wie ein Schwert. Seine Stimme war nicht mehr als ein irres Flüstern, doch sie klang nicht schwach. Ohne jede Entschuldigung verlangte der Alte wutentbrannt Zutritt zu Treadwells Büro.

Den konnte Miss Tarkenton keineswegs gestatten. Sie sah Seth hilfesuchend an.

Der ging jedoch einfach um die beiden herum zur Tür. Dabei fiel ihm auf, daß der Alte nach Rauch und süßlichem, billigem Wodka roch. Soll sich doch Treadwell selbst drum kümmern, dachte er hämisch. Doch der Alte packte ihn mit seiner knochigen Hand plötzlich am Revers. Seth versuchte vergeblich, sich aus dem Griff zu befreien. Erst jetzt bemerkte er, daß der Mann nur noch einen Arm hatte. Für Sekunden sahen sie einander in die Augen. Seth hatte auf einmal das Gefühl, daß ihm das ausgemergelte Gesicht vertraut war.

»Kenne ich Sie?« stieß er überrascht hervor. Sein Herz schlug aufgeregt. »Wer sind Sie?«

Der Alte ließ ihn los und strich langsam das zerknitterte Revers glatt. Er lächelte Seth mit fast zahnlosem Mund an. »Ich wünsche Ihnen einen schönen Tag, junger Mann«, krächzte er heiser und klopfte Seth kräftig auf die Brust. Dann ging er ungerührt auf Treadwells Büro zu. Miss Tarkenton schrie Seth an, er solle ihn um Himmels willen aufhalten. Doch da schloß der Alte bereits die Tür hinter sich.

»Es tut mir leid, Miss Tarkenton«, sagte Seth. »Ich bin keine Leibwache – ich bin ein Symbol!«

Anthony Treadwell wurde blaß, als er den Alten eintreten sah. Dann stieg mörderischer Zorn in ihm auf. »Du Hund!« fauchte

er. »Ich habe dir doch ausdrücklich verboten, jemals hier zu erscheinen!«
»Was hat denn der feine Herr für Manieren? Ist das vielleicht eine angemessene Begrüßung für den geliebten Vater?« Der Alte grinste und zeigte seine schwarzen Zahnlücken. »Und vielleicht solltest du dich mal im Spiegel betrachten, bevor du einen anderen als Hund bezeichnest.«

Gegen halb drei morgens kam Seth endlich aus der Kanzlei nach Hause. Fat Dog begrüßte ihn schwanzwedelnd. Seth streichelte ihn kurz und gab ihm einen Hundekuchen. Er war viel zu müde, um mit dem Tier zu spielen. Im Wohnzimmer zog er sich aus und schlich auf Zehenspitzen ins Schlafzimmer. Rosie sollte nicht aufwachen. Er war viel zu müde, um sich ihre Klagen anzuhören. In letzter Zeit beschwerte sie sich immer häufiger darüber, daß er so selten zu Hause war.
»Hallo, Seth«, sagte Rosie in die Dunkelheit hinein. »Zumindest nehme ich an, daß du es bist.«
Seth umarmte sie und entschuldigte sich, daß er nicht wie verabredet mit ihr bei *Sam's* hatte zu Abend essen können.
»Es war doch unser Jahrestag, Seth. Vor zwei Jahren sind wir zum erstenmal zusammen ausgegangen.«
»Oh, nein! Haben wir jetzt schon September? Es tut mir leid, Liebes.«
Rosie war bereit, ihm zu verzeihen – unter der Bedingung, daß sie die kleine Feier am Samstag nachholen würden. Unglücklich erzählte ihr Seth, was Treadwell ihm diesmal aufgebürdet hatte.
»Was hältst du davon, wenn wir eben am nächsten Wochenende feiern?« fragte er aus dem Badezimmer. »Wir packen uns einen großen Picknickkorb, nehmen Fats und fahren zum Strand bei Stinson. Natürlich nur bei schönem Wetter! Wenn es regnet, bleiben wir zu Hause und lieben uns den ganzen Tag.«
»Hmm«, meinte Rosie. »Mal sehen, ob ich mit dem Regentanz der Irokesen immer noch zaubern kann.«

Seth kam aus dem Bad, und Rosie sah in der Dunkelheit zu, wie er den Wecker auf fünf stellte – er hatte also etwa zwei Stunden Schlaf. Wortlos fiel er neben ihr ins Bett und schlief sofort ein. Rosie betrachtete besorgt sein erschöpftes Gesicht. Neue Falten hatten sich in der kurzen Zeit eingegraben. Sie berührte ihn sanft – er war kalt wie Eis. Wie sehr wünschte sie sich, daß sie wieder einmal Zeit hätten, miteinander zu reden. Vielleicht würde sie ihm sogar anvertrauen können, was sie vor kurzem geträumt hatte. Ein beängstigender Traum! Sie hatte geträumt, daß sie nach Bakersfield zurückkehrte. Fremde umringten sie. Ihre Reisetaschen waren bis zum Rand mit Banknoten gefüllt. Bizarr!

Rosie kuschelte sich an Seth und versuchte, ihn zu wärmen. Sie war zutiefst besorgt, und ihr wurde bewußt, wie sehr sie ihn liebte. Gleichzeitig erkannte sie, daß ihr nur noch die Erinnerung an diese Liebe geblieben war. Nein, sie würden bestimmt keinen Tag am Strand verbringen ... Sein Ehrgeiz hatte ihn bereits verschlungen. Wie lange würde sie es hier noch aushalten? Das einzige Glück, das sie noch hatten, waren Erinnerungen an eine schöne, fröhliche Vergangenheit.

Ihr kam alles so sinnlos vor: Sie hatte so viel von ihrem eigenen Leben aufgegeben und war hierher gekommen, nur um den Mann zu verlieren, den sie liebte. Und sie verlor ihn noch nicht einmal an eine andere Frau.

• 8 •

DREI WOCHEN SPÄTER saßen Anthony Treadwell und Allston Addams im *President's Club* und tranken Cocktails. Sie priesen, wie so oft, die Tradition der Firma und waren einhellig der Ansicht, daß die »Unterminierung des bewährten Führungsstils« mit allen Mitteln zu verhindern sei.

»Wir können diese schwierige Phase gut überstehen, wenn wir

die Ruhe bewahren und wie gewohnt weitermachen«, sagte Treadwell. Lässig winkte er Henri, den Ober, herbei.
Addams klopfte sich mit seinem dicken Zeigefinger nachdenklich auf die Lippen und starrte aus dem Fenster. Er wollte etwas sagen, wußte aber nicht, wie er anfangen sollte. Aus den Augenwinkeln beobachtete er seinen Freund und versuchte, dessen Laune einzuschätzen. »In letzter Zeit habe ich mich häufiger gefragt, ob es vielleicht nicht doch besser wäre, den jungen Teilhabern gewisse Zugeständnisse zu machen. Die Spaltung in zwei Lager tut der Firma nicht gut. Wir könnten ihnen ja pro forma das erweiterte Direktorium genehmigen. Mein Gott, Tony, du hättest immer noch die Zügel in der Hand ...«
Treadwell schnaubte verächtlich. »Auch du wirst allmählich schwach – so wie die anderen! Du hast wohl vergessen, wohin es führt, wenn man seinen Gegnern Zugeständnisse macht. Nein, mein Lieber! Unser hochverehrter ehemaliger Präsident, Senator Stanford Traeger – dieser intrigante Hund –, hat mich jahrelang zappeln lassen. Jetzt bin ich am Ruder, und ich werde es nicht kampflos aus der Hand geben.«
Addams war dankbar, daß er ein neues Thema anschneiden konnte. »Ich habe erfahren, daß Traeger seit neuestem den Unterausschuß des Senats leitet, der das berühmt-berüchtigte Stealth-Programm kontrolliert.«
»O ja! Und er badet wie immer im Medienrummel – genießt die Publicity.«
»Hat seine Tochter – unser Patenkind – nicht erst kürzlich geheiratet?«
»Ja, irgendeinen Sam. Der Nachname ist mir entfallen. Auf jeden Fall ist er ein Testpilot beim Stealth-Programm. Ach ja: Sam Barton, so heißt er!«
»Das ist so, als hätte er die Tochter seines Bosses geheiratet.«
»Oh, Elena! Ein wunderbares Mädchen!«
Addams war beruhigt, daß sich der Präsident sichtlich ent-

spannte. Zu seiner großen Erleichterung brachte der Ober jetzt die nächsten Drinks. »Vielen Dank, Henri«, sagte er.
Der alte Ober deutete nur mit einer Augenbraue an, daß er die übertriebene Freundlichkeit zur Kenntnis genommen hatte. Er zog diskretes Schweigen vor. Im *President's Club* war es nicht üblich, mit den Angestellten mehr als nötig zu sprechen.
Treadwell nippte an seinem Scotch und verzog das Gesicht. »Ober!« Seit fast zwanzig Jahren bediente ihn Henri im Club, doch Treadwell sprach ihn niemals mit seinem Namen an. »Ist das mein Linkwood Twelve?«
»Ja, gnädiger Herr! Jahrgang 1959 – aus Ihrem persönlichen Vorrat!«
»Nun, er hat ein eigenartiges Aroma. Öffnen Sie eine neue Flasche!«
Henri zog sich zurück. Treadwell hob sein Glas, um mit Addams anzustoßen. »Ich weiß deine Meinung durchaus zu schätzen. Es interessiert mich auch, was du von einer Angelegenheit hältst, die damit im Zusammenhang steht. Dieser junge Einzelkämpfer, Seth Cameron, muß möglichst elegant und reibungslos aus der Firma entfernt werden.«
Addams fühlte sich geschmeichelt, daß Treadwell Wert auf seine Meinung legte. Das ermutigte ihn, offen zu sprechen. »Du hast das Kommando, Tony. Du kannst ihn jederzeit entlassen. Aber der Mann ist verdammt gut. Wenn du ihm kündigst, müssen wir uns auf Ärger gefaßt machen.«
Treadwell schüttelte langsam den Kopf. Seine dünnen Lippen waren so fest zusammengepreßt, daß nur noch ein Strich zu sehen war. »Es erstaunt mich zutiefst, daß unsere bewährte Methode bei diesem Provinztölpel versagt.«
Wenn ein kompetenter junger Anwalt bei M & M aus persönlichen Gründen in Ungnade gefallen war, wurde er nach der »bewährten Methode« schikaniert. Ihm wurde mehr Arbeit aufgeladen, als irgendein Anwalt zufriedenstellend erledigen konnte. Die Opfer, die dieser gezielten Schikane ausgesetzt waren,

brachen in der Regel schnell zusammen und kündigten »freiwillig«. Einige hielten etwas länger durch. Doch unter dem enormen Druck unterliefen ihnen zwangsläufig Fehler. Sie konnten die vielen Aufgaben nicht alle termingerecht erledigen, oder sie mußten sie so oberflächlich erledigen, daß das Ergebnis nicht zu gebrauchen war. In jedem Fall hatten die Vorgesetzten einen guten Kündigungsgrund.
Treadwell fuhr fort: »Bis jetzt ist unser Cowboy aus Bakersfield noch nicht vom Pferd gefallen. Aber morgen habe ich ihn so weit. Morgen wird in einer Anhörung entschieden, ob der Fall US Minerals zur Verhandlung zugelassen wird. Der Beklagte möchte unseren Antrag auf Verhandlung abschmettern und ein Schnellurteil erwirken, mit dem die Klage abgewiesen wird. Cameron hat die juristische Argumentation erarbeitet, mit der Charlie Branch durchsetzen soll, daß es doch zur Verhandlung kommt ... Aber Charlie wird selbstverständlich verlieren.«
»Und wenn er ausnahmsweise mal nüchtern ist?«
»Das ist sehr unwahrscheinlich. Aber selbst wenn – wir haben fast keine juristische Handhabe. Der Fall steht auf äußerst schwachen Füßen. Wir werden unseren Antrag todsicher nicht durchbekommen. Das bedeutet zwar auch, daß wir einen guten Klienten verlieren, denn US Minerals wird wohl anschließend zu Caldwell & Shaw wechseln. Ich tröste mich aber damit, daß ich Cameron zur Verantwortung ziehen kann. Ich werfe ihm vor, er habe den Fall schlecht vorbereitet, und Charlie wird kaum widersprechen, denn damit würde er sich nur ins eigene Fleisch schneiden.«

Das Rathaus von San Francisco gehört zu den architektonischen Sehenswürdigkeiten der Stadt. Das feudale alte Gebäude flößt dem Betrachter immer noch Ehrfurcht ein: Es strahlt majestätische Würde aus wie eine alte Königin. Doch man sieht ihm – bei aller Schönheit – das Alter an. Die Stufen der Treppenflucht sind mittlerweile abgetreten. Die prachtvolle Kuppel, die sich hundert Meter hoch erhebt und reich mit klassizistischen Ornamenten verziert ist, ist schon ganz dunkel geworden, und ihre Fenster lassen fast kein Licht mehr durch. Einst waren die Wände glatt und fest, doch jetzt zeigen viele Risse und Linien, daß sich das Gebäude langsam absenkt. Auch die unendlich vielen kleinen Erdbeben, an die man sich in San Francisco gewöhnt hat, haben deutliche Spuren hinterlassen, auch wenn die Schönheit des Rathauses immer noch atemberaubend ist.

Im vierten Stock öffnete sich der Lift, und Seth betrat den Flur. Er war in der angespannten Hochstimmung, die jeden Anwalt bei Gericht überkommt. Er war voll Zuversicht, und gleichzeitig hatte er Angst. In nur zehn Minuten würde die Vorsitzende Richterin, Lucille McCarthy, den Fall US Minerals aufrufen. Sie würde das Prozeßregister prüfen und einen Richter bestimmen, der entschied, ob der Fall zur Verhandlung zugelassen würde. Die gegnerische Partei hatte den Antrag gestellt, die Klage abzuweisen. Wenn diesem Antrag stattgegeben werden sollte, war Seth' Karriere bei M & M zu Ende: Er würde gehen müssen.

Seth hatte seinen Antrag gründlich vorbereitet. Er hatte den Sachverhalt geprüft, juristische Nachforschungen angestellt und die Argumentation aufgebaut. Nun lag alles an Charlie Branch. Seth stellte sich vor, wie Branch vor dreißig Jahren als junger, ehrgeiziger Anwalt mit denselben gemischten Gefühlen diesen Flur entlangging.

Um zehn wurde der Fall aufgerufen, doch Branch war noch nicht erschienen. Seth wartete nicht länger auf ihn, sondern betrat den Gerichtssaal der Vorsitzenden Richterin. Sie erkundigte sich zunächst bei den beiden Parteien, wieviel Zeit sie für ihre Anträge benötigten. Erst dann wollte sie das Prozeßregister prüfen und ihnen einen Richter und einen Gerichtssaal zuweisen. Als die Partei des Klägers, US Minerals, aufgerufen wurde, war Charlie Branch immer noch nicht eingetroffen. Deshalb er-

hob sich Seth und verkündete: »Insgesamt vierzig Minuten, Euer Ehren!« Sein Gegner, Simon Stephens, der für die Kanzlei Caldwell & Shaw arbeitete, sah ihn überrascht an. Er mußte annehmen, daß M & M es nicht für nötig hielt, einen Teilhaber zu schicken. Sie ließen anscheinend einen unbekannten Angestellten einen Fall vertreten, bei dem es um 40 Millionen Dollar ging.
Seth grinste Stephens quer durch den Raum selbstbewußt an, als träfe Stephens irrige Annahme zu. Wieder war ihm ein Ratschlag seines Vaters eingefallen: Du mußt deinen Gegner in der Hand haben, mein Sohn. Das ist die wichtigste Regel bei Gericht. Du mußt ihn manipulieren können. Das geht am besten, wenn du ihn verunsicherst. Er darf nicht wissen, was du vorhast. Führe ihn auf die falsche Fährte. Verwirre ihn immer mehr. Je weniger er von deiner Strategie versteht, desto besser.
»Ich stimme dem Anwalt der Anklage zu, Euer Ehren«, sagte Stephens hastig. Er konnte seine Erleichterung kaum verbergen. »Zwanzig Minuten für jede Partei!«
»Richter Webster, Raum 28!« verkündete die Vorsitzende Richterin. Seth stand nahe am Richtertisch. Deshalb ging er durch die kleine Schwingtüre des Sicherheitsgeländers und ließ sich vom Schreiber die Gerichtsakte aushändigen, um sie Richter Websters Schreiber zu überbringen. Dabei versuchte er selbstbewußt wie möglich zu wirken, obwohl er sich keineswegs selbstbewußt fühlte.
Wo zum Teufel steckt Charlie Branch? dachte er und machte sich beunruhigt auf den Weg zu Richter Websters Gerichtssaal. Simon Stephens holte ihn ein und sagte: »Ich glaube, wir kennen uns noch nicht!« Als sie sich die Hand gaben, fühlte sich Stephens' Hand wärmer an und auch nicht feucht. Seth befürchtete, daß das auch Stephens aufgefallen war.
»Sind Sie schon lange bei M & M?« Das Spiel begann.
»Ich praktizierte längere Zeit in Bakersfield«, antwortete Seth. »Ich habe dort in der Gegend einige Fälle vor Gericht vertre-

ten. Dann wurde ich als Jurist bei M & M angestellt. Ich bin also ein Seiteneinsteiger.«

»Bakersfield?« überlegte Stephens. »Ach, ja! Ich bin einmal durchgefahren. Kennen Sie Webster?«

»Nein!«

»Das ist ein Schwarzer. Er kam über die Minderheitenquote ins Amt. Er sieht aus, als käme er geradewegs aus dem Busch ... Ich habe Ihre Argumentation gelesen«, fuhr Stephens fort. »Sie ist sehr interessant!«

»Vielen Dank für das Kompliment. Hoffentlich hat sie auch der Richter gelesen.«

»Darauf würde ich mich nicht verlassen.« Stephens lachte boshaft. »Allerdings ist Webster wesentlich gewissenhafter als die meisten Nigger, die sich jetzt bei Gericht tummeln. Seit Minderheiten bei der Einstellung verstärkt berücksichtigt werden müssen, kann man einiges erleben.«

»Hören Sie gut zu, Stephens!« Seth sah starr geradeaus. »Ich komme zwar aus Bakersfield, und vielleicht schaut mir noch etwas Heu aus dem Kragen. Aber ich bin kein Rassist. Ersparen Sie mir dieses diskriminierende Geschwätz!«

Stephens zog verblüfft die Augenbrauen hoch, doch er hatte sich sofort wieder in der Hand. Er öffnete die Tür zu Websters Gerichtssaal und sagte: »Unser Neuling ist etwas empfindlich.«

»Bis später!« verabschiedete sich Seth. Er eilte zu den Münztelefonen am Ende des Flurs.

»Mr. Branch muß heute morgen direkt ins Gericht gefahren sein, Mr. Cameron«, informierte ihn Branchs Sekretärin. »Er war jedenfalls noch nicht im Büro.«

Seth übergab Websters Schreiber die Gerichtsakte. Erleichtert stellte er fest, daß sie noch etwa zwanzig Minuten Zeit hatten; es war gerade eine andere Verhandlung im Gang. Stephens vertiefte sich in seine Unterlagen. Als Seth ihn kurz ansah, blickte er auf und grinste siegessicher. Seth hoffte inständig, daß Webster ein ungewöhnlich kluger und mutiger Richter war; seine

Argumentation war kompliziert und spitzfindig. Bei einer Routineverhandlung hätte der Fall keine Chance. Aber was Seth bis jetzt über Richter Webster wußte, klang ermutigend.
Nervös sah Seth auf die Uhr. Er wollte noch schnell zum Haupteingang laufen. Vielleicht kam Branch gerade mit einem Taxi an. Vor zwei Jahren hatte Branch den Führerschein wegen Trunkenheit am Steuer abgeben müssen. Nun komm endlich, du kluger, alter Stinkstiefel! Seth rannte die Treppenflucht zum Haupteingang hinunter. Auf der Auffahrt stand Charlie Branch vor einem Taxi und unterhielt sich angeregt mit dem Fahrer. Als Seth näher kam, merkte er, daß Branch heftig mit dem Fahrer stritt.
In seiner Aufregung packte Seth Branch am Arm und wollte ihn wegziehen. »Wir sind gleich dran, Mr. Branch. Uns wurde Richter Webster zugeteilt. Sie müssen sich beeilen, sonst ...«
»Erst bekomme ich meine 28 Dollar!« sagte der Taxifahrer mit drohendem Unterton. »Ich habe ihn von Piedmont hierher gefahren, und er kann nicht bezahlen!«
Branch sah Seth verschwommen an. »Mein Gott, bin ich froh, daß Sie kommen. Ich bin so schnell aus der Wohnung, daß ich keinen Cent eingesteckt habe. Geben Sie doch dieschem Paraschiten schein Geld. Dann können wir unsch der Arbeit schuwenden.«
Der Fahrer nickte Seth vielsagend zu. »Der ist randvoll. Er hat sogar eine Flasche in seiner Aktentasche. Ich habe ihn im Rückspiegel beobachtet. Wenn ich mein Geld jetzt nicht sofort bekomme, rufe ich den Polizisten dort drüben.«
»Selbstverständlich bekommen Sie Ihr Geld«, sagte Seth. Branch kämpfte mit seinem Mantel. Vergeblich versuchte er, in einen Ärmel zu schlüpfen. »Alles in Ordnung, Mr. Branch?«
»Es geht schon, mein Guter. Vielen Dank. Schagen Sie, brauche ich diesen Mantel überhaupt?«
»Nein, Mr. Branch!« Seth hatte alle Hoffnung aufgegeben. »Ich glaube, daß Sie Ihre Aktentasche auch nicht brauchen.«

»Das haben Sie richtig erkannt, junger Mann! Ich brauche weder dieschen verwünschten Mantel noch eine Aktentasche, um ein paar Geschworene auszuwählen. Geben Sie diesem Mann schein Geld. Dann gehen wir erst mal rüber ins *Stars* und essen etwas Kräftiges.«

Seth überlegte, wieviel Zeit er noch hatte. Er zitterte vor Aufregung, als er dem Fahrer 70 Dollar in die Hand drückte. »Fahren Sie ihn bitte wieder nach Hause.«

»Nach Hause?« murmelte Branch undeutlich. Seth wollte ihn zurück ins Taxi schubsen, doch Branch wehrte sich heftig. »Was fällt Ihnen eigentlich ein? Ich musch gleich zu einer Verhandlung!«

Einige Leute sahen neugierig herüber. Seth mußte handeln. Er nahm dem schwankenden Cocktail-Charlie den Homburg ab, legte sorgfältig eine Hand auf den Kopf, damit der keine Schramme bekommen würde, und gab Charlie einen heftigen Stoß. Der Alte fiel rücklings ins Taxi und blieb auf den Sitzen liegen. Seth knallte die Tür zu, und das Taxi brauste davon.

Als Seth außer Atem den Gerichtssaal betrat, hatte die Anhörung bereits begonnen. Seth entschuldigte sich bei Richter Webster für seine Verspätung. »Eine dringende Angelegenheit, Euer Ehren! Ein juristischer Notfall!« Einem Richter während einer offiziellen Verhandlung eine Lüge aufzutischen, die auch noch ins Protokoll aufgenommen wurde, war Seth höchst unangenehm. Allerdings hatte es, in gewissem Sinne, schon seine Richtigkeit mit dem »Notfall«. Eigentlich war das noch untertrieben.

Seth war in einer hoffnungslosen Lage. Er hatte seinen Vorgesetzten soeben mit Gewalt daran gehindert, seine Aufgabe wahrzunehmen. Anthony Treadwell war über den Vorfall nicht unterrichtet, dazu war keine Zeit geblieben. Seth hatte Richter Webster gebeten, die Anhörung zu vertagen, doch das war abgelehnt worden. Charlie Branch und das launische Schicksal hatten Treadwell nun wohl endlich den Kündigungsgrund geliefert.

»Sie haben das Gericht und die Gegenpartei lange genug aufgehalten, Mr. Cameron. Wir beginnen mit der Anhörung – und zwar ohne weitere Verzögerung. Sie können sich entscheiden, ob Sie daran teilnehmen wollen oder nicht. Schreiber! Halten Sie im Protokoll fest: Der Beklagte stellt den Antrag auf ein Schnellverfahren gegen den Kläger US Minerals. Die Klage soll abgewiesen werden. Ich sage es Ihnen gleich, Mr. Cameron. Ich bin geneigt, diesen Antrag zu genehmigen. Der Sachverhalt ist eindeutig, und der Antrag ist juristisch einwandfrei begründet. Es erscheint mir völlig berechtigt, Ihre Klage abzuweisen.«

Ein denkbar schlechter Anfang!

»Hiermit ist das Verfahren eröffnet. Stellen Sie sich bitte dem Gericht vor.«

»Simon Stephens von der Kanzlei Caldwell & Shaw, Euer Ehren! Ich vertrete die beklagte und antragstellende Partei.«

»Seth Cameron von der Kanzlei Miller & McGrath, Euer Ehren! Ich vertrete den Kläger, US Minerals.«

»Vielen Dank, meine Herren! Mr. Stephens, Sie haben zuerst das Wort.«

Stephens war sicher, wortgewandt und gnadenlos. Harry hatte Seth gewarnt: »Das gehört bei Caldwell & Shaw zur Standardausrüstung. Wir hier bei M & M mögen ja schon recht gut sein. Aber C & S hat die besten Anwälte. Weißt du, wieviel bei denen ein Teilhaber verdient? Laut *American Lawyer's* bekommen sie durchschnittlich mindestens 400 000 Dollar im Jahr. Sie sind skrupellos, tüchtig und brillant. Jeder von ihnen ist sehr reich. Außerdem haben sie großen politischen Einfluß auf die Landesregierung. Wahrscheinlich haben sie die Hälfte der Richter persönlich ausgewählt und ihnen zu ihrem Amt verholfen.«

Aber nicht Richter Webster! dachte Seth.

»Ich habe Ihren Antrag genau gelesen, Mr. Stephens!« Richter Webster unterbrach Stephens nach fünf Minuten ungeduldig.

»Wenn Sie dem nichts Neues hinzuzufügen haben, möchte ich jetzt die Gegenpartei anhören. Ich werde Ihrem Antrag wahrscheinlich stattgeben, doch vielleicht kann der Anwalt des Klägers ja noch einen triftigen Grund vorbringen, um das zu verhindern.«

»Unter diesen Umständen verzichte ich auf weitere Erläuterungen, Euer Ehren«, sagte Stephens.

Die Anwälte von C & S wissen sogar, wann es besser ist, den Mund zu halten! dachte Seth.

»Euer Ehren!« Seth mußte riskant vorgehen, wenn er den Richter umstimmen wollte. »Im Grunde genommen gibt es *zwei* triftige Gründe, warum dieser Fall zur Verhandlung zugelassen werden sollte. Erstens werden wir mit Sicherheit Berufung einlegen, wenn Sie unsere Klage abweisen sollten. Allerdings habe ich – offen gesagt – den Eindruck, daß Ihr Urteil bereits feststeht.«

Der Richter runzelte unwirsch die Stirn und beugte sich nach vorne: »Ich höre Ihnen genau zu, Herr Anwalt!«

Schritt eins, mein Sohn: Du mußt sie dazu bringen, dir genau zuzuhören – selbst wenn du ihnen mit dem Holzhammer auf den Kopf schlagen mußt! Seth hörte seinen Vater sprechen.

»Mr. Stephens stellte die Rechtslage bezüglich des Falles korrekt dar. Ich stimme ihm im wesentlichen zu. Das sind die juristischen Grundlagen, nach denen der Fall verhandelt werden muß.«

»Dann verschwenden Sie die Zeit des Gerichts, Mr. Cameron! Sie und der Beklagte kommen zu derselben Beurteilung der Rechtslage. Das heißt, Ihre Klage wird als unberechtigt abgelehnt.«

»Ich bin mit meiner Ausführung noch nicht zu Ende, Euer Ehren«, sagte Seth freundlich, aber bestimmt. »Ich sprach von den juristischen Prinzipien, die für die *Verhandlung* des Falles gelten! Und damit komme ich zu dem zweiten Grund, warum diese Klage nicht abgewiesen werden sollte: Wir haben den

Handlungsspielraum noch nicht, den uns eine offizielle Gerichtsverhandlung gestattet. Und genau das möchte Mr. Stephens mit seinem Antrag auch verhindern. Ich verweise auf den Fall Harrison gegen Excelsior Stores, Euer Ehren. Der Fall kam vor das Berufungsgericht. In dem Urteil steht unter Fußnote acht, daß der Kläger das Recht hat, jedes zusätzliche Beweismaterial – wenn nötig auch vertrauliche Firmenunterlagen – einzusehen. Er ist dazu berechtigt, wenn diese Informationen bei der Beurteilung des Sachverhaltes dafür ausschlaggebend sind, ob es zu einer Verhandlung kommen soll oder nicht. Der Untersuchungsbeamte verwehrte uns bis jetzt das Recht, die Unterlagen der Firma einzusehen.«

»Habe ich Sie richtig verstanden, Mr. Cameron?« fragte der Richter skeptisch. »Ich soll Ihnen erlauben, vertrauliche und geheime Firmenunterlagen einzusehen? Und diese Forderung stützt sich auf eine einzige Fußnote in einem einzigen Fall ...«

»Das ist nicht irgendein unbedeutender Fall, Euer Ehren! Dieses Urteil wurde vom Berufungsgericht unseres Landes, Kalifornien, erlassen und ist somit in unsere Gesetzgebung eingegangen. Das Urteil ist juristisch gut fundiert, und der Oberste Gerichtshof Kaliforniens hat es abgelehnt, dieses Urteil zu revidieren.«

Der Richter beugte sich noch weiter nach vorn und schüttelte ungläubig den Kopf. »Mr. Cameron! Ich soll Ihnen die Genehmigung erteilen, weitere Ermittlungen anzustellen. Erst das Ergebnis dieser Ermittlungen könnte möglicherweise einen Sachverhalt zu Tage bringen, der die Voraussetzungen dafür schafft, daß der Fall zur Verhandlung zugelassen werden kann. Sie geben also selbst zu, daß Sie momentan nicht genug Beweismaterial haben!«

»Exakt!« erwiderte Seth. »Wenn wir die Beweisaufnahme beendet haben, kann Mr. Stephens ja seinen Antrag erneut stellen. Doch wird er damit nicht mehr durchkommen. Mit dem Beweismaterial können wir ziemlich sicher eine Verhandlung erzwingen. Vor allen Dingen jedoch würde nur so meinem Klienten Gerechtigkeit widerfahren. Denn unter den gegebenen Umständen darf man es ihm nicht verweigern, seine Vorwürfe gerichtlich untersuchen zu lassen.«

»Wenn ich Ihnen Einblick in die Firmenakten genehmige, was versprechen Sie sich davon? Welchen Verdacht haben Sie?«

Seth grinste ehrlich. »Ich habe nicht die geringste Ahnung, was wir finden werden, Euer Ehren. Doch wir haben eindeutig das Recht, Nachforschungen anzustellen. Die leitenden Angestellten in der Firma des Beklagten gaben unanfechtbare eidesstattliche Erklärungen ab, die in etwa den Sachverhalt bestätigen, wie wir ihn vorliegen haben. Ich habe jedoch den Verdacht, daß ein ehemaliger Angestellter des Beklagten Mr. Stephens eine völlig andere Geschichte erzählte. Bis jetzt weigert sich dieser Angestellte, ohne gerichtliche Vorladung mit uns zu sprechen. Ich möchte lediglich Zugang zu den gleichen Informationen haben, wie sie der Gegenpartei vorliegen.«

Der Richter war von Seth' Argumentation fasziniert. Nach einer hitzigen Debatte mit Stephens, die gut eine halbe Stunde dauerte, verließ Seth den Gerichtssaal als Sieger.

»Ich bin stocksauer«, sagte Stephens zu Seth, als sie im Lift zum Ausgang fuhren, »aber auch verblüfft. Seit drei Jahren bin ich bei C & S Teilhaber. Doch selbst mir wurde es fast nicht gestattet, diesen Antrag zu vertreten. Nie und nimmer dürfte ein blutiger Anfänger wie Sie einen so bedeutenden Fall übernehmen. Ich war mir sicher, Charlie Branch als Gegner zu haben. Ehrlich gesagt, wäre mir das lieber gewesen.«

»Mr. Branch war leider gezwungen, eine kleine Reise zu machen«, sagte Seth und bemühte sich, Stephens dabei nicht anzusehen.

»*Was* haben Sie gemacht?« brüllte Treadwell ins Telefon. Er stand im Foyer der Kanzlei. Er war wütend und aufgeregt. »Nein, Sie brauchen es nicht zu wiederholen. Ich habe Sie

schon verstanden. Daß Sie Ihren Antrag durchgebracht haben, bringt Ihnen keine mildernden Umstände. Sie haben gegen die Prinzipien der Kanzlei verstoßen. Das wird ein Nachspiel haben. Ich erwarte Sie zu einem ausführlichen Bericht in meinem Büro!« Grußlos legte Treadwell auf.
»Das ist wirklich nicht nötig, Mr. Treadwell!« Seth sprach in die tote Leitung. »So hoch braucht der Bonus auch wieder nicht zu sein. Ich habe ja nur meine Pflicht erfüllt.«

Am nächsten Morgen betrat Charlie Branch gegen zehn Seth' Büro. Sorgfältig schloß er die Türe hinter sich.
Jetzt geht's mir an den Kragen, dachte Seth.
»Ich weiß nicht so recht, wie ich mich ausdrücken soll, junger Mann«, begann Branch. »Mir ist der Vorfall von gestern unendlich peinlich, und ich bin Ihnen zu größtem Dank verpflichtet. Ohne Ihr Eingreifen würde mir jetzt mit Sicherheit gekündigt. Möglicherweise würde mir sogar die Lizenz als Rechtsanwalt entzogen. Ich stehe tief in Ihrer Schuld. Verzeihen Sie mir bitte mein Verhalten, mit dem ich Sie in eine höchst unangenehme Lage gebracht habe.«
»Keine Ursache, Mr. Branch! Ich habe die Angelegenheit bereits vergessen.«
»Aber ich werde es Ihnen *nie* vergessen, Cameron«, versicherte der alte Mann. Er lachte verlegen, als er fortfuhr: »Ich habe nur eine vage Vorstellung von dem, was passierte, aber das macht nichts. Sie sollen wissen, daß ich Anthony Treadwell den wahren Sachverhalt dargelegt habe. Ich habe nichts verschwiegen. Es war äußerst rücksichtsvoll von Ihnen, ihm nichts von meinem ... Zustand zu erzählen.«
»Ich sagte ihm, daß Sie krank waren. Das war schließlich die Wahrheit.«
Branch lächelte traurig. »Sie und ich wissen, daß ich seit Jahren unheilbar krank bin. Trotzdem – vielen Dank für Ihre Hilfe! Ich werde den Einfluß, über den ich noch verfüge, geltend ma-

chen, um Ihnen, soweit es in meinen Möglichkeiten steht, behilflich zu sein.«

Der alte Kämpfer stand auf. Seinen Kopf hielt er stolz erhoben, als er ging.

Seth griff zum Telefon. »Rosie? Der Leichnam fängt wieder an zu atmen!«

• 9 •

SAM BARTON WACHT *mitten in der Nacht auf. Er liegt in seinem Apartment auf der Symington Air Base. Ein seltsames Knirschen hat ihn geweckt. Sam lauscht in die Dunkelheit. Alles ist ruhig. Hat er geträumt? Oder knarzt vielleicht die alte Trauerweide hinten im Hof beim Parkplatz. Wenn die Winterstürme von der hohen Mesa herunterjagen, wird sie heftig geschüttelt.*

Sams Herz klopft so schnell, daß das Blut in seinen Ohren rauscht. Er möchte aufstehen und prüfen, ob alles in Ordnung ist. Vor allem die Glasschiebetür zur Veranda sollte er kontrollieren. Doch er ist zu müde und schnell bereit zu glauben, daß es eine harmlose Erklärung für das seltsame Geräusch gibt. Sein Puls beruhigt sich wieder. Sam dreht sich zur Seite und döst ein.

Aber er hatte nicht geträumt. Ein scharfes Messer hat das Fliegengitter auf der Verandatür aufgeschlitzt. Eine mächtige Hand in einem schwarzen Handschuh tastet nach der Türklinke. Der große, muskulöse Mann ist schwarz gekleidet. Sein Gesicht ist mit einer Skimütze vermummt. Er atmet heftig. Hinter ihm steht ein kleinerer Mann, ebenfalls schwarz gekleidet und vermummt. Er späht durch die Glastür in den dunklen Raum, doch er kann nichts erkennen.

Obwohl es sehr kalt ist in dieser Nacht, läuft den beiden der Schweiß übers Gesicht. Jetzt schiebt der Große lautlos die Verandatür auf und tritt ein.

Sam schreckt hoch. Wieder ein Geräusch. Schritte! Sofort öffnet er die Augen. Sein Herz rast. Jemand ist im Raum. Ein Einbrecher? Neben

ihm steht das Telefon. Soll er die Polizei alarmieren? Soll er sich verstecken?
Sam ist hellwach. Sein ganzer Körper steht unter Strom, und in den Schläfen pocht das Blut. Doch er wagt nicht, sich zu rühren. Vielleicht bemerkt ihn der Eindringling gar nicht. Langsam, ganz langsam hebt er den Kopf und sieht zur Verandatür. Gegen das helle Mondlicht heben sich deutlich die Silhouetten zweier Männer ab. Sam fühlt: Das sind keine Diebe! Die Männer suchen ihn! Jetzt nur nicht in Panik geraten! Er ist ja für Extremsituationen ausgebildet. Erst die Lage ruhig beurteilen – dann reagieren! Die beiden Fremden sind gegen das Mondlicht für ihn deutlich zu erkennen, doch er selbst liegt im Dunkeln. Vielleicht können sie ihn gar nicht sehen. Vielleicht kann er sich davonschleichen.
Lautlos schiebt er sich auf die andere Seite des großen Bettes. Er muß die Eingangstür erreichen – nur sechs Meter von ihm entfernt. Er gleitet vom Bett und robbt auf dem Bauch zur Türe. Wenn er es schafft, in den Hausflur zu kommen, kann er bei seinen Nachbarn Hilfe holen. Aber die Fremden kommen immer näher!
»Da ist er!«
Sam springt auf und rennt stolpernd zur Tür. Seine Verfolger stürzen hinter ihm her, sie werfen den Tisch um. Die Lampe zerbricht klirrend. Einer der Männer stöhnt auf vor Schmerz. Doch sie bleiben Sam auf den Fersen.
Sam erreicht die Tür und reißt sie schwungvoll auf. Doch er hat die Sicherheitskette vergessen. Zu spät – jetzt kann er sie nicht mehr lösen. Panisch reißt er an der Tür. Doch die Kette gibt nicht nach. Eine mächtige Hand schlägt die Tür zu.
Als Sam um Hilfe schreien will, schlägt ihm eine Faust brutal ins Gesicht. Der Schmerz ist unerträglich, trotzdem stößt Sam seinem Gegner das Knie kräftig in den Bauch. Dieser windet sich vor Schmerz und läßt von ihm ab. Doch der Kleinere trifft mit einem Stahlrohr auf Sams rechte Niere. Sam kann sich nicht mehr wehren; er hat seinen schmerzenden Körper nicht mehr in der Gewalt. Aber sein Verstand arbeitet auf Hochtouren. Es geht um Leben und Tod! Er tastet hinter seinem Rücken nach der Kette und versucht verzweifelt, sie zu lösen. Endlich springt der Stift

aus der Stahlplatte. Blitzschnell dreht sich Sam um, reißt die Tür auf und springt auf den Flur. Als ihm der Kleinere folgen will, knallt er ihm die Tür gegen den Kopf.
Im hell erleuchteten Flur schöpft Sam neuen Mut. Hinter den vielen Türen zu beiden Seiten wohnen Menschen, die ihm bestimmt sofort zu Hilfe eilen werden. Er muß jetzt nur laut rufen! Doch so sehr er sich auch anstrengt, aus seiner Kehle dringt nur ein undeutliches Gurgeln. Erst jetzt bemerkt Sam, daß er fast an seinem eigenen Blut erstickt. Die Tür zu seinem Apartment fliegt auf. Ein Arm legt sich um Sams Hals, drückt fest zu und zieht Sam zurück in die Dunkelheit. Verzweifelt klammert sich Sam am Türpfosten fest, er will nicht sterben. Doch alle Kraft hat ihn verlassen.
Der Fremde zerrt ihn ins Zimmer zurück und schließt die Tür.
Sam wirft seinen Kopf nach vorn und stößt ihn dem Gegner mit der Kraft der Verzweiflung ins Gesicht. Der erbarmungslose Griff lockert sich, und Sam gelingt es freizukommen. Vielleicht hat er doch noch eine Chance. Er rennt quer durch den Raum zur Verandatür, die weit offensteht. Er hat Todesangst, gleichzeitig fühlt er sich wie in Ekstase: ein wildes Tier, das ums Überleben kämpft. Der Kleinere stellt sich ihm in den Weg, hält ihn fest; Sam wehrt sich wie von Sinnen. Der Kleine keucht dem anderen zu: »Nimm das Messer, verdammt noch mal! Ich kann … diesen Hund nicht länger halten …«
Der Große ist noch benommen vor Schmerz, seine Nase blutet heftig. »Wir müssen das ohne Messer machen, das weißt du genau!« Er spuckt Blut. »Halt ihn noch eine Sekunde fest!« Der Große hebt das Stahlrohr und zielt auf Sams Kopf. In diesem Augenblick drückt Sam seinen Daumen fest ins Auge des Gegners. Der Kleine zuckt zurück, Sam windet sich frei. Das Rohr saust an seinem Ohr vorbei und kracht auf die Schulter. Sam kann sich fast nicht mehr bewegen. Mühsam schleppt er sich zur Tür.
Vor ihm steht der große Fremde. Die Maske ist blutverschmiert. Instinktiv weiß Sam, daß er das verletzte Gesicht attackieren muß. Mit letzter Kraft hebt er den linken Arm, um seine Finger in die Wunden zu graben. Doch er bekommt nur die Mütze zu fassen und reißt sie dem Frem-

den herunter. Blut und Schweiß entstellen die Züge des Mannes – doch es ist eindeutig … »Mein Gott!« Sam fährt entsetzt zurück. »Du?«
Das Stahlrohr kommt schwer auf ihn nieder. Sam fühlt, wie er langsam das Bewußtsein verliert, wie es um ihn dunkel wird. Er denkt zum letztenmal an die Frau, die er einmal liebte, an die Kinder, die er nie haben wird …
Die beiden halten einen Moment erschöpft inne. Sie betrachten das regungslose Opfer zu ihren Füßen. Dann betasten sie ihre Wunden. Schließlich packt jeder einen Arm des Bewußtlosen. Grob zerren sie ihn über die Terrasse und die kalten, harten Betonstufen hinunter. Unter der alten Trauerweide steht ihr Auto. Sanft wiegen sich die Äste im Wind, und der Mond wirft gespenstische Schatten.

Rosie bäumte sich im Schlaf auf und schrie unverständliche Worte. Nur zum Schluß flehte sie laut und deutlich: »Nein! Nein! Bitte, tun Sie es nicht!«
Dann wachte sie aus ihrem Alptraum auf. Seth nahm sie in die Arme, streichelte ihr Haar. Sie war wie im Fieber: Ihre Augen waren weit und glasig, ihr Körper mit kaltem Schweiß bedeckt. Sie atmete hastig und stoßweise.
»Es war nur ein Traum, Liebes«, flüsterte Seth zärtlich. »Ich bin ja bei dir.« Rosie klammerte sich wie ein Kind an ihm fest und preßte ihren Kopf gegen seine Brust. Sie wimmerte vor sich hin. Allmählich wurden die Worte deutlicher. Sie murmelte immer wieder: »Sie haben ihn getötet, sie haben ihn getötet.«
»Beruhige dich, Liebes!« Seth drückte sie an sich. »Alles ist in Ordnung. Das war nur ein Alptraum. Es ist halb fünf Uhr morgens. Versuchen wir, noch etwas zu schlafen.«
»Nein, Seth!« Rosie sprach jetzt ganz ruhig. »Das war kein Alptraum. Das war Wirklichkeit. Sie haben ihn umgebracht.«
»Aber es war trotzdem nur ein Traum!«
Rosie putzte sich die Nase und richtete sich auf. Sie war sich sicher. »Es war wie bei den anderen Träumen, Seth, in denen ich die Zukunft gesehen habe.«

Zu dieser frühen Morgenstunde konnte Seth keine Grundsatzdebatte verkraften. Deshalb meinte er nur: »Gut, mein Liebes. Aber wir können nichts tun. Außerdem geht uns die Sache nichts an.«
Rosies dunkle Augen füllten sich mit Tränen. Traurig und ernst sagte sie: »Doch, Seth! Leider haben wir sehr viel damit zu tun. *Du* vor allem!«
»Bitte, Rosie! Fang nicht wieder damit an!«
Aber Rosie schüttelte nur traurig ihren Kopf. Dann kuschelten sie sich aneinander und waren bald eingeschlafen. Am nächsten Morgen sprachen sie nicht mehr darüber.

• 10 •

ZWEI MONATE SPÄTER hatte Seth wieder einen anstrengenden Arbeitstag hinter sich. Er hatte vierzehn Stunden lang geschuftet, doch welche Triumphe hatte er erlebt! Er war im Siegestaumel. Schnell schluckte er noch zwei Pillen, denn im Grunde war er so erschöpft, daß er ohne Aufputschmittel gar nicht mehr sicher nach Hause kommen konnte.
Die Golden Gate Bridge lag in dem schweren, dichten Nebel, der vom Pazifik her in die Bucht drückte. Der silberne Porsche flog über die Brücke und nahm mühelos die plötzliche Steigung zum Waldo-Tunnel. Der Berg hielt den Nebel vom Pazifik zurück, und in der kalten Dezemberluft war die Sicht hinter dem Tunnel ungewöhnlich klar. Seth konnte zu seiner rechten Seite die ganze Bucht überblicken, ja sogar die Berge erkennen, die sich im Osten der Bucht erhoben. Das Wasser war ruhig und dunkel – wie Blei. Schräg hinter ihm leuchtete das Imperial Building in die Nacht – die Residenz von M & M. Zu seiner linken Seite wölbte sich die sanfte Hügelkette der Marin-Landspitze. Der Vollmond tauchte die Landschaft in ein weißes, unwirkliches Licht, die Illusion einer Morgendämmerung oder

des Nordlichts. Seth schaltete die Scheinwerfer aus und raste im Bann des Mondes die Straße entlang, die er um diese Zeit für sich allein hatte.
Zu gern hätte er jetzt das Verdeck heruntergeklappt, um den Fahrtwind zu spüren. Dann hätte er sich so frei gefühlt wie damals auf seiner Harley. Doch bei achtzig Meilen pro Stunde und ohne dicke Mütze hätte die Romantik zu dieser Jahreszeit schnell ein Ende gehabt. So begnügte er sich mit dem Geschwindigkeitsrausch und stellte die Musik ganz laut. *»You'r Still the Same«* – Bob Segers Lied dröhnte über die Anlage, die sich Middleton extra hatte einbauen lassen. Damals, als er noch ein junger hoffnungsvoller Aufsteiger war, hatte er sechs große Scheine dafür hingeblättert.
Mein Gott, war das ein aufregender Tag gewesen! Der Sharpe-Steel-Fall war heute erfolgreich abgeschlossen worden. Und das war sein Verdienst. Aufgrund seiner Recherchen und seiner Argumentation hatte die Kanzlei souverän gewonnen. Seth hatte ausgezeichnete Arbeit geleistet und zwei Fliegen mit einer Klappe geschlagen. Wieder hatte ihn Treadwell nicht demütigen können, und zudem hatte sich Seth durch den Sieg den Teilhaber verpflichtet. Außerdem war Ted Arnold nun als Gegner um den heißbegehrten Posten als Teilhaber ausgeschaltet. Teds Memorandum war, im Vergleich zu Seth' Entwurf, armselig und dürftig. Ted hatte zwar genügend Intelligenz und Talent für einen hervorragenden Anwalt, doch bei seiner Karriere behinderte ihn seine Familie. Mit Frau und drei Kindern konnte Ted nicht all seine Energie in die Arbeit stecken – und das ist beim Überlebenskampf im Dschungel tödlich.
Seth schaltete die Scheinwerfer wieder ein. Eigentlich hatte er am Abend mit Rosie im *D'Angelo's* ausgiebig feiern wollen, daß er nun sechs Monate bei M & M war, ohne daß man ihm hatte kündigen können. Doch auch diesmal hatte ihm Treadwell einen Strich durch die Rechnung gemacht. Er hatte ihm eine Arbeit aufgehalst, die nicht aufgeschoben werden konnte – ein

Memorandum in einem Berufungsverfahren. Eine Aufgabe des Kollegen Ted Arnold, die nun Seth zugeteilt worden war.

Die starken Scheinwerfer des Porsche erleuchteten die Wand des Einstellplatzes. Endlich zu Hause. Sowie er den Motor ausstellte, überkam Seth bleierne Müdigkeit. Als er zum Haus ging, sah er mit gewissem Unbehagen, daß im Schlafzimmer noch Licht brannte. Er hoffte, daß weder Fat Dog noch Rosie Ansprüche an ihn stellen würden.

»Ach!« sagte Rosie kühl, nachdem sie den Begrüßungskuß pflichtschuldig absolviert hatten. »Heute sind wir aber früh zu Hause.«

»Sehr witzig«, erwiderte Seth. Während er seine Krawatte abnahm, schielte er heimlich auf die Uhr. »Heute war es mörderisch!«

»Und was gibt es sonst Neues?« fragte Rosie schnippisch.

Seth beugte sich zu Fat Dog und streichelte ihn. »Du bist ja ein Ausbund an Scharfsinn und Boshaftigkeit. Was hast du denn den ganzen Tag über gemacht?«

»Ach, das Übliche – so wie du! Na ja, möglicherweise kann ich bei *Andre's* als Bedienung arbeiten, wenn das Wetter besser ist. Dann gehen wieder mehr Leute ins Restaurant, und sie brauchen dort eine Hilfe.«

Rosie hatte ihre Arbeit bei *Luchesso's* vor einem Monat aufgegeben, als ihr Luchesso eindeutig zu verstehen gegeben hatte, daß er sie sehr appetitlich fand.

»Und Lorraine rief an. Dein Vater braucht eine Pflegerin, die sich den ganzen Tag um ihn kümmert. Sie meinte aber auch, daß es billiger und besser wäre, wenn du ihn nach Summercrest bringst.«

»Guter Gott, Rosie! Da geht er doch nicht hin, und ich kann ihn nicht dazu zwingen. Was hast du geantwortet?«

»Daß du sagen wirst: ›Guter Gott, Rosie! Da geht er doch nicht hin, und ich kann ihn nicht dazu zwingen.‹«

»Kannst du sie bitte anrufen und sagen, sie soll eine Pflegerin

für ihn einstellen? Ich kann es mir jetzt leisten. Am Sonntag nachmittag fahren wir nach Bakersfield.«
»Wie schön! Dann backe ich ihm ein paar Weihnachtsplätzchen!«
»Was? Es ist schon bald Weihnachten?« Seth zog sich langsam aus. Er war so müde, daß er kaum mehr stehen konnte.
»Das merkst du schon gar nicht mehr«, sagte Rosie. »Und noch etwas steht an: Herzlichen Glückwunsch zum Jubiläum, Seth! Genau vor sechs Monaten hast du in der Kanzlei angefangen. Du mußt also nur noch zwölf Monate hinter dich bringen, bis du es zum Teilhaber geschafft hast. Ich habe dir einen Erdbeerkuchen gebacken.«
»Du hast daran gedacht! Vielen Dank, Liebling! Das war sehr aufmerksam. Da nehme ich mir morgen ein Stück mit in die Arbeit.«
»Heute!«
»Stimmt – heute!«
»Ich habe sechs Kerzen auf den Kuchen gesteckt.«
Seth schlüpfte aus seinen Schuhen, nagelneue Halbschuhe aus feinem, weichem Leder, zog seine Hose aus, eine nagelneue Hose von Brooks Brothers – und fiel wie ein Stein ins Bett.
Doch Rosie schaltete das Nachttischlämpchen noch nicht aus. Sie wollte mit Seth reden.
Der zog demonstrativ die Decke über die Ohren und drehte sich auf die andere Seite, so daß er weder Rosie noch das Licht sehen mußte. »Können wir uns nicht morgen früh unterhalten? Ich bin total erledigt!«
»Es ist bereits morgen früh, und ich muß jetzt mit dir sprechen.« Rosies Stimme zitterte. »Unsere Beziehung geht in die Brüche, Seth.«
Seth stöhnte innerlich auf. Genau das hatte er befürchtet. Das lag schon länger in der Luft. Rosie hatte ihren Schmerz bereits eine Weile klaglos mit sich herumgetragen. Jetzt faßte sie ihn in Worte und katapultierte ihn mitten in sein dumpfes

Hirn. Seth versuchte, seinen Verstand wieder zum Arbeiten zu bewegen.

»Du bist *immer* total erledigt. Du bist in ein tödliches Spiel verstrickt, das dieser Treadwell mit dir spielt. Ich kann dir dabei nicht helfen. Wir sehen uns nie, und wir reden nicht mehr miteinander.« Rosie wartete kurz. Keine Reaktion! »Du bist mir fremd geworden, Seth!«

Nun setzte Seth sich auf. Er antwortete, daß er ihre Geduld zu schätzen wisse. Nur noch zwölf weitere Monate, dann hätten sie es geschafft. Erst letzte Woche habe sie selbst zugegeben, daß die hedonistische Lebenseinstellung der sechziger und siebziger Jahre ein Anachronismus sei. Die Lebenseinstellung der achtziger Jahre, daß man hart arbeiten müsse, um später das Leben genießen zu können, sei doch sehr viel realistischer.

»Genau das meine ich«, rief Rosie empört und schlug heftig aufs Bett. »Jedesmal wenn ich versuche, mit dir über unsere Beziehung zu reden, wickelst du mich mit Worten ein. Mir brummt der Kopf vor lauter klugen Wörtern. Ich habe dieses Gerede so satt. Das sind doch nur Ausreden.«

»Nein, Rosie, das ist die Wahrheit! Ich gewinne das Spiel gegen Treadwell, und alle in der Firma wissen das – sogar Treadwell. Jeder Teilhaber, für den ich bis jetzt gearbeitet habe, erkennt meine Leistung an!«

»Du warst ein Mensch!« Rosies Augen funkelten.

Seth hielt es für klüger, jetzt zu schweigen.

Rosie flüsterte: »Verstehst du nicht, Seth: *Wir* haben hier keine Chance. *Du* kannst es schaffen, aber für *uns* gibt es keine Zukunft.«

Seth strich sich durchs Haar. Seine Finger waren kalt und steif.

»Rosie, ich bin todmüde, und es ist schon so spät ...«

»Es ist spät, Seth, vielleicht *zu* spät. Wir sehen uns fast nie. Ich rede häufiger mit der Frau im Waschsalon oder mit dem Verkäufer in der Metzgerei als mit dir.«

»Ärgerst du dich immer noch, weil ich unseren dritten Jahrestag vergessen habe?«
»Den zweiten!« schnappte Rosie. »Den zweiten, Seth!«
»Gut. Hör zu, Liebes. Ich bin so müde, daß ich nicht mehr weiß, was ich rede. Laß mich ein wenig schlafen. Ich verspreche dir, wir reden ausführlich darüber, sobald wir zusammen etwas unternehmen können.«
»Wie bitte? Wann haben wir denn das letztemal was zusammen unternommen? Wir leben hier in der schönsten Gegend, die man sich denken kann, und du hast dir bis jetzt genau ein einziges Wochenende Zeit genommen.« Rosie holte tief Luft, bevor sie die Bombe losließ. »Und wir haben seit einem Monat nicht mehr miteinander geschlafen!«
Mit einem Satz war Seth aus dem Bett. »Ach, das ist ja nicht zu fassen. Nach all der Schinderei in der Arbeit kriege ich zu Hause so etwas zu hören. Verdammt, Rosie! Ich habe es zur Zeit wirklich schwer!«
Rosie war ebenfalls aufgesprungen. Über das Bett hinweg sahen sie sich grimmig an. »Das ist nicht nur zur Zeit so! Das ist hier immer so! Genau das ist ja das Problem.« Sie kämpfte mit den Tränen. Dann meinte sie etwas versöhnlicher: »Ich weiß ja, wie sehr du unter Druck stehst. Du bist so eingedeckt mit Arbeit, daß du gar nicht merkst, wie du dir dein eigenes Grab schaufelst.«
»Ich werde es schaffen, verdammt noch mal!« Seth war weiß wie der Tod. »Ich werde alles dafür tun. Heute morgen bin ich in dem Wagen heimgefahren, der einmal Middleton gehörte. Er hat es nicht geschafft. Dann ist da Ted Arnold. Er verbrachte die Abende und Wochenenden mit seiner Familie. So, jetzt kann er sich überlegen, wie er sie durchbringen wird: Treadwell hat ihn heute vor die Tür gesetzt. Sogar Harry kann in Schwierigkeiten kommen.«
»Harry Cooper?« Rosie war für einen Augenblick abgelenkt.
»Harry nimmt Drogen.«

»Harry ist *drogenabhängig*?«
»Ja! Ich wußte immer, daß er Tabletten schluckt, um sich aufzuputschen, wenn er müde wird. Aber jetzt weiß ich, daß er auch Kokain nimmt. Viel sogar! Trish ist gestern zu mir ins Büro gekommen und hat es mir gesagt: Entweder verspielt er sein Geld im Casino, oder er zieht es sich als Schnee in die Nase.«
»Was hast du ihr gesagt?« fragte Rosie.
»Daß mich die Sache nichts angeht. Harry kann sich nur selbst helfen. Er muß da allein rauskommen, Rosie.«
Rosie hielt sich die Hände vors Gesicht. Eine Weile stand sie so da, ganz ruhig. Dann ging sie ums Bett herum und blieb vor Seth stehen. Alle Muskeln ihres zarten Körpers waren angespannt. Als sie sprach, sah sie Seth unverwandt in die Augen. »Seth! Wenn jeder nur sich selbst helfen kann, gilt das auch für uns. Diese Firma kann jedem das Kreuz brechen – auch dir.« Sie konnte kaum atmen, so aufgeregt war sie. »Sieh dich doch mal im Spiegel an, Liebling. Du bist nur noch Haut und Knochen, weil du nicht genug schläfst und dich nicht mehr richtig ernährst. Du lebst nur noch von diesen kleinen roten Pillen. Ich sehe es ja nur morgens, aber wahrscheinlich nimmst du sie den ganzen Tag. Treadwell wird dich so lange wie ein Zirkuspferd im Kreis herumhetzen, bis du zusammenbrichst. Aber ich will nicht dabei zusehen, wie du zugrunde gehst.«
Seth wurde rot vor Wut. »Niemand hetzt mich herum, Rosie! Niemand! Ich tue genau das, was ich mir vorgenommen habe. Das hier ist das große Spiel. Und ich gewinne! Ich werde es diesem Hund zeigen. Nur deshalb bin ich hierhergekommen!«
»Ach? Keine Nacht kannst du mehr schlafen. Ständig streiten wir uns. Vielleicht hast du schon ein Magengeschwür oder etwas Schlimmeres. Dafür bist du hierhergekommen?«
»Ich werde es ihnen beweisen, daß ich dazugehöre, zu den Großen, den Mächtigen! Ich will Fälle verhandeln, bei denen es um Millionen geht, und gegen die besten Anwälte antreten. Das Gefühl ist unbeschreiblich. Wie kannst du verlangen, daß

ich das aufgebe und in dieses gottverlassene Nest zurückkrieche. Fünfunddreißig Jahre habe ich gebraucht, um aus dem Sumpf rauszukommen.«
»Dort hast du es aber wenigstens mit Menschen zu tun gehabt und konntest selbst im Gericht auftreten, Seth. Jetzt geht es nur noch um Geld, und du sitzt nur am Schreibtisch. Ständig redest du von großen Fällen, bei denen es um Millionen geht. In Wirklichkeit fressen sie dich auf, weil du sechzehn Stunden ununterbrochen arbeiten mußt. Du bist kein Anwalt mehr, du machst die Drecksarbeit für die großen Tiere in der Wirtschaft!«
Seth schnappte sich ein Handtuch und ging zum Badezimmer. An der Tür drehte er sich um und schrie erbost: »Nenn es, wie du willst, aber du kannst heilfroh sein, daß hier überhaupt jemand arbeitet!«
»Was soll denn *das* heißen?« zischte Rosie. »Ich habe bis jetzt immer meinen Beitrag geleistet. Bei *Luchesso's* mußte ich aufhören – oder willst du, daß ich mich von Luchesso weiter begrapschen lasse?«
Auf der Stelle machte Seth kehrt und stürmte ins Schlafzimmer. »Er hat dich betatscht? Das hast du mir nie erzählt. Und du bist dort vier Monate geblieben? Wie konntest du das zulassen?«
Rosie war so erstaunt über Seth' Reaktion, daß sie sich kraftlos auf die Bettkante sinken ließ. »Lebst du eigentlich hinter dem Mond, Seth? Luchesso ist ein Riese, den kann man sich nur mit vorgehaltener Pistole vom Leib halten. Außerdem kündigt man seinen Job nicht einfach so, wenn zu Hause der Liebste über einen herfällt, weil man seinen Beitrag zum Unterhalt nicht leistet!«
»Du meinst wohl eher, weil der Liebste nicht mehr über dich herfällt, ist es besser als nichts, wenn dich der schmierige Fettsack betatscht!«
Seth hatte Rosie diese Worte so brutal ins Gesicht geschleudert, daß sie zurückzuckte, als würde sie geschlagen. Sie fühlte sich

zutiefst verletzt und kämpfte mit ihrer Wut. Es gelang ihr zwar, sich zu beherrschen, aber eine tiefe Kluft war entstanden.
»Ich wußte immer, daß du egoistisch und unbeherrscht bist, Seth Cameron.« Ihre Stimme klang kalt und fremd. »Du bist voller Haß und Mißtrauen. Trotzdem habe ich dich von ganzem Herzen geliebt.« Hier versagte ihr fast die Stimme, und ihre Augen füllten sich mit Tränen. »Aber ich kann das hier nicht mehr länger ertragen.« Ihr Flüstern war kaum hörbar. »Sie bringen dich um. Und ich bleibe nicht hier, um dein Begräbnis zu erleben. Es tut mir unendlich leid, aber ich glaube, es ist Zeit für mich zu ...«
Seth riß instinktiv seine Hände hoch, wie um ein tödliches Geschoß abzuwehren, und aus seinem Innersten schrie es: *»Nein!«*
»... gehen. Ich verlasse dich, Seth, und gehe nach Hause.«
Die Worte stürzten auf ihn ein und rissen alte, tiefe Wunden auf. In ihm öffnete sich ein Schmerz, den er jahrelang verschlossen hatte. Sein altes Trauma brach explosionsartig hervor und nahm von ihm Besitz. Sein Atem stockte, seine Kehle wurde heiß und trocken. Seine Beine gaben nach. Unsicher wankte er auf Rosie zu, als sei er tödlich verletzt.
»Das kann nicht dein Ernst sein!« flüsterte er. »Sag so etwas nicht! Du darfst mich nicht verlassen, Rosie. Du kannst mir das jetzt nicht antun. Ich habe es doch fast schon geschafft!«
Rosie zitterte am ganzen Körper und sah Seth schweigend an.
»Wenn ich erst Teilhaber bin, mußt du überhaupt nicht mehr arbeiten.« Besessen redete er, als könne er damit das Unglück verhindern, das sich zu wiederholen drohte. Er war wie ein zerbrochenes Gefäß, aus dem unaufhaltsam Wasser verströmte. »Wir werden Ausflüge machen können, werden in den Ferien verreisen! Ich werde *reich* sein, Liebes. Wir können viele Reisen machen. Wir kaufen uns ein Haus und haben Kinder! Und wir ...«
Erbarmungswürdig stand er vor ihr – verzweifelt, bleich und eingesunken. Sein Kopf sank vor. Seth ließ sich neben Rosie

aufs Bett fallen. Er legte die Arme um ihre Hüften und vergrub seinen Kopf in ihrem Schoß. »Bitte! Verlaß mich nicht, Rosie!« Er sah sie flehend an. »Irgendwie muß es weitergehen. Wir dürfen nicht aufgeben!« Er war den Tränen nahe, und seine Stimme erstickte.

Rosie war auf alles gefaßt gewesen, doch das hatte sie nicht erwartet. Sie setzte sich auf seinen Schoß und umarmte ihn zärtlich. Seth weinte jetzt wie ein kleines Kind. Hilflos ergab er sich dem Weinkrampf und preßte Rosies warmen Körper an sich. Er spürte, wie sie ihn streichelte. Er murmelte wirr vor sich hin, als sei er verrückt geworden. »Ich verspreche es dir!« sagte seine Stimme. »Ich verspreche es dir, ich verspreche ...«

Rosie wiegte ihn in ihren Armen. Er zitterte. Ihm war so kalt, so furchtbar kalt. Er murmelte weiter vor sich hin. Sie verläßt mich, und ich kann das Fenster nicht öffnen. Ich kann nichts tun. Nichts! »Es tut mir so leid, ... daß ich es nicht verhindern konnte ... daß ich es vergessen habe ...« Wenn er die eigene Stimme hörte, wußte er, daß er noch existierte. Ich spreche, also bin ich. »Es tut mir so leid, daß ich das vorhin gesagt habe ... über dich und Luchesso. Ich habe es nicht so gemeint.« Ein Kuß auf der Wange. Habe ich das geträumt? Nein, das ist kein Traum. Sie verläßt dich. Gleich ist sie fort – für immer! »Es tut mir so leid, und ich verspreche ...«

»Schhhh«, flüsterte Rosie und küßte ihn sanft auf die Schulter. Seth hob den Kopf und küßte zärtlich ihre Wange, ihre Lippen. Sie streichelte sein Gesicht, es war kalt und weiß wie aus Marmor. Sie nahm es in ihre Hände und küßte seine Augenlider, seine spröden Lippen. Er erwiderte ihren Kuß und zog sie an sich. Dann legte er sie sanft aufs Bett und beugte sich über sie.

• 11 •

SETH WAR NUN schon seit einem Jahr bei Miller & McGrath. In sechs Monaten würde sich sein Schicksal bei der Firma entscheiden.

Anthony Treadwell und Allston Addams saßen wie gewohnt zur Mittagszeit im *President's Club* und tranken ihren Aperitif. Diesmal klagten sie über die schlechten Zeiten.

Besonders Treadwell lamentierte. »Mit unserem Beruf geht es bergab!« Er schlug seine langen Beine übereinander und blickte verdrossen in sein Glas. »Unsere besten Kunden, die großen Firmen, haben mittlerweile alle eigene Rechtsabteilungen. Wie sollen wir uns denn da noch unsere Brötchen verdienen?«

»Und wenn sich die Firmen schon mal dazu herablassen, uns einen Fall zu übergeben, beschweren sie sich über unser Honorar«, stimmte Addams in das Klagelied ein.

»Auch vor diesen modernen dreisten Anwältinnen ist man nirgends mehr sicher. Schweren Herzens mußte ich mich dem Druck beugen und auch einige einstellen. Lieber Gott, die bilden sich ein, sie seien so gut wie Rachel Cannon. Dabei haben sie überhaupt kein Talent.« Treadwell wurde immer mißmutiger. »Aber das Schlimmste sind die Haie in unserem Geschäft, die schamlos die besten Anwälte abwerben. Caldwell & Shaw haben uns doch glatt letzten Monat unseren Spezialisten in Steuerrecht abspenstig gemacht.«

»Er bekommt dort 500 000 Dollar fixes Grundgehalt und zusätzlich Erfolgsprämien!« murmelte Addams trübsinnig. »Machen wir uns nichts vor, Tony! Wir müssen unsere Teilhaber stärker am Gewinn beteiligen, wenn wir sie nicht verlieren wollen.«

Treadwell schnaubte nur verächtlich und winkte Henri herbei, zu Addams' großem Erstaunen: Zwanzig Jahre lang hatte sich Treadwell stets nur zwei Drinks vor dem Essen genehmigt – niemals einen dritten!

»Yale hat sich wieder an dich gewandt?« Addams wollte ein angenehmeres Thema anschneiden. »Du wirst dieses Jahr dort aber nicht unterrichten, wie ich gehört habe?«
»Mir blieb doch gar nichts anderes übrig als abzulehnen.« Jetzt konnte Treadwell seine Verärgerung nicht mehr zurückhalten. »Glaube ja nicht, daß ich vergessen habe, was in der Firma für Unsinn gemacht wurde, als ich San Francisco das letztemal den Rücken zuwandte. Meine geschätzten Kollegen haben es fertiggebracht, ein Computersystem zu installieren, mit dem kein Mensch umgehen kann und das wir uns gar nicht leisten können. Dann haben sie diesen Knallkopf eingestellt – Cameron. Sein Spitzname ist meines Wissens Cowboy! Dieser Mensch hat keinen nennenswerten familiären Hintergrund und präsentiert uns als seine Lebensgefährtin eine Indianersquaw. Letzte Woche erfuhr ich, daß sie früher bei einer Bowlingbahn beschäftigt war. Sie bediente die Gäste auf Rollschuhen! Kannst du dir so etwas vorstellen?«
»Ach, bei dem Frühlingsball vor einem Monat sah sie doch ganz reizend aus.« Addams spürte die benebelnde Wirkung seines zweiten Drinks.
»Sicher sah sie reizend aus. Diese Bimbomädchen sind nun mal niedlich. Aber kannst du sie dir bei einem Dinner mit wichtigen Klienten vorstellen? Glaubst du, sie kann mit einem Senator und dessen Gattin Konversation machen?«
Kopfschüttelnd nahm sich Addams ein großes Stück Brot.
»Außerdem wurde mir zugetragen, wie dieser Cameron seinen letzten Fall gewann, bevor er zu uns kam. Er verschluckte ein Insekt! Vor den Geschworenen!«
»Unglaublich!« murmelte Addams, immer noch kopfschüttelnd.
»Ungeheuerlich!« donnerte Treadwell. »Ich hätte Erkundigungen über ihn eingezogen, bevor ich ihn eingestellt hätte: familiärer Hintergrund, beruflicher Werdegang, Leumund und so weiter.«

Addams sah seinen Vorgesetzten unglücklich an. »Tony, ich ... hm ... ich gebe ja zu, daß die Einstellung des jungen Mannes nicht korrekt abgelaufen ist. Aber er ist schon ein Jahr bei uns, und ich bezweifle, ob sich noch jemand an die Umstände erinnert.«

»*Ich* erinnere mich daran.«

»Gut, ich auch! Wenn es aber zu einem offenen Machtkampf kommt, könnten wir zur Zeit der Verlierer sein. Und am Fall Cameron kann sich der Machtkampf leicht entzünden. Er ist ein sagenhaft guter Jurist und zudem schonungslos, ja geradezu besessen. Jede Kleinigkeit, selbst wenn er nur eine Zeugenaussage bei einem Vormundschaftsstreit zu Protokoll geben muß, erledigt er so gründlich, als hinge sein Leben davon ab.« Addams seufzte tief auf. »Außerdem hat er Charlie Branch und einige andere Teilhaber ganz sicher auf seiner Seite.«

»Charlie Branch, dieser alte Trunkenbold!« rief Treadwell empört und stürzte seinen dritten Whisky hinunter.

»Unterschätze unseren Charlie nicht, Tony«, riet Addams.

»Branch und sein Nimbus sollen zur Hölle fahren!« knurrte Treadwell. »Ich lasse mich nicht davon abbringen. Dieser Tölpel paßt nicht zu uns und muß gehen. Sobald ich diese Laus aus meinem Pelz entfernt habe, schicke ich Branch vorzeitig in Pension.«

Henri kam zum Tisch, verbeugte sich unterwürfig und übergab Treadwell diskret eine Nachricht. »Von Ihrer Sekretärin, gnädiger Herr!« flüsterte er. »Sie meinte, es sei dringend.«

Treadwell las die Botschaft, zerknüllte den Zettel und stand auf. »Traegers Tochter ist überraschend in mein Büro gekommen.«

»Was? Jetzt zur Mittagszeit?«

»Mir ist sowieso der Appetit vergangen!« Treadwell versetzte dem leeren Glas einen Stoß, daß es quer über den Tisch rutschte.

»Elena! Welch eine Freude, dich zu sehen!« Treadwell ging mit ausgebreiteten Armen auf seine Patentochter zu und umarmte sie innig. »Warum hast du mir denn nicht rechtzeitig mitgeteilt, daß du von deiner Reise zurück bist? Dann hätte ich dich zum Essen ausgeführt.« Er geleitete sie aus dem Empfangsbereich der Kanzlei zu seinem Büro.

»Ich habe meine Reise spontan abgebrochen, Onkel Tony«, antwortete Elena.

Treadwell war sehr wohl darüber informiert, was Traegers Tochter von ihm wollte. Der Senator hatte ihn bereits auf diesen Besuch vorbereitet. Es handelte sich um eine äußerst brisante Angelegenheit. Elenas Ehemann – Sam Barton, Captain bei der US-Luftwaffe – war vor acht, neun Monaten bei einem Testflug tödlich verunglückt. Er gehörte zu einem kleinen Team ausgewählter Testpiloten, die das neue Kampfflugzeug X-215A unter strengster Geheimhaltung prüfen sollten, bevor es vom Militär übernommen werden konnte. Barton war mit einer dieser Maschinen abgestürzt. Als Unglücksursache gab die Luftwaffe menschliches Versagen an. Barton wurde also für den Absturz verantwortlich gemacht, was auch in seiner Akte festgehalten wurde. Diesen Makel wollte Elena vom Namen ihres Mannes tilgen – »koste es, was es wolle«. Sie wollte Sams Ehre rehabilitieren, denn sie war davon überzeugt, daß ein technischer Defekt die Maschine zum Absturz gebracht hatte. Elena beabsichtigte, die Regierung und den Hersteller des Kampfflugzeugs, InterContinental Aerospace – kurz ConSpace genannt – zu verklagen und den Fall gerichtlich untersuchen zu lassen. Ein Eklat wäre dann programmiert: Elena würde – unter anderen – auch ihren eigenen Vater verklagen müssen.

Das Komitee des US-Senates, das für die Streitkräfte zuständig war, hatte einen Unterausschuß gebildet, der das Stealth-Programm für die Regierung kontrollierte. Senator Traeger war bereits Mitglied dieses Komitees gewesen. Jetzt führte er den Vorsitz des Kontrollausschusses. Außerdem hatte er sich persönlich dafür eingesetzt, daß der Auftrag für das Kampfflugzeug letztlich an ConSpace vergeben wurde. Vier Jahre lang hatten sich die Konkurrenten ConSpace und Winston-Ethridge Aeronautics einen erbitterten Kampf geliefert. Immerhin ging es um einen Regierungsauftrag in Höhe von 200 Milliarden Dollar. Selbst wenn Elenas Anschuldigungen sich als haltlos erweisen sollten, wäre Traegers politische Karriere gefährdet. Es käme zu einem Skandal.

Als Senator Traeger ihn telefonisch über Elenas Absichten informierte, konnte Treadwell nur mit Mühe sein hämisches Vergnügen verbergen. »Mein Gott!« hatte er ergriffen geflüstert. »Wie wäre das peinlich!«

Zum Glück konnte Elena keine Klage gegen die Regierung mehr erheben; sie hatte unwissentlich die Frist versäumt. Doch sie hatte noch Zeit, ConSpace zu verklagen.

»Du mußt ihr das ausreden, Tony. Das ist nur wieder eine ihrer kindischen Launen.« Traeger spürte, daß sich Treadwell nur widerwillig auf die Sache einließ. »Du mußt ihr klarmachen, daß sie keine Chance hat. Testpiloten setzen bewußt ihr Leben aufs Spiel. Alle kennen das Risiko. Dafür, verdammt noch mal«, brüllte Traeger, »werden sie ja schließlich bezahlt!« Dann warf er wutentbrannt den Hörer auf die Gabel.

Er hatte sich den Hinweis gespart, daß Treadwell und die Kanzlei dafür bezahlt wurden, daß sie seinen Befehlen gehorchten.

»Laß mich dich erst einmal anschauen, meine Liebe!« Der alte Präsident nahm Elena Barton bei beiden Händen und sah sie wohlgefällig an. »Ach, schöner als je zuvor – sogar in dieser schweren Zeit!«

Elena lächelte geschmeichelt und küßte ihn auf die Wange. »Schön, dich zu sehen, Onkel Tony. Entschuldige bitte, daß ich unangemeldet bei dir hereinplatze, aber ich muß mit dir sprechen. Ich brauche einen Anwalt, Onkel Tony. Hast du einen Augenblick Zeit für mich?«

Elena Bartons Anblick bereitete Treadwell das größte Vergnügen. Nicht einmal das unvermeidliche Dilemma, in das sie ihn bringen würde, konnte diesen Genuß mindern. Er betrachtete ihre feinen Gesichtszüge, ihr langes blondes Haar, das in weichen Locken auf ihre Schultern fiel. Als er in ihre Augen blickte, mußte er an zartgrüne Jadesteine denken. Diese junge Frau ist sogar noch schöner als ihre Mutter, stellte Treadwell wehmütig fest. Zwanzig Jahre lang hatte Treadwell Elenas Mutter begehrt, doch sie hatte ihm bis zu ihrem Tod nie die geringsten Hoffnungen gemacht. Jetzt fühlte er sich von Elena unwiderstehlich angezogen. Sie trug Trauer wegen ihres verstorbenen Ehemannes, und doch strahlte sie eine jungfräuliche Unschuld aus, die Treadwell die Sinne verwirrte. Wie viele Männer haben diese wunderbare Frau schon besessen? fragte er sich. Doch dann verbot er sich entschieden, diesen Gedanken weiterzuspinnen; es war ihm bewußt, daß er nur zu gern einer dieser Männer gewesen wäre.

»Es tut mir leid, daß du einen Anwalt brauchst. Doch ich freue mich, dich wiederzusehen – selbst unter solchen Umständen. Ich nehme an, du willst mit Mr. Addams sprechen. Er ist der Leiter unserer Treuhand- und Nachlaßverwaltung.«

»Nein, Onkel Tony ...«

»Entschuldige, meine Liebe! Du erinnerst dich sicher noch an Miss Tarkenton.«

Die beiden Frauen begrüßten einander höflich, und Miss Tarkenton erkundigte sich, was sie zu trinken wünschten. Elena setzte sich auf einen der teuren Stühle.

»Soll Mr. Addams bei unserer Unterhaltung dabeisein, Elena?« erkundigte sich Treadwell.

Elena berichtete von ihrem Vorhaben.

»Elena, meine Liebe«, gurrte Treadwell und hoffte, sie mit seiner beruhigenden Stimme zu hypnotisieren. »Es wäre besser, du würdest diese schreckliche Angelegenheit vergessen. Dein Vorhaben ist völlig aussichtslos – zum Scheitern verurteilt. Wenn wir nachweisen wollen, daß ein technischer Defekt das Unglück verursachte, müssen wir genauestens rekonstruieren können, wie es zu dem Absturz kam. Es handelt sich hier aber

um ein Kampfflugzeug, das strengster militärischer Geheimhaltung unterliegt. Wir werden niemals Einblick in die Unterlagen erhalten.«
Elenas makelloses Gesicht verriet keine Reaktion. Sie kramte umständlich in ihrer Handtasche. Treadwell befürchtete einen Augenblick, sie würde weinen. Doch dann erinnerte er sich daran, wie sie bei Bartons Beerdigung die Fassung bewahrt hatte. Nein, diese Frau würde nicht weinen. Aber sie würde sich auch nicht so schnell von ihrem Vorhaben abbringen lassen.
Traeger – dieser hinterhältige Hund! Treadwell dachte grimmig daran, wie dieser im Jahre 1978 sein falsches Spiel mit ihm getrieben hatte. Das würde er ihm nie verzeihen. Doch er hatte den Gedanken an Rache aufgegeben. Schließlich verhalf Traeger M & M in seiner Position als Senator zu vielen zahlungskräftigen Kunden von der Ostküste. Vor allen Dingen verwies er die Klienten, wohl aus Schuldgefühl, direkt an Treadwell, so daß dieser persönlich an ihnen verdiente. Das wußte Treadwell zu schätzen, aber er war von Traeger abhängig. Er mußte tun, was Traeger von ihm verlangte. Und in diesem Fall wollte Traeger sichergehen, daß es nicht zu einer Gerichtsverhandlung kommen würde.
Wenigstens mußte Treadwell Elena nicht belügen. Es war wohl tatsächlich unmöglich, einen Prozeß gegen den Hersteller eines Militärflugzeugs zu gewinnen. Die üblichen Ermittlungsverfahren im Vorfeld einer Verhandlung würden ihnen niemals gestattet. Dieser Fall stand unter strengster militärischer Geheimhaltung.
Endlich hörte Elena auf, in ihrer Handtasche zu kramen. Sie hatte gefunden, was sie gesucht hatte. »Sieh dir dies doch bitte einmal an, Onkel Tony!« Ihre Augen leuchteten erwartungsvoll. »Ich habe einige andere Testpiloten befragt. Sie arbeiten wie Sam an dem geheimen Programm und testen dieselbe Maschine. Sie haben mir auf diesem Dokument mit ihrer Unterschrift bestätigt, daß ihrer Meinung nach Sam keinen Fehler ge-

macht hat. Er machte nie einen Fehler, denn er war der Beste von allen. Einer seiner Kollegen, Gerald Murphy, hat ernsthafte Bedenken und stellt die Sicherheit der X 215A in Frage!«

Jetzt war Treadwell schachmatt gesetzt. Also änderte er seine Taktik. »Liebe Güte, bist du aber fleißig gewesen!« sagte er anerkennend. »Wir könnten dich in unserer Firma gebrauchen, meine Liebe. Wäre das nicht etwas für dich?«

Sie lachten über den Scherz. Treadwell versprach, die Sache mit einigen »Experten« der Kanzlei zu besprechen und ihr morgen das Ergebnis – »eine qualifiziertere Beurteilung des Falles« – mitzuteilen. Elena bedankte sich und küßte ihm zum Abschied die Wange. Treadwell stand da und starrte auf die in Öl gemalten Porträts der Gründer der Kanzlei. Aus kunstvoll geschnitzten Goldrahmen blickten ihn Miller und McGrath stumm und überheblich an.

»Und ihr hattet angeblich so furchtbar schwere Zeiten zu überstehen!« sagte Treadwell verächtlich zu den Bildern an der Wand mit den Brokattapeten.

• 12 •

ATHERTON IST *DIE* Nobeladresse im Norden Kaliforniens. Alles, was Rang und Namen hat und es sich leisten kann, wohnt in diesem Bezirk. Für 2 Millionen Dollar bekommt man gerade ein kleines Grundstück und ein abbruchreifes Häuschen. Die Pferdenarren der Hautevolee residieren etwas nordwestlicher, in Woodside. Sie unterhalten dort Stallungen und Parcours für ihre Privatpferde – nur erlesene Züchtungen und Rennpferde. Für die obere Mittelschicht ist ein Haus in Atherton, Woodside oder im nahe gelegenen Hillsborough unerschwinglich. Deshalb haben sie sich auf der Marin-Landspitze nördlich der Golden Gate Bridge ein eigenes Refugium geschaffen. Bei Ross oder Kent Woodlands sind die Häuser billiger, und es herrscht eine entspannte Boheme-Atmosphäre, mit der die Bewohner dieses Bezirks ihren Sozialneid auf die Oberschicht kompensieren. Die wenigen wirklich exklusiven Familien in San Francisco erkennt man daran, daß die Männer – meist Präsidenten großer Gesellschaften, Anwälte oder Direktoren – Mitglieder der beiden streng elitären Privatclubs sind. Diese Familien wohnen am Stadtrand, in Pacific Heights. Die Straßen der Gegend werden von Sicherheitskräften streng bewacht. Die fragilen viktorianischen Häuser sind etwa fünfundsiebzig Jahre alt und kosten weit mehr als 4 Millionen Dollar. Selbstverständlich könnten sich diese Familien einen großen Grundbesitz in Atherton leisten, doch sie legen Wert auf Stadtkultur. So haben sie Privatlogen in der Oper und in der Konzerthalle und versäumen keine Premiere.

Der Rest der Welt lebt in Oakland.

Lindenwood liegt mitten in Atherton und ist das teuerste Viertel dieses Bezirks. Es war das erste Wohngebiet Kaliforniens, in dem alle Elektro- und Telefonkabel unterirdisch verlegt wurden, damit der Anblick die Anwohner nicht störte. Hier in Lindenwood stand das Domizil der Treadwells – ein Herrenhaus auf einem etwa einen Hektar großen Grundstück. Charlotte und Anthony Treadwell hatten es vor zehn Jahren günstig erworben. Sie hatten für das Gelände und das Haus mit den vierzehn Zimmern den Spottpreis von nur knapp 4 Millionen Dollar bezahlt, dafür aber vieles renovieren lassen müssen.

Im Eßzimmer von der Größe eines kleinen Restaurants saß das Ehepaar beim Abendessen. Sohn Winthrop war bei einer Versammlung seiner Studentenverbindung. Er studierte an der nahe gelegenen Stanford-Universität Wirtschaftswissenschaften. Den Vornamen hatte er zu Ehren des einen Großvaters erhalten, der ein reicher Großindustrieller an der Ostküste gewesen war. Tochter Prudence war bereits achtundzwanzig Jahre alt und mit einem gutsituierten Bankier und Börsianer aus gutem Hause verheiratet, doch sie war immer noch bei der Boston Junior League. Gestern hatte sie angerufen und ihren Eltern die frohe Botschaft verkündet: Die Fruchtwasseruntersuchung hatte ergeben, daß sie einen Sohn zur Welt bringen würde. Damit erfüllte die Tochter pflichtbewußt ihre einzige Aufgabe – der Familie einen Stammhalter zu schenken, der die aristokratische Tradition fortsetzen konnte.

Heute abend war die Freude über diese Nachricht bereits vergessen. Charlotte spürte, daß mit Anthony etwas nicht stimmte. Allerdings pflegte er seine Gefühle und Stimmungen vor Charlotte auch nicht zu verbergen. Er hatte sehr früh einsehen müssen, daß das völlig zwecklos war. Schon kurz nach der Hochzeit war ihm klargeworden, daß seine junge Frau sogar noch klüger – und ehrgeiziger – war als er selbst. Charlotte war schon als Braut so klug gewesen, den Mann das erst nach der Eheschließung merken zu lassen.

»Etwas bedrückt dich heute abend, Tony«, sagte sie, nahm die Flasche Château Margaux, Jahrgang 1962, und schenkte Anthony nach. »Möchtest du mit mir darüber sprechen?«

Treadwell stocherte lustlos in seinem Essen. Das Chateaubriand wollte ihm nicht schmecken. Auch die Auberginen hatten kein Aroma. Schließlich schob er seinen Teller zur Seite und starrte trübsinnig in den dunkelroten Wein.

»Er ist wieder aufgetaucht«, flüsterte Treadwell resigniert.

»Wann?« Entsetzt stellte Charlotte ihr Weinglas zurück. »Wo?«

»Er kam schon vor sieben oder acht Monaten einmal in mein Büro. Es gab im Vorzimmer Ärger mit ihm. Er wollte natürlich Geld. Angeblich will er ein Geschäft aufmachen.«

Charlotte hob verächtlich eine Augenbraue. »Möchte er einen Stand für Feuerwerkartikel eröffnen?«

»Ich habe ihm 10 000 Dollar in die Hand gedrückt. Weil ich annahm, er würde endgültig verschwinden, habe ich dir davon nichts erzählt.« Treadwell nahm sich eine von Charlottes Zigaretten. Er rauchte nur ab und zu einmal abends, zu Hause. Jetzt zog er den Rauch tief in die Lungen und spürte die beruhigende Wirkung des Nikotins. »Heute morgen rief er mich wieder an. Er will noch einmal mit mir reden, bevor er die Stadt für immer verläßt.«

Charlotte sprang auf und warf wütend die Serviette aus reinem Leinen auf den Tisch. »Wieviel will dir dein geliebter Herr Vater denn diesmal aus der Nase ziehen, Tony?«

Treadwell stärkte sich mit einem großen Schluck Wein, bevor er antwortete: »Das habe ich ihn auch gefragt. Doch er meinte, er brauche kein Geld mehr von mir.«

»Was soll denn das heißen?«

»Ich habe keine Ahnung. Ich habe so das dumpfe Gefühl, als würde er mich jetzt für alles verantwortlich machen wollen.«

»Das wird ja immer netter: Eine trunksüchtige Mutter gesteht ihrem ebenfalls trunksüchtigen Ehemann, daß der siebenjährige Sohn Tony nicht von ihm ist. Der besoffene Ziehvater nimmt sein Gewehr und schießt auf den alternden Romeo. So – nun hat Bob nur noch einen Arm, und es ist nichts naheliegender, als viele Jahre später das Kind für alles verantwortlich zu machen.« Nachdem sie ihrem Ärger Luft gemacht hatte, legte Charlotte sanft ihre Hand auf die Schulter ihres Mannes. Dann setzte sie sich wieder auf ihren Stuhl. »Was wirst du tun?«

Treadwell lächelte hilflos. »Ich werde mich im Laufe der nächsten Woche mit ihm treffen.«

»Ist das nicht etwas zu riskant?«

»Wir haben uns im *Ranjits* in Santa Cruz verabredet. Er wohnt dort in der Nähe, und mich kennt dort niemand … Ach ja, da ist noch etwas«, sagte Treadwell beiläufig und betrachtete seine Fingernägel. »Elena war heute bei mir im Büro.«

Charlottes Augen wurden schmal, als müßte sie sich gegen einen kalten Luftzug schützen. Er erzählte nun von Elenas Plan und der Zwickmühle, in der er sich befand.

Charlotte hörte schweigend zu und rauchte. Nach einer langen Pause sagte sie: »Da steckst du wirklich in Schwierigkeiten, mein Lieber. Deine liebe Elena weiß ganz genau: Der alte Onkel Tony betet sie so an, daß er ihr noch nie eine Bitte abschlagen konnte. Du solltest dir eine gute Ausrede für Stan überlegen, denn ich bezweifle, daß es dir gelingt, Elena von ihrem Vorhaben abzubringen.« Abrupt stand sie auf und nahm die beiden Porzellanteller. »Ich hole den Salat!«

»Sei doch bitte nicht albern, Charlotte. Setz dich wieder hin, und höre mir kurz zu. Ich bete niemanden an. Es gibt für mich nur dich.«

Das ist gelogen, dachte Charlotte. Doch sie schwieg, denn sie wollte keinen Streit.

»Ich werde ihr die Sache schon ausreden können. Wenn sie erst erkennt, in welche Schwierigkeiten sie mich damit bringt, wird sie sich besinnen.« Treadwell schenkte sich nach. »Ja, so wird es gehen. Ich mache ihr klar, wie aussichtslos das Unterfangen ist und in welch schreckliche Lage sie ihren Vater und mich bringt. Sie wird Verständnis dafür haben.«

»Na dann – viel Glück, mein Schatz!« Charlottes kalter Blick und die schmalen Augen straften ihr Lächeln Lügen. »Wenn dir das gelingt, kannst du auch im Nahen Osten Frieden schaffen und die Rassenkonflikte beseitigen.«

»Könntest du dich mit deinem Sarkasmus etwas zurückhalten und dich klarer ausdrücken? Was denkst du?«

»Elena verläßt sich darauf, daß zwischen dir und Stan noch eine Rechnung zu begleichen ist. Sie weiß, wie er dich ausgebootet hat, bevor er Senator wurde. Damals ging es, wenn ich mich richtig erinnere, darum, wer von euch beiden den Vorsitz als Präsident bei M & M bekommen sollte. Er hatte dir den Vorschlag gemacht, daß du ihn für ein Jahr pro forma die Präsidentschaft übernehmen läßt, denn mit dieser Position hatte er im Wahlkampf um den Senatorenposten bessere Chancen. Du hast ihm vertraut und dich auf den Handel eingelassen, in der Hoffnung, nach einem Jahr unangefochten die Kanzlei führen zu können. Doch Traeger behielt den Vorsitz fünf Jahre lang und ließ dich zappeln. In der Zeit schuf er sich mit geschickten

Investitionen ein kleines Vermögen. Er machte sich eine schöne Zeit und wartete in aller Ruhe ab. Als eines Tages ein Senator vorzeitig zurücktrat, übertrug der Gouverneur Traeger schließlich das Mandat.«

Charlotte faltete die Serviette sorgfältig zusammen. »Elena weiß, daß du ihn deswegen haßt. Du hast die Schmach nie überwunden. Außerdem weiß sie, daß du jetzt die Chance hast, dich mit diesem Prozeß zu rächen. Habe ich mich klar genug ausgedrückt?«

Das war Charlotte Treadwell in Bestform: scharfsinnig und gnadenlos direkt.

Sie fuhr fort: »Wir dürfen auch nicht vergessen, daß Elena ihren Vater noch mehr haßt, als du es tust. Er hat ihre Mutter unglaublich gedemütigt, bevor sie starb. Das verzeiht Elena nie. Siehst du den Zusammenhang nicht? Jetzt benutzt sie dich, um ihn zu demütigen und ihre Mutter zu rächen.«

Treadwell war verblüfft, wie genau Charlotte die Zusammenhänge verstanden hatte. »Ich hätte wirklich nichts dagegen, es diesem aufgeblasenen Egomanen heimzuzahlen. Aber ich kann mich unmöglich in diesen Familienstreit hineinziehen lassen. Was geht mich ihr Haß an?«

Charlotte durchschaute ihn sofort. »Das heißt, daß du nicht auf das Geld verzichten möchtest, das du durch Traeger verdienst. Er schickt dir so viele Klienten von der Ostküste, weil er in deiner Schuld steht. Das genießt du doch.«

Treadwell applaudierte ihr, indem er sich anerkennend verbeugte. Sie freute sich über das Kompliment. Sie wußte, daß er zwar auf dem Thron saß, aber ihren Scharfsinn brauchte. Sie war die heimliche Macht im Hintergrund. Nun stand sie auf und bedankte sich mit einem Kuß auf seine Wange.

»Mich kann Elenas Vorhaben leicht Kopf und Kragen kosten«, sagte Treadwell. »Wenn ich es ihr nicht ausreden kann und es zu einem Prozeß kommt, wird Traeger in der Kanzlei einen suchen, den er für alles verantwortlich machen kann. Diese Gele-

genheit werden sich die Verschwörer in der Kanzlei nicht entgehen lassen. Meine Position ist zur Zeit geschwächt ...«
Charlotte hatte sich schon den passenden Schachzug überlegt. »Wenn schon ein Opfer gebraucht wird, mein Lieber, dann kümmere dich doch rechtzeitig darum ... Es kann doch nicht so schwer sein, einen geeigneten Sündenbock zu finden.« Sie lächelte ihn listig an.
Treadwell überlegte. Dann lächelte er auch. Eine Last fiel von ihm ab. »Natürlich! Ein anderer muß seinen Kopf hinhalten. Und ich weiß auch schon, wer.« Er hob sein Glas und verneigte sich vor ihr.

• 13 •

AM NÄCHSTEN MORGEN saß Elena wieder in Treadwells Büro. Erwartungsvoll sah sie ihn an. »Nun, wie sieht es aus, Onkel Tony? Wie stehen unsere Chancen?«
»Nicht so schlecht!« Treadwell lächelte zuversichtlich. Elena sah wieder bezaubernd aus. Sie trug ein enganliegendes, pastellgrünes Kleid und ein beigefarbenes knappes Jäckchen von Chanel. Die zarten Farben paßten genau zu ihren Augen. »Du bekommst unseren besten Anwalt. Glücklicherweise haben wir vor kurzem einen Spezialisten für Privatrecht eingestellt. Er ist zwar noch jung, doch ungeheuer tüchtig. Er hat mehr Erfahrung mit Schwurgerichtsverhandlungen als die meisten alten Hasen in unserem Beruf, und wenn es um Produkthaftung geht, ist er unschlagbar.« Treadwell sah großzügig über den Unterschied zwischen Garbanzobohnen und Düsenjägern hinweg. Elena runzelte die Stirn, doch Treadwell sprach weiter: »Selbstverständlich werde ich die Sache persönlich im Auge behalten, meine Liebe. Aber Privatrecht ist nicht mein Spezialgebiet. Cameron dagegen – so heißt der junge Mann – ist Experte und zudem sehr erfolgreich. Kein Zweifel, daß er sich in jeder Hin-

sicht bestens für diese Aufgabe eignet.« Charlotte hätte die böse Ironie dieser Formulierung sicher gefallen.
»Wann kann ich mit Mr. Cameron sprechen?«
»Jetzt gleich, wenn es dir recht ist. Mach es dir für einen Augenblick bequem, meine Liebe. Ich kümmere mich darum, daß er dir sofort zur Verfügung steht.«
Treadwell betrat, ohne anzuklopfen, Seth' Büro, das zwei Stockwerke tiefer lag. »Guten Morgen, Cameron!« Seth war sofort alarmiert. Ein freundlicher Gruß – das konnte nur bedeuten, daß er sich in größter Gefahr befand.
»Guten Morgen, Mr. Treadwell!«
»Cameron, ich habe einen schwierigen Fall für Sie. Das ist eine äußerst heikle Angelegenheit, die viel Fingerspitzengefühl und Diskretion verlangt.«
Treadwell schilderte den Sachverhalt und gab Anweisungen, wie Seth vorzugehen habe, damit Senator Traeger zufriedengestellt werde. Als Treadwell das Büro kurz verließ, um Elena zu holen, rief Seth aufgeregt bei Rosie an. Er *mußte* ihr mitteilen, daß ihm Treadwell einen Fall von solcher politischer Brisanz übertragen hatte.
»Ich glaube, der Kampf ist vorbei, Rosie«, rief er begeistert. »Der Alte weiß, was ich kann, und braucht mich.«

Elena saß vor ihm und erzählte ihm ihre Geschichte, doch es war Seth unmöglich, sich zu konzentrieren. Er sah nur ihre ausdrucksvollen Augen und ihre vollen Lippen. Daß sie seine Aufmerksamkeit als Zuhörer erwartete, erlaubte ihm, sie ununterbrochen anzusehen. Wenn Elena kurz ihren Blick abwandte, wanderten seine Augen zu ihren wohlgeformten Beinen in hellen Seidenstrümpfen. Ab und zu gelang es ihm, eine kritische Frage zu stellen oder eine skeptische Bemerkung zu machen: Gibt es Beweise für einen technischen Defekt? Die X-215A unterliegt strengster Geheimhaltung? Gibt es eine Möglichkeit, die rechtlichen Sicherheitsbestimmungen aufzuheben? Sie wissen hoffentlich, daß Sie die Regierung nicht mehr verklagen können, daß Sie die Frist versäumt haben … Doch das waren lediglich automatische Reflexe. Diese Frau betörte und faszinierte ihn.

Als Elena Seth von ihrer Ehe mit Captain Sam Barton erzählte, spürte Seth heftigen Neid auf diesen Mann. Elena hatte nach der Hochzeit gemerkt, wie schwer es war, mit einem Soldaten verheiratet zu sein. Sie war eine verwöhnte Tochter aus gutem Hause und stand plötzlich vor ungeahnten Schwierigkeiten. Vor allem hatte sie darunter gelitten, daß die Ehefrauen der anderen Testpiloten hinter ihrem Rücken über sie geklatscht und sie verleumdet hatten. Trotzdem war sie in diese Gemeinschaft eingebunden gewesen, denn sie teilte mit diesen Frauen das gleiche Los: Sie alle waren stolz auf die Leistungen und Erfolge ihrer Männer, gleichzeitig lebten sie ständig mit der Angst vor einem Absturz. Jede wußte, daß sie früher oder später Witwe sein könnte.

Stockend berichtete Elena von dem Tag, an dem sie die Kondolenzen der anderen Frauen entgegennehmen mußte. Diese hatten zwar stets über sie gelästert, aber nun kamen sie, um ihr das Beileid auszusprechen. Sie waren alle gekommen, um ihr beizustehen und sie zu trösten. Oft war auch Elena schon zu anderen jungen Witwen mitgegangen, um zu kondolieren. Man versprach, in Verbindung zu bleiben, und ließ nie wieder etwas von sich hören. Sie konnte das gut verstehen. Als Witwe gehörte man nicht mehr zu dieser Gemeinschaft. Die Angst vor dem Tod des Mannes hielt die Frauen zusammen. Wenn das Entsetzliche eingetreten war, gab es auch keine Verbundenheit mehr. Doch für Elena war der Ausschluß besonders schmerzhaft, denn Captain Sam Barton wurde posthum für den Absturz verantwortlich gemacht, auch wenn man es ihr nicht ins Gesicht sagte: Er hatte einen Fehler gemacht, hatte versagt, hatte es selbst verschuldet. Er gehörte nicht mehr zur Elite. Das traf auch sie.

»Das muß Sie sehr verletzt haben«, sagte Seth leise. Elena zuckte nur mit ihren schmalen Schultern, als wollte sie sagen: Es ist zum Glück vorbei.
Doch der Stachel saß tief. Sie versuchte, Seth von ihrer Ansicht zu überzeugen, daß Sam keinen Fehler gemacht hatte. Sam war in der elitären Gruppe von Testpiloten der Beste. Er hatte in den sechs Jahren seiner Dienstzeit nicht einen einzigen Fehler gemacht. Er konnte problemlos mit jeder Maschine umgehen. Dennoch hatte er vor diesem Flugzeug Angst. Er sagte, etwas stimme nicht, und er hatte sogar einen konkreten Verdacht. Doch keiner hörte ihm zu. Dann war er in jener Nacht in der Wüste abgestürzt. Man hatte ihn nur am Gebiß identifizieren können.
Elena war erschüttert und fingerte nervös am Verschluß ihrer Handtasche. Sie trug weiße Handschuhe. Als sie ihr Taschentuch hervorholte, spürte Seth den süßen Duft von Moschus – ein Geruch, der genau zu ihr paßte: fast unschuldig zart, aber voll Sinnlichkeit.
»Entschuldigen Sie, Mr. Cameron!« Ihre Augen wurden feucht. »Ich habe ihn so sehr geliebt. Es ist …«
»Ich habe dafür viel Verständnis«, sagte er. »Bitte, nennen Sie mich Seth.« Er hatte den heftigen Drang, kühn über seinen Schreibtisch zu springen und sie in seine kräftigen Arme zu nehmen. Er wollte sie trösten – sie beschützen. Er wollte für sie gegen den bösen Drachen ConSpace kämpfen: der edle Ritter sein, der siegt oder stirbt.
Statt dessen sah er verlegen auf seinen Stift und sagte: »Hat Ihnen Mr. Treadwell erklärt, wie schwierig solche Fälle sind? Wenn wir die Firma verklagen, die im Auftrag der Regierung Militärflugzeuge herstellt, ist das so, als würden wir Klage gegen die Regierung selbst erheben.«
»Schwierigkeiten sind da, damit man sie bewältigt!« Elenas grüne Augen blickten ihn herausfordernd an. Sie sah ihm direkt in die Augen, eine Nuance zu lange, und – so bildete sich Seth

in seinem überreizten Zustand ein – eine Nuance zu intensiv. »Das Wichtigste habe ich Ihnen außerdem noch gar nicht erzählt. Crispie – Captain Jack Christopher – hat mir von einem Gerücht erzählt. Bei der X-215A soll ein technischer Defekt festgestellt worden sein. Die Sache wird momentan von der zuständigen Stelle überprüft. Sams Unfall war nämlich nicht der erste.«

Elena reichte Seth eine Liste. Darauf standen die Namen der Piloten, die mit der X-215A verunglückt waren, und die Absturzdaten: Thomas Penrod, Grant Wilburn, Sam Barton.

»Ihr Mann war also bereits der dritte, der mit einer Maschine dieses Typs abstürzte?«

»Ja, alle drei arbeiteten an dem gleichen Testprogramm. Sie flogen mit der X-215A immer dieselbe Route – eine Art Dreieck. Penrod stürzte nicht weit von der Stelle ab, an der auch Sam verunglückte. Wilburn ging irgendwo im Norden Kaliforniens runter. Alle drei waren erstklassige Piloten. Aber jedesmal wurde menschliches Versagen als Ursache angegeben.«

»Wer ist Christopher?«

»Sams bester Freund! Jetzt ist er der Staffelkommandeur. Vorher war das Sam. Gerald Murphy, ebenfalls ein Pilot aus dieser Gruppe, wurde vor Sams Tod zufällig Zeuge eines interessanten Gesprächs. Sam wies den Kommandeur der Air Base auf technische Probleme bei der X-215A hin.«

»Was geschah daraufhin?«

»Nichts! Sam wurde als hysterischer Spinner hingestellt. Als dann Wilburn verunglückte, sagte mir Sam, daß er sich beim nächsten Absturz offiziell über die Maschine beschweren werde.«

»Dann stürzte er selbst ab.«

Sie nickte. »Gerald Murphy wäre ein wichtiger Zeuge. Er hat Gerüchte über das Flugzeug aufgeschnappt und will aussteigen. David Ames hat sich bereits abgesetzt. Er arbeitete auch als Testpilot an dem Programm. Sams Tod schockierte ihn so, daß er noch in der gleichen Nacht verschwand. Er desertierte.«

Elena blätterte in ihren handschriftlichen Notizen. »Murphy sagte mir folgendes: Seiner Meinung nach ist die X-215A mit Tesafilm und Bindfaden zusammengeflickt, damit das Ding möglichst billig wird. Die InterContinental Aerospace wollte unbedingt den Auftrag von der Regierung an Land ziehen und mußte mit allen Mitteln einen Konkurrenten unterbieten. Außerdem haben sie bei der Konzeption der X-215A wichtige Sicherheitseinrichtungen geopfert, damit die Maschine schneller und über Radar nicht so leicht zu entdecken ist.«

»Wären diese Piloten bereit, vor einem Schwurgericht auszusagen?« Seth kannte die Antwort. Jetzt saß sie in der Klemme.

»Crispie ist bestimmt bereit, mit Ihnen zu sprechen«, sagte sie überzeugt.

»Ich fürchte, das reicht nicht, Elena. Wir brauchen Zeugen vor Gericht!«

Elena stand auf und ging zum Fenster. Sie stand lange nachdenklich da und sah hinaus. Seth konnte sie ungeniert, wenn auch ein wenig schuldbewußt, betrachten: ihr feines Profil mit der zarten Nase, das lange Haar. Sie atmete heftig. Seth wollte unbedingt einen klaren Kopf bewahren. Hier stand für ihn alles auf dem Spiel. Doch voyeurhaft ließ er seinen Blick zu ihrer schlanken Taille gleiten. Er wollte seine Hände auf ihre Hüfte legen, langsam über die schwungvolle Linie ihres Rückens streichen bis hinab zu den weichen Rundungen und dann ihren Körper an seinen pressen ...

»Crispie würde es vielleicht tun.« Elena drehte sich zu ihm um und sah ihn mit feuchten Augen an. Sie ging einen Schritt auf ihn zu und faltete entschlossen die Hände.

»Entschuldigen Sie bitte?« Seth wurde rot vor Scham und Begehren. »Was würde Crispie machen?«

»Vor Gericht aussagen! Sam war sein bester Freund, Mr. Cameron. Sprechen Sie wenigstens mit ihm. Etwas könnte sich ja ergeben.«

Genau das befürchtete Seth. Diese Frau war wirklich zu allem entschlossen. Aber er konnte sich des Gefühls nicht erwehren, benutzt, mißbraucht zu werden. Ihm fiel ein afrikanisches Sprichwort ein. Wenn man einen Löwen töten will, bindet man eine Ziege am Rande des Dorfes an einen Pfahl und wartet. Seth fühlte sich im Moment wie diese Ziege. Seine Gedanken überschlugen sich. Vielleicht hat sie recht. Irgend etwas stimmt bei dem Programm nicht, und sie weiß das. Außerdem weiß sie ihre Schönheit einzusetzen. Ich bin in Gefahr und muß diese Frau schnell loswerden. Mein Gott, wie bringe ich sie nur dazu zu bleiben?

Plötzlich wurde ihm eiskalt. Jetzt hat er mich! Der verdammte Hund! Ich sitze in der Falle!

• 14 •

HARRY COOPER PLATZTE in Seth' Büro, als Elena gerade ging. Er sah ihr beeindruckt nach, doch er konnte es nicht erwarten, Seth von seinem Glück zu erzählen. Er hatte am Wochenende in Tahoe die »Bank gesprengt« und Trish mit einem neuen Mercedes »versöhnt«. Harry schwärmte von seinem »todsicheren« System, an dem er jahrelang gearbeitet hatte und das sich nun endlich auszahlte. Er schwitzte vor Aufregung so stark, daß seine Brillengläser beschlugen.

»Das System arbeitet so langsam, daß es einem fast den letzten Nerv kostet. Aber es funktioniert! 76 000 Dollar in gut zehn Stunden!« Harrys Stimme überschlug sich. »Wenn sie mich nicht fast gewaltsam hinauskomplimentiert hätten, hätte ich noch mehr gewonnen.«

»Oder alles wieder verloren«, bemerkte Seth trocken.

»Nie und nimmer! Mit diesem System sprenge ich in jedem Casino die Bank!«

Seth reagierte bitter. Harry zaubere sich sein Geld jetzt wohl

herbei. Er hingegen stecke bis zum Hals in Arbeit. Harry solle ihn nicht länger dabei stören.
Harry brach in herzhaftes Lachen aus. Dann nickte er und meinte mit einem vielsagenden Blick, er habe schon bemerkt, daß Seth sehr beschäftigt sei. »Wer zum Teufel ist sie?« fragte er anzüglich. »Hast du dich seit neuestem auf die Unterhaltungsbranche spezialisiert? Das muß eine Filmschauspielerin sein!«
»Sie ist jemand, der große Probleme hat.«
»Hmmm, diese Probleme würde ich gerne mit ihr teilen.«
»Harry, ich habe jede Menge zu tun!«
»Entschuldige, Seth! Aber ich bin zu dir gekommen, weil ich auch in Schwierigkeiten stecke. Und ich weiß nicht, wie ich es allein schaffen soll. Morgen muß ich für Treadwell ein Memorandum für ein Berufungsverfahren fertiggestellt haben. Eigentlich wollte ich es an diesem Wochenende machen, aber ... na ja ... es kam etwas dazwischen. Ich bin am Freitag ausgerastet und mußte weg. Ich habe es hier nicht mehr ausgehalten. Irgendwie bin ich dann in *Harrah's Club* gelandet. Seth! Sei nicht unmenschlich. Das kann mich meine Stellung kosten.«
»Laß mich mal raten! Erwartest du von mir, daß ich meinen Einfluß auf Treadwell geltend mache, damit er gnädig mit dir umgeht?«
Harry schüttelte Seth an der Schulter, seine Augen waren fiebrig. »Mensch, Seth! Das ist nicht zum Lachen.«
»Ich mache mich nicht über dich lustig, Harry, aber ich weiß nicht, was du von mir willst. Falls es dir noch nicht aufgefallen ist, stehe ich auf Treadwells Abschußliste einsam an der Spitze.«
»Du könntest mir heute abend helfen. Du *mußt* mir helfen! Zusammen schaffen wir das. So wie damals an der Uni, als wir gemeinsam für das Examen gebüffelt haben.«
»Genau! Ich mache die ganze Arbeit, und du kassierst die Lorbeeren.«
»Seth, sei nicht so gnadenlos. Morgen früh muß der Bericht auf Treadwells Schreibtisch liegen!«

Seth sah auf den Stapel auf seinem eigenen Schreibtisch und meinte: »Wenn das so ist, dann fängst du am besten sofort an.«
»Das darfst du mir nicht antun, Seth. Mir bleiben nur fünfzehn Stunden, um meine Karriere zu retten. Aber ich weiß beim besten Willen nicht, wie ich arbeiten soll. Ich bin vollkommen erschöpft und brauche dringend Schlaf. Mein Gehirn ist ausgebrannt.«
»Wer, bitte schön, hilft mir denn dabei, meine Karriere zu retten, Harry?« Seth stand so abrupt auf, daß sein Stuhl fast umfiel. »Ihr alle seht dabei zu, wie er mich kaputtmacht. Ihr alle wißt genau, was er mir antut. Ich habe nicht mehr als drei oder höchstens vier Stunden Schlaf. Ich schufte wie ein Pferd rund um die Uhr. Und du pumpst dich voll Koks, hurst in Nevada herum und bildest dir auch noch ein, das sei eine Art Boheme. Dabei ist das nichts als Flucht, Verantwortungslosigkeit. Und du hast die Stirn, ausgerechnet zu mir zu kommen und …«
Mit beiden Fäusten schlug Harry auf den Schreibtisch. »Seth, es geht nicht nur um meine Karriere! Verdammt, es geht um mein *Leben*!« Mühsam richtete er sich wieder auf und versuchte, ruhig zu atmen. Dann sagte er tonlos: »Ich bitte dich darum, Seth!«
Seth schloß die Augen, um all die Protokolle und Dokumente, die auf ihn warteten, nicht zu sehen. Sein Kopf schmerzte, und er massierte sich die Schläfen. Harry sah ihm ängstlich zu.
»Vielleicht bin ich dir das schuldig, Harry.« Seth klappte das Buch, das vor ihm lag, heftig zu. »Aber ich helfe dir nur dieses eine Mal und dann nie wieder! Abgemacht?«
Undeutlich huschte ein Lächeln über Harrys gelbliches, verschwommenes Gesicht. »Abgemacht!« Er wollte Seth dankbar die Hand schütteln, doch als er ihm in die Augen sah, zog er seine Hand wieder zurück. In Seth brannte eine Wut, die ihm unheimlich war. Harry ging rasch zur Tür. »Ich hole schon mal die Unterlagen. Und vielen Dank, Seth!«

Am nächsten Morgen gegen fünf Uhr waren sie fertig. Genaugenommen war Harry schon um Mitternacht fertig. Zwei Stunden zuvor hatte er so viel Koks die Nase hochgezogen, daß es einen Elefanten umgehauen hätte. Er hatte Seth angeboten, doch auch wenigstens ein »kleines Schneeflöckchen« zu schnüffeln, doch Seth hatte kategorisch abgelehnt. Daraufhin war Harry wütend geworden. »Wie kommst du dazu, dich zum Richter aufzuspielen. Du mit deinen Bennies, die dich nachts wach halten, das sind auch Amphetamine! Was ist mit den Schnäpschen den ganzen Tag über? Und den kleinen roten Pillen, ohne die du nicht mehr einschlafen kannst?« Das hatte wiederum Seth aufgebracht, und er hatte Harry angebrüllt, das sei etwas ganz anderes. Harry hatte Seth vorgeworfen, ein Heuchler zu sein, und ihn unflätig beschimpft. Als Seth gehen wollte, war es Harry gelungen, sich halbwegs glaubhaft zu entschuldigen. Dann hatten sie sich wieder der Arbeit zugewandt. Zehn Minuten später war Harry bewußtlos zusammengesackt.

Gegen halb vier hatte Seth sein Konzept so weit erstellt, daß er mit der Ausarbeitung anfangen konnte. Um fünf Uhr stand die endgültige Fassung. Er ließ den bewußtlosen Harry in der Bibliothek zurück und ging zum Ausgang. An der Pforte übergab er dem verschlafenen Nachtwächter das Memorandum.

Es war eine ausgezeichnete Arbeit. Harry würde damit Erfolg haben.

• 15 •

NÖRDLICH VON HAITI, im britischen Teil der Westindischen Inseln, liegen die Caicos-Inseln. Sie gehören zur Inselgruppe der Bahamas und liegen verstreut am Rande des Atlantischen Ozeans, wie Perlen einer zerrissenen Kette. Die Hauptstadt der Caicos-Inseln, Kew, erreicht man am schnellsten mit dem Flugzeug. Von Miami dauert der Linienflug mit *Atwan Airways* knapp zwei Stunden. Dann betritt man ein Paradies besonderer Art: Die eigentliche Attraktion Kews sind die rund hundert Banken, auf die man ungeheuer stolz ist. Dabei hat die Stadt kaum so viele Einwohner wie eine kleine amerikanische Universitätsstadt. Früher dienten die Inseln Piratenschiffen als Zuflucht und Versteck, heute sind sie für die modernen Wirtschaftspiraten von unschätzbarem Wert: Sie bieten Schutz für undurchsichtige Auslandsbankgeschäfte und einen Hafen mit sehr diskreter Zollkontrolle. Die Inseln gelten unter Kennern zwar auch als Geheimtip für Sporttaucher, doch die meisten Besucher kommen hierher, um Geld zu verdienen oder um es zu verstecken – so auch der schwitzende Amerikaner Aubrey Olmstead.

Olmstead schwitzte im Augenblick an der Nordspitze der Hauptinsel, in der Bar *Noche Diablo,* die einem homosexuellen Baptisten namens Claude gehörte. Olmstead hatte diverse Gründe zu schwitzen: Zum einen gab es in der Bar keine Klimaanlage; zum anderen hatte Olmstead mächtig Übergewicht; vor allen Dingen aber war er ins Schwitzen gekommen, weil der Mann, der ihm gegenüber am Tisch saß, einfach nicht begreifen wollte, wie ernst die Lage war. Dabei war Olmstead eigens an diesen entlegenen Ort gekommen, um dem Mann, den er nur als »Pater« kannte, klarzumachen, in welcher Gefahr sie sich befanden.

»Meinetwegen halten Sie meine Befürchtungen für übertrieben«, stöhnte Olmstead und wischte sich mit einem Spitzentaschentuch den Schweiß von seinem kürbisrunden Kopf. »Aber wenn das Gerücht stimmt, dann sind wir dran. Hören Sie, mir ist die Information zugespielt worden, daß ConSpace unsere M-31-Elektronik der Cockpitarmaturen gegen ein anderes System austauschen will. Schon wieder mußte eine X-215A vom Wüstenboden gekratzt werden. Man hält unser Cockpitsystem für nicht sicher genug. Wenn das passiert, haben wir wieder die Steuerfahnder des Justizministeriums im Nacken. Ich höre schon das Gezeter: Sie haben nur eine Scheinfirma für Steuerhinterziehung.«

»Aww-brey, mein Lieber«, sagte der Pater, der ein Jackett aus Schantungseide trug. Er bemühte sich vergeblich um einen britischen Akzent. »Sogar die Regierung stolpert manchmal über die Wahrheit.«

»Großer Gott!« Olmstead verdrehte die Augen und schlug unentschlossen nach einer lästigen Fliege. »Ihnen wird das Lachen noch vergehen! Wir konnten uns vor der Steuerfahndung doch nur retten, weil unser M-31-Bordsystem in die X-215A eingebaut wurde. Und das ist uns nur durch gezielte Bestechung gelungen. Wenn wir damals nicht endlich ein Produkt unserer Firma verkauft hätten, säßen wir jetzt auf der McNeil-Gefängnisinsel!«

»Dort wäre es wenigstens angenehm kühl.« Der Pater zeigte allerdings keine Anzeichen von Transpiration. Er senkte seinen Blick. »Regen Sie sich nicht so auf, mein dicker Freund. Wenn ich mir das Problem genauer betrachte, fällt mir vor allen Dingen eins auf: Sie haben ein Gedächtnis wie ein Sieb. Wieso reden Sie die ganze Zeit von *unserem* Steuerbetrug? Die TDA-Konzeption war allein Ihre Idee, Aubrey. Und Sie stehen allein dafür gerade, wenn es schiefgeht. Im Moment sacken Sie auch allein den Gewinn ein. Das wollen wir doch nicht vergessen.«

»Vergessen Sie dabei aber bitte nicht, daß sich meine Konzeption für Sie auch bezahlt macht, hochverehrter Pater. Bei der letzten Abrechnung bekamen Sie ungefähr 5 Millionen US-Dollar – steuerfrei!«

»Ein Hungerlohn – verglichen mit Ihren Gewinnen, mein Bester.« Der Pater nippte an seinem Mount Gay mit Soda. »Ich bitte um eine klare Ausdrucksweise. Es war *Ihr* genialer Trick, ebenso wie es *Ihre* M-31-Elektronik ist, die *Sie* ConSpace untergeschoben haben. Ich habe lediglich den Vermittler gespielt und dafür gesorgt, daß Ihr unrechtmäßig erworbenes Geld an die richtigen Stellen kam. Einige hohe Offiziere im Entscheidungsgremium bei ConSpace waren bereit, für ein entsprechendes Entgelt ihr Votum für *Ihre* M-31-Elektronik abzugeben. Nur dafür haben Sie mich gebraucht. Jetzt fliegt die X-215A mit diesem lächerlichen Schwindelsystem ... Ich bin sogar bereit, bei der Schadensbegrenzung zu helfen. Das ist ja leider nötig geworden, weil Ihr Ivor Tellman kein Genie war, sondern ein Stümper! Seine gequälte Seele ruhe in Frieden!«

»Bravo!« grunzte Olmstead sarkastisch und glotzte den Pater mit Froschaugen an. »Haben Sie vielleicht ein kleines Tonband mitlaufen, Pater? Soll ich jetzt behaupten, daß ich Sie noch nie gesehen habe?«

»Die meisten Leute halten es für ratsam, mich *nicht* zu kennen. Nein, mein Freund! Ich will nur klare Verhältnisse haben.«

»Und wie, bitte schön, wollen Sie den Schaden begrenzen, wenn noch so eine X-215A wie ein Stein vom Himmel fällt?«

»Warten wir es ab! Und lassen Sie sich nicht dauernd von Gerüchten verunsichern, Aubrey! Was wollen Sie denn? Die Air Force hat doch bereits zum drittenmal menschliches Versagen als Absturzursache angegeben. Ihre dubiose TDA-Gesellschaft und Ihre windige M-31-Elektronik wurde noch nicht einmal erwähnt. Zerbrechen Sie sich nicht unnötig den Kopf, alter Sportsfreund.«

TDA – Tellman Design Associates – war, oberflächlich betrachtet, eine Aktiengesellschaft auf den Caicos-Inseln. Im Grunde aber war sie Aubrey Olmsteads Meisterwerk. Fünfunddreißig Jahre lang hatte Olmstead unablässig Erfahrungen gesammelt und zum krönenden Abschluß seiner Karriere diese Gesellschaft gegründet. Als Jugendlicher hatte er mit kleinen Trickbetrügereien auf der Straße begonnen und sich hochgearbeitet zum Meister der Wirtschaftskriminalität. Die TDA war angeblich ein Forschungsinstitut, das unter Leitung von Professor Ivor Tellman Flugzeugelektronik entwickelte und produzierte. Tellman hatte pro forma ein Konzept für eine besonders leistungsstarke und hitzebeständige Cockpitausstattung erarbei-

tet. Ausländische Investoren konnten sich an dem Projekt beteiligen. Der kleinste Betrag, mit dem man bei TDA einsteigen konnte, lag bei 50 000 Dollar. Doch es mußten nur 20 000 Dollar wirklich bezahlt werden. Die Differenz von 30 000 Dollar nahm man als zinsfreies Darlehen bei der Zenith Financial auf. Das war ein Kreditinstitut, das seinen Sitz ebenfalls auf den Caicos-Inseln hatte und – natürlich – Olmstead gehörte. Allerdings hatte er Strohmänner vorgeschoben, damit die Besitzverhältnisse nicht zu durchschauen waren. Reiche Investoren, die ihr Geld vor dem Zugriff des Fiskus schützen wollten, wurden durch ein verlockendes Angebot dazu gebracht, ihr Geld in Olmsteads »Projekt« zu stecken. Sie investierten lediglich 20 000 Dollar in das Forschungsinstitut, konnten aber 50 000 Dollar von der Steuer absetzen, denn Olmstead bestätigte ihnen die entsprechende Investition.
Somit hatten die Investoren 30 000 Dollar steuerfrei. Das bedeutete: Für eine Investition in Höhe von 500 000 Dollar bezahlte man real 200 000 Dollar, konnte aber die ganze Summe abschreiben. Den Differenzbetrag, der angeblich über das zinsfreie Darlehen finanziert wurde, mußten die Investoren nie bezahlen. Im Vertrag hieß es großzügig, daß diese Summe sich durch die zu erwartenden Gewinne aus dem Forschungsprojekt amortisieren werde. Das war jedoch höchst unwahrscheinlich, denn die TDA hatte lange Zeit kein konkretes Projekt, ja noch nicht einmal das Vorhaben, je ein Projekt in Angriff zu nehmen. Das störte die Investoren nicht. Sie nahmen die Abschreibungsvorteile kräftig in Anspruch, gaben Olmstead die nötigen Barzahlungen und ließen ihn unbehelligt. Mittlerweile hatte Olmstead auf diese Weise über 100 Millionen Dollar kassiert. Fünf Prozent des Gewinnes gingen an den Pater. Dann brauchte Olmstead natürlich ein Institut, an dem eine Gruppe von Wissenschaftlern Forschungsarbeit leistete. Tellman, ein naiver, gutgläubiger Mann, der sein Examen an der Technischen Universität von Massachusetts mit Auszeichnung abge-

legt und sich dann auf Chaosforschung und Mikroelektronik spezialisiert hatte, leitete Olmsteads Institut. Diese »Forschungsgruppe« wurde gut dafür bezahlt, daß sie gemütlich vor sich hin dilettierte. Bei diesem Geschäft hatte jeder einen Vorteil, und so stellte keiner unangenehme Fragen.
Bis auf die Steuerfahndung des US-Justizministeriums! Vor einem Jahr war sie der Sache auf die Spur gekommen. William Torville, ein dynamischer junger Mann, arbeitete als Staatsanwalt im Justizministerium. Ihm war Olmsteads Projekt verdächtig vorgekommen, und er hatte erste Untersuchungen eingeleitet. Als er über ausreichendes Beweismaterial zu verfügen glaubte, wollte er offiziell Anklage erheben. Aber Olmstead trickste ihn aus. Das TDA-Forschungsinstitut hatte eine Zweigstelle aufgemacht, die Mikroelektronik für Flugzeuge herstellte. Diese Firma, die TDA, Inc., hatte überstürzt eine Cockpitausstattung zusammengebastelt und an die US-Luftwaffe und InterContinental Aerospace verkauft. Schließlich war dieses System in die X-215A eingebaut und für das Stealth-Testprogramm zugelassen worden.
»Sie wollen es einfach nicht begreifen, Pater!« Die aufdringliche Fliege schwirrte immer noch um Olmstead; als er diesmal nach ihr schlug, verschüttete er seine Limonade. »Nach diesem verfluchten dritten Absturz wimmelt es nur so von Schnüfflern auf der Air Base. Jedes Einzelteil der X-215A wird dreimal umgedreht, weil sie nach dem Fehler suchen. Und die Gegner des Stealth-Programms im Kongreß wollen das ganze Projekt einstellen. Jetzt müssen die Techniker unbedingt etwas finden, was sie für die Abstürze verantwortlich machen können. Jemand muß dran glauben, egal wer! Ich habe das Gerücht gehört, daß mindestens zwölf Zulieferfirmen die Kündigung kriegen sollen, und wir stehen auch auf der Liste.«
Der Pater bestellte sich einen weiteren Mount Gay. Dann beugte er sich weit zu seinem dicken Freund hinüber. »Ihr Verfolgungswahn wird unerträglich, Aubrey.«

»Verfolgungswahn! Ich habe meine Informanten bei Con-Space, und wissen Sie, was die mir berichten? Unsere M-31-Elektronik könnte diesmal leicht in Verdacht geraten. Sparen Sie sich Ihren Spott, er ist unangebracht.«

Blitzschnell schoß die rechte Hand des Paters vor. Dann hielt er die geschlossene Faust vor Olmsteads schwammiges Gesicht und öffnete sie langsam. Die Fliege war zerquetscht. »Sie malen wirklich alles viel zu schwarz, alter Freund.« Er ließ das tote Insekt auf den Tisch fallen. »Sie können sich darauf verlassen, daß ich schneller bin als diese Dummköpfe.«

Olmstead lehnte sich zurück und schwieg. Mit trotzigem Gesicht rauchte er seine Zigarette, klapperte ab und zu mit den Eiswürfeln in seiner Limonade und sah dem trödelnden Barkeeper zu. Der Pater blickte gedankenverloren aus dem Fenster. Vor ihm lag der Atlantische Ozean, über den die ersten Weißen zu den Caicos-Inseln gekommen waren.

»Wenigstens wußte Tellman, wie sich ein Ehrenmann in so einer Situation verhält«, brummte Olmstead. »Wenn er sich nicht selbst die Kugel durch den Kopf gejagt hätte, hätte ich's tun müssen.«

»Ach? Ich dachte, *Sie* hätten ihn erschossen!« Der Pater schien nachzudenken und schüttelte dann den Kopf. »Nein, das ist eigentlich nicht Ihr Stil. Sagen Sie: Wen haben Sie angeheuert, damit er Sie von dem Meister der Spielzeugelektronik befreit?«

»Machen Sie sich nicht lächerlich. Ich war Ivor sehr zugetan.«

»Das habe ich gehört«, meinte der Pater anzüglich.

Olmstead lief rot an, erwiderte aber nichts, da ihnen der Barkeeper die Getränke servierte und dann mit schwingenden Hüften davontänzelte.

»Nun seien Sie nicht eingeschnappt, Aubrey! Mich gehen Ihre ... persönlichen Neigungen nichts an. Ich habe durch Sie sehr viel Geld verdient. Meinetwegen treiben Sie es bei Vollmond in Westminster Abbey mit einem Gorillamännchen. Ich habe allerdings sehr viel Verständnis für Ihren Wunsch, daß dieser dienstgeile Mr. Torville Ihrem einladenden Hinterteil nicht allzu nahe kommt. Ich werde mich darum kümmern.«

»Das ist gut!« Aubrey Olmstead verlangte mit einem Wink die Rechnung. »Denn wenn Sie das nicht tun, dann zahlt Ihnen sehr wahrscheinlich den Rest Ihres erbärmlichen Lebens Vater Staat Kost und Logis. Vergessen Sie das nicht!«

Der Pater stand auf, um zu gehen. Zynisch lächelnd meinte er: »Die Vorstellung, eventuell das Zimmer mit Ihnen teilen zu müssen, wird mich beflügeln. Die Sache wird reibungslos erledigt.«

• 16 •

DER KONFERENZRAUM BEI Miller & McGrath war für gewöhnlich leer und dunkel. Doch einmal in der Woche versammelten sich hier alle Prozeßanwälte der Kanzlei. Da M & M in den letzten Jahren erfolgreich gearbeitet hatte, trafen sich in diesem Raum nun regelmäßig siebenundzwanzig Teilhaber und zweiundachtzig Angestellte – alles Spezialisten für Prozeßrecht. Kurz vor acht Uhr herrschte hier dann ein reges Treiben. Die jüngeren Anwälte, meist wegen des hohen Arbeitspensums übermüdet, schlürften ihren Kaffee und reservierten sich rechtzeitig einen Sitzplatz. Pünktlichkeit war das oberste Gebot bei M & M. Pünktlich um 8.00 Uhr saßen alle auf ihren Plätzen und warteten. Wer zu spät kam, fiel auf. Und das war mehr als nur peinlich. Wer es nicht rechtzeitig schaffte, erschien besser gar nicht – in der berechtigten Hoffnung, daß das keiner merkte.

Diese Versammlung war gefürchtet: Hier mußte jeder seine Karten aufdecken. Sie diente als Erfahrungsaustausch und interne Fortbildung.

Diesmal stand zuerst ein Fall zur Diskussion, der keinerlei Aussicht auf Erfolg hatte. Yancey, ein junger Mann, der erst kürzlich zum Teilhaber ernannt worden war, trug die Fakten vor. Es war seine Aufgabe, den Kläger vor Gericht zu vertreten. Die Anklage stützte sich jedoch nur auf ein einziges Dokument. Der Buchhalter des Beklagten, ein Mr. Garner, behauptete hartnäckig, dieses Dokument nie gesehen zu haben. Yancey hatte Mr. Garner drei Tage hintereinander intensiv befragt, doch dieser hatte an seiner Aussage festgehalten.

»Nun, wie könnte unser Mr. Yancey in dieser anscheinend ausweglosen Situation doch den Sieg davontragen?« Treadwell hatte die Angewohnheit, seine Fragen so zu formulieren, als hätte er schon die passende Antwort parat. Er hatte nicht umsonst zwei Semester in Yale unterrichtet. Er vernichtete jeden, der sich mit einem Lösungsvorschlag vorwagte, mit unverhohlenem Zynismus – einen nach dem anderen: »Genial, Mr. Butler! Haben Sie einen Abendkursus in Jura bei der Volkshochschule belegt? Ihre Karriere als Rechtsanwalt wird sich wohl auf ein paar Schlagzeilen in der Boulevardpresse beschränken.« – »Wir sind hier nicht beim Fernsehquiz, Mr. Jackson. Sie plappern einfach den Sachverhalt nach. Wir brauchen Lösungsvorschläge!« – »Nein, Miss Farrell, so geht es nicht. Wenn Sie die Güte hätten, sich über die aktuellen Urteile zu informieren, wüßten Sie, daß der Oberste Gerichtshof erst vor zwei Monaten eine solche Vorgehensweise zurückwies – nachzulesen beim Fall Hedgewood gegen Atkinson.« – »Guten Morgen, Mathews. Leider haben Sie einen erheblichen Teil unserer Diskussion offensichtlich verschlafen, sonst wüßten Sie, daß Mr. Yancey es bereits auf die von Ihnen vorgeschlagene Weise versuchte. Das war ein Mißerfolg!«

Schließlich meldete sich keiner mehr zu Wort. Treadwell sah mit gespieltem Erstaunen in die Runde. »War das alles? Gibt es für unseren Freund Yancey keine Rettung? Weiß niemand, wie er den Drachen besiegen soll? Wie steht es mit Ihnen, Mr. Cameron? In Anbetracht der Tatsache, daß Sie mit zwei Arbeiten in Verzug sind, nehme ich zu Ihren Gunsten an, daß Sie Ihre wertvolle Zeit damit zugebracht haben, über diesen Fall nach-

zudenken. Wie kann wohl Mr. Yancey seinen furchterregenden Gegner zu Fall bringen?«
Seth war wütend. Er sah Treadwell direkt in die Augen, doch er machte keine Anstalten, sich zu erheben. Im Saal wurde es still.
»Nun, Mr. Cameron? Was schlagen Sie vor? Was sollte Mr. Yancey tun?«
Ganz langsam stand Seth auf. Immer noch hielt er Treadwells Blick stand. Der Präsident rang sich zwar ein freundliches Lächeln ab, doch seinen Haß konnte er nicht verbergen. Seth wagte es, Treadwell seinen eigenen Haß offen zu zeigen.
»In der Tat, Mr. Treadwell, ich habe intensiv über diesen Fall nachgedacht. Ich persönlich halte es für die beste Lösung, wenn Yancey seinen Gegner zum Duell herausfordert.«
Das schallende Gelächter gab Treadwell etwas Zeit. Schlagartig war das selbstgefällige Lächeln aus seinem Gesicht verschwunden. Er wurde rot und gab sich damit eine Blöße. Mit schneidender Stimme erwiderte er: »Das entspricht genau meinen Vorstellungen von Ihnen, Mr. Cameron. Kommen Sie doch bitte nach der Konferenz in mein Büro.« Das Gelächter verstummte. Alle sahen mitleidig auf Seth.
Zum Schluß hatte Treadwell noch »eine erfreuliche Mitteilung« zu machen. Die Kanzlei hatte im Fall National Biometrics gegen das Urteil Berufung eingelegt. Die Chancen, daß das Urteil rückgängig gemacht würde, standen gut. »Das ist das Verdienst eines unserer Kollegen. Seine Strategie zeugt von Kreativität – eine erstklassige Arbeit! Stehen Sie auf, Mr. Cooper, der Applaus gehört Ihnen!«
Harry stand umständlich auf und nahm verlegen den Applaus der Kollegen entgegen. Er war dunkelrot angelaufen, was man als ein Zeichen seiner Bescheidenheit deutete. Dann setzte er sich hastig wieder hin. Als alle schon aufgehört hatten, ihren Beifall zu bekunden, klatschte noch jemand hinter Harry in die Stille – langsam und rhythmisch, nur ein paar Sekunden. Harry mußte sich nicht umdrehen. Er wußte, wer das war.

Die Versammlung löste sich auf, und die Anwälte machten sich wieder auf den Weg zu ihren Büros. Als Harry aus dem Konferenzsaal trat, sah er, wie Seth und Bill Yancey im Flur beieinanderstanden. Seth erklärte etwas.
»... und dann würde ich ihm den Brief vom 6. März unter die Nase halten!«
»Da wird er ganz schön schlucken, stimmt«, sagte Yancey aufgeregt. »Aber was mache ich, wenn er trotzdem nicht zugibt, den Brief zu kennen?«
»Das kann er sich jetzt nicht mehr leisten. Nicht, wenn Sie ihn so in die Zange nehmen, wie ich es Ihnen vorhin erklärt habe! Er kann unmöglich riskieren, daß sich der Eindruck bestätigt, er erledige seine Arbeit nachlässig.«
»Vielen Dank, Seth! Das war mir eine große Hilfe!«
Yancey ging nachdenklich den Flur entlang. Dann blieb er stehen und drehte sich noch einmal um. »Entschuldigen Sie die Frage, Seth, aber es interessiert mich wirklich: Warum haben Sie das nicht in der Konferenz gesagt? Treadwell hat Sie doch ...«
»Viel Erfolg, Bill!« Seth wollte nicht antworten.
»In Ordnung!« Kopfschüttelnd zog sich Yancey zurück.
Harry ging schnell zu Seth hin und nahm ihn beim Arm. »Du mußt dichthalten, Seth! Ich muß in jener Nacht völlig weggetreten gewesen sein. Als ich wieder bei Bewußtsein war, habe ich unser Memorandum gelesen. Das ist dein Stil, nicht meiner! Treadwell ist zwar ein Arschloch, aber nicht dumm. Hast du gemerkt, wie er sein Lob formulierte: *einer* unserer Kollegen! Was wirst du ihm sagen, wenn er dich fragt?«
»Ich sage ihm die Wahrheit«, antwortete Seth mit süffisantem Lächeln.
»Mist!« Harry schlug sich verzweifelt gegen die Stirn. »Du weißt, daß das für mich das Ende ist. Im Januar kann ich einpacken.«
»Reg dich nicht auf, Harry!« Seth' Stimme klang kalt und

fremd. »Ich werde ihm die Wahrheit sagen, aber nicht so, wie du es befürchtest. Ich werde ihm sagen, daß ich nicht erwartet habe, vom Leben verwöhnt zu werden. Mir hilft niemand, also helfe ich auch niemandem. Das gilt besonders für M & M. Menschlichkeit wird hier streng bestraft.«

Erleichtert atmete Harry auf. »Jag mir nie wieder so einen Schrecken ein, Seth. Aber ich habe es, weiß Gott, verdient. Es tut mir leid, daß du meinetwegen mit deiner Arbeit nicht rechtzeitig fertig geworden bist. Vielleicht kann ich mich einmal dafür revanchieren!«

»Das ist nicht nötig, Harry. Ich bin selbst schuld. Mittlerweile müßte ich es besser wissen. Trotzdem war ich dir das schuldig. Jetzt sind wir quitt.«

Treadwell saß hinter seiner Schreibtischfestung und sah Seth an, als wolle er ihn exekutieren.

»Sie sind schlagfertig, Cameron. Offensichtlich hatten Sie Ihren Spaß dabei, sich auf meine Kosten zu amüsieren. Aber darf ich Sie darauf hinweisen, daß dies eine Kanzlei ist und kein Vergnügungspark – und auch kein Reservat für Paradiesvögel!«

Wie es Seth erwartet hatte, hielt ihm Treadwell nun einen Vortrag darüber, wie immens wichtig es sei, Arbeiten termingerecht zu erledigen. Am Schluß der Strafpredigt sagte er: »Vergessen Sie nie, Cameron: Wer zuletzt lacht, lacht am besten!«

Dann kam er auf Elena Barton zu sprechen.

»Sie hat sich seit einer Woche nicht mehr gemeldet – auch nicht telefonisch! Wahrscheinlich versucht sie, einen gewissen Jack Christopher dazu zu bewegen, als Zeuge vor Gericht auszusagen. Das war der beste Freund ihres verstorbenen Mannes. Christopher hat angeblich Gerüchte über die X-215A aufgeschnappt. Aber er hat zuviel Angst, um sich öffentlich dazu zu bekennen. Damit dürfte die Angelegenheit beendet sein.«

Zum ersten Mal lächelte Treadwell Seth aufrichtig an und nickte. »Ihr Schweigen ist ein sehr gutes Zeichen.«
»Ja, so sehe ich das auch.«
»Ach, da habe ich noch etwas für Sie, Mr. Cameron! Hier ist die Arbeit, die ich vorhin bei der Konferenz erwähnte. Sie erinnern sich – Harry Coopers Memorandum! Eine ausgezeichnete Arbeit: souverän, präzis und pünktlich abgegeben. Ich weiß, daß Sie mit Cooper befreundet sind. Er hat sicher nichts dagegen, wenn Sie sich diese Arbeit einmal näher ansehen. Sie können etwas davon lernen. Dann bekommen Sie einen Eindruck davon, was wir von unseren Mitarbeitern erwarten.«
Seth blätterte kurz in den zwanzig Seiten. Er weiß es! Dieser niederträchtige Hund weiß es ganz genau, dachte er.
»Ich kenne die Arbeit bereits.« Seth legte sie zurück auf Treadwells Schreibtisch. »Harry ist ein hervorragender Anwalt.«
»Und sehr selbständig«, sagte Treadwell.
»Und sehr zuverlässig«, sagte Seth. »Gibt es sonst noch etwas?«
»Das ist im Augenblick alles. Geben Sie mir sofort Bescheid, wenn Sie etwas von Mrs. Barton hören.«
»Was soll ich tun, wenn sie darauf besteht, daß ich den Fall weiterverfolge?«
»Wenn sie unbedingt klagen will, schicken wir sie zu einem Winkeladvokaten.« Treadwell verzog sein Gesicht. »Kein guter Anwalt läßt sich auf so einen hoffnungslosen Fall ein. Für Sie, Mr. Cameron, ist jedoch eine andere Frage von Bedeutung. Werden Sie in der Lage sein, uns diese Peinlichkeit zu ersparen? Sie wissen, was auf dem Spiel steht?«
»Ich denke schon! Wenn ich Mrs. Barton nicht davon abhalten kann, Klage einzureichen, bin ich entlassen. Darum geht es doch, nicht wahr? Das ist das einzige, was Sie mir wirklich mitteilen wollen!«
»Lassen Sie es mich wissen, sobald Sie von ihr hören.«

• 17 •

ZWEI WOCHEN SPÄTER kam Elena unangemeldet in Seth' Büro.
»Elena, welche Überraschung! Ich habe nicht mit Ihnen gerechnet!«
»Ich habe auch nicht damit gerechnet, daß ich heute hier sein würde. Aber mein Vater bat mich, heute mittag mit ihm essen zu gehen.«
»Traeger? Senator Traeger ist im Haus?«
»Ja, er braucht Spenden für seine Partei.« Elena setzte sich und schlug ihre schlanken Beine übereinander. »Er möchte mit mir zum Essen gehen, was mich sehr erstaunt. Denn wir haben seit Jahren keinen Kontakt mehr. Ich bin neugierig, was er von mir will, doch prinzipiell lege ich keinen Wert darauf, ihn zu sehen. Mir fällt nur keine gute Ausrede ein. Sie sind doch Anwalt. Vielleicht fällt Ihnen etwas Passendes ein!«
Aber sicher, dachte Seth. Wir wäre es denn damit: Ein sexbesessener Anwalt hält dich in einem Hotelzimmer gefangen.
»Fordern Sie mich nicht heraus!« sagte er dann. Er konnte es kaum glauben: Das uralte Spiel hatte zwischen ihnen begonnen. Laß dich nicht darauf ein, Mann! warnte ihn eine innere Stimme.
»Wenn ich gewußt hätte, daß Sie kommen, hätte ich mir die Unterlagen für Ihren Fall kommen lassen. Ich habe einen jungen Mitarbeiter mit den Recherchen beauftragt. Leider ist er heute nicht im Haus, und ich bin nicht ganz auf dem neuesten Stand.« Du brauchst eine Ausrede? Da bist du bei mir richtig!
»Das macht nichts, Seth.« Zum erstenmal sprach sie ihn mit seinem Vornamen an. »Sie können ConSpace ja nicht in zwei Wochen in die Knie zwingen.«
»Das dauert wohl etwas länger.« Seth wußte kaum, was er sagte. Er kämpfte darum, einen klaren Kopf zu bewahren. »Elena, bitte denken Sie daran, daß wir kaum etwas in der Hand

haben. Es wird sehr schwer sein, überhaupt etwas zu unternehmen.«
»Ich weiß, vor welchen Schwierigkeiten wir stehen. Deshalb übergab Tony ja Ihnen den Fall.« Sie stand auf. »Es wird Zeit für meinen Auftritt als Tochter des Senators. Geben Sie mir bitte Bescheid, wenn sich etwas Neues ergibt.«
Seth sprang auf. »Selbstverständlich! Aber das ist, offen gestanden, sehr unwahrscheinlich.«
Sie gab ihm die Hand. Seth spürte ein leichtes Zittern. Mit unsicherer Stimme meinte sie: »Sie halten die Sache für aussichtslos?« Das klang nach Resignation.
»Ja, ich fürchte, wir können nicht viel erreichen.« Seth begleitete sie zur Tür.
»Das einzige, was mir Sam hinterließ, ist sein guter Ruf. Bitte, helfen Sie mir dabei, wenigstens sein Ansehen zu bewahren.«

Als Seth nach der Mittagspause in sein Büro zurückkam, fand er auf seinem Schreibtisch eine Nachricht von Miss Tarkenton. Er solle sofort in Treadwells Büro kommen, Senator Traeger wünsche ihn zu sprechen. Schnell polierte Seth seine Schuhe mit einem Papiertaschentuch und kämmte sich die Haare. Er fühlte sich wie ein Schuljunge, der zum erstenmal den Vater seiner Freundin trifft.
Senator Traeger war ein kleiner, stämmiger Mann. Seth kannte ihn nur von Fernsehauftritten und war erstaunt, daß dieser Mann noch viel unsympathischer war als vor der Kamera. Traeger hatte winzige, verschlagene Augen. Wenn er den Mund zu seinem kalten, künstlichen Lächeln verzog, entblößte er spitze Rattenzähnchen. Er sprach schnell und abgehackt und ließ den sonst so gefürchteten Treadwell kaum zu Wort kommen. Dieser Mensch kann nicht Elenas leiblicher Vater sein, dachte Seth. Kein Wunder, daß Treadwell diesen häßlichen, herrschsüchtigen Gnom verabscheut! Das hatte ihm Harry Cooper vor einiger Zeit erzählt.

»Tony versicherte mir, Sie seien genau der richtige Mann, um meiner Tochter ihre neuesten Flausen auszureden.« Traeger musterte Seth mit seinen Rattenaugen von oben bis unten.
»Ich tue, was ich kann!« Seth sah unsicher zu Treadwell.
»Ausgezeichnet! Was haben Sie Elena gesagt, als sie vorhin bei Ihnen war?«
»Ich ließ sie in dem Glauben, daß wir den Fall prüfen. Ich teilte ihr aber auch mit, daß die Recherchen zwar noch nicht beendet seien, die Sache allerdings ziemlich hoffnungslos aussieht.«
»Und wie wollen Sie weiter vorgehen?«
»Ihre Tochter soll glauben, daß ich mich intensiv um die Angelegenheit kümmere. Ich versicherte ihr, mich mit ihr in Verbindung zu setzen, sobald ich etwas in Erfahrung bringen würde. Es ist wohl das Beste, erst einmal ihr Vertrauen zu gewinnen und sie dann hinzuhalten. Vielleicht verliert sie mit der Zeit das Interesse und läßt die Sache einschlafen.«
»Eine ausgezeichnete Strategie!« Traeger bleckte seine Zähnchen. »Was meinen Sie dazu, Tony?«
Treadwell lehnte sich in seinem Stuhl zurück und legte die Hände vor dem Mund zu einer Pyramide zusammen. Dann sah er Seth in die Augen und sprach sein Urteil: »Ehrlich gesagt, halte ich überhaupt nichts davon, Stan. Er hätte Elena klipp und klar sagen müssen, daß die Recherchen ergebnislos abgeschlossen sind und sie keine Klage einreichen kann. Warum haben Sie das nicht gemacht, Cameron?«
»Aus zwei Gründen! Erstens trauert sie noch zu sehr um ihren verstorbenen Mann. Der Schmerz und die Wut sind noch zu frisch. Sie würde sofort zu einem anderen Anwalt gehen.«
»Na und?« fragte Treadwell.
»Dieser Anwalt könnte ihr … die Wahrheit sagen.«
»Die Wahrheit?« zischte Traeger. »Was meinen Sie damit?«
»Damit komme ich zum zweiten Grund. Es ist zwar schwierig, die rechtlichen Sicherheitsbestimmungen aufzuheben, denn dieses Stealth-Programm unterliegt allerstrengster militärischer

Geheimhaltung. Es ist fast unmöglich, die Absturzursache zu klären. Aber möglicherweise hat Ihre Tochter mit den Vorwürfen gegenüber ConSpace recht.«
Traeger sah erschrocken zu Treadwell. Dieser zuckte nicht mit der Wimper, sondern sah Seth herablassend an. Der fuhr fort: »Die große Schwierigkeit in diesem Fall besteht darin, das Gericht davon zu überzeugen, daß an der Sache etwas faul ist. Gegen ConSpace Klage zu erheben reicht nicht aus, sie könnte leicht bei der Anhörung abgeschmettert werden. Der Fall muß zur Verhandlung zugelassen werden. Wenn die Geschichte vor Geschworenen ausgebreitet wird, ist alles möglich. Das wissen Sie sicher noch aus Ihrer Zeit als Anwalt in dieser Kanzlei, Mr. Traeger. Barton war bereits der dritte Testpilot, der innerhalb eines Jahres mit einer X-215A abstürzte. Obwohl alle drei anerkannt gute Piloten waren, wurde jeder Absturz mit menschlichem Versagen begründet. Das könnte die Geschworenen stutzig machen. Hier in San Francisco gibt es jede Menge ehrgeizige Anwälte, die auf so eine Chance lauern.«
»Das muß verhindert werden! Elenas Psychiater warnte mich davor, wie gefährlich für Elena eine solche Verhandlung wäre. Sie muß den Verlust überwinden und vergessen. Das kann sie aber nicht, wenn sie in der Vergangenheit herumstochert.«
»Ja, ich verstehe, was Sie meinen. Elena scheint über den Tod ihres Mannes nicht hinwegzukommen. Jetzt will sie um jeden Preis seinen guten Ruf wiederherstellen. Es kommt mir vor wie eine Katharsis …«
»Katharsis?« Traeger brüllte vor Lachen. »Ich werfe mein Geld einem berühmten Seelenklempner in den Rachen! Dabei haben wir hier in meiner alten Firma den Experten sitzen.«
Seth war irritiert: »Ich wußte nicht, daß Sie und Ihre Tochter sich so … na ja …«
»Nahestehen? Das ist ja auch nicht der Fall. Elena glaubt, ihr Psychiater werde von der Versicherung bezahlt. Und Sie werden ihr diesen Glauben nicht nehmen. So – lassen wir

dieses Psychogeschwätz. Was machen wir mit unserem Problem?«

»Ich meinte vorhin nur, wenn nichts mehr dazwischenkommt ...«

»Mr. Cameron!« Traeger ging näher an Seth heran und senkte seine Stimme bedrohlich. »Das Leben lehrte mich, daß immer etwas dazwischenkommen kann. Natürlich mache ich mir Sorgen um meine Tochter und ihre Gesundheit. Aber ich hoffe, Sie haben die Tragweite dieses Falles erkannt. Hier geht es um die militärische Sicherheit unserer Nation. Stellen Sie sich vor, einem drittklassigen Anwalt gelingt es tatsächlich, Elenas Vorwürfe gerichtlich prüfen zu lassen – und dann stellt sich heraus, daß die Luftwaffe der USA das Land mit Schrottflugzeugen verteidigen will. Das wäre eine Katastrophe für die Sicherheit unseres Landes!«

Der Senator sprach in vertraulichem Ton weiter. »Unter uns gesagt, junger Mann, Reagans *Star Wars*-Projekt hielt ich immer für blühenden Unsinn. So etwas gibt es nur im Film. Und ich bin – weiß Gott – ein treuer Republikaner! Aber die X-215A gehört zu einem realistischen Projekt. In wenigen Jahren kann die Maschine serienmäßig hergestellt werden. Sie ist wesentlich besser und billiger als der B-2-Bomber. Das Ausland hat auch schon Wind von der Sache bekommen und weiß, wie gefährlich diese Waffe ist. Niemand wird es wagen, uns anzugreifen. Wir Amerikaner haben dann unangefochten die militärische Überlegenheit, Cameron!«

Seth hatte nicht mit so einer heftigen Reaktion gerechnet und wußte auch nicht, was der Senator jetzt von ihm erwartete. Treadwell hingegen versicherte Traeger, daß Seth das Problem erfaßt habe und entsprechend vorgehen werde. Dankbar griff Seth Treadwells Hinweis auf und bestätigte, daß er diese ungeheuer wichtige Angelegenheit wie gewünscht erledigen werde. Er verabschiedete sich hastig.

»Er wird das hinkriegen«, meinte Treadwell. »Was glaubst du?«

»Ich glaube«, sagte Traeger, »er will meine Tochter vögeln.«

Sehr spät an diesem Abend ging Seth ins *Andre's.* Rosie arbeitete seit einiger Zeit als Bedienung in diesem Lokal. Er setzte sich an den Tresen und trank rasch einige Tequilas, Marke Cuervo Gold. Rosie nahm sich etwas Zeit, und Seth erzählte ihr, was vorgefallen war und was er von der seltsamen Geschichte wußte.

»Ich habe den Eindruck, daß du hinter der Sache etwas vermutest.« Rosie sah ihn interessiert an. »Glaubst du, daß diese Frau vor Gericht eine Chance hätte?«

»Wenn man den Fall gründlich vorbereitet, möglicherweise! Aber das kann nur ein Anwalt mit Erfahrung und Mut machen!«

»Jemand wie du, willst du damit sagen?« Da Seth schwieg, fragte Rosie vorsichtig: »Wie ist sie eigentlich? Ich meine – Mrs. Barton?«

»Ach, ganz in Ordnung!« Die Antwort kam zu schnell. Seth bestellte noch einen Tequila und versuchte, Rosie von Elena abzubringen. »Sicher, der Fall ist interessant. Es würde mich reizen, das vor Gericht auszufechten. Das wäre eine echte Herausforderung.«

»Und jetzt kümmerst du dich darum, daß kein anderer an die Sache herankommt und alles totgeschwiegen wird.«

»Meine Güte, Rosie! Du könntest mehr Verständnis aufbringen. Meine ganze Zukunft – *unsere* Zukunft hängt davon ab, ob ich diesen Auftrag … zufriedenstellend … erledigen kann.«

»Oh, entschuldige bitte, wenn ich nicht gleich ein Loblied auf deine Kanzlei singe. Ich finde es eigenartig, was hier vorgeht. Du kannst nur Karriere machen, wenn du einer Klientin eine Klage ausredest, ohne die Sache überhaupt zu untersuchen. Ich begreife die Geschäftsmoral in dieser Stadt nicht. Vielleicht ist das hier ja so üblich. Aber ich weiß genau, daß das nicht zu dir paßt, Seth!«

»Wir müssen doch alle ab und zu eine Rolle spielen, die uns nicht gefällt.«

»Dagegen gibt es nichts einzuwenden, solange man weiß, daß man nur vorübergehend eine Rolle spielt!«

»Kannst du mir bitte dieses mystische Gefasel aus den siebziger Jahren ersparen! Du stellst das so hin, als wäre ich in eine üble Verschwörung hineingeraten.«

Rosies Gesicht drückte aus, daß sie genau das dachte, doch sie sagte: »Das kann ich nicht beurteilen. Aber ich merke, daß du den Schwierigkeiten aus dem Weg gehst. Außerdem führst du jemanden, der dir vertraut, hinters Licht. Du hast deine Fehler, Seth Cameron. Du bist oft stur und aufbrausend, aber man konnte dir bisher vertrauen, weil du die Wahrheit zu schätzen wußtest.«

Seth knallte das leere Glas auf den Tresen. »Vielen Dank für dein Verständnis!«

»Ich habe genau verstanden, was los ist – und das paßt dir nicht!«

Seth warf 20 Dollar auf den Tresen und ging. Er fuhr mit dem Auto auf die andere Seite der Bucht. Im *Stars* trank er noch vier Tequilas. Jeremiah Tower, der Besitzer des Lokals, setzte ihn im Morgengrauen in ein Taxi und schickte ihn nach Hause.

• 18 •

DIE SPANNUNGEN ZWISCHEN Rosie und Seth hielten einige Wochen an, so daß er sich auch zu Hause nicht mehr entspannen konnte. Mittlerweile war es Ende September: Noch knapp drei Monate, bis die Entscheidung über seinen Aufstieg zum Teilhaber fallen würde. Da Seth nichts mehr von Elena gehört hatte und es so schien, als ob er die Barton-Bombe entschärft hätte, faßte er neuen Mut. Treadwell allerdings bürdete ihm mehr Arbeit auf denn je, um ihn doch noch kleinzukriegen. Seth war jetzt für drei untergebene Mitarbeiter verantwortlich und unterstand selbst wiederum drei verschiedenen Vorgesetzten. Er brach vor Arbeit fast zusammen. Die einzige Unterstützung fand er bei fragwürdigen Helfern, die aber auf ihre Art zuverlässig waren: Koffein, Dexatrin und Benzedrin. Seth hatte gelernt, seinen Körper mit diesen Mitteln je nach Bedarf zu steuern, und wurde zunehmend abhängig. Aber so konnte er das gewaltige Arbeitspensum bewältigen, ohne daß die Qualität darunter litt. Seit Rosie ihre Besorgnis geäußert hatte, versteckte Seth die diversen Pillen vor ihr, aber seinen körperlichen Verfall konnte er nicht verbergen. Ihm war häufig übel, und sein Magen schmerzte so heftig, daß er zu fürchten begann, er habe ein Geschwür. Nachts wand er sich oft vor stechenden Schmerzen, und manchmal stöhnte er so laut, daß Rosie davon aufwachte. Sie bat ihn dann immer wieder, endlich zum Arzt zu gehen, und streichelte seine kalte, feuchte Stirn. Nachts sah er auch ein, daß er etwas ändern mußte, aber am nächsten Tag ging es ihm schon wieder viel besser. Tagsüber putschte er sich mit Kaffee und Bennies auf, nachts entspannte er sich mit Alkohol und kleinen roten und gelben Pillen … Seth brach langsam zusammen.

Dazu kamen die Probleme mit seinem Vater. Joe Camerons Pflegerin hatte empört gekündigt, und Seth mußte nach Bakersfield fahren, um eine neue Lösung zu finden. Als er seinen Vater besuchte, sah er ein, daß eine Pflegerin tatsächlich überfordert war. Der Vater mußte in ein Altersheim.

Seth fuhr nach Summercrest. Nach einem ausführlichen Gespräch und einer Kaution von 6000 Dollar hatte Joe Cameron einen Platz im Heim. Doch eine Woche später erhielt Seth ein Fax aus Summercrest. Die Heimleitung teilte mit, daß ein Betreuer verletzt worden war: Joe Cameron hatte – betrunken – eine leere Weinflasche nach dem Mann geschleudert und ihm dadurch eine leichte Gehirnerschütterung und einen beachtlichen Bluterguß zugefügt. In dem Fax wurde allerdings nicht erwähnt, wie es dem widerborstigen Alten gelungen war, eine Flasche Wein zu erstehen und zu leeren.

Seth wurde nahegelegt, seinen Vater in ein anderes Heim zu geben, das für »solche besondere Fälle besser ausgestattet ist«. Die Kaution würde selbstverständlich zurückerstattet.

Also fuhr Seth wieder nach Bakersfield und brachte Joe nach Havenhill – ein Heim, das Joe als Gefängnis mit verschärften Haftbedingungen bezeichnete. Joes Persönlichkeitsspaltung war fortgeschritten, eine Unterhaltung mit ihm wurde immer schwieriger, da sich seine Stimmungen häufig und unvermittelt änderten.
Doc Farley erläuterte Seth die Ergebnisse der letzten Untersuchungen. Joes Gehirntumor konnte nicht operiert werden und wurde immer größer. Das erklärte, warum sein Verstand zeitweise getrübt war. Man konnte den Alten nicht mehr unbeaufsichtigt lassen.
Diese privaten Schwierigkeiten kosteten Seth ungeheuer viel Zeit. Als er schließlich nach San Francisco zurückkehrte, war er mit seiner Arbeit in Verzug geraten. Treadwell merkte das sofort und witterte die Gelegenheit, seine Hetzjagd erfolgreich zu beenden. Er übergab dem völlig erschöpften Opfer noch einen weiteren Fall, den Jerome-Frank-Fall, zur dringenden Erledigung. Seth blieb jetzt auch über Nacht im Büro und arbeitete durch, so gut es ging.
Zwei Tage später erschien Treadwell am frühen Morgen in Seth' Büro. »Nun, Cameron? Wann haben Sie das Memorandum im Jerome-Frank-Fall fertig?« Er sprach wie immer in militärisch knappem Ton mit Seth. Seth hatte gerade seinen ersten Entwurf ins Schreibbüro gebracht, wo es sauber formuliert und abgetippt wurde. Treadwell musterte Seth herablassend. »Übrigens sehen Sie aus wie der Leibhaftige. Hoffentlich haben Sie heute keinen Termin mit einem Klienten.«
»Nein!« Zum Glück hatte ihm Rosie ein frisches Hemd und seine Rasiersachen im Büro vorbeigebracht, als sie ihre Abendschicht bei *Andre's* beendet hatte. Sonst würde er jetzt noch fürchterlicher aussehen. »Ihr Memorandum ist wie vereinbart heute mittag fertig.«
»Haben Sie wieder etwas von Elena Barton gehört?« fragte Treadwell weiter.

»Da muß ich Sie enttäuschen, Mr. Treadwell.« Seth saß an seinem Schreibtisch und fuhr fort, wichtige Stellen in dem Protokoll einer Zeugenaussage mit einem Textmarker anzustreichen. Er sah Treadwell nicht an und sagte beiläufig: »Keinen Ton! Sie hat die Angelegenheit offensichtlich vergessen.« Er konnte es sich nicht verkneifen hinzuzufügen: »So, wie ich es erwartet habe!«
Höhnisch antwortete Treadwell: »Sie kennen sie nicht so gut wie ich, Cameron. Elena Barton bekommt, was sie will. Und sie will diese Verhandlung. Sie wird sich wieder melden, darauf können Sie sich verlassen. Sie gibt nicht auf.«
Seth stand auf und sah seinem Vorgesetzten direkt in die Augen. Er war bleich und am Ende seiner Kraft, aber sein Blick zeugte von ungebrochenem Willen. Treadwell trat unwillkürlich einen Schritt zurück. »Dann, Mr. Treadwell, ist Elena mir sehr ähnlich!« sagte Seth.
Treadwell rang sich ein Lächeln ab und ging zur Tür. »Sie sind ein ungehobelter, aggressiver Rüpel, Cameron. Aber Sie haben eine erstaunliche Ausdauer. Das gestehe ich Ihnen zu.«
»Dann gestehen Sie mir doch um Gottes willen auch eine faire Chance zu!« Seth ging um seinen Schreibtisch herum und trat seinem Vorgesetzten in den Weg. Leichenblaß stand er an der Tür. Er sprach so undeutlich, als würde ihn jetzt auch sein Verstand verlassen. »Ich habe alles gemacht, was Sie von mir verlangt haben – alles!« Er kam Treadwell bedrohlich nahe.
»Was haben Sie vor, Cameron?« fragte Treadwell ruhig. »Wollen Sie mich schlagen?«
Sekundenlang sahen sich die beiden Männer abschätzend in die Augen. Dann drehte Seth resigniert den Kopf zur Seite und keuchte: »Nein, diesen Gefallen werde ich Ihnen nicht tun – Sie niederträchtiger Hund!«
»Eine kluge Entscheidung!« sagte Treadwell. »Wenn Sie es lernen, Ihr Temperament zu zügeln, können Sie vielleicht noch ein ganz guter Anwalt werden – in einer anderen Kanzlei.«

»Da irren Sie sich, Treadwell«, höhnte Seth mit einem irren Lachen. »Ich *bin* bereits ein guter Anwalt, und ich werde nicht zu einer anderen Kanzlei gehen.« Seth legte beide Hände auf Treadwells Schultern und schüttelte ihn leicht. »Ich werde hier bleiben und einer Ihrer Teilhaber werden. Das werden Sie nicht verhindern können!«

Treadwell wand sich aus Seth' Griff. »Nur über meine Leiche!« knurrte er. Dann stieß er Seth zur Seite, riß die Tür auf und stürmte hinaus.

Eine Viertelstunde später kam Allston Addams in Treadwells Büro. Der Präsident kochte immer noch vor Wut und informierte Addams über den Vorfall. Doch Addams konnte seinem Freund und Wohltäter keinen Trost spenden. Nach Lage der Dinge würde Seth – und damit die Gruppe der Verschwörer – wohl gewinnen. »Alle Teilhaber stehen auf seiner Seite, Tony. Und bereits in drei Monaten fällt die Entscheidung. Du kannst das nicht mehr verhindern. Niemand hier heißt es für gut, was du mit Cameron machst. Er hat die schwierigsten Aufgaben gemeistert. Offensichtlich hat er sogar die heikle Geschichte mit Traeger abwenden können. Und er ist immer noch nicht zusammengebrochen – allerdings steht er kurz davor! Tony, bitte, gib diesen sinnlosen Kampf auf.«

»In drei Monaten kann viel passieren«, murmelte Treadwell.

In dieser Nacht machte der Präsident der Kanzlei Überstunden. Als bereits alle nach Hause gegangen waren, ja selbst der gewissenhafteste Anfänger in tiefer Nacht das Gebäude verlassen hatte, brannte in Treadwells Büro noch immer Licht. Am Nachmittag hatte er sich von Barbara Erickson, der Leiterin der EDV-Abteilung, in den Umgang mit Computern einweisen lassen. Bis dahin hatte er diese technischen Neuerungen kaum zur Kenntnis genommen, aber jetzt interessierte er sich für jedes Detail. Er erkundigte sich eingehend nach der Funktion der verschiedenen Geräte und ließ sich bei einigen sogar zeigen, wie man sie bediente. Ihn interessierte alles – von den Programmen für Prozeßrecht bis zu den elektronischen Terminregistern für die Anwälte der Kanzlei. Mrs. Erickson fühlte sich zwar geschmeichelt, aber das plötzliche Interesse irritierte sie auch. »Das gehört einfach zu meinem Führungsstil«, beruhigte sie Treadwell. »Ich muß über alles in der Kanzlei Bescheid wissen.«

Treadwell wartete in dieser Nacht, bis endlich alle gegangen waren. Dann kontrollierte er die Büroetagen. Als er sicher war, daß er sich allein im Büro befand, fuhr er mit dem Lift zur zwanzigsten Etage hinunter. Dort war der Computer untergebracht, in dem alle Termine der Kanzlei gespeichert wurden. Treadwell setzte sich und schaltete den Computer ein. Er versuchte mehrmals vergeblich, ein bestimmtes Programm aufzurufen. Er probierte zehn Minuten lang nach Handbuch verschiedene Möglichkeiten durch. Endlich hatte er es geschafft. Vor ihm auf dem Bildschirm erschien Seth Camerons Terminregister. Treadwell fand den gesuchten Eintrag.

15. 10. 1993: Barton gegen InterContinental Aerospace. Die rechtliche Jahresfrist zur Erhebung der Anklage endet heute.

Treadwell holte einen Zettel aus seiner Jackentasche. Darauf hatte er sich nach der Einweisung durch Barbara Erickson alles für ihn Wichtige notiert. Er markierte die beiden Zeilen auf dem Bildschirm mit dem Cursor. Nun lagen über dem Eintrag schwarze Balken. Treadwell holte tief Luft und drückte die Löschtaste. Das Kontrollfenster erschien und fragte, ob er den Eintrag wirklich löschen wolle. Treadwell klickte auf *OK*. Der Bildschirm war leer, der Eintrag spurlos verschwunden. Nun war es nicht mehr wichtig, ob Elena Barton den Fall weiterverfolgte oder nicht. Seth würde in jedem Fall bald aus der Kanzlei verschwunden sein.

• 19 •

SÜDLICH VON CARMEL erstreckt sich am Ufer des Pazifiks bis Big Sur eine steile Felsenküste von atemberaubender Schönheit. Viele träumen davon, hier zu leben, aber nur die besonders Wohlhabenden können es sich leisten. Etwas abseits von den wildzerklüfteten Klippen liegt Ventana – ein wohlgehütetes Geheimnis Kaliforniens. Es ist ein Versteck für Liebende, jedoch nicht ohne Tücken. Die elegante Hotelanlage ist im rustikalen Stil gehalten und bietet jeden Komfort, aber keine Unterhaltung oder Abwechslung. Hier genießt man die frische Meeresbrise und läßt sich von der Schönheit der Natur betören. Aus den heißen Quellen des Felsgesteins kommt das Wasser für die warmen Swimmingpools, in denen die Gäste nackt und oft ungestört baden können. Im Restaurant werden sie mit ausgezeichneter Küche verwöhnt. Wer also genug Geld verdient hat und sich zudem ein Gespür für Natur und Einsamkeit bewahrt hat, kann hier das Paradies finden. Natürlich muß er sich mit seinem Partner gut verstehen, sonst können die Tage zur Hölle werden. Wer die Stille und die gewaltige Freiheit nicht erträgt, setzt sich in sein Auto und sucht Zuflucht im *Nepenthe.* Das ist ein Restaurant mit einer Bar in der Nähe von Big Sur. Es liegt hoch oben auf einer Klippe, und man blickt vom Fenster aus auf den wilden Pazifik.

Rosie hatte das Wochenende in Ventana schon lange geplant und ließ Seth diesmal einen heiligen Eid schwören, daß nichts dazwischenkommen würde. Sie mußte endlich ungestört mit ihm über ihre Probleme reden. Sie war in San Francisco so unglücklich, daß sie nicht mal mehr träumen konnte, und wollte ernsthaft nach Bakersfield zurück. Ihre Arbeit bei *Andre's* war zwar nicht so anstrengend wie bei *Luchesso's,* und sie wurde hier auch nicht belästigt, aber sie verdiente auch weniger. Mit den anderen Anwaltsgattinnen hatte sie wenig gemein und zog sich so weit wie möglich zurück.

Sie fühlte sich einsam und vermißte Seth, der kaum noch Zeit für sie hatte – sie waren sich in der letzten Zeit fremd geworden. Das Leben in der Stadt machte es offenkundig, wie unterschiedlich sie waren.

Zunächst hatte Seth nach Ausflüchten gesucht. Ventana sei für ein Wochenende zu weit entfernt, und sie dürften Fat Dog nicht mitbringen. Aber zuletzt war er doch einverstanden. Er versprach ihr, sich durch nichts abhalten zu lassen und sich in Ventana Zeit für sie und ihre Probleme zu nehmen. Trotzdem konnte es Rosie kaum glauben, als sie am Freitag nachmittag die Koffer im Auto verstaut hatten und Richtung Süden aufbrachen. Hinter der Golden Gate Bridge fuhren sie auf der kurvenreichen Küstenstraße am Pazifik entlang.

In Carmel machten sie eine Pause und aßen in Clint Eastwoods *Hogsbreath Cafe* zu Abend. Sie bestellten sich Cheeseburger und Bier. Im Garten des Lokals brannte ein offener Kamin, und sie wärmten sich ihre Füße am Feuer. Zum erstenmal seit Wochen lachten sie wieder zusammen. Als sie spätabends in Ventana ankamen, waren sie so müde, daß sie sich sofort im Bett zusammenkuschelten und einschliefen.

Am nächsten Morgen weckte sie das sanfte Licht der Sonne. Es war ungewohnt still. Seth machte Feuer im Kamin, während Rosie Kaffee kochte. Noch vor dem Frühstück gingen sie zum warm temperierten Swimmingpool. Zu ihrer großen Freude waren sie dort allein. Erst planschten sie ausgelassen herum, doch aus der Spielerei wurde schnell gierige Leidenschaft.

Sie genossen die Einsamkeit und liebten sich am Rand der heilenden Thermen.

Dann duschten sie eiskalt und kehrten in ihr Zimmer zurück. Auf dem Teppich vor dem Kamin umarmten sie sich erneut.

Diesmal jedoch waren sie nicht allein. Elena Barton tauchte in Seth' Phantasie auf, und sein Körper spannte sich vor Lust, bis er sich konvulsivisch befreite. Als Seth dann neben Rosie lag, fühlte er sich schuldig.

Später zogen sie sich an und gingen zum Frühstück in die Halle des Hotels. Sechs andere Paare saßen bereits beim Essen. Zwei riesige offene Kamine erwärmten den großen Raum. Es roch süßlich nach brennendem Eichenholz. Rosie und Seth nickten den anderen Gästen freundlich, aber zurückhaltend zu. Wer nach Ventana kommt, möchte seine Ruhe haben und keine Bekanntschaften machen oder sich gar zum Golfspielen verabreden.

Nach dem Frühstück stand ein langer Spaziergang auf dem Programm. Sie entschieden sich für einen Wanderweg, der in die Berge führte. Rosie begann das Gespräch, das ihr so auf dem Herzen lag. Sie erzählte Seth, wie sehr er sich in der Stadt veränderte habe. So verstaubten zum Beispiel seine Cowboystiefel, die er früher so stolz getragen hatte, im Schrank. »Früher hast du immer das getan, was du wolltest. Jetzt bist du verrückt vor Angst und tust nur noch, was die anderen von dir wollen.«

»Manchmal muß man sich eben fügen, damit man ans Ziel kommt. Das nennt man Kompromisse schließen. Man muß sich einer neuen Umgebung anpassen, um zu überleben. Du könntest das ruhig auch mal probieren.«

Ein schlechter Anfang für ein ernstes Gespräch!

»Du erinnerst dich sicher, daß ich dich bat, dich dezenter anzuziehen, wenn wir zu M & M-Veranstaltungen eingeladen sind. Vor einem Monat warst du beim Tee der Ehefrauen. Trish erzählte Harry, daß du dort im Minirock aufgetaucht bist.«

»Das war *kein* Minirock!«

»Na ja, so wie Harry mir das schilderte, muß das ausgesehen haben, als hättest du dir etwas Farbe auf den nackten Körper gesprüht. Und dazu mußtest du auch noch diesen scheußlichen Pullover tragen, den ich so hasse.«

»Er ist schön bunt. Darin fühle ich mich wohl!«

»Der ist nicht bunt, sondern schockfarben. Er leuchtet noch im Dunkeln!«

»Früher hat dich das nicht gestört. Du hast immer zu mir gesagt, ich solle zeigen, was ich habe. Du warst stolz auf mich und hast dich meinetwegen nicht geschämt.«

Seth schwieg betreten.

»Verstehst du, was ich meine?« fragte Rosie. »In letzter Zeit bin ich entweder Luft für dich, oder du kritisierst an mir herum. Ich kann das nicht mehr länger aushalten.«

»Es tut mir leid!« sagte Seth.

Rosie ging darauf nicht ein. Sie kam nun auf Seth' Gesundheit zu sprechen. »Dieser Treadwell bringt dich langsam, aber sicher um, Seth. Ich habe letzte Woche wieder eine Schachtel mit deinen roten Pillen gefunden. Du nimmst sie also heimlich weiter. Was sind das für Pillen? Paßt du dich so deiner neuen Umgebung an? Durch Drogen?«

»Das ist nur Benzedrin. Ich kann nicht dauernd Kaffee trinken. Außerdem vertrage ich das Koffein nicht. Ich bekomme davon Magenschmerzen.«

»Amphetamine schaden deinem Magen noch viel mehr!«

»Vielen Dank, Doktor Edel! Aber wenn wir schon bei dem Thema sind – wieso rauchst du dann ständig dein Marihuana? Warum hörst du denn nicht damit auf? Habe ich deswegen je an dir rumgemeckert? Aber jetzt wirst du wahrscheinlich behaupten, daß das Paffen zu euren religiösen Riten gehört.«

Rosie wurde nur sehr selten zornig, doch nun war sie rot vor Wut. Wie konnte Seth es wagen, derart abfällig über ihre indianische Herkunft zu sprechen! »Du gemeiner Hund!« zischte sie und ballte die Fäuste. »Ich erkenne dich nicht wieder!«

»Sieh mal an! Es macht dir auch keinen Spaß, kritisiert zu werden.« Seth fuhr sich durchs Haar. »Wie wäre es denn mit ein bißchen Toleranz?«

Die Aggressionen waren nun so heftig geworden, daß sich beide in ein eisiges Schweigen zurückzogen. Sie wanderten eine Weile wortlos nebeneinanderher. Verlegen traten sie gegen kleine Steine oder Grasbüschel und wußten nicht, wie sie mit ihren Gefühlen umgehen sollten.

Schließlich lenkte Rosie ein und schlug vor, noch mal den Versuch zu machen, miteinander zu reden. Seth nahm sie an der Hand, und sie bogen auf einen neuen Weg ein. Der schmale Pfad war mit Piniennadeln bedeckt und wand sich den Berg hinauf. Tief unter ihnen plätscherte ein kleiner Bach. Rosie hatte sich wieder etwas beruhigt und besann sich darauf, was sie eigentlich mit diesem Gespräch erreichen wollte: eine klare Aussage von Seth über ihre gemeinsame Zukunft. Sie wünschte sich ein eigenes Haus und eines Tages auch ein Kind. Nun fragte sie Seth, wie er sich die Zukunft vorstelle. Hatte er nicht die Schlacht gegen Treadwell gewonnen und würde Teilhaber werden? Wie sollte es dann weitergehen?

Als sie zu einem großen Felsen kamen, machten sie Rast auf dem warmen, von Zeit und Wetter glatt geschliffenen Steinen. Durch die hohen Pinien schimmerte von fern der Pazifik, und über ihnen wölbte sich ein wolkenlos blauer Himmel. Seth hatte sich so daran gewöhnt, in der Gegenwart zu leben, daß er sich nicht vorstellen konnte, wie er in fünf, zehn oder gar zwanzig Jahren leben wollte. Er fühlte sich ausgelaugt – unfähig, auf Rosies Offenheit einzugehen. Aber er wußte auch, daß ihr eine ehrliche Antwort zustand.

Seth stand auf, bückte sich und hob einen Stein auf. Er schleuderte ihn weit in den Pinienhain hinein. Dann setzte er sich wieder neben Rosie. »Ich weiß nicht, was ich dir sagen soll, Rosie. Ich wollte eigentlich nie seßhaft werden. Das muß ich erst einmal verdauen.«

»Deshalb sind wir ja hier, Seth. Für dich mag es überraschend kommen, aber ich denke schon seit drei Jahren darüber nach. Jetzt möchte ich wissen, wo du stehst – ob es eine gemeinsame Zukunft für uns gibt.«

Seth erhob sich und ging nachdenklich auf und auf. Seine Hände hatte er tief in die Hosentaschen vergraben. »Ich verstehe dich, Liebling. Gib mir bitte ein, zwei Stunden Zeit, darüber

nachzudenken. Du verlangst von mir, daß ich an einem Wochenende über unser gesamtes Leben entscheide.«
»Es ist noch mehr als das!« Rosie nahm Seth am Arm und drehte ihn zu sich um. »Ich verlange von Seth Cameron, daß er zum erstenmal in seinem Leben zu seinen Gefühlen steht und eine private Verpflichtung eingeht.«
Seth wollte allein sein und fand einen Pfad, der sich in nördlicher Richtung den Berg hinaufwand. In der Tiefe konnte er die Küstenstraße erkennen, dahinter dehnte sich der endlose Pazifik. Seth kam durch einen dichten Wald aus Pinien und Eichen, in dem Krähen schimpften und Elstern zeterten.
Schließlich beschleunigte er seinen Schritt, er wollte aus dem Wald hinaus – dorthin, wo er einen freien Blick auf den Ozean hatte. Dadurch geriet er außer Atem. Endlich stand Seth auf einer lichten Anhöhe. Vor ihm lag die unendliche Weite des Pazifiks. Er setzte sich auf einen umgefallenen Baumstamm und überließ sich seinen Gefühlen. Die stechenden Magenschmerzen, die ihn zuvor beim Streit überfallen hatten, waren abgeklungen, aber Rosie hatte recht: Er war in einer furchtbaren körperlichen Verfassung. Sie hatte sicher auch in anderen Dingen recht. Aber ihm war nicht ganz klar, warum ihre Beziehung nicht mehr stimmte. Rosie spürte, daß er sich zurückzog. Glaubte sie wirklich, das liege nur an der beruflichen Überforderung. Oder merkte sie, daß er Elena nicht vergessen konnte? Er wußte, daß der Gedanke an Elena gefährlich war, doch er konnte es nicht verhindern, daß er sich nach ihr sehnte – sie begehrte. Sie wirkte verlockend wie eine verbotene Frucht, die für ihn schädlich war. Schädlich? Eine Frau wie Elena würde ihm in der Kanzlei ungeahnte Vorteile bringen! Was denke ich denn da? Kann Rosie, die Hellseherin, meine Gedanken lesen? Seit einem Jahr hatte sie ihm keinen Traum mehr erzählt. Gott sei Dank! Der letzte war ein Alptraum gewesen – ein Mord! Töte ich die Träume in ihr – genauso wie ich ihre Wünsche und Hoffnungen zerstöre?

Seth ließ seinen Blick über den Ozean schweifen und suchte am Horizont nach einem Halt. Aber natürlich gab ihm das Meer keine Antwort.

Am nächsten Montag begann für Seth nicht einfach eine neue Woche: Mit etwas Glück lag vor ihm der letzte Monat als angestellter Anwalt bei M & M.

Er hatte sich am Wochenende in Ventana nicht entscheiden können. Rosie war zu einem neuen Kompromiß bereit gewesen. Dazu hatten nicht unwesentlich die ruhige Atmosphäre und Seth' neu erwachte zärtliche Bedürfnisse beigetragen. Am Sonntag nachmittag hatte ihm Rosie noch eine Gnadenfrist von vier Monaten gewährt. Er sollte nach der Ernennung zum Teilhaber zur Ruhe kommen können, bevor er diese wichtige Entscheidung traf.

Obwohl Rosie nie von Heirat gesprochen hatte, war es beiden klar, daß es im Grunde darum ging. Seth' Leben und Ziele hatten sich grundlegend geändert, und Rosie wollte darin einen festen Platz. Sonst würde sie nach Bakersfield zurückkehren.

Dankbar war Seth auf den Kompromiß eingegangen, hatte selbst aber auch einige Bedingungen gestellt. Rosie sollte sich darum bemühen, sich den gesellschaftlichen Gepflogenheiten und Anforderungen der Kanzlei anzupassen. Außerdem sollte sie Seth dabei helfen, neue Klienten zu akquirieren und seine Klientel zu betreuen.

Nach heftigen Wortgefechten hatte Rosie nachgegeben und versprochen, sich dem strengen Diktat der M & M-Kleiderordnung zu fügen. Sie hatte sich sogar bereit erklärt, sich am Marin Community College für Januar zu Kursen anzumelden.

Seth hatte zugegeben, daß er von den Pillen abhängig geworden war. Er machte das auch dafür verantwortlich, daß sein Leben so außer Kontrolle geraten war. Doch im Augenblick konnte er nichts daran ändern. Das mußte er noch einen Monat aufschieben. Als Zeichen dafür, daß nun ein neues Leben anfangen sollte, schlief er am Montag morgen bis sechs Uhr. Die erste Tat in seinem Büro war ebenfalls symbolisch: Er riß die Seite mit Elena Bartons Telefonnummer aus seinem Adreßbuch. Aus seinem beruflichen Leben war Elena offenbar bereits verschwunden. Jetzt wollte er sie auch aus seinen Wunschträumen verbannen.

Doch am späten Nachmittag erschien Elena Barton in seinem Büro. Monatelang hatte sie sich nicht mehr gemeldet, und jetzt wollte sie plötzlich wissen, wie Seth mit dem Fall vorankam. Seth glaubte, den Boden unter den Füßen zu verlieren, doch er bewahrte Haltung. Sachlich teilte er ihr mit, daß er nichts unternommen habe in der Annahme, daß sie das Interesse an dem Fall verloren habe. Elena war sichtlich enttäuscht und verärgert. Sie hatte sich lediglich deshalb nicht weiter um den juristischen Kleinkram gekümmert, weil ihr Psychiater dringend davon abgeraten hatte.

»Aber es gibt noch einen Grund, warum ich heute hier bin!« Sie lehnte sich zurück und lächelte Seth entspannt an. »Gestern ging mein Trauerjahr zu Ende, und ich möchte meinen Anwalt gern zu einem Drink einladen.«

Seth durchlebte ein Wechselbad der Gefühle. Die erste freudige Überraschung war zunächst einer Enttäuschung gewichen, dann durchströmte ihn heftiges Begehren. Doch plötzlich verstand er, daß ihre Worte noch etwas anderes bedeuteten: *ein Jahr*! Ihn überfiel das blanke Entsetzen! Sein Herz klopfte wie wild, und er begann zu zittern. Seth zwang sich dazu, ruhig zu atmen und sich nichts anmerken zu lassen. Automatisch führte er die Unterhaltung mit Elena weiter und ging scheinbar gelassen zum Aktenschrank. Er nahm die Akte Barton heraus und überprüfte den Todestag. Elena hatte recht: Gestern vor einem Jahr, am 15. Oktober 1992, war der Unfall geschehen. Ein flüchtiger Blick auf den Kalender bestätigte seine schlimmsten Befürchtungen: Die Jahresfrist war gestern abgelaufen – Elena Barton konnte nicht mehr Klage erheben!

Hektisch stürzte er zu seinem Schreibtisch zurück. Er war sich kaum mehr bewußt, daß Elena noch im Raum war. Fieberhaft suchte sein Blick den Tisch ab, dann begann Seth, in den Papieren zu wühlen. Endlich fand er, was er gesucht hatte: den Ausdruck vom Hauptcomputer mit den wichtigen Terminen dieser Woche. Er kontrollierte die gestrigen Hinweise.
Es gab keinen Hinweis auf den Fall Barton gegen InterContinental Aerospace.
Elenas Anwesenheit hatte er nun völlig vergessen. Er schnappte sich die Barton-Akte noch einmal – vielleicht hatte er in der Aufregung das Datum falsch gelesen. 15. Oktober 1992, kein Irrtum möglich! Seth sank in seinem Stuhl zusammen. Ein Rätsel! Warum steht das Datum nicht auf meinem Computerausdruck? Habe ich es damals nicht in den Computer eingegeben? Hatte mich Elena damals so verwirrt, daß ich das vergaß? Oder hat es meine Sekretärin versäumt? Habe ich mir das Datum falsch notiert und später auch falsch eingegeben? Das kann nicht sein. Das Datum ist überhaupt nicht im Computer gespeichert? Es gibt keinen einzigen Hinweis auf den Fall!
»Seth?« Aus weiter Ferne drang Elenas Stimme zu ihm vor. »Ist etwas nicht in Ordnung?«
Seth' Mund war trocken. Verzweifelt versuchte er sich einzureden, daß es vielleicht doch noch eine Möglichkeit gab. Kann es sein, daß es bei Verjährung einen Tag Spielraum gibt – einen Bearbeitungsspielraum für die EDV? Wenn das der Fall ist, kann ich heute noch den Antrag stellen. Zum Teufel mit dem Hauptcomputer!
Seth lächelte Elena gezwungen an und sah auf seine Uhr. »Entschuldigen Sie bitte! Mir ist gerade etwas furchtbar Wichtiges eingefallen. Das muß ich unbedingt erledigen. Ich habe ja nicht mit Ihnen gerechnet. Könnten wir uns in einer Stunde verabreden? Vielleicht können Sie inzwischen einen Einkaufsbummel machen und in zwei Stunden wieder in mein Büro kommen?«

»Nur zu gerne! Das einzige Problem dabei ist, daß ich beim Einkaufen die Zeit vergesse. Wenn ich also nicht pünktlich wieder hier bin, geben Sie bitte bei der Polizei eine Vermißtenanzeige auf.«

Seth begleitete Elena zum Lift im Flur. Sobald sie verschwunden war, stürzte er zurück ins Büro. Sein erster Gedanke war, sich von seiner Sekretärin ein Formular für eine Produkthaftungsklage ausfüllen zu lassen. Nein, das muß ich ohne Mitwisser machen. In diesem Fall kann ich niemandem trauen. Statt dessen rief Seth beim zuständigen Gericht an und forderte umgehend einen Boten an, der die Klage dem Gericht noch am selben Tag zustellen sollte. Dann rannte er die Treppe hinunter zur Bibliothek der Kanzlei, die zwei Stockwerke tiefer lag. Dort suchte er in den Formularen nach einer Gefährdungshaftungsklage im Falle fahrlässiger Tötung und füllte den Antrag aus. In der Rubrik »Anwalt der Anklage« setzte er seinen eigenen Namen ein. Die Kanzlei erwähnte er nicht, um ihr mögliche Peinlichkeiten zu ersparen, wenn die Klage wegen Verjährung abgewiesen werden sollte. Das Formular steckte er, zusammen mit der Antragsgebühr, in ein Kuvert, verschloß es und gab es bei der Rezeption für den Gerichtsboten ab. Jetzt mußte er die Rechtslage prüfen. Er hetzte zurück zur Bibliothek.

Dort ging er zielsicher durch die Bücherregale und holte sich die kommentierte Ausgabe der Zivilprozeßordnung des Bundesstaates Kalifornien. Nervös blätterte er darin herum, bis er die richtige Seite gefunden hatte. In seiner Hektik riß er sie aus Versehen heraus.

Kauderwelsch! Völlig unverständliches bürokratisches Gefasel! Gottverdammtes Juristenkauderwelsch! Fünf frustrierende Minuten lang vertiefte er sich in die Zivilprozeßordnung und in die allgemeine Rechtsordnung. Dann wußte er es: Die Frist war gestern, am 15. Oktober, abgelaufen. Elenas Recht, Klage zu erheben, war erloschen – unabänderlich! Sein Traum, bei Miller

& McGrath Teilhaber zu werden, war ausgeträumt! Aus und vorbei. Keine Kanzlei auf der ganzen Welt würde ihn mehr nehmen.

»Sind Sie sicher?« Elena lächelte ungläubig.
»Elena, es tut mir aufrichtig leid! Ich mache keine Scherze: Ihr Fall ist verjährt.«
»Aber da *muß* sich doch etwas machen lassen. Gesetze können nicht so gnadenlos hart sein!«
Seth konnte ihr nicht in die Augen sehen. »Gesetze müssen gnadenlos hart sein und eingehalten werden, Elena, sonst funktioniert das System nicht. Es ist mein Verschulden. Es ist ebenso unverzeihlich wie unabänderlich. Ihnen bleibt jetzt nur noch die Möglichkeit, die Kanzlei zu verklagen. Dagegen ist die Kanzlei natürlich versichert. Am besten wenden Sie sich dafür an einen unabhängigen Rechtsanwalt. Einen *richtigen* Rechtsanwalt!« Bitter starrte Seth auf die Papiere auf seinem Schreibtisch. Dann packte ihn die Wut, und er fegte alles mit einer schwungvollen Armbewegung zu Boden: Stifte, Dokumente, Papierbeschwerer und eine Schreibtischuhr. Dann trat er so heftig gegen seinen Stuhl, daß dieser gegen die Wand knallte. Wortlos ging er zum Fenster, starrte hinaus.
Elena hatte Seth' Ausbruch von Zerstörungswut und Selbstbestrafung fassungslos beobachtet. Nun begann sie, leise vor sich hin zu weinen. Sie schluchzte zart wie ein kleines Kind. Seth wollte sich umdrehen, sie in seine Arme nehmen und sie um Verzeihung bitten – sein Leben in ihre Hände legen.
Doch er konnte es nicht ertragen, ihr Gesicht zu sehen.
Schließlich stand Elena auf und ging zur Tür. »Ich werde Sie morgen früh anrufen.« Leise schloß sie die Tür.

• 20 •

AM NÄCHSTEN MORGEN rief jedoch nicht Elena an, sondern Treadwell, der Seth umgehend zu sprechen wünschte. Als Seth in sein Büro kam, waren bereits Treadwell, Elena und Allston Addams versammelt. Elena wirkte so düster und entschlossen wie am ersten Tag. Sie trug ein dunkles Kleid, das ihr bis zu den Waden reichte, dazu einen passenden grauen Schal und einen grauen Hut. Allston Addams war wohl als Zeuge der Exekution geladen.

»Elena – Mrs. Barton – hat mir von Ihrem Pflichtversäumnis berichtet, Cameron. Sie beabsichtigt, ihr Recht wahrzunehmen und die Kanzlei zu verklagen. Sie sieht darin die einzige Möglichkeit, vielleicht doch noch ihr Ziel zu erreichen. Unter den gegebenen Umständen kann ich ihr kaum davon abraten. Haben Sie etwas zu Ihrer Verteidigung vorzutragen?«

Seth sah kurz zu Elena hinüber, doch sie starrte auf den Boden.

»Nichts!« sagte Seth.

»Gut!« Militärisch kurz war das Vergehen geklärt worden. Etwas freundlicher wandte sich Treadwell jetzt an Elena: »Würdest du uns bitte allein lassen. Ich rufe dich später zu Hause an.«

Sobald Elena das Büro verlassen hatte, begann Treadwell seine Tirade. »Seit Sie bei uns sind, machen Sie nichts als Ärger, Cameron. Trotzdem habe ich Ihnen immer wieder die Chance geboten zu zeigen, was Sie können. Aber …«

»Ersparen Sie mir Ihre Strafpredigt, Mr. Treadwell!« Seth stand auf. »Ich werde gehen.«

»Cameron, Cameron«, sagte Treadwell, »Sie sind so durchschaubar!« Doch Seth war bereits gegangen.

Auf dem Weg zu seinem Büro traf er Elena. Sie wartete an der Rezeption auf den Aufzug.

»Elena, es tut mir wirklich sehr leid. Ich würde gerne mit Ihnen darüber sprechen – zu einem späteren Zeitpunkt selbstverständlich.«

Der Aufzug öffnete sich. »Es gibt absolut nichts, was Sie noch sagen oder tun könnten.« Sie betrat den Aufzug. Seth versuchte vergeblich, sie am Arm festzuhalten.
Dann hielt er die Aufzugstür fest, damit sie sich nicht schließen konnte. »Elena, bitte! Ich weiß, daß ich verantwortlich bin, aber ich möchte Ihnen erklären, wie es dazu gekommen ist.«
Elena schwieg.
»Um Himmels willen, Elena! Hören Sie mich an! Ich habe dadurch *alles* verloren!«
Elenas Augen funkelten ihn wütend an. »Sie wagen es, mir gegenüber davon zu sprechen, daß Sie einen Verlust erlitten haben? Gestern vor einem Jahr überbrachte mir ein Freund die Nachricht vom Tod meines Mannes. Gestern erfahre ich von Ihnen, daß die Ehre meines Mannes für immer verloren ist. Geben Sie den Aufzug frei!«
Seth wußte nicht, was er darauf antworten sollte. Die Tür schloß sich.
In Seth' Büro wartete bereits ein junger Mann mit Umzugskartons. »Ich soll Ihnen beim Packen helfen!« Er sprach so leise und bedeutungsvoll wie ein Priester, der die Letzte Ölung vornehmen soll. Der Bursche hat darin Erfahrung, dachte Seth. Ich bin nicht der erste.
Zwanzig Minuten später waren sie fertig. Auf dem Weg zum Lift hörte Seth hastige Schritte hinter sich. Als er sich umdrehte, sah er Harry Cooper kommen.
»Um Gottes willen, Seth! Gerade habe ich es erfahren. Das ist ja entsetzlich!«
»Ja, Harry, das ist entsetzlich!«
»Heute abend rufe ich dich an. Kann ich dir irgendwie helfen?«
Seth schüttelte nur den Kopf. »Wir können uns alle nur selbst helfen, Harry!« Sie schüttelten einander freundschaftlich die Hände, dann sagte Seth: »Ich drücke dir die Daumen, daß du es schaffst, Harry!« Seth fuhr mit dem Lift nach unten, und Harry blieb allein zurück, traurig und verloren.

DRITTER TEIL

• 21 •

EIN HOHER SCHRILLER Ton vibrierte in seinem Kopf. Unaufhörlich bohrte sich dieser Ton durch das dumpfe Nichts, das sein Gehirn umgab. Der Druck hinter seinen Augen schwoll an bis zur Unerträglichkeit. Aber Seth konnte das Schrillen nicht abstellen, ja er wußte nicht einmal, woher es kam. Das konnte nur ein schlechter Traum sein.

Jetzt gab es eine Explosion – ganz in seiner Nähe! Hatte jemand eine Tür zugeschlagen? Waren das Schritte?

»Seth! Wach auf!«

Zum Glück hörte das Schrillen jetzt auf, aber sein Kopf dröhnte immer noch. Jemand schüttelte ihn heftig. Allmählich kam er zu sich.

Rosies Stimme drang wie aus weiter Ferne zu ihm. »Hast du das Telefon nicht gehört, Seth? Leviticus Heywood ist am Apparat. Er sagt, er habe für dich als Privatdetektiv gearbeitet – damals im Tick-Fall und bei M & M.«

Seth murmelte, daß er mit niemandem sprechen wolle – höchstens mit einem Arzt.

»Es ist aber dringend!«

Seth spürte, daß Rosie ihn grob bei den Beinen packte und ihn mit einem Ruck aus dem Bett zerren wollte. Gezwungenermaßen setzte er sich auf und fühlte den kalten Hartholzfußboden unter seinen nackten Füßen. Ihm tat alles weh. Wenigstens war er noch am Leben. Das tröstete ihn – denn trotz allem hing er am Leben. Er hatte nur vom Lebenskampf die Nase voll. Er

wollte nichts mehr wissen von Telefonen, Klienten, Terminen, Fristen und Computern! Oder Versäumnissen!
Rosie drückte ihm den Telefonhörer in die Hand.
»Jaaa«, nuschelte er heiser.
»Bist du krank, Cowboy? Das klingt ja furchtbar!«
»Nichts Ernsthaftes, Lev! Was ist los?«
»Hör zu! Ich arbeite in San Francisco unter anderem für eine Anwältin. Sie ist recht gut. Ich mache für sie die Ermittlungen bei Scheidungen und Schadensersatzklagen. Na ja – sie sucht einen Mitarbeiter, einen Anwalt. Bist du daran interessiert?«
Seth massierte seine Schläfen und nahm automatisch die Tasse Kaffee, die ihm Rosie hinhielt. Er konnte sich beim besten Willen nicht daran erinnern, wo er gestern nacht gewesen und wie er nach Hause gekommen war. Sein Kinn schmerzte, die Haut an seinen Händen war abgeschürft, und seine Fingergelenke waren blau angeschwollen.
»Ich rufe dich in ein paar Minuten zurück, Lev. Ich muß erst mal zu mir kommen.«
Seth legte auf und teilte Rosie mit, daß Leviticus Heywood am Apparat gewesen sei. Kühl erwiderte Rosie, daß sie ihm das bereits gesagt habe. In ihrem Gesicht war nicht die Andeutung eines Lächelns zu erkennen.
»Es riecht nach Kaffee!« Seth' Lebensgeister regten sich.
»Du hast die Tasse schon in der Hand!« Rosie fixierte Seth kühl und meinte dann: »Du wolltest dich doch in San Francisco nicht weiter nach einer Stelle umsehen. In den letzten fünf Wochen wurden dir vierzehn Bewerbungen abgelehnt. Das hat dir doch gereicht! Du sagtest, du seist hier ein Piranha geworden.«
»Ein Paria!«
»Ach so, na ja – ein toter Fisch eben! Sie brauchen sich nur deine Referenzen anzusehen, und es ist aus.«
»Alle Wege führen zu Treadwell.«
Seth nippte vorsichtig am heißen Kaffee. Sein Kreislauf kam all-

mählich wieder in Schwung. »Ist das jetzt wirklich schon fünf Wochen her?«
»Fünf Wochen und drei Tage!« Rosie strich das Laken glatt, während Seth unsicher am Bettrand saß und ihr benommen zusah. »Allerdings hast du die meiste Zeit im Bett verbracht oder dich in Kneipen herumgetrieben. Wenn du ausnahmsweise mal bei Bewußtsein bist, läuft der Fernseher.«
Seth wankte zur Spüle in der Küche und spritzte sich kaltes Wasser ins Gesicht.
»Du siehst furchtbar aus«, stellte Rosie nüchtern fest. »Du hast dich garantiert geprügelt und verloren. So siehst du aus.«
Seth konnte sich an keine Schlägerei erinnern, aber Rosies Vermutungen klangen zutreffend.
»Was will dieser Leviticus von dir?«
Im Küchenfenster konnte Seth sein zerschundenes Gesicht erkennen. Er sah wirklich furchtbar aus. Er versuchte, wenigstens seine zerzausten Haare glatt zu streichen. Dann rettete er sich auf einen Küchenstuhl, um nicht zu kollabieren.
»Ich weiß, was du von mir erwartest, Rosie. Aber ich muß dich enttäuschen. Ich kann noch nicht nach Bakersfield zurückkehren – ich bin hier noch nicht fertig.«
Rosies scharfer Blick drang ihm bis ins Mark. Sie öffnete die Verandatür, die auf den hinteren Garten hinausging. »Dein Frühstück steht auf dem Tisch.« Als sie gegangen war, schwang die Tür noch eine Weile hin und her. Seth stützte seinen schweren Kopf in die Hände und fühlte sich unendlich einsam.

»Reden wir nicht lange um den heißen Brei herum!« Allyn Friedlander schien große Umstände nicht zu lieben. »Leviticus hat mir berichtet, wie übel es Ihnen bei den vornehmen Herren in der Montgomery Street ergangen ist.«
Seth, der eben vorgestellt worden war, nickte nur schweigend.
»Aber er versicherte mir auch, daß Sie ein zäher Bursche sind. Sie waren vier Jahre lang Profi-Footballspieler.«

»Genau drei Spielzeiten lang!«

»Lev sagt, Sie waren kräftig und zäh, aber zu klein.«

Lev schüttelte protestierend den Kopf. »Er war zu langsam. Der Junge hatte geradezu Kinderlähmung!«

»Wenn Sie es genau wissen wollen – ich war zu klein *und* zu langsam.«

Allyn brach in ein meckerndes Gelächter aus. »Wenn Sie das drei Spielzeiten lang überlebt haben, sind Sie eine echte Kämpfernatur.«

»Er läßt Jack Tatum alt aussehen«, fuhr Lev mit dem Lobgesang fort. »Aber Sie wissen ja, wie es Kämpfern ergeht. Dieser Bursche hier hat so viele Schläge auf seinen Kopf bekommen, daß er rechts und links nicht mehr unterscheiden konnte. Ihm blieb gar nichts anderes übrig, als aufzuhören und Anwalt zu werden.«

Seth amüsierte es, daß Lev ihn so unverschämt anpries. Aber es zeigte ihm auch, was Allyn Friedlander von ihrem Mitarbeiter erwartete: Mut und Ausdauer! Er blinzelte Allyn zu. »Jedenfalls konnte ich noch aufrecht stehen.«

»Gut, meine Herren. Kommen wir zum Geschäftlichen.« Allyn Friedlander war eine imposante Erscheinung. Sie war gut einsachtzig groß und bestimmt hundertachtzig Pfund schwer. Ihr Kinn ging in mehreren Schichten in den Hals über. Auf ihrem Busen wogte eine indianische Kette aus türkisfarbenen Kürbisblüten. Ihre Hände waren unförmig, und an jedem ihrer dicken Finger glänzte ein Ring. Es mußte sie jeden Morgen einige Zeit und Mühe kosten, sich so herzurichten. Sie rauchte ununterbrochen Zigarren. Sie war ruppig und bärbeißig. Aber ihr Lachen war umwerfend und kam überraschend; sie selbst schien jedesmal darüber erstaunt. Und ihre Augen strahlten heller als ihre Klunker.

Seth fand sie sofort sympathisch. Doch sein Magen rebellierte heftig gegen die dunklen Rauchschwaden, die sie ihm mit ihrer Zigarre unablässig ins Gesicht wedelte. Da er seinen Kummer

in letzter Zeit mit reichlich Tequila heruntergespült hatte, war er gegen solche Angriffe im Moment empfindlich. Doch er wagte es nicht, den Rauch von seiner Nase wegzufächeln, denn sein Selbstbewußtsein hatte großen Schaden genommen. Die einfachsten Handlungen kosteten ihn Überwindung, weil er sich einfach nichts mehr zutraute. In den Bus zu steigen war bereits eine Mutprobe. (Seinen Porsche hatte er bei einem Autohändler zum Verkauf ausgestellt.)
Seth dachte an das Gespräch, das er gestern mit Lev über Allyn Friedlander geführt hatte.
»Ich habe sie kennengelernt, als ich noch bei der Polizei arbeitete. Ich machte mich dann als Privatdetektiv selbständig und übernahm für sie Ermittlungen und Beschattungen. Sie ist Kettenraucherin, sie braucht das Nikotin wohl zum Atmen. Zum Frühstück kaut sie ihre Fingernägel und spült sie dann mit starkem Mokka herunter.«
»Wie charmant!«
»Sie will unbedingt den großen Fisch an Land ziehen – endlich Erfolg haben. Aber ihr bleiben nur die kleinen Fälle – die typische Klientel der Mission Street: Sie übernimmt Scheidungen, verteidigt kleine Drogenhändler oder Leute, die wegen Trunkenheit am Steuer verklagt worden sind. Man muß es nur schaffen, die zwei Stockwerke zu ihrem Büro hochzukommen.« Lev fügte unnötigerweise hinzu: »Es gibt nämlich keinen Aufzug.«
»Klingt hinreißend. Kannst du mir einen Grund nennen, warum ich für sie arbeiten soll?«
»Ich glaube, dafür gibt es drei gute Gründe. Erstens hat sie jede Menge auf dem Kasten – sie ist blitzgescheit und raffiniert. Sie kommt aus New York. Von ihr kann selbst so ein Edelcowboy wie du noch etwas lernen, wenn er Augen und Ohren offenhält. Zweitens war sie eine der ersten Frauen, die sich in diesem Beruf durchgesetzt hatten – lange bevor die Emanzipation die Wege geebnet hatte. Sie hat Kraft und Mut, aber auch ein großes Herz. Jedenfalls traue ich es ihr zu, daß sie ...«

»... einem Stümper, den kein Mensch mehr haben will, noch eine Chance gibt?«
Lev zuckte mit den Schultern. »Suchst du nun Arbeit oder nicht?«
»Verdammt, Lev! Das weißt du ganz genau!«
»Das ist der dritte Grund!«

»Also«, dröhnte Allyn Friedlander, nachdem Lev sich eilig verabschiedet hatte, da er mit seiner Frau verabredet war. »Menschen machen Fehler – das ist nun mal so! Aber wir Anwälte können unsere Fehler nur schlecht verstecken. Wenn ein Architekt Mist baut, merkt man das erst viel später. Und ein Arzt begräbt sein Opfer einfach in der Erde.« Ihre Zigarre war so weit abgebrannt, daß die Asche herunterzufallen drohte. Allyn klopfte sie resolut in den Aschenbecher. »Ich will damit sagen, daß mich ein dunkler Fleck auf Ihrer Weste nicht stört – selbst ein großer dunkler Fleck. Aber nur unter der Bedingung, daß der Sie auch nicht stört! Vergessen Sie die alten Geschichten. Ich glaube, Sie haben einen scharfen Verstand, und Lev hält Sie für einen verdammt guten Prozeßanwalt. Mich interessiert einzig und allein, ob Sie meinem Geschäft nützen und Geld reinbringen. Sie müssen sich für Allyn Friedlander rentieren – für *mich*!« Energisch zündete sie sich eine neue Zigarre an der alten an, lehnte sich weit in ihrem Drehstuhl zurück und legte ein mächtiges Bein auf den Schreibtisch. »*Falls* ich Sie einstellen sollte!«
»Was müßte ich denn für Sie tun?« fragte Seth – er nutzte die Pause, in der Allyn Friedlander ihren Monolog unterbrechen mußte, um Luft zu holen – »*falls* Sie mich einstellen sollten!«
»Alles, wozu ich selbst keine Lust habe! Ist das deutlich genug?«
Seth nickte.
»Mittagspause!« posaunte Allyn und schlug mit einem kleinen Holzhammer wie ein Richter auf den Tisch. Vor Schreck fuhr Seth zusammen. »Ich habe keine Sprechanlage!« erklärte sie. Allyns Sekretär schwebte ins Zimmer.

»Sie haben gerufen, gnädige Frau?«
»Das ist Mr. Cameron, Ramón. Haben Sie Hunger?«
»Und ob, Chefin!« Ramón musterte Seth ungeniert.
»Diese Frage galt eigentlich Mr. Cameron, Ramón.«
»Meine Antwort auch, große Mutter!«
Allyn verdrehte ihre Augen. »Nehmen Sie ihn bloß nicht ernst. Er träumt davon, eines Tages als Komödiant Karriere zu machen. Er benutzt mich nur als Sprungbrett.«
»Ich habe mein Leben Eurem Dienst geweiht, erhabene Königin der Jurisprudenz!«
»Meine Güte!« seufzte Allyn und legte den Hammer zur Seite. »Was halten Sie von einem leckeren koscheren Sandwich, Mr. Cameron?«
»Klingt gut!«
Allyn kritzelte ihre Bestellungen auf ein Stück Papier und klemmte es an eine große Heftklammer, die an einem langen Bindfaden befestigt war. Ohne sich umzudrehen, warf sie das Papier hinter sich aus dem offenen Fenster. Als sie Seth' Verwunderung sah, erklärte sie ihm: Jeden Tag ging ein Junge namens Miguel kurz vor zwölf an diesem Haus vorbei. Er nahm die Bestellung, die aus ihrem Fenster baumelte, von der Klammer – und um Viertel nach zwölf brachte er ihr dann das Gewünschte vorbei. »Ich hasse Telefone! Also, nachdem wir nun alles Wichtige geklärt haben, könnten wir mit der Arbeit anfangen.«
Seth ging zum Fenster und betrachtete das lebhafte Treiben auf der Mission Street. In diesem Viertel lebten vor allem Chicanos aus Mittelamerika. Autos drängten sich in der engen, schmutzigen Straße. Bei dem Teppichgeschäft schräg gegenüber klebten auf dem Schaufenster schrille Plakate mit der riesigen Aufschrift *Räumungsverkauf.* Die Werbung fiel sogar in dieser Straße noch auf, in der alle Geschäfte mit vierzig bis sechzig Prozent Preisnachlaß Kunden anzulocken versuchten. Ein mexikanischer Straßenfeger spießte mit einem Stock Papier vom

Boden auf. Wahrscheinlich war er wegen eines kleinen Vergehens verurteilt und auf Bewährung freigelassen worden und mußte für eine gewisse Zeit leichtere Arbeiten für die Stadt erledigen. Der Bürgersteig und der Rinnstein waren mit bunten Handzetteln übersät. Etwas weiter die Straße herunter entdeckte Seth eine Frau, die diese Handzettel an Passanten verteilte. Unwillkürlich erinnerte sich Seth an den jungen Mexikaner vom Autofriedhof am Rande von Modesto. Das hatte er fast vergessen. Mein Gott war er damals aufgeregt, weil er unbedingt Sterritt Malm besiegen wollte. Und so voll Hoffnung war er gewesen! Damals – vor hundert Jahren!

»Hallo? Funkstelle Erde an Cameron!« Allyn Friedlanders rauhe Stimme riß Seth aus seiner Melancholie in die Gegenwart. Doch er wollte sich noch nicht stören lassen. Er hob seinen Blick und suchte im Norden die Montgomery Street. Weit entfernt erhoben sich die Pacific Towers über die älteren Hochhäuser der Stadt. Seth' Gesicht wurde hart und entschlossen. Er preßte seine Lippen so fest zusammen, daß nur noch ein schmaler Strich zu sehen war. Seine Hand legte er auf den schmerzenden Magen. Das Blut war aus seinem Gesicht gewichen. Fahl und wund schwor er sich, daß er eines Tages in die Montgomery Street zurückkehren werde. Dann würde er mit Treadwell abrechnen.

Allyn Friedlander sagte etwas ungeduldig: »Das war eben ein Angebot. Sie können bei mir anfangen, wenn Sie wollen.«

»Ja, ich weiß«, antwortete Seth, »machen wir uns an die Arbeit!«

Seltsamerweise verlor Rosie ausgerechnet des Geldes wegen die Geduld mit Seth: Eigentlich brauchte Rosie nicht viel Geld, um glücklich zu sein. Reichtum und Ruhm bedeuteten ihr nichts.

Als Seth freudestrahlend von Allyn Friedlander nach Hause gekommen war, hatte sie sich vorgenommen, Freude über seinen Erfolg zu zeigen; doch ihre Enttäuschung war zu groß. Ihre Illusionen waren endgültig geplatzt. Seth blieb in San Francisco und verdiente in einer schmierigen Kanzlei in einem noch schmierigeren Viertel weniger als in Bakersfield. Das brachte das Faß zum Überlaufen.

Jetzt saßen sich Rosie und Seth in ihrer kleinen Küche in Mill Valley gegenüber und warfen einander feindselige Blicke zu.

»Ich weiß nicht, was du hast, Rosie – das Geld reicht uns zum Leben!«

»Zum Überleben! Leben können wir damit nicht!«

»Gütiger Himmel! Was ist bloß aus meinem einfachen Mädchen von den Schwarzen Bergen geworden, das am liebsten barfuß herumlief? Braucht die Squaw aus dem Stamm der Sioux plötzlich mehr Glasperlen?«

»Das ist gemein, Seth. Du nimmst zwar nie viel Rücksicht auf anderer Leute Gefühle, aber das ist zuviel! Außerdem bin ich vom Stamm der Irokesen.«

»Gut! Ich habe ja gar nichts gegen Indianer, ob das nun Sioux oder Irokesen sind. Vor kurzem habe ich irgendwo gelesen, daß neunzig Stämme mittlerweile eine Lizenz für Spielkasinos erworben haben. Wie paßt denn das mit euren hohen moralischen Ansprüchen zusammen?«

Wütend funkelte ihn Rosie an. »Wirklich beeindruckend, Seth! Dieses Land produziert legal dreihundert Schußwaffen in der Stunde, und du machst es den Indianern zum Vorwurf, wenn sie Bingo spielen!« Sie stand auf und räumte lärmend die Küche auf.

Seth konterte: »Ich will damit nur sagen, daß wir immer noch mehr Geld verdienen als die meisten Amerikaner, insbesondere die Indianer.«

»Und ich halte nichts davon, wenn man mit seiner Arbeit unzufrieden ist – egal wieviel Geld man dabei verdient. Aber darum geht es dir ja gar nicht, Seth Cameron! Was willst du hier eigentlich?« Rosie stemmte die Hände energisch in die Hüften. »Kannst du mir das verraten?«

»Natürlich weiß ich, warum ich hierbleiben will. Und du weißt es auch!«
»Nein, ich habe keine Ahnung. Ich weiß nur, daß unser Leben hier unerträglich geworden ist. Du bist fast nur noch betrunken. Jetzt willst du eine Arbeit annehmen, die du im Grunde verachtest und bei der du kaum etwas verdienst! Zu Hause in Bakersfield würdest du wesentlich mehr bekommen. Dort sind unsere Freunde, und alles ist viel billiger als hier.«
»Ich dachte immer, dir sei Geld nicht wichtig!«
»Du bist mir wichtig! Und hier gibt es für uns keine Zukunft.«
»Eine zweite Chance«, flüsterte Seth. Er stand auf und ging auf sie zu. »Du wolltest wissen, warum ich hierbleiben will. Nun, das ist der Grund dafür: Ich will eine zweite Chance haben.«
Rosie ließ das Geschirr stehen und drehte sich zu Seth um. Ihr Blick prüfte sein Gesicht. Er fühlte sich, als könne sie bis in sein Innerstes sehen, so wie in jener Nacht, als sie zum erstenmal zusammen ausgingen. In ihren schönen Augen lag eine so tiefe Traurigkeit, daß Seth seine eigene Trauer und Verzweiflung spürte. Rosie tastete wie eine Blinde vorsichtig mit ihren Fingerspitzen sein Gesicht ab und zeichnete die Falten und Linien nach. Tränen rannen seine Wangen herunter. Ihre Haut fühlte sich warm an. Impulsiv suchte sein Mund ihre Hand und küßte sie.
Aber Rosie schüttelte fast unmerklich ihren Kopf und zog langsam ihre Hand zurück. »Nichts wird dich dazu bringen, von hier fortzugehen, nicht wahr, Seth? Es spielt keine Rolle, wie es mir geht oder was sie dir hier antun. Es ist dir auch egal, wieviel Geld du bekommst und was du dafür tun mußt. Du gibst nicht auf, bis du dein Ziel erreicht hast. Und niemand außer dir versteht, was du eigentlich hier willst.«
Seth wischte die Tränen vom Gesicht und schwieg.
Rosie trat einen Schritt zurück, strich sich einen unsichtbaren Fussel vom Rock und holte tief Luft. »Mein lieber Seth!« Ihre Stimme zitterte leicht. »Vor kurzem habe ich mit Tante Claire

telefoniert. Sie zieht wieder nach Bakersfield, und zwar in den nächsten Tagen.«

Seth wollte seine Arme um sie legen, doch Rosie war schneller. Sie ging rückwärts auf sichere Distanz. Während sie sich immer weiter von ihm entfernte, sagte sie: »Ich werde sie bald dort besuchen. Du hast hier ja jetzt Arbeit gefunden und bist versorgt. Ich möchte mich dort ... na ja ... nach einer neuen Stelle umsehen.«

Bevor Seth etwas sagen konnte, hatte sie ihn schon mit einer Geste zum Schweigen gebracht. »Ich habe schon in der Schule manchmal etwas länger gebraucht, bis ich etwas verstanden habe, Seth. Und ich habe lange nicht wahrhaben wollen, was dein Herz will. Jetzt habe ich es begriffen. Und ich für meinen Teil muß endlich damit aufhören, auf mein Herz zu hören.«

»Rosie, ich ...«

»Ich muß lernen, mich auf meinen Verstand zu verlassen.«

Damit war die Diskussion für diesmal beendet.

• 22 •

SETH' NEUES BÜRO war ein winziges Zimmer, das vorher als Rumpelkammer gedient hatte. Er konnte kaum einen Tisch darin unterbringen. Noch stand ihm kein Schreibtisch zur Verfügung, doch Allyn hatte angeblich einen bestellt. Zwei alte, klapprige Stühle für Mandanten paßten gerade noch hinein. Nur der Blick aus dem Fenster erinnerte ihn an sein Büro bei M & M. Auch hier sah er auf die Wand eines anderen Gebäudes. Seth hatte natürlich keine eigene Sekretärin: Ramón mußte auch seine Schreibarbeiten erledigen. Glücklicherweise war Ramón ungeheuer tüchtig und geschickt. Und er hatte eine Schwäche für Seth.

Im ganzen Büro standen oder lagen Aktenordner. Allyn schlug sich nur mit den undankbaren, kleinen Fällen herum: überwie-

gend mit Scheidungen, Mahnungen und Schuldübertragungen an Versicherungen, unzähligen Mietstreitigkeiten. Diese Bagatellfälle wurden nie vor Gericht verhandelt. Die einzige Chance, wieder einmal einen Gerichtssaal zu betreten, boten Seth drei Schadensersatzforderungen bei leichten Autounfällen. Seth hoffte inständig, daß es nicht schon in der Vorverhandlung zu Vergleichen kommen werde. Allerdings behielt es sich Allyn vor, die wenigen Fälle, bei denen es tatsächlich zum Prozeß kam, selbst zu übernehmen.
Seth arbeitete jetzt schon neun Wochen bei Allyn. Sie kamen im Prinzip gut miteinander aus. Nur wollte sich Seth nicht ganz aus dem Gerichtssaal verdrängen lassen, und so kam es zu manchen Reibereien. Seth blieb vor allem die Schreibtischarbeit. Er schrieb Mahnungen an Schuldner und Räumungsklagen an zahlungsunfähige Mieter. Ab und zu mußte er persönlich beim Familienrichter erscheinen, um eine Mandantenangelegenheit zu regeln. Er arbeitete zehn Stunden am Tag ununterbrochen, und dennoch hatte er nie Zeit, etwas gründlich zu machen. Es war ihm ein Rätsel, wie Allyn dieses Pensum vorher ohne ihn hatte bewältigen können.
»Wie hat sie denn das alles allein geschafft? Wo nimmt sie nur die Energie her?« fragte er Lev, als der eines Tages in die Kanzlei kam.
»Was treibt *dich* dazu, so unmenschlich viel zu schuften?« fragte Lev statt einer Antwort. »Ich will mich nicht einmischen, du mußt selbst wissen, was du tust. Aber ich verstehe deinen Plan nicht. Du sitzt hier in einem miesen Loch von Kanzlei und machst die Dreckarbeit. Wie willst du denn so wieder in die Montgomery Street zurückkommen? Aber ich will mich da nicht einmischen.«
»Ich bin immer noch in San Francisco, Lev, das heißt, ich bin immer noch am Ball. Im Augenblick konzentriere ich mich darauf zu überleben. Jeden Tag, den ich bewältige und an dem ich nicht untergehe, ist ein Schritt vorwärts.«

»Weißt du, Cowboy, genauso reden die Häftlinge in San Quentin – bis sie dann eines Tages sterben.«
»Mach dir keine Sorgen um mich, Lev. Das Sterben hebe ich mir für den Schluß auf.«
Lev nahm sein Notizbuch heraus und trug einige Namen und Adressen ein: Seth hatte ihn mit Nachforschungen beauftragt. Seth sah seinem Freund nachdenklich zu. Das Leben war mit Lev auch nicht sanft umgegangen. Früher war er ein durchtrainierter Footballspieler gewesen. Jetzt war er dick und schwammig und schwitzte schon bei der kleinsten Anstrengung. Sein Gesicht war großflächig, und rabenschwarze Haut spannte sich über die massiven Backenknochen. Eigentlich wirkten seine Züge grob und hart, doch Levs große, dunkle Augen schimmerten sanft und gütig. Sein kurzgeschnittenes Haar war mittlerweile fast weiß geworden.
1978 hatten sie sich zum erstenmal getroffen. Seth war damals neu als Ersatz-Cornerback in die Mannschaft der Forty-Niners gekommen. Leviticus Heywood dagegen war bereits ein Star. Es wunderte Seth, daß sich auch Lev an ihre erste Begegnung erinnerte. Im ersten Jahr bestand ihre Beziehung nur darin, daß Lev ihn im Training regelmäßig umrannte.
Als Lev aus Vietnam zurückgekommen war, hatte es so ausgesehen, als würde er im Football Karriere machen. Er war bei den Forty-Niners ein gefeierter Stürmer gewesen. Bereits in seinem ersten Jahr als Profi hatte er sich an die Spitze gesetzt, ein guter Spieler und beliebt beim Publikum. Vor ihm stand ein sagenhafter Aufstieg. Im zweiten Jahr riß ihm der Meniskus im Knie, und damit waren seine Footballkarriere und all seine Hoffnungen auf Ruhm und Reichtum beendet.
Daraufhin war er zur Polizei gegangen und hatte beim Sonderdezernat für Einbrüche gearbeitet. 1986 hatte er sich als Privatdetektiv selbständig gemacht. Doch um überleben zu können, mußte er all die kleinen miesen Aufträge annehmen, die sich ihm boten: Beschattungen in Scheidungsfällen und Ermittlun-

gen bei Autounfällen. Welch eine Laufbahn war das: vom Spitzenreiter der Südkalifornischen Football-Liga und Gewinner des Heisman-Pokals zum Star der Nationalen Football-Liga – und dann zum billigen Schnüffler im Abschaum der Großstadt. Er lebte in einem kleinen, engen Haus im Süden von San Francisco. Zwischen Aufstieg und Fall lagen nur acht Jahre, und es gab keine Aussicht darauf, daß sich jetzt noch etwas ändern würde. Bei M & M hatte Seth ihm zwei lukrative Aufträge vermitteln können. Als Lev zu ihm in die Kanzlei gekommen war, war er der erste Schwarze gewesen, der die Kanzlei bei Tageslicht betreten hatte. Doch mit Seth' Entlassung war der Traum auch für Lev vorbei, und er wühlte wieder im Sumpf.

Was Lev über Allyn Friedlander gesagt hatte, traf haargenau auf Seth zu. Sie lauerte auf den großen, spektakulären Fall, der sie aus dieser Hölle befreite.

Wußte Lev eigentlich, daß er – Seth Cameron – ebenfalls auf der Lauer lag?

• 23 •

ES WAR EIN TAG wie jeder andere, als sie kam.

Seth kämpfte wieder einmal damit, nicht im Chaos zu versinken. Auf seinem Schreibtisch suchte er mit einer Hand fieberhaft nach wichtigen Unterlagen in einem besonders erbitterten Kampf um das Sorgerecht. Gleichzeitig führte er Telefongespräche an zwei Apparaten. Es ging um eine Räumungsklage. Seth versuchte, den Vermieter von der Klage abzubringen, und zeterte ab und zu mit dem Mieter, seinem Klienten, weil dieser die Miete nicht bezahlt hatte. Mit wilden Gesten versuchte er außerdem, Ramón auf sich aufmerksam zu machen. Er sollte für ihn einen erledigten Fall für die Ablage fertig machen.

Es war ein Tag wie jeder andere. Es war der Tag, an dem sie kam. Niemals hätte es Seth für möglich gehalten, daß Elena

Barton ihn in diesem Loch aufsuchen würde. Doch er erkannte ihre Stimme sofort, als sie ihn ansprach. Er ließ sich etwas Zeit, bevor er sich umdrehte und sie begrüßte, denn er wollte seine Aufregung vor ihr verbergen. Außerdem wollte er es noch einen Augenblick hinauszögern, sie zu sehen – sie endlich wiederzusehen! Er vergaß vor Freude sogar, sich wegen seines erbärmlichen Abstiegs zu schämen.

»Hallo, Elena!« Er hoffte, seine Stimme würde gelassen und sachlich klingen, denn er war wieder von ihrer Schönheit überwältigt. Er stand auf und stieg über die Aktenberge, die am Fußboden verstreut lagen, auf sie zu. Er wollte einen der alten Stühle vor seinen Tisch stellen, damit Elena sich setzen konnte. Doch als er an dem Stuhl zog, blieb dieser am Tisch hängen. Noch ein Ruck, und das Stuhlbein war abgebrochen. Elena kicherte. Seth behauptete, die Einrichtung sei eine vorübergehende Notlösung, das Büro werde demnächst neu eingerichtet. Das sei ja auch, wie sie eben gesehen habe, unbedingt nötig.

Sie lachten darüber, und der Bann zwischen ihnen war gebrochen.

»Gehen wir doch in das kleine Café im Erdgeschoß. Dort gibt es einen ganz akzeptablen Café au lait«, schlug er vor. Kurz darauf saßen sie sich im Café gegenüber und sahen einander neugierig an. Ihre grünen Augen blickten sanft und fragend. Sie hatte ihm verziehen! Seth wurde es heiß. Als er sich umsah, um die Bedienung herbeizuwinken, merkte er, daß alle Gäste – Männer und Frauen – Elena unverhohlen anstarrten. Sie gehörte nicht hierher, sie war etwas Besonderes. Was wollte sie hier? Was wollte sie von ihm?

Als Seth den Kaffee bestellt hatte, rückte Elena mit ihrem Anliegen heraus.

Kein Anwalt war bereit, sie zu vertreten, wenn sie Klage gegen Miller & McGrath erheben wollte. Alle hatten abgelehnt. Sie war wütend, frustriert und wußte einfach nicht mehr weiter.

Außerdem war vor kurzem wieder eine X-215A abgestürzt. Lee Andrews, der verunglückte Testpilot, war ebenfalls ein ausgezeichneter Fachmann gewesen, aber wieder war menschliches Versagen als Ursache angegeben worden.
»Vier Abstürze in knapp zwei Jahren! Es ist unmöglich, daß in allen Fällen nur die Piloten verantwortlich sein sollen, Seth! Sam hatte recht. An dieser Maschine ist etwas oberfaul. Ich habe mit dem Staffelkommandeur gesprochen. Sie erinnern sich vielleicht daran – das ist Crispie, Sams bester Freund. Ich erzählte Ihnen von ihm bevor ... ach – na ja. Ich überlege, ob wir uns nicht diesen neuen Absturz zunutze machen können. Wenn wir einen Beweis für einen technischen Defekt erbringen könnten, könnten wir jetzt ConSpace wegen des neuen Absturzes verklagen. Vielleicht erreichen wir es auf diesem Umweg, Sams Ansehen zu retten. Sie müssen dann zugeben, daß auch die anderen Abstürze auf technisches Versagen zurückzuführen sind. Was halten Sie davon?«
Da die Bedienung den Kaffee brachte, hatte Seth Zeit nachzudenken. Schließlich sagte er: »Sie wissen ja, daß wir uns im Augenblick nicht an das Gericht wenden können. Wir haben keine juristische Handhabe mehr.« Er erstickte fast daran, daß er sie wieder an sein Versagen erinnern mußte.
»Aber wir können uns an die Öffentlichkeit wenden, Seth!« Elena beugte sich zu ihm und flüsterte aufgeregt: »Möglich, daß wir im Moment ConSpace nicht verklagen können. Aber wir können ihnen mit einem öffentlichen Skandal drohen, und das wollen sie sicher mit allen Mitteln verhindern. Auf so eine Geschichte stürzen sich doch die Reporter. Ich sehe schon die Schlagzeilen vor mir.«
»Hier geht es doch nicht um Mord.«
»Mein Vater würde sicher ernsthaft in Erwägung ziehen, mich zu erschlagen, wenn ich die Presse aufhetze.« Ihre Augen wurden kalt, und sie schob energisch ihr Kinn vor, als sie ihren Vater erwähnte.

»Ausgeschlossen, Elena, das geht nicht! Wir dürfen im Augenblick keinerlei Ermittlungen anstellen. Das wird uns erst gestattet, wenn wir bei Gericht offiziell Klage erheben. Und das können wir, wie gesagt, nicht. Und selbst wenn uns das gelingen sollte, ist es fraglich, ob uns Nachforschungen gestattet würden. Denn in diesem Fall unterliegt alles strengster militärischer Geheimhaltung.«
Elena nickte. Sie wußte, wie schwierig es war. Aber sie bat ihn, ihr trotzdem zu helfen. Sie wollte es um jeden Preis versuchen. Vielleicht fiel ihm ja ein Trick ein, etwas, woran ein Laie nicht denkt. Dann kam ihr ein anderer Gedanke. Sie fragte Seth, ob er nicht einen guten Privatdetektiv kenne, der inoffiziell Nachforschungen anstellen konnte.
Traurig starrte Seth auf seine Tasse: Er konnte die Verzweiflung in ihrem Gesicht nicht länger ansehen.
»Bitte, Seth! Versuchen Sie es wenigstens. Alles, was mir von Sam blieb, ist sein guter Name.«
Seth streute etwas Muskat auf die Sahnehaube seines Kaffees und rührte mit dem Strohhalm vorsichtig um.
»Es gibt noch eine Möglichkeit, Elena. Die Witwe des kürzlich verunglückten Piloten – Mrs. Andrews – müßte ConSpace verklagen. Glauben Sie, sie würde das tun?«
Elena schüttelte traurig den Kopf. »Nein, niemals! Shirley Andrews ist die Tochter eines Generals der Air Force. Die Loyalität der Familie ist unerschütterlich. Shirley ist jetzt auch wieder zu ihren Eltern gezogen. Ich war nach Sams Tod so unvorsichtig, ihr davon zu erzählen, daß ich mich wegen einer Klage an Miller & McGrath gewandt hatte. Daraufhin brach sie den Kontakt zu mir ab. Letzte Woche rief ich ein paarmal bei ihr an, weil ich sie sprechen wollte, doch sie nahm die Gespräche nicht an.«
Seth dachte nach. Elena trank vorsichtig die Sahne von ihrem Kaffee und versuchte, über den Tassenrand hinweg, Seth' Gedanken zu lesen.

»Ich bin dafür verantwortlich, daß Sie gegen ConSpace nichts mehr unternehmen können, und stehe in Ihrer Schuld. Ich werde mir die Sache noch einmal genau ansehen. Geben Sie mir doch bitte Christophers Telefonnummer, damit ich ihm einige Fragen stellen kann. Aber zuerst muß ich das mit Allyn Friedlander klären.«

»Ist das Ihre Chefin?«

»Ja! Sie könnte zur Verantwortung gezogen werden, wenn die Sache schiefgeht. Außerdem arbeite ich zehn Stunden am Tag für sie.«

»Aber Sie werden mit ihr reden?« Elena legte bittend ihre zarte Hand auf die seine und sah ihn fragend an.

Sie wollte ihrer Bitte nur etwas Nachdruck verleihen, doch Seth wurde von der Berührung elektrisiert. Er spürte, wie sich sein Körper spannte und ihm heiß wurde. Ihre Augen hielten seinen Blick fest. Das Grün war dunkler, unergründlicher geworden. Lag das an der Beleuchtung? Sie bat ihn um Hilfe, aber ihre Stimme klang wie Musik von Vivaldi – sanft und verführerisch. Seth wollte sich dieser Musik hingeben, doch tief in seinem Inneren warnte ihn etwas: Instinktiv witterte er Gefahr, eine Gefahr, der er nicht mehr entrinnen würde. Er fühlte eiskalte Angst.

Um Elenas Hand noch ein wenig zu spüren, nahm er die Tasse mit der anderen Hand. Doch dann trank er den Kaffee rasch aus und stellte die Tasse entschlossen zurück. Ungeduldig klopfte er mit dem Strohhalm auf den Tisch. »Gut! Gehen wir! Ich werde sofort mit Allyn Friedlander sprechen.«

• 24 •

ALLYN LIESS SICH schließlich darauf ein. Allerdings war es nicht ganz einfach, sie dazu zu überreden. Selbst als sie endlich nachgegeben hatte, erklärte sie Seth noch für verrückt.

Sie legte ihm nahe, einen Psychiater aufzusuchen: Jeder, der halbwegs bei Verstand sei, könne sehen, daß Elena ihn ins Unglück stürzen werde.

»Seien Sie auf der Hut, Cowboy! Mir gefällt das alles nicht. Erstens wirkt diese Elena zu glatt und perfekt. Niemand auf der ganzen Welt ist so toll, wie sie sich gibt. Selbst unserem Ramón läuft das Wasser im Mund zusammen, wenn er sie sieht. Zweitens hat sie diesen wildentschlossenen Blick der Verzweiflung. Wissen Sie, sie erinnert mich an E. T. mit seinem übermäßigen Heimweh. Drittens wagen Sie sich an die Rüstungsindustrie heran. Und viertens, mein Lieber, haben Sie hier bei mir viel zuviel zu tun. Sie stecken bis zum Hals im Sumpf des alltäglichen Kleinkrams. Woher wollen Sie denn die Kraft und Energie nehmen, so einen Kampf zu führen?«

Doch Seth ließ sich nicht beirren und versprach, Elenas Fall ausschließlich in seiner Freizeit zu bearbeiten. Schließlich gab Allyn nach, doch sie bestand darauf, daß Seth allein die Verantwortung trage. »Wenn Sie ins Messer laufen, Cowboy, kenne ich Sie nicht!«

Mit Rosie war das wesentlich schwieriger. »Das kann nicht dein Ernst sein, Seth. Du willst dir zum zweitenmal die Finger daran verbrennen? So dumm kannst du doch gar nicht sein!«

»Ich bin es ihr schuldig, Rosie!« Er setzte sich an den Tisch in der Küche. Rosie brummte skeptisch und meinte nur, sie habe Elena Bartons Foto in der Zeitung gesehen. Vergeblich versuchte Seth sie davon zu überzeugen, daß es ihm um seine Selbstachtung ging. Er wollte um seine Ehre kämpfen. Doch Rosie glaubte ihm nicht. Während des Abendessens sprachen sie kein Wort mehr miteinander.

Lev hatte Seth sofort auf seiner Seite. »Wenn es darum geht, der Regierung an den Karren zu fahren, bin ich dabei. Das würde ich sogar umsonst machen.« Er grinste breit über das ganze Gesicht. »Bei deiner Klientin kostet das natürlich 250 Dollar am Tag und Spesen extra.«

Eine Woche später kam Elena mit Captain Christopher in Seth' Büro. Christopher fühlte sich wegen seiner Freundschaft zu Sam verpflichtet, Elena im Rahmen seiner Möglichkeiten zu helfen. Das klang vielversprechend, doch es stellte sich heraus, daß der Mann nichts Neues beizutragen hatte.
Sicher: Sam war einer der Besten; es war sehr unwahrscheinlich, daß er einen Fehler gemacht hatte. Nein, Sam hatte ihm nicht anvertraut, was seiner Meinung nach bei der X-215A nicht in Ordnung war. Er hatte ihm lediglich gesagt, daß er den Fehler gefunden zu haben glaubte. Ja, Gerald Murphy – ebenfalls ein Testpilot, der an diesem Programm arbeitete – hatte behauptet, Sam habe ihm verraten, welchen Defekt er an der Maschine entdeckt habe. Jetzt aber war Murphy nicht mehr bereit, die Aussage zu wiederholen. Er hatte sich vom Testprogramm weggemeldet und sollte in Kürze ans Nellis-Ausbildungszentrum in Las Vegas versetzt werden. Er befürchtete, eine Kritik an dem Programm könne diese Versetzung verhindern. Nein, Murphy war nicht bereit, mit Seth zu reden. Ja, er selber werde weiterhin Augen und Ohren offenhalten. Ja, er habe Zugang zu Geheimdokumenten. Nein, er werde niemals Unterlagen über die X-215A herausschmuggeln. Und so weiter.
Seth drängte ihn, selbst ein Urteil über die X-215A abzugeben. Der Major zuckte nur mit den Schultern und meinte: »Der Vogel hat seine Tücken, deshalb wird er ja getestet.«
»Sam war sich sicher, daß das Flugzeug einen *gravierenden* Defekt hat. Er versuchte, den Führungsstab dazu zu bringen, die Maschine aus dem Testprogramm zu nehmen, bis der Fehler gefunden wäre. Sam glaubte sogar zu wissen, was nicht stimmte. Hat er Ihnen gegenüber nie eine Andeutung gemacht?«
Captain Christopher schlug die Beine übereinander. Unsicher sah er zu Elena hinüber und sagte, sichtlich verlegen: »Nun ja! Sam war etwas … zu sensibel.«
»Was wollen Sie damit sagen?« fragte Seth besorgt. Er ahnte, worauf Captain Christopher hinauswollte.

»Sam war ohne Zweifel ein ausgezeichneter Pilot, aber seine Nerven waren nicht stark genug. Er machte sich zu viele Gedanken.« Christopher zündete eine Zigarette an und sah entschuldigend zu Elena. »Mein Gott, Lanie, du weißt das doch am besten. Er war unglaublich gut, aber ihm fehlten die Nerven. Nach Grants Absturz ...« Christopher wandte sich erklärend an Seth, »... Grant war der zweite, der runterkam, Penrod war der erste.« Dann sprach er wieder zu Elena: »Sam war dann wie besessen, weil er die Ursache finden wollte. Er hat uns alle ganz verrückt damit gemacht.«
Elena war zum Fenster gegangen. Sie gab keine Antwort.

Am nächsten Tag war Seth längere Zeit im Gericht beschäftigt, da es bei einem leichten Autounfall zur Verhandlung gekommen war. Anschließend nahm er sich Elenas Fall vor. Da er nicht vorankam, rief er noch mal Crispie an. Dabei gelang es ihm, den Namen des hauptverantwortlichen Leiters des technischen Bereiches, der für die Firma ConSpace auf der Air Base arbeitete, zu erfahren: Harold Bostwick. Es kostete Seth Nerven, bis er Bostwick endlich am Apparat hatte, nur um von ihm die stereotype Antwort zu erhalten: »Wir sind nicht befugt, vertrauliche Informationen weiterzugeben.«
Es verstrichen drei Wochen, in denen Seth nichts erreichte. Dieser Fall schien nicht zu knacken zu sein. Ihm grauste davor, Elena anzurufen. Wieder würde er sie enttäuschen müssen. Auf seinem Schreibtisch lag ein Stapel Zeitungsausschnitte, die Ramón für ihn ausgeschnitten hatte. Ramón hatte die wichtigen überregionalen Zeitungen, *Times, Post, Chronicle, Examiner*, und zwei Regionalzeitungen vom 15. Oktober bis Mitte November durchgesehen und alles herausgeschnitten, was über den Absturz und ConSpace berichtet worden war. Seth kannte die Artikel – meist waren es nur Kurzmeldungen auf der letzten Seite – fast auswendig, so oft hatte er sie schon gelesen. Automatisch nahm er sich die Ausschnitte noch einmal vor. Ramón

kam herein und legte Seth einige Briefe zur Unterschrift vor. Seth signierte, ohne sich die Briefe anzusehen.

»Wir sind heute aber die Freundlichkeit in Person«, sagte Ramón verletzt. »Hier – das ist die gerichtliche Verfügung im Fall Dickson.«

Seth bedankte sich mit einem Brummen. Er las die Ausschnitte bereits zum drittenmal durch. Plötzlich fiel ihm etwas auf. Im Wirtschaftsteil des *Chronicle* stand eine kurze Meldung über eine Zulieferfirma von ConSpace. Das Justizministerium hatte eine Untersuchung gegen diese Firma und ihren verantwortlichen Direktor eingeleitet, weil der Verdacht auf Veruntreuung und Steuerhinterziehung bestand. Doch weder die Wirtschaftsprüfer noch die Steuerfahnder hatten einen Beweis für den Verdacht erbringen können, so daß die Ermittlungen eingestellt worden waren. Ramón tänzelte wieder ins Zimmer und brachte Kaffee und Kekse, »um das wilde Tier friedlich zu stimmen«. Seth nickte ihm zum Dank zu.

»Oh, wie wunderbar!« flötete Ramón spöttisch. »Das ist aber lieb von Ihnen! Frischer Kaffee und meine Lieblingskekse! Ich bin Ihnen zu ewigem Dank verpflichtet, liebster Ramón!«

Seth sah irritiert auf. »Entschuldigen Sie, Ramón, haben Sie gerade etwas gesagt?«

»Ich sagte, hier ist die gerichtliche Verfügung, Sie herzloser Sklaventreiber.«

Seth richtete sich auf. »Verfügung?«

»Ja, Sie sagten, Sie brauchen eine gerichtliche Verfügung.«

»Eine gerichtliche Verfügung!«

»Geht es Ihnen nicht gut?«

»Das ist es! Natürlich! So können wir es machen!« Seth schnappte sich den Artikel und lief hinüber zu Allyns Büro. »Ramón, Sie sind unbezahlbar.«

»Gehen wir dann heute abend essen?« sagte Ramón kokett zu Seth' leerem Stuhl. »Sagen wir gegen acht?«

»Ich habe eine Idee!« Seth legte Allyn den Artikel vor und erläuterte seinen Plan. Allyn zündete sich eine neue Zigarre an und hörte genau zu. Der Vorstand der Aktiengesellschaft TDA stand in dem Verdacht, Gelder veruntreut zu haben, und hatte die Firma damit in Verruf gebracht. Seth wollte nun gegen die Firma und ihren milliardenschweren Chef Klage erheben. Die Aktionäre konnten nämlich Schadensersatz wegen Geschäftsschädigung fordern.

»Die Rechnung geht für uns beide auf, Allyn! Für Sie könnte es das große Los bedeuten, wenn auch nur die Hälfte aller Geschichten wahr ist, die man so über die dunklen Machenschaften dieses Herrn munkelt. Und ich kann mit der Klageerhebung erreichen, daß ich vom Gericht die Erlaubnis erhalte, Ermittlungen durchzuführen. TDA ist ein Hauptlieferant von ConSpace. Auf diesem Wege kann ich Zugang zu Material erhalten, das ich für eine Klage gegen ConSpace brauchen kann.«

Allyn blätterte die Artikel durch und brummte vor sich hin. Die Zigarre brannte in ihrer Hand immer weiter herunter. Über der Glut türmte sich die Asche gefährlich auf. Gespannt wartete Seth darauf, daß die Asche zu Boden fallen würde. Obwohl er das Rauchen schon lange aufgegeben hatte, sehnte er sich jetzt nach einer Zigarette.

»Wo ist die Kalkulation?« fragte sie schließlich und sah ihn über die Ränder ihrer dicken Brillengläser hinweg an.

»Kalkulation?« fragte Seth entgeistert.

»Sind Sie ein Papagei? Eine Kalkulation! Ich will wissen, wieviel ich in die Sache investieren soll und wieviel ich verdienen kann, wenn wir gewinnen. Verstehen Sie, was ich meine: eine Kosten-Nutzen-Bilanz. Ich bin Geschäftsfrau, Cowboy!«

Zwanzig Minuten lang versuchte ihr Seth klarzumachen, daß man hier nicht so kleinkariert denken könne. Er wurde immer ungehaltener, bis er platzte. Dann sprudelte es aus ihm heraus: »Verdammt noch mal, Allyn. Wenn Sie unbedingt eine Kalkulation brauchen, sollen Sie sie haben. Sie investieren 50 000 Dollar für die Prozeßgebühren. Das ist Ihr Risiko. Alles, was an Kosten darüber hinausgeht, übernehme ich. Das Geld dafür habe ich nicht, aber ich verpflichte mich schriftlich, den Betrag bei Ihnen abzuarbeiten. Ich arbeite nur in meiner freien Zeit an diesem Fall. *Sie* brauchen nichts zu tun, es sei denn, Sie wollen selbst einen Teil übernehmen. Dieser Betrüger sahnt unglaubliche Summen ab. Er hat als Vorstand der Aktiengesellschaft ganz legal bereits 10 Millionen Dollar an Gehalt bezogen. Wenn das stimmt, was ihm die Wirtschaftsprüfer vorwerfen, hat er Aktionärsgelder in Höhe von etwa 100 Millionen Dollar veruntreut. Falls wir einen Vergleich erzielen oder sogar einen Prozeß gegen ihn gewinnen würden, könnte sich Ihr Gewinn auf mehr als 10 Millionen Dollar belaufen. Darüber können Sie dann allein verfügen, ich will davon keinen Cent. Das ist allein Ihr Gewinn! Habe ich mich deutlich genug ausgedrückt?«

Allyn schlug mit dem Hammer auf den Tisch und brüllte: »Ramón! Bringen Sie mir sofort Kaffee, besonders stark!« Seth zuckte nicht mit der Wimper, sondern setzte sich scheinbar gelassen auf seinen Stuhl.

Allyn nahm sich die Zeitungsartikel noch einmal vor und las sie gründlich durch. Seth brannten die Augen von dem Zigarrenrauch, doch er unterbrach Allyns Lektüre nicht. Er wartete gespannt und versuchte ihre Reaktion zu erahnen. Die große Uhr hinter dem Schreibtisch schlug laut. Es war 15.00 Uhr.

»Also gut, Seth!« brummte Allyn endlich. Sie lehnte sich mit ihrem ganzen Gewicht in ihrem Stuhl zurück. »Verklagen wir den Burschen! Ich entwerfe einen einfachen, aber unmißverständlichen Vertrag, in dem unsere Abmachungen festgehalten werden. Sie machen sich an die Arbeit und formulieren eine Klageschrift gegen ... wie heißt er denn überhaupt?«

»Olmstead«, rief Seth und sprang auf. »Er führt seine Geschäfte von den Caicos-Inseln aus. Aubrey Olmstead!«

An diesem Nachmittag verließ Seth das Büro schon um 16.00 Uhr. Seit er in San Francisco arbeitete, hatte er sich diese Frei-

heit noch nie genommen. Er war aufgeregt und voll Hoffnung und Pläne für die Zukunft – ein Gefühl, das er mit der Entlassung bei M & M verloren hatte. Seine Strategie stand im wesentlichen fest. Zuerst mußte er die Klageschrift gründlich vorbereiten und hieb- und stichfest formulieren. Dazu brauchte er drei Tage Zeit. Mit der Klageerhebung bekam er das Recht zu Ermittlungen und konnte Zeugen befragen. Wenn Elenas Vermutungen zutrafen, wurde bei ConSpace etwas vertuscht. Die vier Abstürze waren höchst seltsam – und wo Rauch ist, ist auch Feuer! Wahrscheinlich genügte es schon, nur etwas herumzustochern und ConSpace mit einem öffentlichen Skandal zu drohen, um sie gefügig zu machen. Er verlangte ja nicht viel von ihnen: Sie sollten nur auf die US-Luftwaffe Druck ausüben, damit der unehrenhafte Eintrag in Sams Akte gelöscht wurde. Was in den Akten der anderen verunglückten Piloten stand, war ihm vollkommen egal. Außerdem sollte ConSpace Elena die bescheidene Summe von 100 000 Dollar zahlen, damit sie die unangenehme Geschichte für immer vergaß.
Wenn er das erreicht hatte, könnte er beruflich wieder aufsteigen. Er könnte sich wieder bei einer guten Kanzlei bewerben. In Gedanken entwarf er bereits das Einstellungsgespräch. Nun ja, würde er sagen, es gab bei M & M gewisse Schwierigkeiten, aber das war eine interne Angelegenheit. Es kam zu persönlichen Spannungen zwischen mir und dem leitenden Direktor der Kanzlei. Was das Terminversäumnis anbelangt, so war das ein Sturm im Wasserglas. Die Klientin ist mit meiner Arbeit vollkommen zufrieden. Ich habe für sie alle gewünschten Ziele durchgesetzt, ohne sie der Qual einer öffentlichen Gerichtsverhandlung auszusetzen. Hier habe ich ein Empfehlungsschreiben von ihr. Außerdem ist sie gern bereit, persönlich bei Ihnen vorzusprechen.
Seth' Gedanken überschlugen sich. Alles schien plötzlich wieder möglich. Er mußte sich bremsen, damit er jetzt nicht den Kopf verlor. Erst einmal würde er mit Rosie feiern. Ihm schwebte ein luxuriöses Abendessen vor, das sie noch lange in Erinne-

rung behalten würden. Bereits zu Hause würden sie Champagner trinken und dann für sechs Uhr im *Stars* Plätze reservieren lassen. Er mußte Rosie davon überzeugen, daß er wieder der alte war. Kein Tequila mehr! Dann wollte er ihr von seinen Zukunftsplänen erzählen. Er würde wieder nach oben kommen – und diesmal würde von Anfang an alles anders sein. Sie würde ihm natürlich nicht so schnell glauben. Das wäre der richtige Zeitpunkt für den Champagner. Er würde die Flasche öffnen und ihr erklären, daß sie von jetzt an Teil seines beruflichen Lebens sei. Nie wieder würde er sie ausschließen und allein lassen, nie wieder würde er die ganze Nacht im Büro verbringen. Natürlich würde sie skeptisch sein, aber sie würde ihm zuhören.

In der Lombard Street hielt er kurz an, um in einem Blumengeschäft zwei Dutzend langstielige rote Rosen zu kaufen – ihre Lieblingsrosen.

Als er das Haus betrat, wußte er, daß sie ihn verlassen hatte. Er spürte es sofort. Trotzdem rief er laut nach ihr und suchte alle Zimmer ab. Er riß die Kleiderschränke und Schubladen auf – sie hatte alle ihre Sachen mitgenommen. Auch die Ablage im Bad war leergeräumt. Verzweifelt lief er in die Küche. Dann sah er den Zettel auf dem Tisch – ein kleiner, zusammengefalteter Zettel, auf dem sein Name stand. Lange blieb er stehen und starrte ihn nur an. Alles verschwamm vor seinen Augen. Das war der Abschiedsbrief. Ganz tief aus seinem Inneren kam ein Schmerzensschrei – das Brüllen eines wunden Tieres. Noch weigerte sich sein Verstand, das wahrzuhaben, was er instinktiv längst wußte: Er war wieder allein.

Die Rosen fielen ihm aus der Hand zu Boden. Nun nahm er den Zettel. Er drehte ihn hin und her, ohne ihn zu lesen. Dann preßte er ihn an seine Wange und weinte bitterlich.

Am nächsten Morgen erwachte er gegen neun. Allyn würde sicher verärgert sein, weil er sich so sehr verspätete. Aber sie sollte froh sein, daß er überhaupt kam. Es war erstaunlich, daß er

nicht an Alkoholvergiftung gestorben war, nach dem, was seine Leber in den letzten fünfzehn Stunden an Tequila hatte verarbeiten müssen.
Mühsam kletterte er die zwei Treppen zum Büro hoch. Als er oben angekommen war, mußte er erst eine Pause einlegen und Luft schnappen. Er keuchte erbärmlich. So erschöpft mußte sich Sir Edmund Hillary gefühlt haben, als er den Mount Everest bezwungen hatte. Dann ging er stracks zur Kaffeemaschine, goß sich eine Tasse ein und schloß sich in seinem Zimmer ein. Er holte Rosies Brief hervor und las ihn zum vierzigsten Mal:

Mein geliebter Seth,
Du wußtest ja schon lange, daß ich Dich verlassen wollte. Ich habe damit noch gewartet, bis Du nach der Entlassung wieder Fuß gefaßt hast. Jetzt hast Du Deine neue Arbeit, und ich will nicht länger warten, denn es gibt nie den richtigen Zeitpunkt für einen Abschied.
Du sollst aber auch wissen, daß ich Dich liebe und immer lieben werde. Doch ich kann nicht länger dabei zusehen, wie Du Dich zugrunde richtest. Ich habe erkannt, daß Du tun mußt, was Du tust. Niemand kann Dich davon abbringen.
Ruf mich also bitte nicht an, denn das kann uns beide nur verletzen. Ich kann Dich nicht mehr verändern, und ich kann Dir nicht mehr helfen.
Deine Dich liebende
Rosie Wheeler

Seth entschloß sich, einen kurzen Brief an Tante Claire zu schreiben. Er wollte Rosie bei ihrem Neubeginn finanziell unterstützen, aber sie sollte nicht wissen, daß das Geld von ihm kam – sonst würde sie es nicht annehmen. Also erklärte er das kurz ihrer Tante und legte einen Scheck bei. Tante Claire sollte Rosie das Geld geben, wenn sie es brauchte, und so tun, als seien es ihre eigenen Ersparnisse. Damit war Seth' Konto leer.
Nun sah Seth die Briefe durch, die für ihn auf dem Schreibtisch

lagen. Sofort fiel ihm der Umschlag von Miller & McGrath auf. Hastig öffnete er ihn. Harry Cooper war zum Teilhaber ernannt worden. Das war ein harter Schlag für Seth, er spürte wieder einen heftigen Stich in seinem Magen. Trotzdem freute er sich auch für Harry und nahm sich vor, ihm zu gratulieren.
Er stärkte sich mit einer zweiten Tasse Kaffee und machte sich an die Arbeit. Er erstellte eine Klageschrift, mit der er im Namen der Aktionäre von TDA Klage gegen die geschäftsschädigenden Praktiken des Vorstandes erhob. Er fühlte sich etwas seltsam dabei: Er verklagte einen Mann, den er nicht kannte, im Namen einer Gruppe, die er nicht kannte. Und er mußte noch einen Aktionär finden, der offiziell als sein Klient fungierte.

• 25 •

WIEDER WAREN VIER Wochen vergangen, und Seth war nicht einen Schritt weiter gekommen. Er versank in den alltäglichen Bagatellfällen, mit denen Allyn ihn eindeckte. Und bei seinen Nachforschungen über ConSpace und Aubrey Olmsteads TDA lief er immer nur ins Leere. Außerdem hatte er es noch nicht verkraftet, daß Rosie ihn verlassen hatte. Und Elenas Fall drohte ihm zum zweitenmal zur persönlichen Katastrophe zu werden. Den letzten Ausweg aus dieser Misere sah er darin, sich mit dem Beamten des Justizministeriums zu treffen, der bereits gegen Olmstead ermittelt hatte. Es stellte sich heraus, daß er inzwischen stellvertretender Leiter der Steuerabteilung des Justizministeriums geworden war. Seth gelang es, mit ihm ein Treffen in New Orleans zu vereinbaren. Als Seth Allyn überreden wollte, diese Geschäftsreise zu finanzieren, erklärte sie zu seiner Überraschung, sie werde mitkommen.
»Ich mische mich nicht in Ihr Gespräch ein«, versicherte sie ihm vor der Abreise. »Ich möchte nur einmal die Bourbon

Street sehen und die berühmte Küche ausprobieren – Krebsgumbo und *Étouffée.* Das kann ich mir nicht entgehen lassen.«
»Hat Ihnen etwa mein hervorragendes *Étouffée Cameron* nicht gemundet?« Während des Studiums hatte Seth kurz in einem Schnellimbiß als Koch gearbeitet. Jetzt, da Rosie nicht mehr für ihn sorgte, betätigte er sich als Hobbykoch.
»Oh, ich will nur mal sehen, was die anderen aus Ihrem wunderbaren Rezept machen.«
In New Orleans erwies sich Allyn als große Hilfe. Sie begleitete Seth zu dem Treffen mit William Torville und konnte das Schlimmste verhindern. Die beiden Männer fühlten bereits bei der Begrüßung heftige gegenseitige Aversionen. Torville hatte in Harvard studiert und dann als junger Staatsanwalt im Ministerium schnell Karriere gemacht. Er war ebenso arrogant wie dick. Aber er schien auch sehr intelligent zu sein. Als er schilderte, wie es ihm bei den Ermittlungen gegen Olmstead ergangen war, lobte er ausgiebig seine eigene Arbeit. Er hatte »lückenlos nachweisen« können, daß die TDA-Aktiengesellschaft eine Scheinfirma für Steuerhinterziehung war und nicht die geringste Absicht hatte, jemals ein Produkt auf den Markt zu bringen. Er zeigte ihnen eine Reihe von Dokumenten und Aussagen von Angestellten und Zeugen, die seinen Verdacht bestätigten. Zwei Wochen bevor er den Fall an das Große Geschworenengericht der Vereinigten Staaten hatte weitergeben können, hatte die Tochterfirma, TDA, Inc., auf wundersame Weise ein komplettes Bordsystem, die M-31-Elektronik, hergestellt. Dieses Bordsystem hatte die Firma ConSpace übernommen und in die X-215A eingebaut. Damit waren Torvilles Ermittlungen zunichte gemacht. Denn die Produktionsfirma TDA, Inc. und natürlich auch die TDA-Aktiengesellschaft, die das Projekt finanzierte, bewiesen damit ihre Tüchtigkeit und Legalität.
»Es geht hier um offenen, schamlosen Steuerbetrug. Nur der Verkauf des Bordsystems an ConSpace paßt nicht ins Bild!«

klagte der korpulente Steuerfahnder. Seine Eitelkeit war noch immer verletzt, und er sprach in weinerlichem, beleidigtem Ton. »Eine Woche später«, jammerte Torville, »wurde mir mitgeteilt, daß von ›ganz oben‹ die Anweisung gekommen sei, die Ermittlungen einzustellen. Angeblich sollte der Steuerabteilung eine Blamage erspart werden!«

»Wollen Sie damit sagen«, rief Seth empört, »daß Sie aufgegeben haben? Sie haben nicht versucht herauszufinden, wer Ihnen von oben einen Strich durch die Rechnung gemacht hat? Die Sache stinkt zum Himmel, und Sie schließen die Akte?«

Hier griff Allyn ein. »Mr. Torville hat nun mal nicht die gleichen Befugnisse wie seine Vorgesetzten, Seth. Er muß sich an die Anweisungen halten, ob ihm das paßt oder nicht«, sagte sie zu Seth. Und zu Torville: »Mr. Cameron wollte Ihnen keinen Vorwurf machen. Nehmen Sie ihm seine Aufregung bitte nicht übel!«

»Seine Aufregung sicher nicht!« sagte der hohe Justizbeamte mit einem vernichtenden Blick auf Seth. Er war hochrot angelaufen, und seine Stimme vibrierte vor Wehleidigkeit.

Doch er ließ sich von Allyn beruhigen und berichtete weiter. ConSpace hatte also das Bordsystem der TDA, Inc., in die X-215A eingebaut, da passierte drei Monate später etwas, was alle Wirtschaftsbeobachter verblüffte. ConSpace wurde der größte Auftrag erteilt, den die US-Regierung je vergeben hatte. »Man hatte erwartet, daß der Auftrag an Winston-Ethridge Aeronautics, den international führenden Hersteller von Überschallflugzeugen, gehen werde. Doch das Preisangebot von ConSpace und die Konzeption der X-215A hatte Winston-Ethridge als Konkurrent ausgeschaltet.«

Seth sprang von seinem Stuhl auf. »Aber das ist doch eindeutig, was da passiert ist! ConSpace übernahm von Olmstead das M-31-Bordsystem, und dafür schmierte Olmstead die entsprechenden Stellen, damit ConSpace den Regierungsauftrag bekam.«

»Das ist – hmmm – durchaus denkbar. Olmstead verfügt über weitreichende Beziehungen.« Torville erstickte fast daran, daß er Seth zustimmen mußte. »Olmstead ist ungeheuer reich. Eine äußerst zwielichtige Gestalt, gefährlich! Ich traue ihm alles zu!«
»Ist das der Grund, warum Sie kneifen?« fragte Seth. »Haben Sie Angst vor ihm?«
»Mrs. Friedlander!« Indigniert stand Torville auf. »Ich war zu diesem Treffen bereit, weil ich dachte, daß wir ein gemeinsames Ziel verfolgen. Ich erwartete hier Synergismus – also Zusammenarbeit, Mr. Cameron! Aber ich bezweifle, daß das mit diesem King-Kong möglich ist. Ich sehe mich außerstande, ihn noch länger zu tolerieren.«
»Ganz meinerseits«, erwiderte Seth und nahm seinen Mantel. »Für mich sind Sie auch unerträglich – Sie Jammerlappen!«
Auf der Straße warf Allyn Seth einen bösen Blick zu. Dann nahm sie ihr Notizbuch aus der Tasche und begann zu schreiben. Neugierig sah ihr Seth über die Schulter. Sie hatte sich Torvilles Zeugenliste genau gemerkt, sogar Adressen und Telefonnummern, und konnte sie vollständig rekonstruieren. Dann klappte sie das Büchlein zu und ging wortlos zum Parkplatz. Seth trottete hinter ihr her. Erst im Auto wandte sie sich ihm zu. »Seth Cameron! Sie mögen im Gerichtssaal ein glänzender Anwalt sein. Dort erwartet man ja auch von Ihnen, daß Sie den Gegner aufs Korn nehmen und seine Schwächen aufdecken. Aber Sie haben keinen blassen Schimmer davon, wie man im wirklichen Leben mit Menschen umgeht, damit man sein Ziel erreicht ... nun, obwohl Sie sich größte Mühe gegeben haben, diesen eitlen Fatzke zu vergrätzen, hat er uns verraten, wie wir der Sache auf die Spur kommen können. Ist Ihnen das aufgefallen?«
Seth überlegte scharf. »Die Caicos-Inseln!«
»Bingo!« lobte Allyn.
»Dann sitze ich morgen also im Flugzeug?«
»Genau«, sagte Allyn. »Sie fliegen morgen nach San Francisco

in Kalifornien. Jemand muß dort ja die Stellung halten. *Ich* werde zu den Caicos-Inseln fliegen!«

»Aber …

»Kein Aber, King-Kong!« Verschmitzt lächelte sie ihn an. »Für diese Aufgabe braucht man etwas Raffinesse.« Allyn warf ihr Notizbuch in die Aktentasche und ließ die Verschlüsse einschnappen. »Das, mein Lieber, ist Frauensache.«

• 26 •

ZWEI TAGE LANG hörte Seth nichts von Allyn. Dann klingelte das Telefon – mitten in der Nacht. Es war ein Ferngespräch aus Kew, der Hauptstadt der Caicos-Inseln.

»Wir haben ihn, Cowboy!« brüllte Allyn triumphierend ins Telefon. »Wir haben den dicken Fisch an der Angel!«

»Herzlichen Glückwunsch!« murmelte Seth schlaftrunken. Mit zusammengekniffenen Augen versuchte er, die Uhrzeit auf seinem Wecker zu enträtseln. Es war zwei Uhr morgens. »Aber wer bitte ist der dicke Fisch, und wieso ist er an der Angel? Und überhaupt: Wer spricht da eigentlich?«

»Wachen Sie auf, Cowboy! Ich rede von Olmstead!« Allyn nuschelte undeutlich; vermutlich war sie ziemlich betrunken. »Ich bin Olmstead auf die Schliche gekommen. Passen Sie gut auf!«

Sie erläuterte Seth im wesentlichen, wie Olmstead seinen Steuerbetrug über die TDA-Aktiengesellschaft abwickelte.

»Das ist sehr aufschlußreich.« Seth' Verstand begann zu arbeiten. »Aber ich habe zwei Fragen. Erstens verstehe ich nicht, wie Olmstead den Fehlbetrag vor dem Finanzamt vertuscht. Wenn ein Investor die Aktie kauft und nur einen Teilbetrag bezahlt, muß er doch trotzdem dem Finanzamt eine Quittung für die ausstehende Restsumme vorlegen. Zweitens möchte ich gern wissen, wie Sie das alles herausbekommen haben.«

Allyn kicherte amüsiert. »Olmstead besitzt hier auf den Inseln noch ein Kreditinstitut – die Zenith Financial. Das ist ein Scheinunternehmen, bei dem die Investoren angeblich einen Kredit über die Restsumme aufnehmen. Die Zenith Financial stellt den Beleg fürs Finanzamt aus und läßt den Betrag über eine andere Bank – die First Southern Bank of Kew – an TDA überweisen. Sieht alles ganz sauber aus.«

»Dann steckt die Southern Bank wohl auch mit drin!«

»Sie haben sich eine Zigarre verdient!« Allyn kugelte sich offenbar vor Lachen. »Die Bank muß wissen, was da vorgeht, denn in dem Dreieck TDA, Zenith Financial und Southern Bank werden nur Papiere hin- und hergeschoben. Der Investor unterschreibt bei Zenith Financial den Kreditvertrag und die Zahlungsanweisung an TDA. Nehmen wir mal an, er nimmt einen Kredit in der Höhe von 600 000 Dollar auf. Die Zenith Financial läßt den Geldtransfer über die Southern Bank an die TDA laufen. Da alle drei Unternehmen von Olmstead kontrolliert werden, geht das Geld von TDA sofort wieder auf das Konto der Zenith Financial bei der Southern Bank. Hier wartet es dann so lange, bis der nächste geldgierige Idiot die preisgünstige Aktie von TDA kauft. Dann beginnt der Kreislauf von neuem. Den angeblich zinsfreien Kredit muß der Investor nie real bezahlen. In dem Vertrag steht lediglich, daß der Kredit aus Dividenden der TDA-Produktion getilgt werden soll. Das war aber bis vor kurzem noch höchst unwahrscheinlich, weil TDA kein Produkt herstellte. Es bestanden nicht einmal ernst zu nehmende Pläne für eine Produktion.«

»Olmstead steckte das Geld also einfach ein, ohne zu investieren?«

»So ist es! Und das Geschäft blüht. Mehrere 100 Millionen Dollar hat er auf diese Weise schon eingesackt. Allerdings gibt es tatsächlich ein Forschungsinstitut, das auf den Werbebroschüren recht wissenschaftlich aussieht. Der Leiter war ein gewisser Dr. Ivor Tellman – ein ehemaliger Professor von der

Technischen Universität von Massachusetts. Aber er war schon seit langem Alkoholiker. Übrigens hat er sich vor kurzem erschossen.«

»Aber die TDA hat doch tatsächlich ein Produkt hergestellt – das M-31-Bordsystem.«

»Ja! Wollen Sie wissen, wie es dazu kam? Olmstead hat einen Informanten, der ihn rechtzeitig vor Torville und seinen Plänen warnen konnte. Die Identität des Informanten ist vertuscht. Er besitzt einen Teil der Aktien bei TDA – unter einem Decknamen. Sehr wahrscheinlich haben Sie recht mit Ihrer Vermutung, daß es zu einer Art Kuhhandel zwischen TDA und ConSpace kam.«

»Vergessen Sie die Regierung nicht!« warf Seth ein. »Die müssen jemanden in der Regierung sitzen haben. Das Ding konnte nur jemand drehen, der viel Einfluß hat. Mitten im Zentrum der Macht versteckt sich dieser Bruder!«

»Pater!«

»Wie bitte?«

»Der Bursche an den Schalthebeln hat den Decknamen ›Pater‹. Nur Olmstead weiß, wer er wirklich ist.«

»Und wie haben Sie das alles herausgefunden? Wen haben Sie zum Reden gebracht?«

»Einen ehemaligen Buchhalter aus Olmsteads Unternehmen namens Cecil Kimbrough! Er stand auf Torvilles Zeugenliste.«

Seth setzte sich erstaunt im Bett auf. »Seltsam! Ein Mann, der so mächtig ist wie Olmstead, müßte doch seine Mitwisser in der Hand haben. Entweder besticht er sie und macht ihnen Versprechungen, oder er schüchtert sie mit Drohungen ein.«

»Sie haben mal wieder ins Schwarze getroffen.« Allyn kicherte schrill. »Aber ich habe Olmstead in beidem übertroffen! Erst habe ich Kimbrough mit leeren Versprechungen eingewickelt und ihn dann das Fürchten gelehrt!«

»Allyn, Sie sind betrunken!«

»Das war leider bei meiner kurzen, aber intensiven Bekanntschaft mit dem lieben Cecil unvermeidbar.« Allyns Stimme klang fast melancholisch.
»Sie haben mit dem Kerl *geschlafen*?« rief Seth entsetzt.
»Sie kennen doch den Spruch, Seth: Man muß ihnen das Blaue vom Himmel versprechen und dann die Vorladung vorknallen.«
»Eine *Vorladung*! Sie haben dem armen Idioten damit gedroht, ihn vor Gericht zu bringen? Haben Sie ihm in einer Bar auf der Serviette eine Vorladung ausgestellt?«
Allyn erzählte nun, daß sie Kimbrough zunächst betrunken gemacht hatte. Dazu hatte sie selbst mithalten müssen. Sie hatte so einiges aus ihm herausbekommen können, aber nicht das Wichtige. Dann hatte sie sich einen starken Mokka bestellt, um wieder nüchtern zu werden, und dem unglückseligen Don Juan Seth' Klageschrift und eine gerichtliche Vorladung unter die Nase gehalten.
»Ganz schön dreist!«
»Aber effektiv!« Allyn begann wieder amüsiert zu meckern. »Sobald ich wieder nüchtern bin, fliege ich nach Hause und schreibe eine Klageschrift gegen Olmstead, in der der ganze Coup aufgedeckt wird.«
»Alles schön und gut, Allyn. Aber wir brauchen einen Aktionär, der bereit ist, die Sache auffliegen zu lassen. Ohne offiziellen Klienten können wir nichts unternehmen.«
»Ich fürchtete schon, daß Sie mich nie darauf ansprechen. Mein braver Cecil hat mir eine Liste besorgt, auf der die Namen aller Aktionäre unserer dubiosen Firma stehen. Mindestens ein Dutzend davon leben in der Nähe von San Francisco.«
»Prima! Haben Sie etwas in Erfahrung bringen können, das *mir* weiterhilft? Haben Sie etwas über ConSpace herausbekommen? Über die X-215A? Deshalb machen wir ja den ganzen Zirkus.«
Für einige Sekunden schien die Leitung tot. »Entschuldigen Sie, daß ich nicht vor Begeisterung platze«, sagte Seth. »Mir

kommt es nur so vor, daß hier der Schwanz mit dem Hund wedelt.«
»Ich verstehe Sie schon«, sagte Allyn unbekümmert. »Aber wir wissen jetzt, daß Ihr Fall wirklich ein Hund ist – und zwar ein dicker!«
Seth schwieg.
»Also gut, Seth!« brummte Allyn. »Es tut mir leid. Ich bezweifle aber, daß mein Cecil etwas über das Bordsystem hätte erzählen können.«
Du hättest ihn wenigstens mal fragen können, dachte Seth. Er wünschte Allyn noch eine gute Reise und legte auf.
Wieso hatte er ihr nur vertraut? Bis jetzt hatte er sich immer auf sich selbst verlassen. Und das war auch besser so. Wenn er in Elenas Fall vorankommen wollte, mußte er sich selbst darum kümmern.
Also rief er kurz entschlossen bei Lev an und bat ihn über Anrufbeantworter um einen Rückruf.

• 27 •

»IHRE PÄSSE, BITTE!«
Obwohl er sich auf die Situation gut vorbereitet hatte und der Wachposten keineswegs unfreundlich war, klopfte Seth das Herz vor Aufregung so heftig, daß er befürchtete, sich dadurch zu verraten. Seth und Lev standen vor dem Einlaß zur Symington Air Force Base in New Mexico.
Bevor sie sich endgültig hierher gewagt hatten, hatten sie vor einer Stunde im *Bertha's*, das in der Nähe der Air Base lag, ihren Plan noch einmal genau durchgesprochen. Sie hatten schwarzen Kaffee getrunken, die ausgestellten Kunstobjekte aus schwarzem Samt betrachtet und versucht, sich einzureden, daß sie das Unmögliche schaffen könnten. Sie mußten nur auf den streng abgeschirmten Luftwaffenstützpunkt gelangen und dem

hauptverantwortlichen Leiter des technischen Bereiches von ConSpace einige Fragen stellen. Dieser Leiter war, neben anderem, verantwortlich für die Sicherheit und Wartung der neuesten US-Geheimwaffe, und sie mußten ihn dazu bringen, Landesverrat zu begehen, ohne daß er es merkte: Er sollte ihnen in einem scheinbar unverfänglichen Gespräch so viel über die geheimste aller Geheimwaffen der USA verraten, daß Seth genug Informationen hatte, um ConSpace zu erpressen. Denn verklagen konnte er die Firma nicht mehr, da ja die Frist abgelaufen war. Es war doch alles ganz einfach.
»Weißt du eigentlich, was du da verlangst, Cowboy?« hatte Lev gefragt, als Seth ihn vor einer Woche in den Plan einweihte. »Das ist Spionage gegen unser eigenes Land! Da habe ich schon meine Skrupel. Außerdem: Wie willst du das schaffen? Das scheitert doch schon daran, daß wir die Symington Air Force Base gar nicht erst betreten dürfen.«
Bei *Bertha's* hatte Lev dann schweigend drei Ausweiskarten auf den Tisch gelegt. Die erste wies Seth als Reporter Jason Arnold von der Fachzeitschrift *Scientific Aeronautics* aus, die zweite Karte war ein Führerschein aus New York, ausgestellt auf denselben Namen, die dritte eine American-Express-Karte. Lev hatte drei solcher Karten auch für sich. Es waren sehr gute Fälschungen, die ein Freund Levs angefertigt hatte, weil er ihm einen Gefallen schuldig war.
»Wir packen den Stier bei den Hörnern«, hatte Lev gebrummt. »Hoffentlich werden wir dabei nicht aufgespießt.«
»Warum hilfst du mir eigentlich bei dieser Sache? Wieso gehst du das Risiko ein?« wollte Seth wissen. Sie hatten bezahlt und ihre Mäntel geholt. »Ich weiß ja noch nicht mal so recht, warum *ich* das tue.«
»Doch – das weißt du!« hatte Lev erwidert. »Es ist deine letzte Chance!«
Sie hatten sich ins Auto gesetzt und waren Richtung Air Base gefahren.

»Gut, und warum machst *du* das?« hatte ihn Seth gefragt.
Mit steinernem Gesicht hatte Lev vor sich hin gestarrt. Die Frage hatte ihn ärgerlich, aber auch verlegen gemacht. »Ich glaube, ich mache es deinetwegen! Wegen der guten alten Zeiten und so! Vielleicht auch, weil du mich bei M & M nicht vergessen hast!«
»Wirklich schade, daß Treadwell mich vor die Tür gesetzt hat, bevor ich mehr für dich tun konnte.«
»Das war doch der letzte Laden. Die hatten immer alle die Nase in der Luft. Arrogante Heuchler. Du warst der einzige, der mich mit Respekt behandelt hat und nicht wie einen Dienstboten. Lauter verkappte Rassisten. Dafür bekommt man schon als Kind ein Gespür.« Nach einer Weile hatte Lev hinzugefügt: »Natürlich mache ich das auch für mich. Mann – das ist spannender, als untreuen Ehemännern beim Seitensprung nachzuschnüffeln. Außerdem habe ich auch nichts mehr zu verlieren. Das ist, wie wenn du beim Football drei Punkte im Rückstand bist und nur noch zwanzig Sekunden bis zum Abpfiff hast. Ich will kein Unentschieden – ich will gewinnen! Bei dir ist das genau das gleiche!«
Da standen sie nun also als Geheimagenten in eigener Sache am Tor der Militäranlage und wurden vom Wachposten von oben bis unten gemustert. Dieser Mann hatte in seiner Ausbildung gelernt, der eigenen Mutter nicht über den Weg zu trauen. Nun betrachtete er die gefälschten Ausweiskarten mit äußerster Skepsis.
»Ja, Sergeant!« sagte Lev zu dem dünnen, schlaksigen Soldaten. »Wir sind Reporter von *Scientific Aeronautics.* Mein Kollege hier neben mir ist Mr. Arnold, Jason Arnold.«
»Ich muß erst Mr. Bostwick fragen, ob das genehmigt werden kann.«
Der rothaarige Posten dirigierte sie in das Wachhaus und wies auf zwei Stühle. »Nehmen Sie doch bitte in der Zwischenzeit Platz.« Das war ein Befehl. »Haben Sie mit Mr. Bostwick einen Termin vereinbart?«

»Nicht direkt! Dazu hatten wir keine Zeit.« Seth staunte, wie sicher seine Stimme klang. Der Posten sah ihn durchdringend an, und Seth' Magen krampfte sich zusammen. Doch Seth sprach gelassen weiter: »Wir reisen bei unseren Recherchen viel herum. Da wir zufällig hier in der Nähe waren, wollten wir die Gelegenheit nutzen und Mr. Bostwick interviewen. Dann geht's wieder zurück nach New York.«

»Ja, unsere Leser interessieren sich nämlich sehr für das umstrittene Stealth-Programm. Wir wollen lediglich ein paar Informationen, damit wir das Programm gegen unqualifizierte Kritik besser verteidigen können.« Lev entpuppte sich als nervenstarker Lügner. Der Posten glaubte ihnen jedoch kein Wort, und das Telefonat mit Bostwick bestätigte seine Zweifel.

»Mr. Bostwick erwartet Sie nicht«, sagte der Wachmann mit schneidender Stimme. »Er kennt Sie nicht einmal!«

»Kann ich kurz selbst mit ihm sprechen?« fragte Seth empört und griff zum Hörer. »Er kennt mit Sicherheit unsere Zeitschrift.« Durch die offene Tür des Wachhauses kam etwas frische Luft, und ein kalter Windhauch streifte Seth am Rücken. Da erst spürte er, daß er sein Hemd vor Aufregung durchgeschwitzt hatte. Er wünschte, er könnte jetzt gemütlich mit Fat Dog in seinem Häuschen sitzen und zusehen, wie die schweren Nebelschwaden vom Pazifik langsam über die Hügel in das Tal vordrangen und Mill Valley in eine unwirkliche Geisterwelt verwandelten.

Statt dessen verhandelte er mit Bostwick. Er griff Levs Idee auf und entwickelte sie weiter. Er erklärte Bostwick, daß ihre Zeitschrift das Stealth-Programm befürworte und unterstützen wolle. Da das Programm zur Zeit im Kongreß und in den Medien heftig umstritten sei, wollten sie einen Artikel veröffentlichen, der die Vorteile des Programmes herausstellte. Vielleicht konnte so die Irritation in der Bevölkerung beruhigt werden. Schließlich ließ sich Bostwick überzeugen. Der Posten beschrieb ihnen nun den Weg zur Flugzeughalle G, bei der

Bostwicks Büro lag. Erleichtert setzten sich die beiden ins Auto und fuhren los.
»Jetzt wird's heikel«, sagte Seth nervös. »Laß das besser mich machen.«
Lev saß am Steuer und sah starr geradeaus. Seth' spontane Bemerkung hatte ihn verletzt. Plötzlich herrschte eine gespannte Atmosphäre. »Für jemanden, der in der Verteidigung gespielt hat, kannst du ganz schön offensiv werden«, meinte Lev nach einer Weile.
Schweigend fuhren sie durch die Militäranlage. Sie kamen an endlosen Reihen olivgrüner Wellblechbaracken vorbei. Dazwischen standen ab und zu einige kahle Bäume, die von den heftigen Winterstürmen zerzaust waren.
»Wollen Sie sich nicht lieber auch selbst ans Steuer setzen, Massa Seth?« stichelte Lev und sah dabei düster geradeaus.
»Komm schon, Lev. So war das nicht gemeint. Ich wollte ...«
»Vergiß es, Cowboy!« sagte Lev und fuhr den Wagen rasant in eine Parklücke. Dann bremste er hart ab. »Das hier ist dein Coup! Ich werde versuchen, dir nichts zu vermasseln.«

Neben Halle G stand eine Wellblechbaracke, die wie die meisten anderen Gebäude auf der Air Base bei Bedarf schnell abgebaut und anderswo wieder aufgebaut werden konnte. Im Inneren sah es aus wie in einem modernen Ingenieursbüro, und es herrschte rege Betriebsamkeit. Wie in einem Großraumbüro waren die Schreibtische des Personals in verschiedenen Sektoren gruppiert. Das Mobiliar war billig und zweckmäßig. Uniformierte Offiziere arbeiteten neben Ingenieuren in Zivil. Alle redeten laut und aufgeregt, und ständig klingelte ein Telefon. Auf den Tischen türmten sich Papiere und Computerausdrucke. An den Wänden hingen Konstruktionspläne und Blaupausen. Überall standen Zeichentische für technische Zeichner. Der Raum vibrierte vor Lärm und Hektik.
Als Seth und Lev das Büro betraten, kam sofort ein Sergeant

auf sie zu und geleitete sie ans andere Ende des Raumes zu einem mächtigen Schreibtisch. Dahinter saß ein Mann mit hochrotem Gesicht und telefonierte angespannt. Nervös klopfte er mit einem Stift auf den Tisch. Harold Bostwick blickte kurz auf, als sie vor ihm standen, und wies sie an, Platz zu nehmen. Während er telefonierte konnte Seth ihn genauer ansehen. Vielleicht gab ja das Äußere Hinweise auf den Charakter. So könnte er besser sondieren, wie er vorgehen sollte. Bostwick trug eine protzige, aber offenbar billige Armbanduhr und einen Ring, der ihn als Mitglied einer Verbindung auswies; ein weißes Hemd von schlechter Qualität, aber mit gesticktem Monogramm am Kragen und dazu eine teure Markenkrawatte. Für Seth' geübten Blick lauter verräterische Zeichen: Bostwick war ohne Zweifel eitel und ehrgeizig, aber wohl auch frustriert. Vielleicht hatte er sein Ziel nicht erreicht und war beruflich unzufrieden. Sicher hegte er daher einen Groll gegen seine Vorgesetzten. Häßlich war er obendrein: Es mußte ihn Überwindung kosten, in den Spiegel zu sehen. Sein Gesicht war aufgedunsen; ein Netz von roten Äderchen auf der Nase verriet, daß Bostwick dem Alkohol zusprach. Das paßte alles gut zusammen. Dieser Mann mußte anfällig sein für Schmeicheleien. Wenn man den richtigen Ton fand, würde er bestimmt einiges auspacken. Aber er würde sicher auch wenig Nachsicht zeigen, wenn er sie als unbefugte Eindringlinge enttarnen würde.
»Also, meine Herren von der Presse«, sagte Bostwick, nachdem er den Hörer geziert mit zwei Fingern auf die Gabel hatte fallen lassen. »Was kann ich für Sie tun?« Er schenkte ihnen ein Lächeln. Dabei wälzte er seine Oberlippe wie eine Wurst nach oben und entblößte sein Gebiß.
Seth betonte zu Beginn noch einmal, daß ihre Zeitschrift das Stealth-Programm befürworte und mit einem entsprechenden Artikel unterstützen wolle. Harold Bostwick ließ sich tatsächlich ködern und erläuterte das Stealth-Programm. Ihn lockte wohl die Aussicht, daß eine Zeitschrift einen wohlwollenden Bericht

über ihn veröffentlichen würde. Ab und zu wies er scheinheilig auf seine Schweigepflicht hin. »Sie haben sicher Verständnis dafür, meine Herren, daß ich Ihnen nur Informationen weitergeben darf, die für die Öffentlichkeit bestimmt sind.« Auf diese überflüssigen Hinweise, die nur Bostwicks Bedeutung betonen sollten, antwortete Seth jedesmal scheinbar beeindruckt: »Selbstverständlich haben wir dafür volles Verständnis!« Lev nickte bestätigend. Leider hielt sich Bostwick wirklich daran. Zwanzig Minuten lang hielt er ihnen einen Vortrag über unverfängliche technische Daten, die allgemein bekannt waren. Dabei pries er unablässig die Überlegenheit und Sicherheit der X-215A.

Schließlich hatte Seth davon genug und beschloß, zum Angriff überzugehen. »Es kursieren Gerüchte über die X-215A. Mittlerweile sind vier Flugzeuge bei Testflügen abgestürzt – in knapp zwanzig Monaten. Es gibt Spekulationen darüber, daß ein gravierender technischer Defekt vorliege. Wir vom *Scientific Aeronautics* möchten diesen Gerüchten gern entgegenwirken. Könnten Sie uns mit Informationen behilflich sein?«

Seth lobte sich im stillen für seine Taktik. Bostwick sprang vor Entsetzen von seinem Stuhl auf. Alle Köpfe drehten sich zu ihnen um. Durch ein winzig kleines Fenster in der Wellblechwand stahl sich ein Sonnenstrahl und fiel genau auf Bostwicks dicke Brillengläser. Sie funkelten und glitzerten. Dahinter – im Dunkeln – lauerten Bostwicks Augen, mißtrauisch und gefährlich.

»Sind Sie vielleicht Wissenschaftler, die an einem Forschungsprojekt arbeiten? Oder wollen Sie mir militärische Geheimnisse entlocken?« Grimmig stand Bostwick vor ihnen und sagte donnernd: »Das Gespräch ist hiermit beendet!«

Allyn hatte recht gehabt, als sie ihm nach der Auseinandersetzung mit William Torville die Leviten gelesen hatte! Doch diese Einsicht half Seth im Moment nicht weiter. Er konnte eben nicht richtig mit Menschen umgehen. Das lag ihm nicht. Lieber focht er einen harten Kampf vor Gericht aus. Dort waren die Regeln genau festgelegt, und jeder wußte, woran er war: Der Zeuge kann übertreiben, sogar lügen, ihn wird kein Blitz vom Himmel dafür bestrafen. Ihm gegenüber steht der Anwalt. Er hat bei diesem Kampf den Heimvorteil, denn er kennt sich mit den Regeln gut aus. Er weiß, was er tun darf, um die Wahrheit ans Licht zu bringen, und er wird den Zeugen in die Mangel nehmen, bis dieser sich widerspricht und die Lügen aufgedeckt werden.

Bei den vorbereitenden Ermittlungen aber waren die Rollen vertauscht. Hier mußte sich der Anwalt tarnen und mit Tricks arbeiten, während der Zeuge den Heimvorteil hatte. Und jetzt hatte der Gegner das Spiel einfach beendet und ihn des Spielfeldes verwiesen.

»Das ist ein Mißverständnis, Mr. Bostwick!« Seth haßte es, wenn er zum Bittsteller werden mußte. »Wir sind auf *Ihrer* Seite. Wir schreiben einfach, daß Sie zu diesen Gerüchten keinen Kommentar abgeben wollen.«

Volltreffer! Bostwick war verunsichert. Wenn er die Fremden mißtrauisch hinausbeförderte, ließ er sich womöglich die Chance entgehen, von der Presse in der Öffentlichkeit gut dargestellt zu werden. Die Aussicht, öffentliche Anerkennung zu bekommen, lockte ihn sehr. Er war hin- und hergerissen zwischen Vorsicht und Eitelkeit. Schließlich hatte er eine Lösung gefunden und verzog seine Oberlippe zur grinsenden Wurst. Erleichtert sackte er in seinen Stuhl zurück. »Also, meine Herren!« sagte er listig. »Ich fürchte, Sie haben mich ebenfalls mißverstanden. Es stimmt nicht, daß ich keinen Kommentar abgeben *möchte.* Ich bin dazu nicht befugt. Wir dürfen zu diesen Gerüchten nicht öffentlich Stellung nehmen, denn wir können im Nu einen Prozeß am Hals haben.«

»Oh, da kann ich Sie beruhigen. Die Gefahr besteht nicht mehr«, versicherte Seth. »Die ersten drei Abstürze sind mittlerweile verjährt. Selbst Bartons Witwe kann nicht mehr Klage erheben. Lediglich beim letzten Absturz ist die Frist noch nicht abgelaufen. Aber die Witwe ist die Tochter eines Luftwaffengenerals. Sie wird die Regierung niemals verklagen. Ihre Bedenken sind also völlig unnötig.«

Bostwick war über all dies informiert. Langsam nickte er. Es gab Verlängerung!

»Also gut! Sie können Ihren Lesern berichten, daß die X-215A vor jedem Testflug minutiös überprüft wird und erst dann starten darf, wenn sichergestellt ist, daß alles hundertprozentig in Ordnung ist. Auch als Barton und Andrews abstürzten, waren die Maschinen in einwandfreiem Zustand.«

»Daran habe ich nicht den geringsten Zweifel!« betonte Seth. »Aber es wird schwer sein, die Leser davon zu überzeugen. Nehmen wir den Fall Barton. Sam Barton stand in dem Ruf, der beste Testpilot der Air Base zu sein.«

Süffisant erwiderte Bostwick: »Dann wissen Ihre Leser nichts über den guten Sam Barton. Aber lassen wir das. Das geht die Öffentlichkeit nichts an. Schreiben Sie, daß ich höchstpersönlich die Maschine überprüft habe, bevor Sam Barton zu seinem Testflug startete. Zuerst kontrollieren verschiedene Techniker die Maschine, und dann überprüfe ich noch einmal alles in einem letzten Durchgang. Das ist Vorschrift.«

Das Telefon schrillte so laut, daß Seth erschrak. Sofort klopfte sein Herz wieder heftig. Zu viel Kaffee! Zu viele Lügen! Wenn man ihn jetzt an einen Lügendetektor anschließen und nach seinem Namen fragen würde, würde das Ding in die Luft fliegen.

Bostwick unterhielt sich eine Weile am Telefon. Seth tat so, als sähe er seine Notizen noch einmal in aller Ruhe durch. Lev betrachtete in der Zwischenzeit Bostwicks Diplome und Auszeichnungen. Die ganze Wand hinter dem Schreibtisch war damit dekoriert. Bostwick hatte die Dokumente sogar mit teuren Rahmen versehen.

»Jawohl«, rief Bostwick jetzt ins Telefon. »Jawohl – ich komme sofort!« Dann schüttelte er bedauernd den Kopf. »Es tut mir

leid, meine Herren, aber ich werde in der Flugzeughalle benötigt. Ich habe jetzt leider keine Zeit mehr für Sie. Vielleicht klappt's ja ein anderes Mal.«
»Das tut uns aber auch furchtbar leid, Mr. Bostwick!« Seth versuchte verzweifelt, Bostwick umzustimmen. Er lief hinter ihm her zur Tür. »Wissen Sie, hm, wir fliegen noch heute zurück nach New York. Jetzt bleibt uns wohl nichts anderes übrig, als die Gerüchte unkritisch zu übernehmen. So leid uns das tut!« Seth bemühte sich, seine Verzweiflung zu verbergen. »Unser Chef wird auch ganz schön verärgert sein. Er hat uns ja extra hierher geschickt, damit wir in Erfahrung bringen, wie wir die Gerüchte am besten aus der Welt schaffen. Dieses Gerede kommt doch nur von den Gegnern des Stealth-Programms, die das Projekt diffamieren wollen.«
Wieder ließ sich Bostwick ködern. »Na ja, meinetwegen kommen Sie mit! Es spricht nichts dagegen, daß Sie mich in die Halle begleiten. Dort steht heute nichts herum, was Sie nicht sehen dürften. Von der F-15 hatten die Russen schon die Konstruktionspläne ausspioniert, bevor der Vogel überhaupt auf die Rollbahn kam.« Bostwick nahm zwei Plaketten aus der Schreibtischschublade. »Hier! Stecken Sie sich das ans Revers!«
Eilig gingen die drei Männer von der Baracke zur Flugzeughalle, die etwa sechshundert Meter entfernt war. Vor einer großen Stahltür stand ein junger Wachsoldat. Mechanisch wie ein Roboter kontrollierte er ihre Papiere und gestattete ihnen dann den Zutritt. In der Halle gab Bostwick den beiden die Anweisung, direkt neben der Tür auf ihn zu warten, und ging die Treppe hinunter zu den Flugzeugen. Vor ihnen lag ein unterirdischer Betonbunker, etwa so groß wie ein Football-Spielfeld. Der Raum war hell erleuchtet. Mehrere Laufstege und Treppen aus Stahl führten in die Tiefe. In der riesigen Halle standen lediglich drei verschiedene Flugzeuge. An jeder Maschine waren mehrere Mechaniker beschäftigt. Daneben standen Wachen, die die Halle unablässig beobachteten. Zu Seth' großer Über-

raschung kannte Lev nicht nur die Flugzeugtypen, sondern wußte auch über technische Details Bescheid. Er nannte ihm die Höchstgeschwindigkeit und Schubkraft der Maschinen sowie die Art der Bewaffnung.

»Na – was denkst du, Cowboy? Hat sich der Ausflug gelohnt?«

»Bis jetzt noch nicht! Aber Bostwick weiß etwas über Barton. Das müssen wir noch herausbekommen.« Bostwick hatte die dringende Angelegenheit offensichtlich schnell geklärt, denn er kam jetzt wieder aus einem kleinen Büro unten in der Halle heraus und kletterte eine Stahltreppe zu ihnen hoch. Sein Gewicht machte ihm dabei ziemlich zu schaffen.

Kaum war er bei ihnen, fragte Seth, ob sie in die Halle gehen dürften, um sich die Flugzeuge anzusehen. Bostwick hatte keine Einwände. Allerdings mußten sie in seiner unmittelbaren Nähe bleiben.

»Die X-215A befindet sich wohl gerade auf einem Testflug?«

»So ungefähr!« antwortete Bostwick kurz. »Jedenfalls dürften Sie die Halle nicht betreten, wenn sie hier wäre. Also – wo waren wir stehengeblieben? Ach ja! Bartons Absturz!«

Seth bat ihn, ihnen inoffiziell das Wartungsprotokoll vom 15. Oktober zu zeigen – als Beweis für Bostwicks Aussage, er habe Bartons Maschine persönlich abgenommen.

Der Leiter des technischen Bereichs brach in schallendes Gelächter aus. »Da könnte ich Ihnen ja gleich die Konstruktionspläne der X-215A kopieren und mitgeben!«

»So meinte ich das natürlich nicht!« beschwichtigte ihn Seth. »Ich verlange nicht, daß Sie uns militärische Geheimnisse verraten. Ich möchte den Lesern nur glaubwürdig darstellen, daß der Vogel so perfekt ist, wie Sie sagen. Das Problem liegt doch darin, daß Sam Barton ein ausgezeichneter Testpilot war. Deshalb bezweifeln viele, daß menschliches Versagen die Absturzursache war. Im Kontrollausschuß des Stealth-Programms übt der liberale Flügel jetzt nach den Abstürzen heftige Kritik, und sofort hetzen die sensationshungrigen Skandalblätter die Bevölkerung auf. ConSpace soll den Kopf hinhalten!«

»Ach, damit werden wir fertig!« sagte Bostwick wenig überzeugend.

Seth hatte offenbar einen wunden Punkt getroffen und beschloß, härter vorzugehen. Er sah auf seine Armbanduhr und klappte sein Notizbuch zu. »Ich kann Ihre Haltung verstehen, Mr. Bostwick. Aber Sie lassen uns keine Wahl. ConSpace behauptet, daß die X-215A vor dem Absturz in einwandfreiem Zustand war, doch Sie weigern sich, diese Behauptung zu beweisen. Entweder wollen Sie uns das Wartungsprotokoll nicht zeigen – oder Sie können es nicht. In jedem Fall müssen wir unseren Lesern mitteilen, daß Sie nicht kooperieren.«

Bostwicks Augen wurden sekundenlang zu schmalen Schlitzen. Doch dann hatte er sich schon wieder in der Gewalt und heuchelte ein unbekümmertes Lächeln. »Na, meine Herren, wie wäre es mit einer Tasse Kaffee?«

Die beiden nahmen das Angebot an, und fünf Minuten später hatten sie einen Kompromiß mit Bostwick ausgehandelt. Sie zogen ihre Forderung nach einem schriftlichen Beweis zurück, da Bostwick keinen Einblick in Militärgeheimnisse geben durfte. Also gaben sie sich mit Bostwicks Ehrenwort zufrieden. Sie würden in ihrem Artikel Bostwicks Aussagen glaubwürdig darstellen. Als Gegenleistung wollte ihnen Bostwick inoffiziell etwas verraten, was jeden Zweifel an der Flugtüchtigkeit der X-215A beseitigen würde. Wenn sie danach nicht überzeugt seien, daß Barton für den Absturz selbst verantwortlich war, stehe es ihnen frei, anderweitig zu recherchieren. Bostwicks vertrauliche Information dürften sie aber keinesfalls veröffentlichen.

»Also«, begann Bostwick, »ich berichte Ihnen nun, was ich damals auch dem Oberinspektor, der den Absturz untersuchte, mitgeteilt habe. Sie haben mein Ehrenwort, daß das Wartungsprotokoll und mein persönlicher Kontrollbericht diese Aussagen belegen.« Bostwick machte eine kurze Pause und genoß die gespannte Aufmerksamkeit seiner Zuhörer. Er nippte an seinem Kaffee und fuhr dann fort: »Am 15. Oktober begannen wir mit der Inspektion um 16.00 Uhr. Jedes Detail der Maschine wurde überprüft. Daran arbeiteten achtzehn Flugzeugtechniker, die speziell dafür ausgebildet sind. Jeder ist ein hervorragender Experte auf seinem Gebiet und nur für seinen Bereich verantwortlich. Nach der Kontrolle unterschrieben sie bei mir das Wartungsprotokoll. Um 17.30 Uhr habe ich persönlich noch einmal die gesamte Maschine abgenommen: Alles war hundertprozentig in Ordnung. Wenn auch nur eine winzige Kleinigkeit beanstandet worden wäre, hätte der Vogel nicht fliegen dürfen. Übrigens – das können Sie Ihren Lesern ruhig berichten.«

»Wann genau startete Barton seinen Flug am 15. Oktober?«

»Das weiß ich nicht. Das fällt nicht in mein Ressort. Ich bin ausschließlich für die technische Sicherheit der Maschine verantwortlich.«

»Wer kann mir darüber Auskunft geben?«

»Niemand! Die Flugzeiten werden streng geheimgehalten. Darüber wissen nur sehr wenige Bescheid. Und die damals dafür zuständig waren, arbeiten mittlerweile nicht mehr hier. Hier wurde das gesamte Personal umbesetzt.«

»Gab es dafür einen Anlaß?«

»Mein Gott! Wir sind hier beim Militär! Ich kann Ihnen doch nicht den Casinoklatsch auftischen!«

»Also war an der Sache etwas seltsam?«

Demonstrativ legte Lev seinen Notizblock zur Seite. »Das behandeln wir natürlich streng vertraulich.«

»Na ja«, gab Bostwick zu, »angeblich wurde der Start verschoben.«

»Für wann genau war er angesetzt?«

»Soviel ich weiß, war er – wie immer – für 22.00 Uhr geplant.«

»Wissen Sie, wie lange sich der Start verzögerte?«
»Keine Ahnung! Vielleicht um ein oder zwei Stunden. So etwas kann vorkommen.«
»Wieso wird dann darüber geredet? Was war der Grund für die Verzögerung?«
»Lassen Sie es mich so formulieren, Mr. Arnold«, sagte Bostwick vorsichtig. »Captain Barton brauchte noch etwas Zeit für sich, bevor er starten konnte.«
»Können Sie sich etwas klarer ausdrücken? Natürlich bleibt das unter uns.«
Unsicher blickte Bostwick die beiden an. »Na ja! Wie soll ich sagen? Barton brauchte einen starken Kaffee!«
Seth und Lev starrten ihn verständnislos an, was Bostwick nur noch mehr irritierte. »Mein Gott! Stellen Sie sich doch nicht so an! Wenn *Sie* seinerzeit bei der *Washington Post* gearbeitet hätten, hätte es nie einen Watergate-Skandal gegeben. Sie merken ja gar nichts! Also, was ich Ihnen jetzt verrate, bleibt unter uns. Verstanden?«
»Mein Ehrenwort«, sagte Seth feierlich, »daß das nie in einer Zeitschrift veröffentlicht wird.«
»Gut! Nach dem Absturz wurde die Leiche, soweit das möglich war, obduziert. Angeblich hatte Barton so viel Alkohol im Blut, daß er wohl bereits vor dem Start in den Wolken schwebte.«
Damit hatte Seth nicht gerechnet, es zog ihm den Boden unter den Füßen weg.
Leider wirkte Bostwick glaubwürdig. Er sagte die Wahrheit – oder das, was er für die Wahrheit hielt.
»Soll das heißen, Barton war betrunken?«
»Ja. Aber die Luftwaffe hat es bis jetzt, aus Rücksicht auf die Witwe, verschwiegen.«
Lev sah Seth vielsagend an und zuckte resigniert mit den Schultern. Seth fühlte sich am Ende seiner Kraft. Alles war vergeblich gewesen. Sein Magen revoltierte heftig gegen den Kaffee. Ihm wurde schwindlig.

Bostwick wunderte sich, daß Seth so lange schwieg. Da griff Lev ein. Er kramte seine Pfeife aus der Manteltasche und steckte sie in den Mund. Er zündete sie nicht an, sondern kaute nachdenklich auf dem Mundstück herum. Sein Spürsinn war erwacht. »Trotzdem! Diese Erklärung schafft die Gerüchte nicht aus der Welt. Man glaubt, daß bei der X-215A etwas vertuscht wird. Sehen Sie, in Fachkreisen besteht der Verdacht, daß das angegebene Preis-Leistungs-Verhältnis bei der Maschine nicht stimmt. Sie erfüllt angeblich höchste technische und militärische Ansprüche und kostet dafür verhältnismäßig wenig. Flugzeuge mit einer vergleichbaren Konstruktion – wie die B-2 von Northrup oder die XB-004 von Winston-Ethridge – leisten im Vergleich weniger, kosten aber erheblich mehr. Das macht die Kritiker stutzig. Möglicherweise ist die X-215A ja mit Radartarnung und anderen technischen Raffinessen so überladen, daß der Vogel nicht mehr richtig fliegen kann. Man munkelt, daß die toten Piloten für die Abstürze verantwortlich gemacht werden, weil sie sich nicht verteidigen können.«
Bostwicks Miene verdüsterte sich, doch Lev sprach ungerührt weiter. »Auch im Kongreß wird heftig über die X-215A diskutiert. Die meisten Abgeordneten sind nach wie vor der Meinung, daß die USA eine neue Abschreckungswaffe brauchen, die einen Angriff zu riskant macht. Doch man ist nicht mehr überzeugt, daß die X-215A das leisten kann.«
»Lächerlich!« warf Bostwick ein. Er war verärgert. »Nehmen wir an, die Russen werden wieder übermütig. Sie setzen Jelzin ab und schicken uns ihre Interkontinentalraketen herüber. Sofort löst unser Radar Alarm aus, und wir können innerhalb einer halben Stunde zurückschlagen. Das heißt, kurz nachdem die Russen Washington D. C. angegriffen haben, sind wir schon in Moskau. Und die X-215A trifft ihre Ziele mit erstaunlicher Präzision: Sie ist mit atomaren Kurzstreckenraketen bestückt und hat somit eine wesentlich höhere Treffsicherheit als jedes ferngesteuerte Langstreckenraketensystem.«

Lev schüttelte den Kopf. »Und was ist mit dem Asat-System – wie es zum Beispiel in Tyuratam stationiert ist?«
Seth war verblüfft. Daß sich sein Freund mit Militärtechnik auskannte, war ihm neu.
»Zugegeben!« meinte Bostwick. »Das sowjetische Frühwarnsystem der Luftverteidigung war eines der besten auf der Welt ...«
»Nein!« unterbrach ihn Lev. »Es war nicht eines der besten, sondern *es ist das beste überhaupt*! Die Russen haben nicht nur hervorragende Satellitenbasen, sondern auch ein Hochfrequenzradarsystem, mit dem sie den Luftraum weit über den Horizont hinaus kontrollieren können. Außerdem gibt es in Rußland sechs Radarstationen mit je elf Systemen zur Radarzielverfolgung. Daneben haben sie von der Halbinsel Kola im Nordwesten bis zum Kaukasus im Südwesten in gleichmäßigen Abständen sechs weitere solcher Radarstationen errichtet. Der ganze Luftraum über der Sowjetunion wird mit etwa siebentausend Radarschirmen überwacht.«
Nun staunte auch Bostwick. Gebannt hörte er Lev zu. »Darüber hinaus verfügen sie über zwölfhundertfünfzig Abfangjäger und jede Menge Boden-Luft-Raketen mit einer Reichweite ...«
»Schon gut!« unterbrach Bostwick, der befürchtete, daß ihm das Gespräch endgültig entglitt. »Sie mögen ja recht haben, Rußlands Verteidigungsanlagen sind sicherlich ausgezeichnet. Aber wir haben die Herausforderung angenommen. Die X-215A wurde so konzipiert, daß sie diese Systeme unterlaufen kann. Mein Gott – darum geht es ja!« Bostwick pries in seiner Aufregung die erstaunlichen Fähigkeiten der neuen Waffe und verriet dabei verschiedene technische Details. Seth verstand kein Wort, doch Lev wußte offensichtlich etwas damit anzufangen.
»Sie können nicht abstreiten«, konterte er, »daß die Tarnung auf Kosten der Schubkraft geht. Bei der X-215A wurde auf Nachbrenner verzichtet, damit die Maschine von den Infrarotsensoren der feindlichen Abwehr nicht so schnell entdeckt wer-

den kann.« Lev wußte selbst nicht so recht, was er herausbekommen wollte. Er fühlte aber, daß es etwas zu fangen gab. Deshalb legte er verschiedene Köder aus.
Bostwick biß an. Er vergaß jede Vorsicht und schilderte die Vorzüge der X-215A. Sie könne doppelte Schallgeschwindigkeit erreichen. Außerdem sei das Flugwerk aerodynamisch so konstruiert, daß durch das stromlinienförmige Profil kaum Strömungswiderstand entstehe und selbst bei Höchstgeschwindigkeit nur ein Minimum an kinetischer Wärme erzeugt werde.
Seth konnte nicht mehr folgen. Doch Lev stellte gelassen seine Fragen. Das war seine Domäne: Er war der Ermittler, der unbeirrt eine Spur verfolgte. Er wollte Bostwick dazu bringen, einen schwachen Punkt bei der X-215A zu verraten – irgendeinen Fehler an dieser angeblich perfekten Killermaschine.
Plötzlich tauchte hinter Bostwick ein Mann auf, dessen Gesicht Seth bekannt vorkam. Eilig kam er näher – es war Captain Jack Christopher. Jetzt würden sie entdeckt werden!
Seth versuchte verzweifelt, sich hinter Levs breitem Rücken zu verstecken. Zum Glück ging der Captain in großem Abstand an ihnen vorbei. Scheinbar gelangweilt ging Seth so um Lev herum, daß er einigermaßen verdeckt war. Ohne ihnen Beachtung zu schenken, ging der Captain zur Stahltreppe. Doch als Seth glaubte, die Gefahr sei vorüber, drehte sich Christopher um und sah herüber! Seth täuschte einen Niesanfall vor und verbarg sein Gesicht hinter seinem Taschentuch. Jetzt winkte der Major ihnen zu und rief: »Hallo, Hal! Wie geht es Ihrer Frau?«
Seth schneuzte sich intensiv. »Oh, hallo! Captain Christopher!« rief Bostwick. »Danke der Nachfrage. Es geht ihr schon wieder besser!«
Sowie Leviticus den Namen gehört hatte, wußte er, warum sich sein Freund so seltsam benahm. Er holte tief Luft, damit er noch etwas breiter wurde, und sagte laut zu Seth: »Gesundheit!« Seth schickte ein Stoßgebet zum Himmel: Hoffentlich ließ sich der Captain jetzt nicht aufhalten, sondern ging weiter

zum Ausgang. Doch umsonst. »Kommen Sie bitte, Captain!« sagte Bostwick. »Ich möchte Ihnen zwei Reporter vom *Scientific Aeronautics* vorstellen. Sie sind hier, um …«

Ein lauter Ruf unterbrach Bostwick. Ein Flugzeugtechniker, der an einer Maschine arbeitete, rief den Captain zu sich. Das Gebet war erhört worden. »Captain«, rief der Flugzeugwart, »es ist dringend! Können Sie bitte sofort herüberkommen? Hier bei der F-15 ist etwas nicht in Ordnung. Das müssen wir bis zur Inspektion heute nachmittag erledigt haben.« Entschuldigend zuckte Crispie mit den Schultern und eilte zum Flugzeug. Seth begann wieder zu atmen. Das war knapp gewesen!

»Entschuldigen Sie bitte meinen Niesanfall!« sagte er zu Bostwick. »Ich habe leider Heuschnupfen.« Jetzt mußte Lev Bostwick wieder zum Reden bringen.

Er sprach sofort wieder auf Bostwick ein. »Die F-19 von Lockheed ist der X-215A doch haushoch überlegen. Und erst der B-2-Bomber von Northrup! Der verfügt über vier F-118-GE-100-Triebwerke ohne Nachbrennkammern mit 9,5 Tonnen Schubkraft. Hat die X-215A Staustrahlturbinen? Flüssigwasserstofftriebwerke?«

Bostwick ließ sich sofort wieder einwickeln. »Das braucht sie nicht! Die F-19 von Lockheed, offiziell existiert diese Maschine übrigens gar nicht, hat nur zwei Triebwerke mit je 8 Tonnen Schubkraft. Die X-215A hat vier! Und jedes einzelne entwickelt bis zu 15 Tonnen Schubkraft. Dabei ist der Rumpf genauso schlank wie bei der F-19. Lassen Sie es mich so ausdrücken: Vorn ist unsere X-215A so dünn wie die Schneide eines Rasiermessers – das ist das Entscheidende – und noch flacher als das Grumman-Modell, das bereits hervorragende Tarneigenschaften besitzt. Darüber hinaus ist die X-215A leichter und doppelt so schnell wie die B-2. Mal abgesehen davon, daß sie sich enorm gut steuern läßt.«

Nachdenklich kaute Leviticus an seiner kalten Pfeife. Seth spürte, daß seinem Freund etwas seltsam vorkam.

Bostwick fuhr unbeirrt fort. »Wenn Sie unseren Flieger mit dem B-1B-Bomber vergleichen, der in der Öffentlichkeit so hoch gelobt wurde, dann schlackern Sie mit den Ohren.« Höflich lächelten die beiden »Reporter« über Bostwicks Scherz. »Sicher ist der Rumpf des B-1B-Bombers so schlank und seine Stirnsilhouette so spitz, daß die Radarerfassung erheblich reduziert ist. Die feindliche Radarabwehr kann nicht erkennen, ob sich ein Bomber des Typs B-52 oder eine Formation von hundert B-1B-Bombern im Anflug befindet. Bei unserem Vogel ist die Radarerfassung noch stärker reduziert als beim B-1B, zusätzlich leistet er wesentlich mehr. Das gesamte Flugzeug ist so glatt und stromlinienförmig, daß es dem Radar kaum Reflexionsfläche bietet. Außerdem ist es so kalt wie ein Eiswürfel – wegen des Wasserstoffes. Deshalb werden Abwehrraketen, die auf Wärme reagieren, nicht angezogen.«
Lässig nahm Lev seine Pfeife aus dem Mund und fragte: »Und was ist mit dem Kabinendach – das ist ja nun aus Plexiglas, und der kleinste Lichtreflex wird doch sofort vom Radar erfaßt.«
Lev hatte einen schwachen Punkt gefunden, und Bostwicks Augen wurden schmal. Feindselig funkelte er die beiden an. Doch er riß sich zusammen. Hastig blickte er auf seine Armbanduhr, als sei er furchtbar in Eile. »Es tut mir leid, meine Herren! Aber ich habe leider keine Zeit mehr für Sie.«
Hinter seinem Rücken tauchte am anderen Ende der Halle wieder Captain Christopher auf.
»Das Bordsystem, die M-31-Elektronik, wurde doch von der Firma TDA hergestellt, nicht wahr?« fragte Seth schnell.
»Leider, meine Herren! Ich muß zurück ins Büro! Ich habe mich schon verspätet.«
Als Lev merkte, daß Captain Christopher zielstrebig auf sie zukam, wollte er sich verabschieden. Doch obwohl sie in unmittelbarer Gefahr schwebten, entdeckt zu werden, wollte Seth jetzt noch nicht gehen. Bostwicks letzte Bemerkung hatte ihn stutzig gemacht: *Ich habe mich schon verspätet.*

Hatte Bostwick nicht vorhin am Telefon gesagt, daß er noch eine Maschine vor dem Abflug inspizieren müsse: War nicht ein außerplanmäßiger Start für heute nacht angesetzt worden? Christopher kam immer näher heran. Jetzt wurde auch Seth nervös, doch er versuchte, den Gedanken zu fassen, der ihn so bewegte. Hatte Bostwick nicht vorhin gesagt, daß sich Sam Barton bei dem Start um ein bis zwei Stunden verspätet hatte? Dann war Barton also nicht um 22.00 Uhr gestartet, wie es die Air Force angegeben hatte, sondern später. Kann es nicht sein, daß Barton so spät startete, daß er erst nach Mitternacht starb – also erst am 16. Oktober? Damit wäre die Frist ja auch erst am 16. Oktober abgelaufen. Dann hätte er auch bei Gericht die Klage noch rechtzeitig eingereicht! Völlig neue Möglichkeiten!
»Nur noch eine letzte Frage, Mr. Bostwick.« Seth bemühte sich, seine Aufregung zu verbergen. »Wenn Barton an dem besagten Abend wirklich betrunken war, dann sind die Spekulationen über die X-215A sowieso völlig haltlos. Wann ist Sam Barton Ihres Wissens zu seinem letzten Flug gestartet? Hatte er sich lediglich um eine Stunde verspätet oder sogar um zwei?«
Erleichtert griff Bostwick dieses scheinbar unverfängliche Thema auf. Angestrengt versuchte er sich zu erinnern, während Captain Christopher schnellen Schrittes näher kam. Lev, der bis jetzt entspannt gewirkt hatte, warf Seth einen eindringlichen Blick zu. Schweißperlen standen auf seiner Stirn.
»Ach ja, ich erinnere mich wieder«, sagte Bostwick zögernd. »Soviel ich weiß, wurde der Flug um anderthalb Stunden verschoben. Barton startete wahrscheinlich erst um 23.30 Uhr.«
Was für eine ungeahnte Wendung! Jetzt durfte Seth nicht aufhören: Er mußte noch die genaue Absturzzeit erfahren. Crispie war jetzt schon ganz nahe. Neugierig schien er Seth zu mustern. Hastig drehte sich Seth um und fragte: »Wieviel Zeit verging Ihrer Meinung nach bis zum Absturz?« Nur noch wenige Meter trennten sie von der Katastrophe.
Bostwick sagte, daß er über außerplanmäßige Flüge im einzel-

nen natürlich nicht Bescheid wisse, aber vermutlich sei dieser Flug ein Routineeinsatz gewesen. Wahrscheinlich sei Barton die gewohnte Route geflogen und etwa nach einer Stunde abgestürzt. Das war Seth nicht genau genug. Er mußte den exakten Zeitpunkt des Absturzes in Erfahrung bringen. Aber er mußte sich beeilen. Gleich würde Captain Christopher sie entdecken und verhaften lassen. Dann wäre der Traum von einer großen Karriere ausgeträumt. Aber Seth ließ nicht locker: Wenn Barton erst nach Mitternacht abgestürzt war, konnte Seth seine Karriere vielleicht noch retten. Dafür war er zu jedem Risiko bereit. Er nahm Bostwick am Arm und dirigierte ihn zur Stahltreppe, die zum Ausgang führte. Christopher war ihnen dicht auf den Fersen. »Wie lange braucht die X-215A normalerweise vom Start auf der Symington Air Force Base in New Mexico bis zur Absturzstelle in Arizona?« fragte Seth mit rasendem Puls.

»Das kommt auf die Flugroute an«, erwiderte Bostwick. »Natürlich kennen wir die genauen Routen bei diesen Testflügen nicht. Aber im allgemeinen sind sie als Dreieck angelegt. Wenn Barton gleich Kurs auf Arizona genommen hat, war er möglicherweise schon nach zehn bis fünfzehn Minuten an der Absturzstelle.«

Seth verwünschte im stillen diesen vermaledeiten Captain Christopher.

»Wenn nun aber«, fragte Seth tonlos, »Barton das Dreieck in die andere Richtung flog und erst gegen Ende des Testfluges nach Arizona kam – dann muß er doch wesentlich später abgestürzt sein. Wie lange hätte es wohl dann gedauert?«

Endlich waren sie bei der Treppe angekommen. Gemächlich schleppte sich der beleibte Bostwick nach oben. Nachdenklich kratzte er sich am Kopf. Dann blieb er keuchend stehen und meinte: »Na ja, ungefähr fünfundvierzig Minuten! Hmmm, er müßte gegen Viertel nach zwölf verunglückt sein.«

Bostwick hörte Christopher hinter sich die Treppe heraufkommen und drehte sich zu ihm um. Die beiden »Reporter« suchten schleunigst das Weite. »Oh, da sind Sie ja wieder Captain! Darf ich Ihnen jetzt die beiden Herren von der Presse vorstellen?« Verwirrt sah Bostwick sich um. »Nanu? Wo sind sie denn? Ach, ich nehme an, sie mußten schnell weg. Wahrscheinlich verpassen sie sonst ihr Flugzeug.«

Schweigend fuhren Lev und Seth zurück zum Tor und gaben ihre Besucherausweise ab. Erst als die Air Base weit hinter ihnen lag, sahen sie sich vielsagend an. Dann johlten sie wie im Siegesrausch.

»Und du hast am 16. Oktober bei Gericht eine Klage gegen ConSpace eingereicht!« Seth hatte Lev jedes Detail der Misere geschildert.

»Das war meine erste Tat! Ich hoffte, ich hätte einen Tag Spielraum. Wenn das stimmt, was Bostwick sagt, habe ich die Frist nicht versäumt. Mann – das ist unfaßbar! Wir müssen das jetzt nur noch nachweisen.«

Wieder hing jeder stumm seinen Gedanken nach. Unvermittelt sagte Seth: »Also los, mein Freund! Raus mit der Sprache! Wieso weißt du das alles? Warum, zum Teufel, kennst du dich mit diesem Kram aus?«

Lev sah bedächtig vor sich hin. Seine kräftigen Hände schlossen sich fester um das Lenkrad. Er war dabei, eine knappe, aber präzise Antwort zu formulieren. Er neigte dazu, alles so komprimiert wie möglich zusammenzufassen. Außerdem sprach er nicht gern über sich.

»Zur Zeit des Vietnamkrieges«, sagte er schließlich, »wollte ich Pilot werden. Zwei Jahre lang studierte ich dafür an der Universität und meldete mich dann zur Ausbildung bei der Luftwaffe. Aber ich wurde abgewiesen. Andere mit vergleichbaren Vorkenntnissen hatten mehr Glück und wurden genommen.«

»Die Glücklichen, die Piloten werden durften, waren wohl nicht so schwarz wie du?« fragte Seth vorsichtig.

»Bingo!«
»Was hast du dann gemacht?«
Lev überholte gewagt und scherte im letzten Augenblick zurück auf seine Spur. »Ich wurde Flugzeugmechaniker bei der Luftwaffe.«
»Nicht schlecht!« staunte Seth. »Es ist doch ziemlich schwierig, da reinzukommen.«
Lev lachte zynisch. »Die Bedingungen, die man erfüllen mußte, um zugelassen zu werden, waren enorm schwierig – teilweise aber auch lächerlich und willkürlich.«
Seth nickte. »Aber du hast mit unserem Freund Bostwick nicht über die Flieger aus den siebziger Jahren gefachsimpelt, Lev. Du bist mit deinen Fachkenntnissen auf dem neuesten Stand.«
»Ich habe nie aufgehört, mich für Düsenflugzeuge zu interessieren. Ich verschlinge alles, was über Flugzeuge geschrieben wird. Ich kann es immer kaum erwarten, bis die nächste Auflage von *Jane's* erscheint – eine Fachzeitschrift aus England. Ein Psychiater würde es wohl für eine Art Sucht halten. Ja, es ist sicher mehr als ein Hobby.«
»Warum hast du mir das vorhin nicht gesagt? Du weißt schon, hmmm, als ich dich bat, dich zurückzuhalten.«
»Hätte es denn einen Unterschied gemacht?« Levs Stimme klang sehr kühl.
Seth wollte eine flapsige Bemerkung machen, um der Situation die Schärfe zu nehmen. Doch dann schwieg er lieber.

Am nächsten Tag saßen die beiden bei Allyn im Büro und erzählten ihr von ihrem Abenteuer. Begeistert hörte sie zu und holte mit geübtem Griff eine Flasche Jack Daniel's aus einem Schreibtischfach. Dann wurde sie plötzlich sehr ernst. »Also! Ich möchte euch eindringlich warnen.« Sie zog den Rauch ihrer Zigarre tief ein. »Ihr solltet sehr vorsichtig sein!«
»Was haben Sie für Bedenken, Allyn?« fragte Seth.
»Das ist kein Routinefall. Und die Leute, mit denen wir es zu

tun haben, sind nicht gerade nett und freundlich. Denken Sie nur daran, was Torville uns erzählt hat! Und Cecil Kimbrough! Dieser Olmstead und sein Freund, der ›Pater‹, müssen über ungeheuer viel Macht verfügen. Sie haben sich offensichtlich den größten Regierungsauftrag, der je vergeben wurde, durch Manipulation unter den Nagel gerissen. Außerdem wissen wir nicht, ob dieser Ivor Tellman wirklich Selbstmord begangen hat.« Immer aufgeregter wedelte sie mit ihrer Zigarre in der Luft herum. »Und dann haben Sie es mit der US-Luftwaffe zu tun. Sie glauben doch nicht, daß man sich dort über Ihre Aktionen freut. Die platzen doch vor Stolz auf ihre neue Geheimwaffe. Und dann kommen Sie und sagen, daß das Ding nichts taugt!«

»Das kann mich nicht erschüttern«, erwiderte Seth trocken.

Da brachen alle drei in schallendes Gelächter aus. Allyn schenkte Jack Daniel's nach und prostete Seth anerkennend zu. »Ich habe nichts anderes von Ihnen erwartet.«

Seth nahm gelassen die Vorladungen aus seiner Manteltasche und reichte sie Lev. »Gehen wir zum Angriff über!« sagte er fest.

• 28 •

WOCHEN SPÄTER RIEF eine Mrs. Johannson aus Havenhill an und teilte mit, daß Joe Cameron letzte Nacht aus dem Altersheim ausgerissen sei. Zwar sei es bereits gelungen, ihn ins Heim zurückzubringen, doch er habe sich heftig gewehrt und verlange nun, seinen Sohn zu sprechen.

»Dr. Farley hält es für das Beste, wenn Ihr Vater wieder in seiner vertrauten Umgebung sein kann. Er hat nicht mehr lange zu leben. Allerdings braucht er dann eine Pflegerin, die ihn rund um die Uhr betreut, Mr. Cameron.«

Allyn erklärte sich bereit, in seiner Abwesenheit seine Arbeit zu

übernehmen, und Seth machte sich auf den Weg nach Bakersfield.
Zuerst fuhr er zum Haus seines Vaters. Es wartete immer noch auf einen Käufer. Im verwilderten Garten stand ein verwittertes Schild, das das Haus zum Verkauf anbot. Kein einziger hatte sich bisher dafür interessiert.
Die Herbststürme hatten auch in dieser Gegend gewütet, und der ganze Garten war mit welken Blättern und abgerissenen Zweigen bedeckt. Erste Spuren der Verwahrlosung. Traurig ging Seth den Gartenweg entlang auf das Haus zu. Auch die Veranda war dicht mit Laub bedeckt.
Da Seth keinen Schlüssel besaß, konnte er das Haus nicht betreten. Doch er hatte ohnehin genug gesehen, um zu wissen, daß der Verfall längst begonnen hatte. »Ich hasse die ganze Welt!« brüllte er. Er riß das Verkaufsschild aus der Erde und schleuderte es weit in den Garten.

»Sie wissen ja sicherlich, Mr. Cameron, daß Sie für eine private Pflegerin mindestens doppelt soviel bezahlen müssen wie für die Unterbringung in Havenhill.«
»Ja, darüber bin ich mir im klaren. Aber ich möchte, daß er dort sterben kann, wo er sich wohl fühlt: zu Hause.«

Seth brachte seinen Vater zurück in sein Haus und blieb selbst eine Nacht. Als die Pflegerin, Mrs. Alice Jenkins, am nächsten Morgen pünktlich um 7 Uhr vor der Tür stand, war er erleichtert. Sie hatte seinen Vater schon vor der Heimeinweisung betreut und war als einzige halbwegs mit ihm zurechtgekommen.
»Sie sind eine tapfere Frau!« sagte Seth dankbar.
»Ach, Ihr Vater ist gar nicht so schlimm. Wir haben beide ein bißchen Angst voreinander, und so kommen wir meist gut klar.«
Zusammen gingen sie in Joes Schlafzimmer. Wieder erschrak Seth darüber, wie mager und hinfällig sein Vater geworden war. Er lag im Bett und konnte seinem Sohn nur mit größter Mühe

die Hand entgegenstrecken. Aber seine Augen waren überraschend klar. Ein starker Wille sprach aus ihnen, und Seth lief ein eiskalter Schauer über den Rücken.
Sein Vater wollte sterben!
»Ich bin froh, daß du hier bist, mein Sohn.« Mühsam versuchte Joe, sich in dem alten Ehebett aufzurichten. »Wir sollten die Rückkehr des verlorenen Sohnes gebührend feiern. Vielleicht kannst du diesen Drachen dort überreden, uns zwei Gläschen Chianti zu bringen.«
»Ich denke, daß wir heute eine Ausnahme machen können.« Seth beugte sich zu seinem Vater und legte den Arm um die knochigen Schultern.
»Na, haben Sie gehört?« fauchte Joe die Pflegerin an. »Tun Sie, was man Ihnen sagt! Sie verwässern uns den Wein ja sowieso.«
»Zur Feier des Tages!« sagte Mrs. Jenkins freundlich und ließ die beiden allein.
»Wie geht es dir, Pop?« fragte Seth.
»Ach, ich kann nicht klagen. Das heißt, eigentlich gäbe es viel zu klagen. Aber das wäre nur Wasser auf deine Mühlen. Und, schwupps, steckst du mich wieder in so ein gräßliches Altersheim.«
Seth mußte lachen. Das war sein guter alter Pop Cameron. So würde er ihn in Erinnerung behalten.
»Du kannst so lange hier bleiben, wie du willst, Pop.«
Beruhigt legte sich Joe zurück. »Die Pflegerin ist sehr teuer, aber du kannst ja auf das Haus Hypotheken aufnehmen. Es gehört jetzt dir.« Das hatte Seth längst getan, sonst hätte er das Heim die letzte Zeit gar nicht bezahlen können. Doch das sagte er seinem Vater nicht.
Joe legte seine Hand auf Seth' Arm. »Ich habe nur noch zwei Ziele, mein Sohn. Erstens will ich hier in meinem eigenen Haus in Würde sterben.«
Mrs. Jenkins kam herein und reichte ihnen die Weingläser. Joe hielt sein Glas mit beiden Händen fest und setzte es gierig an

die Lippen. Dabei zitterte er so, daß er den Wein fast verschüttete.

»Und was ist das zweite?« fragte Seth.

»Zweitens möchte ich so schnell wie möglich sterben. Ich habe schon viel zu lange gelebt. Die Schwestern müssen mich immer saubermachen. Dann füttern sie mich, nur damit ich wieder alles verunreinige. Ich bin doch nur noch ein Wrack, das im Bett liegt und verdaut.«

Dann erzählte er, daß Rosie ihn ab und zu im Altersheim besucht hatte. »Ist sie heute schon hier gewesen? Ich kann mir nichts mehr merken.«

»Nein, noch nicht«, antwortete Seth.

»Sie arbeitet jetzt in einer Bank«, sagte Mrs. Jenkins.

Seth' Herz klopfte stürmisch. Tante Claire hatte sich hartnäckig geweigert, ihm Auskunft über Rosie zu geben. »Wissen Sie, in welcher Bank?«

»In der Valley National Bank. Ich habe dort mein Konto, und sie bedient am Schalter. Mein Gott – sie ist bildschön! Und das viele Geld, das durch ihre Hände geht!«

Für einen Augenblick hatte Seth seinen Vater vergessen, doch Joe brachte sich durch einen heftigen Hustenanfall wieder in Erinnerung.

»Seth, sag dieser alten Fledermaus, daß sie mir noch ein Glas Wein bringen soll, sonst wirst du enterbt. Auf, alter Drachen! Ab in die Küche!« Joes Stimmung verdüsterte sich wieder.

»Also gut, Pop. Aber nur ein halbes Glas!«

Mrs. Jenkins schüttelte besorgt den Kopf und seufzte. Seth wußte, daß sie den Wein mit Wasser verdünnen würde.

Joe bekam kaum Luft, sein Atem rasselte. »Ich kann es dir nicht zum Vorwurf machen, daß du mich nicht besuchst. Zum Teufel, ich will dich hier nicht mehr sehen ... Du hattest es gut hier bei uns in Bakersfield. Aber du wolltest ja unbedingt reich und berühmt werden, mußtest fort von mir – nach Los Angeles!«

»Ich arbeite in San Francisco!«

»Sag ich doch!« Unruhig sah sich Joe um. Krampfhaft versuchte er, sich an etwas längst Vergessenes zu erinnern. »Ach ja. *Sie* ging nach Los Angeles!« Boshaft nickte er jetzt. »Aber wen interessiert schon, wohin ihr gegangen seid?«

Wieder wurde er von einem Hustenanfall geschüttelt. Mit einem Taschentuch wischte Seth seinem Vater den Mund ab. Sobald Joe wieder atmen konnte, schimpfte er weiter. »Tatsache ist, daß ihr beide mich im Stich gelassen habt. Und du bist nur zurückgekommen, um mich wieder in ein Heim zu stecken.«

»Das ist nicht wahr, Pop. Ich habe dich gerade aus einem Heim nach Hause geholt.«

»Was willst du dann hier? Dich haben sie wohl bei dieser Nobelkanzlei wieder rausgeworfen, was? Und jetzt kommst du zu Big Tom zurückgekrochen. Du hast es nicht geschafft. Du bist eben ein paar Nummern zu klein dafür«, keifte Joe.

»Es tut mir wirklich leid für Sie«, sagte Mrs. Jenkins mitfühlend, als Seth zu ihr in die Küche kam. Er war weiß wie die Wand und preßte sich die Hand auf den Bauch, als wäre er angeschossen worden. »Von einer Sekunde zur anderen wird er so boshaft. Daran ist der Tumor schuld. Er weiß nicht mehr, was er redet. Im Grunde meint er es nicht so.«

Seth zuckte mit den Schultern. »Er hat mit vielem recht ...«

Sobald sein Vater eingeschlafen war, fuhr Seth zur Valley National Bank. Hinter einem Schalter stand Rosie und bediente freundlich die Kunden. Sie wirkte wie ein schöner Vogel, der in einem Käfig gefangen ist. Sie war viel zu hübsch für diesen Beruf. Aber es schien ihr zu gefallen. Sie wirkte entspannt und hatte für jeden Kunden ein freundliches Lächeln. Seth reihte sich vor ihrem Schalter ein und wartete, bis er dran war. Endlich war es soweit. Rosie hob den Kopf und sah ihm ins Gesicht.

»Hallo!« sagte Seth verlegen.

Ihr freundliches Kundenlächeln verschwand. Als sie den ersten Schreck überwunden hatte, sagte sie, daß sie während der Arbeit keine Privatgespräche führen dürfe, und bat ihn zu gehen.

Auch nach der Arbeit wollte sie ihn nicht treffen. Nein, sie wolle die Beziehung zu ihm nicht wieder aufnehmen. Als Seth nicht nachgab, sagte sie flehend: »Bitte, Seth! Mach jetzt keine Szene! Ich darf mich nicht mit Kunden unterhalten. Hinter dir steht eine lange Schlange Leute, die es eilig haben. Außerdem beobachtet uns der Filialleiter. Bitte!«

Seth nahm einen Einzahlungsschein und tat, als füllte er ihn aus. Dabei nickte er Rosie zu wie ein Kunde, dem sie gerade etwas erklärt hatte. Der Mann hinter ihm hatte das Gespräch gehört und schnaubte, verärgert über die Verzögerung. Seth schrieb eine Nachricht für Rosie auf den Schein und schob ihn zu ihr hinüber. *Ich muß mit dir reden. Bitte, Rosie! Bitte!*

Rosie deutete mit ihrem Stift auf eine Stelle des Formulars, als hätte Seth etwas falsch ausgefüllt, und flüsterte: »Seth! Bitte sei vernünftig. Es war nicht einfach für mich, diese Stelle zu bekommen, und ich weiß, wie furchtbar du dich manchmal benimmst. Bitte, laß mich in Ruhe und geh!«

Der Mann hinter Seth räusperte sich auffällig. Als Seth sich umdrehte, blickte er in das finstere Gesicht eines Riesen. Seth lächelte ihn beruhigend an. Dann wandte er sich wieder Rosie zu und sagte verzweifelt: »Ich habe dich geliebt, Rosie! Und ich liebe dich noch immer!«

Rosie schüttelte fassungslos den Kopf. »Ich habe dich auch geliebt, Seth, aber …«

»Warum hast du mich dann verlassen?«

»Ich rufe jetzt meinen Vorgesetzten.« Rosie sah sich nach dem Filialleiter um.

»Rosie! Ich habe die Frist für die Klage gegen ConSpace *nicht* versäumt! Es wird zum Prozeß kommen!«

»Was? Der Fall war nicht verjährt?«

»Ich brauche dich, Rosie. Bitte komm zurück! In zwei Jahren habe ich es geschafft. Dann bin ich wieder in der Montgomery Street. Vielleicht sogar schon früher!«

Traurig erwiderte Rosie: »Das freut mich für dich, Seth! Aber unsere Probleme werden nicht dadurch gelöst, daß du plötzlich wieder Karriere machen kannst.« Ihre großen, dunklen Augen füllten sich mit Tränen. »Leb wohl, Seth!« Sie winkte einem kleinen Mann zu. »Mr. Turner? Ich habe ein Problem.« Turner sah aus wie eine verhuschte Maus; nur über dem dünnen Schnurrbart stach eine gewaltige Nase hervor, wie ein Säbel.

Die Säbelnase drehte sich in ihre Richtung. Der Riese hinter Seth meinte wütend: »Das wurde aber auch höchste Zeit, Miss! Dieser Bursche braucht eine kalte Dusche.«

»Halten Sie sich da raus!« fuhr ihn Seth an. »Gut, Rosie. Ich gehe.«

»So einfach kommst du nicht davon«, knurrte der Riese. »Wegen dir stehen wir uns hier die Beine in den Bauch. Die junge Dame hat sich über dich beschwert, Freundchen, und jetzt willst du dich aus dem Staub machen.«

Dann ging alles blitzschnell. Der Riese nahm Seth in den Schwitzkasten, Seth stieß ihm seinen rechten Ellbogen tief in den Solarplexus – und schon schlugen die beiden mit Fäusten aufeinander ein. Die Sicherheitsbeamten beendeten den Kampf, indem sie Seth mit einem Gummiknüppel auf den Hinterkopf schlugen. Er ging zu Boden. Wie einen Betrunkenen warfen sie ihn vor die Tür ...

Einige Stunden später fuhr Seth wieder zurück nach San Francisco. Er war in Bakersfield verhaftet und dem zuständigen Staatsanwalt vorgeführt worden. Zum Glück war der ein guter Bekannter aus Studienzeiten. Seth hatte also eine Strafanzeige verhindern können, unter der Bedingung, die Stadt umgehend zu verlassen. Erleichtert war er davongebraust.

Inzwischen war es dunkel geworden, und die Straße zog sich endlos hin. Nie würde er irgendwo ankommen, nie würde er von seinem Schmerz erlöst werden. Reue erfüllte ihn – und eine tiefe Traurigkeit: Mit dem peinlichen Vorfall in der Bank hatte er Rosie nun wohl für immer verloren.

In San Francisco fuhr er noch schnell zu seinem Büro, um nach der Post zu sehen. Auf seinem Schreibtisch stapelten sich Briefe. Ganz oben lag ein offizielles Schreiben: Klageerwiderung im Fall Barton gegen InterContinental Aerospace. Auf dem Briefkopf stand der Name des Anwalts, der die Verteidigung übernommen hatte – Anthony Treadwell.

VIERTER TEIL

• 29 •

»**HIER, DAMIT SIE** nicht aus der Übung kommen!« Allyn warf ihm einen dicken Ordner auf den Schreibtisch, der vor Akten und Papieren überquoll. »Ich bin gespannt, wann es Ihnen zuviel wird«, fügte sie bissig hinzu.

»Es reicht mir eigentlich schon«, brummte Seth, ohne aufzusehen. »Im Augenblick arbeite ich an fünfundvierzig Fällen.«

Allyn lehnte sich an den Türrahmen und zündete sich eine Zigarre an. »Jetzt sind es sechsundvierzig! Irgendwann geht auch Ihnen die Luft aus. Dann können Sie nicht mehr Ihre wertvolle Zeit an den größten Reinfall des Jahrhunderts verschwenden.« Tief zog sie den Rauch ein, bevor sie giftig fortfuhr: »Und mein wertvolles Geld! Ihre Barton-Pleite treibt mich in den Ruin!«

Seth sah sie verwirrt an. »Wollen Sie die Sache fallenlassen?«

»Nehmen Sie mich nicht ernst, Cowboy! Ich bin heute schlecht gelaunt. Meine Nase juckt, weil ich eine Allergie habe. Außerdem mache ich mit Ramón die Abrechnung für diesen Monat, und es sieht mal wieder düster aus. Na ja – nehmen Sie sich bitte möglichst bald diesen Fall hier vor! Am besten sofort: Der Prozeß beginnt übermorgen!«

»Der Prozeß?« Hastig schlug Seth die Akte auf. »Sie geben mir freiwillig einen Prozeß? Das muß ein völlig hoffnungsloser Fall sein.«

»Haben Sie nicht behauptet, daß es auf den Anwalt ankommt und nicht auf den Sachverhalt? Ein guter Anwalt gewinnt auch einen aussichtslosen Fall, sagten Sie doch.«

»Kommt mir bekannt vor. Und ich soll jetzt den Karren aus dem Dreck ziehen. Wer vertritt denn die gegnerische Partei?«
»Das ist ein alter Bekannter von Ihnen – Simon Stephens von Caldwell & Shaw. Haben Sie nicht einmal bei einer Anhörung eine Klage gegen ihn durchgesetzt? Ich kann den Fall nicht übernehmen, weil ich am Donnerstag bereits einen Gerichtstermin in Oakland habe.«
Seth sah sich die Akte genauer an: Die Witwe eines Arztes klagte bei einer Versicherung, der Pacific Sigma Insurance, die Lebensversicherung ihres verstorbenen Mannes ein. Der Arzt hatte vor seinem Tod eine hohe Dosis Librium und beträchtlich Alkohol zu sich genommen, und so lehnte es die Versicherung ab, die Versicherungssumme auszuzahlen: Als Arzt habe ihr Mann wohl gewußt, daß Librium in Verbindung mit Alkohol mit ziemlicher Sicherheit zum Tode führt, so daß Selbstmord anzunehmen sei.
»Ich habe in der Klageschrift die gesamte Versicherungssumme gefordert und den Todesfallbonus«, sagte Allyn. »Zusätzlich habe ich erhöhten Schadenersatz verlangt, weil die Versicherungssumme bis jetzt verweigert wurde.«
»Hat der Verstorbene einen Abschiedsbrief hinterlassen?«
»Nein, zum Glück nicht. Aber die Versicherung hat Nachforschungen angestellt und jede Menge Zeugen ausgegraben, die beschwören, daß der Arzt ein haltloser Spieler war. Er muß schwere Depressionen gehabt haben.«
Seth las interessiert in der Akte. »Stephens wird natürlich behaupten, daß die Witwe den Abschiedsbrief vernichtet hat. Wer sollte das Gegenteil beweisen?« So einen Fall hatte er sich nicht gewünscht, doch Seth fuhr fort: »Ich habe Stephens schon einmal geschlagen. Vielleicht gelingt's mir ja ein zweitesmal.«
»Möglich. Doch Sie dürfen ihn nicht unterschätzen. Er ist zwar ein eitler Fatzke, aber er kann verdammt gut mit Geschworenen umgehen. Und er ist unberechenbar wie die Geschworenen. Außerdem ist das hier zwar nur ein kleiner Fall, aber die

Versicherung ist für Caldwell & Shaw ein zahlungskräftiger Kunde. Stephens wird alles tun, um zu gewinnen.«
»Sie machen mir richtig Mut, Allyn!«
»Wir müssen den Tatsachen ins Auge sehen, Cowboy. Ihr Fall hat seine Tücken. Und Stephens wird Sie garantiert zum Schwitzen bringen.«
»Ach, ich kann mich schon wehren, aber ...«
»Vorsicht! Caldwell & Shaw verlieren so gut wie nie. Weil sie Geld haben – viel Geld. Ein Teilnehmer verdient dort mindestens eine halbe Million im Jahr. Sie können jeden Fall unbegrenzt hochtreiben und sich die nötigen Leute kaufen. Es ist bekannt, daß Caldwell & Shaw den Bürgermeister von San Francisco in der Hand haben.«
»Aber die Geschworenen können sie sich nicht aussuchen und bestechen.«
»Möglich. Aber Stephens hat sich mit Sicherheit bereits um den Richter gekümmert. Am besten einigen Sie sich mit Stephens noch vor der Verhandlung.«
»Wieviel soll denn dabei herauskommen?« fragte Seth.
»Ich habe keine großen Ansprüche. Sehen Sie, was Sie kriegen können.«
Seth nahm sich die Akte vor und begann zu arbeiten. Plötzlich meldete Ramón, daß ein Mr. Tucker ihn zu sprechen wünsche. Seth erinnerte sich, daß vorhin ein gebrechlicher Alter die Treppe hochwankte. Er hatte ihn für einen der Obdachlosen gehalten, die ab und zu kamen. Allyn mit ihrem großen Herzen hatte Ramón angewiesen, jedem, der anklopfte, eine Tasse Kaffee zu geben und eine Essensmarke, für die man beim Obdachlosenasyl der Episkopalischen Kirche ganz in der Nähe eine warme Mahlzeit bekam.
»Mr. Tucker will Sie wegen der Barton-Sache sprechen. Er hat in der Zeitung gelesen, daß Sie ConSpace verklagt haben.«
Aufgeregt bat ihn Seth herein. Ben Tucker war, wie er sagte, fünfundsiebzig Jahre alt, sah jedoch wesentlich älter aus. Ob-

wohl er sich bemühte, selbstbewußt zu erscheinen, verrieten seine Augen, daß das Leben hart mit ihm umgegangen war: Er hatte den Blick eines mißhandelten Hundes, und in seine Haut hatten sich Falten wie Narben eingegraben. Wenn er lächelte, wirkte der alte Mann wie ein weinender Clown: Er zog zum Lachen die Mundwinkel nach unten, und dabei legten sich unendlich viele Falten in konzentrischen Halbkreisen um den Mund.
Es dauerte, bis Seth aus dem Besucher das Wesentliche herausgebracht hatte: Ben Tucker hatte im November 1989 eine Erbschaft gemacht. Eine entfernte Verwandte war beim Baden ertrunken und hatte ihm ein kleines Motel in Eureka, einer kleinen Stadt in der Nähe von Trinidad, Kalifornien, hinterlassen. Das bedeutete für Tucker so etwas wie das große Los, denn er war zu jener Zeit arbeitslos und hatte kaum mehr einen Cent. Sofort war er per Anhalter nach Eureka gefahren, um sein Erbe anzutreten. Das Motel bestand aus sechs Wohnblöcken und hatte dringend eine Überholung nötig. Also hatte Tucker eine Hypothek aufgenommen und das Anwesen renovieren lassen. Schon im Sommer 1990 hatte er seine Schulden weitgehend abbezahlt und konnte den ersten Profit verbuchen. Dann war aus heiterem Himmel »ein Haufen Schrott« auf sein Motel gefallen. Seine Erbschaft war nun »platt gedrückt und abgebrannt«.
»Ich hätte es wissen müssen!« sagte Tucker mit leiderprobter Miene. »Ich hatte nie etwas, und dabei soll es wohl bleiben. Zufällig habe ich in der Zeitung von Ihrer Klage gegen ConSpace gelesen. Da dachte ich mir, vielleicht übernehmen Sie auch meinen Fall.«
»Wie kommen Sie denn darauf?« fragte Seth verblüfft.
»Wissen Sie, was mir damals auf mein Haus geknallt ist? Das war im Frühjahr 1992. Da stürzte ein Düsenjäger ab – auf einen Strand in der Nähe. Der Strand heißt College Cove. Das Ding ist aber vorher in der Luft explodiert, und die einzelnen Teile wurden weit verstreut. Ein Teil davon krachte mir aufs Dach. Am nächsten Morgen wimmelte es von Soldaten. Die haben

niemanden zur Absturzstelle gelassen. Mir erklärten sie später, daß ein Teil des Motors auf mein Haus gefallen sei. In der Zeitung stand, daß es ein geheimes Militärflugzeug war.«

Tucker holte ein paar alte Zeitungsausschnitte aus der *Eureka Times-Standard* hervor. Sie besagten, daß es sich bei dem abgestürzten Flugzeug vermutlich um einen Düsenjäger handelte, den die Luftwaffe für ihre Zwecke testete. Der tödlich verunglückte Pilot war Captain Grant Wilburn.

Also der zweite Absturz der X-215A, dachte Seth. Aber was sollte ihm die Information nützen? »Wie hoch schätzen Sie den Schaden, der Ihnen entstanden ist, Mr. Tucker?«

»Ein Wohnblock wurde völlig zerstört und ein zweiter erheblich beschädigt. Damit war ich erst mal wieder in den roten Zahlen und konnte meine Hypotheken nicht rechtzeitig zurückzahlen. Wenn ich keine Entschädigung bekomme, werde ich das Motel verkaufen müssen. Aber ich finde keinen Anwalt, der mich vertritt. Das ist für die ein Bagatellfall, damit kann man nichts verdienen. Und wer legt sich schon mit so einem Gegner an? Eine Rüstungsfirma, die für die Regierung arbeitet! Mein Gott, die haben Macht und Geld!«

»Wie hoch ist Ihr Schaden?« fragte Seth noch einmal.

»An die 25 000 Dollar für die Reparatur, schätze ich mal. Dazu kommt, daß ich diesen Trakt ja nicht mehr vermieten konnte. Das ergibt auch einen Verlust.«

Seth überlegte kurz und sagte dann schonungslos: »Es tut mir sehr leid, Mr. Tucker, aber ich kann Ihnen auch nicht weiterhelfen. Sie können offenbar mein Honorar nicht bezahlen. Manchmal übernehmen Kanzleien auch bei zahlungsunfähigen Klienten den Fall. Aber nur, wenn sich das im Endeffekt lohnen kann: wenn man uns aus dem erstrittenen Geld gut bezahlen kann. Bei Ihnen ist jedoch der Einsatz nicht hoch genug – es lohnt sich für uns nicht, das Risiko einzugehen.«

»Aber Sie haben doch bereits eine Klage gegen diese Firma laufen, nicht wahr? Kann ich mich da nicht einfach dranhängen?«

»Wie stellen Sie sich das vor? Die beiden Fälle haben fast nichts gemeinsam. Es handelt sich bei der Absturzmaschine um denselben Flugzeugtyp, das ist schon alles. Im Fall Barton verunglückte ein anderer Pilot fast ein halbes Jahr später an einer anderen Stelle. Wir verlangen über eine Million Schadenersatz. Sehen Sie, Ihr Fall ist für uns uninteressant, weil wir damit keinen Profit machen. Es tut mir aufrichtig leid, Mr. Tucker! Und nun muß ich mich wieder an die Arbeit machen.« Ungeduldig sah Seth auf seine Uhr.

Aber Tucker blieb noch sitzen. Er nickte mit dem Kopf. Er hatte das schon so oft erlebt. »Ich habe in meinem Leben nicht viel Glück gehabt, Mr. Cameron. Sicher – ich habe die Erbschaft gemacht. Aber damit hatte ich ja auch wieder nur Pech. Jedenfalls vielen Dank, daß Sie mir Ihre wertvolle Zeit geopfert haben.« Langsam erhob er sich, wobei er sich an Seth' Schreibtisch festhalten mußte. Dann ging er schleppend aus dem Büro.

Seth lehnte sich zurück, um die Akte Brownstein zu studieren. Doch vergeblich. Er konnte sich nicht konzentrieren. Verdammt!

»Ramón?« brüllte Seth.

»Keine Hektik«, rief Ramón freundlich. »Er ist noch nicht einmal bis zur Treppe gekommen.« Ramón tänzelte in Seth' Zimmer und grinste. »Ich mußte alles hören«, meinte er entschuldigend, »denn die Tür stand offen.«

»Dann machen Sie sie jetzt bitte zu, ich habe zu arbeiten. Wir übernehmen Mr. Tuckers Fall auf Risiko, wenn er sich bereit erklärt, uns ein Drittel des Gewinnes abzutreten. Lassen Sie ihn das übliche Formular unterschreiben, und sagen Sie, daß ich ihn anrufen werde, sobald ich den Brownstein-Prozeß abgeschlossen habe.«

Zwei Tage später wartete Seth früh am Morgen vor seinem Büro auf das Taxi, das er bestellt hatte; neben ihm stand eine dicke,

ältere Frau, Mrs. Brownstein. Sie waren auf dem Weg ins Gericht. Plötzlich sah Seth Harry Cooper kommen. Er sah erbärmlich aus, war ungepflegt und weiß wie die Wand. Verlegen zog er Seth beiseite und erzählte ihm stockend, daß Trish ihn verlassen habe und die Scheidung einreichen wolle.
»Aber Harry, ich bin doch kein Eheberater!« sagte Seth betreten. »Ich habe selbst Schwierigkeiten mit Beziehungen!«
»Ich brauche jemanden, mit dem ich reden kann, Seth!« Harrys Atem roch unangenehm nach Wodka. »Wenn in der Kanzlei bekannt wird, was ...«
»Hör zu, alter Freund!« unterbrach Seth. »Heute beginnt ein Prozeß, der für mich sehr wichtig ist. Seit über einem Jahr warte ich auf so einen Fall: Die Gegenpartei wird von Caldwell & Shaw vertreten. Du wirst verstehen, was das für mich bedeutet. Ich habe jetzt keine Zeit für dich.« Das Taxi hielt neben ihnen. Mrs. Brownstein öffnete die hintere Tür und zwängte sich hinein. »Ruf mich später im Büro an! Aber wenn du mit dem Spielen und Schnüffeln nicht aufgehört hast, kannst du dir den Anruf sparen.«
Verlegen sah Harry auf seine staubigen Schuhe. Seth stieg ins Taxi. Er drehte sich nicht um, als sie losfuhren. Verloren stand Harry auf der Straße und starrte vor sich hin. Seth kannte diese Pose nur zu gut.

Der erste Tag der Gerichtsverhandlung war mit den üblichen Höhen und Tiefen verlaufen. Spätabends arbeitete Seth am Schlußplädoyer und gestattete sich einen leichten Optimismus. Wenn Mrs. Brownstein das Kreuzverhör am nächsten Tag überstand, hatte er gute Chancen.
Dann klingelte das Telefon. Elenas Stimme klang aufgeregt. »Ich habe schon bei Ihnen zu Hause angerufen. Hoffentlich störe ich Sie nicht bei der Arbeit – ich muß Ihnen etwas erzählen! Ich habe einiges herausbekommen. Das kann uns weiterhelfen!«

»Nun mal langsam! Atmen Sie erst mal ruhig durch, und dann legen Sie los!«

Elena war an diesem Abend mit der Frau des Testpiloten Gerald Murphy essen gewesen. Mrs. Murphy hatte ihr erzählt, daß ihr Mann nach Sams Absturz aus dem Stealth-Programm aussteigen wollte. Er hatte alle Hebel in Bewegung gesetzt, da er nicht desertieren wollte, wie es Lieutenant David Ames, ebenfalls Testpilot, nach Sams Tod offenbar getan hatte. Die Luftwaffe hatte zwar zu Ames' spurlosem Verschwinden offiziell erklärt, Ames habe die Air Base wegen »privater Schwierigkeiten« verlassen, ohne sich abzumelden. Die Eheprobleme waren aber nur eine Ausrede gewesen, um die Desertion zu vertuschen. Murphy wollte seiner Familie diese Schande ersparen und sich auch nicht den Rest seines Lebens in einem Kaff in Südamerika verstecken. Aber er wollte sich auch nicht dieser Höllenmaschine ausliefern. Schließlich hatte er sich – mit Hilfe guter Beziehungen – in die Nähe von Las Vegas versetzen lassen, an das Ausbildungszentrum der Nellis Air Force Base.

»Und wie kann uns Murphy denn weiterhelfen, Elena?«

»Murphy und Sam waren gute Freunde. Ich habe gerade mit ihm telefoniert. Er ist bereit, mit Ihnen zu reden.«

Seth machte sich eilig Notizen.

»Ich fliege nach Las Vegas, sobald ich diesen Prozeß hinter mir habe.«

»Ich habe auch gleich mit Crispie gesprochen. Er ist genauso begeistert wie wir. Er meint, daß Murphy jetzt vielleicht auspacken werde.«

»Wir brauchen Murphy unbedingt als Zeugen dafür, daß Sam erst nach 23.30 gestartet ist. Außerdem muß er uns die Flugroute bestätigen, damit wir nachweisen können, daß Sam erst am 16. Oktober abstürzte.«

»Ja, er sagte etwas über die Flugroute. Sie fliegen immer zuerst über Oregon und Washington bis zur kanadischen Grenze.

Dann fliegen sie die Küste entlang nach Kalifornien bis zu einer Air Force Base. Der Name klang irgendwie nach ›Castle‹.«

»War es Castle Air Force Base? Das ist in der Nähe von Modesto.«

»Ja, genau.«

»Sehr gut! Dann kann Sam erst nach Mitternacht in Arizona gewesen sein. Ich spreche so bald wie möglich selbst mit Murphy.«

In seiner Euphorie hatte Seth fast vergessen, Elena von seinem neuen Klienten zu erzählen. »Ach, übrigens«, begann er zaghaft, »ich hoffe, es stört Sie nicht, daß ich in unserem Fall noch einen weiteren Mandanten angenommen habe. Er heißt Ben Tucker. Ein Trakt seines Hotels wurde bei dem zweiten Absturz einer X-215A beschädigt.«

Verstimmt meinte Elena: »War das klug? Das wertet doch mein Anliegen ab. Ich kämpfe um die Ehre meines verstorbenen Mannes, und dieser Mann will Entschädigung für einen Trakt seines Motels.«

Seth ärgerte sich, daß er ihr das ausgerechnet jetzt mitgeteilt hatte. Es gab ja auch keinen guten Grund dafür, daß er Tucker angenommen hatte. Der Alte hatte ihm leid getan, und er hatte dieser Schwäche nachgegeben. Nun beschönigte Seth vor sich und Elena diesen Fehler, indem er verschiedene Vorteile, die sie angeblich davon hatten, herausstellte. Zum Schluß meinte er: »Tucker kann uns vor allem deshalb nützlich sein, weil er alt und armselig ist. Er weckt bei manchen Geschworenen Mitleid. Und wir müssen möglichst viele Geschworene auf unsere Seite bekommen, egal wie.«

»Wenn Sie meinen«, sagte Elena, eine Nuance versöhnlicher.

»Verlassen Sie sich auf mich! Und wenn Murphy als Zeuge aussagt, kann gar nichts mehr schiefgehen.«

Seth ließ sich noch Murphys Telefonnummer geben und verabschiedete sich. Müde sah er auf sein Schlußplädoyer, das er noch beenden mußte. Kurz entschlossen holte er eine Schachtel mit Pillen aus seiner Schublade.

Der Brownstein-Prozeß dauerte drei Tage. Am letzten Tag war Allyn mit ins Gericht gekommen, um Seth' Plädoyer zu erleben. Als die Verhandlung beendet war und die Geschworenen sich zur Beratung zurückzogen, ging sie zu Seth, um ihm zu gratulieren: »Das war Präzisionsarbeit! Erstklassig! Stephens hat Blut und Wasser geschwitzt.« Dann sah sie hinauf zur Decke des Gerichtssaales, ehe sie fortfuhr: »Allerdings hatte ich teilweise den Eindruck, daß Sie nicht alle Ihre Behauptungen hätten beweisen können, jedenfalls soweit ich unser Beweismaterial beurteilen kann.«

»Sicher. Das war bei Stephens nicht anders.«

»Stephens arbeitet nicht in meiner Kanzlei. Was er macht, ist mir egal.«

Verärgert packte Seth seine Akten ein. »Sonst noch etwas?«

»Nein. Ich wollte Ihnen eigentlich nur sagen, daß Sie ein wahres Wunder bewirkt haben. Ich hätte nie gedacht, daß man mit dieser Niete von einem Fall das große Los ziehen kann. Sie sind wirklich gut, Cowboy!«

»So gut wie Treadwell?« fragte Seth und sah sie herausfordernd an. »Sie können ganz offen sein!«

Allyn runzelte unwillig die Stirn. »Sie sind jetzt schon so gut wie Treadwell, Seth, und in ein paar Jahren können Sie noch viel schlimmer sein als er.«

»Was soll das heißen?«

Allyn schüttelte energisch den Kopf. Dabei wackelten ihre dauergewellten Locken aufgeregt. »Vergessen Sie diese Bemerkung, das war nur ein dummer Scherz. Sie sind vor Gericht ausgezeichnet, einsame Spitze, Cowboy! Woher wußten Sie, daß Brownstein kurz vor seinem Tod noch mit seinem Taschenfunk Hilfe holen wollte?«

»Er hatte seine Praxis angefunkt, und ich habe alles überprüft. Mir hat nämlich mal jemand den Rat gegeben, daß man seine Prozesse nur mit genauen Recherchen gewinnt.« Seth zwinkerte ihr zu.

Allyn lachte. »Genehmigen wir uns doch in der Cafeteria eine Erfrischung. Die Geschworenen werden sich sicher länger beraten. Ich wette, Sie bekommen die Lebensversicherung und eine Million Schadenersatz.«
Vor dem Gerichtssaal stand eine kleine Gruppe beisammen, die auf Seth zu warten schien.
»Einen Augenblick, bitte! Ich muß nur schnell etwas erledigen«, sagte Seth und ging zu der Gruppe hinüber. Allyn hatte diese Leute vorhin im Gerichtssaal sitzen sehen. Eine Viertelstunde diskutierte Seth mit ihnen, dann winkte Allyn ihn ungeduldig zu sich. »Dauert das noch lange? Ich muß wieder ins Büro!«
»Entschuldigen Sie, Allyn. Aber ich kann jetzt keinen Kaffee mit Ihnen trinken. Ich muß Stephens finden.«
»Was ist los? Stimmt etwas nicht?«
»Das erkläre ich Ihnen später. Sie können ja mitkommen, wenn Sie wollen.«
Stephens saß in der Cafeteria und trank Kaffee. Sie setzten sich zu ihm. Nachdem die beiden Kontrahenten einige Höflichkeiten ausgetauscht hatten, ging Seth zum Angriff über.
»Also, Simon! Sie wissen es so gut wie ich: Die Geschworenen werden mindestens drei Millionen Dollar Schadenersatz festsetzen. Wenn Sie Pech haben, werden Sie sogar zu fünf Millionen verdonnert.«
»Sie haben Wahnvorstellungen, Seth!«
Seth lächelte glatt. »Gut! Aber bitte sagen Sie der Pacific Sigma später wenigstens, daß ich Ihnen rechtzeitig ein faires Angebot gemacht habe.«
»Was für ein Angebot wollen Sie mir machen?«
»Noch haben die Geschworenen kein Urteil gefällt. Wir können uns hier vorher noch gütlich einigen. Sagen wir mal, Sie zahlen neben der Versicherungssumme zweieinhalb Millionen Dollar Schadenersatz.«
»Das ist ein schlechter Witz, Seth. Bleiben Sie auf dem Boden!«
»Genau das tue ich«, sagte Seth selbstbewußt. Er stand auf und

ging zur Tür, als sei das Gespräch beendet. Er ging langsam, denn er hoffte sehr, daß ihn Stephens kleinlaut zurückrufen werde.

»Warten Sie!«

Seth blieb stehen und drehte sich um. »Ich muß das mit der Kanzlei besprechen. Aber mehr als 500 000 Dollar Schadenersatz sind nicht drin.«

Arrogant lächelte ihn Seth an. »Ich muß das auch mit meiner Klientin besprechen. Aber ich werde ihr empfehlen, das Angebot abzulehnen.«

»So? Gut, dann richten Sie ihr bitte aus, daß sie genau eine Viertelstunde Zeit hat zu überlegen. Wenn die Geschworenen schon vorher fertig sind, ist das Angebot hinfällig.«

Im Gehen rief Seth: »Sie bluffen sehr schlecht – beim Poker verlieren Sie sicher immer.«

Allyn stürmte hinter Seth her. Kaum waren sie auf dem Flur, schnaubte sie: »Wenn er Ihnen eine Million Schadenersatz anbietet, dann werden Sie das hoffentlich nicht abschlagen.«

»Dazu wird es nicht kommen. Da bin ich mir ziemlich sicher.«

Seth verschwand für kurze Zeit in der Herrentoilette. Als er wieder herauskam, führte er Allyn zurück zur Cafeteria. »Nun müssen wir Herrn Stephens mitteilen, daß unsere Klientin sein großzügiges Angebot leider ablehnt.«

»Sie haben doch überhaupt nicht mit Mrs. Brownstein gesprochen.«

»Ich will sie nicht mit Kleinigkeiten belästigen«, sagte Seth und eilte voraus.

»Eine Million ist ja wohl keine Kleinigkeit«, prustete sie, als sie ihn eingeholt hatte.

»Bitte vertrauen Sie mir, Allyn. Ich weiß, was ich tue.«

»Ich vertraue Ihnen eben nicht, Cowboy!« Sie packte ihn kräftig am Arm. »Mrs. Brownstein kann mich verklagen, wenn Ihr Spiel schiefgeht. Stephens hat recht, Sie sind verrückt geworden!«

»Niemand wird Sie verklagen. Simon wird sich fügen – und Mrs. Brownstein bekommt viel Geld. Sie natürlich auch, Allyn.«

»Unsinn! Stephens ist mit allen Wassern gewaschen, den können Sie nicht einfach einschüchtern. Mit solchen Tricks können Sie in der Provinz arbeiten, aber nicht bei uns. Im übrigen ist das hier *mein* Fall, *meine* Schadenersatzforderung. Sie arbeiten für *mich* und *meine* Kanzlei!«

»Kanzlei? Sie nennen diese Klitsche eine Kanzlei?«

Allyn zuckte zusammen, als hätte er ihr ins Gesicht geschlagen, und wurde bleich. Seth wollte sie beruhigend streicheln, doch sie wich zurück.

»Das mag in Ihren Augen eine Klitsche sein. Sie sind ja Besseres gewohnt.« Sie kämpfte mit den Tränen. »Aber diese Klitsche ist mein Leben!«

So hatte Seth Allyn noch nie erlebt. Nie hätte er es für möglich gehalten, daß sie weinen konnte. Zärtlich streichelte er ihre Schulter. »Allyn, bitte hören Sie mir gut zu! Es tut mir leid, daß ich Sie verletzt habe. Sie sind wahrscheinlich der beste Freund, den ich habe. Bitte sagen Sie mir ganz ehrlich: Haben Sie sich nie mehr vom Leben erträumt? Wollten Sie immer nur die kleinen hoffnungslosen Fälle abwickeln? Haben Sie nie gehofft, den Sprung nach oben zu schaffen? Sie arbeiten in einer billigen Bruchbude und vergeuden Ihr Talent. Haben Sie sich *das* vom Leben erträumt?«

Allyn schwieg.

»Dann vertrauen Sie mir jetzt bitte! Wenn die Sache schiefgeht, arbeite ich den Schaden bei Ihnen ab. Außerdem haben wir ja immer noch die Geschworenen in der Hinterhand.« Er beugte sich zu ihr hinunter und lächelte ihr ermutigend zu. »Ich verliere nie – das wissen Sie ja!«

Allyn schüttelte unmerklich den Kopf. Schweigend sah sie zu, wie Seth in die Cafeteria ging.

Vor Stephens' Tisch blieb Seth stehen und sagte herablassend: »Mrs. Brownstein lehnt Ihr Angebot ab, aber sie ist bereit, sich mit 1,8 Millionen Dollar Schadenersatz zufriedenzugeben.«

Als Stephens nur lächelnd den Kopf schüttelte, sprach Seth weiter: »Bei den Geschworenen haben Sie keinen guten Eindruck gemacht: Ihr angeblicher Experte konnte nicht glaubhaft erklären, warum ein Mann, der Selbstmord begehen will, Hilfe holen will.«
»Brownstein hat im letzten Moment die Nerven verloren. Das kommt immer wieder bei Selbstmördern vor, und das wissen auch die Geschworenen.«
»Sie vergessen aber, daß Geschworene meist für Versicherungen nicht viel übrig haben. Im Zweifel entscheiden sie zugunsten des Versicherten, weil sie sich selbst ständig über Versicherungen ärgern. Und wenn sie den Versicherungen noch einen deftigen Schadenersatz aufbrummen können, tun sie das meistens auch.«
»Mein Mandant wird sich nicht auf einen Vergleich mit Ihnen einlassen. Aber ich muß ihn über Ihr Angebot informieren. Entschuldigen Sie mich für ein paar Minuten.«
»Kein Kuhhandel, Stephens!« knurrte Seth. »Kommen Sie mir nicht mit einem Gegenangebot. Entweder nimmt Ihr Mandant mein Angebot an oder nicht. Wir verlangen 1,8 Millionen Dollar Schadenersatz und die Versicherungssumme mit dem Todesfallbonus. Das macht zusammen 2,3 Millionen Dollar. Wenn Ihr Mandant das Angebot ablehnt, warten wir auf das Urteil der Geschworenen.«
Stephens lachte höhnisch, doch Seth hatte ihn verunsichert. »Ich spreche mit meinem Mandanten darüber«, sagte er frostig und ging zum Ausgang der Cafeteria.
»Übrigens, Stephens!« rief ihm Seth hinterher. »Ihr Mandant hat genau eine Viertelstunde Zeit. Und wenn die Geschworenen in der Zwischenzeit fertig werden, ist das Angebot ebenfalls hinfällig.« Dann blinzelte er Allyn zu, die nachgekommen war und alles mit angehört hatte. »Vielen Dank, daß Sie mitgekommen sind, Allyn!«
Krampfhaft lächelte sie. »Mitgefangen, mitgehangen.«

»Sie müssen sich ziemlich sicher sein, daß Ihnen die Geschworenen mehr als eine Million Dollar zusprechen werden. Sonst wären Sie nicht so dreist.«
»Nun«, meinte Seth zögernd, »ich fürchte, mit den Geschworenen können wir nicht rechnen.«
»Was sagen Sie da!« kreischte Allyn.
»Vorhin habe ich doch im Flur mit einer Gruppe von Leuten gesprochen. Die Japanerin, die Sie gesehen haben, Dr. Senko Mitsui, berät Anwälte bei der Auswahl der Geschworenen. Sie hat sehr viel Erfahrung und weiß, wie Geschworene reagieren. Bei Miller & McGrath habe ich mehrmals mit ihr zusammengearbeitet. Sie hat für diesen Fall eine Reihe von Leuten ausgewählt, die demographisch ganz genau den Geschworenen entsprechen. Diese Leute haben den Prozeß verfolgt und am Ende ein Urteil gefällt.«
»Eine Schattenjury! Mein Gott – Sie ausgebuffter Hund!«
»In der Billigausführung. Ich habe mich auf sechs Leute beschränkt. Schließlich müssen wir sparen. Aber das Ganze war effektiv. Wissen Sie, zu welchem Urteil sie kamen? Mrs. Brownstein soll die Versicherungssumme bekommen, aber keinen Cent Schadenersatz.«
»Wieso denn das?«
»Mrs. Brownstein mit ihrem dicken Hintern und eitlen Getue hat alles selbst verpatzt. Sie war meinen Geschworenen zutiefst unsympathisch. Also glaubten sie die Geschichte, daß Mrs. Brownstein den Abschiedsbrief verbrannt haben soll. Außerdem hat Dr. Mitsui den Eindruck, daß der Sprecher der Geschworenen Antisemit ist.«
Allyn ballte die Fäuste. »Das hätten Sie mir früher sagen können!«
»Stimmt!« Seth nahm ihre Hand.
»Fassen Sie mich nicht an, Sie Hasardeur!« fauchte sie, aber sie zog ihre Hand nicht weg. »Warum nur lasse ich diesen Wahnsinn zu?«

»Wahrscheinlich weil ich auch Ihr bester Freund bin. Und außerdem trauen Sie mir zu, daß ich das Spiel gewinne.«
Um Allyns Lippen zuckte es verdächtig. Seth befürchtete, daß sie in Tränen ausbrechen würde, doch diesmal wollte sie ein Grinsen verbergen. »Eine Schattenjury! Das war genial, Cowboy! Aber wenn Ihnen die Geschworenen den Schadenersatz streichen, was wollen Sie dann eigentlich von Stephens? Welches teuflische Spiel treiben Sie mit ihm?«
»Poker. Haben Sie seine Augen am Schluß gesehen. Der hat keine Nerven.«
Allyn war erschöpft vom Wechselbad der Gefühle. »Ich wußte, daß Sie ein Draufgänger sind. Das hat mir ja an Ihnen gefallen, Seth, aber ...«
»Heben Sie sich Ihr Kompliment für später auf. Er kommt!«
Bleichen Gesichtes steuerte Stephens auf sie zu und hielt Seth die Hand hin. »Also«, sagte er bedrückt, »Sie können Ihrer Klientin ausrichten, daß sie die 2,3 Millionen bekommt, und ihr zu ihrem Anwalt gratulieren.«
»Mrs. Brownstein wird das zu schätzen wissen, vor allem das Kompliment«, sagte Seth boshaft. »Wir sagen jetzt besser dem Richter Bescheid, damit er den Geschworenen unseren Vergleich mitteilt.«
»Das mach' ich schon.« Stephens grinste. »Nur damit Sie es wissen: Ich hielt das für einen Bluff, was Sie da vorhin behauptet haben: Sie würden auf kein anderes Angebot eingehen. Das war doch nur ein Trick, nicht wahr?«
»Wenn ich Ihnen jetzt recht gebe – wie wollen Sie wissen, daß ich dann nicht bluffe? Sie wollen meine Karten sehen, bevor Sie Ihren Einsatz machen.«
»Sie sind ziemlich empfindlich, Seth!« Stephens nahm seinen Mantel und ging zur Tür. »Das nächste Mal kriege ich Sie dran! Das schwöre ich Ihnen!«
»Möglich ist alles.« erwiderte Seth gelassen.
Allyn und Seth setzten sich und tranken Kaffee. Eine Weile

sprachen sie kein Wort. »Herzlichen Glückwunsch, Cowboy!« brummte Allyn schließlich.
»Es tut mir wirklich leid, daß ich Sie vorhin so verletzt habe.«
»Schon gut. Sie hatten ja recht. Und das Geld können wir verdammt gut gebrauchen.«
»Ja, vor allem für den Reinfall des Jahrhunderts.«
Allyn mußte lächeln. Sie freute sich über das unerwartet hohe Honorar, sie würde über eine halbe Million Dollar bekommen!
»Ich kann es noch gar nicht fassen! Und ich hatte vor, mich mit Stephens vor der Verhandlung zu einigen, und wäre froh gewesen, wenn ich ihm nur einen Teil der Versicherungssumme hätte abhandeln können.« Allyn grinste: »Sie sind wirklich ein durchtriebener Hund, Seth.«
»Und Sie sind ein alter Geizhals. Wie ich Sie kenne, geben Sie mir keine Prämie dafür, daß ich hier ein kleines Wunder vollbracht habe.«
»Na na, wer finanziert denn Ihren Großangriff gegen die teuflischen Herrscher der Lüfte.«
»Dann rücken Sie mit dem Geld raus!« sagte Seth und grinste breit. »Ich muß mir ein paar Experten besorgen.«

• 30 •

STARS IST DAS beste Restaurant in San Francisco. Es ist ein Juwel, das sich in einer düsteren Seitenstraße verbirgt. Der Geschäftsführer und Chefkoch des Restaurants, Jeremiah Tower, ist weltweit für seine Küche berühmt. Er begrüßt jeden Gast persönlich und behält gleichzeitig die Küche im Auge, die ins Restaurant integriert ist. Das Personal ist hervorragend geschult und betreut die Gäste mit unaufdringlicher Aufmerksamkeit.
Da sich das Restaurant ganz in der Nähe des Rathauses und des Abgeordnetenhauses befindet, nutzen viele Kommunalpolitiker, unter anderen Persönlichkeiten wie Willie Brown, die Ge-

legenheit zu einem Arbeitsessen, um Entscheidungen in entspannter Atmosphäre treffen zu können.
Vor jeder Opernpremiere trifft sich hier alles, was in San Francisco Rang und Namen hat. Aber es dinieren hier auch international bekannte Künstler, wenn sie ein Engagement in San Francisco haben. Abends sitzen hier die Richter beisammen, um sich von den Aufregungen des Tages zu entspannen, und reiche junge Leute verabreden sich hier, wenn sie zusammen ausgehen wollen.
Im *Stars* hatte Seth für diesen Abend einen Tisch für zwei bestellt. Ganz nach Wunsch hatte er einen Platz abseits vom Trubel erhalten. Von hier aus konnte man das rege Treiben beobachten und sich dennoch ruhig miteinander unterhalten. Es sollte schließlich ein Arbeitsessen mit einer Klientin sein. Allerdings lud Seth nicht jeden Klienten ins *Stars* ein – aber Elena Barton war nun mal etwas Besonderes. Außerdem hatte er ja nach dem Brownstein-Sieg einen Grund zum Feiern.
Sie hatten einander mit Veuve Clicquot zugeprostet, als Elena fragte: »Ist das dort drüben nicht Luciano Pavarotti?«
»Ja, das könnte er sein.«
»Pavarotti und Placido Domingo sind wirklich großartige Sänger.«
»Hm – sicher. Aber ich höre lieber Hank Williams oder George Jones«, meinte Seth.
Elena nickte gedankenverloren.
»Was denken Sie gerade, Elena?«
Sie errötete leicht und sah ihn an. »Sie sollten wissen, daß ich mich verantwortlich fühle für ... die Schwierigkeiten, die Sie bei M & M hatten. Wenn ich mich nicht an Onkel Tony gewandt hätte ...«
»Machen Sie sich keine Vorwürfe! Treadwell hat mich von Anfang an schikaniert, weil er mich wieder loswerden wollte. Damit haben Sie nichts zu tun. Ich habe eben vieles falsch gemacht.«

Zu Seth' großem Erstaunen hielt Elena nun einen Vortrag darüber, was ein aufstrebender Rechtsanwalt in einer Kanzlei wie M & M alles beachten müsse: Er müsse bei jeder internen Veranstaltung präsent sein, auch wenn ihm das wie Zeitverschwendung vorkomme; er dürfe nie eine firmeninterne Fortbildung versäumen und müsse sich für alles interessieren, was mit Geld und Finanzierung zu tun hat; er müsse sich unter den Teilhabern einen Mentor suchen, der genau über seine Erfolge Bescheid wisse; jeden Erfolg, auch den kleinsten, müsse er publik machen, dazu gebe es ja die firmeninternen Rundbriefe. Nur so habe er eine echte Chance zum Aufstieg.
Seth staunte. »Woher wissen Sie denn das alles?«
»Ich bin doch praktisch bei M & M aufgewachsen. Ich weiß das alles vom Großmeister persönlich – von Daddy. Und natürlich von Onkel Tony. Ich habe ihnen als Kind stundenlang zugehört. Da muß ja etwas hängenbleiben.«
»Könnten Sie dem Großmeister der Versager noch ein paar nützliche Ratschläge geben?«
»Aber sicher! Wenden Sie sich nie an einen Teilhaber, wenn Sie ein Problem haben. Das besprechen Sie nur mit anderen Angestellten Ihres Vertrauens. Machen Sie sich bei den Veranstaltungen bemerkbar – melden Sie sich zu Wort, sagen Sie Ihre Meinung, ohne dabei zu stark in den Vordergrund zu treten, und spotten Sie nicht zuviel. Wenn Sie mit Ihrer Arbeit in Verzug sind, dann halsen Sie sie einem jungen Anfänger auf – *Sie* müssen immer rechtzeitig fertig sein. Wenn Sie eine Arbeit abgeschlossen haben und dem verantwortlichen Teilhaber die Akte zurückgeben, sollten Sie immer einen Vorschlag machen, wie die Sache weiter zu behandeln ist. Damit werden Sie unentbehrlich.« Elena nippte an ihrem Champagner. »Das wissen die Angestellten wahrscheinlich alles gar nicht.«
Seth trank ihr respektvoll zu. Wie nützlich könnte ihm eine solche Frau für seine Karriere sein!
Die Vorspeisen wurden serviert. Elena hatte Krabbentoast mit

Hummersoße bestellt, Seth Lachs mit zarten Maisfladen. Für einen Augenblick dachte er an Allyn und fragte sich, was sie wohl von diesem Arbeitsessen halten würde, das immerhin zweihundert Dollar kostete.
»Noch etwas Champagner?« fragte der Ober.
»Ja, bitte, Lee! Und dann bringen Sie uns eine Flasche Mondavi Cabernet Reserve zum Essen. Die Dame nimmt gebratene Ente, und mir bringen Sie bitte den Lammrücken in Lavendelhonig mit Prinzeßbohnen.«
Wieder stießen sie mit dem Champagner an, und Seth sah Elena tief in ihre grünen Augen. Ihre weichen, vollen Lippen waren stets leicht geöffnet, und dahinter schimmerten perlweiße Zähne. *Schicksalsmelodie!* Leise spielte der Mann am Klavier die Musik aus *Dr. Schiwago.*
Elena formte ihre wundervollen Lippen zu einem Satz. »Sie scheinen ja ein Feinschmecker und Weinkenner zu sein. Ich dachte, Sie sind aus Bakersfield.«
»Oh, ich koche sehr gern und gut«, sagte Seth und lächelte. »Ich habe nun mal jahrelang allein gelebt. Wenn Sie möchten, gebe ich Ihnen gern eine Kostprobe meines Könnens.«
Elena sah ihn vielsagend an und gurrte: »Gehen wir zu dir oder zu mir?«
»Hm, ich bin manchmal nicht sehr feinfühlig«, entschuldigte sich Seth.
»Das war eben so direkt wie eine Kesselexplosion bei einer Dampflok!«
»Na ja, ich komme aus Bakersfield. Das läßt sich nicht verleugnen.«
Plötzlich wurde Elena ernst. »Soviel ich weiß, sollte man als Anwalt Arbeit und Vergnügen immer strikt trennen. Sagen Sie mir, was Sie eigentlich wollen? Oder haben Sie Angst davor?«
Seth stellte sein Glas auf den Tisch. »Wollen Sie wirklich die Wahrheit wissen? Also gut! Seit fast sechs Monaten lebe ich allein und habe keine Frau mehr angefaßt. Ich bin so heiß wie

ein Bock. Außerdem sind Sie die schönste Frau, die ich jemals gesehen habe. Ich möchte mit Ihnen schlafen, und zwar so bald wie möglich. Ist das deutlich genug?«

Elena sah leicht verwirrt in ihr Glas, dann schmunzelte sie und meinte: »Ich glaube, daß Sie noch etwas anderes wollen. Sex spielt bei Ihnen nur eine untergeordnete Rolle. Ich denke, Sie interessiert auch Macht. Ich meine es wirklich ernst, Seth. Was treibt Sie an, was ist Ihnen im Leben wichtig?«

»Ich möchte die Ziele erreichen, die ich mir gesteckt habe.«

»Welche Ziele?«

»Ach, ganz unterschiedliche. Vor allem will ich wieder zurück in die Montgomery Street und mit Treadwell abrechnen.« Verbissen starrte Seth vor sich hin, dann lächelte er und sagte: »Und ich will mit Ihnen schlafen, aber das wissen Sie ja schon.« Ich rede zuviel, dachte er, und lauter dummes Zeug!

Elenas Gesicht verriet nichts. Seth beschloß, jetzt nicht mehr den Liebestollen zu spielen. Es hatte keinen Sinn, Elena zu drängen. Sie würde selbst entscheiden, ob und wann sie zu ihm kommen wollte.

Sie sah ihm ruhig in die Augen. »Erzählen Sie mir von unserem Fall. Was haben Sie in der Zwischenzeit erreicht?«

Seth war immer wieder verblüfft, wie sicher Elena von einem unangenehmen Thema ablenken konnte. Erleichtert berichtete er ihr, daß er mit Gerald Murphy einen Termin vereinbart habe. Er schilderte ihr sein Treffen mit Torville in New Orleans und sein Abenteuer auf der Symington Air Force Base. Er erklärte ihr auch, warum der heutige Sieg gegen die Pacific Sigma Insurance so wichtig war: Mit dem Geld, das er damit für die Kanzlei verdient hatte, konnte er einen Experten bezahlen, den sie dringend brauchten: Dr. Henry Daimler, *die* Koryphäe der USA auf dem Gebiet der Avionik. Er unterrichtete an der Berkeley-Universität.

»Was ist Avionik?«

»Das ist ein Spezialgebiet beim Flugzeugbau, alles, was mit

Bordelektronik zu tun hat. Dr. Daimler nimmt an, daß die Abstürze auf einen technischen Defekt in der Bordelektronik der X-215A zurückzuführen sind.«
»Das ist nur Spekulation, oder? Nützt uns das vor Gericht?«
»Wahrscheinlich reicht das allein nicht aus. Ich werde mich morgen mit ihm treffen. Vielleicht bringe ich ihn dazu, daß er wissenschaftlich fundiert nachweist, welcher Defekt bei der X-215A vorliegt.«
»Wie wollen Sie denn einen Wissenschaftler zu so einer Aussage bringen?«
»Ich zahle ihm 350 Dollar die Stunde. Außerdem muß man ihm natürlich noch geschickt um den Bart streichen. Manche nennen so etwas Bestechung.«
»Und wie nennen Sie das?«
»Die Verführung einer gutbezahlten Hure – entschuldigen Sie diesen Ausdruck!«
»Keine Ursache!« Elena hob ihr Glas. »Auf die Verführung«, sagte sie mit einem gespielt schüchternen Lächeln, »von Professor Daimler!«
Selbst als sie tranken, konnten sie die Augen nicht mehr voneinander abwenden. Dann fragte Seth, was Elena denn als Dessert haben wolle.
»Wie wäre es denn mit einer Kostprobe Ihrer Künste?«
»Gehen wir zu dir oder zu mir?« fragte er verschmitzt.
Sie lachten und sahen einander erwartungsvoll an.

Während Seth selig auf den seidenen Laken in Elenas Himmelbett schlummerte, ging sechseinhalbtausend Kilometer entfernt, auf den Caicos-Inseln, Aubrey Olmstead aufgeregt in seiner Wohnung auf und ab. Immer wieder blieb er stehen und starrte grimmig das Telefon an. Schon die ganze Nacht wartete er auf einen Anruf. Endlich, um 4.30 Uhr morgens, klingelte es. Hastig nahm er mit seiner groben Hand den Hörer ab.

»Guten Morgen, Aubrey!« tönte salbungsvoll der Bariton des Paters.
»Was fällt Ihnen eigentlich ein? Sie schicken mir eine völlig unverständliche Nachricht, versetzen mich damit in helle Aufregung und lassen dann nichts mehr von sich hören. Was zum Teufel soll denn das heißen: *Ein Schaf hat sich verirrt?* Und was haben Sie mit diesem Schaf gemacht?«
»Aubrey, Aubrey! Ich kann Ihnen doch nur eine verschlüsselte Nachricht schicken. Ich wollte Sie nur warnen, damit Sie in nächster Zeit bei Ihren geschäftlichen Transaktionen vorsichtiger sind. Sie müssen doch nicht gleich wieder in Verfolgungswahn verfallen. Wenn ich es für nötig gehalten hätte, Sie genauer zu informieren, hätte ich das schon getan. Sie können sicher sein, daß unser kleines Problem bald beseitigt ist – genauer gesagt, es wird in diesem Moment beseitigt. Darum kümmert sich gerade jemand in Las Vegas.«
»Ach ja, Sie haben wohl für alles eine Lösung parat. Aber es ist noch ein kleines Problem aufgetaucht: Wir haben wieder die Steuerfahndung am Hals. Dieser wildgewordene Anwalt aus der Mission Street hat mit seiner Klage gegen ConSpace den Dicksack von der Regierung zu neuen Aktivitäten angestachelt.«
Für einen Augenblick hörte Olmstead nur sein eigenes heftiges Atmen.
»Torville?« fragte der Pater.
»Wer denn sonst? Dieser Fettwanst hat meinem ehemaligen Buchhalter eine Zeugenvorladung geschickt.«
»Wird er auspacken? Was meinen Sie?«
»Das ist nicht zu befürchten.«
»Lieber Gott, Aubrey! Sie werden ihn doch nicht ...«
»Nein! Wir haben ihm nur die Hölle heiß gemacht. Der macht vor Angst den Mund so schnell nicht auf. Außerdem habe ich ihn nach Uruguay versetzt. Dort arbeitet er jetzt angeblich wieder für uns und wird strengstens überwacht.«

»Ah so! Aubrey Olmsteads berüchtigtes Zeugen-Schutzprogramm!«
»Genau! Aber damit bleiben uns immer noch Torville und dieser verdammte Cameron. Stellen Sie sich vor, Cameron will es so bald als möglich zu einer Gerichtsverhandlung gegen ConSpace kommen lassen. So einen öffentlichen Skandal können wir uns in keinem Fall leisten.«
»Machen Sie sich keine Sorgen, mein Lieber! In diesem Kampf liegt der gute Cameron schon am Boden, bevor es zur ersten Runde kommt – und wenn wir etwas nachhelfen müssen. *Sie* kümmern sich nur darum, daß das Geld hereinfließt. Und behalten Sie um Gottes willen die Nerven!«
»Mein Gott, Pater! Sie können doch nicht alle umbringen, die uns im Weg stehen. Hallo ...!«
Olmstead stand in seinem Zimmer und umklammerte mit seiner verschwitzten Hand den Hörer. Die Verbindung war abgebrochen.

• 31 •

WENN MAN ÜBER die Telegraph Avenue zur Berkeley-Universität fährt, kommt man an das Sather-Tor. Die Bezeichnung ist nicht ganz korrekt, denn es ist eigentlich kein Tor, sondern ein imposanter, eiserner Torbogen, der reich mit Ornamenten verziert ist. Dahinter liegt das weitläufige Universitätsgelände.
Als Seth an diesem Morgen durch den Torbogen schritt, mußte er an seine eigene Studienzeit denken, und Erinnerungen an längst vergessene Ereignisse und Erfahrungen überfluteten ihn. Er dachte an die vielen Studentinnen, mit denen er sich verabredet hatte oder bei denen er sich vergeblich um ein Treffen bemüht hatte. Er erinnerte sich an die Drogenhändler auf dem Campus, an die Prüfungsangst vor dem Examen, den Park der Uni, an Auseinandersetzungen mit der Polizei, Bongotrom-

meln und jugendliche Ausreißer, die die Studenten anbettelten, oder an lautstarke Debatten zwischen Atheisten und verklärten Jesus-Jüngern. Um nichts auf der Welt hätte Seth das alles missen wollen, aber ihn würde auch nichts auf der Welt dazu bringen, das alles ein zweitesmal zu machen.

Professor Henry P. Daimlers Büro lag im Ostflügel des Barrington-Memorial-Science-Gebäudes. Seth brauchte eine Weile, bis er das Zimmer am Ende eines langen Ganges gefunden hatte, und war erstaunt, wie bescheiden der berühmte Professor untergebracht war. Das Zimmer war noch kleiner als Seth' Büro bei Allyn und mindestens ebenso ärmlich eingerichtet. An den Wänden bogen sich Bücherregale unter der Last wissenschaftlicher Abhandlungen. Zwei alte, abgenutzte Ledersessel standen vor einem winzigen Arbeitstisch, unter den der Professor nur mit Mühe seine langen Beine stecken konnte. Doch schlimmer als die karge, schäbige Einrichtung war der stechende Geruch nach faulen Eiern, der aus einem der Laboratorien in das Zimmer drang.

»Treten Sie ein, Mr. Cameron!« Professor Daimler hatte trotz seines Alters, er war Mitte Siebzig, noch eine kräftige, jugendliche Stimme.

»Darf ich Ihnen eine Pflaume anbieten? Oder ein paar Trauben?« Der Professor lächelte sanft und meinte: »Ich esse mittags gern Obst.«

»Danke, nein! Ich habe gerade gegessen.«

»Mein Büro in Los Angeles ist etwas geräumiger und gemütlicher«, fuhr der Professor fort. »Ich unterrichte hier in Berkeley nur einen Tag in der Woche, deshalb muß ich mit diesem Kämmerlein vorliebnehmen.« Es war eine sachliche Erklärung, keine Prahlerei. Seth war angenehm berührt. »Bitte setzen Sie sich doch. Wie kann ich Ihnen helfen?«

»Darauf komme ich gleich zu sprechen, Professor.« sagte Seth. Er wollte nichts überstürzen. Erst mußte er sich vergewissern, daß der Professor sich auch wirklich als Zeuge eignete. Joe hat-

te ihm oft erzählt, daß kein Zeuge so wichtig sei wie der Sachverständige: Mit wenigen Sätzen kann er über Sieg oder Niederlage entscheiden. Natürlich muß er kompetent sein, gute Zeugnisse und Referenzen haben. Aber das Wichtigste: Er muß Kontakt zu den Geschworenen herstellen können. Er darf auf keinen Fall arrogant wirken.
Seth sah sich genau um. An der Wand hing gerahmt das Zertifikat der Ehrendoktorwürde, die ihm die Berkeley-Universität verliehen hatte. Auf dem Schreibtisch stand das Foto einer Familie mit zwei halbwüchsigen Kindern, wahrscheinlich die Kinder und Enkelkinder des Professors. Der Professor selbst sah ziemlich ungepflegt aus: Der Tweedanzug hing zerknittert an der erbärmlich hageren, hohen Gestalt, die Schuhe waren schmutzig, die Krawatte bunt und häßlich. Aber das Schlimmste waren der struppige, rötliche Vollbart und die feuerrote Mähne. Ob das wohl eine Perücke war? Eher unwahrscheinlich. Aber die Geschworenen könnten diese seltsame Haarpracht für eine Perücke halten – und das läuft auf das gleiche hinaus.
»Können Sie mir vielleicht zunächst Ihre Arbeit etwas erläutern, Dr. Daimler?«
Der Professor schilderte kurz seinen beruflichen Werdegang. Er hatte in Physik promoviert und sich habilitiert, fünfzehn Jahre an der Technischen Hochschule von Massachusetts und zwanzig Jahre an der Technischen Hochschule von Kalifornien unterrichtet. Daneben war er durch unzählige wissenschaftliche Veröffentlichungen über Molekularelektronik, Materialfehler, nichtlineare Dynamik und Avionik hervorgetreten.
Seth hatte schon vorher eine bekannte Arbeit des Professors über die Bordelektronik bei Tarnflugzeugen durchgelesen. Diese wissenschaftliche Analyse war berühmt geworden, weil sie damals Präsident Carter dazu bewog, den B-1-Bomber der Rockwell International aus dem Verteidigungsprogramm zu nehmen. Außerdem war Professor Daimler eine Koryphäe auf

dem Gebiet der Chaosforschung und ihrer Anwendung bei der Analyse von Materialfehlern.
Seth war von der Kompetenz seines Gegenübers beeindruckt, ihm gefiel seine ruhige, sachliche Art, denn hinter dem sanften Auftreten spürte man einen unbeugsamen Willen. Als Zeuge kam der Professor also in Frage. Jetzt mußte ihn Seth dazu bringen, sich persönlich für den Fall Barton zu interessieren und zu engagieren. Ein Sachverständiger kann vor Gericht nur dann nützlich sein, wenn er selbst von der Sache überzeugt und bereit ist, unter Eid auszusagen. Er muß für die Geschworenen glaubhaft sein, und sein Gutachten muß uneingeschränkt die Behauptungen des Anwalts stützen.
Ja, Professor Daimler konnte einen guten Zeugen abgeben. Also erzählte ihm Seth jetzt eine leicht geschönte Version des Barton-Falles. Er betonte Elenas edle Motive, versicherte, daß es nicht um Geld, sondern um Ehre und Menschenleben gehe. Seine eigenen, weniger edlen Motive verschwieg er natürlich. Er bezichtigte die Regierung der Pflichtverletzung gegenüber ihren Soldaten, die sie leichtfertig einer untauglichen Maschine aussetzte. Längst hätten die Abstürze überprüft werden müssen, statt dessen werde alles vertuscht. Er sprach von dem Leid der Witwen und forderte eine rückhaltlose Aufklärung der Unfälle, die mit Sicherheit auf einen technischen Defekt der X-215A zurückzuführen seien. Nur so könnten weitere Todesfälle verhindert werden.
Der Professor nickte zustimmend. Seth schien die richtige Saite angeschlagen zu haben.
Als Seth ihn bat, ihm möglichst verständlich zu erklären, wie Radartarnung funktioniert, kratzte sich der Professor so heftig am Kopf, daß jede Perücke dabei ins Rutschen gekommen wäre. Gut, vermerkte Seth beruhigt, keine Perücke!
Der Professor sah ihn nachdenklich über seine Nickelbrille hinweg an: »Das ideale Tarnflugzeug sieht entweder aus wie eine Karotte oder wie ein Pfannkuchen.« ConSpace habe sich bei

der X-215A für die Pfannkuchenversion entschieden, wie auch Northrup bei dem umstrittenen B-2-Bomber. Das bedeutete, daß der vordere Teil des Rumpfes so flach ist, »als habe ihn eine Dampfwalze platt gedrückt«.

Daimler hatte erst kürzlich in einer Arbeit die technischen Daten der drei neuen Tarnflugzeuge von Northrup, ConSpace und Grumman miteinander verglichen und ausgewertet. Dabei konnte er sich natürlich nur auf Daten stützen, die der Öffentlichkeit zugänglich waren. Ziel der Untersuchung war es, bei den verschiedenen Flugzeugtypen jeweils die Absturzursachen so weit wie möglich zu klären und einen gemeinsamen Schwachpunkt zu finden.

»Ein epidemiologischer Ansatz, wenn Sie so wollen«, sagte er zynisch, denn er war sich der Flachheit des Akademikerwitzes bewußt. »Die Untersuchung erbrachte, daß alle Tarnflugzeuge notwendigerweise unsicher sind, denn in ihrer Konzeption und Konstruktion ist das Risiko mit eingeschlossen. Möchten Sie nicht vielleicht doch eine Aprikose?«

Seth hörte begeistert zu: Der Professor war der ideale Zeuge, er beeindruckte durch Kompetenz und war gleichzeitig weitgehend verständlich. Er kritisierte die unzulängliche Konzeption der neuen Tarnflugzeuge sachlich, ohne polemisch zu werden. Seth holte Luft und beschloß, zur Sache zu kommen, denn schließlich bezahlte er ihm 350 Dollar die Stunde.

»Können Sie aufgrund Ihrer Untersuchungen menschliches Versagen als Unfallursache ausschließen?« fragte er und zückte seinen Notizblock.

Der Professor spitzte die Lippen, klopfte mit ausgestrecktem Zeigefinger dagegen und stieß einen tiefen Seufzer aus. Diese Angewohnheit würde Seth ihm noch vor der Verhandlung abgewöhnen müssen.

»Dazu müßte ich die Maschine selbst untersuchen.«

Das hatte Seth befürchtet. »Wir haben dafür keine Genehmigung. Wahrscheinlich gestattet uns auch das Gericht keinen Zu-

griff. Alles unterliegt strengster Geheimhaltung. Können Sie nicht trotzdem eine Aussage machen?«
Daimler betrachtete eingehend seine alten, fleckigen Hände. »Ich habe erst kürzlich dem Fachbereich Luftfahrtelektronik der Harvard-Universität eine Arbeit vorgelegt, in der ich nachweise, daß ein Flugzeug der Pfannkuchenversion unmöglich eine sichere Bordelektronik haben kann. Sehen Sie, ein so flach konzipiertes Flugzeug kann all die elektrischen Drähte gar nicht fassen, die für die Flugsicherheit nötig wären. Eine gute Avionik braucht etwa zwanzig bis fünfundzwanzig Kilometer an elektrischen Drähten, und die passen nun mal nicht hinein. Versucht man das trotzdem, muß das zu technischen Komplikationen führen.«
»Aha! Und warum?«
»Das Flugzeug ist überladen. So eine Maschine hat selbstverständlich eine elektronische Flugsteuerung, elektronische Systeme, die die Radarerfassung reduzieren, Radarstörungs-Anlagen, Infrarotdetektoren und andere Detektorensysteme, um die feindliche Radarerfassung umgehen zu können ...«
»Entschuldigen Sie bitte, ich kann Ihren Ausführungen nicht mehr folgen, und die meisten Geschworenen könnten das auch nicht. Sie müssen sich vor Gericht einfacher ausdrücken, sonst nützt uns das nichts. Stellen Sie sich vor, Sie müßten das Ihrem Enkel dort auf dem Foto erklären.«
Professor Daimler steckte seine leere Pfeife in den Mund und zog nachdenklich an dem kalten Mundstück. Tiefe Falten zeugten davon, wie intensiv er sich konzentrierte. Dann nahm er die Obstschale und hielt sie Seth vors Gesicht. »Meinem Enkel würde ich das so erklären: Das ist, als würde man sechs Pfund Trauben in eine Tüte stopfen, in die nur fünf Pfund hineinpassen. Dabei müssen notwendigerweise einige Trauben kaputtgehen.«
»Das ist viel klarer!« sagte Seth erleichtert. Der Professor hatte es nicht nötig, sich hinter unverständlicher Fachsprache zu ver-

stecken. Das wirkte auf die meisten Geschworenen arrogant und abstoßend.
Daimler war so stolz auf diese Vereinfachung des komplizierten Sachverhaltes, daß es ihn enttäuschte, als Seth nicht in helle Begeisterung ausbrach. »Wir Wissenschaftler hier an der Universität«, sagte er entschuldigend, »werden mit der Zeit weltfremd. Und bei einem Gespräch mit normalen Menschen haben wir unsere Schwierigkeiten.«
Seth lächelte. »Fehlt Ihnen dafür der entsprechende Soziolekt?«
Der Professor schmunzelte: »Wir werden linguistisch dysfunktional.«
Sehr gut! Er ist schlagfertig und kann über sich selbst lachen, dachte Seth.
»Ich werde mich um Verständlichkeit bemühen«, versicherte Dr. Daimler. Eine Weintraube verschwand in dem Bartgestrüpp.
»Ich werde Ihnen dabei helfen.« Einem Sachverständigen darf man weder schmeicheln, noch darf man ihn herablassend behandeln.
»Ich habe Ihnen ja die Unterlagen zum Fall Barton geschickt. Können Sie aufgrund der Ihnen vorliegenden Fakten eine Aussage darüber machen, was mit Sam Bartons Maschine über der Wüste Arizonas passierte?«
»Diese Frage geht dasselbe Problem nur unter einem anderen Ansatz an«, meinte der Professor. »Ich kann Ihnen beim besten Willen nicht sagen, was da draußen vor sich gegangen ist. Ich kann nur eine Hypothese aufstellen, und das wird vor Gericht nicht ausreichen. Vermutlich hatte sich ConSpace im harten Konkurrenzkampf gegen den B-2-Bomber von Northrup bei der X-215A übereilt auf unausgereifte Konzepte verlassen. Das hat eben zur Folge, daß die Maschine nicht sicher ist.«
Er läßt sich auf nichts Konkretes ein, dachte Seth unruhig. »Professor, ist es nicht möglich, aufgrund Ihrer Untersuchun-

gen die Schlußfolgerung abzuleiten, daß die Maschine mit hoher Wahrscheinlichkeit wegen technischer Mängel abstürzte?«
»So leid mir das tut – nein.«
Seth überfiel eine bleierne Müdigkeit.
»Vielleicht einen Pfirsich?« fragte der Professor. »Sie sind köstlich, sie werden aus Südamerika importiert.«
»Was ich brauche, ist Ihre fachliche Hilfe. Meine Klientin ist die Witwe eines verunglückten Piloten, dessen Ehre und Kompetenz verleumdet werden. Die Luftwaffe macht ihn persönlich für das Unglück verantwortlich. Insgesamt sind in knapp zwei Jahren vier hervorragende Piloten mit der gleichen Maschine tödlich verunglückt. Sie erklären mir, daß diese Maschine unsicher sein muß, weil man sechs Pfund Trauben nicht in eine Fünfpfundtüte stecken kann. Aber dann weigern Sie sich, den naheliegenden Schluß zu ziehen, obwohl Sie selbst diesen gottverdammten Vogel für unsicher halten!«
Der Professor sah Seth mit der Anteilnahme eines Therapeuten an. »Ich kann mich nicht daran erinnern«, meinte er dann grinsend, »von einem gottverdammten Vogel gesprochen zu haben.«
Seth stieß einen verzweifelten Seufzer aus. »Manchmal werde ich etwas heftig.«
»Das macht nichts.« Daimler sprach so beruhigend mit ihm, als wollte er ihn hypnotisieren.
Also, noch einmal von vorn! dachte Seth. Ein guter Anwalt muß wissen, wann er aufhören muß, und ein wirklich großer Anwalt hört nie auf, bevor er sein Ziel erreicht hat. »Inwiefern unterscheidet sich der B-2-Bomber von der X-215A?«
»Der B-2-Bomber ist bereits ungewöhnlich schnell, aber die X-215A ist doppelt so schnell. Dadurch wird allerdings die Radarerfassung wesentlich höher, das ist der Nachteil. Nun hat aber die feindliche Abwehr das Impulsradarsystem entwickelt, und ConSpace hat richtig erkannt, daß damit Geschwindigkeit weitaus wichtiger wird als Tarnung.«

»Impulsradar? Was bedeutet das?«

»Damit können Sie jeden Spatzen auf dem Radarschirm erkennen. Der B-2-Bomber, der immerhin eine halbe Milliarde pro Stück kostet, war durch die Entwicklung dieses Radarsystems mit einem Schlag nutzlos und veraltet, bevor überhaupt die Testphase abgeschlossen war. Deshalb mußte die Luftwaffe das gesamte Konzept neu überdenken. Der Unterausschuß für Flugzeugtechnik beschloß deshalb, ein völlig neues Projekt im Bereich der bemannten Luftfahrt zu starten.«

»Und das Ergebnis ist die X-215A? Die Luftwaffe und die Regierung haben wohl einen gehörigen Schrecken bekommen, als sie erkannten, daß der B-1- und der B-2-Bomber veraltet waren, und sich dann zu schnell auf die X-215A gestürzt?«

»Ja, genau. Und nun ist die neue Wunderwaffe womöglich ebenfalls nur Schrott. Ich glaube, daß im Cockpit die verschiedenen Systeme nicht sauber genug miteinander verbunden sind. Außerdem ist der Rumpf zu flach und somit für die Elektronik nicht genug Stauraum vorhanden. Das Cockpit ist überladen.«

»Zu viele Trauben! Welche Trauben sind denn vor Bartons Absturz kaputtgegangen?«

Der Professor lächelte. »Wie oft stellen Sie eigentlich noch dieselbe Frage? Das lernen Sie wohl an der juristischen Fakultät?«

»So lange, bis ich eine brauchbare Antwort auf meine Frage bekomme.«

Professor Daimler zog an der kalten Pfeife. »Ich möchte Ihnen ja gern helfen. Also, es wird dann problematisch, wenn bei der Traube die Haut platzt. Das heißt, die Komplikationen bei der Elektronik beginnen damit, daß das Kabelgeschirr defekt wird. Dann sind die Drähte nicht mehr ausreichend geschützt und isoliert.«

»Wie kann es zu so einem Defekt kommen?«

»Das kann zum Beispiel bei der Wartung passieren. Allerdings ist es unwahrscheinlich, daß das bei vier verschiedenen Maschinen der Fall gewesen sein soll. Natürlich kann es auch Sabotage sein. Vielleicht liegen die Drähte zu dicht nebeneinander und werden durch Reibung aufgescheuert.«

»Was passiert dann?«

»Sowie das Kabelgeschirr undicht wird, kann es zwischen zwei Drähten oder zwischen einem Draht und einem anderen nicht isolierten Objekt – wie einer Schraube oder einem Stift – zu einem Kurzschluß kommen. Dadurch kann das entsprechende System zusammenbrechen. Es kann aber sogar auch Funken geben und anfangen zu brennen. Doch, wie gesagt, alles reine Spekulation. Ich kann nicht *nachweisen*, daß das die Absturzursache war.«

Da sitze ich nun bei dem besten Sachverständigen, den es auf der Welt gibt, dachte Seth und starrte voll Ingrimm auf seinen unbeschriebenen Block, und er kann nichts für mich tun.

Durch das kleine Fenster drang wieder der stechende Geruch der Schwefelsäure herein. Seth spürte auf seiner Zunge den bitteren Geschmack der Niederlage.

»Sie wissen ja, daß bei Gericht Spekulationen nicht zugelassen sind. Da werden Schwierigkeiten auf uns zukommen, Professor!« Seth schloß seine Aktentasche und bedankte sich. »Morgen habe ich ein Gespräch mit einem ehemaligen Testpiloten, und am Donnerstag wird Sie der Anwalt der Gegenpartei in seinem Büro vernehmen. Ich werden Ihnen vorher Bescheid geben.«

»Wer ist das denn?«

»Ein gewisser Treadwell, Anthony Treadwell.«

»Der Name kommt mir bekannt vor. Ist das ein guter Anwalt?«

An der Türschwelle drehte sich Seth noch einmal um. »Ja, leider!«

Auch auf dem Rückweg zum Sather-Tor fühlte sich Seth wieder wie vor fünfzehn Jahren. Doch diesmal quälte ihn die Erinnerung an das Gefühl, beim Examen durchgefallen zu sein.

• 32 •

AM EINGANG ZUR Nellis Air Force Base wurde Seth wesentlich freundlicher empfangen als in New Mexico. Da er auf der Besucherliste für Captain Murphy vorschriftsmäßig registriert war, wurde er sofort höflich und respektvoll behandelt.

»Darf ich Sie mit Corporal Hawkinson bekannt machen?« fragte der Wachposten am Eingangstor. »Er wird Sie zum Hauptquartier fahren. Stellen Sie Ihren Wagen doch bitte dort drüben ab!«

Kurz darauf geleitete ein Sergeant Seth in ein großes Büro. Er bat Seth, Platz zu nehmen, und bot an, Kaffee zu bringen. Die Wände des Büros waren mit Geschwaderabzeichen und gekreuzten Regimentsschwertern dekoriert. Daneben hingen ein Diplom der Hochschule für Luftwaffenoffiziere und zahlreiche Fotos. Auffällig war ein Familienfoto: ein Offizier in Uniform saß in strammer Haltung neben zwei strahlenden, strammen Jungen und einer ebenfalls strahlenden, strammen Ehefrau. Die übrigen Fotos zeigten hochrangige Offiziere im entspannten Gespräch mit grauhaarigen Zivilisten. Im Hintergrund konnte man jeweils Flugzeugtypen unterschiedlicher Baujahre erkennen.

»Hat hier jeder Pilot ein so großzügiges Büro?« fragte Seth den Sergeant erstaunt.

»Nein. Nur, wenn er zufällig Kommandeur eines Militärstützpunkts ist.« Bevor Seth weitere Fragen stellen konnte, war der Mann verschwunden.

Gleich darauf erschien ein hochgewachsener, imposanter Offizier mit stahlgrauen Haaren und feingemeißelten Gesichtszügen. Er stellte sich als General Farnsworth vor. »Ich bin der Kommandeur der Symington Air Force Base und bin heute außerplanmäßig hier auf der Nellis Air Force Base, weil wir einen Unfall untersuchen müssen. Sie werden mit Captain Murphy nicht sprechen können.«

»Hatte Captain Murphy einen Unfall?«

»Ja, er ist tödlich verunglückt. Er verstarb heute morgen um sieben Uhr. Als er mit seiner Maschine von der Rollbahn abheben wollte, kam es zu dem Unfall.« Der General sprach sachlich, als verlese er ein Unfallprotokoll. »Es war ein reiner Routineflug mit der F-16. Das Flugzeug ist bereits seit vielen Jahren erprobt. Murphy mußte lediglich sein vorgeschriebenes Pensum an Flugstunden absolvieren.« Farnsworth nahm hinter dem Schreibtisch Platz. »Darf ich Sie fragen, warum Sie Captain Murphy zu sprechen wünschten?« Plötzlich war seine Stimme sanft und warm wie die eines Pastors. Seth spürte die besänftigende Wirkung der Worte, doch dann riß ihn ein kräftiger Schlag an der Tür aus seinen Gedanken.

»Herein!« brüllte der General so zackig, wie es ein Pastor nie tun würde.

Der Kaffee wurde serviert, und Seth verbrühte sich damit den Mund.

»Aber ich habe doch gestern abend noch mit ihm telefoniert!«

»Sicher. Er verunglückte ja erst heute morgen.« Diskret sah der General über Seth' überflüssige Bemerkung hinweg und meinte freundlich: »Das ist für Sie sicher ein Schock. Waren Sie mit ihm befreundet?«

»Nein. Ich hatte nur ein paarmal mit ihm telefoniert.«

»Erlauben Sie mir die Frage, warum Sie ihn sprechen wollten!«

»Ach, ich wollte mich nur kurz mit ihm unterhalten.«

»Worüber?«

»Ich bin Rechtsanwalt und recherchiere in einem Fall.«

»Was hatte denn Murphy mit Ihrem Fall zu tun?« Der General fragte eindringlich-freundlich und wackelte dabei leicht nervös auf seinem Stuhl hin und her.

Jetzt dämmerte es Seth, daß er ausgehorcht wurde. Er bedankte sich, nahm seine Aktentasche und stand auf. Auch der General erhob sich. Rasch ging er an Seth vorbei und stellte sich ihm in den Weg.

»Was hatte Murphy mit Ihrem Fall zu tun?« Seine Stimme war schneidend.
Frostig erwiderte Seth: »Ich bin Anwalt. Darüber darf ich Ihnen keine Auskunft geben. Würden Sie mich jetzt bitte vorbeilassen?«
Wütend sahen sie einander an. Keiner gab nach. Schließlich trat der General einen Schritt zur Seite. »Gut, Mr. Cameron! Sie können gehen. Aber ich warne Sie, jemals wieder hierher zu kommen. Das gilt auch für die Symington Air Force Base, lassen Sie sich dort nie wieder blicken!«
»Was soll das heißen?«
»Wir wissen, daß Sie und Ihr Niggerfreund dort herumspioniert haben.« Seth spürte die Drohung wie ein Messer an seinem Hals. »Wenn ich Sie dort erwische, erschieße ich Sie wegen Spionage.« Er lächelte böse und kalt, als Seth ihm die Tür aufhielt. »Das ist Militärgesetz!«
In Seth stieg eine Wut hoch, die stärker war als seine Angst. Er knallte die Türe zu und zischte: »Was geht hier vor, General? Wovor haben Sie Angst? Wieso ist Murphy plötzlich tödlich verunglückt? Was war das für ein Unfall?«
Farnsworth' Gesicht war zur Maske erstarrt, die Augen waren eiskalt. Er drückte Seth zur Seite, ging zu seinem Schreibtisch und drückte die Taste der Sprechanlage. »Hier Farnsworth. Ein Zweierstreifen der Militärpolizei umgehend ins Büro!« Dann drehte er sich zum Fenster und sah einem Trupp Soldaten beim Exerzieren zu. Die Kommandoschreie drangen in die Stille des Zimmers. Der General sah Seth an und sagte leise: »Sie haben sich übernommen, junger Mann.«
Seth hielt dem Blick stand. »So wie Murphy?«
»Diese Andeutung ist eine ungeheuerliche Beleidigung, Cameron! Murphy verunglückte, weil ein Vogel in die Turbine geriet. Das passiert manchmal.«
»Ein Vogel?« Mit einem verächtlichen Blick auf die Schulterklappen des Generals fuhr Seth fort: »Ich wette, es war ein amerikanischer Adler!«

Ein derber Schlag gegen die Tür ließ Seth zur Seite springen. Zwei stämmige Militärpolizisten marschierten herein.
»Bitte treten Sie doch näher, meine Herren!« sagte Seth und ging zwischen ihnen hindurch aus der Tür. »Ich wollte gerade gehen.«

• 33 •

WIE JEDEN MORGEN sprang Fat Dog kühn aus dem Bett und landete mit einem Knall auf der Schnauze. Weil er nur noch ein Vorderbein hatte, konnte er sich nicht mehr richtig abfangen. Als Fat Dog noch ein Welpe war, wurde seine Mutter von einem Auto überfahren, und er selbst verlor dabei eine Pfote. Er kam ins Bakersfielder Tierheim und sollte eingeschläfert werden. Als Seth ihn dort zufällig sah, nahm er ihn mit. Jetzt, da ihn Rosie verlassen hatte, war Fat Dog mehr als nur sein bester Freund – er war sein *einziger* Freund.
»Uns steht das Wasser bis zum Hals, Fat!« sagte Seth beim Frühstück. »Mein Kronzeuge ist tot! Er allein hätte bestätigen können, daß Barton erst am 16. abstürzte und die Maschine einen technischen Defekt hatte. Heute morgen wird Treadwell meinen Avionik-Sachverständigen abschießen. Wenn nicht ein Wunder geschieht, wird es für mich bald nur noch Dosenbohnen geben. Und du mußt sehen, wie du dich durchschlägst. Aber du bist sowieso zu dick.«
Fat Dog gähnte laut.
Kurze Zeit später ging Seth zusammen mit Professor Daimler die Market Street entlang in Richtung Norden zum Geschäftszentrum der Stadt. Als sie in die Montgomery Street einbogen, fegte ihnen ein eiskalter Wind entgegen. Trotz seines Mantels fror Seth. Er fühlte sich erbärmlich: Sie waren auf dem Weg zu Treadwell, der Daimlers Sachverständigengutachten im Vorfeld der Gerichtsverhandlung anhören sollte. Zu Seth' Verwunde-

rung hatte ihm Treadwell vor einiger Zeit mitgeteilt, daß die Befragung nicht wie üblich ein junger Mitarbeiter vornehmen sollte, sondern er selbst die Routineangelegenheit übernehmen werde. Das war ungewöhnlich. Hatte Traeger darauf bestanden? Oder ConSpace? Aber Treadwell tat eigentlich immer nur, was er selbst tun wollte. Was hatte das bloß zu bedeuten?
»Ganz schön kühl, nicht wahr?« sagte der Professor.
Seth nickte: »Wegen der Hochhäuser werden die Straßen zu wahren Windtunneln. Außerdem dringt hier kein Sonnenstrahl mehr vor, weshalb sich die Luft nie erwärmt. In diesen Straßenschluchten ist es immer kalt und dunkel. Ziemlich trist!«
Als sie das Bürogebäude betraten, führte Seth den Professor zielsicher zu den Etagen der Kanzlei.
»Sind Sie schon einmal hier gewesen?« erkundigte sich Daimler.
»Ich habe hier einmal gearbeitet.« Sensibel ließ Daimler das unangenehme Thema fallen.
Die Empfangsdame begrüßte Seth freundlich und bot ihnen Kaffee an. Die beiden nahmen im Foyer auf einem Ledersofa Platz und warteten. Ihnen gegenüber saß eine mürrische Frau mit einer Schreibmaschine. Das mußte die Protokollführerin vom Gericht sein. Treadwell hatte sie für Punkt 10.00 Uhr zu sich bestellt. Um 10.05 Uhr wurde ihnen Kaffee serviert. Treadwell ließ natürlich wie immer auf sich warten.
Seth ging zur Empfangsdame und teilte ihr mit, daß sie nur bis Viertel nach zehn warten würden. Sie gab die Nachricht an Miss Tarkenton weiter. Das Spiel war eröffnet!
Genau um Viertel nach zehn hastete Miss Tarkenton ins Foyer. Sie bat um Verständnis für die Verzögerung und führte sie in Treadwells Büro. Seth behandelte sie wie einen Fremden.
Es versetzte Seth einen Stich, als er den Raum wiedersah: den mächtigen Schreibtisch, die Konferenzecke, die Bar. Treadwell war nicht da.

Schachmatt!
»Er wird jeden Augenblick hier sein, meine Herren«, sagte Miss Tarkenton und wies ihnen einen Platz am Konferenztisch an. Wütend sah Seth auf die Uhr. Dann erinnerte er sich an die Worte seines Vaters:
Bleib ruhig, mein Sohn! Du brauchst Ruhe und Konzentration, um die Taktik des Gegners zu durchschauen. Nur so kannst du ihn schlagen.
Um 10.22 Uhr flog die Tür auf, und Treadwell stürmte herein. Zwei junge Anwälte folgten ihm auf den Fersen. Sowie Seth Treadwell sah, begann sein Puls zu rasen. Er versuchte sich einzureden, daß das am Kaffee liege.
»Bitte entschuldigen Sie die Verzögerung! Aber ich bin leider aufgehalten worden«, dröhnte Treadwell und schüttelte Daimler die Hand. Sein selbstbewußtes Auftreten ließ selbst den Professor klein und unbedeutend aussehen. »Meine Mandanten zahlen mir 400 Dollar die Stunde. Dafür müssen sie hin und wieder einmal mit mir sprechen dürfen.« Die jungen Anwälte lachten pflichtschuldig und stellten sich dann vor. Seth kannte einen von ihnen – Jim Woodsen – noch von früher. Ein auffallend kluger Kopf.
Nur einem scharfen Beobachter wäre aufgefallen, daß sich Seth und Treadwell nicht begrüßten. Erst als alle am Konferenztisch saßen und die Protokollantin ihre Finger startbereit auf die Schreibmaschine gelegt hatte, wandte sich Treadwell an Seth: »Nun, Mr. Cameron«, sagte er verächtlich, »wie gefällt Ihnen die Arbeit in der Mission Street?«
»Wissen Sie, Mr. Treadwell, da ist schon vieles anders als hier. Wir arbeiten mit Federkiel und Tinte und haben kein Telefon.« Woodsen konnte ein Kichern nicht unterdrücken, was ihm einen tadelnden Blick von Treadwell einbrachte.
»Vor allem aber sind wir an den Menschen interessiert, die wir vertreten.«
»Wie schön für Sie! Ben Tucker ist wohl einer dieser Men-

schen, die Sie unter Ihre Fittiche genommen haben. Seine Schadenersatzforderung ist ja wirklich schwindelerregend: 25 000 Dollar! Was haben Sie denn als nächstes auf Lager, Cameron? Sie wollen ConSpace doch wohl nicht etwa eine Klage anhängen, weil die Schallwellen der X-215A eine Vase zerbrochen haben?«

Um sein deplaziertes Kichern wiedergutzumachen, lachte Woodsen amüsiert über Treadwells mageren Scherz – etwas zu laut.

»Also, Cameron! Wir zeigen Ihnen unseren guten Willen und akzeptieren, daß Sie die Fälle Barton und Tucker gemeinsam zur Verhandlung bringen wollen. Natürlich nur unter der Voraussetzung, daß der Nebenkläger hier in San Francisco persönlich vorstellig wird.«

»Das geht in Ordnung. Allerdings liegt Mr. Tucker im Augenblick im Krankenhaus, da er einen leichten Herzanfall hatte. Doch sowie er reisen kann, wird er sich bei Gericht melden.«

»Sehr schön! Offensichtlich überfordert Sie Tuckers bescheidene Klage nicht, denn Sie haben bis jetzt alle Fristen ordnungsgemäß eingehalten. Aber dabei handelt es sich ja auch nur um einen kleinen Sachschaden. Ich versichere Ihnen jedoch, daß in Ihrem exotischen Burritoville in der Mission Street dieselben juristischen Gesetze gelten wie hier in der Montgomery Street: Sie können nach Ablauf der vorgeschriebenen Frist nicht mehr Klage erheben.«

»Das liegt mir fern.« Seth nahm seinen Stift zur Hand. »Ich denke, wir sind hier, weil Sie Mr. Daimler befragen wollen.«

»So ist es.« Treadwell wandte sich dem Sachverständigen zu. »Ich werde Sie nicht allzu lange aufhalten, Professor. Bitte vereidigen Sie den Zeugen, Mrs. Bartholomew!«

Rasch verlor die Befragung jedes Niveau. Treadwell wollte Daimler zügig in die Zange nehmen. Das konnte Seth nur verhindern, indem er ständig gegen Treadwells Fragestellung Einspruch erhob. Nur so konnte der Professor, der der professionellen Verhörtechnik Treadwells ahnungslos ausgeliefert war, lernen, wie er antworten mußte. Dafür revanchierte sich Treadwell, indem er geschickt formulierte Suggestivfragen stellte. Häufig drohte er Seth auch mit einer Geldbuße wegen seiner »Verwirrungs- und Obstruktionstaktik«. Erst gegen drei Uhr nachmittags hatte Seth den Eindruck, daß der Professor standfest geworden war. Nun konnte er Treadwell die entscheidenden Fragen stellen lassen.

»Sie können also nicht mit Sicherheit sagen, was letztlich für den Absturz verantwortlich war. Ist das richtig?«

»Ja. Ich kann nur sagen, daß aller Wahrscheinlichkeit nach ein Defekt in der Elektronik zum Absturz führte.«

»Worauf stützt sich Ihre Behauptung?«

»Die Klappen waren eingezogen. So steht es im Unfallbericht.«

»Ja, und?«

»Kein Pilot würde eine Notlandung wagen, ohne die Klappen auszufahren.«

»Warum nicht?«

»Die Maschine würde viel zu heiß werden. Soweit ich das beurteilen kann, ist aber genau das passiert. Die Klappen werden elektronisch gesteuert, deshalb liegt der Schluß nahe, daß vorher ein Fehler in der Elektronik aufgetreten war.«

Seth war von diesem Ansatz nicht begeistert, doch er hatte den Professor vorher entsprechend instruiert: Mit dieser Theorie, lieber Professor, erreichen wir gar nichts! Aber wenn Sie guten Gewissens keine andere Aussage machen können, dann müssen wir es eben so versuchen.

»Also, Herr Professor! Sie geben zu, daß Barton noch am Leben war, als er, wenn auch vergeblich, versuchte, in der Wüste notzulanden. Ist das richtig?«

»Einspruch!« rief Seth, um dem Professor Zeit zu geben, sich die Antwort genau zu überlegen.

»Wieso erheben Sie jetzt schon wieder Einspruch, Cameron?«

»Sie gehen davon aus, daß mit einer solchen Maschine eine sichere Notlandung, bei der der Pilot überleben kann, möglich ist. Das ist aber ausgeschlossen. Aber bitte schön! Beantworten Sie die Frage, Dr. Daimler!«

»Nun – der Pilot war zu diesem Zeitpunkt vielleicht noch am Leben, doch sicher nicht mehr entscheidungs- und handlungsfähig.«

»Ach was!« sagte Treadwell sarkastisch, mit einem erbitterten Blick auf Seth. »So einen haarsträubenden Blödsinn kann Ihnen nur Mr. Cameron in den Mund gelegt haben. Sie geben also zu, daß der Pilot noch am Leben war, und die Notaggregate im Cockpit funktionierten.«

»Einspruch!« rief Seth. »Sie versuchen, den Zeugen zu manipulieren. Das ist nicht zulässig. Außerdem möchte ich mich gegen Ihre Beleidigungen verwahren, Mr. Treadwell! Wenn Sie sich nicht korrekt verhalten, breche ich die Befragung ab.«

Treadwell hob erstaunt eine Augenbraue. »Sieh mal an, Cameron. Sie sind wohl in der Zwischenzeit bekehrt worden und haben all Ihre Laster abgelegt. Solange Sie bei uns waren, konnten Sie jedenfalls so kräftig fluchen, daß der Klabautermann errötet wäre.«

Mit einem Blick zur Protokollantin erwiderte Seth: »Aber nie in Anwesenheit einer Dame!«

Die beiden jungen Anwälte grinsten. Treadwell hob nun auch die andere Augenbraue. »Also, Professor, könnten Sie mir genauer erläutern, was Sie darunter verstehen, daß der Pilot nicht mehr entscheidungs- und handlungsfähig gewesen sein soll?«

»Sehen Sie, im Grunde gibt es nur zwei Erklärungen. Die eine ist, daß sich durch einen Defekt in der Elektronik der Sauerstoffgehalt der Luft veränderte. Das führt zunächst dazu, daß der Pilot Entfernungen und Höhen nicht mehr richtig abschätzen kann. Kurz darauf tritt Bewußtlosigkeit ein. Die andere Erklärung ist, daß ein Defekt das Ausfahren der Klappen verhinderte. In jedem Fall aber liegt ein technischer Defekt vor.«

Nun war Treadwell verunsichert. Er blätterte nervös in seinen

Aufzeichnungen. »Aber Sie können nicht mit Sicherheit sagen, welcher Defekt vorliegt? Kennen Sie die Konstruktionspläne der X-215A?«
»Selbstverständlich nicht.«
»Sind Sie jemals mit dieser Maschine geflogen?«
»Nein.«
»Haben Sie eine X-215A überhaupt jemals gesehen?«
»Nur auf Fotos.«
»Sie können sich also nicht definitiv auf eine Aussage festlegen?«
»Ja, das ist richtig.«
»Weil Sie nur Hypothesen aufstellen können.«
»Nein, weil ich das Flugzeug nicht untersuchen darf.«
»Na ja, die Air Force kann schließlich nicht Kreti und Plethi an ihren Geheimwaffen herumschnüffeln lassen. Tatsache ist, daß alles, was Sie hier aussagen, reine Spekulation ist. Ist das richtig?«
Professor Daimler sah Seth verzweifelt an und betrachtete dann verlegen seine Hände. Er konnte diese Frage nicht verneinen, und damit würde die Klage gegen ConSpace abgelehnt werden, weil die Beweismittel unzureichend waren. Siegessicher grinsten sich Treadwell und Woodsen an. Treadwell brachte es sogar fertig, Seth zuzublinzeln.
Seth dachte an den Rat seines Vaters: Das Geheimnis des Erfolgs liegt im Durchhaltevermögen. Du darfst nie aufgeben! Wenn du nicht mehr weiterweißt, versuche, Zeit zu schinden. Etwas Unvorhergesehenes kann dir zu Hilfe kommen. Gib niemals auf!
»Einspruch!« rief Seth. »Die Frage wurde bereits gestellt und beantwortet. Ich rate dem Zeugen, die Frage nicht noch einmal zu beantworten.«
Höhnisch konterte Treadwell: »Professor Daimler. Sie können diese Frage ruhig beantworten, denn dieser Einspruch ist pure Unverschämtheit. Vor Gericht würde Mr. Cameron dafür ver-

warnt, wenn nicht sogar bestraft werden. Er darf einen Zeugen nicht während der Aussage beraten, es sei denn, der Zeuge ist ebenfalls sein Mandant.«

Die Atmosphäre war zum Zerreißen gespannt. Daimler sah Seth irritiert an.

»Professor Daimler«, sagte Seth gelassen. »Ich habe den Eindruck, daß Sie dringend einen Anwalt brauchen.«

Erstaunt erwiderte Daimler: »Aber ich habe doch schon einen Anwalt, Mr. Cameron. Sie sind doch bereits mit meiner Vertretung beauftragt.«

Wutentbrannt schlug Treadwell mit der flachen Hand auf den Tisch. Dann beugte er sich über den Tisch, als wollte er Seth ins Gesicht schlagen. »Das werden Sie büßen, Cameron! Aber bevor ich mit Ihnen abrechne, werde ich Richter Singer von dem Vorfall unterrichten, damit er Ihnen für Ihre Unverschämtheiten eine saftige Geldstrafe aufbrummt. Sie und diese verkommene Lesbe, für die Sie arbeiten ...«

Weiter kam Treadwell nicht, denn Seth hatte ihn an der Krawatte gepackt. »Ich lasse mir Ihre Beleidigungen nicht länger gefallen! Entweder können Sie sich beherrschen, oder die Befragung ist beendet. Und wenn Sie sich noch einmal über Allyn Friedlander derart abfällig äußern, werde ich handgreiflich!«

Atemlos hatte Woodsen dem Spektakel zugesehen, dann griff er ein. Er zog Treadwells Krawatte aus Seth' Umklammerung und setzte seinen Chef wieder auf den Stuhl.

»Das kommt ins Protokoll!« keuchte Treadwell. »Schreiben Sie, daß ich von diesem Menschen angefallen worden bin! Das ist kein Anwalt, sondern ein wildgewordener Hottentotte. Und jetzt behauptet er auch noch, daß der Professor sein Mandant ist!«

»Möchten Sie die Befragung vertagen, Mr. Treadwell?« fragte Seth süffisant. »Dann können Sie in der Zwischenzeit Ihr eigenes Verhalten überdenken. Im Protokoll ist sicher alles exakt festgehalten. Da steht zum Beispiel auch drin, daß Sie mich zuerst attackiert haben, indem Sie sich über diesen Tisch gebeugt haben.«

Die Protokollantin nickte Seth voll mütterlicher Anteilnahme zu.

»Ich lege keinen Wert auf eine Vertagung.« Treadwell brachte seine Krawatte in Ordnung. »Ich werde die Antwort auf meine letzte Frage erhalten, das versichere ich Ihnen!« Er blätterte in seinen Unterlagen und sah dann den Professor scharf an. »Fahren wir fort! Gehen wir von Ihrer Hypothese aus, daß ein Defekt in der Elektronik vorliegt, und denken wir diesen Fall logisch weiter. Spätestens nach dem zweiten Absturz hätte ConSpace diesen Fehler entdeckt und sofort die nötigen Schritte veranlaßt, damit der Defekt behoben würde.«

»So einfach ist das nicht. Bei den modernen Kampfflugzeugen ist fast alles mit Optoelektronik ausgestattet, also Glasfaseroptik, digitale Datenschienen. Das macht gut vierzig Prozent der Herstellungskosten aus, deshalb ...«

»Das genügt, Professor! Damit ist meine Frage beantwortet.«

»Die elektrischen Drähte haben ungefähr eine Länge von fünfundzwanzig Kilometer. Das Kabelgeschirr, das diese Drähte isoliert, kann irgendwo defekt geworden sein. Wie wollen Sie das denn so schnell finden?«

Treadwells Miene wurde immer verdrossener, während Professor Henry Phineas Daimler, hochdotierter Experte auf dem Gebiet der Avionik und Chaosforschung, unaufhaltsam weitersprach. »Ihr Mandant, Mr. Treadwell, geht ganz bewußt ein enormes Risiko ein. Jeden Augenblick kann wieder eine X-215A vom Himmel fallen. Bereits seit dem ersten Absturz vermutet man, daß mit der Maschine etwas nicht stimmt. Man konnte aber den Fehler offenbar nicht finden, bis es dann an jenem 15. Oktober 1992 wieder zu einem Absturz kam.«

Treadwell lächelte zufrieden. »Sie erwähnten eben den 15. Oktober? Ich denke, wir sind uns wenigstens in diesem Punkt einig.«

Am liebsten hätte Seth dem Professor unter dem Tisch gegen das Schienbein getreten. Da er diesmal keinen Einspruch erheben konnte, sagte er energisch: »Entschuldigen Sie, Mr. Treadwell, aber dem Sachverständigen ist der exakte Zeitpunkt des Absturzes nicht bekannt.«

»Das ist korrekt«, bestätigte der Professor sogleich. Er merkte, daß er einen Fehler gemacht hatte. »Mir liegen keine Angaben vor, wann genau es zu diesem Absturz kam.«

»Sie haben auch nicht den geringsten Beweis dafür, daß sich das Unglück nach Mitternacht, also erst am 16. Oktober, ereignete.«

»Nein, sicher nicht.«

»Vielen Dank! Da wir gerade über Dinge sprechen, die sich Ihrer Kenntnis entziehen, möchte ich Ihnen etwas mitteilen, was Sie interessieren wird. Mit Genehmigung der Luftwaffe konnte ich einige geheime Testflugberichte einsehen. Daraus geht hervor, daß Notlandungen in flachem Gelände, etwa der Wüste, relativ häufig vorkommen, ohne daß gleich ein gravierender Schaden vorliegen muß. Ist es nicht eher so, daß unsere Piloten durch die Elektronik so verwöhnt sind, daß sie so ein Flugzeug gar nicht mehr handhaben können und im Notfall versagen?«

»Nein, da irren Sie sich gründlich. Ich kenne diese Berichte auch. Solche Notlandungen sind nur mit normalen Düsenjägern möglich, aber keinesfalls mit einem modernen Kampfflugzeug vom Typ der X-215A. Sehen Sie, die X-215A kann in absoluter Dunkelheit mit einer Geschwindigkeit von mehreren hundert Stundenkilometern nur knapp hundertfünfzig Meter über dem Erdboden dahinrasen. Wenn aber aus irgendeinem Grund die Bordelektronik ausfällt, ist der Pilot völlig hilflos: Die Instrumente zeigen nichts mehr an – keine Höhe, keine Geschwindigkeit, kein Terrain. Aber das würde ja auch gar nichts nützen, da sich das Flugzeug sowieso nicht manuell steuern läßt.«

Treadwell knallte sein Notizbuch zu. »Das reicht! Die Befra-

gung ist hiermit beendet! Mr. Cameron, kann ich Sie draußen einen Augenblick sprechen?«
Auf dem Flur fuhr Treadwell Seth feindselig an: »Reden wir Tacheles, Cameron! Was soll dieses Theater?«
»Sprechen Sie von der letzten Opernpremiere?«
»Werden Sie nicht unverschämt, Sie Bauernlümmel! Ich will wissen, was Sie vorhaben.«
Seth grinste. »Mann, das ist ja noch genau wie früher, als ich hier gearbeitet habe. Wenn man sich mit Ihnen unterhält, hat man immer das Gefühl, im Nebel zu tappen. Man weiß nicht, was Sie wollen. Können Sie sich nicht klarer ausdrücken?«
»Cameron, ich will wissen, was Sie erreichen wollen.«
»Ich will reich und berühmt werden – diese Motive dürften Ihnen ja nicht unbekannt sein. Was den Fall Barton anbelangt, so glaube ich, daß ich mich in der Klageschrift präzise ausgedrückt habe. Wir verlangen für Bartons Witwe 10 Millionen Dollar Schadenersatz. Der Nebenkläger Tucker fordert 25 000 Dollar Schadenersatz und einen Ausgleich für den Mietverlust. Bei Tuckers Forderung können wir keine Konzessionen machen, aber Mrs. Barton kann vielleicht bei ihrer Forderung ein paar Dollar nachlassen – weil Sie ihr Pate sind.«
»Wenn das Ihr Ernst ist«, rief Treadwell empört, »dann sehen Sie zu, daß Sie schleunigst aus meiner Kanzlei verschwinden und wieder in Ihr dreckiges Loch zurückkriechen!«
»Das habe ich auch vor«, antwortete Seth spöttisch. »Und ich halte Ihnen dort sogar einen Platz frei für Ihren Schreibtisch. Dann wissen Sie wenigstens, wo Sie hingehen sollen, wenn die jungen Teilhaber Sie an die Luft gesetzt haben.«
Für einen Moment war Treadwell sprachlos. Dann fragte er, fast besorgt: »Sind Sie sich eigentlich des Ausmaßes Ihrer Narretei bewußt?«
»Die Geschworenen werden entscheiden, ob meine Klage eine Narretei ist, Mr. Treadwell.«
»Sie scheinen das Problem nicht zu erfassen, Cameron.«

Treadwell sprach wie ein väterlicher Freund. »Hier geht es doch nicht um eine gewöhnliche Schadenersatzforderung. Sie haben es mit der US-Regierung zu tun – das ist die mächtigste Instanz auf der ganzen Welt.« Dann wurde er wieder wütend. »Denen können Sie doch nicht auf der Nase herumtanzen. Das lassen die sich nicht gefallen.«

Seth konnte nur lachen. »Glauben Sie, Sie sind der erste, der mir droht? Da habe ich mittlerweile schon ganz anderes erlebt.«

Treadwell sah ihn an, sichtlich abgestoßen. Aber er schien auch Mitleid für die erbarmungswürdige Kreatur zu empfinden. Schließlich schüttelte er seine Verwirrung ab, straffte die Schultern und ging wortlos in sein Büro.

Später saßen Seth und der Professor noch in Seth' winzigem Büro beisammen und besprachen bei einer Tasse Kaffee die Lage.

»Wie wird Richter Singer jetzt vorgehen?«

»Ich werde wohl zu 1000 Dollar Geldstrafe verdonnert, und Sie werden ins Gericht beordert, um Treadwells Frage zu beantworten.«

»Warum haben Sie denn Einspruch erhoben, obwohl es nicht zulässig war?«

»Ich wollte Zeit gewinnen, um nachdenken zu können. Mir muß etwas einfallen!«

»Ich drücke Ihnen die Daumen. Wenn Sie eine Lösung gefunden haben, wissen Sie ja, wo Sie mich erreichen können.«

»Danke, Henry! Ach ja – ConSpace muß Sie als Sachverständigen für die Befragung heute nachmittag bezahlen. Schicken Sie mir auch eine Rechnung zu, für die Zeit, die Sie für die Vorbesprechungen mit mir aufgewendet haben.«

»Nein, junger Mann! Bei Ihnen schalte ich meine Uhr erst ein, wenn wir wissen, wohin wir überhaupt fahren. Tut mir leid, daß ich Ihnen nicht helfen konnte.«

Als Daimler gegangen war, merkte Seth, wie sterbensmüde er

war. Schlaf – das war alles, was er brauchte. Und eine Zigarette! Vor acht Jahren hatte er das Rauchen aufgegeben, aber jetzt spürte er das heftige Verlangen nach einer Zigarette.
Lustlos nahm er sich noch einmal die Unterlagen vor und überlegte gleichzeitig, ob Ramón in seiner Schreibtischschublade vielleicht eine Schachtel Zigaretten hatte liegenlassen. Er las die Notizen, die er sich während der Gespräche mit dem Professor aufgezeichnet hatte: Plattgewalzter Vorderrumpf; zu viele Trauben in der Tüte, Kurzschluß, unsaubere Kontaktstellen, Feuer, mit Elektronik überladenes Cockpit ... Er stutzte.
Die Elektronik im Cockpit! Tief in den Windungen seines Gedächtnisses arbeitete es, langsam nahm etwas Gestalt an, ein Gesicht tauchte vor ihm auf: ein aufgeschwemmtes, hochrotes Gesicht mit einem wutverzerrten Mund: Bostwick! Natürlich – Harold Bostwick! Die verdammte Cockpitelektronik!
Er und Lev waren damals so aufgeregt wegen der Informationen über die mutmaßliche Zeit des Absturzes. Dabei hatten sie ganz vergessen, wie abrupt Bostwick das Gespräch abgebrochen hatte, als sie sich nach der Elektronik in der Pilotenkanzel erkundigt hatten.
Mit einem Satz war Seth aus dem Zimmer und sauste die Treppe hinunter. Er rannte die Straßen entlang, um den Professor noch einzuholen. Der wollte gerade in einen Bus steigen, als ihn Seth erreichte. »Professor!« keuchte er und hielt den erstaunten Mann am Mantel fest. »Die Cockpitelektronik, Sie wissen schon, die M-31-Elektronik der Firma TDA! Kann der Schaden im Cockpit selbst entstehen? Kann dort ein Kabelbaum durchgescheuert werden? Und wenn ja: wie und wodurch?«
Erst sah ihn der alte Mann kritisch an, dann breitete sich ein freudiges Grinsen auf seinem Gesicht aus. »Ganz einfach – jedesmal wenn der Pilot die Tür zur Kanzel öffnet oder schließt. Und jetzt beruhigen Sie sich erst einmal, junger Mann! Atmen Sie tief durch, und hören Sie mir gut zu! Aber diesmal lasse ich meine Uhr laufen!«

Am nächsten Tag fuhr Seth schon im Morgengrauen ins Büro. Müde und unausgeschlafen fuhr er mit seinem Honda Civic – den Porsche hatte er verkauft, um die Pflegekosten für seinen Vater zahlen zu können – die leeren Straßen entlang und rieb sich seine überanstrengten Augen. Als er die Golden Gate Bridge überquerte, ging gerade über den Hügeln im Osten die Sonne auf und tauchte die Bucht in ein aggressiv rotes Licht.

Er würde jetzt noch mehr Geld brauchen. Wahrscheinlich hatte Treadwell mindestens 3000 Dollar Bußgeld beantragt, und der Richter würde die Strafe wohl auf die Hälfte festsetzen. Doch das war ihm die Sache wert: Jetzt konnte der Professor Treadwells Frage ohne weiteres beantworten. Sie hatten eine gut fundierte Theorie aufstellen können, wie es zu den Abstürzen gekommen sein mußte. Und nun hatte Seth endlich eine Strategie entwickeln können, wie er vor Gericht argumentieren mußte.

Plötzlich fiel ihm Treadwells Warnung wieder ein. Seine Fassungslosigkeit und sein Mitleid waren echt gewesen. Das hatte Seth weit mehr erschüttert, als er zugeben wollte. Was wußte Treadwell? Warum war die Sache so gefährlich?

Seth fröstelte. Er stellte die Heizung höher und legte eine Kassette ein. Die melancholische Countrymusik paßte gut zu der kühlen Atmosphäre des Morgens. Das Wasser in der Bucht war grau und unruhig. Am Horizont zeigte sich ein ungewöhnliches Farbspiel: Der Himmel war in intensives Rot getaucht, durchzogen von schwarzen und weißen Streifen. Das wirkte apokalyptisch düster. Dazu sang Joe Silverhound ein trauriges Lied: *So lange weiß ich's schon / Die Liebe war nur Illusion / In jener Nacht / Hast du mich ausgelacht / Und alle Freunde sollten's sehn / Du würdest von mir gehn / Nun bin ich so allein, allein.*

Seth stellte die Musik wieder ab. Dieses Lied erinnerte ihn immer an Rosie, und er wollte sich jetzt nicht in trübsinnige Stimmung versetzen lassen. Er wollte feiern, weil sich endlich alles zum Guten zu wenden schien. Bald würde Treadwell merken, daß er verlieren würde: Er würde vor dem Cowboy, dem er so übel mitgespielt hatte, zu Kreuze kriechen müssen. Welch ein Triumph! Und Seth wollte Treadwells Untergang gnadenlos auskosten.

Als könnte er auf diese Weise seine Vergangenheit schnell hinter sich lassen, raste Seth die Lombard Street hinauf und die Van Ness wieder herunter.

Da er großzügig einige gelbe und rote Ampeln übersah, war er knapp zehn Minuten später in seinem Büro, wo die zweite Ernüchterung dieses Morgens auf ihn wartete. Treadwell hatte 4000 Dollar Geldbuße durchsetzen können, 3000 Dollar mehr, als Seth auf dem Konto hatte. Dann kam auch noch Allyn Friedlander mit ernster Miene in sein Zimmer. »Vorhin hat eine Mrs. Jenkins aus Bakersfield angerufen. Sie sollen umgehend zurückrufen. Ihrem Vater geht es sehr schlecht.«

• 34 •

ALLES WAR ANDERS geworden. Seth spürte das, schon als er aus dem Auto stieg. Der Garten sah wieder vernachlässigt aus, die Bougainvillea neben der Türe ließ durstig die Blätter hängen. Und das Haus verfiel allmählich. Joe und Ruth hatten das Haus im Jahre 1953 mit so vielen Hoffnungen und Träumen bezogen und eingerichtet, und Joe hatte seit damals kaum etwas verändert. Doch die Zeit hatte ihre Spuren hinterlassen – deutlich sichtbar. Aber all diese Beobachtungen berührten Seth nicht wirklich. Etwas anderes ging ihm nahe, als er zögernd die Treppe zur Veranda hinaufstieg: Die Atmosphäre hatte sich verändert, eine kosmische Kälte war eingedrungen. Dieses Haus hatte viele Abschiede gesehen. Erst war Ruth für immer fortgegangen, dann er selbst. Jetzt würde sein Vater das alte Haus verlassen, und nichts würde mehr sein wie früher.

Im Wohnzimmer saßen viele Leute beisammen – Doc Farley, Alice Jenkins und einige Nachbarn.
»Hallo, Seth!« Doc Farley begrüßte ihn mit zuversichtlichem Lächeln. Seth hatte mit dem Schlimmsten gerechnet und hörte erleichtert, daß sein Vater nur ins Krankenhaus gebracht werden mußte. Der Doktor hatte den Krankenwagen schon bestellt. »Ich habe Ihrem Vater noch nichts davon gesagt, er würde sich weigern, ins Krankenhaus zu gehen. Aber dort hat er eine gute Chance durchzukommen. Gehen Sie gleich zu ihm, er fragt ständig nach Ihnen!«
Joe wirkte kräftiger und frischer als beim letztenmal, und seine Augen waren klar und strahlten Stärke aus. »Ich freue mich, daß du gekommen bist, mein Sohn!« Joes Stimme war alt und brüchig. »Du brauchst mir nichts vorzumachen. Ich weiß, daß ich sterben werde, und bin darauf vorbereitet.«
»Das stimmt nicht, Pop! Aber hast du Schmerzen?«
»Nicht so schlimm. Das halte ich noch die paar Stunden aus. Und Morphium will ich nicht mehr. Ich habe zu lange im Dämmerzustand gelebt. Davon habe ich genug. Wie geht es eigentlich Rosie?«
»Gut!«
»Vertragt ihr euch wieder? Rosie besucht mich einmal in der Woche. Aber sie spricht nie über dich. Paß auf, daß du Rosie nicht verlierst!«
Plötzlich schüttelte den Alten ein Hustenanfall. Doc Farley kam sofort ins Zimmer. Zärtlich hielt Seth den Kopf seines Vaters.
»War das eben eine Klapperschlange?« versuchte Joe zu scherzen.
Stille breitete sich aus. Nur manchmal drang aus dem Wohnzimmer ein Flüstern. Schließlich hörte Seth nur noch das eigene Herz schlagen. Joe lag reglos da. Er schien zu schlafen.
Wo bleibt nur dieser verfluchte Krankenwagen? dachte Seth. Nervös ging er zurück ins Wohnzimmer. Und da stand sie!
»Hallo, Seth!«

»Rosie? Wie gut, daß du da bist!«
»Ich möchte nicht stören.«
»Pop freut sich sicher, wenn er dich sieht. Komm bitte mit!«
Joe rief eben im Schlaf: »Denk nicht an die Sonne! Sonst wird es zu schwer!«
Seth streichelte ihn besorgt, und Joe fiel wieder in tiefen Schlaf. Doch kurze Zeit später schlug er die Augen auf und sah sie hellwach an. »Hallo, Rosie! Du kommst gerade noch rechtzeitig. Schön, euch beide wieder beisammen zu sehen! Und wenn mein Tod euch zusammenbringt, sterbe ich gern.«
»Hallo, Pop!« sagte Rosie. »Du stirbst nicht. Gleich kommt ein Krankenwagen und bringt dich ins Krankenhaus. Dort können sie dir helfen.«
Joe richtete sich im Bett auf. »Verdammt noch mal! Ich will nicht ins Krankenhaus. Könnt ihr mir nicht zuhören? Ich *will* sterben!« Erschöpft sank er in sein Kissen zurück. Dann wandte er sich flüsternd an Seth: »Bitte, Seth! Laß das nicht zu! Bitte! Ich will *hier* sterben!«
»Aber du kommst nur für ein paar Tage ins Krankenhaus, Pop. Ich verspreche dir, daß du wieder nach Hause kommst!«
Joe Cameron packte seinen Sohn am Arm. »Es nimmt mich wohl keiner mehr ernst. Aber das schwöre ich dir: Wenn ich hier weg muß, komme ich nicht mehr zurück! Hast du mich verstanden? Ich habe dir die letzten Jahre oft unrecht getan. Ich wünschte, ich könnte sagen, daß ich mich nicht daran erinnere. Aber ich weiß, was ich dir alles an den Kopf geworfen habe. Ich konnte es nur nie steuern. Das war, als hätte ich zuviel getrunken. Am nächsten Tag konnte ich mich immer dunkel erinnern, und es tat mir sehr leid!«
Wieder schüttelte ein heftiger Hustenanfall den gebrechlichen Körper. Dann sah Joe Seth in die Augen und sagte mit fester Stimme: »Alles, was ich dir vorgeworfen habe, mein Sohn, war falsch und böse. Die Wahrheit ist, daß ich neidisch auf dich war. Jahrelang war ich mit meinem Beruf unzufrieden. Ich konnte

den Anwälten vor Gericht immer nur zusehen ... na ja ... und dann dachte ich, das könnte ich auch! Ich träumte davon, selbst Anwalt zu werden. Wenn ich meinen Traum verwirklicht hätte, wäre Ruth wahrscheinlich bei mir geblieben. Als ich merkte, daß sie auch mit unserem Leben unzufrieden war, war es schon zu spät. Als du noch ein Baby warst, habe ich Abendkurse in Jura belegt. Aber ich habe nur ein Jahr durchgehalten! Vielleicht hätte ich mich mehr anstrengen sollen. Aber das war alles nicht so einfach, denn schließlich ...«

»... war ich bereits da!« sagte Seth wehmütig.

»Du kannst doch nichts dafür! Ich war schon vierzig, war verheiratet, und wir hatten ein Kind. Da hat man für solche Träume keinen Platz mehr. Und als mich Ruth verließ, war ich zu alt und verzweifelt und hatte erst recht keine Kraft mehr, abends Kurse zu besuchen. Da bin ich lieber in eine Bar und habe meinen Kummer ertränkt. Den Rest kennst du ja.«

»Das wußte ich alles nicht, Pop. Es tut mir leid.«

»Nein! Ich muß dich um Verzeihung bitten. Ich habe viele böse Dinge über dich gesagt. Doc Farley hat mir erklärt, daß das am Tumor lag.« Joe starrte an die Decke. »Man hätte mich schon längst erschießen sollen. Ich wünschte, ich könnte all das ungeschehen machen. Immer habe ich dich verspottet und gesagt, daß du nicht das Zeug zu einem guten Anwalt hast. Aber du hast es mir gezeigt! Jetzt bist du einer der Großen, und ich bin sehr stolz auf dich. Miller & McGrath ist eine der besten Kanzleien und ...«

Seth spürte Rosies vorwurfsvollen Blick, aber er konnte seinem Vater die Wahrheit nicht sagen – nicht jetzt.

In diesem Augenblick kamen zwei Sanitäter herein. Mit geübten Griffen legten sie den Alten auf die Bahre und brachten ihn zum Krankenwagen.

Doc Farley setzte sich zu Joe in den Wagen, dann schlossen die Sanitäter die Tür und fuhren ab. Seth bot Rosie an, sie mit ins Krankenhaus zu nehmen. Doch sie fuhr lieber mit Mrs. Alice Jenkins.

Als Seth am Krankenhaus ankam, wartete Doc Farley am Eingang auf ihn. Sehr ernst stand er da. Seth wußte sofort Bescheid.

»Er ist auf dem Weg ins Krankenhaus gestorben, Seth. Vorher hat er noch gesagt, daß du deine Mutter benachrichtigen sollst.«

Seth murmelte, daß er sich später um die Formalitäten kümmern werde. Dann lief er zu seinem Wagen und fuhr schnell davon.

Bereits am nächsten Tag war die Beerdigung. Wie Joe in seinem Testament verfügt hatte, sollte es eine stille Beisetzung im engsten Kreis geben. Doch in der Aussegnungshalle waren erstaunlich viele Leute versammelt, um Joe Cameron die letzte Ehre zu erweisen. Seth' Mutter war natürlich nicht da. Seth hatte auch keine Ahnung, wo er sie hätte finden sollen: Einunddreißig Jahre lang hatte er nicht versucht, sie ausfindig zu machen. Warum sollte man ihr jetzt den Tod ihres zweiten Mannes mitteilen?

Auch Tom Huckins war gekommen. Und Rosie! Sobald die Zeremonie beendet war, ging Tom grußlos an Seth vorbei zum Ausgang. Auch Rosie hastete schon die Treppe hinunter.

Seth lief hinter ihr her. »Rosie! Warte doch! Kann ich kurz mit dir reden?«

»Es tut mir leid, Seth«, sagte sie, ohne ihren Schritt zu verlangsamen. »Ich muß wieder in die Bank.«

»Kann ich dich später zum Mittagessen einladen?«

Rosie ging noch schneller. »Nein, das geht nicht!«

»Hast du heute abend Zeit?«

»Nein!« Rosie blieb nun stehen, doch sie sah ihn nicht an.

»Das letzte Jahr war hart für mich, Rosie. Ich bin schikaniert worden, habe meine Arbeit verloren, und dann hat mich die Frau, die ich liebe, verlassen. Jetzt stecke ich in einem Fall, bei dem sogar mein Leben bedroht ist. Ich schwimme gegen den Strom in einem Fluß mit gefährlichen Strudeln. Und nun ist auch noch mein Vater gestorben. Ich fühle mich entsetzlich!«

Am liebsten hätte er seine Hände auf ihre Schultern gelegt. »Da mußt du doch nicht so grausam zu mir sein.«
Rosie sah kurz zu ihm hoch. Der Wind blies ihr eine Haarsträhne ins Gesicht. Sie war blaß und traurig.
»Es tut mir leid, Seth! Aber es ist alles anders geworden. Auch mein Leben hat sich verändert ... meine beiden Eltern sind tot. Esther starb letztes Jahr im Frühling, und das war doch ...«
»Mein Gott, Rosie! Warum hast du mir nichts davon gesagt?« Seth' Stimme versagte. Er wußte, warum sie sich nicht gemeldet hatte. Hilflos sah er zum Himmel. Dichte, graue Stratokumuluswolken zogen aus Nordwesten heran.
»So schlimm war es nicht. Ich stand meiner Mutter nicht so nahe. Im Grunde war sie eine Betrügerin. Meine Großmutter wußte es immer, aber sie hat es nie gesagt.«
»Deine Großmutter – die Irokesin?«
»Ja. Meine Großmutter hieß Amelia Moon. In meiner Jugend ist sie wohl der wichtigste Mensch für mich gewesen.«
»Lebte sie nicht in Custer?«
»Nein, in Kanada! Im Six-Nations-Reservat. Als ich ein kleines Kind war, hat sich meine Mutter furchtbar wegen ihrer indianischen Mutter geschämt und fast nie über sie gesprochen. Dann wurde Esther plötzlich berühmt und merkte, daß sie aus ihrer Herkunft Profit schlagen konnte.«
Seth lachte. Rosie entspannte sich und erzählte nun von dem großen Abenteuer ihrer Jugend. Da Esther auch später keinen Kontakt zu ihrer Mutter hatte und man nie über Amelia reden durfte, war die Großmutter für Rosie zu einer Legende geworden. Als Rosie vierzehn Jahre alt war, wollte sie sie unbedingt sehen. Deshalb stand sie eines Morgens früh auf, erzählte ihrer Mutter, sie habe in der Stadt etwas zu erledigen, und fuhr per Anhalter nach Ontario. Sie fand ihre Großmutter tatsächlich, aber nach drei Tagen setzte Amelia sie wieder in den Bus nach Custer. Doch diese drei Tage hatten Rosie geprägt. Als sie wieder nach Hause kam, versohlte ihr Esther allerdings zur Strafe

mit einer Weidenrute den Hintern. »Ich mußte meiner Mutter versprechen, mit niemandem über meine Großmutter zu sprechen, sonst hätte sie mich verstoßen. Dann hätte ich nur noch bei meiner Großmutter im Reservat leben können.« Die Tage im Reservat hatte Rosie nie vergessen. Die Erinnerung an die Zeit mit Amelia hütete sie wie einen kostbaren Schatz. Die Schamanin war damals schon sehr alt. Ihre Haut war so braun und runzlig wie eine Walnußschale. Sie hatte kluge, graue Augen und ein strahlendes Lächeln, das ihre Armut vergessen ließ. Sie erzählte Rosie viel über ihre Herkunft: Rosies Großvater war ein Medizinmann aus dem Stamme der Atsinas, ihr Vater, Sam Wheeler, war auch kein reiner Weißer, sondern hatte etwas Mohawk-Blut in seinen Adern. Rosie war also überwiegend indianischer Herkunft. Sam Wheeler war ein gutaussehender Bauarbeiter aus Oklahoma, den Esther ebenso wie ihre ganze Familie über Nacht verlassen hatte. Rosie konnte sich an ihren Vater nicht mehr erinnern.

Abends saß Rosie im Schein des Feuers bei den Alten und hörte ihnen zu, wie sie die Trommeln ihrer Vorväter schlugen und ihre Mythen erzählten. Amelia ermahnte sie, auf ihre Träume zu achten und sie sich zu merken, sonst seien sie für immer verloren: Träume seien Geschenke der Geister, die man achten und bewahren müsse. Rosie sollte lernen, ein Gefäß zu werden für die Traumbotschaften dieser Geister. Sie sollte im Einklang mit dem Großen Geheimnis Gottes leben. Dann habe sie nichts mehr zu fürchten.

Am nächsten Morgen hatte Amelia gesagt, daß Rosie jetzt gehen müsse. »Deine Mutter macht sich große Sorgen um dich und wird wütend sein, wenn du nach Hause kommst. Und meine eigene Zeit ist um. Meine Wanderung auf der Erde geht zu Ende.« In jener Nacht war ihre Großmutter zum Hort der Träume gegangen und hatte dort ihren Tod vorausgesehen. Rosie umarmte ihre Großmutter weinend. Die alte Frau drückte Rosie das Fahrgeld in die Hand und setzte sie in den Wagen eines

Nachbarn, der sie zur Bushaltestelle bringen sollte. Dann flüsterte sie Rosie noch zu, sie solle die Gabe bewahren. Damals dachte Rosie, daß die alte Frau das Busgeld meinte, und hielt die Geldscheine fest umklammert. Tränenüberströmt winkte sie der alten Frau vom Auto aus zu, bis sie nicht mehr zu sehen war.

»Weißt du, Seth, seit Esther tot ist, fühle ich mich freier. Ich kann jetzt über vieles nachdenken, was ich immer verdrängt habe. Ich kann endlich herausfinden, wer ich wirklich bin und woher ich komme.«

»Das klingt so, als hättest du dich in letzter Zeit viel mit dir selbst beschäftigt.«

Rosie sah ihn freundlich an und meinte: »Ja, im Sommer bin ich nach Kanada gefahren und habe zwei Wochen im Six-Nations-Reservat verbracht. Dort habe ich einiges über meine Großeltern in Erfahrung bringen können.«

»Rosie, darüber müssen wir uns unterhalten.«

Rosie schüttelte energisch den Kopf. »Nein, Seth! Ich brauche noch Zeit. Ich bin noch nicht soweit.«

»Mein Gott, Rosie! Ich möchte doch nur abends mit dir zum Essen gehen – und zwar hier in Bakersfield. Nicht bei den Niagarafällen! Wozu brauchst du denn Zeit?«

Rosie sah mit weit geöffneten Augen zum Horizont. Dicke Wolken hatten den Himmel verdüstert. »Wenn ich mich mit dir treffe, besteht die Gefahr, daß ich wieder in meine alte Haut schlüpfe – daß ich die gleichen Fehler mache wie früher. Und das möchte ich nicht.«

»Du warst doch ein wunderbarer Mensch. Was soll denn daran falsch sein?«

Rosie nahm ihn bei der Hand. »Das ist schwer zu erklären, Seth. Aber als ich mit dir zusammen war, habe ich mich selbst verloren. Ich wußte nicht mehr, daß ich wichtig bin.« Dann ließ sie unvermittelt seine Hand los. »Nein! Wichtig ist nicht das richtige Wort dafür.« Sie runzelte die Stirn und spitzte die Lippen

wie immer, wenn sie nachdachte. »Ich muß herausfinden, ob ich ganz allein – ohne dich oder einen anderen Mann – einen *Wert* habe. Deshalb ist es noch zu früh. Ich bin damit noch nicht fertig.«
Rasch ging sie weiter, als sei für sie damit das Gespräch beendet. Seth hastete wieder hinter ihr her.
»Rosie! Ich weiß nicht, was das alles zu bedeuten hat. Aber ich habe mich auch verändert. So viel hat sich in meinem Leben verändert!«
»Aber nicht zwischen uns, Seth!«
»Das ist nicht wahr, Rosie!« Seth überholte sie und legte seine Hände auf ihre Schultern. »Wenn ich diesen Fall gewinne, bin ich wieder in der Montgomery Street! Und wir könnten von vorn anfangen, aber diesmal richtig! Ich schwöre es dir, Rosie!«
Ärgerlich schüttelte Rosie den Kopf. »Du hast dich überhaupt nicht verändert!« Sanft, aber energisch zog sie sich aus seinem Griff. »Du jagst blind hinter deinen Träumen her und siehst die Wirklichkeit nicht mehr. Ich bin damit zufrieden, als Bankangestellte in Bakersfield zu leben.«
»Hör mal, ich bin doch kein Traumtänzer, ich ...«
»Zumindest kann ich meine Identität finden und muß mich nicht ständig nach anderen Leuten richten. In der Stadt war ich nur eine Marionette.«
»Gut, das mag ja alles stimmen. Aber kannst du mir in die Augen sehen und mir sagen, daß du mich nicht mehr liebst?«
Schweigen!
»Ich habe nie aufgehört, dich zu lieben, Rosie. Was wirfst du mir vor?«
»Ich weiß nicht, Seth! Vielleicht liebst du dich selbst zu sehr. Du hast meine Liebe immer für selbstverständlich gehalten. Du bist nie auf die Idee gekommen, daß du sie dir verdienen müßtest.«
»Das ist doch verrückt! Natürlich wußte ich, daß du mich liebst. Du liebst mich doch jetzt noch!«

Besorgt sah ihn Rosie an und nahm seine Hand. »Seth, mein lieber Seth!«
So hatte ihn noch nie eine Frau angesehen. Auch der Tonfall war ihm fremd – und die Art der Berührung. Das war die Zärtlichkeit einer Schwester! Daß ausgerechnet Rosie schwesterliche Gefühle für ihn hegte, paßte ihm gar nicht.
»Mein lieber Seth! Wenn du wirklich wüßtest, daß ich dich liebe, müßtest du nicht in dieser Schlangengrube bleiben, nur um mir und dir etwas zu beweisen.«
»Das verstehe ich nicht. Was meinst du damit?«
»Du verstehst mich schon lange nicht mehr.«
Sie ging, und Seth sah ihr nach, bis sie in die Jefferson Street eingebogen war. Dann ging er zurück in die Aussegnungshalle. Einige alte Freunde seines Vaters – drei Kollegen und ein Richter, für den er gearbeitet hatte – standen noch beisammen und redeten über die guten alten Zeiten. Sie kondolierten ihm.
Kurze Zeit später war Seth auf dem Weg nach San Francisco. Das Haus seines Vaters hatte er wieder zum Verkauf ausgeschrieben. An einer Telefonzelle hielt er an. Schon beim ersten Läuten hob Elena ab. Er lud sie für diesen Abend zum Essen ein. Sie nahm die Einladung gern an und bot sogar an, bei sich zu Hause für ihn zu kochen. Darauf freute er sich. Doch es linderte seine Schmerzen nicht. In ihm brodelten Verzweiflung und Wut. Nur eines wußte er mit Sicherheit: Er würde nie wieder nach Bakersfield zurückkehren.
Schon auf der Heimfahrt zwang er sich, seine Gedanken auf seinen Fall zu konzentrieren. Die Gerichtsverhandlung stand kurz bevor, und er hatte noch drei Probleme zu lösen, wenn er gewinnen wollte. Erstens mußte er Daimlers Theorie vom defekten Kabelgeschirr beweisen können. Zweitens brauchte er einen stichhaltigen Beweis, daß Barton erst nach Mitternacht abgestürzt war. Und drittens mußte er sich schützen, denn sein Leben war bedroht: Jemand wollte verhindern, daß er etwas

herausfand – und er selbst hatte noch nicht einmal eine Ahnung, welcher Sache er auf der Spur war.
Aber General Farnsworth' Drohung war ihm unter die Haut gegangen. Was nützte ihm ein Sieg über ConSpace, wenn ihn der General erschoß, bevor er den Sieg feiern konnte? Der General war wohl übergeschnappt! Für solche Berufsgeschädigte gab es doch sicher eine militäreigene Verwahranstalt. Am besten sprach er darüber mit Senator Traeger. Elena würde bestimmt mit ihm zu Traeger nach Washington fahren. Dort würden sie dem Senator klarmachen, daß Farnsworth gemeingefährlich war und in eine Anstalt gehörte.
Außerdem würde er einen Mitarbeiter des Professors, einen gewissen Dr. Alan Millstein, damit beauftragen, das Kabelgeschirr der X-215A zu testen, um Daimlers Theorie zu untermauern. Dazu mußte er eine gerichtliche Genehmigung einholen. Und sie brauchten die Konstruktionspläne der Cockpitelektronik. Das dürfte aber kein großes Problem sein, denn beides unterlag nicht der militärischen Geheimhaltung. Bei der Besprechung waren Daimler und Millstein optimistisch gewesen, daß sie so Daimlers Hypothese empirisch absichern könnten: die Hypothese, daß ein defektes Kabelgeschirr zum Absturz geführt habe.
Jetzt würde alles besser werden! Davon war Seth überzeugt.
Aber er hatte sich noch nie in seinem Leben erbärmlicher gefühlt.

FÜNFTER TEIL

• 35 •

»SICHER IST ES nicht so gut wie im *Stars*, Seth. Aber ich dachte, es sei dir lieber, gemütlich zu Hause zu essen, nach dem, was du hinter dir hast.«

Elena war wunderschön. Selbst wenn sie leger gekleidet war – Jeans, einfache Bluse und Turnschuhe –, sah sie umwerfend aus. Und sie wußte sich zu bewegen und immer von der besten Seite zu zeigen. Seth konnte seine Augen nicht von ihr abwenden. Und sie genoß seine Bewunderung. Wenn er ihr klares Profil, ihre feine Nase und die vollen Lippen betrachtete, warf sie plötzlich den Kopf herum, um ihn anzusehen. Dabei schwang ihr Haar ins Gesicht. Aber alles wirkte, als würde sie in einem Film spielen. Es war zu perfekt.

Nachdem sie gegessen hatten, räumte Elena ab. Als sie seinen Teller nahm, beugte sie sich zu Seth und küßte ihn flüchtig auf die Wange. Er spürte ihr weiches Haar auf seiner Haut. Es fühlte sich so zart an wie Spinnfäden im Altweibersommer.

»Wie hat es dem Chefkoch Cameron gemundet?«

»Die Seezunge mit der Zitronensauce und den Kapern war vorzüglich!«

»Nur vorzüglich? Und du hast die Nudeln nicht aufgegessen. Hat dir meine Marinarasauce nicht geschmeckt? Was war denn daran auszusetzen?«

»Darf ich es offen sagen?«

»Du bist mein Anwalt, sag mir die Wahrheit!«

»Also gut! Bei Gelegenheit zeige ich dir in North Beach einen

Laden, in dem man frische italienische Tomaten kaufen kann. Das gibt viel mehr Geschmack. Du hast auch etwas zuviel Oregano genommen – da reicht eine kleine Prise! Dafür hast du am Knoblauch gespart. Du kannst gut drei Zehen drantun.«

»Hmm, ich habe nur eine Knoblauchzehe verwendet. Sonst noch was zu meckern?«

»Na ja, wenn du es genau wissen willst – Romano-Käse ist besser als Parmesan!«

»Meine Güte, gut, daß du *mein* Anwalt bist. Wenn du beim Kochen schon so gut Bescheid weißt – und das ist nur dein Hobby –, möchte ich dich nicht als Gegner haben.«

»Bei manchen Sachen bin ich Perfektionist. Du kochst wirklich gut! Ich habe nur deshalb nicht aufgegessen, weil ich zu müde bin. Mir ist einfach alles zuviel.«

»Wirklich alles?« fragte Elena neckisch und streichelte seine Hand.

»Alles ist wohl etwas übertrieben. Aber ich muß in jedem Fall erst mit dir reden, bevor wir ... uns ... entspannen.«

»Jetzt sprichst du wieder so ernst wie im Büro.«

»Mach bitte die Musik aus, und setz dich zu mir, Elena!«

Seth berichtete, was er in den letzten Tagen erlebt hatte: von Daimlers Befragung in Treadwells Kanzlei, von seinem Besuch auf der Nellis Air Base in Las Vegas, von Farnsworth' Drohungen und Treadwells Warnung. Elena hörte schweigend zu. Als er von Murphys Tod und von seinem Mordverdacht sprach, fing sie an zu weinen.

»Schlimm für uns ist, daß Treadwell unbegrenzt über Geld verfügt. Er kann ganz anders arbeiten als ich. Die US-Luftwaffe ist auf seiner Seite und gibt ihm alle nötigen Informationen. Außerdem hat er einen Stab von Mitarbeitern, die sich nur mit diesem Fall beschäftigen. Ich dagegen bin auf mich allein gestellt und muß zudem auch meine Arbeit bei Allyn erledigen. Meine einzige Hilfe ist Leviticus. Ich habe bald keine Kraft

mehr … Wenn ich nur wüßte, in was ich da hineingeraten bin. Du mußt mir helfen, das herauszukriegen.«
Elena trocknete sich die Tränen und schenkte Kaffee ein. »Wir haben viele Gegner, Seth! ConSpace, die Luftwaffe, meinen Vater, ja sogar die Regierung. Wenn wir gewinnen, wird das ein Eklat!«
Seth schüttelte den Kopf. »Das meine ich nicht. Wir sind ja nicht die ersten, die so was versuchen. Bei unserem Fall steckt noch etwas anderes dahinter, etwas sehr Wichtiges, Gefährliches.«
Elena schauderte es. »Du kannst recht haben. Gerry ist tot. Er hinterläßt drei Kinder. Wenn er wirklich ermordet wurde, dann muß es einen Grund geben.« Fassungslos starrte sie ins Leere. »*Mord?* Es macht mir angst! Ich kann verstehen, wenn du mit der Sache nichts mehr zu tun haben willst.«
»Nein, ich will nicht aussteigen. Ich möchte mich nur schützen. Dabei muß mir jemand helfen, der Macht hat, an den richtigen Fäden zu ziehen. Und das ist zufällig dein Vater, Elena!«
»Das kommt nicht in Frage, Seth. Ich habe seit Jahren kein freundliches Wort mehr mit ihm gesprochen.«
»Dann mußt du eben jetzt damit anfangen.«
»Ausgeschlossen!« Elena kuschelte sich tief in den Sessel und legte ihre Arme um ihre hochgezogenen Knie wie ein ängstliches Kind. Sie sah auf einmal sehr verletzbar aus. »Eigentlich möchte ich nicht darüber sprechen, Seth«, sagte sie leise. »Aber du mußt es wissen, sonst verstehst du mich nicht. Als ich ein kleines Mädchen war, da … na ja … da liebte mich mein Vater etwas zu sehr.« Mit Tränen in den Augen rang sie nach Worten. »Er … hmm … so was passiert eben manchmal. Als ich sechzehn war, ging ich von zu Hause fort. Meine Mutter unterschrieb die Erlaubnis, und ich heiratete Sam. Er war damals noch Student. Kurz nach der Hochzeit machte er die Pilotenausbildung bei der Luftwaffe. Er wurde sogar zunächst als Astronaut ausgebildet. Dann wurde sein Talent entdeckt, und

er wurde Testpilot für Kampfflugzeuge. Er wurde der jüngste Pilot der Luftwaffe. Den Rest kennst du ja.« Elena lächelte wehmütig. »Ich kannte Sam aus meiner Kinderzeit. Er wohnte gleich nebenan, und wir haben viel miteinander gespielt.«
Sie seufzte. »Schon als kleines Mädchen habe ich Sam angehimmelt. Er war der Held meiner Träume – und ist es eigentlich immer noch. Deshalb muß ich seine Ehre wiederherstellen!« Elena schluchzte auf. »Als meine Mutter ihr Einverständnis gab, daß ich mit sechzehn heiratete, handelte sie zum erstenmal gegen den Willen meines Vaters. Er hat sie vor die Tür gesetzt, als er es erfuhr. Sie zog zu ihrer Schwester nach North Carolina. Kurze Zeit später starb sie an Krebs. Ich hasse meinen Vater vor allem dafür, was er meiner Mutter angetan hat. Und er haßt mich auch!« Sie lachte zynisch. »Ich weiß nicht, was für ihn schlimmer war – daß ich von zu Hause weggelaufen bin und er sich in der Kanzlei meinetwegen schämen mußte oder daß ich *diesen Soldaten* geheiratet habe. Er nannte Sam immer nur *diesen Soldaten*. Er hat sich nie damit abfinden können, daß ich mit einem vom Militär verheiratet war – obwohl Sam ein Elitepilot war. Eine üble Einstellung, wenn man bedenkt, daß er selbst mit dem Militär zusammenarbeitet. Diese Klage wird er mir auch nie verzeihen. Wahrscheinlich glaubt er, daß ich mich damit an ihm rächen will. Vielleicht stimmt das sogar. Ich kann ihn jedenfalls unmöglich um Hilfe bitten.«
Seth schüttelte energisch den Kopf. »Du mußt es schaffen, Elena! Dieser Fall bedeutet uns beiden aus unterschiedlichen Gründen sehr viel. Aber er ist mir *nicht* so wichtig, daß ich bereit bin, dafür zu sterben ... Du wirst einen Weg finden, denn sonst mache ich nicht mehr mit!« Seth' Stimme klang entschlossen. Es war deutlich, daß er keinen Widerspruch duldete.
Ratlos sah Elena ihn an. Dann schneuzte sie sich und ging in die Küche. Sie klapperte mit den Pfannen und Töpfen, und kurz darauf sprang die Spülmaschine an. Fünf Minuten später

kam Elena zurück ins Wohnzimmer. »Gut«, sagte sie, »ich werde ihn morgen früh anrufen. Und jetzt ab ins Bett!«

Auf dem Rücken liegend wartete Seth auf Elena. Als sie aus dem Badezimmer kam, trug sie einen weißen, flauschigen Frotteemantel. Langsam band sie ihn auf, behielt ihn aber an, als sie sich rittlings auf Seth setzte. Sie legte ihre Hände auf seine Schultern und massierte seine verspannten Muskeln. Dabei sah sie ihm unentwegt in die Augen.
Seth streichelte ihr Gesicht zärtlich und zog sie zu sich herunter, um sie zu küssen. Elenas Zunge drang tief in seinen Mund ein. Seth öffnete ihren Bademantel und fuhr mit seinen Händen über ihren Bauch zu ihren kleinen, festen Brüsten. Dann schob er den Bademantel über ihre Schultern zurück, so daß er an ihren Armen hinunterglitt, zog ihn fest und hielt Elena gefangen. Er löste sich von ihrem Mund und biß sanft in ihre Brust, seine Zunge spielte an der Brustwarze. Elena stöhnte leise auf.
Füll meine Leere, Elena! Laß mich vergessen, daß ich fast alles verloren habe!
Geschmeidig bewegte Elena ihr Becken hin und her. Sie preßte sich immer heftiger an seinen Körper, und er spürte die Wärme ihrer nackten Haut.
Laß mich vergessen, daß ich die Frau verloren habe, die ich liebe!
Elena wand sich aus ihrem Bademantel, packte Seth bei den Handgelenken und drückte seine Hände über seinem Kopf aufs Bett. Seth schloß die Augen. Ihr seidiges Haar streichelte über seine Brust. Dann spürte er ihre Zunge auf seinem Bauch. Ihr Haar kitzelte ihn, als sich Elena langsam tiefer schob. Ihre warme Zunge kam tiefer und tiefer und ... Jäh richtete sie sich auf und funkelte ihn empört an. »Du willst mich ja überhaupt nicht!«
Seth wollte sie festhalten, dabei flüsterte er halbherzige Entschuldigungen, daß er eine schwere Woche gehabt habe.

Doch Elena war unversöhnlich. »Du gehst jetzt besser nach Hause«, sagte sie bitter, zog ihren Frotteemantel an und ging wieder ins Badezimmer.
Nachdem sich Seth angezogen hatte, ging er zur Badezimmertür. Da sie verschlossen war, verabschiedete er sich vor der Tür. Der Schlüssel drehte sich, und Elena kam mit verweintem Gesicht heraus. Ihre Hände hatte sie in den Taschen des Bademantels zu Fäusten geballt. »Ich habe Angst davor, alt zu werden und nicht mehr so attraktiv zu sein. Aber daran kann es wohl nicht liegen.« Zaghaft machte sie einen Schritt auf ihn zu.
»Ich war wohl nicht der erste, der dich enttäuscht hat?« fragte Seth.
»Nein, mit meinem Ehemann ging es mir genauso. Im letzten Jahr war er immer so angestrengt. Die Arbeit am Testprogramm hat ihn furchtbar mitgenommen, na ja ...« Sie umarmte Seth und legte ihren Kopf an seine Brust. »Mein Gott, Seth! Ich habe mich in dich verliebt. Aber es ist wohl besser, wenn wir den privaten Kontakt nicht aufrechterhalten. Es passiert im Augenblick zuviel.«
Seth schloß sie zärtlich in seine Arme. »Ja, das wäre besser.«
»Du läßt mich doch nicht im Stich, oder?« fragte sie unsicher wie ein kleines Mädchen. »Du machst doch mit dem Fall weiter?«

Über der Golden Gate Bridge wölbte sich ein sternenklarer Nachthimmel, und der Vollmond tauchte die Bucht in ein silbernes Licht. Doch Seth bemerkte nichts von dieser Schönheit, als er nach Hause fuhr. Er fühlte sich am Boden zerstört.

• 36 •

AM NÄCHSTEN MORGEN fütterte Seth eilig seinen Hund, schlang ein Hörnchen hinunter und schluckte ohne Gewissensbisse eine rote Pille. Dann brauste er mit seinem Honda los in Richtung Berkeley. Diesmal fuhr er zur Abwechslung über die Brücke bei San Raphael im nordöstlichen Teil der Bucht. Hinter dem Mount Diablo ging gerade die Sonne auf und ließ die Bergkuppe rot aufleuchten. Man konnte das strahlende Leuchten als ein Zeichen göttlicher Gnade ansehen, doch Seth dachte eher an einen Waldbrand.

Pünktlich um 7.30 Uhr kam er bei der Universität an. Professor Henry Daimler und Dr. Alan Millstein warteten schon auf ihn. Sie hatten dieses Treffen so früh angesetzt, da Seth um 9.00 Uhr bei einer Anhörung im Gericht sein mußte und auch den Rest des Tages unentwegt berufliche Verpflichtungen hatte. Mit Allyn stand er auf Kriegsfuß: Sie zeigte kaum mehr Verständnis für die Barton-Sache und deckte ihn mit Arbeit ein. Noch ahnte sie nichts davon, daß sie ihm einen Flug nach Washington zu Senator Traeger bezahlen sollte.

»Alan ist ein bißchen schrullig«, hatte Professor Daimler gewarnt. »Aber wenn es um Fehleranalyse geht, ist er unschlagbar. Seine Dissertation hatte das Thema *Die Vorhersagbarkeit nichtlinearer Phänomene.* Erwarten Sie von ihm nicht, daß er sich für Laien verständlich ausdrücken kann.«

Dr. Millstein war sehr klein und wohl Mitte Dreißig. Seth mochte ihn auf Anhieb.

Millstein war der süchtigste Kettenraucher, den er je gesehen hatte. In dem winzigen Büro hingen dicke Nikotinschwaden, durch die nicht einmal der Gestank der Schwefelsäure aus den Laboratorien drang. Daimlers Augen waren bereits rot angeschwollen, doch er ließ Alan gewähren. Er bat ihn, Seth einen Einblick in seine Arbeit zu geben.

Dr. Millstein zündete sich eine neue Zigarette an und legte los. »Gut! Also, in der Physik gibt es ein Spezialgebiet, auf dem sich nur sehr wenige auskennen: die Chaosforschung. Zur Zeit wird großzügig subventioniert, und so bekommen ein paar kluge Köpfe hier an der Uni sehr viel Geld für ihre Spielereien. Sie haben komplizierte Versuchsanlagen aufgebaut und experimentieren jahrelang herum. Dabei geht es zum Beispiel um die Vorhersagbarkeit physikalischer Phänomene. Sagen wir mal, diese Forscher versuchen so etwas wie eine genaue Wettervorhersage: Wird es morgen regnen oder nicht?«

Millstein sprach so hektisch, daß Seth fast schwindlig wurde.

»Sehen Sie, Newton ging von der Annahme aus, daß das Universum präzise wie ein Uhrwerk funktioniere, daß alles physikalischen Gesetzen unterworfen sei. Daran hat sich die Naturwissenschaft auch orientiert, bis eines Tages ein gewisser Poincaré alles auf den Kopf stellte. Er behauptete, im Universum herrsche das Chaos und es sei unmöglich, für Ereignisse in der Natur genaue Vorhersagen zu machen. Diese Annahme begründete er mit der extrem sensiblen Reaktion auf geringfügigste Veränderungen der Ausgangsvariablen. Jedes noch so kleine Detail kann unabsehbaren Einfluß ausüben. Alle Komponenten der Startbedingung sind also gleichermaßen wichtig. Wir können aber nicht alle Komponenten erfassen.«

»Aha!« sagte Seth unsicher.

»Ich erkläre Ihnen das an einem einfachen Beispiel. Einer meiner Kollegen baute folgende Versuchsanordnung auf: Er brachte an einem Brett drei Magnete an, wobei er die Position dieser Magnete willkürlich wählte. Über dem Brett installierte er eine Vorrichtung, so daß ein anderer Magnet wie ein Pendel frei schwingen konnte. Nun nahm er das Magnetpendel aus seiner Halterung und ließ es schwingen. Sowie es in das inhomogene Kraftfeld kam, wirbelte es chaotisch herum. Ungefähr ein Jahr lang starrte mein Kollege dieses Pendel an, bis ihm die Augen fast ausfielen. Er versuchte, im Verhalten des Pendels – also im Chaos – Gesetzmäßigkeiten zu erkennen. Sicher könnte man seine Zeit sinnvoller verbringen. Man könnte zum Beispiel in der Aids-Forschung arbeiten oder etwas gegen die Obdachlosigkeit tun. Oder einfach vögeln! Statt dessen stierte der gute Mann stundenlang die Kugel an, die völlig irre in dem Magnetfeld herumsauste.«

»Konnte er eine Gesetzmäßigkeit im Chaos erkennen?«
»Gesetzmäßigkeit?« fragte Millstein erstaunt. »Gesetze gehören in die Welt der Juristen. In der Natur regiert das Chaos.«
»Gut. Also gibt es kein Muster, das dem Verhalten des Pendels zugrunde liegt?«
»Auf die Gefahr hin, daß ich jetzt wie ein Jurist klinge, muß ich mit jein antworten. Ja: Man kann ein gewisses Muster erkennen, wenn man nicht vorher Hämorrhoiden bekommt und aufhört. Und nein: Eine exakte Bestimmung ist nicht möglich. Dieses Experiment beweist vor allem Poincarés Axiom von der Bedeutung der Ausgangsvariablen. Sehen Sie, bei diesem Experiment kommt es bei der Freisetzung des Pendelmagneten immer zu minimalen Veränderungen der Ausgangsvariablen – und damit verändert sich das Verhalten im magnetischen Kraftfeld. Es ist folglich unmöglich, genau vorauszusagen, wie sich das Pendel bewegen wird. Die Gleichungen, die eine solche Bewegung beschreiben, sind nicht mehr linear.«
»Alan!« unterbrach ihn der Professor. »Sie müssen sich so ausdrücken, daß Mr. Cameron Sie verstehen kann.«
»Ja«, sagte Seth, »mir ist das zu abstrakt. Können Sie das nicht etwas konkreter darstellen? Worüber sprechen Sie überhaupt?«
»Entschuldigen Sie bitte! Ich werde es versuchen. Am besten erläutere ich Ihnen das wieder an einem einfachen Beispiel. Warum stimmen die Wettervorhersagen nie? Sie haben sicher schon selbst den richtigen Schluß gezogen: weil wir nicht alle Startbedingungen kennen. Auch hier gilt Poincarés Axiom. Wir können nicht mit Sicherheit voraussagen, wie stark der Wind morgen in Milpitas wehen und aus welcher Richtung er kommen wird, weil wir nicht exakt wissen können, wie die Wetterlage gestern zustande kam.«
Millstein zündete sich die nächste Zigarette an.
»Die Meteorologen nennen das Schmetterlingseffekt: Eine Wetterfront kann zum Beispiel dadurch entstehen beziehungsweise beeinflußt werden, daß in Petaluma oder in Portland ein

Schmetterling mit seinen Flügeln schlägt. So eine Kleinigkeit muß als Startkomponente berücksichtigt werden – und das übersteigt die Kompetenz des Menschen. Niemand kann also sagen, was für ein Wetter dieser Flügelschlag dem unglückseligen Milpitas am nächsten Tag bringen wird.«

»Wenn ich Sie richtig verstehe, wollen Sie mir etwas Grundlegendes erklären, das Sie auf den Fehler im Bordsystem bei der X-215A übertragen. Wir können also nur dann mit Sicherheit nachweisen, daß es zu einem Defekt im Kabelgeschirr kommen muß, wenn wir alle Komponenten kennen, die auf das Kabelgeschirr einwirken. Sehe ich das richtig?«

»Nicht ganz! Ich mute Ihnen diesen theoretischen Mist vor allem deshalb zu, damit Sie in etwa eine Ahnung haben, worum es in der Gerichtsverhandlung gehen wird. Die gegnerische Seite hat nämlich auch ihre Experten, und die werden versuchen, Sie in Widersprüche zu verwickeln. Es gibt eine Reihe von Wissenschaftlern, die einen anderen Ansatz vertreten. Das sind auch kluge Kerlchen, die den ganzen Tag herumspielen. Aber sie gehen davon aus, daß wir die Gesetzmäßigkeiten, die für das Chaos gelten, erkennen können: Wenn wir uns intensiv genug mit den Systemen, die sich im Zustand des Chaos befinden, beschäftigen und die Ausgangsvariablen studieren, können wir ein zugrundeliegendes Muster erkennen: Vorhersagbarkeit also! Ordnung im Chaos! Und das vertreten hochintelligente Wissenschaftler! Die haben aber sicher noch nie versucht, kurz vor Weihnachten im Zentrum einkaufen zu gehen. Oder nach Büroschluß in einem Geschäftshochhaus einen Aufzug zu benutzen oder bei der Post einen Brief aufzugeben.«

»Sie sind also skeptisch, was Vorhersagbarkeit anbelangt«, sagte Seth grinsend. »Warum sollte ich dann mein Geld ausgerechnet für Sie ausgeben? Was kann Ihr Ansatz mir bei meinem Fall nutzen? Können Sie mir wenigstens in diesem Punkt eine Prognose aufstellen?«

»Erstens bin ich billig. Zweitens bin ich witzig. Und drittens bezieht sich Poincarés Skeptizismus auf Phänomene in der Natur. Aber ein Kabelgeschirr aus Plastik ist mit Sicherheit kein natürliches Phänomen.«

»Und deshalb ist es möglich, eine Fehlleistung vorauszusagen?«

»Selbstverständlich, Monsieur! Ich brauche nur die genauen Angaben – Material, Konstruktion, Schaltung etc. Dann bauen wir unseren eigenen Flieger. Also zumindest können wir die für uns wichtigen Teile des Flugzeuges nachbauen und die Belastung simulieren. Wir rackern so lange daran herum, bis es kaputtgeht. Gleichzeitig machen wir eine digitale Computersimulation, bei der wir zu den gleichen Ergebnissen kommen. Damit untermauern wir die empirischen Ergebnisse aus unseren Experimenten. Und unser verehrter Professor wird im Zeugenstand brillieren. Er hält das härteste Kreuzverhör durch, ohne mit der Wimper zu zucken. Er wird alle mit seinem Charme bezaubern.«

»Klingt gut!« sagte Seth mit einem Blick auf seine Uhr. »Ich werde noch heute bei Gericht den Antrag stellen, daß wir die Konstruktionspläne der Bordelektronik bekommen. Ich muß jetzt gehen. Vielen Dank für den Kaffee und den Vortrag über das Chaos. Das war sehr interessant.«

Einen Augenblick lang sah Millstein so aus, als sei er geistig weggetreten. Seth war unangenehm berührt: Vielleicht waren bei Millstein einige Schrauben locker und dafür andere zu fest angezogen.

»Ach – das halten Sie für interessant? Na, dann hören Sie mir noch kurz zu: Nehmen wir an, daß Poincarés Axiom stimmt. Das Chaos in der Natur kommt wegen der extremen Sensibilität bei geringfügigen Veränderungen der Ausgangsvariablen zustande. Übertragen wir nun dieses Axiom auf den zweibeinigen Repräsentanten der Natur. Gibt es da nicht auch eine Art Schmetterlingseffekt? Können nicht frühkindliche Traumata später noch zu unabsehbaren Verhaltensweisen führen? Das macht doch eine Vorhersagbarkeit des menschlichen Verhaltens ebenfalls unmöglich. Ich glaube, daß sich Freud und Poincaré gut verstanden hätten. Da können Sie Gift drauf nehmen.«

»Das reicht, Alan«, unterbrach ihn der Professor, offensichtlich verlegen. »Seth hat jetzt keine Zeit mehr, er muß ...«

Millstein zuckte mit den Schultern. »Ist schon gut. Aber denken Sie mal darüber nach, Seth!«

Bei jedem Wort strömte Rauch aus seinem Mund. »Kann es nicht sein, daß in Ihrer Kindheit der leichte Flügelschlag des Schicksals eine nichtlineare Kraft ausgelöst hat? Und viel später kommt diese Kraft zur Wirkung und bringt Sie dazu, etwas völlig Überraschendes zu tun. Und wenn diese Kraft an einem Wendepunkt Ihres Lebens zutage tritt, kann sie Sie unerwartet ins Chaos stürzen!«

»Ich habe immer im Chaos gelebt, Alan«, lächelte Seth. »Aber Sie haben wahrscheinlich Schmetterlinge unter ihrer Mütze.«

»Kann schon sein.« Millstein sah Seth wieder durchdringend an. »Aber manchmal, aus der Tiefe meiner eigenen Vergangenheit, kann ich den Flügelschlag hören – geht Ihnen das denn nicht manchmal auch so?«

• 37 •

SENATOR TRAEGER ERWIES sich als erstaunlich zugänglich. Als Elena anrief und um eine Unterredung bat, war er sofort zu einem Treffen bereit.

»Er war so freundlich, Seth, fast *väterlich*!«

»Ich will mich nicht in deine Privatangelegenheiten einmischen«, meinte Seth. »Aber du solltest nicht vergessen, daß er etwas von dir will. Da kann er ruhig freundlich sein.«

Elenas Miene verdüsterte sich. »Er wollte schon immer etwas von mir. Das bekommt er aber nicht. Wieso sollte er mir helfen wollen?«

»Ich habe noch etwas in der Hinterhand!«

Elena wagte nicht zu fragen, was Seth damit meinte.

Die drei trafen sich im Restaurant des Flughafens in Dulles. Senator Traeger begrüßte sie ein wenig zurückhaltend. Seth bedankte sich, daß Traeger nach Dulles gekommen war. Eine persönliche Aussprache sei sehr wichtig.

»Ich werde sehen, was ich tun kann«, sagte der Senator neugierig. »Das alles klingt sehr geheimnisvoll. Elena wollte mir am Telefon nichts verraten. Ich hoffe natürlich, daß Sie Ihre Jagd abblasen und die Hunde zurückpfeifen wollen.«

»Genau darum geht es mir. Die Hunde müssen an die Leine gelegt werden.«

Der Senator strahlte. »Das ist ja wunderbar, Seth! Sie ziehen die Klage zurück?«

»Nein, ich spreche von anderen Hunden als Sie.«

»Ich fürchte, ich verstehe Sie nicht.« Traeger sah sich vorsichtig um, ob niemand ihr Gespräch mithören konnte. Zwei Tische neben ihnen unterhielt sich ein Ehepaar auf japanisch. Etwas weiter entfernt saß ein älterer Herr im Rollstuhl und las eine Sportillustrierte. Obwohl sie also vor unliebsamen Zuhörern sicher zu sein schienen, sprach nun auch Seth leiser.

»Ich muß mit Ihnen sprechen, Senator, weil ich vor ein paar Tagen von einem General der Luftwaffe massiv bedroht worden bin. Dann warnte mich Ihr Freund Anthony Treadwell vor den Konsequenzen meines Handelns: Mein Leben ist in Gefahr, und ich brauche Ihre Hilfe. Sie müssen das Verteidigungsministerium unterrichten: Es geht nicht an, daß General Farnsworth droht, mich zu erschießen. Außerdem bitte ich Sie, über Mr. Treadwell in Erfahrung zu bringen, warum dieser Fall so gefährlich ist. Ich möchte wissen, in welches Wespennest ich gestochen habe.«

Traeger sagte unwillig: »Ich dachte schon, Sie hätten Vernunft angenommen. Statt dessen kommen Sie wieder mit solchen Hirngespinsten.«

Ratlos wandte er sich an Elena: »Meine Liebe! Kannst du diese Farce nicht beenden? Du weißt ja gar nicht, was du mit dieser Kinderei anrichtest. Mich bringst du nur in Unannehmlichkeiten, aber der nationalen Sicherheit kannst du erheblichen Schaden zufügen. Wegen deiner Klage kann das gesamte Stealth-Programm eingestellt werden. Und dieses Programm ist für die Verteidigung unseres Landes in den nächsten Jahren elementar wichtig. Mehr darf ich nicht verraten.«
Elena sah ihn nur kühl an.
»Wenn es zur Gerichtsverhandlung kommt, wird die Presse geifern. Das gibt einen Skandal!« Der Senator redete sich in Wut. »Ich muß wohl von meinem Posten im Unterausschuß zurücktreten und kann nicht mehr über den B-2-Bomber und die X-215A mitentscheiden. Was soll denn das?«
»Papi hat Angst, daß man ihm sein Lieblingsspielzeug wegnimmt!« sagte Elena mit frostiger Stimme. Diese Kälte hätte ihr Seth nie zugetraut. »Nein, Senator!« zischte sie voll Verachtung. »Ich bin kein kleines Kind mehr! Ich bin auch nicht eine deiner Huren, die du herumkommandieren kannst. Du kannst mit mir ...«
»Bitte, Elena!« rief Seth verzweifelt. »Das hilft uns überhaupt nicht weiter!«
Aber es war schon zu spät. Der ohnedies fragwürdige Waffenstillstand war gebrochen.
»Du undankbares Miststück!« brüllte der Senator. Nun hatten sie die ungeteilte Aufmerksamkeit der Gäste im Lokal. Traeger zog verschämt seinen Kopf ein und flüsterte: »Ihr wollt euch doch nur wichtig machen und in die Schlagzeilen kommen. Ihr denkt, ihr könnt die Luftwaffe erpressen und euch ein hübsches Sümmchen unter den Nagel reißen.« Er warf Seth einen vernichtenden Blick zu. »Aber ich werde Ihnen einen Strich durch die Rechnung machen. Ich hatte schon einige Male mit solchen Opportunisten zu tun, die so ihr Glück versuchen.«
»Ich bin kein Erpresser und kein Glücksritter. Unsere Forde-

rungen sind berechtigt, und wir werden Ihnen das vor Gericht beweisen.«

»Du verschwendest nur deine Zeit, Seth«, sagte Elena. »Selbst wenn wir vom Gericht recht bekommen, wird er das nie verstehen.«

»Recht und Gerechtigkeit! Was ist das schon?« schnaubte Traeger. Er stand auf und nahm seinen Mantel. »Man muß nur den besseren Anwalt bezahlen können. Und ConSpace hat den besten Anwalt Amerikas.«

Seth nahm Elena am Arm und bat sie, draußen in der Halle zu warten. Er wollte retten, was zu retten war. Er wollte den Meister der Intrige und Manipulation selbst manipulieren. Und dazu hatte er sich eine List ausgedacht.

Zuerst mußte man ihn mit einem Angebot ködern – sozusagen eine Karotte für den Esel.

Mit all seinem Charme überredete Seth den Senator zunächst dazu, den Mantel wieder auszuziehen und ihm fünf Minuten zuzuhören. Dann bestellte er noch etwas zu trinken. Er beteuerte, wie sehr ihm an der Klärung des Sachverhaltes liege, und entschuldigte sich für Elenas Verhalten. Als Traeger daraufhin in Gejammer über seine undankbare Tochter ausbrach, hörte Seth verständnisvoll zu. Erst als sich der Senator wieder entspannt hatte, kam Seth auf die Klage zu sprechen. Vorsichtig umgarnte er den Senator. Er bekundete sein Mitgefühl für familiäre Probleme und wies ihn darauf hin, daß auch Elenas Leben in Gefahr sei. Er zeigte Verständnis für die Bedenken des Senators in bezug auf die Klage. Um sein Vertrauen zu gewinnen, verriet ihm Seth einige Aspekte seiner Argumentation vor Gericht.

Der Senator war beeindruckt. »Das wird Daimler alles aussagen? Ich halte diese Aussagen zwar nicht für zutreffend, aber sein Ruf als Wissenschaftler ist über jeden Zweifel erhaben. Hören Sie, ich möchte Ihnen etwas im Vertrauen sagen.« Der Senator flüsterte. »Gesetzt den Fall, ich hätte die Bordelektronik, insbesondere das Kabelgeschirr, persönlich unter die Lupe genommen, ich hätte da etwas gefunden, was Ihrer Theorie entspricht, und daraufhin ConSpace veranlaßt, ein anderes Bordsystem und vor allem andere Kabelbäume zu installieren: Wären Sie unter diesen Umständen bereit, Ihre Klage zurückzunehmen?«

»Nur wenn Sie Sam Barton damit wieder lebendig machen. Senator! Sie haben doch selbst einmal als Prozeßanwalt gearbeitet. Und Sie waren damals sogar der beste von San Francisco. Sie wissen doch, daß ich die Klage nicht so einfach fallenlassen kann.«

Damit kam Seth zum zweiten Teil seines Plans. Er mußte dem Senator mit Unannehmlichkeiten drohen. Das war die Peitsche.

»Ich bin aber bereit, Zugeständnisse zu machen. Sehen Sie, hier habe ich für Sie eine gerichtliche Vorladung. Ich könnte Sie mit in den Prozeß hineinziehen. Ich möchte Ihnen aber weitere Unannehmlichkeiten ersparen. Als Gegenleistung verlange ich von Ihnen lediglich, daß Sie sich für meinen Schutz einsetzen.«

Der Senator überlegte.

»Nicht zuletzt«, sagte Seth grinsend, »bin ich auch einer Ihrer Wähler.«

»Selbstverständlich werde ich mich um diese Angelegenheit kümmern.« sagte Traeger schließlich. »Farnsworth, sagten Sie, war sein Name? Er leitet das gesamte Stealth-Programm auf der Symington Air Base. Mir sind schon Gerüchte zu Ohren gekommen, daß er wirr sein soll. Er scheint sich zu überschätzen, hält sich wohl für eine Art Oliver North. Ich werde mit ihm sprechen und das Verteidigungsministerium informieren. Darum kümmere ich mich noch heute. Sie sind mir zwar nicht besonders sympathisch, aber das hier geht zu weit. Ich werde auch mit Tony sprechen. Vielleicht kann ich ihn überreden, Ihnen ein akzeptables Angebot zu machen.«

»Dafür habe ich immer ein offenes Ohr«, meinte Seth zufrieden.

Sie verabschiedeten sich. Während der Senator die Rechnung bezahlte und den Mantel anzog, ging Seth zu Elena, die in der Halle auf ihn gewartet hatte. »Ich habe die Räder geschmiert, Elena. Jetzt darfst du mir keinen Sand ins Getriebe bringen.«

»Er wird dir helfen?« fragte Elena ungläubig.

»Ja! Er wird umgehend zum Telefonhörer greifen.«

Wie versprochen ging Senator Stanford Traeger zur nächsten Telefonzelle, nahm den Hörer ab und wählte. »Hallo? Aubrey? Hier spricht der Pater. Wir haben ein Problem!«

• 38 •

ES WAR EIN kalter, trister Novembermorgen. Seth war früh erwacht und machte für sich und Fat Dog das Frühstück. Wenn er Zeit hatte, bereitete er für sie beide ein leckeres Mahl. Heute morgen brutzelte sich Seth ein feines Omelette mit Gruyère-Käse und Schalotten, für Fat Dog gab es Waffeln mit Nüssen und Bananen.

Nach dem Schlemmerfrühstück gingen beide in den nahe gelegenen Park, um Frisbee zu spielen. Allerdings konnte der Hund mit seinen drei Beinen nicht gut rennen – zumal er sich gerade den Bauch mit zwei gewaltigen Waffeln vollgeschlagen hatte.

Aber er war begeistert bei der Sache und konnte den Flug der Wurfscheibe gut abschätzen. Fat Dog rutschte und stolperte über die Wiese, auf der eine dichte Blätterdecke lag. Der kalte Wind trieb Seth Tränen in die Augen.

Als der Hund genug hatte, fing er die Frisbeescheibe elegant auf und machte sich schwanzwedelnd auf den Heimweg.

Fat und ich – wir sind uns sehr ähnlich, dachte Seth, der ihm folgte. Wir sind getretene Straßenköter, aber zäh!
In den meisten Häusern brannte schon Licht, und Rauch stieg aus den Schornsteinen in die frische Herbstluft. Die schneebedeckte Kuppe des Tamalpais ragte in den bleigrauen Himmel. Seth fühlte sich schon am frühen Morgen erschöpft. Er mußte endlich wieder Sport treiben, um sich in Form zu bringen. Aber erst mußte er den Fall Barton abschließen. Dann würde er wieder die Richardson Bay entlangjoggen, so wie früher mit Rosie. Sie waren damals so glücklich. Manchmal hatten sie Reiher aufgeschreckt und Möwen gescheucht. Sie hatten die feuchte Luft des Pazifiks eingeatmet und voll Freude die aufgehende Sonne begrüßt. Vorbei!
Seth zwang sich, über seine juristischen Probleme nachzudenken. Noch war es ihm nicht gelungen zu beweisen, daß die Frist *nicht* verjährt war. Und ohne diesen Beweis würde die Klage vor Gericht niedergeschlagen. Wußte Crispie möglicherweise mehr, als er sagte? Würde Bostwick auspacken? Vielleicht konnten sie auf der Symington Air Base noch jemanden finden, der über Bartons letzten Start Bescheid wußte. Seltsamerweise waren alle, die mit diesem ominösen Flug zu tun hatten, tot oder im Ausland stationiert und somit nicht erreichbar. Jedenfalls behauptete das die Luftwaffe. Oder man log, so wie Bostwick! Seth brauchte jemanden, der die Wahrheit sagte. Dazu mußte er wieder nach New Mexico. Dorthin, wo alles begonnen hatte! Doch mit welcher List sollte er diesmal durch das gut bewachte Tor der Symington Air Base kommen? Diesmal konnte er sich den Zugang nicht so unverschämt erschwindeln. Er mußte einen plausiblen Grund finden, um das Gelände als Anwalt betreten zu dürfen – und das konnte er nur mit Geschick und Geduld einfädeln.
Zunächst mußte Seth Allyn dazu überreden, ihm 2800 Dollar vorzustrecken und den Flug nach New Mexico zu bezahlen. Allyn bezeichnete die Unternehmung als haarsträubenden Un-

sinn und gigantische Zeitverschwendung, zückte jedoch das Scheckbuch. Damit war Seth' Spesenkonto, das ihm die Pacific Sigma so überraschend gefüllt hatte, wieder leer. Es schmerzte Seth, daß Allyn diesen Fall nur noch skeptisch betrachtete; er hätte von ihr dringend Zuspruch gebraucht.

Nach einiger Überlegung kam er zu dem Schluß, daß er nur über Crispie auf die Air Base gelangen konnte: Elena mußte ihn dazu bringen, daß Seth ihn noch einmal befragen durfte, und zwar auf der Air Base.

»Das kannst du nicht von mir verlangen!« jammerte Elena. »Crispie wird das kategorisch ablehnen. Er glaubt, du legst in den Fall zuviel persönlichen Ehrgeiz, Seth. Außerdem hat er Angst, jetzt, da Jerry tot ist ...«

Verärgert erwiderte Seth: »Ich glaube, er hat sich wesentlich abfälliger über mich geäußert. Aber du *mußt* dich darum kümmern, es ist dein Fall!«

Sie hatten sich in Elenas Apartment in den Pacific Heights getroffen und gingen nun die Divisadero-Straße hinunter zur Union-Street im Cow-Hollow-Bezirk. Seth wollte Elena dort zum Essen ausführen, weil er wußte, daß sie sich nicht so einfach überreden lassen würde.

»Ich gebe jetzt nicht einfach auf. Und du mußt deinen Teil dazu beitragen, verdammt noch mal!« In der klaren, kalten Luft wirkte sein Atem wie Rauch.

Betretenes Schweigen.

Unentschlossenheit konnte Seth nicht leiden. Und nun war auch Elena unsicher geworden. Die Frau seiner Träume! Die Frau, die bis jetzt ihre Interessen sehr gut hatte durchsetzen können – und die am meisten zu gewinnen und zu verlieren hatte. Und Klienten, die nicht wissen, was sie wollen, kosten einfach zuviel Energie. Diese Kraft setzt man besser im Kampf gegen den Feind ein.

»Du mußt das einsehen, Elena!« Seth nahm sie vertraulich am Arm. »Wenn wir keinen Beweis dafür erbringen, daß wir die

Frist *nicht* versäumt haben, ist der Fall beendet! Bis zur Anhörung müssen wir etwas gefunden haben!«
»Wann ist die Anhörung?« fragte sie interessiert.
»In zwei Wochen. Der Kommandeur der Symington Air Force Base wird unter Eid aussagen, daß es vor Mitternacht zum Absturz kam. Wenn wir nichts Gegenteiliges vorlegen können, gilt diese Aussage als beweiskräftig.«
»Was ist denn mit Bostwick?«
»Dieser feige Hund! Wahrscheinlich stimmen die Gerüchte, von denen er uns erzählt hat: Der Start ist sicher verschoben worden. Doch jetzt will er nichts mehr davon wissen. Als ich ihn befragt habe, hat er mich auflaufen lassen. Ich muß also auf die Air Base, um etwas oder jemanden zu finden, der uns weiterhilft. Das ist unsere letzte Hoffnung.«
Elena gab nach. Und eine Woche später hatte sie Crispie so weit, Seth ein »letztes, kurzes« Gespräch zu gestatten – unter der Bedingung, daß Seth ihm keine Fragen stellen würde, die die nationale Sicherheit tangierten.
Das schließt so ziemlich alles ein, dachte Seth, von den Preisen im Casino bis zu Crispies Schuhgröße. Das klingt ja vielversprechend!
Doch Seth ließ sich seine gute Laune nicht verderben. Die ersten Schritte seines Planes hatten geklappt, und er grinste optimistisch, als er mit Leviticus, der ihn begleiten sollte, ins Flugzeug stieg. Immerhin: Sie traten den Flug 642 der Southwest Airlines nach Albuquerque an, und die Tore der Air Base würden sich öffnen. Jetzt mußte er nur nachdenken, wie er dort vorgehen mußte.
»Also, Cowboy! Wie ist dein Plan?« fragte Lev, nachdem sie ihre Plätze eingenommen hatten. Widerwillig berichtete Seth, daß Alan Millstein nach Erhalt der Konstruktionspläne ein Modell der Bordelektronik der X-215A nachgebaut habe. Außerdem hatte er Proben des Kabelgeschirrs erhalten und in einer Simulationsanlage typische Belastungssituationen nachgestellt.

»Sehr gut!« meinte Lev. Doch in diesem Moment war Seth' Aufmerksamkeit von einer reizenden Stewardeß abgelenkt, die Seth ebenfalls musterte.
Lev räusperte sich. »Ich möchte wissen, was wir heute tun sollen.«
»Dasselbe wie das letzte Mal.« Seth legte den Sicherheitsgurt an.
Erst als sie die Flughöhe erreicht hatten, fragte Lev: »Welche Strategie hatten wir denn das letzte Mal, Seth?«
Seth sah ihn scharf an und holte tief Luft. »Zunächst stelle ich Sam Bartons makellosen Lebenslauf vor und seine Leistungen als Pilot. Dann kontrastiere ich das mit den ungewöhnlich zahlreichen Abstürzen der X-215A. Nun kommt Henry Daimler mit seiner Kabelgeschirr-Theorie, die er bis dahin hoffentlich mit dem Millstein-Versuch beweisen kann. Das Ganze verpacke ich mit rührender Gefühlsduselei. Eine trauernde Witwe hat immer das Mitgefühl der Geschworenen. Außerdem hat jeder ein gesundes Mißtrauen gegenüber der Rüstungsindustrie. Ich bin recht zuversichtlich. Natürlich müssen wir erst nachweisen, daß wir die Frist *nicht* versäumt haben.«
»Deswegen sitzen wir in diesem Flugzeug«, sagte Lev trocken.
»Stimmt. Wir müssen entweder Bostwick oder Christopher dazu bringen, die Wahrheit zu sagen. Oder wir müssen einen anderen Zeugen finden.«
»Ja«, sagte Lev ungeduldig, »genau das will ich wissen. Wie willst du das schaffen?«
Bitter sah Seth seinen Freund an und sagte: »Das überlege ich mir ja gerade. Also stör mich nicht dauernd!«
Wortlos lehnte sich Lev zurück und versuchte zu schlafen.
Seth nahm seinen Block und malte Männchen. Dann ließ er sich von der hübschen Stewardeß Kaffee bringen. Als sie sich etwas weiter als nötig über den schlafenden Lev beugte, genoß Seth einen Blick auf zwei wohlgeformte Brüste.
Eine Stunde später wurde Lev von Turbulenzen wach gerüttelt. Seth sah zufrieden und zugänglich aus.

»Hast du jetzt einen Plan?« fragte Lev hoffnungsvoll.
»Ja.« Seth unterbreitete ihm Plan A und Plan B.
Lev hörte mit unbewegter Miene aufmerksam zu.
»Na?« fragte Seth forsch. »Was hältst du davon?«
Lev kratzte sich nachdenklich am Nasenrücken. »Ich glaube, du mußt mal deinen Geisteszustand überprüfen lassen.«
Als sie in Albuquerque gelandet waren, blieb Lev nichts anderes übrig, als sich zu fügen. Ihm war nämlich auch nichts Besseres eingefallen. Sie mußten sich auf Seth' riskantes Spiel einlassen.
Am Flughafen nahmen sie einen Mietwagen und machten sich auf den Weg zur Air Base. Die Straße führte sie durch die unwirkliche Landschaft New Mexicos. Die Wüste war mit wildem, trockenem Gestrüpp bewachsen, und aus der Ebene erhoben sich die bizarren Tafelberge senkrecht in den Himmel. Seth überlegte sich, ob man dort oben wohl Football spielen könnte. Er drehte am Radio, bis er einen Sender mit guter Countrymusik gefunden hatte. Da halfen auch Levs Proteste nichts, der meinte, Countrymusik sei nie gut. Schließlich unterhielten sie sich über Belanglosigkeiten, um ihre Angst zu vertreiben. Sie diskutierten über die neue Mannschaft der Forty-Niners und sprachen über Levs Ehefrau, die sich Kinder wünschte. Seth gab zu, daß er sich von der Stewardeß die Telefonnummer hatte geben lassen. Dann ging ihnen der Gesprächsstoff aus. Erst als sie vor dem Tor standen, meinte Lev mit tiefem Seufzer. »Warum muß ich immer die schwierige Arbeit übernehmen, hm?«
»Weil du groß und stark bist.«
»Rassist!« antwortete Lev grinsend.
»Na ja, sagen wir mal, weil du klüger bist als ich. Und attraktiver.«
»Und weil ich vor Frohsinn und Zuversicht nur so platze!«
Diesmal wurden sie am Eingangstor schnell abgefertigt. Sie mußten nur kurz auf zwei Militärpolizisten warten, die sie eskortieren sollten. Ein bulliger Staff-Sergeant namens Draper

führte sie zum Dienstwagen – einem Ford, mit dem sie chauffiert wurden. Der zweite Air-Force-Mann hielt es nicht für nötig, sich vorzustellen. Weiße Armbinden wiesen die beiden als Militärpolizisten aus, außerdem trugen sie Seitengewehre. Diese martialischen Hinweise sollten den unliebsamen Besuchern wohl klarmachen, daß sie diesmal keine Mätzchen machen konnten.

Draper fuhr wortlos die Militäranlage entlang. Plötzlich erkannte Seth Bostwicks Flugzeughalle und die Wellblechbaracke, in der das ConSpace-Büro untergebracht war. Er beugte sich zum Fahrer vor und sagte: »Könnten Sie hier kurz anhalten? Ich würde gern einem alten Freund guten Tag sagen.«

»Wie bitte?« brummte Draper, ohne zu bremsen. Der andere Militärpolizist unterdrückte ein Grinsen und spielte mit dem Gewehr auf seinen Knien.

»Ich meine Hal Bostwick. Er arbeitet für ConSpace. Ein toller Bursche! Sein Büro ist gleich dort drüben. Sehen Sie, in dieser Baracke, an der wir gerade mit Lichtgeschwindigkeit vorbeirasen.«

Im Rückspiegel sah Seth Drapers unbewegtes Gesicht. Damit war Plan A beendet.

»Mein Befehl lautet, Sie direkt zum Offiziersclub zu bringen. Keine Extratouren!«

Am Offiziersclub nahm sie ein Master-Sergeant in Empfang und führte sie in einen kleinen Konferenzraum. Dort wollte er sie kurz allein warten lassen, um Major Christopher zu holen. Seth stieß Lev in die Rippen. Der sprang sofort auf, fragte den Master-Sergeant nach der Toilette und machte sich auf den Weg.

Plan B hatte begonnen.

»Sie waren doch zu zweit?« fragte Christopher, als er den Raum betrat. »Wo ist Mr. Heywood?« Christopher bemühte sich zwar, freundlich zu lächeln, war aber sichtlich irritiert.

»Leider hat er den Flug nicht vertragen, Major. Ihm ist furchtbar schlecht. Jetzt wird er wohl das Frühstück wieder los, das wir im Flugzeug bekommen haben. Er wird gleich wieder hier sein. Wir können ohne ihn anfangen.«

Wie erwartet hielt sich Crispie bei seinen Antworten genau an die Richtlinien der Luftwaffe. Trotzdem stellte Seth schier unermüdlich seine Fragen. In der Zwischenzeit hatte sich Lev aus dem Gebäude geschlichen und versuchte, einen Zeugen aufzutreiben. Er sprach jeden an, der auch nur annäherungsweise so aussah, als könne er etwas über den Absturz wissen. Natürlich hatte er kein Glück. Dann sah er zwei Soldaten, die auf dem Rasen hinter dem Casino Blätter zusammenrechten. Er sprach sie ohne große Hoffnung an. Einer von ihnen war aus Los Angeles und erinnerte sich an Levs kurze Karriere als Footballstar bei den Forty-Niners.

»Mensch, natürlich!« rief er erfreut. Er stellte sich als Sergeant Bobby Baxter vor. Baxter war der Typ Soldat, der jeden kennt und über jeden Klatsch Bescheid weiß. »Du hast dir das Kreuz versaut und mußtest aufhören, stimmt's?«

»Fast. Es war mein Knie.« antwortete Lev. »Schon im zweiten Jahr!«

»Mann! Was für eine Scheiße!« grölte Baxter. »Du warst doch damals der beste Neue in der Mannschaft.«

»Ich war nur auf dem zweiten Platz.«

»Trotzdem.« Aufgeregt wandte Baxter sich dem anderen zu: »Der Mann war toll. Spitzenklasse!«

»Je älter ich werde, desto besser war ich früher«, konterte Lev mit einem Connie-Hawkins-Zitat. »Jetzt arbeite ich als Maulesel für die Regierung. Wie ihr. Aber ohne Uniform und Glanz und Gloria. Ich soll hier recherchieren, wie die Sicherheit verbessert werden kann.« Nach und nach konnte Lev Baxter sogar einiges über den Absturz entlocken.

Baxter wußte, wer Sam Barton in jener Nacht vor dem Start gesehen hatte: Corporal Mitchell Simmons. Er arbeitete im Casino hinter der Bar.

Kurz darauf stand Lev vor der Bar, an der Simmons seine morgendlichen Vorbereitungen traf.
»Sicher kannte ich Captain Barton«, sagte Simmons freundlich. Er war ein hellhäutiger Schwarzer, in dessen dunklem Haar ein warmer Rotton schimmerte. »Barton kam nicht oft ins Casino, aber jeder kannte ihn. Wissen Sie, man hielt ihn für einen Unruhestifter – mir geht es da leider wie ihm!«
»So schlimm kann's nicht sein. Unruhestifter läßt man doch nicht im Offiziersclub arbeiten, Mitch.«
»Ach, solange ich für die Weißen Baumwolle pflücke, kann ich nichts falsch machen, Mr. Heywood.« Nach kurzem Zögern meinte er bitter. »Ich bin hier nämlich der große Held. Corporal der Luftwaffe im selbstlosen Einsatz fürs Vaterland! Hier, schreiben Sie das auf Ihren Block, damit Sie das bei Ihrem Bericht ans Pentagon ja nicht vergessen: ›Mitchwell Simmons. Er ist ein Vorbild für alle Schwarzen und der Stolz der US-Luftwaffe, bei der er tapfer und aufopfernd dient.‹ Haben Sie das?«
»Klar!« antwortete Lev grinsend. »Sonst noch was?«
»Ja. Meine Beförderung ist längst überfällig. Ich möchte wissen, wo die steckengeblieben ist!«
»Ich werde mich darum kümmern«, sagte Lev. »Erzählen Sie mir, wann Sie Captain Barton das letztemal gesehen haben.«

Inzwischen drehte sich Seth' Gespräch mit Christopher im Kreis.
»Bitte haben Sie Verständnis für meine Lage, Seth. Ich würde ja alles für Elena tun. Aber Sie bringen mich damit in eine furchtbare Zwickmühle.«
»Sie sagten mir, daß Sam der beste Pilot seiner Einheit war. Bleiben Sie bei dieser Aussage?«
»Meinetwegen sage ich vor Gericht aus, wie toll er war. Aber ehrlich gesagt, er war auch kein Übermensch. Daß er mal Astronaut war, macht ihn nicht besser als andere Piloten hier auf der

Base. Daß er im All spazierengehen konnte, heißt nicht, daß er auf Wasser wandeln konnte.«
»Glaubte er das von sich?«
Unsicher sah Crispie aus dem Fenster. »Er glaubte immer, daß er auf einer Spur war. Aber das war blanker Unsinn. Er war ein Unruhestifter. Leider haben viele auf ihn gehört!«
»Das klingt, als sei er sehr selbstbewußt gewesen und habe damit auch Anklang gefunden.« Seth spürte Crispies Verärgerung und wollte ihn nun zwingen, Stellung zu nehmen. »Aber deshalb ist man nicht befreundet. Wer über Macht und Einfluß verfügt, wird beneidet, aber man mag ihn nicht.«
»*Ich* war sein Freund!«
Seth war erleichtert. »Sehr gut! Sie werden bald Gelegenheit haben, das zu beweisen. Kommen wir nun zum Zeitpunkt des Starts. Und ich denke, Sie könnten uns hier wirklich helfen, wenn Sie wollten.«
Crispie warf ihm einen bösen Blick zu. »Ich habe Ihnen gesagt, daß ich an diesem Abend nicht auf der Air Base war.«
Seth fiel beim besten Willen keine vernünftige Frage mehr ein. Hoffentlich erreichte Lev mehr als er. Schließlich sagte er verständnisvoll: »Wahrscheinlich sind hier alle ein bißchen nervös, nachdem Gerald Murphy in Las Vegas so plötzlich verstarb.«
Christopher lief dunkelrot an. »Das ist eine Unterstellung, Cameron. Sie sind voreingenommen. Das reicht mir jetzt. Mein Gott, Murphy hatte Pech. Jedem kann ein Vogel in die Turbine geraten. Das kann ...«
»... immer wieder mal passieren.« vollendete Seth den Satz. Er hoffte, daß Crispie seinen Sarkasmus erkannt hatte.
»Genau.« Der Major hatte die Anspielung verstanden, denn er stand abrupt auf. »Übrigens, wo bleibt denn Ihr Begleiter? Hat er sich selbst die Toilette hinuntergespült?«
»Wahrscheinlich steckt er bis zum Hals in der Schüssel und kotzt nach Leibeskräften. Bitte beruhigen Sie sich wieder! Ich

wollte Sie nicht verärgern.« Seth senkte scheinbar reumütig den Kopf. »Ich tue das alles doch nur für Elena!« fuhr er fort. »Zugegeben, manchmal schieße ich übers Ziel hinaus. Also, vielleicht können wir uns darauf einigen, daß Sie mir noch ein paar Informationen über Sams Qualifikation als Pilot geben.«
Crispies Anspannung legte sich.
»Elena zuliebe!« sagte Seth fügsam. Er haßte den Major dafür, daß er selbst sich so erniedrigen mußte, und er haßte sich dafür, daß er es tat. »Ich verspreche Ihnen, daß Sie mich dann los sind.«

Lev dagegen konnte kaum seine Aufregung verbergen. Was ihm Simmons eben erzählt hatte, war unglaublich. »Sind Sie sich absolut sicher, Mitch? Barton war am 15. Oktober noch mit einem Offizier abends bis halb zwölf hier im Casino?«
»Ja, sie blieben bis Punkt halb zwölf. Ich weiß nicht, ob das am 15. Oktober war, aber es war die Nacht, in der Barton abstürzte.«
»Wieso haben Sie sich die Uhrzeit gemerkt, aber nicht das Datum?«
»Ich mache meine Bar immer exakt um halb zwölf zu. Und die beiden sind genau bis zur Sperrstunde geblieben.«
Erschrocken schluckte Lev. »Barton blieb bis zur Sperrstunde?«
»Die beiden haben die Bar mit mir zusammen verlassen.«
Lev wagte es noch nicht, die naheliegende Frage zu stellen, da er auf die Antwort noch nicht gefaßt war. Also fragte er erst einmal: »Können Sie sich an Bartons Begleiter erinnern? Kennen Sie ihn?«
»Ich erinnere mich an ihn. Er war ein paarmal hier. Aber ich weiß nicht, wie er heißt. Ich glaube, er ist Captain. Er war nicht oft hier.«
Simmons gab Lev nun eine genaue Beschreibung des Mannes. Dann faßte Lev Mut und stellte die gefürchtete Frage: »Haben die beiden an dem Abend Alkohol getrunken?«

»Ja, einer war ziemlich betrunken«, antwortete Simmons, ohne zu zögern. »Der andere hat dagegen überhaupt nichts getrunken.«
Lev holte tief Luft. »Wer von den beiden war betrunken?«

Inzwischen war Christophers Geduld am Ende. »Mr. Cameron, ich habe Ihre Fragen jetzt schon mehrmals beantwortet. Ich weiß nicht, was Sie beabsichtigen, aber mir reicht es! Und wo bleibt Ihr Begleiter, verdammt?«
»Crispie, nur noch eine Minute! Ich ...«
Entschlossen griff der Major zum Telefon. »Hier spricht Christopher. Ich brauche sofort eine Zweierstreife der Militärpolizei, die einen Fremden dingfest machen. Angeblich hält er sich in der Herrentoilette auf. Wenn er dort nicht ist, durchsucht das ganze Haus! Er muß festgesetzt werden. Es handelt sich um einen Schwarzen in Zivil – ziemlich groß. Zackzack!«
Seth wollte aufstehen, doch Christopher fuhr ihn an. »Sie bleiben hier sitzen, bis man Ihren Freund gefunden hat.«

Lev hatte Simmons' Aussage protokolliert und ihm zur Unterschrift vorgelegt. Simmons las sie gründlich durch. Er ließ sich viel Zeit.
Jetzt setz deine Unterschrift drunter, du Lahmarsch, dachte Lev nervös, du mußt den Kram nicht auswendig lernen! Er hatte sich bei der Niederschrift ziemlich wörtlich an Simmons' Formulierungen gehalten. Dieser studierte das Dokument jedoch so pedantisch, als müsse er einen Kaufvertrag für eine Immobilie unterzeichnen. Lev trat der Schweiß auf die Stirn. Verstohlen sah er auf die Uhr. Er war viel zu spät dran. Er wurde sicher schon gesucht.
Simmons sah ihn einfältig an. »Das kann ich guten Gewissens nicht unterschreiben, Mr. Heywood!«
»Warum nicht? Ich habe doch genau das aufgeschrieben, was Sie mir erzählt haben.«

»Nein! Hier steht, daß die beiden Männer *gegen* halb zwölf die Bar verließen.«
»Das haben Sie doch ausgesagt! Ich habe nur das mit dem Telefonanruf weggelassen. Sie wissen schon: Der Kommandeur der Air Base wollte Bartons Begleiter sprechen, und Sie haben das Gespräch vermittelt. Aber sonst ist alles, wie Sie es erzählt haben.«
»Das stimmt nicht, Mr. Heywood! Ich habe den Befehl, *exakt* um 23.30 Uhr die Bar zu schließen. Und ich schließe pünktlich auf die Minute und nicht *gegen* halb zwölf.«
Lev wischte sich den Schweiß von der Stirn. Dieses Problem war lösbar, doch dann sah er durchs Fenster, wie vier Militärpolizisten den Vorhof des Casinos absuchten. Jetzt hörte er auch im Gang laute Schritte und Rufe. Bald würden sie ihn gefunden haben.
»Das ist kein Problem, Mitch. Sehen Sie, ich streiche *gegen* durch und schreibe *exakt um* drüber. Ist das in Ordnung?«
»Jetzt gibt es nichts mehr einzuwenden«, meinte Simmons und unterschrieb. Er schob Lev das Blatt über die Bar zu. »Ist Ihnen Ihr Beruf nicht langweilig? Ich meine, als Footballspieler ist das Leben doch aufregend.«
»Ab und zu wird es auch jetzt noch aufregend«, erwiderte Lev und stopfte hastig das Papier in die Tasche. »Manchmal sogar etwas zu aufregend.«
»Kann ich sonst noch etwas für Sie tun?«
»Offen gestanden, ich könnte einen Whisky vertragen.«
»Tut mir leid! Den kann ich Ihnen nicht geben. Wir machen erst um 16.00 Uhr auf. Außerdem dürfen Zivilisten im Casino nicht bedient werden, außer in Begleitung eines Truppenangehörigen.«
Mit lautem Knall wurde die Tür zum Flur aufgestoßen. Nun wurde auch Simmons auf die Unruhe aufmerksam. »Was zum Teufel geht hier vor?«
Lev beugte sich zu ihm und nahm ihn beschwörend am Arm.

»Hören Sie, Mitch. Sie müssen sich entscheiden, ob Sie mir helfen wollen oder denen. Aber vor allem brauche ich jetzt Ihren Whisky. Ich will ihn gar nicht trinken, sondern mich damit einparfümieren.« Lev packte eine Flasche Early Times Bourbon und schüttete ihn großzügig über seinen Anzug. Dann rieb er sich etwas davon ins Gesicht wie Rasierwasser. Zum Schluß nahm er einen ordentlichen Schluck aus der Flasche. »Sie haben mich noch nie gesehen, Mitch! Ist das klar? Sie haben bis jetzt im Raum hinter der Bar gearbeitet und mich nicht bemerkt. Gerade sind Sie wegen des Lärms herausgekommen und sehen einen besoffenen Nigger, der Schnaps will. Jetzt haben Sie die Gelegenheit, sich an die Vorschriften zu halten und der Truppe trotzdem eins auszuwischen.«
Simmons begriff, daß Lev verhaftet werden sollte. »Haben Sie mich belogen, Mr. Heywood?«
»Ich arbeite nicht für die Regierung, das war die einzige Lüge. Alles andere stimmt. Vier Jungs sind mit dem fliegenden Sarg runtergefallen, Mitch. Barton war der dritte. Ich will nur verhindern, daß noch einer vom Himmel fällt. Bitte, helfen Sie mir. Wir Schwarzen müssen doch zusammenhalten, Bruder!«
Ein kleiner Soldat mit verkniffenem Gesicht stampfte über die Türschwelle. Ihm folgte ein dünner, sommersprossiger Junge, der mit der Aufgabe als Militärpolizist sichtlich überfordert war. Noch bevor sie etwas sagen konnten, grölte Lev los. »Schieh mal an, ein Bulle! Genau Schie brauch' isch. Gott sei Dank schind Schie hier! Erklären Schie dem hier – isch bin ein braver Schteuerschahler. Isch habe das Recht darauf, bedien schu werden!«
»Machen Sie keine Schwierigkeiten, und kommen Sie mit!«
Mitch Simmons schüttelte den Kopf. Er war aufrichtig fassungslos.
Lev knallte 20 Dollar auf die Theke und brummelte: »Geht leider nicht, meine Herren. Muschu Major Chrischt ... Chrischtopher. Kennen Schie ihn?«

»Wir bringen Sie zu ihm.« Der kleine Soldat stopfte ihm den Geldschein wieder in die Tasche und packte ihn fest am Arm.

»Hier ist er! Wir haben ihn betrunken in der Bar gefunden. Offenbar hat er sich den Whisky selbst genommen.«
»Er riecht nach Whisky«, stellte Crispie scharfsinnig fest.
Lev wand sich aus dem Griff seines Bewachers, wobei er ihm einen beleidigten Blick zuwarf. »Isch habe Ihnen hoffenlisch keine Umstände gemacht. Muschte mich übergeben, und dann war mir immer noch schlecht, und dann ...«
»Du bist also schon wieder betrunken!« sagte Seth empört.
»Ehrlich geschagt, mir isch schon wieder schlecht!« Lev schwankte und sah sich im Raum um, als benötigte er dringend einen Eimer. »Isch musch gleisch ...«
»Führen Sie die beiden auf der Stelle hinaus!« donnerte Christopher. »Bringen Sie sie sofort zu ihrem Wagen. Dann möchte ich wissen, wer an der Bar Dienst hatte.«
Sowie sie sicher in ihrem Mietwagen saßen, gab Lev Gas und brauste davon. »Ich habe eine gute und eine schlechte Nachricht für dich«, sagte er und holte den Zettel aus seiner Manteltasche. »Hier ist erst einmal die gute!«
Atemlos las Seth Simmons' Aussage. Dann ließ er einen langen Schrei los und drückte Lev einen dicken Schmatz auf die Backe. Vor Schreck wäre Lev fast in den Graben gefahren. »Das ist zu schön, um wahr zu sein«, johlte Seth. »Das heißt, Barton kann unmöglich am 15. Oktober vor Mitternacht gestartet – geschweige denn abgestürzt sein! Treadwell muß klein beigeben, und wir kriegen unseren Prozeß!«
Genüßlich lehnte sich Seth zurück und gab sich seinem Triumphgefühl hin. Er merkte gar nicht, daß Lev dumpf vor sich hin brütete.
»Jetzt müssen wir nur noch nachweisen, daß der Absturz durch einen technischen Defekt zustande kam.« Seth sinnierte vergnügt vor sich hin.

»Hmmm«, brummte Lev. »Damit komme ich zu der schlechten Nachricht. Es ist nämlich zu schön, um wahr zu sein. Ich sage dir nun etwas, was nicht in diesem Protokoll steht, Cowboy: Barton hat in der Bar mindestens drei Wodka und einige Glas Wein getrunken, bevor er ging.«
Entsetzt schloß Seth die Augen. Er wußte, daß Lev sich keinen dummen Scherz erlaubte. »Er war betrunken!« flüsterte er tonlos. »Wir sind erledigt!«
»Ja.« sagte Lev. »Wir sind erledigt.«

• 39 •

MÜDE STIEG SETH die ausgetretenen Stufen zu seinem Büro hoch, um noch nach seiner Post zu sehen, bevor er nach Hause fuhr. Es waren keine wichtigen Briefe gekommen. Dann hörte er seinen Anrufbeantworter ab. Nichts Besonderes, bis auf den letzten Anruf, der um halb zwölf aufgezeichnet worden war. Die Stimme eines Betrunkenen war zu hören.
Es war Tom Huckins:
»Hey, Cameron! Wie geht's denn so? Wirst wohl stinkreich in der Großstadt und berühmt, was? Hast ja jetzt die feinen Pinkel als Klienten, denen du das Geld aus der Tasche ziehen kannst. Eben war ich mit Lo-Ball in der Kneipe, und wir haben ein paar darauf getrunken, was du für ein Vollidiot warst. Ab in die Stadt und läßt diesen prachtvollen Arsch einsam und allein zurück. Mann, die ist echt gut im Bett! Ha, ha, Mann – wenn ich nur dran denke! Hör zu, Cameron! Du hast dich wie ein Schwein benommen, als du mich im Stich gelassen hast. Aber ich habe mich gerächt. Ich habe heute abend deine Exfrau ordentlich gerammelt. Jetzt sind wir quitt. Ha, ha, heeeeoooo …«
Schockiert ließ Seth den Hörer auf die Gabel fallen. Er fühlte sich wie tot. Vergeblich versuchte er sich einzureden, daß das kindische Prahlerei war, um Rache zu nehmen, doch es dräng-

ten sich ihm häßliche Bilder auf. Wutentbrannt fegte er seinen Schreibtisch leer und trat mit Wucht gegen die Wand. Dann lief er rastlos wie ein gefangenes Tier in seinem Büro auf und ab. Rosie und Tom? Nachdem sich seine Wut gelegt hatte, beschloß er, diesen grausamen Scherz zu vergessen und nach Hause zu fahren. Doch im Innersten sann er auf Rache. Sollte er ihm einen gemeinen Brief schreiben? Hey, Tom! Deine Exfrau war auch nicht so schlecht. Sie meinte, ich sei der Beste gewesen. Und sie kann das wohl beurteilen, denn sie hatte schon alle anderen aus der Stadt durch.

Nein! Er würde Tom nicht zeigen, daß ihn diese Gemeinheit getroffen hatte.

Seth schaltete das Licht aus und ging. Doch dann machte er wieder kehrt und stolperte hastig zum Telefon.

»Rosie?«

»Ja?« flüsterte sie schlaftrunken.

Als Seth Rosies Stimme hörte, spürte er einen stechenden Schmerz im Bauch. »Ich bin's, Seth!«

»Seth! Mein Gott, es ist früh um halb zwei! Geht's dir nicht gut? Was ist los?«

Er sah sie vor sich, wie sie sich auf einen Ellenbogen stützte. Sie lag sicherlich auf der linken Seite des großen Bettes, das sie sich damals gekauft hatten. Jetzt warf sie wohl ihr langes dunkles Haar über die rechte Schulter, damit sie den Hörer besser an ihr Ohr drücken konnte. Er stellte sich vor, wie sie in ihrem T-Shirt, in dem sie so gern schlief, halb aufgerichtet im Bett lag. Bei dieser Haltung drückte sich eine Brust fest gegen das Hemd, und die Brustwarze schimmerte durch.

Trägst du ein T-Shirt? hätte er sie am liebsten gefragt. Aber er schwieg.

»Was ist los, Seth?«

Seth konnte noch nicht antworten. In Gedanken betrachtete er ihren Rücken und folgte der weichen Linie von der Schulter zu ihrer schmalen Taille. »Keine Sorge, es geht mir gut«, sagte er

schließlich, weil ihm nichts Besseres einfiel. »Es tut mir leid, daß ich dich so spät störe.«
Sie akzeptierte seine Entschuldigung und fragte, ob sie denn dann weiterschlafen könne.
Nun war es Seth so peinlich geworden, daß er ihr reinen Wein einschenkte. »Eben habe ich meinen Anrufbeantworter abgehört. Tom Huckins hat mir eine Nachricht hinterlassen. Er behauptet … hmmm, er meint, daß ihr beide … na ja … daß ihr miteinander geschlafen habt!«
»Das hat er dir gesagt?« Ihre Verärgerung ließ ihn aufatmen, und insgeheim sann er wieder auf Rache.
»Das kann ich nicht glauben«, murmelte sie beherrschter. »Das erzählt dir Tom doch nicht.«
Seth' Anwaltsinstinkt witterte sofort die Zweideutigkeit ihrer Aussage. Er mußte nachhaken, wenn er die Wahrheit wissen wollte. »Tut mir leid, wenn dich das ärgert, Rosie. Tom hat es mit der Wahrheit nie so genau genommen.«
Schweigen.
»Außerdem geht mich das gar nichts an.« Er wechselte den Hörer in die linke Hand, denn die rechte klebte bereits vor Schweiß.
Endlich meinte sie schnippisch: »Das stimmt! Warum also rufst du mich um diese Zeit an?«
»Ich hätte gern von dir gehört, daß das nicht wahr ist.« Im Hörer klang nur das Surren der Fernleitung. Plötzlich schrie Seth: »Meine Güte, Rosie! Sag mir, daß das nicht wahr ist!«
»Das geht leider nicht, Seth.«
Seth starrte haßerfüllt auf das Ding in seiner Hand, das ihm solche Verletzungen zufügte. Dann preßte er den Hörer an seine Brust und ließ sich auf den Stuhl sinken.
»Seth?« klang es dünn aus dem Apparat. Rosie war Lichtjahre von ihm entfernt.
Er hielt sich die Hände über den Kopf, als wolle er sich vor Schlägen schützen, und wiegte sich verzweifelt hin und her.

»O Rosie«, flüsterte er, »Rosie …« Dann setzte er sich auf, um die Verzweiflung abzuschütteln. Am liebsten hätte er das Telefon aus dem Fenster geworfen und sich hinterhergestürzt. »Dieser Scheißkerl hat dich doch nur mißbraucht, um sich an mir zu rächen.«
Wieder mußte er unerträglich lange auf eine Antwort warten. »Nein, Seth! Ich habe *ihn* mißbraucht, um *mich* an dir zu rächen.«

Im *Stars* stürzte Seth an der Theke vier Schnäpse hinunter und wurde dann freundlich hinauskomplimentiert. Nachdem es ihm gelungen war, sein Auto wiederzufinden, kroch er im Schneckentempo die Franklin Street entlang, denn dort vermutete er weniger Polizisten als auf der Van Ness. Im Radio kam ein Lied von Joe Silverhound, das genau paßte: *Ich stieg in mein Auto und fuhr noch zur Stadt. / Ich muß dich vergessen und den Verrat! / Den Dämon im Nacken jag' ich durch die Nacht. / Und sinne auf Rache – nimm dich in acht! / Laut dröhnt die Musik, sie betäubt meinen Zorn. / Warum nur, warum habe ich dich verlorn? / Ich glaubte an Liebe bis ans Ende der Zeit. / Doch nun ist das Spiel aus! Was bleibt, ist das Leid.*
Mit viel Mühe gelangte er zur Union Street und fand noch eine Bar, die offen hatte. Als er allerdings der Bedienung einen Heiratsantrag machte, wurde er vom Barkeeper, der mit ihr verheiratet war, rüde an die Luft gesetzt. Im *Washington Square Bar and Grill* trank er einige Wodkas. Dann versank die Welt um ihn herum in einem grauen Schleier, der nach und nach seine Schmerzen betäubte. Er vergaß die Dämonen, die ihn quälten.
Später kam er auf der Toilette wieder zu sich. Er mußte sich übergeben. Dann rieb er sein Gesicht mit kaltem Wasser ab. Als er den fremden Mann mit den Ringen um die Augen im Spiegel erkannte, erschrak er zutiefst. Wie lange würde er dieses Leben noch führen können, ohne zusammenzubrechen?
Leise drang Klaviermusik zu ihm vor. Manchmal konnte er

durch den Lärm und das Gelächter in der Bar sogar einige Worte des Liedes verstehen: Er vergrub seinen Kopf in den Händen … *Viele habe ich gekannt, / bis ich dich schließlich fand. / Nur wegen dir allein / kann ich so verzweifelt sein* … Erinnerungen stiegen in ihm auf – Erinnerungen an warme Sommernächte in Bakersfield. Für einen Augenblick war er glücklich wie damals. Er sehnte sich danach, daß ihn seine Mutter in den Arm nehmen, über seine fiebrige Stirn streichen und ihn trösten würde. Aber all das lag Äonen zurück und raste mit Lichtgeschwindigkeit immer weiter fort.

• 40 •

IM MORGENGRAUEN zerriß das schrille Läuten des Telefons die Stille. Erschreckt sprang Fat Dog aus dem Bett und landete unsanft auf dem Boden. Er schüttelte sich und legte seine Schnauze aufs Bett. Doch Seth war noch nicht aufgewacht. Er hatte einen Alptraum. Er stand im Ring und mußte gegen einen Riesen einen Boxkampf austragen. Sein Unterbewußtsein baute das Telefonklingeln in den Traum ein. Der Riese schlug unbarmherzig auf seinen Kopf ein, obwohl ein schrilles Klingeln das Ende der ersten Runde angezeigt hatte. Der Schiedsrichter sah gleichgültig in eine andere Richtung. Dort fand ein Hockeyspiel statt, an dem Seth ebenfalls teilnahm. Diesmal war jedoch nur sein Kopf beteiligt, der, klein und schwarz, von derben Schlägen über das Spielfeld getrieben wurde – als Puck!
Das Telefon läutete hartnäckig so lange, bis sich der Ton wie eine Eisenzange um Seth' Schläfen legte und zudrückte. Seth tastete nach dem Telefon, um den Schmerz abzustellen.
»Ja!« keuchte er.
»Seth Cameron?«
»Ich glaube schon.« Langsam kam er zu sich. »Klingt irgendwie vertraut.«

»Ich bin Barbara Heywood.«
Seth zwang sich, ein Auge zu öffnen, um auf die Uhr zu sehen. Es war halb sieben Uhr morgens. Ein stechender Schmerz pulsierte in seinen Schläfen.
»Heywood«, nuschelte er, »das kommt mir auch bekannt vor.«
»Ich bin Levs Frau.« Ihre Stimme zitterte, doch Seth konnte in seinem Zustand nicht unterscheiden, ob sie verärgert war oder Angst hatte. »Wir haben uns einmal kurz in der Stadt gesehen.«
»Ach ja, ich erinnere mich«, log er. »Entschuldigen Sie, daß ich Sie nicht gleich erkannt habe. Was kann ich für Sie tun?«
»Sie haben Lev verhaftet! Er sitzt im Gefängnis!«
Mit einem Schlag war Seth hellwach. »Was?« brüllte er und sprang aus dem Bett. »Wer hat ihn verhaftet? Wo ist er jetzt?«
Stockend erzählte sie die Geschichte. Letzte Nacht hatten zwei Polizeibeamte vor ihrem Haus auf Lev gewartet. »Sie hatten stundenlang da draußen im Auto gesessen, bis er schließlich um ein Uhr nachts heimkam. Ich hörte, wie er den Wagen in die Garage fuhr, und lief hinaus, um ihn zu warnen. Aber die beiden waren schneller. Als Lev auf mich zukam, waren sie schon ausgestiegen und hatten ihn gepackt.«
»Haben sie ihre Ausweise gezeigt?«
»Mir haben sie vorher ihre Plaketten gezeigt. Aber nicht Lev! Sie hielten ihn fest und schlugen auf ihn ein. Ich wollte ihm helfen und schrie aus Leibeskräften, doch dann hielt mich der eine fest. Der andere trat immerzu mit dem Fuß auf Lev ein. Lev lag da schon auf dem Boden. Ich fürchte, sie haben ihn ziemlich verletzt.«
»Wo ist er jetzt?« Umständlich zog sich Seth mit einer Hand an.
»Er hat mich gerade von der Polizeistation aus angerufen. Ich war schon verrückt vor Angst.« Sie schluchzte herzergreifend ins Telefon. »Er sagte mir, ich solle Ihnen Bescheid geben. Außerdem soll ich Ihnen sagen, daß sie ihm das Koks in die Tasche gesteckt haben müssen, als er ohnmächtig am Boden lag.«
»Kokain?«

»Ja. Ihm wird auch Widerstand gegen die Staatsgewalt vorgeworfen, weil er einem Polizisten die Nase und ein paar Rippen gebrochen hat.«

Nachdem Seth aufgelegt hatte, schluckte er erst einmal ein paar rote Pillen, um sich aufzuputschen. Dann spülte er sich gründlich den Mund aus. Als er einigermaßen wiederhergestellt war, ging er zu seinem Wagen. Auch der hatte in der vergangenen Nacht erheblichen Schaden genommen: Das Einparken in der Garage war offensichtlich nicht reibungslos vonstatten gegangen. Die Einfahrt war verschrammt und ein Kotflügel zerknautscht wie ein achtlos zerknülltes Schokoladenpapier. Seth konnte sich nur sehr vage an diese Kollision erinnern. Als er losfuhr, stellte er fest, daß der Wagen schauderhaft eierte – das rechte Vorderrad war aus der Spur geraten.

Als er zur Richardson Bay kam, löste sich in der warmen Morgensonne der dichte Nebel auf, und die Amphetamine vertrieben die Nebelschwaden in seinem Gehirn. Seth drückte das Gaspedal durch. Allerdings raste auch sein Puls gefährlich. Die Hügelkette zu seiner Rechten zeigte einen bunten Farbteppich aus Hellgrün, Ocker, Umbra und Dunkelblau. Das Morgenrot tauchte den Himmel in leuchtendes Orange. Zu seiner Linken kämpften sich riesige Tanker durch den Pazifik. Nahe am Wasser verhüllte der Nebel noch die Sicht, und die Nebelhörner der Schiffe tönten dunkel und einsam.

Seth näherte sich nun der Mautstelle und befürchtete, sein Wagen könne als gemeingefährliches Verkehrshindernis konfisziert werden. Also fuhr er so unauffällig wie möglich heran. Doch der Kontrolleur beachtete sein Vehikel gar nicht, sondern verlangte kommentarlos die Mautgebühr. Nun mußte Seth feststellen, daß sein Geldbeutel absolut leer war. Eine dunkle Erinnerung stieg in ihm auf. War er nicht auf dem Heimweg noch in Sausalito bei *Stella's* eingekehrt? Er hatte dort noch Billard gespielt und jemandem voll Wut Geldscheine und Münzen hingeworfen – wahrscheinlich dem Barkeeper. Seth

wußte nicht mehr, warum er das getan hatte, fürchtete jedoch, daß da ein Zusammenhang mit dem Bluterguß auf seiner linken Wange bestand.
Er fuhr also rechts auf den Seitenstreifen und bezahlte die 3 Dollar Mautgebühr im Büro mit seiner Visakarte. Dann holperte er den Doyle Drive entlang zur Lombard Street und bog in südlicher Richtung in die Van Ness ein. Er fühlte sich ungewöhnlich aufgedreht, alle seine Sinne waren überempfindlich. Nicht einmal mit Sonnenbrille konnte er das Licht ertragen, ohne zu blinzeln. Er verlor zunehmend die Nerven. Jede Ampel schaltete auf Rot! Kaum hatte er die Spur gewechselt, um schneller vorwärts zu kommen, ging es just auf dieser Spur langsamer als vorher! Seth' Nerven lagen bloß. Der Straßenlärm dröhnte unerträglich in seinen Ohren, das Licht schmerzte in seinen Augen. Ihm wurde speiübel. Er hatte zu wenig geschlafen und zu viele Pillen genommen. Und als sei ein innerer Damm gebrochen, fluteten Bilder über ihn herein – häßliche Bilder von Tom und Rosie.
Er steuerte seinen Honda auf die rechte Spur, damit er langsamer fahren konnte. Sein Herz schlug viel zu heftig und zu schnell. Die Halsschlagader pulsierte und pumpte Blut in seine schmerzenden Schläfen. Mit jedem Herzschlag sah Seth eine neue Szene des Verrats: Tom Huckins, der Rosie auszog, sie berührte! Stellungen!
Seth war in Gefahr, das Bewußtsein zu verlieren. An der Kreuzung zur Pine Street fuhr er in eine Tankstelle. Er schwankte in den Laden und kaufte sich etwas Schokolade, für die er an der Kasse eine große Papiertüte bekam. Draußen warf er die Schokolade in den Papierkorb. Im Auto hielt er sich die Tüte vors Gesicht und atmete tief durch: Dadurch wird die hektische Atmung beruhigt. Diesen Trick hatte er von einem Kollegen bei M & M gelernt.
Er bog wieder in die Van Ness ein. Das Vehikel steuerte er jetzt mit dem Ellbogen, da er mit einer Hand die Tüte vor Mund

und Nase halten mußte und mit der anderen schaltete. Die verdutzten Gesichter der anderen Autofahrer ignorierte er. Bei der Kreuzung zur Ellis Street schaltete die Ampel auf Rot, und Seth konnte endlich gleichmäßig in die Tüte atmen. Schon fühlte er sich etwas besser, da hörte er hämisches Gegröle. Im Auto neben ihm saßen zwei Skinheads, die sich vor Lachen ausschütteten.

»Hey, Kleiner!« kreischte der Fahrer, während er sich weit vorbeugte. »Hast wohl zuviel gesoffen, was? Wenn du mit der Tüte fertig bist, du Wichser, dann kannste mir einen blasen!«

Glücklicherweise kam Grün, und die Halbstarken brausten an ihm vorbei. Sie jagten ihren alten Chrysler New Yorker hoch, wobei es aus dem Auspuff verdächtig qualmte. Die Schwaden verdeckten beinahe die rassistischen Aufkleber, die auf dem verrosteten Heck prangten: *Nigger raus! Amerika den Weißen!*

Unbeirrt atmete Seth weiter in seine Tüte. Er merkte, wie gut es ihm tat. An der nächsten Kreuzung schaltete die Ampel wieder auf Rot. Obwohl die Nervensägen noch bei Gelb hätten durchfahren können, blieben sie stehen und warteten auf Seth.

Seth versuchte auf die andere Spur zu wechseln, um eine Auseinandersetzung zu vermeiden. Aussichtslos: Alle drei Spuren waren vom morgendlichen Berufsverkehr verstopft. Er warf die Tüte entnervt zu Boden, kurbelte das Fenster hoch und starrte scheinbar unbeteiligt geradeaus.

»Hey, du! Was hast du denn mit deiner Tüte gemacht?« Der Fahrer schrie aus Leibeskräften. »Ist sie geplatzt?«

Seth kurbelte das Fenster herunter und rief mit einem freundlichen Grinsen: »Macht keinen Ärger, Jungs! Bleibt friedlich, okay?«

Höhnisch antwortete der Beifahrer: »Wir sind friedlich. Mann! Wir wollen nur wissen, wo deine Tüte ist! Hast du dein Hirn darin versteckt?«

»Oder deine Eier?« brüllte der Fahrer. »Hast du überhaupt welche?«
Seth kochte innerlich; er wollte sich von diesen Flegeln nicht verspotten lassen. Er zwang sich jedoch dazu, ruhig zu bleiben. Er spürte, wie seine Wahrnehmung zunehmend irreal wurde. Alles schien in ein aggressives Gelb getaucht. Aus den Augenwinkeln beobachtete Seth den Fahrer. Der streckte eben seinen Mittelfinger provozierend in die Höhe. Seth wollte die beiden grinsenden Gesichter ignorieren. Doch magnetisch angezogen sah er wieder hinüber und veranlaßte sie dadurch zu weiteren obszönen Gesten. Seth spürte, wie sich eine dunkle, archaische Kraft seiner bemächtigte.
»Was glotzt du denn so blöd herüber, du Arschloch!« rief ihm der Fahrer zu. »Willst du was von uns?«
»Nee, der hat doch die Hose voll!« grölte der Beifahrer. Plötzlich sah er die junge Frau, die hinter Seth in ihrem Mercedes wartete. »Hey, Süße!« brüllte er. »Wie wär's mit uns beiden?« Dabei machte er eindeutige Gesten.
Die Frau zuckte zusammen und sah verlegen zu Boden. Seth beobachtete sie im Rückspiegel. Er selbst war nun als Opfer uninteressant. Doch er fühlte sich nicht erleichtert. Wieder war er dazu verurteilt zuzusehen, ohne eingreifen zu können – wieder war da ein Fenster, durch das er das Geschehen beobachtete. Ein tödlicher Schatten aus seiner Kindheit wurde lebendig. Hilflos hinter kaltem Glas!
»Hey, du Schlampe, stell dich nicht so an!« rief der Skinhead brutal. »Komm her, und du hast deinen Spaß! Hier kriegst du zwanzig Zentimeter pure, weiße Manneskraft! Das wird dir ... *verdammte Scheiße*!«
Eine Hand krallte sich ihm ins Gesicht, eine andere packte ihn am Kragen, und schon wurde er aus dem Auto gezerrt. Seth war mit einem Satz zur Tür gesprungen, hatte sie aufgerissen und den Halbstarken an seiner Lederweste herausgezogen. Jetzt hielt er ihn im eisernen Griff.

»Scheiße!« kreischte der Fahrer und trat aufs Gaspedal. Er fuhr offensichtlich lieber bei Rot über die Kreuzung, als sich mit diesem Verrückten anzulegen. Erst mitten auf der Kreuzung merkte er, daß er seinen Kumpel verloren hatte.

Der Skinhead war erheblich größer und kräftiger als Seth, aber Körperkraft und Kampftechnik sind gegen ungezügelte Aggression wirkungslos. Und jetzt traf ihn Seth' erster vernichtender Schlag mitten ins Gesicht. Er taumelte zurück. Aber Seth hielt ihn fest, um noch einmal zuzuschlagen. Der Skinhead fiel rückwärts gegen den Mercedes und rutschte fast bewußtlos am Auto hinunter. Seth riß ihn wieder hoch und rammte ihm die Faust in den Bauch. Dann zertrümmerte er ihm mit einem Uppercut den Kiefer. Der Skinhead sank zu Boden, und der Asphalt färbte sich rot.

Alles war blitzschnell gegangen. Erst jetzt schaltete die Ampel um. Der andere Skinhead hatte seinen Wagen auf der Kreuzung stehengelassen und kam seinem Freund zu Hilfe. Er umklammerte Seth von hinten, so fest er konnte. Aber Seth trampelte weiter mit den Füßen auf sein Opfer ein. Gleichzeitig schlug er mit dem Kopf nach dem Fahrer. Der ließ von Seth ab und hielt sich die blutende Nase. Diesen Augenblick nutzte der Skinhead am Boden und versuchte, unter den Mercedes zu kriechen. Seth zerrte ihn an den Füßen zurück. Ein Hupkonzert hatte eingesetzt, denn der Verkehr staute sich bis zur Ellis Street. Passanten waren stehengeblieben und sahen gelähmt vor Schreck dem Spektakel zu. Seth nahm von alledem nichts wahr. Er befand sich in einem schwarzen Tunnel, in dem grelle, aggressive Lichter aufblitzten. Er hatte jeden Bezug zur Realität verloren.

Der Fahrer stürzte sich wieder verzweifelt auf Seth. »Helft mir doch!« schrie er der gaffenden Menge zu. »Verdammt noch mal! Dieser Wahnsinnige bringt ihn um!«

Der verletzte Skinhead wälzte sich stöhnend vor Schmerz am Boden. Seth hob seine Faust, um ihn fertigzumachen.

Doch die junge Frau war aus ihrem Mercedes ausgestiegen und beugte sich über den Verletzten. Furchtlos sah sie Seth an. Das irritierte ihn in seiner animalischen Wut. »Bitte!« sagte sie ruhig. »Hören Sie auf! Ich weiß, wie die beiden Sie provoziert haben, aber Sie gehen zu weit.« Sie schob einen Pullover unter den Kopf des Verletzten. »Sie bringen ihn ja um!«
Wie von fern drangen ihre Worte langsam in Seth' Bewußtsein. Starr stand er da. Allmählich nahm er die Wirklichkeit wieder wahr. Er sah den blutenden Mann und die gaffende Menge. Dann fühlte er auch seinen Körper wieder. Seine linke Hand schmerzte, und sein Mund war völlig ausgetrocknet. In seinen Schläfen dröhnte das Blut. Sein Hemd war naßgeschwitzt und zerrissen. Er fröstelte, als ihn ein kalter Wind streifte. Als er den Blick zu den Passanten hob, wichen diese erschrocken vor ihm zurück, wie vor einem wilden Tier.
Jetzt erst wurde er sich des Lärms bewußt. Aufgebracht hupten die wartenden Autofahrer. Die junge Frau sprach beruhigend auf den Skinhead ein. Sie hatte dunkle Augen und langes, schwarzes Haar, das sie über ihre Schulter zurückgestrichen hatte, damit es den Verletzten nicht störte.
Genau wie Rosie es getan hätte!
Der andere Skinhead war auf dem Zebrastreifen zusammengesunken. Zwei Passanten gingen zu ihm, um ihm zu helfen. Einige andere bildeten einen Kreis um die dunkelhaarige Frau und den blutenden Mann. Mißtrauisch hielten sie sich von Seth und seinem Auto fern.
Auf der Kreuzung herrschte eine Betriebsamkeit wie nach einem schweren Autounfall. Leute liefen aufgeregt herum. Jemand rief laut nach einem Krankenwagen, ein anderer nach der Polizei. Die meisten Passanten gingen nun weiter, da das Spektakel vorbei war und sie nicht in die Sache verwickelt werden wollten.
Seth machte sich die allgemeine Aufregung zunutze. Er ging zu seinem Auto und fuhr davon.

Als die Polizei kam, hatte sich keiner der Zeugen den Wagentyp gemerkt, geschweige denn das Kennzeichen.

Ein paar Straßenzüge vom Polizeibüro entfernt, parkte Seth seinen lädierten Honda und ließ erschöpft den Kopf auf das Steuerrad sinken. Dann zog er seinen Mantel an, um das zerrissene, blutverschmierte Hemd zu verdecken. Aus dem Handschuhfach nahm er eine gelbe Plastikdose, stieg aus und knallte die Tür so fest hinter sich zu, daß er das Fenster fast zerschmettert hätte. Durch die Wucht verlor er das Gleichgewicht und mußte sich am Auto festhalten. Ein stechender Schmerz fuhr ihm in das Gedärm.
Der Tobsuchtsanfall war zuviel gewesen. Seth haßte sich selbst dafür. Jetzt brauchte er aber einen klaren Kopf. Er stopfte drei Pillen in seinen ausgetrockneten Mund. Dabei zitterte er. Seine linke Hand mußte gebrochen sein, denn sie hing schlaff herab und begann zu schmerzen. Voll Abscheu sah Seth an sich herunter. Dann spuckte er die Pillen in hohem Bogen wieder aus und schleuderte die Dose weit von sich. Die kleinen roten Kugeln rollten die Straße hinunter. Er fand noch ein paar in seiner Manteltasche und warf sie hinterher.
»Was starrst du mich denn so an?« sagte er zu einem Jungen, der ihn neugierig beobachtete.
»Du solltest den guten Stoff nicht einfach so wegwerfen, Mann! Das ist ja die reine Verschwendung!« antwortete der Junge.
»Besser die Drogen wegwerfen als mich selbst, oder?« zischte Seth.

Um zehn hatte er Lev gegen Kaution freibekommen. Zum Glück hatte Seth noch genug von Allyn Friedlanders Vorschuß übrig. Aber er hatte einen üblen Trick anwenden müssen, sonst hätte er keinen Erfolg gehabt. Als er merkte, daß sich die Polizei weigerte, Lev freizulassen, hatte er angedeutet, Levs Frau habe die Verhaftung auf Video aufgenommen.

Als sie endlich auf die Straße traten, war der Himmel aschfahl geworden. Im Norden hatten sich schwarze Wolken bedrohlich aufgetürmt. Ein stürmischer Wind trieb die Wolken zur Stadt. Bald würde es in Strömen gießen.
»Du siehst nicht gut aus, Lev«, meinte Seth, als sie im Auto saßen. Er selbst fühlte sich elender als je zuvor. »Soll ich dich zur Notaufnahme ins Krankenhaus bringen?«
»Nein, es geht schon.«
»Sie haben dich wegen der Barton-Sache verhaftet, nicht wahr.«
Lev kurbelte das Fenster herunter und atmete tief ein. »Die waren viel zu vorsichtig, um sich zu verraten. Nur bei der Verhaftung hat der weiße Bulle mal was angedeutet: Ich sollte besser zu Hause bleiben und nicht so viel herumschnüffeln. Dem habe ich dann ein paar Rippen gebrochen.«
Nun sah Lev seinen Freund genauer an. »Du siehst aber auch nicht so glänzend aus, Cowboy!«
»Ich habe letzte Nacht ein bißchen viel getrunken.«
»Was ist mit deiner Hand?«
»Nichts Ernstes.«
Lev betrachtete ihn eine Weile. »In letzter Zeit trinkst du wie einer, der gerade aus dem Gefängnis entlassen worden ist.«
»Das paßt ja gut«, sagte Seth. »Anderen Moral predigen, aber selbst wegen Kokain verhaftet werden!«
Lev wurde heftig. »Ich dachte, du wolltest noch gestern Simmons' Aussage als offizielle Zeugenaussage abfassen und ihm zur Unterschrift schicken.« Wütend funkelte er Seth mit übernächtigen Augen an. »Statt dessen treibst du dich in Kneipen herum, während ich meinen Kopf hinhalte. Mann, die haben mich halb totgeprügelt.«
»Stimmt!« sagte Seth. »Das muß ich heute unbedingt tun. Am besten bleibe ich gleich in der Stadt und gehe ins Büro. Du kannst mit meinem Auto zu dir nach Hause fahren. Vorher mußt du aber auf jeden Fall erst zu Doc McKuen, damit sie dich

untersucht und ein paar hübsche Fotos macht. Dann können wir die Bullen unter Druck setzen, und du ...«

»Ich kenne mich aus, Cowboy. Ich arbeite auch schon eine Weile in diesem Beruf.«

»Tut mir leid.« Schon wieder entschuldigte sich Seth. »Ich schreibe noch heute die Zeugenaussage, Ehrenwort!«

»Das machst du am besten *sofort*, Cowboy. Mit diesen Burschen ist nicht zu scherzen. Wenn die schon mit mir so was machen können – und ich habe den Zeugen nur aufgetrieben –, was machen die dann erst mit dem Zeugen? Und was dein Auto anbelangt: Mit diesem Ding mag ich nicht fahren. Das ist schrottreif!«

»Seth! Sie sehen ja grauenvoll aus«, meinte Allyn, nachdem er mühsam die Treppen zum Büro hochgekrochen war.

Ramón wich entsetzt zurück, als hätte Seth die Krätze.

»Haben Sie Lev freibekommen?« fragte Allyn.

»Ja. Er ist wieder zu Hause.« Während er heißen Kaffee schlürfte, erzählte er Allyn – leicht geschönt –, was er mit den Skinheads erlebt hatte. Stirnrunzelnd hörte sie zu, empfahl einen Spezialisten für seine verletzte Hand und hielt dann eine Strafpredigt.

»Wie wollen Sie denn die Geschworenen im Gerichtssaal beherrschen, wenn Sie sich selbst nicht beherrschen können?«

Seth sah zur Decke.

»Gut! Ich sage dazu nichts mehr«, meinte Allyn. »Aber ich muß Ihnen noch etwas Unangenehmes mitteilen: Tucker ist gestern an Herzversagen gestorben.«

»Woher wissen Sie das?«

»Er hat eine Tochter. Sie möchte das Erbe antreten und die Klage weiterführen. Das Anwesen soll gerettet werden.«

»Anwesen? Erbe?«

»Na ja! Er hinterläßt ihr die Reste des Motels und die Klage. Ich habe Ramón angewiesen, den Papierkram vorzubereiten.«

»Vielen Dank!« sagte Seth. »Tucker war wirklich ein Pechvogel. Und jetzt kann er noch nicht mal mehr Pech haben.« Dann ging er in sein Büro und nahm sich Mitch Simmons' Aussage vor. Säuberlich tippte er den Text auf ein entsprechendes Formular.

Ich, Mitchell Simmons, gebe hiermit die eidesstattliche Erklärung ab, daß ich im folgenden die reine Wahrheit sage und nichts als die Wahrheit. Ich diene als Corporal in der Luftwaffe der Vereinigten Staaten von Amerika. Zur Zeit arbeite ich im Offiziersclub auf der Symington Air Force Base in New Mexico. Am Abend des 15. Oktober 1992 hatte ich dort Dienst.

Seth hielt kurz inne. Obwohl er in den letzten zwölf Stunden viel Schreckliches erlebt hatte, genoß er die Genugtuung. Er stellte sich vor, wie Treadwell den Brief öffnete und erfahren mußte, daß er die Klage nicht würde abschmettern können.

New Mexico! Da lag der Schlüssel für die Lösung des schier unlösbaren Problems – dort, wo alles begonnen hatte.

• 41 •

SETH NIPPTE AN seinem Cocktail und ließ Elena nicht aus den Augen. Sie las gerade Simmons' Aussage genau durch. Ihre verführerischen Lippen waren halb geöffnet. Sie wußte, daß Seth sie betrachtete, doch sie tat, als bemerkte sie es nicht. Sie saßen nebeneinander auf der Couch in Elenas Wohnzimmer, das großzügig und luxuriös als Wohnlandschaft eingerichtet war.

Lange hatte Seth gezögert, bevor er Elena anrief. Er hatte mit jemandem Treadwells sichere Niederlage feiern wollen. Aber Allyn war momentan nicht in der Stadt, Lev pflegte zu Hause seine Wunden, Rosie war aus seinem Leben verschwunden, und mit Harry Cooper konnte er nichts mehr anfangen. Wenn er mit ihm feiern würde, würden sie sich nur in einer miesen Kneipe sinnlos besaufen.

Deshalb hatte er sich entschlossen, Elena anzurufen und ihr von seinem Erfolg zu berichten. Zu seinem Erstaunen hatte er sie sofort erreicht, und sie lud ihn zu sich ein.

Als er nun neben ihr auf der Couch saß, fühlte er sich nicht wohl in seiner Haut. Elena war für ihn wieder in unerreichbare Ferne gerückt. Nach dem Debakel ihrer letzten sexuellen Begegnung hätte sie wieder nur eine Klientin für ihn sein sollen. Aber das war ihm nicht möglich. Der wahre Grund für seine Angst, seine Nervosität und auch sein Versagen lag tiefer. Allyn hatte es von Anfang an gewußt und ihm auf den Kopf zu gesagt: Er war in Elena verliebt, fühlte sich ihr aber unterlegen.

Elena war bildschön, reich und kultiviert. Er war mit knapper Not dem Bakersfielder Provinzialismus entkommen, hatte es aber nicht geschafft, in der Montgomery Street akzeptiert zu werden. Er war ein gescheiterter, verschuldeter Winkeladvokat in der Mission Street geworden. Er schuftete für ein Trinkgeld in einer Klitsche. Er war eben nicht gut genug für Elena. Er war es nicht wert, daß sie ihm ihre Zuneigung schenkte, geschweige denn ihre Liebe! Aber vielleicht würde sich das ja irgendwann ändern.

Elena pfiff beim Lesen leise durch die Zähne. Sie mußte gerade an der entscheidenden Stelle sein, die besagte, daß Sam die Bar erst um 23.30 verlassen hatte. Sie sah Seth mit einem bezaubernden Lächeln an und beugte sich zu ihm, um ihn auf die Wange zu küssen. Seth spürte ein erregendes Kribbeln. Ihm wurde heiß.

Doch Elena las interessiert und zunehmend kritisch weiter. Eine steile Falte hatte sich auf ihrer Stirn gebildet. Skeptisch überflog sie das Dokument noch einmal. »Können wir denn beweisen, daß Sam den ganzen Abend lang keinen Alkohol getrunken hat?« fragte sie schließlich.

Seth wunderte es nicht, daß sie sofort den schwachen Punkt erkannt hatte.

Noch bevor er antworten konnte, fuhr sie fort: »Da steckt doch noch mehr dahinter, Seth! Bostwick sagte, daß Sam ungefähr um die Zeit *startete*, als er nachweislich noch im Casino war. Da kann doch etwas nicht stimmen.«

Sie überlegte kurz, bevor sie weitersprach. »Weißt du, Sam konnte nicht einfach so losfliegen. Erst mußte er sich umziehen und die X-215A startklar machen. Dann gibt es da ja auch noch den Flugplan, er braucht vom Tower die Starterlaubnis und ...«

»Das sind Mücken«, erwiderte Seth gelassen, »keine Elefanten!«

»Was meinst du damit?«

»Bei jedem Fall gibt es viele solcher Widersprüche. Sie sind keineswegs belanglos, aber auch nicht von entscheidender Bedeutung. Für uns Anwälte sind das Mücken.« Seth schwenkte sein leeres Glas, so daß die Eiswürfel darin klirrten. »Wir hatten einen Elefanten von einem Problem, Elena, weil die Frist abgelaufen war. Dagegen sind alle anderen Probleme Mücken.«

Er hatte ihre Bedenken zunächst zerstreuen können. Doch wie lange ließ sich eine Frau wie Elena ablenken? »Das Wichtigste war, überhaupt eine Verhandlung durchsetzen zu können. Das haben wir geschafft. Jetzt kommt es auf die Geschworenen an. Damit ist alles offen.«

»Oh! Wenn das so ist«, sagte sie erfreut, »dann gibt es für meinen tapferen Helden noch einen Kuß!«

Wieder beugte sie sich zu ihm und küßte ihn auf die andere Wange. Diesmal streichelte ihr Seth über Haar und Gesicht.

Mit großen, fragenden Augen sah sie ihn scheu an. »Seth?« flüsterte sie, als sie ihre Hand auf seine Brust legte. »Was ist mit unserer Abmachung?«

Seth küßte sie auf ihre geschlossenen Lippen. Erst leicht und zögernd, dann heftiger und fordernder. Langsam gab sie nach und öffnete ihre Lippen. Sie schloß ihre Augen, als Seth seine Hand unter ihren Pullover schob. Ganz zärtlich streichelte er ihre nackten Brüste. Elena stöhnte leise auf.

Plötzlich überkam beide eine wilde Leidenschaft. Ihre Küsse

wurden gieriger. Elena preßte sich an ihn und krallte sich mit einer Hand in seinen Rücken. Die andere legte sie zwischen seine Beine, auf seine Erektion.

Seth warf sie auf die Couch, weil er es nicht mehr erwarten konnte. Den Rock zog er hoch, schob ihr Höschen nur beiseite und legte sich auf sie. Selbst als er in sie eindrang, wollte er seine Augen nicht schließen. Er genoß ihren Anblick – ihr feines Gesicht, das doch voll wilder Lust war. Wie schön war sie, wie lebendig, wie stark! Sie krallte ihre Nägel in sein Fleisch, als sie sofort kam. Auch er konnte und wollte es nicht hinauszögern. Ihr Körper zitterte vor Lust, und ihre Augen waren weit offen. Sie sah ihn an und flüsterte: »Seth, Seth! Ich … oh, Seth … liebe … dich, liebe …«

Nun waren sie ganz ruhig. Seth legte seinen Kopf neben ihren auf die Couch. Seit ihrem freundschaftlichen Kuß auf die Wange war kaum eine Minute vergangen.

Seth setzte sich auf. Elena strich ihren Rock glatt und ging nach oben ins Badezimmer. Mit seiner rechten Hand zog Seth umständlich die Hose hoch. Dann stolperte er, etwas benommen, in die Küche, um sich noch einen Whisky zu holen. Er konnte nicht fassen, was eben passiert war. Diese plötzliche wilde Leidenschaft, die Heftigkeit, die Gier! Wie ein Erdbeben war das über sie hereingebrochen. Zum Glück hatte niemand Schaden genommen, jedenfalls noch nicht.

Eine Viertelstunde später kam Elena wieder zu ihm herunter. Sie hatte geduscht und sich umgezogen. Trotzdem wirkte sie verlegen, was überhaupt nicht zu ihr paßte. Aber das machte es Seth leichter. Sie schenkte sich auch einen Whisky ein und setzte sich neben ihn. Ergriffen nahm sie seine Hand und sagte nach einigem Zögern: »Hoffentlich glaubst du nicht …«

»… daß das stimmt, was du vorhin gesagt hast?«

»Nein!« Sie legte ihren Kopf auf seine Schulter. »Das stimmt! Ich liebe dich, Seth! Aber erst müssen wir diesen Fall hinter uns bringen.«

Die Überraschungen nahmen an diesem Tag kein Ende. »Wahrscheinlich hast du recht«, sagte er wenig einfallsreich. Ihre Liebeserklärung war so selbstverständlich und natürlich, daß er damit nicht umgehen konnte.
»Ja! Wir sollten noch warten. Um dich zu lieben, brauche ich meine ganze Kraft. Aber im Augenblick muß ich mich sehr auf diesen Fall konzentrieren.«
»Hoffentlich liegt dieser Alptraum bald hinter uns!« sagte Elena mit einem Seufzer. »In der Zwischenzeit sollten wir weiterhin lieber Distanz halten, sonst falle ich bei jeder Verhandlungsunterbrechung über dich her.«
Trotzdem küßte sie ihn leidenschaftlich auf den Mund, und auch Seth spürte erneut heftige Begierde. Elenas Augen leuchteten tiefgrün, wie Marmor am Grunde des Meeres.
Seth küßte sie. »Wir haben da wohl ein Problem.«
»Ist das nun eine Mücke oder ein Elefant?« fragte sie lachend, nahm ihn bei der Hand und führte ihn hinauf ins Schlafzimmer.

Am nächsten Morgen brachte Seth seinen Honda in eine Werkstatt. Von dort aus nahm er den Bus zur Mission Street. Die Fahrt führte durch das berüchtigte Tenderloin-Viertel, vorbei an verschiedenen Hotels, dann weiter zum *Aunt Pearl's Jam House,* einem beliebten Treffpunkt für Hippies und Yuppies, die abends die Bar bevölkerten. Nun tauchte das *Tea Room Theatre* auf, ein Kino, das ausschließlich Pornofilme zeigte. Auf der Taylor Street standen um diese Zeit schon Obdachlose vor den Armenküchen von St. Anthony und der berühmten Glide-Memorial-Kirche von Cecil Williams Schlange, um ein Essen zu ergattern. In diese trostlose Gegend verirrte sich kein Tourist, und auch die Einwohner San Franciscos machten normalerweise einen großen Bogen, weil man immer in Gefahr war, Opfer einer Verzweiflungstat zu werden. Jederzeit konnte man ausgeraubt werden, oder es warf sich einer der Obdachlosen in sei-

ner Not vor ein Auto, um die Entschädigung von der Versicherung zu kassieren. Tenderloin ist das Stadtviertel San Franciscos, in dem alle Träume sterben.
Andere Stadtviertel hatten sich in den letzten Jahren sehr verändert. So war aus Haight-Ashbury, durch das Seth nun kam, ein bürgerlicher Wohn- und Geschäftsbereich geworden. In den Siebzigern war Haight-Ashbury das Zentrum der sexuellen Revolution, des freien Drogenkonsums und der modernen Popmusik gewesen. Mittlerweile waren brave Bürger in die Häuser gezogen, und es war einfacher, gute Sportschuhe zu kaufen als LSD. Früher hatte es hier Badehäuser für Homosexuelle gegeben. An der Ecke Howard und Eighth Street hatte sich das letzte noch einige Zeit gehalten, nachdem bereits alle anderen geschlossen hatten. Nun war daraus ein Obdachlosenheim der Episcopal Sanctuary geworden, in dem Homosexualität verboten war …
In der Market Street stieg Seth aus und wühlte sich durch das Gedränge der Menschen zur Mission Street. Auch diese Gegend veränderte schon wieder ihr Gesicht. Im östlichen Bereich der Mission Street waren luxuriöse Hochhäuser entstanden, in denen sich bereits angesehene Kanzleien etabliert hatten. Eigentlich war es schon keine Schande mehr, ein Büro in der Mission Street zu haben. Das war Anthony Treadwell wohl bisher entgangen.
»Die Königinmutter ist außer Haus«, sagte Ramón, als Seth das Büro betrat. »Sie mußte nach Oakland zu einer Verhandlung. Ich soll Sie daran erinnern, daß Sie um Punkt 10.00 Uhr bei der Lopez-Anhörung sein müssen. Die Akte liegt auf Ihrem Tisch ganz oben.«
Es war 9.10. Mit dem Bus brauchte Seth eine Viertelstunde bis zur City Hall. Diese Zeit konnte er nutzen, um seine Argumentation zu durchdenken. Aber er brauchte hier im Büro noch etwa eine Viertelstunde, um sich die Akte anzusehen. Also konnte er noch schnell bei Alan Millstein anrufen.
Zum Glück war Millstein sofort am Apparat. »Hallo, Seth! Alles

läuft bestens. Ich war gestern abend noch einmal im Labor. Das Kabelgeschirr zeigt schon erste Verschleißerscheinungen. Es ist wie im Lehrbuch. An einer kleinen, ovalen Stelle wird das Geschirr brüchig.« Millstein hielt kurz inne, um an der Zigarette zu ziehen. »Wir haben es bald geschafft! Verstehen Sie: Der Schlauch ist bald kaputt! Das kann jeden Augenblick passieren. Dann geht der Spaß erst richtig los. Das müssen wir feiern, kaufen Sie schon mal die Marshmallows für die Party ein.«
»Glauben Sie, daß es einen Kurzschluß geben wird? Ich will Funken sprühen sehen!«
»Sie haben sich wohl die Abschlußfeier der Olympischen Spiele von Los Angeles zu lange angesehen? So ein Feuerwerk kriegen Sie nicht!«
»Ich wäre schon mit einem kleinen Fünkchen zufrieden. Wann, glauben Sie, wird es dazu kommen, falls wir überhaupt soviel Glück haben?«
»Schwer zu sagen! Vielleicht morgen, vielleicht aber auch erst nächstes Jahr.«
»Die Verhandlung beginnt in wenigen Wochen. Deswegen machen wir ja den ganzen Spaß, Alan. Haben Sie das vergessen?«
»Das war nur ein dummer Witz. Machen Sie sich keine Sorgen. Wenn wir das Ding kaputt haben, kommt es auch zum Kurzschluß. Das kann, wie gesagt, jeden Augenblick passieren. Drücken Sie uns die Daumen!«
Erleichtert legte Seth auf. Seit Monaten hatte er sich nicht mehr so gut gefühlt. Obwohl er wenig geschlafen hatte, war er voll Kraft und Energie. Und das ohne rote Pillen! In seinem Kopf jedoch herrschte das Chaos. Zu viel war auf ihn eingeströmt, was er in der kurzen Zeit nicht hatte verarbeiten können. Nun überschlugen sich seine Gedanken: Wo ist nur diese Lopez-Akte? Ich muß unbedingt meine Argumentation für die Verhandlung entwerfen, damit ich Treadwells Antrag abschmettern kann. Simmons' Zeugenaussage müßte heute unterschrieben zurückkommen. Ich habe sie ihm per Expreß geschickt. Heute abend arbei-

te ich das Kreuzverhör mit Daimler aus. Aber ich würde Elena so gern sehen. Sie sagte, sie sei so einsam wie ich. Sie war seit Sams Tod mit keinem Mann zusammen. Ich bin der erste und einzige! Das erklärt, warum mein Rücken so schrecklich verkratzt ist. Wenn ich den Schriftkram schnell erledige, kann ich sie heute abend noch sehen. Auf dem Weg zu ihr kann ich auch bei Lev vorbeifahren. Vielleicht kann ich ihm etwas besorgen. Barbara wird wütend sein, weil ich ihn in die Sache hineingezogen habe. Am besten bringe ich ihr Blumen mit. Ach, dann kann ich auch gleich einen Strauß an Elena schicken.

Nach der Anhörung in der City Hall raste Seth die Treppe zu seinem Büro hoch. Ramón stand schon in der Tür und empfing ihn mit einem strahlenden Lächeln. »Ist es das, was Ihr Herz begehrt?« fragte er und wedelte mit einem Brief in der Luft.

Seth rannte in sein Büro. Mit fliegenden Händen riß er den Umschlag auf, zog hastig das Dokument heraus: Nichts! Keine Unterschrift!

Sein Herz klopfte heftig, und seine Beine gaben nach. Er sank auf den Stuhl und zwang sich, ruhig durchzuatmen. Dann erst sah er, daß dem Dokument ein Schreiben der Symington Air Force Base beigefügt war.

In diesem Brief teilte ihm ein Offizier das »völlig unerwartete Ableben« des Corporals Mitchell Simmons mit, weshalb ihm das Dokument leider unsigniert zurückgeschickt werden müsse. Für die möglicherweise entstandenen Unannehmlichkeiten entschuldigte sich der Schreiber. Zur Erklärung des tragischen Todesfalles verwies er auf den beiliegenden Zeitungsartikel.

CORPORAL DER LUFTWAFFE STÜRZT IN DEN TOD

Heute morgen fanden Angestellte des Albuquerque Continental Hotel *die Leiche des Corporals der Luftwaffe Mitchell Joe Simmons. Der Verstorbene hatte sich ein Zimmer im vierzehnten Stock gemietet und war von dort aus dem Fenster gefallen. Ob er Selbstmord begangen hat oder ob ein tragischer Unfall vorliegt, ist noch nicht geklärt.*

Simmons war auf der nahe gelegenen Symington Air Force Base stationiert und sollte im August entlassen werden. Gestern hatte Simmons telefonisch ein Zimmer im Continental *bestellt. Weitere Einzelheiten sind nicht bekannt. Nach Aussage eines Freundes litt Simmons in letzter Zeit an Depressionen. Die Autopsie ergab, daß Simmons vor dem Sturz erheblich unter Alkohol stand. Die Familie Everett Simmons aus Moultrie in Georgia ist über den plötzlichen Tod erschüttert. Obwohl die näheren Umstände nicht geklärt sind, wird Corporal Simmons mit allen militärischen Ehren beerdigt, wie ein Sprecher der Symington Air Force Base der* Times *mitteilte.*

• 42 •

IM ZWEITEN STOCK der Mission Street 618 gab es an diesem späten Nachmittag ein Firmentreffen der Kanzlei Friedlander. Allyn und Seth saßen nach Büroschluß noch im düsteren Büro beisammen und tranken Kaffee, den sie mit einem Schuß Brandy verfeinerten. Von der Straße drang Stimmengewirr herauf, als das Kaufhaus nebenan seine Türen schloß und sich die Angestellten eilig auf den Weg machten. Allmählich verloren sich die Stimmen in der Ferne. Im Haus roch es nach gebratenem Hühnchen. Die Avon-Vertreterin, die im dritten Stock wohnte und sie regelmäßig mit neuen Zahnbürsten versorgte, bereitete offenbar das Abendessen zu.

»So«, brummte Allyn, »jetzt haben Sie auch noch mit dem Rauchen angefangen. Als ob Sie nicht schon genug Laster hätten!«

»Nur bis der schlimmste Streß vorbei ist, dann höre ich wieder auf«, antwortete Seth müde. »Im Augenblick habe ich keine Selbstdisziplin. Und ich habe auch nicht die geringste Hoffnung, daß ich den Barton-Fall zur Verhandlung bringen kann.«

»Können Sie nicht einen außergerichtlichen Vergleich herausschlagen?«

»Möglich. Vielleicht geht Treadwell darauf ein. Wenn er nicht weiß, wie schlecht unsere Karten sind, rückt er eventuell eine annehmbare Summe heraus.«

»Sagte er nicht, daß er mit Ihnen keine Kompromisse schließt?«

»Ja.«

»Glauben Sie, er hält sich daran?«

»Schon möglich, daß er ausnahmsweise mal sein Wort hält.«

Schweigend saßen sie im Zwielicht und rauchten. Ramón war schon nach Hause gegangen.

»Wie ging es denn gestern mit Bostwick? Haben Sie bei seiner Befragung etwas erreichen können?« fragte Allyn in die Stille.

»Er leugnet alles ab. Wie ein Papagei plappert er das nach, was ihm die Air Force vorschreibt. Danach ist Sam am 15. Oktober um 22.30 Uhr abgestürzt. Bostwick streitet rundweg ab, Lev und mir jemals etwas anderes erzählt zu haben.«

»Kann ich gut verstehen. Jeder, der die Wahrheit sagen will, wird kurzerhand ins Jenseits befördert.«

»Genau deshalb müßte er reden!«

»Wie geht es denn Leviticus?«

Seth' Trick mit der angeblichen Videoaufnahme war schnell durchschaut worden, und Lev war wegen Kokainbesitzes und Widerstands gegen die Staatsgewalt angeklagt worden. Die Gerichtsverhandlung sollte erst in einem Monat sein, und als Kaution wurde die unverhältnismäßig hohe Summe von 20 000 Dollar verlangt.

»Er ist frei und arbeitet wieder. Das haben wir Ihnen und Ihrem schier unerschöpflichen Konto zu verdanken«, antwortete Seth. »Er will heute abend noch hier vorbeikommen, um seinen Anwalt zu konsultieren.«

»Und wer, bitte schön, ist das?« fragte Allyn boshaft. »Sie haben doch keine Ahnung vom Strafprozeßrecht!«

»Deswegen hoffen wir ja, daß *Sie* seine Verteidigung übernehmen.«

»Zum Glück halten Sie da wenigstens Ihre Finger raus!« Ächzend schwang sie ein dickes, schwarz bestrumpftes Bein auf den Schreibtisch und sagte: »Sicher mache ich das. Es sieht aber so aus, als hätten Sie bald viel Zeit, um mir dabei zu helfen. Nächste Woche kriegt Treadwell seinen Antrag durch, Ihre Klage wird abgeschmettert, und Sie sind endlich wieder greifbar für mich!«

Stumm trank Seth seinen angereicherten Kaffee und rauchte. Von dem ungewohnten Nikotin wurde ihm schwindlig, aber das kümmerte ihn nicht.

»Wirklich sehr schade, daß Simmons die Zeugenaussage nicht mehr unterschreiben konnte!« meinte Allyn nach einer Weile. »Ich war nämlich auch schon einen Schritt weitergekommen. Heute hat mir unser spezieller Freund von der Steuerfahndung zwei große Kisten zugeschickt. Ich habe im Namen der Aktionäre den Antrag gestellt, im Vorfeld der Verhandlung Einblick in die konfiszierten TDA-Unterlagen nehmen zu dürfen. Jetzt sind sie gekommen.«

Allyn zündete sich eine Zigarre an und schenkte sich noch eine Tasse Kaffee ein. Als sie die Flasche Brandy öffnete, hielt sie inne und lauschte in die Stille. Im Treppenhaus knarzten kaum hörbar die alten Holzdielen. »Das muß Lev sein«, sagte sie nach kurzer Überlegung.

»Nein. Levs Schritte klingen anders.« Seth stand beunruhigt auf. »Haben Sie eine Waffe?«

»Aber nein! Sonst hätte ich Ramón schon vor Jahren erschossen! Wieso fragen Sie?«

»Weil alle Leute, die mit diesem Fall zu tun haben, wie die Fliegen sterben.«

»Hallo? Ist hier jemand?« rief eine Männerstimme vor der Tür.

»Verdammt!« flüsterte Seth nervös.

Langsam öffnete sich die Tür, und ein bleiches Gesicht lugte herein. »Hallo, ihr zwei!«

»Hallo, Harry!« keuchte Seth. »Allyn, darf ich vorstellen: Das ist Harry Cooper. Ich habe Ihnen von ihm erzählt.«

Allyn begrüßte ihn und fragte: »Wie geht's denn so bei der Konkurrenz?«
»M & M? Immer der gleiche Ärger, Allyn!« Harry hatte sofort den Brandy gesehen. »Habt ihr eine Tasse Kaffee für mich übrig?«
»Bitte, bedienen Sie sich!«
Harry goß großzügig Brandy in ein paar Tropfen Kaffee. Dann unterhielten sie sich eine Weile über das Wetter und andere Belanglosigkeiten. Um das Thema ConSpace machten sie einen großen Bogen. Endlich kam Harry auf den Anlaß seines Kommens zu sprechen. Er mußte in einem wichtigen Fall für einen bedeutenden Klienten bis morgen früh eine Klageerwiderung fertiggestellt haben.
Seth wußte: Wenn Harry zu ihm kam, wollte er nur eines.
»Könntest du mir nicht helfen, Seth? Dann schaffe ich es noch.«
»Das darf doch nicht dein Ernst sein, Harry!« schnaubte Seth fassungslos. »Du bist jetzt Teilhaber, und bei euch hocken lauter Klugscheißer herum, für die ich ein Versager bin. Da kommst du zu mir?«
»So darfst du das nicht sehen, Seth. Mein Mitarbeiter kommt mit der Sache nicht zurecht. Na ja, und ich war in letzter Zeit viel auf Reisen. Außerdem – hmmm – ging es mir nicht so besonders gut. Ich bringe nichts Vernünftiges zustande. Und jetzt bin ich furchtbar im Zeitdruck … Aber wenn wir beide wieder so wie in den alten Zeiten zusammenarbeiten, dann …«
»Tut mir leid, Harry, aber ich stecke selbst bis zum Hals in Arbeit.«
»Seth, du begreifst mich nicht. Für mich steht alles auf dem Spiel.« Nervös war Harry aufgesprungen und goß sich die Tasse voll Brandy. Auf den Schuß Kaffee verzichtete er diesmal. »Ich bezahle dich für die Arbeit, verstehst du? Ich bezahle dir dein Honorar.« Hilfesuchend wandte er sich an Allyn, doch die sah scheinbar unbeteiligt zum Fenster hinaus.

»Ich will deine Hilfe ja nicht umsonst!« Hastig stürzte Harry den Brandy hinunter. »Sag mir, was du dafür haben willst. Ich zahle dir auch das Doppelte. Darauf kommt es mir nicht an.«
Nun stand auch Seth auf. Er nahm Harry die Tasse aus der Hand und sagte entschieden: »Nein! Hör mir gut zu, mein Freund. Erstens habe ich dir bereits das letztemal gesagt, daß ich dir nie wieder helfen werde. Das war eine feste Abmachung. Zweitens bitte ich niemals jemanden um Hilfe. Drittens brauchst du keine Nachhilfe in Jura, sondern einen Arzt, mein Freund. So – Allyn und ich haben heute noch viel zu tun, also wäre es besser, wenn …«
»… ich so schnell wie möglich verschwinde. Weißt du, was du mir antust? Morgen kann ich zu Treadwell gehen und ihm sagen, daß ich am Ende bin. Dann bin ich die längste Zeit Teilhaber bei M & M gewesen.«
»Harry!« sagte Allyn mütterlich. »Warum versuchen Sie nicht, die Anhörung zu verschieben?«
»Meine Gegner sind Caldwell & Shaw. Mehr muß ich ja wohl nicht sagen«, sagte Harry verärgert.
»Sie werden es doch schaffen, eine Vertagung durchzusetzen!« meinte Allyn ruhig.
»Sparen Sie sich Ihre unpassenden Ratschläge! Ich bin doch kein Anfänger! Ich habe die Anhörung schon zweimal verschoben!« brüllte Harry sie unbeherrscht an.
»Jetzt reicht es aber, Harry!« rief Seth. »Du gehst besser, und zwar auf der Stelle!«
»Das, alter Freund, vergesse ich dir nie!« Empört trampelte Harry die Stufen herunter und schlug die Haustür hinter sich zu.
»Dem geht es ziemlich schlecht«, meinte Allyn trocken.
»Das weiße Zeug auf seiner Krawatte war kein Puder, Allyn!«
»Ach ja?« sagte Allyn. »Und rote Pillen sind kein Aspirin!«
Seth fühlte sich getroffen. »Ich nehme nichts mehr, Allyn. Außerdem gibt es da einen entscheidenden Unterschied: Ich

habe das Zeug genommen, um im Spiel zu bleiben. Harry nimmt Koks, um der Wirklichkeit zu entfliehen.«
»Ich verstehe schon, was Sie meinen, aber …«
»Überschätzen Sie den Burschen nicht! Harry ist kein Genie, das tragisch an Drogen zugrunde geht. Er ist mit seiner Arbeit überfordert.«
»Mag sein! Aber Sie sind ziemlich grob zu ihm gewesen.«
Wütend antwortete Seth: »Das ist eine alte Geschichte!« Er ging in sein Büro, um sich etwas zu beruhigen, und setzte sich an seinen Schreibtisch. Grimmig starrte er auf das Diktaphon. Jetzt sollte er eigentlich seine Klageschrift fertigstellen, die er morgen bei Gericht einreichen mußte. Er zermarterte sich den Kopf, wie er die Katastrophe abwenden könnte. Ihm fiel nichts mehr ein.
Er hatte Elena schon am Nachmittag mitgeteilt, daß sie keine Aussicht auf Erfolg mehr hatten.
»Dir fällt schon noch was ein, davon bin ich überzeugt«, hatte sie aufmunternd zu ihm gesagt.
Elena half ihm also nicht, sondern übte nur noch mehr Druck auf ihn aus. Diese unerwartete Reaktion hatte ihn verärgert. Entsprechend kühl hatten sie sich auch verabschiedet. Seinen Ärger hatte er dann an der unsignierten Zeugenaussage ausgelassen: In tausend Fetzen zerrissen, lag sie im Papierkorb.
Plötzlich knarzte es wieder auf der Treppe. Diesmal war Seth für die Ablenkung dankbar. Als er aufsah, stand in der Tür die massige Gestalt von Leviticus Heywood.
»Ich brauche einen Anwalt. Haben Sie etwas Zeit für mich?«
»Kommt drauf an. Bist du ein Drogenfreak? Du siehst jedenfalls so aus.«
»Ich glaube, ich gehe lieber gleich zu Miller & McGrath. Die sollen sich um ihre Mandanten kümmern«, sagte Lev grinsend. Dann lümmelte er sich auf den wackeligen Stuhl, der gefährlich quietschte, und rieb sich nervös die Hände. »Ich habe eben gehört, was mit Simmons passiert ist.« Lev fuhr mit seiner

kräftigen Hand über sein Gesicht. »Ich fühle mich, als hätte ich den Jungen sein Todesurteil unterschreiben lassen.«

Das war leider nur zu wahr. Seth fiel nichts ein, womit er Lev hätte trösten können. »Er hat sich selbst um Kopf und Kragen geredet«, sagte er wenig überzeugend. »Du hast ihm nur zugehört.«

Lev knurrte verächtlich.

Plötzlich steckte Allyn ihren Kopf zur Tür herein und schlug vor, sie sollten in ihr Büro kommen. Dort hätten sie alle drei genug Platz zum Sitzen und könnten sich gemütlich unterhalten.

»Wie wär's denn mit meinem Schoß?« bot ihr Lev grinsend an.

»Danke für das verlockende Angebot!« sagte sie und blinzelte Seth zu. »Aber solange ich Ihr Anwalt bin, sollten wir Zärtlichkeiten vermeiden. Das verstößt gegen das Berufsethos.«

»Ihr Juden seid doch alle gleich. Ihr könnt uns Schwarze einfach nicht leiden«, witzelte Lev.

Lachend gingen sie in Allyns Büro. Dort konzipierten sie zunächst Levs Verteidigung. Dann beugte sich Allyn zu Seth und gab ihm einige Papiere.

Als Seth die drei Seiten überflogen hatte, starrte er Allyn mit brennenden Augen an. »Wo haben Sie das gefunden?«

»Ich konnte meine Neugierde nicht bezähmen und habe in den Kisten gewühlt, die uns die Steuerfahndung geschickt hat. Ich wußte nicht, ob ich es Ihnen überhaupt zeigen soll.«

»Was ist denn los?« fragte Lev verwundert.

Seth zeigte ihm die Blätter. »Das sieht aus wie eine interne Mitteilung der Firma ConSpace. Und sieh mal, was hier auf der zweiten Seite steht:

Im TDA-System werden drei verschiedene Bauelemente miteinander verbunden. Die Pilotenkanzel ist aus dem üblichen hitzebeständigen Plexiglas (bis zu 260 Grad Celsius). Die Mechanik im Cockpit wurde von Austin installiert, und die elektronische Anlage stammt von Stellar-

Elektronik. Im Augenblick stehen wir vor dem Problem, daß die Stellar-Elektronik nicht mit der Austin-Mechanik kompatibel zu sein scheint. Beim Öffnen und Schließen der Pilotenkanzel wird der Kabelbaum unverhältnismäßig stark strapaziert, so daß das Material schnell ermüdet. Der Schutzmantel der Elektronik wird so nach relativ kurzer Zeit durchgescheuert.

»Daimler hatte also recht!«
»Hier hat jemand am Rand handschriftliche Notizen gemacht.« Seth zündete sich mit zitternder Hand eine Zigarette an. »Das könnte jemand von der Steuerfahndung gewesen sein.« Er las vor: »Warum hat ConSpace das TDA-System übernommen? Druck? Zeitnot? Politische Gründe? Steckt der Pater dahinter?«
»Das ist ja großartig!« rief Lev. »Warum macht ihr denn so lange Gesichter? Ach, so – die Verjährung! Ich kapiere nun mal nicht so schnell.«
Nun starrten alle drei trübsinnig auf ihre Tassen. Draußen heulte die Sirene eines Krankenwagens. Seth konnte jetzt keinen Lärm vertragen, so nervös war er. Er stand auf und schloß das Fenster.
»Wann mußt du deine Klageschrift bei Gericht einreichen?«
»Morgen.« Seth goß diesmal etwas mehr Brandy in seinen Kaffee.
»Ich habe meinen Kragen riskiert, um diesen Zeugen aufzutreiben«, sagte Lev.
»Sie haben gute Arbeit geleistet, Lev«, antwortete Allyn.
»Ich sehe den Jungen noch vor mir!« Lev war zutiefst erschüttert. »Das war ein guter Typ, klug und lustig! Mein Gott, er war noch so jung. Was für ein sinnloser Tod!«
Entschlossen warf Seth seine Zigarette in den Aschenbecher und sprang auf. »Vielleicht war sein Tod doch nicht sinnlos.«
»Was meinen Sie damit?« fragte Allyn.
»Wir können von Simmons keine offizielle Zeugenaussage mehr bekommen. Aber wir können dem Richter statt dessen

seine erste Aussage vorlegen, die hat er ja unterschrieben. Zudem bestätigt uns Lev mit einer eidesstattlichen Versicherung, daß Simmons' Aussage korrekt ist.«
»Das wird nie als Beweis anerkannt!« meinte Allyn skeptisch.
»Das wird bei einer Verhandlung nicht als Beweis anerkannt. Aber hier geht es erst einmal um die Anhörung. Wir müssen dem Richter klarmachen, vor welchen Problemen wir stehen. Das könnte uns schon gelingen.«
»Zum Teufel!« rief Lev aufgeregt. »Wir müssen es in jedem Fall versuchen. Ich bin zwar schon mit einem Bein im Gefängnis, aber ich unterschreibe alles, was du mir vorlegst. Wenn es nur etwas nützt!«

• 43 •

»**DIE KLAGEERWIDERUNG DIESES** Mr. Cameron ist eine Beleidigung für das Gericht, Euer Ehren!« donnerte Anthony Treadwell. Kaum hatte Seth seinen Vortrag beendet, war Treadwell erregt aufgesprungen. »Ich beantrage, daß die Aussage des Mr. Heywood als Beweismittel nicht zugelassen wird, denn der Zeuge Simmons selbst konnte nicht ordnungsgemäß befragt werden. Damit ist es nur Hörensagen. Und das soll nun durch weiteres Hörensagen vermauschelt werden. Das ist unseriös!«
Treadwell dagegen machte einen sehr seriösen Eindruck. Er war teuer und elegant gekleidet, ein Gianfranco-Zweireiher, ein Hemd von Borrelli und eine Hermès-Krawatte mit passendem Einstecktuch. Selbst wenn sich Treadwell nicht wütend in Szene setzte, war er eine imposante Erscheinung. Er war eben eine starke Persönlichkeit – und Seth beneidete ihn darum, obwohl er den Mann so haßte.
Richter Singer schob seine Brille von der Nase auf die Stirn und sah stirnrunzelnd zu Seth hinunter. »Mr. Cameron! Prinzipiell

neige ich dazu, Fälle zur Verhandlung zuzulassen. Aber in diesem Fall muß ich Mr. Treadwell zustimmen. Ehrlich gesagt: Ich verstehe Ihr Anliegen nicht. Es macht keinen Sinn!«
»Dann werde ich mich deutlicher ausdrücken, Euer Ehren!« Seth stand auf. Auch er hatte sich in Schale geworfen. Im Schlußverkauf hatte er immerhin eine Brioni-Hose günstig erstehen können. »Ich fürchte, im Augenblick geht es uns wie Schiffen im Nebel, deren Wege sich unbemerkt kreuzen.«
»Kann schon sein«, erwiderte der Richter freundlich. »Allerdings fährt mein Schiff zum Hafen, während das Ihre Kurs auf offene See nimmt.«
»Vorhin hatte ich ja schon darauf hingewiesen, daß Mr. Heywoods Aussage eben nicht als Hörensagen gewertet werden darf. Meine Partei muß nachweisen, daß Sam Barton in den frühen Morgenstunden des 16. Oktober abstürzte und nicht in der Nacht des 15. Oktober. Mr. Heywood hat den Zeugen Simmons dazu vernommen, der das bestätigt hat. Heywoods Aussage ist ordnungsgemäß zu Protokoll genommen worden und muß somit als beweiskräftig gelten. Außerdem hat Simmons seine eigene Aussage unterschrieben. Diese Aussage konnte nur nicht mehr als offizielle Zeugenaussage abgefaßt werden.«
Unwillig rieb der Richter seine angestrengten Augen. »Das ist wohl dieses Schriftstück, das Sie beigefügt haben und das Mr. Treadwell in helle Aufregung versetzt.«
»Das ist eben nicht das alleinige Beweismittel, Euer Ehren.« Seth wich dem prüfenden Blick des Richters nicht aus. »Simmons' Erklärung ist nur ein Teil davon. Mr. Heywood hat die eidesstattliche Versicherung abgegeben, daß Corporal Simmons ihm gegenüber die Ihnen vorliegende Aussage über die fragliche Absturzzeit gemacht hat. Diese Aussage hat Simmons auch persönlich unterzeichnet. Und für die Richtigkeit dieser Aussage verbürgt sich ein ordnungsgemäß zugelassener Privatdetektiv.«
Treadwell kicherte boshaft und wedelte triumphierend mit ei-

nem Dokument in der Luft herum. »Genau, Euer Ehren! Das ist ja das Empörende. Gegen diesen sogenannten Privatdetektiv ist vor kurzem selbst Klage erhoben worden, und zwar wegen Kokainbesitzes und Widerstand bei der Verhaftung! Das können Sie überprüfen. Hier habe ich eine beglaubigte Abschrift der Anklage.«
»Einspruch, Euer Ehren!« rief Seth nervös. »Die Gegenpartei darf diese Beschuldigungen gegen den Zeugen nicht mehr verwenden. Sie hätte vor der Anhörung darauf aufmerksam machen müssen. Da lag aber gegen Mr. Heywood nichts vor. Ich habe diese Anklage noch nie gesehen!«
Doch Richter Singer las das Schreiben bereits durch. Treadwell warf Seth einen höhnischen Blick zu: »Sie wollen doch wohl nicht etwa behaupten, daß Sie von der Sache nichts wissen, Sie Unschuldsengel. Ihre Kanzlei hat doch die Verteidigung des Beschuldigten übernommen.«
Jedes Wort, das Seth jetzt zu Treadwell sagen würde, mußte ihm eine saftige Geldstrafe wegen Beleidigung einbringen. Deshalb beschränkte er sich auf giftige Blicke.
»Stimmt das, Mr. Cameron?« Der Richter legte die Anklageschrift zur Seite, nachdem er sie genauestens durchgelesen hatte. »Hat Ihre Kanzlei die Verteidigung des Beschuldigten, Mr. Heywood, übernommen? Ihm droht ja wohl ein Strafprozeß.«
»Ja, Euer Ehren, das stimmt schon, aber ...«
»Schon gut, Mr. Cameron.« Richter Singer nahm seine Brille ab und musterte Seth. »Mich erfüllt es mit größter Skepsis, wenn solche Verfahren nicht sauber getrennt werden. Das weckt den Verdacht, daß Sie dem Zeugen nicht unvoreingenommen gegenüberstehen oder ihn unrechtmäßig unter Druck setzen können. Aber das zu beurteilen ist im Moment nicht meine Aufgabe. Im Prinzip gibt es gegen die Zeugenaussage des Mr. Heywood keine Einwände. Somit wird Mr. Treadwells Antrag auf Abweisung der Klage abgelehnt.«
Der Richter bedachte Treadwell mit einem entschuldigenden

Lächeln und fuhr fort: »Ich mache das allerdings höchst ungern, Mr. Cameron! Und ich warne Sie: Mit diesem Firlefanz kommen Sie nur an der Anhörung vorbei. Denn meiner Meinung nach sollten Streitigkeiten besser in einer Verhandlung geklärt werden. Wenn Sie aber bis zur Verhandlung nicht hieb- und stichfest beweisen können, daß Barton erst am 16. Oktober verstarb, dann ist Ihre Klage gestorben. Bei der Verhandlung gelten andere Richtlinien, da können Sie nicht mit so windigen Beweismitteln auftreten. Also – entweder liefern Sie uns in vier Wochen einen eindeutigen Beweis, oder Ihre Klage wird abgewiesen!« Richter Singer zog sich grußlos in sein Amtszimmer zurück.

Verdrossen warf Treadwell seine Unterlagen in die Aktentasche und ging zur Schwingtür des Holzgeländers zwischen Zuschauerraum und Verhandlungsbereich. Kurz davor blieb er stehen und sagte zornig: »Sie müssen doch noch einen anderen einigermaßen zahlungskräftigen Mandanten haben, dem Sie das Geld aus der Tasche ziehen können, Cameron. Mittlerweile hat es sich überall herumgesprochen, daß Ihr Fall gestorben ist. Nur Sie wollen es noch nicht einsehen. Sie glauben doch nicht etwa, daß Richter Singer diese haarsträubende Geschichte an ein Geschworenengericht weitergibt? Dazu wird es mit Sicherheit nicht kommen. Geben Sie doch endlich auf! Vielleicht kann ich für Sie immerhin 20 000 oder 30 000 Dollar herausschlagen.«

Seth ließ seinen Aktenkoffer zuschnappen. »Wenn Sie noch eine Null dranhängen, können wir darüber reden.«

»Irrtum, Cameron! Das ist und bleibt mein einziges Angebot. ConSpace wird keinen öffentlichen Skandal riskieren und auf Ihre Erpressung eingehen. Mein Mandant ist lediglich bereit, Ihnen eine kleine Abfindung zu zahlen, damit Sie uns nicht länger belästigen. Machen Sie sich keine falschen Vorstellungen. Bei meinem Honorar sind sie dagegen sehr großzügig. Mir zahlen sie, wenn es sein muß, Millionen. Dafür muß ich nur verhindern, daß Sie Ihren Blödsinn vor einem Haufen sentimentaler Schwachköpfe, wie wir so im allgemeinen Geschworene bezeichnen, breittreten dürfen.«

»Sie haben sicher nichts dagegen, viel Geld zu verdienen.«

»Sie haben es immer noch nicht begriffen!« Wütend knallte er seine Tasche vor Seth auf den Tisch. »Diese Leute sind ...« Mitten im Satz hielt Treadwell inne. Hinter seiner Wut war Verzweiflung zu spüren. »... Ich möchte es mal so ausdrücken, Cameron – wie Sie damit umgehen, ist Ihre Angelegenheit: Ich werde unter Druck gesetzt, damit ich gewinne. Das ist aber nichts im Vergleich zu dem Druck, den diese Leute auf Sie ausüben werden, damit Sie verlieren.«

»Was Sie nicht sagen!« erwiderte Seth zynisch.

»Ja, ich möchte Sie warnen!« sagte Treadwell. »Und ich wünschte bei Gott, Sie würden mich ernst nehmen, solange es noch nicht zu spät ist.«

Wieder war es Treadwell gelungen, Seth zu verunsichern. Vor allem die Verzweiflung, die sich hinter Treadwells Worten verbarg, ging ihm unter die Haut. Wieder fühlte er den bekannten Schmerz in seinem Magen brennen. Schweigend standen sich die beiden Männer im leeren Gerichtssaal gegenüber.

»Wer sind diese Leute, Mr. Treadwell? Ich kenne sie nicht, aber Sie scheinen sie zu kennen. Richten Sie ihnen bitte einen schönen Gruß von mir aus, und sagen Sie ihnen, daß sie sich zum Teufel scheren sollen.«

Fassungslos schüttelte Treadwell den Kopf und nahm seine Tasche, um zu gehen. »Sie sind kindisch, Cameron.«

»Unsere Unterhaltung ist ungeheuer interessant.«

»Haben Sie noch etwas zu meinem Angebot zu sagen?«

»Nein! Aber ich habe noch eine Frage: Wieso wußten Sie von Heywoods Verhaftung?«

Treadwell öffnete mit einer Hand die Schwingtür des Geländers. Da packte ihn Seth energisch am Arm. »Sie kannten viel-

leicht schon den Plan? Stecken Sie hinter der ganzen Sache, Treadwell? Sind Sie der Drahtzieher?«
Treadwell schnaubte höhnisch, als er sich aus Seth' Griff winden wollte. »Ihnen geht jedes Feingefühl ab, Cameron, und Sie sind so naiv wie Don Quichotte. Sie sollten Ihren Lebensunterhalt besser in Bakersfield verdienen. Und ich werde dafür sorgen, daß Sie wieder in Ihr Provinznest zurückkehren! Das verspreche ich Ihnen!«
Seth hielt Treadwell eisern fest. »Tun Sie, was Sie nicht lassen können! Aber wehe Ihnen, wenn ich herausfinde, daß Sie schon vor der Verhaftung über die Polizeiaktion Bescheid wußten!«
Treadwell riß sich los und stürmte aus dem Saal. Die Schwingtür knallte gegen Seth' Bein, aber er merkte es nicht. Er wußte nur, daß er ein Gefecht gewonnen hatte: Es würde zur Verhandlung kommen.
Jetzt brauchte er nur noch einen stichfesten Beweis!

»Jetzt brauchen Sie nur noch einen stichfesten Beweis«, war Allyns Kommentar, nachdem er ihr die frohe Botschaft überbracht hatte. »Ich wette, Treadwell war stinkesauer.«
Nun erzählte Seth alles haargenau. Aber er verschwieg Treadwells Warnung.
»Jetzt setzen Sie sich mal hin, Cowboy! Als ich die Unterlagen der Steuerfahndung angesehen habe, habe ich das hier gefunden.«
Sie schob ihm ein Polizeiprotokoll aus Destry in Arizona zu. Die dortige Polizei hatte einen Unfallbericht über den Flugzeugabsturz verfaßt, bei dem Barton ums Leben gekommen war. Die Absturzstelle lag etwa fünfundsechzig Kilometer von Destry entfernt. Seth überflog das Formular und mußte lachen, weil sich der Beamte so genau an das vorgegebene Muster gehalten hatte. In der Spalte unter *Fahrzeug 1* stand: Flugzeug der US-Luftwaffe. Unter *Fahrzeug 2* war natürlich ein Strich. Aber auch unter *Unfallzeit* war nur ein Strich.

Nervös quälte sich Seth bis zum Ende des Berichtes durch. Da stand es! *Augenzeugen*! Zwei Namen waren kaum leserlich daruntergekritzelt. »Können Sie das entziffern? Sieht aus wie Thomas und Ruth Lochers oder Luckens oder so.«

»Schwer zu sagen«, meinte Allyn. »Aber wissen Sie, was ich seltsam finde? In dem Protokoll steht nicht, was die Augenzeugen beobachtet haben sollen. Dieses Rindvieh von einem Polizisten hat noch nicht einmal ihre Adressen aufgeschrieben.«

»Hm! Das Protokoll ist sicher erst später getippt worden. Wahrscheinlich steht in den handschriftlichen Aufzeichnungen mehr drin.«

»Genial!« murmelte Allyn und blies ihm Rauch ins Gesicht.

»Ich bin schon unterwegs!«

»Nun mal langsam, Cowboy! Morgen müssen Sie wegen der Jensen-Sache im Gericht sein. Und diese Verhandlung wird sich über ein paar Tage hinziehen.«

»Das könnten Sie doch für mich übernehmen!«

»Ach? Und wer übernimmt für mich den Fall Lansing? Da gehen die Gerichtsverhandlungen übermorgen los.«

Eine Weile brüteten sie vor sich hin. Dann grinsten sie einander vielsagend an. Natürlich!

Eine Stunde später hielt Seth vor Levs Haus. Allyn hatte sich strikt geweigert, ihn zu begleiten. Sie wollte ihm partout nicht helfen, Barbara Heywood versöhnlich zu stimmen. »Nie und nimmer! Ich kann die Frau gut verstehen. Ihr Mann ist zusammengeschlagen und verhaftet worden. Dann hat man ihm falsches Beweismaterial untergeschoben und einen Strafprozeß angehängt. Da wäre ich als Ehefrau auch fuchsteufelswild.«

Feindselig funkelte Barbara Heywood Seth an, als sie die Türe öffnete. Sie teilte ihm kühl mit, daß Lev in der Stadt zu tun habe. Als sie die Tür wieder schließen wollte, rief eine vertraute Stimme hinter ihr: »Hallo, Cowboy! Was führt dich hierher?«

»Hallo, Lev! Ich habe versucht, dich anzurufen, aber ...«
»Ach, ich hänge schon den ganzen Tag am Telefon!« erwiderte Lev. »Ich versuche, Arbeit aufzutreiben.«
Verärgert ließ Barbara die beiden im Flur stehen. Lev machte eine einladende Geste. »Was stehst du denn da draußen rum, Cowboy? Willst du lieber Bier oder Kaffee?«
»Danke, Lev! Ich möchte nichts trinken. Ich bin hier, weil ich mit euch beiden sprechen muß, mit dir und Barbara.«
Lev führte ihn ins Wohnzimmer zu Barbara. Seth erzählte ihnen von dem Polizeiprotokoll aus Destry. Dabei betonte er, wie ungeheuer wichtig es für ihn sei, die Zeugen ausfindig zu machen. Aber er könne die Suche keinem anderen Menschen als Lev anvertrauen. Schweigend hörte sich Lev die Geschichte an. Ab und zu warf er seiner Frau einen verstohlenen Blick zu. Barbaras Augen funkelten gefährlich; sie wartete darauf, daß Lev ablehnen würde.
Als Lev keine Antwort gab, zischte sie: »Lev steht unter Anklage und darf deshalb unseren Bundesstaat nicht verlassen!« Mit einem scharfen Blick auf ihren Mann fügte sie triumphierend hinzu: »Selbst wenn er das wollte!«
Barbara hatte als Rechtsanwaltsgehilfin bei Gericht gearbeitet und kannte viele Bestimmungen. Doch auch Seth hatte dieses Problem bedacht. »Ich habe schon mit dem zuständigen Staatsanwalt gesprochen. Das geht in Ordnung.«
»Ach? Übernimmt der auch alle Kosten, die durch diese Unternehmung entstehen? Ich denke da an Arztrechnungen oder das Bestattungsinstitut.«
»Bitte, mein Schatz ...«
»Verdammt, Lev! Du hast es mir versprochen!«
»Aber das hier ist doch das reinste Honiglecken. Da kann überhaupt nichts passieren. Ich gehe zur Polizei in Destry und schwätze ein bißchen mit dem Beamten, der damals das Protokoll aufgenommen hat, bis ich mir seine Unterlagen anschauen kann. Mit etwas Glück finde ich sogar die beiden Zeugen, nette,

einfache Leute – und kann so ein für allemal klären, wann dieser unglückselige Vogel abgestürzt ist.«
»Das ist mir egal. Und wenn du im Schutz der UN-Friedenstruppen zum Großmufti von Jerusalem gehen müßtest!« rief sie zornig. »Du hast mit der Sache nichts mehr zu tun – oder es ist aus zwischen uns!«
Lev schwieg bedrückt. Wie gelähmt starrten alle drei vor sich hin. Seth hätte sich jetzt am liebsten verabschiedet und das Ehepaar in Ruhe gelassen. Aber er brauchte Lev. Also beugte er sich zu Barbara und sah sie ernst an. »Bitte hören Sie mir zu, Barbara! In zwei Wochen beginnt die Gerichtsverhandlung. Diese beiden Zeugen müssen mir das Absturzdatum bestätigen, sonst wird unsere Klage abgewiesen. Und das bedeutet, daß Elena Barton den Namen ihres Mannes nicht von der Schande reinwaschen kann. Außerdem fliegt da draußen eine Killermaschine herum, die jederzeit wieder Menschen töten kann – und das möchte ich verhindern!«
»Und was ist mit meiner Zukunft, Mr. Neunmalklug? Ich will, daß mein Mann am Leben bleibt. Wissen Sie, daß ihm wahrscheinlich eine Niere entfernt werden muß? Und ich will endlich Kinder haben!« Mit Tränen in den Augen und zitternden Lippen sagte sie leise zu Lev: »Wir wissen doch gar nicht, ob wir uns je wieder so ... lieben können wie früher ...«
»Jetzt ist es aber genug, Barbara!« knurrte Lev. Er stand auf und hielt sie bei den Schultern fest. »Hör zu, Liebes! Ich weiß, was ich dir versprochen habe. Aber ich will auch nicht den Rest meines Lebens hinter untreuen Ehemännern herschnüffeln. Wie kannst du mich denn respektieren, wenn ich einen so erbärmlichen Beruf habe? Ich will mir morgens beim Rasieren wieder in die Augen sehen können.«
Seth stand schließlich auf, um zu gehen, und sagte zum Abschied: »Vielen Dank, Lev! Aber laß es gut sein, du bist mir nichts schuldig!«
»Das stimmt, Cowboy! Aber ich bin den Bullen und der Luft-

waffe noch was schuldig. Ich werde dir helfen, es denen zurückzuzahlen!«
»Sie ... werden dich ... beim nächstenmal ... umbringen!« weinte Barbara hilflos.
Lev legte beruhigend seinen Arm um sie. »Mein Beruf ist immer gefährlich. Ich schnüffle nämlich nicht nur in billigen Absteigen herum. Irgendwann erwischt es mich sowieso.«
Entschlossen wischte sich Barbara ihre Tränen ab. Sie sah ihn eindringlich an und sagte: »Du hast es mir versprochen!«
Traurig nickte Lev. Dann gab er Seth die Anweisung, im Wagen auf ihn zu warten, weil er noch ein paar Sachen für die Reise packen mußte. »Du mußt mich zum Flughafen fahren. Mein Auto wurde beschlagnahmt.« Lev ging ins Schlafzimmer. Barbara und Seth blieben allein zurück: eine weinende Frau und der Mann, der gekommen war, um ihr Leben zu zerstören.

Da das Flugzeug, das Leviticus nach Destry bringen sollte, erst in ein paar Stunden abflog, gingen Seth und Lev noch ins Büro. Als Allyn die beiden die Treppe heraufpoltern hörte, begrüßte sie sie freudig.
»Wo hast du denn die ganze Woche gesteckt, großer Bär?«
»Ich habe meine Wunden geleckt.«
»Und jetzt bist du ein zweitesmal gekommen, um uns zu retten?«
»Darauf bin ich spezialisiert: Leviticus Heywood, der Retter in der Not!« Lev grinste. »Aber unser Cowboy hier meint, das sei mein letzter Einsatz.«
Durch die geöffnete Tür konnte er in Seth' Büro sehen. Dort stand eine große Schiefertafel, auf der ein paar Namen standen. »Ist das die Zeugenliste?« fragte Lev ungläubig. »Das ist alles? Mehr Leute sagen nicht für dich aus?«
»So ist es!«
»Wenn das eine Speisekarte wäre, würde ich woanders essen! Wo zum Teufel sind all deine Zeugen, Mann?«

»Damit muß ich mich begnügen.« Nun erklärte Seth in Grundzügen seine Strategie. Wahrscheinlich würde er zuerst Crispie in den Zeugenstand rufen, der Sams Qualifikation als Pilot herausstellen sollte. Dann sollte Henry Daimler einen kurzen Abriß der technischen Probleme geben, die bei der X-215A anerkanntermaßen schon vor dem Absturz aufgetreten waren. Anschließend sollte er seine Theorie darlegen, daß mechanische Abnutzung den Kabelbaum durchgescheuert hat, was zu technischen Fehlleistungen führte. Mit ein bißchen Glück konnte diese Theorie bis zur Verhandlung durch Alan Millsteins Experimente gestützt werden.

Lev zog entsetzt die Augenbrauen hoch.

Seth versuchte ihn zu beruhigen. Er erzählte ihm, daß er sich noch um andere Zeugen bemühe. Zur Zeit versuche er herauszufinden, wer die Randbemerkungen auf die interne Con-Space-Mitteilung geschrieben hatte. Dieses Dokument sei für ihn ungeheuer wichtig. Aber er wußte bereits, daß es nicht als Beweismittel zugelassen werden würde, da er den Schreiber nicht ausfindig machen konnte. Es gab keinerlei Hinweise auf ihn, nirgends stand ein Name oder ein Datum. Torville wußte nicht einmal, wie das Schreiben in seine Unterlagen geraten war. Seth hatte mit dem Dokument eine Waffe in der Hand, die er nicht abfeuern konnte.

Als nächstes würde er Harold Bostwick als Zeugen der Gegenpartei vernehmen. Daimler hatte einige Fragen vorbereitet, mit denen er Bostwick in die Zange nehmen sollte. Vielleicht würde der doch noch damit herausrücken, was er über die Ereignisse der Absturznacht wußte.

»Was ist denn mit Ihrer Aktionärsklage, Allyn? Sind Sie da weitergekommen?«

Allyn hatte versucht, Dr. Ivor Tellman als Zeugen aufzutreiben. Er hatte ja das TDA-Bordsystem entwickelt. Schließlich hatte sie ihn auch gefunden, auf dem Friedhof von Cambridge. »Olmstead behauptet, daß Tellman in einem letzten Akt geistiger

Verwirrung und Boshaftigkeit kurz vor seinem ›Selbstmord‹ alle relevanten Firmenunterlagen vernichtet habe. Olmstead hat das mir gegenüber als letzten, unbegreiflichen Akt eines verrückt gewordenen Genies in einem Anfall alkoholbedingter Paranoia beschrieben. Klingt dramatisch, was?«

»Vor allem kommt das Olmstead sehr gelegen«, warf Seth ein.

»Ich wollte auch Olmstead als Zeugen vor Gericht befragen, doch das hat mir Richter Singer nicht erlaubt. Olmsteads Anwalt hat mit viel Aufwand dargelegt, daß Olmstead von Technik keine Ahnung hat. Er kann angeblich kaum einen Nagel in die Wand schlagen. Richter Singer hat sich überzeugen lassen und mir Olmsteads Befragung verboten.«

»Glaubst du, daß die auch auf den Richter Druck ausüben können?«

»Eigentlich nicht. Richter Singer arbeitet für den Bundesstaat Kalifornien und ist in die Regierungsmauscheleien wohl nicht verwickelt. Er hat einen guten Ruf. Er wird bloß fuchtig, wenn er den Eindruck hat, daß man im Trüben fischt. Und das glaubt er nun mal von uns. Er wird sich schon noch von unserer Sache überzeugen lassen.«

»Nicht, wenn Sie nicht bald einen stichfesten Beweis auftreiben!« mahnte Allyn gnadenlos.

»Also, ich werde Crispie bei der Verhandlung zusetzen. Ich knalle ihm den 42-W-Flugplan vor, auf dem die Testflugroute eingezeichnet ist. Crispie ist zwar sauer auf mich, aber vielleicht bestätigt er, daß es auf dem letzten Flugabschnitt der Testroute zum Absturz kam – also erst nach Mitternacht.«

»Na, viel Glück!« sagte Allyn skeptisch. »Stimmt es, daß das Verteidigungsministerium oder das Außenministerium Beobachter zur Verhandlung schickt? Die können jederzeit eingreifen, wenn die ›nationale Sicherheit‹ gefährdet scheint. Jedesmal wenn ein Zeuge was Unerwünschtes antworten könnte, verhindern sie die Aussage. So war es ja auch, als Oliver North verhört wurde.«

Seth zuckte die Schultern. »Die Geschworenen werden merken, daß hinter der Sache etwas Großes steckt. Das werde ich ausnutzen.«

»Blindes Vertrauen in das Gute in der Welt!« brummte Lev. »Der findet lauter Perlen zwischen den Säuen!«

Allyn grinste. »Das erinnert mich an einen Witz. Seth ist wie der Junge in diesem Witz. Also – ein Junge war unerträglich optimistisch, und seine Eltern wollten ihm das abgewöhnen. Deshalb schütteten sie an Weihnachten sein ganzes Zimmer voll Pferdemist, nur Pferdemist!«

Lev kicherte. »Den kenne ich! Der Junge wühlt mit beiden Händen im Mist und schreit begeistert: ›Ich weiß genau, daß hier ein Pony versteckt ist!‹«

»Sehr komisch!« sagte Seth giftig. »Und überhaupt, das ist *mein* Fall!«

»Ach, ja? Es ist *dein* Fall?« fragte Lev trocken.

»Natürlich hängt auch Elena mit drin. Aber es ist auch *mein* Fall!«

»Wo steckt sie überhaupt?« fragte Allyn.

Seth vergrub seine Hände in den Hosentaschen. »Ich weiß nicht, wo sie ist. Sie ist angeblich verreist.«

Allyn runzelte ihre Stirn. »In zwei Wochen beginnt die Verhandlung, und sie ist *verreist*?«

Nervös klopfte Seth eine Zigarette aus der Schachtel. Dann nahm er mit zitternden Händen Allyns Feuerzeug vom Schreibtisch. »Nach der Ansage auf ihrem Anrufbeantworter ist sie in einer Woche wieder zurück. Kein Grund zur Aufregung, Allyn.«

»Ihre Mandantin ist also verschwunden«, sinnierte Allyn und wickelte umständlich eine Zigarre aus dem Zellophanpapier. »Aber das ist tatsächlich kein großes Problem. Bevor Sie Elena in den Zeugenstand rufen können, ist die Klage nämlich schon abgeschmettert.«

»Vielleicht kriegt Lev in Arizona ja etwas heraus, was uns weiterhilft.« Seth ging unruhig auf und ab. »Oder vielleicht meldet sich der Offizier, mit dem Sam an jenem Abend noch im Casino war.«

»Oder wir finden doch noch ein Pony im Pferdemist«, kicherte Lev.

Ärgerlich ging Seth in sein Büro. »Diese Unterhaltung ist nicht sehr ergiebig«, sagte er und schloß die Tür.

»Dann haben wir aber noch ein kleines Problem, mein lieber Seth!« rief Allyn ihm durch die geschlossene Tür zu. »Ihre wissenschaftliche Fehleranalyse ist so fadenscheinig, daß Treadwell sie in der Luft zerreißen wird. Und Sam Barton war sturzbetrunken! Aber sehr wahrscheinlich brauchen Sie sich um all diese Probleme gar nicht zu kümmern, weil Sie sowieso bald abgemurkst werden.«

Seth saß am Schreibtisch, den Kopf in den Armen vergraben. Allyn hatte recht. Mit jedem Schritt versank er tiefer im Sumpf.

In Vero Beach, Florida, trafen sich Aubrey Olmstead und Senator Traeger in einem schmuddeligen, tristen Motel. Das Zimmer, das Olmstead gemietet hatte, wirkte kalt und desolat. Genauso fühlten sich die beiden.

»Ich hoffe nur, daß Sie einen guten Grund für dieses Treffen haben, Aubrey!« Traeger legte sein Mobiltelefon auf den Tisch mit den spiralförmig gewundenen Beinen aus Gußeisen. Irritiert sah sich Traeger im Raum um. Er konnte die geschmacklose Farbkombination kaum ertragen. Auf einer karierten Couch lagen buntgestreifte Kissen in schreienden Farben. Es schüttelte ihn. »Heute ist im Senat eine wichtige Abstimmung. Hoffentlich verplempere ich meine Zeit nicht mit Ihnen.«

Nervös knackte Olmstead mit seinen Fingergelenken und lief dunkelrot an. »Spielt es für einen Senator der Vereinigten Staaten seit neuestem keine Rolle mehr, ob er im Gefängnis sitzt oder nicht?« Bei jedem Wort zitterten die Fettwülste an seinem Hals.

Traeger konterte: »Diese Angst plagt ja wohl auch andere. Könnten Sie jetzt vielleicht konkreter werden?«
Dem Senator war Olmsteads fetter, schwammiger Körper zuwider, und er machte jetzt keinen Hehl mehr daraus. Aber auch Olmstead betrachtete sein Gegenüber mit größtem Abscheu, die wäßrigen Glupschaugen und die überdimensionale Habichtsnase. Sie waren voneinander abhängig, aber sie haßten einander mörderisch. Das war der Haß, den Menschen empfinden, die unlösbar verstrickt sind, sei es in einer Ehe oder geschäftlichen Partnerschaft.
Traeger ging langsam im Zimmer auf und ab, klopfte ein paar Kissen glatt und zog die großgeblümten Vorhänge zurecht.
Olmstead wußte, daß ihm der Senator die geschmacklose Einrichtung des Motelzimmers persönlich zum Vorwurf machte.
»Ihr arrogantes Verhalten geht mir auf die Nerven, Stanford!« quäkte er. »Setzen Sie sich jetzt endlich hin, schalten Ihr gottverdammtes Telefon aus und hören mir zu. Außerdem wäre ich Ihnen verbunden, wenn Sie nicht alle zwei Sekunden auf Ihre Rolex sehen würden. Mich beeindruckt dieses Protzding überhaupt nicht. Ich verschenke sie Weihnachten zu Dutzenden an Geschäftsfreunde.«
Traeger war solche Attacken von seinem feisten Freund nicht gewohnt. »Sie haben wohl eine Therapie gemacht, in der Ihr Selbstbewußtsein gestärkt wurde, Aubrey?« sagte er erstaunt. »Also gut, ich setze mich und höre Ihnen zu. Was für ein Problem haben Sie, alter Freund?«
»Das Problem ist Ihre Tochter, Sie aufgeblasener Wichtigtuer! Genauer gesagt, Ihre Unfähigkeit, sie im Zaum zu halten. Wissen Sie eigentlich, daß in vierzehn Tagen die Gerichtsverhandlung beginnt?«
»Zwölf!« sagte Traeger mit einem Blick auf die Rolex. »Die Verhandlung beginnt genau am 18. dieses Monats.«
»Mein Gott, Traeger! Sie arroganter Schnösel!«
Der Pater zog eine Augenbraue hoch. »Seit wann ist es arro-

gant, wenn man sich um Präzision bemüht? Wenn Sie und Ihr Versager von einem Professor präziser gearbeitet hätten, wären wir jetzt nicht in dieser ... Lage. Tellman war der größte Stümper, den man sich denken kann.«

Olmstead fuchtelte mit seinen Armen aufgeregt in der Luft herum. »Es hat keinen Sinn, wenn wir uns gegenseitig Vorwürfe machen. Tatsache ist, daß wir uns in einer höchst unangenehmen Lage befinden. Nur mit knapper Not bin ich an dieser Anhörung vorbeigekommen. Und wenn Tellman nicht rechtzeitig umgebracht ... ähh ... sich umgebracht hätte, würde er uns vor Gericht um Kopf und Kragen reden.«

»Was regen Sie sich auf? Er ist doch tot. Farnsworth und seinen Helfershelfer habe ich im Griff, und Cameron hat es nur auf Elena abgesehen.«

Trotz seiner Angst flackerten Olmsteads Augen lüstern auf, als er Elenas Namen hörte. »Haben Sie dem Biest endlich Manieren beigebracht?«

»Unsinn! Aber wenn diesem Cameron nicht die eigene Neugier zum Verhängnis wird, gibt ihm meine Tochter den Rest. Der arme Hund hat noch nicht gemerkt, was für ein Luder Elena ist. Der weiß über sie noch weniger als über die Ereignisse in der Absturznacht.«

Traeger grinste und gab Olmstead den Zeitungsartikel aus der *Albuquerque Times.* »Ich habe alles unternommen, was mir möglich war. Ich kann ja schlecht eine Wasserstoffbombe über San Francisco abwerfen!« Mit seinem dicken Finger klopfte er auf das Zeitungspapier. »Das ist Ihnen vielleicht entgangen. Dieser Simmons hat bei einem Privatdetektiv gequatscht. Aber wir haben ihn erledigt, bevor er als Zeuge antreten konnte.«

Olmstead las den Artikel genau durch, faltete ihn sorgfältig und legte ihn auf den Tisch. »Das ist beruhigend«, meinte er kühl. »Aber ich gebe zu bedenken, daß Simmons schon tot war, als mich dieser penetrante Anwalt Ihrer Tochter anrief. Er will sich mit mir treffen!«

»Was wollen Sie damit sagen?«

»Daß Cameron nichts begriffen hat! Sie wissen doch sicher, lieber Pater, wie man eine Schlange erlegt? Man schneidet ihr nicht den Schwanz ab, sondern den Kopf!«

• 44 •

»**AUFGEWACHT, MEIN FREUND!** Wir fahren gleich los.«

Lev döste auf einer Liege im Nebenraum. Verschlafen streckte er sich.

»Gleich geht's ab. Hier habe ich ein paar Unterlagen, die du brauchen wirst: eine Kopie des Polizeiberichts, ein Vorladungsformular für die Zeugen, falls du sie findest, ein Rückflugticket nach Phoenix und 500 Dollar in bar. Hoffentlich kannst du die Lukens oder Lockhorns auftreiben.«

»Wenn sie noch am Leben sind, finde ich sie!«

»Das weiß ich. Hoffentlich bleiben sie auch noch eine Weile am Leben. Die durchschnittliche Lebenserwartung meiner Zeugen ist in letzter Zeit drastisch gesunken.«

Das Telefon klingelte. Allyn hob ab. Kurz darauf rief sie: »Ja, er ist da, Mrs. Barton. Seth, für Sie!«

Seth' Herz pochte stürmisch. Elena hatte immer noch Macht über ihn. Er atmete tief durch. »Hallo, Elena! Bist du wieder zu Hause?«

»Nein, mein Liebling! Ich bin in Albuquerque. Stell dir vor, ich versuche, hier eine Arbeit zu finden. Ich denke, es ist besser für mich, wenn ich nach der Verhandlung eine Ablenkung habe. Hier habe ich noch ein paar Freunde und Bekannte. Ich möchte später einfach alles hinter mir lassen.«

Mich auch! dachte Seth. Er schwieg.

Elena spürte wohl seine Enttäuschung und meinte: »Hier in Albuquerque ist die Zentrale der Firma, für die ich arbeiten werde. Aber ich werde in einer Filiale in San Francisco eingesetzt.

Das alles heißt nicht, daß ich hinterher unsere Beziehung abbrechen möchte.«
Seth fühlte sich etwas erleichtert. Doch als er seinen Gefühlen nachspürte – Enttäuschung, Einsamkeit, Verwirrung und Lust –, blieb zuletzt nur eines übrig: Mißtrauen!
»Du warst zwei Wochen spurlos verschwunden.«
»Ich habe Freunde besucht.«
Freunde! Wieder herrschte bedrückendes Schweigen. Egal, wie sich ihre Beziehung entwickeln würde, dieses Schweigen würde wohl immer dazugehören.
»Ich habe den Eindruck«, sagte sie nach längerem Zögern, »daß du mich vermißt hast. Aber ich habe dich auch sehr vermißt, mein Liebling. Ich mußte nur für kurze Zeit Abstand von dem Ganzen gewinnen. Ich habe mich hier mit Freundinnen von früher getroffen. Das sind alles Frauen von Testpiloten. Sie versuchen, über ihre Männer etwas herauszubekommen, was uns helfen könnte.«
»Ich bin nur müde und angestrengt, Elena. Es ist schön, deine Stimme zu hören.« Seine Stimme klang trotzig und weinerlich wie die eines Kindes, das seine Enttäuschung nicht verbergen kann. »Ich habe dich wirklich sehr vermißt. Wann kommst du zurück?«
Sie versicherte ihm, daß sie bald zurück sein werde und sich freue, ihn wiederzusehen. Seth erzählte ihr von Levs neuem Auftrag. Das erinnerte ihn daran, daß es Zeit zum Aufbruch war. Als sie sich verabschiedeten, sagte sie ihm zum erstenmal seit jener Nacht wieder, daß sie ihn liebe.
Seth bat sie, bald nach Hause zu kommen, und legte auf. Nun erst wurde ihm bewußt, daß er zu Elena noch nie von Liebe gesprochen hatte, auch zu Rosie nicht. Nie im Leben war ihm dieses Wort über die Lippen gekommen.
»Gute Nachricht von Ihrer angebeteten Gönnerin?« fragte Allyn, während sie sich den Mantel anzog. »Läßt sie sich dazu herab, uns bei Gericht mit ihrer werten Anwesenheit zu beehren?«

»Sie haben Elena nie leiden können, Allyn. Warum nicht?«
»Ich traue ihr nicht über den Weg.«
»Warum?«
»Das gehört ja nun nicht zu den großen Rätsel unserer Welt wie Stonehenge oder das Tuch von Turin. Sie müssen nur hinter die Fassade blicken, Seth. Wenn Sie die Make-up-Schichten abkratzen, können Sie ihr wahres Gesicht sehen, mein Junge. Sie benutzt Sie.«
Das wollte Seth nicht hören. »Ich soll Sie von ihr grüßen und Sie ihrer tiefen Bewunderung versichern.«
»Das kann sie sich an den Hut stecken«, brummte Allyn.
»Sie ist bald wieder zurück und wird als Zeugin aussagen. Ich habe sie schon auf das Kreuzverhör vorbereitet. Sie hält sich gut, und ich habe sie kräftig rangenommen.«
»Davon bin ich überzeugt«, meinte Allyn anzüglich, bevor sie ernst wurde: »Ich muß euch beiden in aller Deutlichkeit sagen: Das hier war der letzte Scheck, den ihr von mir bekommt. Wir sind da in eine üble Sache hineingeraten und kämpfen auf einmal gegen die Regierung, einen sehr mächtigen Konzern und die US-Luftwaffe. Das ist zuviel für mein Budget.«
»Wollen Sie aussteigen, Allyn?«
»Nein. Ich bin nur nicht länger bereit, Ihre selbstmörderischen Unternehmungen zu finanzieren.«
»Was ist mit dir, Lev? Willst du aussteigen?«
»Mit mir hast du mehr Glück, ich bin noch dabei!« antwortete Lev grinsend. »Ich bin zwar schön, aber nicht so klug wie unsere Freundin.«

• 45 •

AM SPÄTEN NACHMITTAG des nächsten Tages rief Alan Millstein an. »Seth? Wir sind durch!« brüllte er ins Telefon. Dann ergoß sich ein Wortschwall über Seth, dem dieser nur entnehmen konnte,

daß das Experiment die gewünschten Ergebnisse erbracht hatte. Der Kabelbaum des Versuchsmodells war durchgescheuert, und dahinter leuchtete ein freiliegender Kupferdraht.
»Hat es schon Funken gegeben?«
Das mußte Millstein verneinen. Er glaubte auch nicht, daß es vor Verhandlungsbeginn noch dazu kommen würde. Trotzdem war es ein großer Erfolg. Sie verabredeten sich für diesen Abend in einem Café im North-Beach-Viertel, um bei einem guten Essen Millsteins Aussage vor Gericht durchzusprechen.
Drei Stunden später machte Seth sich auf den Weg. Eilig ging er die Market Street entlang in Richtung Montgomery Street. Obwohl die meisten Geschäfte schon geschlossen hatten, herrschte noch ein reges Treiben auf der Straße. Seth bahnte sich nervös seinen Weg durch die Menge und wurde fast von einer Straßenbahn überfahren, als er die Straße überquerte, um zur Montgomery Street zu kommen. Kurz darauf bog er in die schräg abzweigende Columbus Avenue ein, die zum North-Beach-Viertel führt.
Als er an dem italienischen Lokal *Tosca* vorbeikam, beschloß er, sich hier mit einem Cocktail zu stärken. Sicher hatte das *Tosca* schon bessere Zeiten gesehen. Jeanette Etheridge hatte hier früher berühmte Ballettänzer, Schauspieler und Opernsänger bewirtet. In letzter Zeit traf man hier nur noch selten einen Star, doch noch immer stand das Lokal im Ruf eines Künstlertreffs. Die Kundschaft bestand mittlerweile vorwiegend aus jungen Leuten, die sich laut unterhielten und um jeden Preis auffallen wollten. Sie waren noch ungebrochen optimistisch und voll Lebensfreude. Seth beneidete sie glühend. Er wünschte sich, nur einen Abend lang wieder so sein zu können wie früher. An der Bar war noch ein Hocker frei. Seth setzte sich und bestellte eine Weiße Nonne. Neben ihm am Tresen saß ein alter, angetrunkener Mann, der recht gepflegt angezogen war. Das Gesicht des Alten kam Seth bekannt vor, doch er konnte es nicht einordnen.

»Ich werde nie begreifen, was man an diesem Zeug finden kann«, sagte der Alte unvermittelt, mit einem Seitenblick auf Seth' Glas. Aus dem abgemagerten, fahlen Gesicht stach eine große Nase hervor.
»Mir hilft das gegen meine Magenschmerzen«, erklärte Seth.
»Ein guter Witz!« antwortete der Alte höhnisch. Seine Augen waren eiskalt. Sein Lächeln erinnerte Seth an das Grinsen eines Totenschädels. »Diese Weiße Nonne, die Sie da trinken, mag ja für vieles gut sein, aber sie ist mit Sicherheit keine Arznei gegen Magenschmerzen. Da kann ich Ihnen nur Elchsmilch empfehlen. Sehen Sie, das trinke ich gerade.«
»Was ist das?«
»Scotch Whisky mit Milch.«
»Sie kommen mir bekannt vor, kennen wir uns von irgendwoher?« fragte Seth.
»Das glaube ich nicht. Ich komme erst seit kurzer Zeit hierher.« Langsam hob er sein Glas an den Mund und trank. Mit derselben Bedächtigkeit setzte er das Glas wieder ab und zündete sich eine Zigarette an. »Aber ich bin ein aufgeschlossener Mensch«, fügte er mit einer eindeutigen Geste auf sein Glas hinzu. »Ich weiß Großzügigkeit zu schätzen, wenn sie mir begegnet.«
Widerwillig und gegen besseres Wissen bestellte ihm Seth eine weitere Elchsmilch.
»Diese Weiße Nonne, die Sie sich gerade reinziehen, wurde hier in diesem Viertel kreiert. Das war damals in den Sechzigern. Gleich hier um die Ecke gibt es ein Lokal – *Swiss Louie's*. Es ist schräg gegenüber von *Finocchio's*.« Wenigstens hatte sich die Feindseligkeit des Alten gelegt. Vielleicht war das die 5 Dollar wert.
Höflich hörte Seth zu, als der Alte die Entstehung der Weißen Nonne schilderte, aber sein Interesse galt einer jungen Schönheit, die mit ihrem Begleiter an der Bar stand und zu Seth herübersah.

Der Alte monologisierte weiter. »Ich war damals mit dabei, wissen Sie.«
»Sie sind doch erst vor kurzem in diese Gegend gekommen.«
Abrupt drehte sich Seth' Gegenüber um. Ihm fehlte ein Arm.
»Das heißt nicht, daß ich nie hier gelebt habe, junger Mann.«
Im Zeitlupentempo führte er sein Glas zum Mund. Dabei redete er unaufhörlich weiter. Er habe lange Zeit in Athens in Georgia gelebt und hasse Jimmy Carter. Dessen Bruder Billy jedoch tue ihm leid. Denn er könne keine zwei Schritte gehen, ohne daß es am nächsten Tag in der Zeitung stehe.
Welcher Idiot hat denn diese Quasselstrippe in Gang gesetzt? dachte Seth wütend. Dann fiel ihm ein, daß er selbst daran schuld war. Er musterte den Alten genauer und versuchte sich zu erinnern. »Ich bin mir sicher, daß ich Sie schon einmal gesehen habe.« Plötzlich fiel es ihm ein: Das war der Alte aus Treadwells Büro! Ja, genau, und Miss Tarkenton hatte so hysterisch reagiert. »Jetzt weiß ich, woher ich Sie kenne.«
»Ich kenne Sie jedenfalls nicht«, sagte der Alte.
»Seltsam!« meinte Seth. »Ich hatte schon das letzte Mal das Gefühl, daß Sie mir bekannt sind.«
»Wo soll denn das gewesen sein?«
»Im Vorzimmer des Mannes, für den ich damals noch arbeitete: Anthony Treadwell.«
»Nie gehört«, sagte der Alte abweisend. Sein Gesicht verriet keine Reaktion. Aber sein Glas leerte er ungewöhnlich schnell. »Ich habe Sie mit Sicherheit noch nie gesehen.« Er rutschte vom Barhocker und schlurfte zur Tür, der Armstumpf baumelte leblos herab. Dann riß er sich zusammen und hielt sich kerzengerade. Mit hoch erhobenem Kopf trat er auf die Straße.
Als sich Seth beim Barkeeper erkundigte, erklärte der: »Er kommt recht häufig hierher. Meistens betrinkt er sich, und dann prahlt er herum, daß sein Sohn der beste Anwalt Kaliforniens sei. Aber so ist er ganz nett, er zahlt seine Rechnung und stört den Betrieb nicht.«

Natürlich! Das war Anthony Treadwells Vater! Mit einem Satz war Seth an der Tür. Aber der Alte war schon in der Menschenmenge untergetaucht. Hier, im berühmten Vergnügungsviertel San Franciscos, war um diese Zeit immer Betrieb. Früher nannte sich die Gegend stolz Barbara Coast. Im *Condor*, einem Lokal an der Columbus Avenue, war vor gut dreißig Jahren zum erstenmal ein Mädchen barbusig aufgetreten; die damals noch kleinbrüstige Carol Doda tanzte. Eine Sensation! Kurz darauf gab es in ganz San Francisco Oben-ohne-Auftritte. Später wurde es wüster. Da wurde im *Condor* nachts in aller Öffentlichkeit kopuliert.

Vor der Tür des *Tosca* standen zwei große, kräftige Bettler. Als Seth fragen wollte, wohin der Alte verschwunden war, sahen die beiden verlegen zur Seite, steckten ihre Hände in die Hosentaschen und schlenderten davon. Plötzlich überkam Seth panische Angst. Sein Instinkt witterte Gefahr. Was beunruhigte ihn so? Natürlich: Bettler sehen einem ins Gesicht. Sie gehen auch nicht davon, sondern bitten um eine milde Gabe oder Kleingeld. Außerdem sahen die beiden durchtrainiert und gut genährt aus. Warum hatten sie sich als Bettler verkleidet?

Ich leide an Verfolgungswahn, beruhigte sich Seth und ging die Columbus Avenue weiter, Richtung Norden. Als er den Broadway überqueren wollte, schaltete die Fußgängerampel auf Rot. Seth blieb kurz stehen, doch dann rannte er noch schnell über die Straße. Beinahe hätte ihn ein Wagen erfaßt. Der Fahrer brüllte ihn an. Als Seth sich umdrehte, um ihm einen Vogel zu zeigen, sah er die beiden Bettler wieder. Sie huschten zwischen den fahrenden Autos herüber zu ihm auf die andere Straßenseite. Das waren keine Bettler!

Seth sah sich um, aber wie immer, wenn man sie braucht, ließ sich die Polizei nicht blicken. Seine Verfolger versuchten sich jetzt nicht mehr zu verbergen, sondern kamen schnell auf ihn zu. Der eine, ein großer Schwarzer, bewegte sich mit beängsti-

gender Geschmeidigkeit; hinter ihm hastete der andere, ein untersetzter Weißer mit roten Haaren und kindlichem Gesicht. Seth bahnte sich seinen Weg durch die Menge der Touristen und Geschäftsleute. Es herrschte ein buntes, internationales Treiben. Alle Nationen, Hautfarben oder Religionen waren vertreten. Die Lokale animierten ihre Besucher mit greller Leuchtreklame: *Nacktauftritte – Sexshow.* Seth überlegte, ob er versuchen sollte, über den Hinterausgang eines Sexschuppens zu entfliehen. Aber der Gedanke, möglicherweise dort in der Falle zu sitzen und in einer schmutzigen Herrentoilette zu verbluten, hielt ihn ab. Rosie wäre entsetzt, wenn sie in der Zeitung lesen würde, daß man ihn in einem Striptease-Lokal tot aufgefunden habe.
Also ging er so schnell wie möglich weiter. Als er sich umsah, merkte er, daß ihm nur noch der kleine Weiße folgte. Wo war der Schwarze? Da sah er ihn. Er stand neben einer Schlange Touristen, die vor dem berühmten *Finocchio's* auf Einlaß warteten. Er war nur hundertfünfzig Meter vor ihm und sah ihm gelassen entgegen.
Seth konnte jetzt nur noch versuchen, sich in einem Lokal zu verstecken. Oder sollte er mitten auf die Straße rennen, in der Hoffnung, daß ein Polizist auf ihn aufmerksam würde? Doch schon spürte er kaltes Metall in seinem Rücken. Der Weiße hatte ihn eingeholt und drückte ihm den Lauf seiner Pistole in die Rippen.
»Los, steig in das Auto dort, Cameron!« sagte er kalt. »Oder ich blase dir deine Eingeweide hier auf dem Broadway in die Luft.«
Sie wissen, wie ich heiße, dachte Seth. Neben ihm auf der Straße parkte ein schwarzer Ford in der zweiten Reihe. Dahinter hatte ein Reisebus angehalten, aus dem lachende Touristen ausstiegen. Sie schienen aus dem Mittleren Westen zu kommen. Der große Schwarze ging schwungvoll zum Ford und hielt die hintere Türe auf.
Jetzt bin ich dran, sie bringen mich um! dachte Seth.

»Rein mit dir!« knurrte der Rothaarige und preßte ihm nachdrücklich die Pistole in den Rücken. Seth konnte seinen unangenehmen Atem riechen.
»Wer sind Sie?« fragte er, um Zeit zu gewinnen.
»Ich knalle dich hier auf offener Straße nieder, wenn du nicht in das Auto steigst. Wird's bald?« drängte der Killer.
Seth brach der Angstschweiß aus. Er wunderte sich über die Gleichgültigkeit all der Leute, die in der Warteschlange standen und das Geschehen beobachten mußten. Da erinnerte er sich an eine Fernsehsendung: Warum sehen all die Leute einfach weg? Vielleicht haben Sie nicht deutlich genug auf Ihr Problem aufmerksam gemacht?
»Hallo, das ist aber ein Zufall!« Mit ausgebreiteten Armen begrüßte er laut ein älteres Ehepaar, das vor *Finocchio's* Tür in der Warteschlange stand, nur wenige Meter von ihm entfernt. »Ihr erinnert euch doch sicher noch an mich?« Er ging auf sie zu und schüttelte ihnen die Hand. »Seth Cameron. Das ist mein Freund Red.«
Verwirrt sahen ihn die Leute an, aber sie lächelten gutmütig und begrüßten die beiden. Auch der Killer war zunächst verblüfft. Er steckte die Achtunddreißiger hinten in seinen Gürtel und schüttelte dem grauhaarigen Mann die Hand.
»Die Show wird euch gut gefallen, sie ist toll!« sagte Seth begeistert. »Was meinst du, Red?«
»Red« stimmte notgedrungen zu. Doch dann erinnerte er Seth mit drohendem Unterton, daß sie sich beeilen müßten, wenn sie rechtzeitig zu ihrer Verabredung kommen wollten. Der Mann war höchstens fünfundzwanzig Jahre alt, sein Gesicht wirkte noch recht jung und kindlich. Doch die Kälte in seinen Augen zeigte, daß ihm nichts mehr fremd war. Er hatte schon alles hinter sich.
»Ach, zum Teufel mit dieser blöden Verabredung, Red! Wir sehen uns die Show noch mal an! Da haben wir was zu lachen!«
Mit einem freundlichen Grinsen packte ihn der Rothaarige am

Arm und sagte mit unschuldiger Miene: »Wenn du dir die Show ansiehst, Seth, könnte es sein, daß du dich totlachst. Das kann übrigens auch deinen Freunden hier passieren.«
Das war kein Bluff. Also machte Seth einen Schritt auf den Wagen zu. Dann aber hob er seine Hand, als wollte er seinen »Freunden« zum Abschied zuwinken, und schwang seinen ausgestreckten Arm mit voller Wucht in den Bauch des Rothaarigen. Er traf ihn mit dem Ellbogen, der sich zwischen den Rippen tief in die Eingeweide grub. Red knickte stöhnend nach vorn, und Seth rannte in *Enrico's Bar.*
Der Türsteher wollte ihn aufhalten, doch Seth stieß ihn zur Seite. Er rannte an der kleinen Theke vorbei in die Küche. Der Barkeeper, der für seinen bulligen, athletischen Körperbau berüchtigt war, kam hinter der Theke hervor, um Seth festzuhalten. Zu spät. Aber er kam rechtzeitig genug heraus, daß ihm Red in die Arme lief. Dieser reagierte jedoch im Bruchteil einer Sekunde und wand sich geschickt aus dem Griff des Riesen. In der Küche stand ein großer Herd, auf dem viele Pfannen und Töpfe dampften. Seth goß eine Pfanne mit heißem Öl hinter sich aus und floh durch die Hintertür. Sie führte zur Kearny Street. Etwas oberhalb begann die Vallejo Street, die mehr Sicherheit versprach. Man konnte sie von hier aus über eine steile Treppe erreichen.
Seth nahm drei Stufen gleichzeitig. Plötzlich knallte ein Schuß, eine Kugel zischte dicht an seinem Ohr vorbei. Mein Gott! Das schaffe ich nie! Hier muß irgendwo der Schwarze stehen und mich sehen! Ein paar Stufen vor ihm stand eine Tür offen. Dort könnte er endgültig in der Falle sitzen, doch er hatte keine Wahl. Wieder verfehlte ihn eine Kugel nur knapp. Mit einem Satz hechtete Seth in Deckung und warf die Tür hinter sich zu. Zum Glück war es eine stabile Außentür, die man von innen verriegeln konnte. Erleichtert schob Seth den Eisenriegel vor. Völlig außer Atem holte er erst mal tief Luft. Ganz in seiner Nähe hörte er Applaus, Gelächter und Musik. Wo zum Teufel bin ich

bloß? *Enrico's* lag ein Stockwerk tiefer. Woher kam dann der Gesang? Vorsichtig tastete er sich an der Wand entlang und lugte um die Ecke. Er war im hinteren Teil der Bühne vom *Finocchio's*! Dumpfe Schläge prallten gegen die Tür. Lange würde sie nicht standhalten können. Seth mußte also durch den Vordereingang entkommen. Dazu mußte er quer durch den Theaterraum. Offensichtlich fand auf der Bühne gerade das Finale statt, denn im Umkleideraum hielt sich niemand auf.
Seth preßte sich in die Schatten an der Wand und glitt lautlos hinaus in den Zuschauerraum. Dann ging er schnell auf den Ausgang zu. Doch an der Tür sah er den Fahrer des schwarzen Ford. Eine Hand verbarg er verdächtig im Mantel.
Verzweifelt sah Seth sich um. Hier gab es kein Fenster, durch das er entfliehen konnte. Also huschte er zurück in den Umkleideraum. Die Hintertür krachte gefährlich, in wenigen Sekunden würde sie nachgeben. Es gab weder ein Fenster noch ein Oberlicht, noch eine weitere Tür. Seth saß in der Falle. Die Hintertür splitterte.
Der Schwarze bezog Posten vor der zerborstenen Tür. Nachdem der Rothaarige durch das Loch geklettert war, durchsuchte er den Raum. Niemand. Ohne zu zögern, ging er den Gang des Zuschauerraumes entlang, um den Fahrer zu alarmieren. Das Opfer mußte sich in diesem Gebäude aufhalten und durfte auf keinen Fall entkommen. Dann ging Red langsam die Sitzreihen entlang und musterte die Gesichter der Zuschauer. Plötzlich sah er ihn. Im hinteren Teil waren die Sitze der Zuschauer leicht erhöht. Dort in der dritten Reihe sah er einen Mann sitzen, der sich bemühte, sein Gesicht zu verbergen. Sofort informierte er den Fahrer an der Tür.
»Gleich dort in der Ecke! Der Typ, der sich ständig mit dem Taschentuch übers Gesicht fährt, damit man ihn nicht erkennen kann.«
»Dann hol ihn hier heraus!« knurrte der Fahrer. »Hier sind mir zu viele Leute, da bekomm' ich die Muffe. Die sind hier alle ver-

rückt, das sag' ich dir, komplett verrückt!« brummte er nervös. »Alles widerliche Typen!«

»Dieser Cameron ist selbst so ein Fiesling und mit allen Wassern gewaschen. Paß bloß auf!«

»Paß doch selber auf, du Angeber! Dich hat er heute schon einmal kalt ausgetrickst.«

Red schob sein Kinn nach vorne. »Ganz schön große Klappe für einen, der immer im sicheren Wagen sitzt, während Ernie und ich die Dreckarbeit machen! Was erwartest du eigentlich? Sollen wir hier ein Massaker veranstalten?«

»Du sollst ihn nur herausholen, Mann!«

Lautlos glitt Red zurück in den Zuschauerraum. Er drückte sich die Wand entlang, bis er hinter seinem Opfer stand. Dann beugte er sich vor und flüsterte ihm ins Ohr: »Keine Bewegung! Und mach bloß keinen Ärger, sonst knalle ich hier alle nieder. Jeden einzelnen, wenn es sein muß!«

Der Mann rührte sich nicht.

»So, jetzt stehst du auf und gehst langsam zum Ausgang. Dann passiert dir auch nichts.«

Der Mann wankte zur Tür. Dort flüsterte er flehend: »Bitte, tun Sie mir nichts! Meine Brieftasche ist in der Hosentasche. Das ist alles, was ich bei mir habe. Nehmen Sie es, aber tun Sie mir bitte nichts.«

»Verdammte Scheiße!« zischte Red, riß eine Polizeimarke aus seiner Jackentasche und hielt sie dem völlig verängstigten Mann vor die Nase.

»Leider ist mir ein Irrtum unterlaufen, und ich habe Sie mit einem Mörder, den wir suchen, verwechselt«, sagte er. »Bitte entschuldigen Sie dieses Versehen.«

Der Mann zitterte vor Angst, nickte aber tapfer. Dann schwankte er die Stufen zur Straße hinunter.

»Wo zum Teufel steckt dieser Cameron?« fragte der Fahrer.

Red schnippte mit den Fingern. »Es gibt nur noch einen Ort, an dem ich noch nicht nachgesehen habe: die Toilette.«

»Kommst du allein zurecht, oder soll ich dir helfen, Kelly?« fragte der Fahrer besorgt.

»Fahr zur Hölle!«

Im hinteren Teil des Theaters gab es zwei Toilettenräume. Doch kein Hinweisschild zeigte, für welches Geschlecht die Räume gedacht waren. Das war gerade der Trend. Also öffnete Red alias Kelly die erste Tür. In diesem Raum standen alle Toilettentüren weit offen. Hier konnte sich niemand verborgen halten.

Lautlos betrat er den anderen Raum. Bingo! Eine Toilettentür war angelehnt. Durch den unteren Schlitz lugten Seth' Schuhe hervor, burgunderrote Ferragamos. Kelly erkannte sie sofort, er selbst hatte zu Hause ein solches Paar. Außerdem wußte er, daß Seth eine blaugrüne Hose mit Aufschlägen trug – und über den Schuhen leuchtete ein blaugrüner Stoff. Mit beiden Händen faßte er seine Waffe und stieß mit dem Fuß die Toilettentür auf. Dann zielte er.

An der Toilettenschüssel war eine blaugrüne Hose festgeklemmt, die in roten Schuhen steckte. Die Toilette war leer.

Der Fahrer war nach einer Weile unruhig geworden. Um seinen Komplizen zu Hilfe zu kommen, hatte er seinen Posten an der Tür verlassen. Keuchend kam er angerannt.

Jetzt brach er in hysterisches Gelächter aus. »Mensch, Kelly!« kicherte er und steckte seine Achtunddreißiger wieder ins Schulterhalfter. »Da hast du ja ganze Arbeit geleistet. Der Wicht hatte bestimmt nicht genug Zeit, sich den Hintern abzuwischen, bevor er in der Schüssel verschwunden ist.«

Aber Kelly war nicht nach Lachen zumute. Grimmig überprüfte er die andere Toilette des Raumes. Dann ging er geschmeidig zur Tür einer Besenkammer, die Knie leicht gebeugt, damit er sofort reagieren konnte. Selbst in seiner Wut arbeitete er sauber und genau. Die Waffe lag ruhig und schußbereit in seiner Hand. Blitzschnell riß er mit der Linken die Tür auf. Leer!

Kelly machte auf dem Absatz kehrt und rannte zur Eingangstür. Eine große, blonde Frau ging gerade die Stufen zur Straße hinunter.
Als Kelly näher kam, sah er, daß die Kleider nicht paßten. Die Beine waren muskulös und behaart. Als die Frau mit unsicheren Schritten zu einem Taxi hastete und einstieg, kam ihre blonde Perücke ins Rutschen.

»Das ging entschieden zu weit, Seth«, sagte Allyn am nächsten Morgen. »Nichts auf der Welt ist es wert, dafür zu sterben.«
Wie versteinert saß Seth ihr gegenüber, sah sie mit blutunterlaufenen Augen an und schwieg bedrückt.
»Ich weiß ja, daß Sie gern Russisches Roulette spielen, Seth. Aber diesmal haben Sie nicht nur eine Kugel im Magazin, sondern fünf. Wollen Sie sich umbringen?«
»Die wollten mich gar nicht töten«, antwortete Seth leise. »Das waren Profis. Sie hätten mich auf offener Straße erschießen können, ohne erwischt zu werden. Sie hatten den Auftrag, mich einzuschüchtern – nicht, mich umzubringen. Wenn man Zeugen beseitigt, fällt das nicht so auf. Das kann noch für einen dummen Zufall gehalten werden. Aber wenn Elena oder mir, dem Anwalt, etwas passiert, dann ist das Motiv eindeutig. Ich soll wohl eingeschüchtert werden, damit ich mich auf die Abfindung einlasse, die mir Treadwell vorgeschlagen hat.«
»Hoffentlich werden Sie vernünftig und nehmen das Angebot an.«
Seth schwieg und starrte eigensinnig vor sich hin.
Allyn schenkte Kaffee ein und betrachtete stumm sein Gesicht, als wollte sie seine Gedanken lesen. »Mut haben Sie«, sagte sie nach einer Weile. »Aber ich kann Sie nicht verstehen. Warum liegt Ihnen denn so viel daran, um jeden Preis diesen Kampf zu gewinnen? Wollen Sie so werden wie Treadwell? Warum ist Ihnen die Montgomery Street so ungeheuer wichtig?«
Seth meinte trocken: »Mir waren immer nur zwei Ziele wichtig.

Die Montgomery Street ist das eine.« Nachdenklich blies er in den heißen Kaffee. »Das andere habe ich vergessen.«
Allyn warf ihre brennende Zigarre in eine leere Tasse. »Vielleicht ist es Ihnen ja entgangen, aber es hat schon einige Leichen gegeben! Hier geht es nicht mehr um Ihre Karriere, Seth, es geht ums nackte Überleben! Ihr Freund Lev wurde zusammengeschlagen und kommt vielleicht ins Gefängnis! Sind Sie sich all dessen eigentlich bewußt?«
»Gestern abend habe ich im *Tosca* eine interessante Bekanntschaft gemacht«, sagte Seth. »Damit könnte ich etwas in der Hand haben, was mich schützt.«
»Könnte!« Allyns Stimme schnappte fast über. »Mit welchem Recht bringen Sie sich und andere in solche Gefahr? Wollen Sie sich zum Richter über die ganze Welt aufspielen? Mir geht Ihr realitätsferner Ehrgeiz auf die Nerven.« Nachdem Allyn sich eine Zigarre angezündet hatte, wurde sie ruhiger. »Ich möchte Ihnen etwas anvertrauen, Seth. Vor langer Zeit war ich mal verheiratet und ...«
»Was?« rief Seth erstaunt.
»Das wundert Sie wohl? Weil ich einen Gang habe wie ein Seemann und fluchen kann wie der Klabautermann? Oder weil ich eine Scheidungsanwältin bin, die sich keine Sentimentalitäten erlaubt?«
Lächelnd schüttelte Seth den Kopf. »Ich kenne Ihr großes Herz, Allyn. Bei Ihnen wundert mich gar nichts.«
»Das liegt jetzt fünfundzwanzig Jahre zurück. Mein Mann war etwas jünger als ich. War das ein sturer Hund! Sie sind ihm in dieser Hinsicht ähnlich. Er konnte nicht mehr zum Militär eingezogen werden, dafür war er schon zu alt. Aber er wollte am Vietnamkrieg teilnehmen und hat sich freiwillig gemeldet. Er hat es geschafft, als einer der letzten Soldaten vor Kriegsende getötet zu werden. Ich habe ihn nicht davon abbringen können. Aber ich hätte es verhindern müssen – egal wie. Eine Zeitlang galt er als vermißt. Das war für mich das Schlimmste.«

»Das tut mir leid.«
»Das ist vorbei. Ich will damit nur sagen, daß dieser Männlichkeitswahn auf die Dauer gesundheitsschädigend ist. Man sollte Jungen als Babys nicht beschneiden, sondern ihnen eine Warnung in die Haut einbrennen – Helden sterben früh!« Sie hustete. »Sie mögen sich für kugelsicher halten – und ich wünsche Ihnen das auch –, aber ich mache bei diesem Wahnsinn nicht mehr mit. Entweder nehmen Sie Treadwells Angebot an – oder Sie müssen allein weitermachen.«
Entsetzt sah Seth auf. »Ich kann das Angebot nicht annehmen, Allyn. Unmöglich!«
»Natürlich können Sie, Sie wollen nur nicht. Es geht nämlich nicht darum, daß Ihnen 30 000 Dollar zuwenig sind. Sie nehmen auch keine 100 000 Dollar. Und wissen Sie, warum? Weil Sie unbedingt gegen Treadwell im Gerichtssaal antreten wollen. Sie wollen sich und ihm beweisen, daß Sie der Bessere sind.« Sie verzog ihr Gesicht vor Abscheu. »Sie hassen diesen Mann so, daß Sie ihn am liebsten umlegen würden.« Beim Sprechen strömten Rauchwolken aus ihrem Mund. »Wenn Sie ihn schon nicht ermorden können, so wollen Sie ihn wenigstens vor Gericht vernichten.«
»Nein«, sagte Seth ruhig, »so stimmt es nicht. Wenn ich ihn im Gerichtssaal besiege, ist es das Schlimmste, was ich ihm antun kann. Treadwell würde sich lieber in einem Ameisenhaufen eingraben und bei lebendigem Leib auffressen lassen als gegen mich verlieren.«
»Und dafür setzen Sie Ihr Leben aufs Spiel!«
Langsam stand Seth auf und ging ans Fenster. »Das Flugzeug ist wirklich gefährlich«, sagte Seth, »das muß stillgelegt werden.«
»Machen Sie mir doch nichts vor, Seth Cameron! Diese Nummer können Sie bei Barbara Heywood abziehen. Ich kenne Sie viel zu gut.«
Seth beugte sich zu ihr. »Wir sind doch fast am Ziel! Ich hätte nie gedacht, daß Sie sich einschüchtern lassen, Allyn.«

»Sie können mich nicht manipulieren. Ich habe Sie durchschaut. Sie benutzen mich, meine Kanzlei und mein Bankkonto. Aber das ist jetzt endgültig vorbei. Seth! Entweder nehmen Sie morgen Treadwells 30 000 Dollar an, oder Sie ziehen hier aus.«

Diese Worte trafen Seth wie Schläge.

»Und sehen Sie mich nicht so vorwurfsvoll an! Leute wie Sie fallen immer auf ihre Füße. Die Wahrheit ist, daß Sie Menschen skrupellos benutzen, Seth.«

»Ich bezahle, was ich mir nehme.«

»Ach – und wie ist das bei Lev? Sie bezahlen ihn mit meinem Geld dafür, daß er sein Leben für Sie riskiert.«

»Ich werde Ihnen alles zurückzahlen, was ich mir von Ihnen geliehen habe. Um Lev werde ich mich kümmern, sobald ich nicht mehr so viel um die Ohren habe.«

»So wie Sie sich um Rosie Wheeler gekümmert haben. Die Rache an Treadwell ist Ihnen wichtiger als Rosies Liebe.«

»Rosie hat sich nie beklagt«, erwiderte er etwas zu schnell. »Zumindest lange Zeit nicht, erst am Schluß.«

»Das bestätigt nur Rosies Ausdauer, nicht *Ihren* noblen Charakter.«

»Sie kam freiwillig zu mir, und ich konnte sie nicht halten, als sie wieder gehen wollte.«

»Mag sein. Aber Sie haben Rosie dazu gebracht, Sie zu verlassen. Sie waren zerfressen von Rachsucht und Ehrgeiz! Mal abgesehen davon, daß Elena Barton Ihren Hormonhaushalt ordentlich durcheinandergebracht hat.«

»Glauben Sie, daß ich auch Elena benutze?«

»Aber natürlich! Sie soll Ihnen dabei helfen, wieder zurück in die Montgomery Street zu kommen. Außerdem soll sie Ihre innere Leere füllen.«

»Was meinen Sie damit?«

»Das liegt doch auf der Hand! Sie haben kein Selbstvertrauen und brauchen jemanden, der Sie bewundert und bestätigt.«

Seth sah sie wütend an. Er konnte es nicht leiden, wenn man über seine seelischen Probleme sprach. »Sie behaupten doch immer, daß Elena *mich* benutzt.«
»Hmm, das ist eine Art Kampf der Giganten – ihr beide seid euch sehr ähnlich.«
Allyn schenkte Kaffee nach. »Ach, was weiß denn ich! Ihr benutzt euch gegenseitig, damit ihr euch ja nicht verändern müßt. Da paßt ihr zusammen.«
»Haben Sie jetzt all meine Fehler aufgezählt? Ich bin mit zwölf beim Ladendiebstahl erwischt worden – das haben Sie noch nicht erwähnt.«
»Ja, ich muß Ihnen tatsächlich noch etwas sagen. Ich möchte, daß Sie so bald wie möglich Ihr Büro räumen! Ich bin für Ramóns und meine Sicherheit verantwortlich.«
Seth ließ sich keine Gefühle anmerken, obwohl sein Herz heftig schlug. Sein Atem ging unregelmäßig, und seine Beine gaben nach. Aber seine Miene blieb unbewegt. »Gut! Wenn Sie das für richtig halten.«
Allyn vermied seinen Blick. »Ja, es ist besser so.«
Seth nahm seinen Mantel vom Haken und ging zur Tür. Dort drehte er sich noch einmal um und sagte: »Machen Sie sich keine Gedanken wegen des Geldes. Ich werde Ihnen alles zurückzahlen. Und Sie bekommen die Hälfte des Honorars, wenn ich den Prozeß gewonnen habe.« Bedrückt wollte Seth die Tür hinter sich schließen.
»Cowboy?«
Als er Allyn ansah, liefen ihr Tränen über das Gesicht.
»Überlegen Sie es sich noch mal, Cowboy. Geben Sie diesen Irrsinn auf! Die Killer kennen Sie und wissen, wo sie Sie finden können.«
»Das Spiel ist noch nicht aus«, sagte Seth kalt. »Und ab nächsten Montag wird mir ein Schwurgericht dabei helfen, diese Verbrecher zur Strecke zu bringen.«

• 46 •

»HALLO, COWBOY!« Allyn sah nicht von ihrer Arbeit auf. Sie hatte Seth an seinem Schritt erkannt. »Sind Sie gekommen, um Ihre Sachen abzuholen?«

Allyn hatte sich wieder beruhigt. Ihre Stimme klang beherrscht. Seth bewunderte diese Fähigkeit zur Disziplin, vor allem da er zunehmend die Kontrolle über sich verlor. Aber jetzt würde er ihre Selbstbeherrschung einer großen Prüfung aussetzen – er war nicht gekommen, sein Büro zu räumen.

»Ich möchte von hier aus ein Telefongespräch führen.«

»Sie sind erst seit zwei Tagen entlassen und können sich keinen Anruf mehr leisten?«

Entschlossen ging Seth zu Ramóns Schreibtisch, nahm den Hörer ab und wählte aus dem Gedächtnis eine Nummer. »Nehmen Sie Ihren Hörer ab, Allyn, damit Sie mithören können!«

Erstaunt hielt sich Allyn den Hörer ans Ohr. Eine zuckersüße Stimme zirpte: »Guten Morgen! Sie sind mit dem Vorzimmer von Mr. Treadwell verbunden.«

»Seth Cameron. Ich möchte Mr. Treadwell sprechen.«

Einige Sekunden herrschte Schweigen. Als Miss Tarkenton sich von dem Schreck erholt hatte und weitersprach, war jede Freundlichkeit aus ihrer Stimme verschwunden. »Einen Augenblick!« zischte sie.

Es dauerte einige Minuten, bis Treadwells Bariton erklang. »Nun, Cameron, was wollen Sie?« Der Ton war fast herzlich. »Möchten Sie sich doch mit mir arrangieren und über die Abfindung reden?«

»Nein, Mr. Treadwell. Ich möchte mit Ihnen über Ihre Vergangenheit sprechen – über Ihre aristokratische Herkunft. Über Ihren Ostküstenadel, auf den Sie sich soviel einbilden.«

»Sie sind ja betrunken, Cameron! Und das schon am frühen Morgen!«

»Ich habe gestern abend einiges getrunken. Aber jetzt bin ich nüchtern.« Seth blinzelte der verblüfften Allyn im anderen Zimmer zu. »Ich war gestern in interessanter Begleitung: ein verbitterter alter Mann, der nur einen Arm hat und Magenprobleme. Er ist etwa einsachtzig groß und ungefähr achtzig Jahre alt – wenn nicht noch mehr. Graue, zurückgekämmte Haare, Bartstoppeln. Ein echter, alter Pionier aus Muskogee. Kennen Sie nicht jemanden, auf den diese Beschreibung paßt?«

Schweigen.

Allyn lauschte atemlos.

»Das Gespräch ist beendet, Cameron! Ich weiß nicht, wovon Sie sprechen.«

»Ich kann mir vorstellen, daß Sie über diesen Alten nicht allzu erfreut sind«, fuhr Seth ungerührt fort. »Ein schwarzes Schaf! Wir sind zweimal seinetwegen aus dem Lokal geworfen worden. Er kann sich nicht benehmen und bekommt üble Wutanfälle. Er ist überhaupt in jeder Hinsicht genau wie Sie.«

Allyn flüsterte ergriffen: »O mein Gott!«

»Aber insgesamt sieht er jetzt etwas besser aus als damals, als ich ihn das erstemal traf.« Seth hielt kurz inne, um dann gnadenlos zuzustoßen. »Das war in Ihrem Büro, Mr. Treadwell!«

Schweigen.

»Vielleicht tut ihm die Elchsmilch gut. So heißt doch sein Cocktail?«

Am anderen Ende herrschte tödliche Stille, nur Treadwells schwerer Atem verriet, daß er noch zuhörte. »Sie gemeiner Hund!«

»Sparen Sie sich Ihre Beschimpfungen! Sie sind doch keinen Deut besser!«

»Reden Sie nicht um den heißen Brei herum, Cameron! Was wollen Sie? Nehmen wir mal an, Sie wollen die 30 000 Dollar. Ich kann sie auf jeden Fall bis morgen besorgen. Vielleicht kann ich sogar etwas mehr herausschlagen.«

Schweigen.

»Sagen wir 50 000 Dollar?« Niemals darf man sich beim Feilschen freiwillig überbieten. Treadwell war am Haken.
Begeistert nickte Allyn Seth zu und hob den Daumen nach oben.
Doch Seth sagte selbstbewußt, daß es ihm nicht um Geld gehe. »Ich will keine Abfindung, Mr. Treadwell. Ich will diesen Kampf gegen Sie vor Gericht austragen. Und am Ende werden die Geschworenen das Urteil fällen. Von Ihnen verlange ich nur eines: Sie sollen sicherstellen, daß ich am Leben bleibe.«
»Ich verstehe nicht, was Sie …«
»Sorgen Sie dafür, daß ich von diesen dunklen Typen in Ruhe gelassen werde, Treadwell! Die sollen ihre Finger von mir lassen – und von Leviticus Heywood!« Seth sah Allyn an. »Ich will, daß alle, die ich kenne und die mit dem Fall zu tun haben, nicht um ihr Leben fürchten müssen. Das gilt insbesondere für meine Mandantin und für meine Chefin, Allyn Friedlander.«
»Cameron, bitte glauben Sie mir! Ich habe nicht die geringste Ahnung, wovon Sie sprechen.«
»Nehmen wir mal an, das stimmt. Dann werde ich Ihnen jetzt eine kleine Geschichte erzählen. Vor drei Tagen haben mich zwei Schlägertypen durch das North-Beach-Viertel gejagt. Ob sie mich umbringen oder nur einschüchtern wollten, weiß ich nicht. Aber ich weiß, daß schon zwei Zeugen ermordet wurden, damit sie nicht vor Gericht aussagen können. Ich habe den Verdacht, daß das dieselben Typen waren, die Leviticus Heywood zusammengeschlagen und ihm das Kokain untergeschoben haben. Möglicherweise sind das sogar Agenten des FBI. Jedenfalls arbeiten sie mit der Polizei zusammen. Heywood ist jetzt wegen deren falscher Beschuldigung angeklagt, und Sie offerieren mir großzügig, diese Klage wieder fallenzulassen, wenn ich auf Ihr Angebot eingehe.«
»Sie haben zu viele Oliver-Stone-Filme gesehen, Cameron. Sie phantasieren sich da die große Verschwörung zurecht.«
»Dann unterhalten Sie sich doch mal mit Ihrem Hauptzeugen,

General Farnsworth! Vielleicht verläßt er ja mal kurz seinen Grashügel.«

»Nehmen wir an, daß alles stimmt, was Sie da sagen. Nur hypothetisch, verstehen Sie. Wieso glauben Sie, daß ich in der Sache Einfluß habe?«

Seth dachte kurz nach, dann meinte er: »Ich habe Sie zwar nie leiden können, Mr. Treadwell, aber ich habe Sie auch nie unterschätzt. Die Verhandlung beginnt in vier Tagen, und Sie sind deren letzte Hoffnung. Nur Sie können mich noch aufhalten. Diese dunklen Drahtzieher im Hintergrund – wer immer das auch sein mag – haben es nicht geschafft, mich vorher auf der Straße zu erledigen. Und jetzt sollen Sie das im Gerichtssaal tun.«

Treadwell zögerte. »Ich möchte eindeutig für das Protokoll klarstellen, daß Ihre Behauptungen aus der Luft gegriffen sind ...«

»Hören Sie doch mit diesen juristischen Spielereien auf! Hier wird kein Protokoll geführt. Außerdem weiß ich, daß Tonbandaufzeichnungen von Telefongesprächen vor Gericht nicht als Beweis zugelassen sind.«

»Ich wollte nur sagen, daß ich mich darum kümmern werde.«

»Kümmern ist nicht genug! Sorgen Sie dafür, daß die Bedrohungen aufhören, und zwar sofort! Sie haben es ja auch geschafft, mich loszuwerden. Sie werden doch wohl diese Typen zurückpfeifen können. Falls mir aber etwas zustößt, werden einige Briefe losgeschickt. In diesen Briefen steht die Neufassung Ihrer Familiengeschichte. Einer geht an Herb Caen vom *Chronicle,* die anderen an Ihre Clubs, den *President's Club,* den *Pacific Union Club* und den *Bohemian Club.* Ich sehe schon die Schlagzeile im *Chronicle* vor mir: ›Der Hochstapler von Miller & McGrath‹.«

Sie hörten, wie Treadwell entnervt mit seinem Stift auf dem Tisch herumklopfte. »Wie gesagt, ich werde mich darum kümmern.«

»Das ist auch gut so«, sagte Seth und legte auf.
Allyn warf den Hörer auf die Gabel, sauste durch das Zimmer, umarmte Seth und erdrückte ihn fast. »Wie haben Sie das bloß ...? Wie zum Teufel ...?«
»Reiner Zufall!« murmelte er. »Blinder, dummer Zufall! Treadwell ist der außereheliche Sohn einer Familie aus White Plains im Bundesstaat New York. Die Familie ist recht anständig, aber das ist kein Ostküstenadel. Treadwells leiblicher Vater heißt Robert Soames – das ist der Alte, von dem ich vorhin gesprochen habe.«
»Das müssen Sie mir genauer erzählen!«
»Vor ungefähr sechzig Jahren hatte eine junge Frau, namens Esther Treadwell, eine kurze Affäre mit einem haltlosen jungen Mann namens Robert Soames. Esther wurde schwanger und bekam einen Sohn, Anthony Treadwell. Ihr Ehemann hat nach einer Weile herausbekommen, daß der Sohn nicht von ihm war. Also hat er Anthony zur Adoption freigegeben. Dann hat er Soames mit einem Zwölfkaliber verfolgt und ihm den Arm abgeschossen. Der kleine Tony hatte Glück und kam in gute Hände, seine Adoptiveltern waren sehr reich. Der alte Treadwell mußte für ein Jahr ins Gefängnis und starb vier Jahre später. Nun ging Esther vor Gericht, weil sie ihr Kind zurückhaben wollte. Es wurde ihr auch wieder zugesprochen. Aber die Adoptiveltern durften Anthony regelmäßig besuchen und finanziell unterstützen. Sie sorgten dafür, daß er eine ausgezeichnete Schulausbildung bekam und in Harvard und Yale studieren konnte. Sie starben während des Studiums, hinterließen Treadwell aber genug Geld, daß er sein Studium beenden konnte. Nach der Schule hat Treadwell natürlich ein Jahr lang in der Marine gedient, als Offizier versteht sich.«
Seth ging aufgeregt im Zimmer auf und ab. Nach einer Weile fuhr er fort: »Alle sind mittlerweile verstorben – bis auf den alten, abgebrannten Robert. Und der kennt die ganze Geschich-

te. Ich habe mich mit ihm angefreundet und eine Nacht durchgezecht. Dabei habe ich viel herausbekommen!«
»Was zum Beispiel?« fragte Allyn neugierig.
»Na ja, er ist ein richtiger Taugenichts. Er kennt die Praxis des Strafrechts aus eigener Erfahrung: Raubüberfälle auf Ladenkassen! Ich glaube, er erpreßt Treadwell ganz schön.«
»Genau wie Sie!«
»Wenn es uns am Leben erhält! Ja, verdammt noch mal, dann erpresse ich ihn auch!« rief Seth.
»Er weiß wohl, wie wichtig Treadwell der Mythos von seiner edlen Herkunft ist ... Glauben Sie, daß Treadwell wirklich nicht weiß, was bei diesem Fall gespielt wird?«
»Keine Ahnung!« murmelte Seth. »Aber Hauptsache, er hält uns diese Typen vom Hals, und das dürfte er schaffen. Sobald der Prozeß beginnt, ist der Klient dem Anwalt völlig ausgeliefert und macht, was dieser von ihm will. Sie *müssen* auf Treadwell hören, sie haben überhaupt keine Wahl!«
»Da wir gerade von dem Prozeß sprechen – ist Ihr Klient schon wieder aufgetaucht?«
»Elena kommt morgen zurück. Hat Lev schon was hören lassen?« Seth' Stimme klang nervös.
»Nein, keinen Ton«, antwortete Allyn. »Machen Sie sich vielleicht Sorgen?«
»Ich habe ihm eingeschärft, daß er sich nur an die örtliche Polizei wenden soll. Er soll um alle einen riesigen Bogen machen, die nach FBI oder Militär riechen. Lev weiß, daß der Prozeß am Montag beginnt und wir ihn brauchen. Bis dahin ist er zurück, oder er ruft uns an. Ich glaube nicht, daß er in Schwierigkeiten steckt.«
»Und wie geht es Seth Cameron?«
»Na ja. Er ist vor kurzem an die Luft gesetzt worden, und das macht ihm zu schaffen.«
Allyn runzelte die Stirn. »Eigentlich habe ich Ihre Suite dem Präsidenten von Kaiser Steel versprochen. Aber wenn Sie so viel Wert darauf legen, steht Sie Ihnen wieder zur Verfügung.«

»Sehr schön! Wo zum Teufel steckt Ramón? Ich habe einige Schreibarbeiten zu erledigen. Außerdem brauche ich einen Vorschuß. Mein Vermieter spielt schon verrückt!«

»Es ist wunderbar, Sie wieder bei uns zu haben, Cowboy!«

SECHSTER TEIL

• 47 •

WENN DER VORHANG aufgeht und die Verhandlung beginnt, zeigt sich das wahre Können eines Prozeßanwalts. Die Vorbereitung ist Fleißarbeit, doch jetzt steht er auf der Bühne und muß seinem Instinkt vertrauen. Hier gibt es kein Drehbuch, an das er sich halten könnte. Er agiert wie ein Seiltänzer ohne Netz, muß Risiken eingehen oder improvisieren. Das einzige, was er zu Beginn einer Verhandlung wirklich weiß, ist, daß es immer anders kommt als erwartet – und zwar dann, wenn er sich zu sicher fühlt.

Alle Prozeßanwälte haben am ersten Tag Angst. Doch der Anwalt der Klägerpartei steht unter größerem Druck als sein Gegner: Er muß mit dem Angriff beginnen, und die Eröffnung spielt eine ungeheuer wichtige Rolle. Dann muß er den weiteren Ablauf arrangieren und dirigieren. Er ist bei dieser Inszenierung nicht nur Hauptdarsteller, sondern auch Theaterinspizient: Er ist dafür verantwortlich, daß rechtzeitig alle Beweismittel vorliegen und die Zeugen zum richtigen Zeitpunkt auftreten. Außerdem ist er der Regisseur, weil er mit den Zeugen ihre Aussagen vorbereiten und einstudieren muß. Daneben fungiert er als Psychiater, der seinem Mandanten dabei hilft, die unvermeidlichen Ängste zu überwinden. Als vorteilhaft erweist es sich, wenn er zudem Gedanken lesen kann, da er am ersten Tag bei der Wahl der Geschworenen mitentscheiden kann, also bei der Wahl der Menschen, die zuletzt das Urteil fällen. Und es sollte ihm gelingen, die Geschworenen von Anfang an in sei-

nen Bann zu ziehen. Untersuchungen haben gezeigt, daß acht von zehn Geschworenen sich bereits nach der Eröffnungsrede ihr unumstößliches Urteil gebildet haben.
Das sind die üblichen Belastungen. Bei dem Fall Barton/Tucker gegen InterContinental Aerospace kam noch eine Komponente hinzu, die das Lampenfieber weiter ansteigen ließ. Im *Examiner* waren in der letzten Zeit täglich Artikel über den bevorstehenden Prozeß erschienen, wodurch die Aufmerksamkeit der ganzen USA auf diesen Fall gelenkt wurde. Es sah so aus, als werde sich die Berichterstattung zu einem nationalen Medienspektakel entwickeln. Der *Examiner* hatte bereits eine Sympathielenkung in seinen Artikeln erkennen lassen. Man hatte herausgestellt, daß die Witwe des Testpiloten Barton für die Ehrenrettung ihres verstorbenen Mannes kämpfe. Das hatte ihr die Anteilnahme der Leser eingebracht. Und jetzt kam es im sonst so seriösen Gerichtssaal des Richters Jerome Singer zu öffentlichen Sympathiebekundungen für die tapfere Witwe Elena Barton.
Dementsprechend nervös war auch jeder. Der Richter sah sich vor der unliebsamen Aufgabe, zwei gereizte gegnerische Anwälte unter Kontrolle zu halten. Die Geschworenen fanden sich unvermittelt im Zentrum des öffentlichen Interesses, denn über die Verhandlung sollte im Fernsehen ausführlich auf Kanal Court TV berichtet werden. Eine Viertelstunde lang standen die Zeugen während ihrer Aussage im Rampenlicht. Am stärksten waren die beiden Anwälte von der aufwendigen Berichterstattung betroffen. Jedes Detail ihres Vorgehens würde kritisch begutachtet werden, und fragwürdige Experten würden ihre Kommentare und Spekulationen abgeben. Sogar der Gerichtsbeamte war diesmal aufgeregt, da der Saal bis zum Bersten gefüllt war. Scharen von Reportern und Zeichnern hatten sich rechtzeitig Plätze gesichert. Außerdem hatten sich viele Schaulustige eingefunden; die Stammbesucher, die regelmäßig zu Prozessen kamen, gingen in dieser bunten, lauten Menge unter.

Wer einen Sitz ergattert hatte und nach vorn zum Verhandlungstisch sah, sah sofort, daß die gegnerischen Mannschaften ungleich stark waren. An der Verteidigungsseite des Verhandlungstisches saß Anthony Treadwell von Miller & McGrath und sortierte in aller Ruhe seine Unterlagen. Neben ihm hatte sein Assistent, Clayton Bingham, Platz genommen – ein junger Teilhaber von M & M, der Seth als hervorragend guter Prozeßanwalt mit Berufserfahrung am Obersten Gerichtshof der Vereinigten Staaten bekannt war. Der dritte in vorderster Riege war Herbert Leffingwell, geschäftsführender Vorstand von InterContinental Aerospace. Hinter ihnen belagerte der Mitarbeiterstab Treadwells den gesamten Raum bis zum Richtertisch. Da saßen verschiedene Vertreter der beklagten Institutionen neben Experten für die Auswahl der Geschworenen und zwei weiteren Prozeßanwälten der Kanzlei.

Herbert Leffingwell war ein zierlicher, gutaussehender Mann mit souveränem Auftreten. Er konnte sicherlich ebenso mühelos eine Vorstandssitzung führen wie Golf spielen. Als Seth Leffingwell vor der Verhandlung befragte, hatte dieser seine Antworten gelassen und überzeugend gegeben. Es war Seth nicht gelungen, ihn aus der Ruhe zu bringen. Seth fürchtete Leffingwells Wirkung auf die Geschworenen. Bingham hatte vor sich einen kleinen Computer stehen, über den er per Modem mit dem Hauptcomputer bei M & M verbunden war. Damit hatte er direkten Zugriff auf juristische Standardwerke, Prozeßakten und Protokolle über Zeugenbefragungen.

Auf der anderen Seite, nahe bei den Geschworenen, hatte sich die Partei der Anklage versammelt. Am Tisch saß Seth Cameron, ganz allein, wie es ihm am liebsten war. Hinter ihm war die zu allem entschlossene Witwe Barton zu sehen. Und das war's dann schon. Kein Mitarbeiterstab, keine Aktenberge auf Beistelltischen, kein Computer, der bei Bedarf einen passenden Präzedenzfall ausspuckte. Kein Rechtsgehilfe, der noch während der Verhandlung nach weiterem Beweismaterial su-

chen konnte, mit dem man dann einen Zeugen konfrontiert und vernichtet. Kein Privatdetektiv, der sich unauffällig zum Anwalt beugt, aus dem Gerichtssaal schlendert, die Sonnenbrille aufsetzt und den Zeugen findet, mit dem sich das Blatt zum Guten wendet.
Seth bemühte sich, entspannt zu wirken. Vor ihm lag lediglich sein gelber Notizblock. Darauf hatte er sich einige Fragen notiert, die er den potentiellen Geschworenen stellen wollte, um geeignete auszuwählen. Er konnte sich keine Experten leisten, die ihn bei der Auswahl beraten würden. Und Dr. Mitsui konnte er nicht noch einmal umsonst bemühen. Er mußte sich auf sein Gespür und seine Erfahrung verlassen. Vielleicht half ihm ja auch das Glück!
Auf der zweiten Seite seines Blockes hatte sich Seth die fünf Themenkreise notiert, zu denen er Bostwick befragen wollte. Ihn hatte er als zweiten Zeugen in seiner Sache gerichtlich vorladen lassen müssen, denn Bostwick stand auf seiten der Verteidigung. Sein erster Zeuge war Jack Christopher. Aber für den brauchte er ebensowenig Notizen wie für seine Eröffnungsrede – das hatte er im Kopf.
Das war seine Strategie für den ersten Tag. Mehr brauchte er zunächst auch nicht. Er mußte Bostwick dazu bringen, ihm zu bestätigen, daß Barton erst nach Mitternacht abgestürzt sein konnte. Bis jetzt war Lev noch nicht aufgetaucht, ja er hatte sich überhaupt nicht gemeldet, seit er nach Phoenix in Arizona abgeflogen war. Wenn er nicht heute noch den Beweis über die Absturzzeit erbrachte und wenn Bostwick nicht zu knacken war, war der Prozeß schon zu Ende, weil die Klagefrist nicht eingehalten worden war.
Kerzengerade saß Elena hinter ihm auf ihrem Stuhl und bemühte sich, wie eine trauernde Witwe auszusehen. Dabei wußte sie schon nicht mehr, was Trauer ist. Sie war dezent gekleidet und unauffällig geschminkt – dafür hatte Seth gesorgt.
Allerdings hatten sich die beiden wieder nicht an ihre Abma-

chung gehalten, sich auf rein geschäftliche Kontakte zu beschränken. Seth war am Abend zuvor in Elenas Wohnung gekommen, um ihre Garderobe für die Verhandlung auszuwählen. Im Grunde hatte Seth kein Interesse an Mode – Hauptsache für ihn war, daß eine Frau hübsch aussah. Schließlich kam er aus Bakersfield und konnte ein Donna-Karan- nicht von einem Ann-Taylor-Modell unterscheiden. Aber er wußte instinktiv, wie sich Geschworene eine leidende Frau vorstellen, und wollte Elenas Kleiderschrank nach etwas Passendem inspizieren. Zunächst war er in den Flur gegangen, damit sich Elena ausziehen konnte. Doch wie ein Voyeur sah er ihr im Spiegel zu, wie sie aus ihrem dunkelblauen Kostüm schlüpfte. Sie legte ihren Büstenhalter ab und wählte einen anderen. Seth bewunderte ihre schlanke Gestalt und ihre unglaublich schönen Brüste. Dann merkte er, daß sie ihn mit katzenhaften Augen im Spiegel anlächelte. Er erkannte, daß Elena seine Blicke genoß, ja sich wahrscheinlich für ihn so weit ausgezogen hatte, um ihn zu erregen. Mit wenigen Schritten war er bei ihr, drückte sie an die Wand und preßte sich in sie hinein. Elena riß sein Hemd auf, um ihn in die Brust zu beißen. Dabei flüsterte sie, wie sehr sie ihn liebe.

Seth wandte sich dann dem Kleiderschrank zu. Geschworene reagieren spontan auf die äußere Erscheinung der Akteure, und dieser Eindruck ist entscheidender als rationale Argumente. Elena durfte nicht als strahlende Schönheit in teuren Kleidern auftreten, wenn sie die Sympathie der weiblichen Geschworenen erwerben wollte. Also nahm er ihr das Calvin-Klein-Kleid aus der Hand und wählte etwas Schlichtes, das ihre gute Figur verhüllen würde: einen Rock, der bis zu den Waden reichte, und eine hochgeschlossene, langärmlige Bluse. Dazu Schuhe mit flachen Absätzen. Außerdem sollte sie ihre wunderschönen Augen hinter der Brille verstecken, die sie zum Autofahren brauchte. Sie mußte die Rolle der leidgeprüften Witwe spielen, die Mitleid erregt. Basta!

Als Seth ihr auch das Make-up verbieten wollte, meuterte Elena. Schließlich erlaubte er ihr, einen zarten Lippenstift aufzulegen. Doch die langen, weichen Locken mußten in einem strengen Knoten verschwinden. Schließlich könne sie nicht wie eine Barbie-Puppe vor Gericht erscheinen, meinte er grinsend. Zum Schluß riet er ihr, in dieser Nacht möglichst wenig zu schlafen – sie sollte müde und traurig wirken.

»Nun, was meinst du?« hatte sie ihn am frühen Morgen gefragt, als er sie von ihrem Appartement abholte. Ungeschminkt sah sie noch verletzlicher aus. Sie fühlte sich unscheinbar und konnte Seth kaum in die Augen sehen. »Wie sehe ich aus?«

»Dein Onkel Tony wird dich kaum wiedererkennen!« Seth war zufrieden. Er freute sich auf Treadwells Gesicht, denn der würde wissen, was gespielt wurde. Sie sah erheblich älter und weit weniger attraktiv aus, so als sei plötzlich eine gouvernantenhafte ältere Schwester aufgetaucht. Seth lobte sie.

»Ist es wirklich so schlimm?« fragte Elena entsetzt.

Nun saß sie im Gerichtssaal vor dem Publikum, und es war ihr unangenehm, so unansehnlich auszusehen. Ihre Eitelkeit war schwer getroffen. Auch Seth fühlte sich nicht wohl, sein Bauch schmerzte. Trotzdem lächelte er selbstsicher zu der Geschworenenbank hinüber. Dort saßen die Leute, die bald ausgewählt werden sollten.

Als er sich im Zuschauerraum umsah, bemerkte er in der hintersten Reihe einen großen Mann mit weißen Augenbrauen. Obwohl der Mann Zivil trug, erkannte Seth ihn sofort: General Clement Farnsworth konnte seinen militärischen Habitus nicht verbergen. Bei seinem Anblick erinnerte sich Seth wieder an die Begegnung auf der Nellis Air Force Base. Die Erinnerung an die Drohungen jagten ihm einen Schauer über den Rücken, obwohl es im Saal heiß war. Auf der anderen Seite des Zuschauerraumes saß Senator Traeger in Begleitung einiger distin-

guierter Herren, die Seth nicht kannte. Was wollte er hier? Elena beschützen? Oder ihr drohen?
Aus den Augenwinkeln betrachtete er die Truppe der Verteidigung. Eine richtige Armada ist da gegen mich angetreten, dachte er neidisch. Er redete sich ein, daß das auch den Geschworenen auffallen müsse. Diese Übermacht konnte also sogar von Vorteil sein: Amerika liebt Einzelkämpfer, die mutig für ihr Recht eintreten – David gegen Goliath!
Doch diese Erklärung beruhigte seinen Magen nicht. Wie Feuer brannte es in seinen Eingeweiden, und seine Kehle war trocken. Als er aufstand, um sich ein Glas Wasser zu holen, gaben seine Beine nach. Er wankte an Treadwell vorbei und nahm mit zitternder Hand einen Pappbecher. Schnell drehte er sich zur Seite, damit niemand das Zittern bemerken könnte. Seth fragte sich, ob Treadwell seine Angst riechen konnte. Wenn Treadwell wußte, wie verwundbar Seth im Augenblick war, würde er ihn vielleicht schon während der Eröffnungsrede bloßstellen. Was geht mit mir vor? Habe ich mich bis zur Eröffnung wieder im Griff, oder wird mir die Stimme versagen? Seth räusperte sich erst leise, dann lauter und energischer, um sich Mut zu machen. Mit Treadwell hatte er seit dem Telefonat, das Allyn mit angehört hatte, kein Wort mehr gewechselt. Im Gerichtssaal hatten sie sich bis jetzt ignoriert. Bingham hatte Seth vorhin mit einem kurzen Kopfnicken begrüßt, aber für Treadwell war er Luft. Das Spiel hatte begonnen!
Es gab Seth eine gewisse Befriedigung, daß sich Treadwell bis jetzt offenbar an ihr geheimes Abkommen gehalten hatte. Die Anklage gegen Lev war fallengelassen worden, und Seth hatte keine weiteren Drohungen mehr erhalten. Jetzt würde es hier vor Gericht zum Duell kommen!
Das aufgeregte Raunen der Zuschauer verstummte. Der Protokollant und der Gerichtsschreiber erschienen und nahmen ihre Plätze ein. Bald würde der Richter den Saal betreten. Alle warteten gespannt auf den Beginn der Schlacht. Hier offenbart

sich die abgründige Freude des Menschen am Morbiden – wie bei einer Hinrichtung. Als sich der Gerichtsdiener erhob, um den Richter anzukündigen, knisterte es im Saal vor Spannung. Seth spürte einen durchdringenden Blick auf sich und sah unvermittelt nach links in Treadwells dunkle, brennende Augen. Treadwell schien wütend zu sein. Seth hätte für sein Leben gern gewußt, was in ihm vorging.

Treadwell war wütend, aber vor allem auf sich selbst. Während seiner Laufbahn waren ihm nur wenige Fehler unterlaufen. Aber in den letzten drei Jahren hatten sich die Fehler gehäuft – und alle hatte er sie diesem Lümmel aus Bakersfield zu verdanken.

Er hätte ihn damals sofort entlassen sollen! Ein Krebsgeschwür muß man rechtzeitig herausschneiden, bevor es sich ausbreiten kann. Das war eine große Dummheit gewesen. Doch nie und nimmer hätte er sich von Traeger und Leffingwell dazu überreden lassen dürfen, diesen Fall persönlich zu übernehmen. Das zeigte, daß man Camerons Unverschämtheit ernst nahm! Erst dadurch wurde das Hasardeurspiel seriös – und im ganzen Land bekannt. Warum hatte er sich nicht gegen den Druck und die Schmeicheleien durchsetzen können? Na ja, die Verantwortung lag bei ihnen – nicht bei ihm!

Aber er mußte die Suppe jetzt auslöffeln und sich gegen diesen Niemand verheizen lassen. Er hätte seine Karriere makellos beenden können. Statt dessen hatte er diesen vermaledeiten Fall am Hals, für den sich ganz Amerika interessierte. Und das war wohl nicht einmal ein spektakulärer Streit mit einem Kartell oder über die nationale Sicherheit – nein, es war im Grunde nur eine windige Schadenersatzklage! Gott sei Dank war die Klagefrist abgelaufen, und wenn Richter Singer Wort hielt, würde er mit diesem Unsinn kurzen Prozeß machen.

Die Wut in Treadwells Augen, aber auch die Macht, die er ausstrahlte, machten Seth verlegen. Schnell sah er weg. Dann zwang er sich, seinen Gegner wieder anzusehen. Treadwell

bohrte eben Bingham seinen spitzen Ellbogen in die Rippen. Gehorsam stand Bingham auf und kam zu Seth herüber. Stumm schienen seine Augen um Entschuldigung zu bitten.
»Hallo, Seth!« sagte er leise. »Hier ist der neue Antrag, den wir stellen werden, um Ihre Klage abzuweisen, so wie es Richter Singer vorgeschlagen hat. Zunächst werden Sie ja die Zeugen vorstellen, die Ihre Theorie von der Absturzzeit beweisen. Danach werden wir über diesen neuen Antrag diskutieren.«
Als Seth nickte und das Dokument entgegennahm, flüsterte Bingham kaum hörbar: »Warum haben Sie die 30 000 Dollar bloß nicht genommen, Seth? Mir tut das alles hier sehr leid!«
Aber Seth strahlte Bingham an, schüttelte ihm herzlich die Hand und dröhnte ein inniges »Danke schön«. Verwirrt ging Bingham zurück zu seinem Platz. Nun grinste Seth Treadwell an und winkte ihm mit dem Blatt zu, als sei es das große Los. Sicher hatte Treadwell diesen Augenblick gewählt, um ihm den Antrag übergeben zu lassen. Er wollte ihn kurz vor der Eröffnung aus der Fassung bringen. Aber Seth wußte, daß die Augen aller Prozeßbeobachter auf den beiden Anwälten lagen. Auch die Augen der zukünftigen Geschworenen. Und Seth nutzte den Augenblick, in dem ihm alle zusahen, um sie zu manipulieren. Er ließ den Eindruck entstehen, als hätte die Gegenpartei eben ein großes Zugeständnis an ihn gemacht – als wäre er bereits dabei zu gewinnen!
»Bitte erheben Sie sich!« rief der Gerichtsdiener, als Richter Singer endlich eintrat. Mit wenigen Schritten war er am Richterstuhl und hatte bereits den Saal unter Kontrolle.
»Die Verhandlung ist eröffnet!« sagte Richter Singer. Der Schreiber stand auf, um die Formalia zu verlesen. Wenige Sekunden seines Lebens stand auch er im Rampenlicht.
»Fall Nummer 15397 – Elena Barton und das Anwesen Benjamin A. Tucker gegen InterContinental Aerospace. Ich bitte die anwesenden Parteien, sich vorzustellen.«
Seth stand zuerst auf und stellte sich als Vertreter der Anklage

vor. Als er sich wieder hinsetzte, suchte er vergeblich im Zuschauerraum nach einem vertrauten Gesicht. Er fühlte sich unendlich allein, von aller Welt verlassen.

Der Richter wies nun den Gerichtsbeamten an, mit der Auslosung der Geschworenen zu beginnen. Dieser drehte die Kugel und zog zwölf Namen.

Sieben der ersten zwölf Kandidaten waren Frauen, was Seth erleichterte. Frauen urteilen eher nach Gefühl. Das war in seinem Fall gut, wenn Elena die Rolle der trauernden Witwe überzeugend spielte. Außerdem stehen Frauen dem Militär nicht so kritiklos gegenüber wie die meisten Männer. Einer der männlichen Geschworenen war offenbar homosexuell – Knowlton, ein Weißer. Auch er war ähnlich einzuordnen wie die Frauen. Ein Schwarzer, er hieß Spinner, versuchte, gelassen zu wirken. Wahrscheinlich konnte Seth beim Kampf gegen das Establishment auch mit seiner Sympathie rechnen. Das waren schon neun von zwölf. Mehr brauchte er nicht.

Nun werde bloß nicht übermütig! Treadwell darf sechs Geschworene ohne Angabe von Gründen ablehnen. Und er hat genug Hintergrundinformationen, um von diesem Recht optimal Gebrauch zu machen.

Seth war ganz auf sich allein gestellt. Er konnte niemanden um Rat fragen. Er mußte sich die Leute genau ansehen, um herauszufinden, wer von ihnen sich am ehesten von ihm überzeugen lassen würde. Die anderen mußte er mit seinem Vetorecht ablehnen. Dazu mußte er die Leute einordnen können. Er mußte wissen, zu welcher Schicht sie gehörten und welche Einstellungen sie hatten. Treadwell standen dafür die wertvollen Unterlagen zur Verfügung, soziologische Studien und Statistiken. Außerdem berieten ihn bei der Beurteilung der Kandidaten hochdotierte Experten.

Direkt hinter Treadwell saß die Psychologin des Expertenteams. Als sie die ausgewählten Geschworenen musterte und deren Kleidung, Körperhaltung und Körpersprache studierte, nahm ihr Gesicht einen besorgten Ausdruck an. Manchmal blätterte sie in einem dicken Ordner und verglich ihre Informationen und Eindrücke mit den Daten ihrer Feldstudien. Aufgrund der Adressen konnte sie die Einkommensverhältnisse klären, ja sie wußte sogar, welchem Beruf die Betroffenen nachgingen und für welche Partei sie sich als Wähler hatten registrieren lassen, ob sie schon einmal als Geschworene fungiert und welches Urteil sie gefällt hatten. Treadwell hatte eine unschätzbare Hilfe.

Seth sah sich die ersten zwölf Kandidaten an.

Joseph Velasquez. Mitte Zwanzig, schlechter Haarschnitt, abgetragene Schuhe. Opfer der Rezession. Velasquez kann die fünf Dollar, die er für jeden Verhandlungstag bekommt, und die warme Mahlzeit sicher gut brauchen. Wahrscheinlich steht er einem Konzern, dessen Kapital auf 100 Milliarden Dollar geschätzt wird, eher skeptisch gegenüber. Wenn er tatsächlich im Zuge der Rezession entlassen worden ist, ist er sicher entsprechend wütend. Wütende Geschworene neigen dazu, die beklagten Firmen zu verschärftem Schadenersatz zu verurteilen.

Mary Nance. An ihrem welken Arm prangt eine echte Lady Rolex. Ihr Ehemann ist sicher Bankier oder Vorstandsmitglied einer großen Firma. Nicht gut. Konservativer Hintergrund. Aber sie könnte Elena gegenüber mütterliche Gefühle entwickeln, die stärker sind als ihr Wertesystem. Ein Schaf, das der Herde folgt, wie Velasquez. Bis jetzt noch kein Leithammel.

Karen Fountain. Über und über behängt mit Modeschmuck. Laut, aber ein Schaf. Treadwell wird sie garantiert abschießen.

Ronald Knowlton. Sieht recht intelligent aus. Wahrscheinlich schwul. Sehr gut! Könnte ein Leithammel sein.

Edward Stanton. Ganz schlecht. Eindeutige Führungspersönlichkeit. Geschäftsmann im Maßanzug. Direktorium. Arbeitsethos. Könnte Herbert Leffingwells Zwilling sein. Sitzt wahrscheinlich mittags in seinem Club und schimpft, daß dieser Rechtsstreit die Wirtschaft schädige und die internationale

Wettbewerbsfähigkeit schwäche. Kalte Augen. Testpiloten müssen seiner Meinung nach mit dem Absturzrisiko leben, dafür werden sie ja verdammt gut bezahlt. Der geile, alte Hund starrt die ganze Zeit Elena an.

Thomas Brown. Wahrscheinlich der obligatorische Postler. Rentner. Gemütsmensch. Er wird Mitleid mit Elena haben. Aber wird auch der Herde folgen.

Sophie Byers. Gutaussehend, aber aufgedonnert. Anfang Dreißig. Charmant. Sie wird Elena nicht mögen, aber tolerieren, so unscheinbar, wie sie hier auftritt. Sie wird eher auf mich ansprechen als auf Treadwell.

Maurine Stengler. Schwierig. Kaut Fingernägel. Schwer einzuordnen. Könnte erzkonservativ sein. Auf jeden Fall extrem. Wenn sie sich für uns entscheidet, könnte sie einen enorm hohen Schadenersatz von ConSpace fordern. Sie ist alt genug, um Elenas Mutter zu sein.

Ruth Jackson. Sieht aus wie eine Studentin. Berkeley. Kurz vor dem Examen. Klug. Schwarz. Wütend? Perfekt!

Barbara Bateman. Kostüm. Teure Schuhe. Forscher Gang. Geschäftsfrau. Ihr wird Elena nicht gefallen. Vielleicht durchschaut sie sogar die Verkleidung. Aber sie könnte sie trotzdem als Opfer der Männerherrschaft sehen, des Militärkomplexes. Eine Führungspersönlichkeit. Bateman oder Stanton könnten zum Sprecher der Geschworenen gewählt werden.

Susan Wanger. Alkoholikerin. Hat vieles hinter sich. Erstaunlich, daß sie sich für die Wahl hat registrieren lassen. Treadwell wird sie ablehnen. Auch ein Schaf.

Calvin Spinner. Schwarzer. Arbeiter. Nicht so leicht zu erschüttern. Verheiratet. Solider Bürger. Sieht intelligent aus. Könnte frustriert sein, weil er eine Arbeit hat, die unter seinem Niveau ist. Das heißt: verschärfter Schadenersatz. Gut!

Insgesamt spiegelt diese Jury recht gut die Bevölkerung von San Francisco wider. Kein Wunder, daß Treadwells Beraterin eine besorgte Miene macht.

Seth hätte ein Jahr seines Lebens dafür hergegeben, wenn er fünf Minuten den dicken Ordner von Treadwells Experten hätte einsehen können. ConSpace hatte bestimmt mehr als 300 000 Dollar für dieses Projekt ausgegeben und alle Register gezogen. Expertenteams, Probeverhandlungen, Bevölkerungsstudien, Videoaufnahmen von Zeugenaussagen zur nachbereitenden Analyse. Problemanalysen, Datenspeicherung über alle potentiellen Geschworenen und wahrscheinlich sogar eine Schattenjury, irgendwo im Zuschauerraum verstreut.
Weil Seth das alles wußte, überfiel ihn Panik. Er hatte nichts als seine Menschenkenntnis.
»Mr. Cameron! Bitte beginnen Sie mit der Befragung der ausgelosten Geschworenen.«
»Danke, Euer Ehren! Einen Augenblick, bitte!«
Seth überflog seine Aufzeichnungen. Er könnte diese Leute eine Ewigkeit lang befragen, ohne herauszubekommen, was wirklich in ihnen vorging. Dazu brauchte er die Informationen, die der Gegenseite vorlagen. Nur ein Blick in diesen schwarzen Ordner!
Er drehte sich zu Elena um, damit der Eindruck entstand, daß er sie in die Entscheidung einbeziehe. Die Zuschauer sollten sehen, daß sie die Hauptperson war, nicht er. Es war nicht so wichtig, daß sie *ihn* mochten, sie mußten *Elena* mögen. Er war der Profi. Aber Elena würde nach der Verhandlung wieder in ihr Privatleben zurückkehren und mit dem Urteil, das die Geschworenen gefällt hatten, leben müssen. Und die Geschworenen sollten sich dafür verantwortlich fühlen.
»Ich werde jetzt etwas sehr Ungewöhnliches tun«, sagte Seth zu ihr. »Das wird erst mal alle schockieren. Laß dir bitte nichts anmerken! Ich versuche, diesen Leuten zu zeigen, daß wir unanfechtbar im Recht sind und glauben, daß jeder, der halbwegs bei Verstand ist, das auch erkennt.« Seth drehte sich wieder um, holte tief Luft und stand auf. Er ging zu der Geschworenenbank und sah jedem einzelnen der Ausgelosten in die Augen.

Dann wandte er sich dem Richter zu und sagte: »Euer Ehren! Meine Mandantin und ich haben keine Fragen an diese guten Leute. Wir sind mit allen, wie sie hier sitzen, einverstanden. Was uns anbelangt, so können Sie sie vereidigen, und wir können mit der Verhandlung beginnen.«
Treadwell und Bingham sahen einander fassungslos an. Noch nie hatte eine Partei die Auswahl der Geschworenen kritiklos akzeptiert. Treadwell überlegte, ob er gegen dieses Verhalten Einspruch erheben könne.
»Mr. Treadwell!« sagte Richter Singer, und in seiner Stimme schwang ebenfalls Fassungslosigkeit. Auch er hatte so etwas noch nie erlebt, und es gefiel ihm nicht. »Bitte befragen *Sie* nun die ausgelosten Geschworenen, und nehmen Sie dann Ihr Vetorecht wahr.«
»Danke!« stotterte Treadwell. »Wir brauchen noch kurz Bedenkzeit.«
Aus den Augenwinkeln beobachtete Seth die Geschworenen. Die meisten sahen gespannt der Betriebsamkeit am Verteidigungstisch zu. In ein paar Gesichtern las er Erleichterung und Dankbarkeit.
Endlich stand Treadwell auf. Er hatte sich wieder im Griff und sagte freundlich zu den Geschworenen: »Euer Ehren! Auch die Verteidigung akzeptiert die Geschworenen, so wie sie ausgelost worden sind.«
Während die Jury vereidigt wurde, flüsterte Seth Elena zu: »Sieh mal, der alte Leffingwell kocht vor Wut! Ich hätte nicht gedacht, daß den was vom Hocker hauen kann.«
»Worüber regt er sich denn so auf?« fragte sie.
»Ich habe ihm gerade 300 000 Dollar die Toilette hinuntergespült«, sagte Seth hämisch. »Außerdem weiß er, daß die Karten jetzt gleich verteilt sind. Sie sind nicht mehr so im Vorteil.«
Zum erstenmal an diesem Tag hatte Seth Grund zur Freude.

• 48 •

DIE ERÖFFNUNGSREDEN BEIDER Parteien brachten keine Überraschungen. Seth hielt sich zunächst an Fakten. Sachlich legte er technische Mängel der X-215A dar, die schon vor dem Absturz aufgefallen waren, und schilderte dann Sam Bartons einwandfreie Laufbahn und Kompetenz als Pilot. Nun kam er auf das TDA-Bordsystem zu sprechen. Er zeigte auf, daß im Kabelgeschirr sämtliche wichtigen elektrischen Drähte liefen, das Bordsystem aber so überladen war, daß dieser zentrale Nerv des Flugzeugs leicht beschädigt werden konnte.

In diese vordergründige Sachlichkeit wob er bereits Sympathielenkung. Er senkte seine Stimme, als er die panische Angst schilderte, die Sam in den letzten Sekunden seines Lebens empfunden haben mußte. Er mußte gewußt haben, daß er verbrennen würde, und noch ein letztes Mal an seine geliebte Frau gedacht haben – und an die Kinder, die er nie würde haben können. Eindrucksvoll ließ er die Szene vor den Augen der Geschworenen entstehen, wie sehr früh am nächsten Morgen der Befehlshaber der Staffel an Elenas Tür läutete. Sie hatte sofort gewußt, daß ihre schlimmsten Befürchtungen wahr geworden waren: Sie war Witwe. Später hatte sie sich entschlossen, das Stigma des Versagens vom Namen ihres Mannes zu löschen, doch sie war gegen eine Mauer gerannt. Die Air Force hatte ihre bescheidene Bitte eiskalt abgeblockt.

In diesem Tenor beschwor Seth das Mitgefühl, bis sogar der grimmige Edward Stanton voll Rührung auf Elena blickte. Er fühlte Zorn auf die Verursacher dieses unnötigen Leides.

Dann kam Treadwell an die Reihe und machte Seth' Manipulation zunichte, indem er den Geschworenen klarmachte, daß sie soeben manipuliert worden waren.

»Mr. Cameron präsentiert Ihnen hier wilde Spekulationen und spielt mit Ihren Gefühlen!« sagte Treadwell. »Aber er muß Ihnen Beweise vorlegen, meine Damen und Herren! Darauf wird

Sie auch Richter Singer aufmerksam machen. Eindeutige Beweise! Gefühle – auch Mitleid – dürfen hier nicht den Ausschlag geben.« Treadwell bezeichnete Seth als raffinierten Psychologen, der wisse, wie man Menschen beeinflußt. Die Klägerpartei müsse unanfechtbar nachweisen, daß die X-215A wegen eines technischen Defektes abgestürzt sei. Und diesen Nachweis werde sie nie erbringen können.
Mit dieser Rede erwies sich Treadwell selbst als guter Psychologe. Zum Schluß fühlte er sich so sicher, daß er an das patriotische Gefühl der Geschworenen appellierte: Amerika brauche eine gute Verteidigung, um sich schützen zu können. Er pries all diejenigen, die sich Tag und Nacht für die Sicherheit der USA aufopferten. »Nur so können unsere Kinder und Kindeskinder in Freiheit und Sicherheit leben!«
Das war auch rührselig und vor allem abgedroschen. Aber es verfehlte seine Wirkung nicht. Stanton, Miss Stengler, Mrs. Nance und sogar Ronald Knowlton waren sichtlich ergriffen. So ist es nun mal bei einem Prozeß: Das Pendel schwingt hin und her. Später würde Seth Crispie in den Zeugenstand rufen und, mit etwas Glück, das Pendel wieder in die andere Richtung lenken.
Richter Singer verkündete die Mittagspause, und die Geschworenen verließen den Saal. Seth schluckte einige rote Pillen, die er wieder in seiner Aktentasche parat hatte.
»Du warst wunderbar, Liebling!« sagte Elena. »Mein Ritter, mein Held! Liebst du mich immer noch, obwohl ich wie eine Vogelscheuche aussehe?«
»Du bist eine bezaubernde Vogelscheuche!«
Elena nahm ihn an der Hand. »Ich liebe dich, Seth. Hoffentlich ist bald alles hinter uns! Ich würde am liebsten jetzt schon gegen unser Abkommen verstoßen.«
»Bald ist es vorbei, Elena!« Zu seinem Erstaunen sah er Simon Stephens ganz hinten im Zuschauerraum. Seth erkannte ihn sofort an seinem maßgeschneiderten Brooks-Brothers-Anzug und der dezenten Talbot-Krawatte. Als Seth auf ihn zugehen

wollte, stand Stephens auf und ging zum Ausgang. Doch er sah herüber und hob seinen Daumen nach oben.
»Wer ist das?«
»Ein Bekannter«, antwortete Seth. »Er ist in meinem Alter, arbeitet bei Caldwell & Shaw und verdient etwa eine 500 000 Dollar im Jahr. Wahrscheinlich hat er gerade selbst bei Gericht zu tun und mal kurz hier hereingesehen.«
Plötzlich kam Ramón zur Tür herein und ging zu Seth. »Die Königinmutter der Jurisprudenz schickt mich. Ich soll Ihnen schleunigst diese Nachricht überbringen.«
Er gab Seth einen Zettel von Lev. Darauf stand nur eine Zeile: »Halt die Stellung, Cowboy! Die Kavallerie ist im Anzug!«

Nach der Pause rief Seth Crispie auf. Erst ließ er ihn kurz das Stealth-Programm darlegen. Crispie erklärte in Grundzügen die Aufgaben, die das neue Militärflugzeug erfüllen mußte, und erläuterte, wie die X-215A sich in Tests gegen den B-2-Bomber durchgesetzt hatte und ins Programm aufgenommen worden war. Dann waren alle erstklassigen Testpiloten der verschiedenen Luftwaffenbasen der USA auf die Symington Air Force Base in New Mexico beordert worden, um das ConSpace-Flugzeug zu testen.
»Major Christopher! Bitte schildern Sie uns nun Sam Bartons Kompetenz als Pilot.«
»Einspruch!« rief Treadwell. »Die Formulierung ist nicht korrekt. Sie setzt Bartons Kompetenz voraus. Doch hier werden keine Beweise erbracht, der Zeuge soll lediglich seine Meinung darlegen.«
»Aber natürlich, Euer Ehren!« konterte Seth. »Major Christopher soll uns sein persönliches Urteil als Fachmann über Bartons Kompetenz abgeben. Captain Barton hatte einen ausgezeichneten Ruf als Testpilot. Das zeigt schon allein die Tatsache, daß er zu diesem Programm berufen wurde – eine Aufgabe, die ihn das Leben kostete.«

»Noch mal Einspruch, Euer Ehren!« erwiderte Treadwell. »Wenn Bartons Kompetenz so unzweifelhaft vorauszusetzen ist, dann ist ein Expertengutachten überflüssig und darf nicht in die Beweisführung aufgenommen werden. Außerdem nimmt Mr. Cameron mit seiner letzten Bemerkung Einfluß auf die Geschworenen. Das ist nicht zulässig.«

»Das gilt aber auch für Mr. Treadwell, Euer Ehren. Seine Kommentare sind suggestiv. Ich setze mich nur dagegen zur Wehr.«

»Sie haben sich beide korrekt zu verhalten!« donnerte der Richter. »Einspruch abgelehnt. Die Geschworenen sind angehalten, die Bemerkungen der Anwälte nicht zur Kenntnis zu nehmen.«

Dieses Spiel wiederholte sich fast bei jeder Frage, die Seth stellte. Treadwell hatte sich offenbar für einen harten Kurs entschieden, was Seth wunderte: Ständige Unterbrechungen wecken bei Geschworenen meist Mißtrauen. Sie glauben, dadurch solle etwas vertuscht werden. Auch Richter Singer hatte für diese Methode nicht viel übrig. Das hatte er klargestellt. Seth hatte jetzt etwa die Hälfte seiner Fragen an Crispie gestellt, und nicht einem Einspruch Treadwells war stattgegeben worden. Doch Crispie war entnervt. Er schaffte es nicht mehr, so überzeugend zu antworten, wie Seth erhofft hatte.

»War Barton als Pilot umsichtig und gewissenhaft?«

»Einspruch! Zu vage und suggestiv!«

»Abgelehnt!«

»Ja.«

»Blieb er in Gefahrensituationen ruhig?«

»Ja.«

»Hatte er genug technische Sachkenntnis, um adäquat zu reagieren?«

»Natürlich hat er … äh … hatte er … Sachkenntnis.«

»Zum Training als Luftwaffenpilot gehören ja auch simulierte Luftkämpfe. Die Abschüsse werden elektronisch registriert. Ist das richtig?«

»Ja.«
»Wer von Ihrer Staffel hatte die meisten Abschüsse und Erfolge?«
»Einspruch! Die Fragestellung ist zu komplex!«
»Abgelehnt!«
»Captain Barton war Staffelleiter, bevor er ... äh ... vor seinem Tod ...«
»Captain Barton war doch auch in der Ausbildung eingesetzt. Er hat einige Kurse an der Offiziersschule für Piloten unterrichtet. Stimmt das?«
»Einspruch! Barton verstarb bei einem Testflug, nicht im Klassenzimmer!«
»Abgelehnt!«
»Ja. Fast alle Piloten unserer Staffel unterrichten dort.«
»Welche Kurse hatte Barton übernommen?«
»Flugsicherheit und Verhalten in Gefahrensituationen.«
»Wurde er für diese Kurse eingeteilt, weil er in diesem Bereich besonders viel Erfahrung besaß und sich profiliert hatte?«
»Einspruch! Suggestivfrage!«
»Stattgegeben!«
»Ich formuliere die Frage anders. Wieso wurde ausgerechnet Sam Barton damit betraut, diese Gebiete zu unterrichten?«
»Einspruch! Diese Frage setzt voraus, daß eine Auswahl stattgefunden hat. Das ist jedoch nicht erwiesen. Außerdem weiß man nicht, welche Gebiete gemeint sind.«
Richter Singer verdrehte die Augen und blies die Backen auf. Seth kam dem Richter zu Hilfe. »Der Einspruch bezieht sich nur auf das Formale«, sagte Seth zum Richter. »Aber er ist korrekt. Mit Verlaub werde ich meine Frage anders formulieren.«
»Vielen Dank!« sagte Richter Singer erleichtert und lehnte sich zurück.
»Major Christopher! Würden Sie bitte den Damen und Herren Geschworenen erläutern, ob der Unterrichtsorganisation ein bestimmtes Prinzip zugrunde liegt, und wenn ja, wie dieses

Prinzip funktioniert. Erklären Sie uns bitte, wie bestimmt wird, welcher Pilot welches Gebiet unterrichtet und warum!«
Danach konnte niemand mehr bezweifeln, daß Captain Barton der kompetenteste, tapferste und souveränste Testpilot war, der sich jemals in einem Düsenjägercockpit angeschnallt hatte, seit Chuck Yeager die Schallmauer durchbrochen hatte. Die Zeit war reif für die entscheidende Frage: »Ach übrigens, Major Christopher, wann startete Sam Barton in jener Nacht zu diesem Testflug?«
Sofort sprang Treadwell auf und ratterte alle nur denkbaren Begründungen herunter, mit denen man Einspruch erheben kann. Was auf diese Frage zutraf, war der Vorwurf des Hörensagens und die begründete Annahme, daß der Zeuge nicht offiziell über den Flugplan informiert sein konnte.
»Ich habe keine Ahnung«, antwortete Crispie, noch bevor der Richter Treadwells Einspruch stattgeben konnte.
»Euer Ehren!« sagte Seth. »Wenn Sie mir in diesem Punkt einen gewissen Spielraum lassen würden, wäre ich Ihnen sehr dankbar.«
Richter Singer hatte jedoch die Antwort schon gehört und ließ Seth fortfahren.
Nun wollte Seth auf die X-215A zu sprechen kommen. Kaum hatte er dieses Thema angeschnitten, sprangen schon im Zuschauerraum zwei Juristen aus dem Verteidigungsministerium auf und gaben Treadwell ein Zeichen. Daraufhin bat Treadwell den Richter um eine kurze Besprechung der Anwälte im Richterzimmer. Der Richter nickte, und zog sich mit den Anwälten zur Beratung zurück. Seth, Treadwell, Bingham, die beiden Ministerialbeauftragten und General Farnsworth diskutierten zwanzig Minuten, welche Frage Seth stellen dürfte.
Zum Schluß wurde es Seth gestattet, eine einzige, vorsichtig formulierte Frage an den Zeugen zu richten.
»Major Christopher! Wurde Ihrer Meinung nach der Absturz, bei dem Captain Barton ums Leben kam, durch einen techni-

schen Defekt verursacht? Und wenn ja, um welchen Defekt handelt es sich dabei?«

Crispie warf General Farnsworth einen unsicheren Blick zu, bevor er ein knappes »Nein!« hervorstieß.

»Warum sehen Sie Ihren Befehlshaber an, Major? Haben Sie Angst, zur Rechenschaft gezogen zu werden, wenn Sie uns hier die Wahrheit sagen?«

»Einspruch!«

Oder ermordet zu werden? dachte Seth.

»Stattgegeben!« Mit tadelndem Blick auf Seth wies der Richter die Geschworenen an, die letzte Frage nicht zur Kenntnis zu nehmen. Dann ermahnte er Seth, sich solcher Kommentare in Zukunft zu enthalten.

»Vielen Dank, Euer Ehren!« antwortete Seth, wie es sich vor Gericht gehörte, wenn man gerade massakriert worden ist. »Also, Major Christopher, was wissen Sie über die Firma, die das Bordsystem herstellt? Wie ...«

»Einspruch, Euer Ehren!« rief Treadwell empört.

»Mr. Cameron!« zischte Richter Singer. »Sie waren doch bei der Beratung dabei. Können Sie sich an die Abmachungen nicht mehr erinnern?«

»Gut. Keine Frage zur Technik«, sagte Seth. »Kommen wir zur Flugroute. Normalerweise ist für den Testflug eine Dreiecksroute – die 42-W – vorgesehen. Ist das korrekt?«

General Farnsworth stieß einem der Ministerialbeauftragten mit dem Ellbogen in die Seite. Crispie sah hilfesuchend zum Richter, und Treadwell erhob Einspruch. Wieder mußte sich Richter Singer mit den Anwälten zur Beratung zurückziehen. Das verärgerte den Mann, der es nicht gewohnt war, sich Vorschriften machen zu lassen. *Er* entschied, wie seine Verhandlung zu führen war – nicht die Regierungsbeamten. Er erlaubte Seth, seine Frage zu stellen.

Als er nach der Unterbrechung die Verhandlung fortsetzte, erklärte er, daß die Klärung dieses Sachverhalts entscheidend wichtig sei und deshalb besprochen werden müsse. Davon hänge schließlich ab, ob die Klage fristgerecht eingereicht worden sei oder abgewiesen werden müsse. Dann bedachte er die Juristen des Verteidigungsministeriums mit einem bitterbösen Blick und meinte: »Außerdem leuchtet es mir nicht ein, inwiefern die Sicherheit der Nation gefährdet ist, wenn wir über eine Flugroute diskutieren. Notfalls kann das Ministerium die Route ja ab morgen ändern. Bitte fahren Sie fort, Mr. Cameron!«

Seth rief also Crispie wieder in den Zeugenstand und wiederholte seine Frage.

»Ja, das ist korrekt«, antwortete Crispie.

»Liegt die Absturzstelle in Arizona ungefähr auf dieser Flugroute?«

»Ja.«

»Liegt die Absturzstelle auf dem Schenkel des Dreiecks, der normalerweise zuletzt abzufliegen war?«

»Ja.«

»Nehmen wir an, Sam Barton startete gegen 23.30 Uhr und flog nach der vorgegebenen Route 42-W. Nehmen wir an, alles verlief bis zum Absturz wie gewohnt. Wäre es dann nicht wahrscheinlich, daß es erst nach Mitternacht, also in den frühen Morgenstunden des 16. Oktobers, zum Unfall kam?«

Vergeblich versuchte Treadwell diese Frage zu verhindern, und Christopher bestätigte Seth' Hypothese.

Überschwenglich bedankte sich Seth bei Crispie, obwohl ihm nicht danach zumute war. Damit schloß er seine Befragung ab und übergab Treadwell den Zeugen.

Treadwell ließ sich Zeit. Er rief über Binghams Computer einige Informationen ab, die er in seine Unterlagen übertrug. Dann ging er zum Zeugenstand und begann mit seiner Befragung. Doch der Dialog wirkte einstudiert. Leutselig zählte Crispie alle Prüfungen auf, bei denen Sam nicht so hervorragend abgeschnitten hatte, alle Wettbewerbe, die er nicht gewonnen hatte. Gleichzeitig hob er die eigene Kompetenz her-

vor. Dann erzählte er von einem Unfall, den Barton während seiner Ausbildung hatte, als er einen einfachen Looping fliegen sollte. Zuletzt wies er darauf hin, daß Sam auch schon um 22.30 gestartet sein konnte. So stand es ja auch im Flugprotokoll als offizielle Startzeit. Wenn man von dieser Startzeit ausgehe, sei Barton auf jeden Fall schon vor Mitternacht verstorben.
Mäuse! dachte Seth! Aber leider sehr große!
Doch nun änderte Treadwell sein Verhalten. Er entfernte sich nachdenklich vom Zeugenstand und fragte dann sehr ernst: »Major Christopher! Am 15. Oktober haben Sie im Offizierscasino zu Abend gegessen. Wer hat Ihnen dabei Gesellschaft geleistet?«
»Captain Sam Barton. Wir trafen uns dort um 18.30 Uhr zum Essen.«
»Also um halb sieben Uhr abends?«
»Ja. Ich war am 15. Oktober Offizier vom Dienst. Sam kam im Offiziersclub vorbei, und wir sind zum Essen ins Speisezimmer gegangen.«
»Können Sie sich noch gut an diesen Abend erinnern? Was haben Sie beide gegessen? Wie lange haben Sie gegessen? Was haben Sie getrunken? Was hat Barton getrunken?«
Warum hat mir dieser Hund nichts davon gesagt? dachte Seth bestürzt. Er wußte, was nun kommen würde.
Sachlich und glaubwürdig zählte Crispie nun genau auf, was Barton an diesem Abend verzehrt hatte: einen großen gemischten Salat, ein Lammkotelett und fast eine ganze Flasche Rotwein. Als Aperitif hatte Barton zwei oder drei Wodka getrunken.
»Natürlich wußte ich nicht, daß er noch in dieser Nacht einen Testflug hatte, sonst hätte ich das nicht gestattet. Sam war schließlich mein bester Freund.«
Die Geschworenen schnappten geradezu nach Luft, als sie das hörten.
Wie schrecklich mußt du erst sein, wenn man dich zum Feind

hat, dachte Seth, bevor ihm klar wurde, daß Crispie schon sein Feind war.
Treadwell machte aus diesem Kreuzverhör einen Triumph. Er ließ Christopher bestätigen, daß der Start offiziell auf halb elf terminiert war. Dann mußte Crispie erklären, daß Alkoholgenuß vor einem Flug strengstens untersagt sei, weil schon eine minimale Dosis die Reaktionszeit verzögere, was bei einem Flugzeug mit Überschallgeschwindigkeit katastrophale Folgen habe. Als sich Treadwell die Bemerkung erlaubte, daß eher ConSpace eine Klage hätte einreichen können, erhob Seth Einspruch. Treadwell konterte mit gut gespieltem Zorn, daß Barton ohne Zweifel in betrunkenem Zustand ein Kampfflugzeug gesteuert habe. Damit habe er wissentlich nicht nur sein eigenes Leben, sondern auch eine Maschine im Wert von 300 Millionen Dollar und den guten Ruf einer angesehenen Rüstungsfirma aufs Spiel gesetzt.
Nachdem Treadwell seinen Vernichtungsschlag geführt hatte, durfte Seth den Zeugen noch einmal befragen. Er versuchte, den niederschmetternden Eindruck zu kaschieren, damit nicht deutlich wurde, daß die Wunde tödlich war. Ja, vielleicht seien es nur zwei Wodka gewesen. Nein, Sam habe nicht betrunken oder angetrunken gewirkt. Ja, die Flasche sei aus getrübtem Glas gewesen. Es sei ein Chianti gewesen. Er, Crispie, wisse also nicht sicher zu sagen, wieviel Sam tatsächlich getrunken habe. Es könne also auch nur eine halbe Flasche Wein gewesen sein. Aber weder diese Aussagen noch Seth' gespielte Selbstsicherheit konnten den vernichtenden Eindruck auslöschen.
Seth traute sich gar nicht mehr, die Geschworenen anzusehen. Er spürte die Verachtung in ihren Blicken. Und er fühlte wieder Treadwells brennende Augen auf sich gerichtet, diesmal voller Hohn.
Als nächsten Zeugen mußte Seth Harold Bostwick aufrufen, und davor graute ihm jetzt. Die Katastrophe mit Crispie hatte er nicht voraussehen können. Was stand ihm jetzt erst mit

Bostwick bevor? Aber er mußte beweisen, daß er die Frist eingehalten hatte – und dazu brauchte er Bostwick!

Warum sollte sich das Gericht mit einem Fall abgeben, der gar nicht mehr verhandelt werden darf? Warum sollten die Steuerzahler für so einen Unsinn aufkommen? So hatte Treadwell den Richter überzeugt.

Als Bostwick den Saal betrat, faßte Seth wieder etwas Mut. Bostwick sah aus, als träte er zu seiner eigenen Hinrichtung an. Sein arrogantes, herrisches Auftreten war wie weggeblasen. Mit gesenktem Kopf schleppte er sich zum Zeugenstand. Dieser Mann hat panische Angst, dachte Seth. Als Bostwick die Hand zum Eid hob, zitterten seine dicken Finger. Seth beschloß, gleich zur Sache zu kommen, bevor Bostwick sicherer werden konnte.

»Erinnern Sie sich an meinen Besuch bei Ihnen auf der Symington Air Force Base?«

»Ja.«

»Ich war in Begleitung eines amtlich zugelassenen Privatdetektivs, Mr. Leviticus Heywood. Sie haben mir und Mr. Heywood damals berichtet, daß Captain Barton Ihres Wissens erst nach 23.00 Uhr zu seinem Testflug gestartet war. Und Sie stellten die Vermutung an, daß er somit erst in den frühen Morgenstunden des 16. Oktober verstorben sein könnte. Ist das korrekt?«

»Einspruch!« donnerte Treadwell. »Die Frage entbehrt jeder Grundlage. Der Zeuge kann weder über die offizielle Startzeit informiert sein noch etwas über die tatsächliche Startzeit wissen. Also kann er nur eine Vermutung äußern.«

»Ich verstehe Ihr Anliegen, Mr. Treadwell«, sagte der Richter. »Aber Mr. Bostwick ist im Grund ein Zeuge der Verteidigung. Deshalb erlaube ich hier eine Ausnahme.«

»Vielen Dank, Euer Ehren!« sagte Seth. »Erinnern Sie sich an die Frage, Mr. Bostwick?«

»Ja. Aber ich kann weder über die offizielle Startzeit informiert sein noch etwas über die tatsächliche Startzeit wissen.«

Seth trat näher zu Bostwick heran, wobei er versuchte, sich seine Enttäuschung nicht anmerken zu lassen. »Habe ich da eben ein Echo gehört? Das war doch exakt Mr. Treadwells Formulierung. Ich möchte es mit Ihren eigenen Worten hören. Haben Sie sich mir gegenüber entsprechend geäußert oder nicht?«
Unsicher schielte Bostwick zu Treadwell. Seth griff das sofort auf. »Warum sehen Sie denn Ihren Anwalt an? Sie brauchen seine Hilfestellung nicht. Sagen Sie uns nur die Wahrheit!«
Bostwick holte tief Luft. »Sie versuchen, mich zu verwirren. Ich habe niemals etwas Derartiges zu Ihnen gesagt!«
Bostwick war fest entschlossen, weiterhin zu leugnen. Er würde ihm nicht aus der Klemme helfen. Nun versuchte Seth zu retten, was noch zu retten war.
»Sie sind doch der hauptverantwortliche Leiter des technischen Bereiches bei dem Projekt X-215A, Mr. Bostwick. Was verursachte *Ihrer* Meinung nach den Absturz?«
»Ich glaube, das war das Verschulden des Piloten. Mit dem Vogel ist alles in Ordnung!«
Nun nahm Seth das Dokument zur Hand, das Allyn in der Kiste der Steuerfahndung gefunden hatte – die interne ConSpace-Mitteilung über Mängel am Bordsystem. Natürlich hatte Richter Singer das Schreiben nicht als Beweismittel zugelassen, da nicht zu ersehen war, von wem diese Aufzeichnungen stammten. Das wußte Bostwick aber nicht, und Seth lehnte sich mit dem Papier so weit vor, daß Bostwick es lesen konnte.
»Sie haben doch veranlaßt, daß das Bordsystem überprüft wird, nicht wahr?« fragte Seth, als wüßte er über diesen Vorgang genau Bescheid. »Sie hatten die Vermutung, daß der Kabelbaum, der die elektrischen Drähte der X-215A schützt, durch mechanische Reibung beschädigt werden könnte. Stimmt das?«
Zu Seth' großem Erstaunen erhob Treadwell bei dieser Frage nicht Einspruch.
»Das Bordsystem gab nie Anlaß zur Beanstandung«, antwortete Bostwick auf einmal recht gewandt. »Ich habe das ganze Sy-

stem bei einer Routinekontrolle überprüft. Dabei konnte ich definitiv keinerlei Beschädigung am Kabelgeschirr erkennen, die in Folge zu unkontrollierter Funkenbildung hätte führen können.«

Seth war schon dabei, wieder zu seinem Plan zurückzugehen, als er erkannte, was diese Antwort für ihn bedeutete. Er drehte sich ruckartig um. »Wie kommen Sie auf *Funkenbildung*, Mr. Bostwick? Davon war gar nicht die Rede!«

»Na ja ... ich dachte ... hm ... ich glaubte ... na ja ... daß Sie vermuten, daß das ...«

Bostwicks Stimme wurde vor Verlegenheit immer leiser, bis sie nicht mehr zu hören war.

»... den Absturz verursacht hat?« fragte Seth schneidend. »Ist das der Grund, warum Sie das System überprüften? Halten Sie das für die wahre Absturzursache?«

»Verdammt noch mal – nein! Das war ein Pilotenfehler, wie schon gesagt. Meine Vögel sind hundertprozentig in Ordnung, oder sie fliegen nicht!«

»*Ihre Vögel*, Mr. Bostwick?«

»Sie wissen genau, was ich meine«, brummte der Zeuge verdrossen.

Seth hakte hier nicht nach. Er hätte Bostwicks Arroganz und Verbohrtheit noch weiter bloßstellen können, doch das nützte ihm nicht wirklich.

Die nächsten zwanzig Minuten befragte er ihn über relativ unverfängliche Aspekte. Er ließ ihn erläutern, wie elementar wichtig die Elektronik in »elektronisch gesteuerten« Flugzeugen ist. Während des Verhörs merkte Seth, daß Heywood den Gerichtssaal betrat und Platz nahm. Eine große Last fiel von ihm ab.

Seth ließ Bostwick noch weitere fünfzehn Minuten selbstgefällig und ausführlich die Flugsicherheit der X-215A loben. Dann setzte er zum Angriff an.

»Mr. Bostwick. Stimmt es, daß das Bordsystem der X-215A aus drei unterschiedlichen Komponenten zusammengesetzt ist?«

Bostwick hielt kurz inne. »Ja, das stimmt, Mr. Cameron. Aber das Bordsystem gab nie Anlaß zur Beanstandung.« Bostwick sprach langsam und präzise, als würde in ihm ein Tonband abgespult. »Ich habe das ganze System bei einer Routinekontrolle überprüft. Dabei konnte ich definitiv keinerlei Beschädigung am Kabelgeschirr erkennen, die in Folge zu unkontrollierter Funkenbildung hätte führen können.«
Seth wagte es, einen kurzen Blick auf die Geschworenen zu werfen. Mindestens die Hälfte hatte Bostwicks Fehler bemerkt. Seth sagte süffisant: »Sie sprechen ja schon wieder über eine Funkenbildung, Mr. Bostwick. Außerdem habe ich in meiner Frage das Kabelgeschirr überhaupt nicht erwähnt, Mr. Bostwick! Ich sprach nur vom Bordsystem.«
Bostwick lief knallrot an. Dann sah er unsicher zu Treadwell und wieder zu Seth. Jetzt hatte er wieder panische Angst. »Ich dachte … na ja … zum Teufel! Ich weiß schließlich, worauf Sie hinauswollen! Wir haben in bezug auf die Flugsicherheit der X-215A nichts Wesentliches verändert!«
Sehr langsam trat Seth nahe an seinen Zeugen heran. Dann fragte er ihn leise, fast im Flüsterton: »Erzählen Sie uns doch von den unwesentlichen Veränderungen, die Sie vorgenommen haben, Mr. Bostwick!« Während er sprach, hielt er das belastende ConSpaceDokument direkt vor Bostwicks Froschaugen.
Als Treadwell aufspringen wollte, um Einspruch zu erheben, winkte der Richter unwirsch ab. Der Zeuge hatte ein Thema angeschlagen, das niemand erwartet hatte.
»Nun, wir verändern vieles. Das sind reine Vorsichtsmaßnahmen, verstehen Sie?«
»Sie haben das TDA-Bordsystem gegen ein anderes ausgetauscht!« Seth schoß einfach ins Blaue, tat aber so, als wüßte er genau Bescheid.
»Ja, wir haben es fast vollständig ausgetauscht.«
»Haben Sie unter anderem auch etwas am Schutzmantel des Kabelbaumes verändert?«

»Na ja – wir haben ihn ein bißchen verstärkt.«
»Sie haben die Schutzschicht dicker gemacht?«
»Ja, aber nur um etwa drei Millimeter.«
»Damit sie der Belastung durch Reibung besser standhält?«
»Ja.«
»Damit die Elektronik besser geschützt ist und es nicht zu einem technischen Defekt kommt?«
»Das war eine reine Vorsichtsmaßnahme. Wir hatten keinen Grund zur Annahme, daß ...«
»Die Elektronik darf bei einem Flugzeug mit elektronischer Flugsteuerung in gar keinem Fall beschädigt werden, denn alle Schaltvorgänge werden über die elektronische Anlage gesteuert, nicht wahr? Hier gibt es keine direkte Kabelverbindung mehr, zum Beispiel zwischen Schaltknüppel und Ruder. Ist das korrekt?«
»Ja.«
»Und diese ›unwesentlichen Veränderungen‹ haben Sie *nach* Bartons Absturz veranlaßt. Das war mittlerweile der dritte Absturz einer X-215A!«
»Nein, das haben wir nach dem vierten Absturz verändert.«
»Bei dem Lee Andrews zu Tode kam?«
Bostwick nickte. »Als reine Vorsichtsmaßnahme.«
»Und seitdem ist es zu keinem Absturz mehr gekommen?«
Bostwick nickte unwillig.
»Heißt das *ja*, Mr. Bostwick?«
»Ja!« brüllte der Zeuge. »Aber das sagt überhaupt nichts!«
»Das werden die Geschworenen entscheiden!«
Endlich hatte Seth seinen Zeugen im Griff, und er hatte Treadwell, zumindest für eine Weile, zum Schweigen gebracht. Jetzt war es Zeit für den entscheidenden Schlag.
»Sie geben also zu, Mr. Bostwick, daß ein Kurzschluß in den elektrischen Leitungen neben der Einstiegsluke dazu führen kann, daß der Pilot die Kontrolle über das Flugzeug verliert. Ist das richtig?«

»Das unterliegt der Geheimhaltung. Diese Frage darf ich nicht beantworten.«

»Ich höre keinen Einspruch, Mr. Bostwick. Beantworten Sie meine Frage!«

Bostwick warf einen flehenden Blick zu Treadwell. Doch von dort kam keine Hilfe.

»Sie müssen diese Frage beantworten, Mr. Bostwick«, ermahnte ihn der Richter.

Bostwick zuckte zurück, schloß seine Augen und wiederholte kaum hörbar seine einstudierten Phrasen. »Das Bordsystem gab nie Anlaß zur Beanstandung. Ich habe das ganze System bei einer Routinekontrolle überprüft. Dabei konnte ich … definitiv …«

Entsetzt wandte sich Treadwell ab.

Die meisten Geschworenen hatten die Lage erfaßt. Maurine Stengler schüttelte angewidert den Kopf. Mrs. Nance runzelte die Stirn. Mr. Velasquez war sichtlich verärgert.

»… keinerlei Beschädigung«, fiel Seth in Bostwicks Rede ein und sprach mit ihm die Litanei weiter, »am Kabelgeschirr erkennen …«

Obwohl Bostwick merkte, was Seth bezweckte, sagte er zwanghaft sein Sprüchlein zu Ende, und Seth rezitierte eifrig mit: »… die in Folge zu unkontrollierter Funkenbildung hätte führen können.«

Dann drehte sich Seth den Geschworenen zu und sagte: »Nur noch eine letzte Frage. Die X-215A kostet pro Stück 300 Millionen Dollar. Wenn Sie diese reine Vorsichtsmaßnahme zur Sicherheit der Piloten schon *vor* Sam Bartons und Lee Andrews' Abstürzen getroffen hätten – wenn Sie also bereits nach den ersten beiden Unfällen die Schutzschicht des Kabelbaumes um drei Millimeter verstärkt hätten: Was hätte das zusätzlich gekostet?«

Erst schwieg Bostwick hartnäckig, dann murmelte er vor sich hin.

»Ich kann nicht verstehen, was Sie sagen, Mr. Bostwick!«
Mrs. Nance schnappte vor Empörung laut nach Luft. Zwei weitere Geschworene schüttelten ungläubig den Kopf.
»Habe ich das wirklich richtig verstanden, Mr. Bostwick – sagten Sie: 60 Dollar?«
»Ja, genau. 60 Dollar. Bin ich jetzt fertig?«
»So kann man es auch nennen«, sagte Seth zynisch und sah die Geschworenen durchdringend an. »Euer Ehren«, fuhr er dann fort, »ich habe keine weiteren Fragen an den Zeugen. Da es schon spät ist, schlage ich vor, daß wir über den Antrag der Verteidigung morgen verhandeln.«
»Ich stimme Ihnen zu, Mr. Cameron. Für heute haben wir genug gehört. Die Geschworenen sind damit entlassen. Morgen früh wird die Verhandlung um 9.30 Uhr fortgesetzt. Den Geschworenen ist es strengstens untersagt, untereinander oder mit einem anderen über den Fall zu reden. Vielen Dank, meine Damen und Herren, und auf Wiedersehen.«
Schnell warf Seth seine Unterlagen in die Aktentasche. Er konnte es kaum erwarten, mit Lev zu sprechen. Doch Senator Traeger und General Farnsworth drängten sich durch die Bänke und kamen zielstrebig auf ihn zu.
»Hallo, Elena«, begrüßte der Senator seine Tochter. »Hallo, Cameron! Ich möchte Ihnen General Farnsworth vorstellen.«
»Ich hatte bereits das Vergnügen«, antwortete Seth. »Was kann ich für Sie tun? Ich bin im Augenblick sehr beschäftigt ...«
»Wir werden Sie nicht lange aufhalten«, sagte Traeger. »Können wir kurz Platz nehmen? Elena, ich möchte, daß du bei der Besprechung dabei bist! Schließlich ist es ja dein Fall.«
Der Senator setzte sich und trug sein Anliegen vor. »General Farnsworth und ich haben die Verhandlung vom Zuschauerraum aus verfolgt. Bitte betrachten Sie uns als neutrale, wenn auch interessierte Beobachter. Ich rede nicht lange um den Brei herum: Mr. Cameron, Ihr Fall hat jede Menge Löcher. Das beginnt schon mit der Verjährung. Dann war der Pilot betrun-

ken. Aber Sie haben auch einiges gegen ConSpace in der Hand, mit dem Sie Druck ausüben können. Das darf man keineswegs übersehen. Sie können der Verteidigung unseres Landes eine große Blamage zufügen, was für die liberale Presse natürlich ein gefundenes Fressen wäre. Und es gibt noch andere Schwachköpfe, die das Verteidigungsprogramm gern demontieren würden.«

»Vielleicht bin ich ja einer dieser Schwachköpfe, und Sie überlegen sich besser, was Sie hier zu mir sagen.«

»Gut! Also – dann spreche ich jetzt von Anwalt zu Anwalt zu Ihnen. Die Gesichter der Geschworenen sprechen Bände. Sie haben sie belogen, Cameron, und das nehmen sie Ihnen sehr übel. In Ihrer Eröffnungsrede haben Sie ihr Mitleid beschworen und Bartons Tugenden gepriesen. Und dann stellt sich heraus, daß er im Dienst betrunken war und sich in ein Überschallflugzeug im Wert von 300 Millionen Dollar gesetzt hat. Die Geschworenen sind sehr wütend. Das sieht man ihnen an ... Nachdem Sie mich in Washington um Hilfe gebeten haben, habe ich alle Hebel in Bewegung gesetzt. Wahrscheinlich habe ich mehr getan, als ich es mir bei meiner Verpflichtung der Öffentlichkeit gegenüber erlauben dürfte. Aber es wird Zeit, diese Farce zu beenden.« Traeger räusperte sich und fuhr dann fort: »Ich möchte in dieser verfahrenen Situation vermitteln. Vielleicht finden wir ja eine Lösung, die allen Beteiligten gerecht wird. Vor allem meine Tochter soll zu ihrem Recht kommen.«

Elena stieß ein verächtliches Lachen aus. »Seit wann interessierst du dich für Gerechtigkeit?«

»Du solltest besser den Mund halten, Elena!« zischte der Senator. »Du behauptest, daß du die Ehre deines Mannes wiederherstellen willst. Statt dessen wird er in aller Öffentlichkeit als notorischer Säufer bloßgestellt.«

»Du weißt nichts von Sam!«

»Gut, ich nehme den notorischen Säufer zurück. Dann war er eben ausnahmsweise mal betrunken, was auf das gleiche hin-

ausläuft. Dieses Verhalten gehört verurteilt und nicht noch belobigt. Ich schlage vor, du überläßt besser deinem Anwalt das Reden, obwohl auch er nur Pfusch macht.«
»Sie gehen wirklich einfühlsam mit Menschen um, Senator«, meinte Seth. »Erstaunlich, daß Sie nicht im diplomatischen Dienst eingesetzt sind.«
»Für schöne Reden habe ich keine Zeit, junger Mann. Ich mache Ihnen also folgenden Vorschlag: ConSpace bietet Ihnen das Dreifache des vorherigen Angebotes. Elena, du bekommst 150 000 Dollar. Aber das Angebot gilt nur heute!«
Erstaunt sah Elena ihn an, das Angebot schien ihr verlockend. »Sagtest du ...?«
Mit einer Handbewegung brachte Seth sie zum Schweigen. Dann riet er ihr mit schneidender Stimme, auf keinen Fall jemals Poker zu spielen. Elena war ganz blaß geworden.
»Wie sieht es mit Captain Bartons Reputation aus? Wird der Makel aus den Akten getilgt?« fragte Seth. »Und was ist mit Tuckers Schadenersatz?«
Traeger und Farnsworth tauschten einen vielsagenden Blick aus. »Also, Tuckers Schadenersatzforderung geht in Ordnung«, sagte Traeger vorsichtig.
Dann schaltete sich Farnsworth entschieden ein. »Aber wir können die Bestimmungen der Luftwaffe nicht verändern, und schon gar nicht, wenn es um Trunkenheit im Dienst geht!«
»Langsam, meine Herren!« sagte Seth. »Was soll denn das? Wir haben gerade mal den ersten Verhandlungstag hinter uns. Sicher haben wir eins auf die Nase bekommen, aber Bostwick ist uns ins Messer gelaufen. Und Sie wissen selbst genau, daß ein Geschworenengericht unberechenbar ist. Da kann alles mögliche geschehen!«
»Stimmt!« sagte Traeger. In seinen Glupschaugen loderte ein eiskaltes Feuer. »Das gilt auch für *draußen* – auch da kann alles mögliche passieren!«
Seth sah Elena an. »Schon gehen die Drohungen wieder los.«

»Ich habe mich nur auf das bezogen, was Sie selbst mir in Dulles erzählt haben«, rief Traeger.
Seth wandte sich an Elena. »Ich erkläre dir nun, was das Ganze bedeutet. Die beiden haben Angst. Und wenn sie solche Angst haben, heißt das, daß wir auf der richtigen Spur sind. Ich kann dir keine Garantie für meinen Optimismus geben. Aber ich mache dir folgenden Vorschlag: Wenn sie nicht vollständig auf unsere Forderungen eingehen, machen wir weiter wie bisher.«
Traeger flehte Elena an: »Nimm das Geld, Elena! Ich habe das nur für dich arrangiert!«
Zu aller Entsetzen warf sich der Senator in einer dramatischen Geste vor Elena auf die Knie. »Nimm das Geld, mein Liebling! Es ist deine letzte Chance! Es ist *unsere* letzte Chance!«
Elena war sichtlich abgestoßen. Sie löste ihre Hände vorsichtig aus dem Griff des Senators, stand auf und ging zum Zeugenstand hinüber. Dort lehnte sie sich an die Brüstung und starrte auf die Maserung des Holzes. Dann drehte sie sich langsam um, kam zurück und sah ihrem Vater ins Gesicht. »Du hast Sam gehaßt, Daddy. Du hast jeden jungen Mann gehaßt, mit dem ich ausgegangen bin ... Ich glaube, ich weiß, was du am meisten fürchtest. Es könnte sich herausstellen, daß Sam nicht nur besser war, als du dachtest, sondern daß er besser war als du – daß er der bessere Mann war!«
Blitzschnell schlug Traeger Elena ins Gesicht.
Sie aber zuckte nicht mit der Wimper. Seth wollte ihr zu Hilfe kommen, doch sie winkte ab. Mit eisiger Stimme sagte sie: »Vielen Dank, geliebter Daddy! Seit ich 1978 von der Schule geworfen wurde, hast du nicht mehr so viel Gefühl für mich gezeigt!«
Sie sah die drei Männer stolz an und stürmte aus dem Gerichtssaal.
»Ihr Vorschlag ist damit wohl abgelehnt, meine Herren«, sagte Seth und verließ den Saal ebenfalls.

• 49 •

LEV WARTETE IM Flur. »Ich habe dein Kreuzverhör mit Bostwick mitgekriegt. Ein schönes Duett!«

»Danke für das Kompliment«, antwortete Seth. »Und du – hast du gute Nachrichten?«

»Siehst du dort hinten auf der Bank das ältere Ehepaar? Das sind die Lukens, Seth – Thomas und Grace Lukens. Der Polizist hatte ihren Namen falsch aufgeschrieben. Das hat mich zwei Tage gekostet und dich 2000 Dollar zusätzlich. Ich habe nämlich zuerst ein Paar namens Luckens, hundert Meilen nördlich von Taos aufgespürt. Aber die wußten von deiner Sache nichts.«

»Du wolltest doch schon immer mal nach Taos!«

»Also gut! Sagen wir 1500 Dollar. Schließlich habe ich die richtigen Lukens, also mit k, in einem Wohnwagen nahe von Tucson gefunden. Und sie haben es gesehen, Seth. Sie nannten es ›eine Säule aus Flammen, die bis in den Himmel ragte‹.«

»Können sie uns denn auch sagen, *wann ungefähr* sie dieses umwerfende Ereignis beobachtet haben?«

»Und ob, Cowboy! Sie waren auf dem Weg zu Meditationstagen ihrer Kirche, zu einem Zeltlager nahe Phoenix. Sie hatten eben festgestellt, tief in der Nacht, daß sie sich gewaltig verfahren hatten, als die Explosion passierte. Und sie haben auch auf die Uhr gesehen: Es war 1.20 Uhr am 16. Oktober.«

»Das klingt ja traumhaft!«

»Ich habe auf der Karte nachgeprüft, wo sie sich befanden, als sie die Explosion sahen«, sagte Lev. Er drehte sich zum Ehepaar Lukens und lächelte beruhigend. »Sie waren nur etwa vier Meilen von der Absturzstelle entfernt. Sie haben sogar die Richtung, in der sie das Feuer sahen, im Verhältnis zu ihrem Standort richtig angegeben. An ihrer Aussage ist nicht zu rütteln. Sprich mit ihnen!«

Ein kurzes Gespräch mit dem Ehepaar räumte jeden Zweifel

aus. Außerdem waren die beiden glaubwürdige Zeugen. Seth war sehr zufrieden.
Als Seth wieder zurückkam, fragte Lev: »Kann ich davon ausgehen, daß du jetzt den Fall gewinnst und ich bald mein Geld bekomme? Geld erhält bekanntlich die Freundschaft, Cowboy!«
»Du hast gute Arbeit geleistet! Bring doch die beiden in einem Motel in der Market Street unter und sorge dafür, daß sie morgen pünktlich zu Verhandlungsbeginn anwesend sind.« Seth gab Lev seine Kreditkarte und lächelte müde. Lev hatte eine wichtige Schlacht gewonnen, während er wahrscheinlich den Krieg schon verloren hatte. Aber das würde Lev noch früh genug erfahren.

An diesem Abend saßen Seth, Lev und Elena noch mit Allyn beisammen und berichteten ihr von den Ereignissen des Tages.
»Crispie war schrecklich!« beklagte sich Elena. »Ich hätte nie gedacht, daß er so etwas erzählen würde, selbst wenn es wahr wäre.«
»Aber nach dem, was mir Simmons erzählt hat«, knurrte Lev, »hat Crispie die Wahrheit gesagt. Ihr Mann hatte ordentlich getrunken, Mrs. Barton.«
»Gab es dafür einen Grund? Hat ihn an diesem Abend etwas belastet, Elena?« fragte Seth.
»Was hätte ihn denn belasten sollen?« erwiderte sie verärgert. »Also, am Telefon klang er ganz normal.«
Lev kratzte sich am Kinn und meinte nachdenklich, daß ihm Crispie bekannt vorkomme. Er habe ihn sicher schon einmal gesehen.
Seth erinnerte ihn daran, daß er Crispie bei ihrem Ausflug als Reporter auf der Symington Base gesehen habe.
Doch Lev rieb sich die Schläfe und stand auf. »Nein, das muß woanders gewesen sein!« Dann stapfte er die Treppe hinunter, um endlich nach Hause zu gehen und sich mit seiner Frau zu versöhnen.

Allyn versuchte Optimismus zu verbreiten. »Sie sind noch nicht erledigt, Cowboy! Mit den Lukens können Sie beweisen, daß Sie die Frist nicht versäumt haben!« Sie klopfte ihm freundschaftlich auf die Schulter. »Also waren Sie auch nicht daran schuld, daß man Sie bei M & M hinausgeworfen hat. Das sollte Sie freuen, selbst wenn es wie der reine Hohn klingt.«
Seth starrte geistesabwesend aus dem geöffneten Fenster. »Die zwei irren sich!« sagte er ruhig.
»Was?« riefen Allyn und Elena entsetzt.
»Was sie sagen, ist falsch! Entweder irren sie sich, oder sie lügen. Ich weiß es nicht. Ich werde sie natürlich als Zeugen vorstellen, schließlich bin ich nur der Anwalt und nicht die Jury. Aber sie *können* den Absturz nicht beobachtet haben. Das muß etwas anderes gewesen sein.«
Allyn runzelte kritisch die Stirn, dann nickte sie zustimmend. »Simmons?« fragte sie kurz.
»Ja genau! Simmons hat uns bestimmt nicht belogen. Warum sollte er? Außerdem wäre er sonst nicht ermordet worden. Seiner Aussage nach hat aber Sam das Casino exakt um 23.30 Uhr verlassen.« Seth wandte sich an Elena. »Sam mußte zum Fluggelände fahren, sich umziehen und die X-215A startklar machen. Das allein dauert, laut Vorschrift, an die drei Stunden. Dann mußte er noch das 42-W-Dreieck abfliegen. Das heißt, er flog nach Washington, Oregon und wieder zurück nach Kalifornien. Dann erst ist er in Arizona abgestürzt. Und das soll um 1.20 Uhr gewesen sein – das kann nicht stimmen.«
Allyn nickte. »Wer könnte denn der Offizier gewesen sein, der mit Barton das Casino um 23.30 Uhr verlassen hat?«
»Hm! Vielleicht Gerald Murphy. Das war möglicherweise ein weiterer Grund dafür, daß er sterben mußte. Aber in jedem Fall muß Sam sehr viel später verunglückt sein. Das kann nicht die Explosion gewesen sein, die die Lukens beobachtet haben.«
»Aber du wirst den Mund halten!« rief Elena aufgebracht. Ihre sanfte Verletzlichkeit war verschwunden.

Allyn sah sie kritisch an und meinte dann mit einem freundlichen Blinzeln zu Seth: »Da hat sie recht, Seth! Und außerdem – was soll das Ganze? Barton ist am 16. Oktober verstorben, und Sie haben die verdammte Frist eingehalten. Warum wollen Sie es sich noch komplizierter machen?«
»Vielen Dank!« Elena strich ihr Haar zurück und seufzte erleichtert. »Zum Glück gibt es hier wenigstens *einen richtigen* Anwalt!« sagte sie spitz.
Allyn verdrehte die Augen, um Seth zu zeigen, daß sie auf seiner Seite war. »Also«, sinnierte sie, »Sam hat an jenem Abend getrunken. Das ist übel. Aber Bostwick hat Ihnen einen Weg geebnet, als er das anfällige Kabelgeschirr zur Sprache brachte. Damit hat Ihr Experte jetzt ein leichtes Spiel. Das Problem mit der Verjährung ist gelöst. Und nun liegt alles in den Händen der Geschworenen – das heißt: Es ist alles möglich!«
Seth nickte.
»Gut! Nun müssen wir die Geschworenen wieder auf unsere Seite bekommen. Was könnte sie bewegen, Sams Alkoholkonsum zu vergessen?« fragte Allyn.
Seth lächelte. »Reden Sie zufällig von unserer vom Schicksal geschlagenen Witwe Barton?«
Allyn nickte. »Wann ist sie dran?«
Mit einem kurzen Blick auf Elena meinte er: »Morgen. Gleich nach den Lukens.«
Elena wurde blaß. »Du sagtest doch, ich sei erst nächste Woche dran.«
»Allyn hat recht: Wir müssen die Geschworenen wieder auf unsere Seite bekommen. Wenn wir bis nächste Woche warten, könnte es zu spät sein. Aber du weißt doch, was du sagen mußt.«
Elena sah ihn zweifelnd an. »Ich werde mich bemühen!«
»Schön!« sagte Allyn. »Ich wette meine besten Zigarren, daß die Tränen unserer trauernden Witwe alle rühren und Christophers Diffamierung löschen werden.«

• 50 •

»WAS ZUM TEUFEL treiben Sie denn da?« rief Allyn am nächsten Morgen erstaunt, als sie in Seth' Büro kam.

Er stand vor seinem kleinen Fenster und verdeckte abwechselnd das linke und rechte Auge mit einer Hand. »Hallo, Allyn!« sagte er, wobei er schnell seine Hände hinter dem Rücken verbarg wie ein Kind, das man beim Stehlen erwischt hat. »Ach, nichts!«

Allyn schüttelte den Kopf. »Sie haben wieder Ihre Sehstörungen? Sie nehmen wohl wieder Ihre Aufputschmittel?«

Seth wurde rot und zuckte mit den Schultern. »Zum Glück habe ich noch ein paar in meinem Schreibtisch gefunden. Ich habe gestern mit Elena bis halb drei Uhr morgens gearbeitet, dann habe ich meine Rede vorbereitet und zu den neuesten Anträgen von ConSpace Stellung genommen. Dann habe ich mich hier für ein Stündchen auf die Couch gelegt. Mehr Zeit zum Schlafen hatte ich nicht.«

Tadelnd schüttelte Allyn den Kopf. »Was werden Sie wohl davon haben, wieder in der Montgomery Street zu sein, wenn Sie sich vorher Ihre Hirnzellen ruiniert haben?«

»Ich muß da durch!«

»Mein Gott, Cowboy! Prozesse gehören zu Ihrem Beruf. Sie sind nicht der Kläger oder Angeklagte, sondern nur der Anwalt.«

»Da ist für mich kein Unterschied.« Seth strich sein Jackett glatt. »Wie sehe ich aus?«

»Den Frauen unter den Geschworenen wird auffallen, daß Sie heute denselben Anzug tragen wie gestern. Aber das schadet nichts: Das verstärkt nur den Eindruck, daß David gegen Goliath kämpft. Nur kann ich mich nicht daran erinnern, daß David Drogen nahm, bevor er seine Steinschleuder spannte.«

Die Lukens waren beeindruckend. Treadwell war klug genug, auf ein Kreuzverhör zu verzichten. Er begnügte sich mit einer knappen Bemerkung, die die Bedeutung dieser Aussage vor den Geschworenen herunterspielte. Seth beschloß, Elena erst nach der Mittagspause in den Zeugenstand zu holen, um ihr noch Zeit zu geben. Deshalb ließ er zunächst einen Sachverständigen zum Thema Schadenersatz aufrufen.

Als der Experte hereinkam, sah Seth, daß Simon Stephens wieder im Zuschauerraum saß. Das war kein Zufall. Sollte Stephens diese Verhandlung für Caldwell & Shaw beobachten? Aber warum?

Die Vernehmung verlief wie erwartet. Der Sachverständige berichtete über Mrs. Bartons ideellen Schaden und Tuckers Sachschaden. Das war recht trocken und bot auch beim Kreuzverhör mit Treadwell keine Überraschungen. Treadwell hatte für diesen Tag offensichtlich eine andere Strategie gewählt. Er behandelte die Zeugen der Anklage mit Verachtung – er schien sie kaum zur Kenntnis zu nehmen. Er tat so, als lohnte es sich nicht, Zeit mit ihnen zu verschwenden, da die Aussagen sowieso keine Rolle für das Urteil spielten. Insgesamt verging dieser Vormittag also unspektakulär, wofür Seth sehr dankbar war. Sein Nervensystem war – nicht zuletzt wegen der Amphetamine – stark überreizt.

Während der Mittagspause kam Allyn an Seth' Tisch. Ihre eigene Verhandlung war beendet, und sie konnte den Prozeß an diesem Tag verfolgen. Strahlend stellte sie fest: »Treadwell macht einen großen Fehler! Er nimmt das Schadenersatzgutachten nicht ernst. Das kann schiefgehen. Im Texaco-Pennzoil-Fall hat die Verteidigung diese Taktik angewandt und ist damit auf die Nase gefallen.«

Seth schob Elena zum Ausgang und antwortete: »Da gab es aber auch keinen betrunkenen Testpiloten ...«

Allyn wich zurück. Sie wußte, daß die Anspannung, unter der ein Anwalt während eines Prozesses steht, alles vergiften kann. Am besten geht man ihm aus dem Weg, wenn er unausstehlich wird.

»Alles in Ordnung?« fragte Elena, als sie allein in einem Beratungszimmer waren und Seth die Tür hinter ihnen schloß. »Du warst ziemlich unhöflich zu Allyn!«
»Das versteht sie schon«, meinte Seth. Er rieb sich seine übermüdeten Augen. Seine Haut war aschfahl, und die Wangen waren eingefallen, so daß die Knochen hervortraten. »Machen wir uns an die Arbeit!«
Um halb eins brachte ihnen Ramón das Mittagessen: Möhrensalat und Joghurt für Elena, einen starken Espresso und eine Tüte Milch für Seth.
»Das soll dein Mittagessen sein?« fragte Elena.
»Ich muß auf meine Linie achten«, witzelte Seth. Seine Hand zitterte, als er die Kaffeetasse hob.

Elenas Auftritt im Zeugenstand: Gekonnt spielte sie die trauernde Witwe, die seit dem Tod ihres Mannes jede Lebensfreude verloren hat. Sie weinte an den richtigen Stellen und hatte das Mitleid der Geschworenen sofort geweckt. Sogar Richter Singer war von ihr eingenommen. Zudem gelang es ihr, Sams Zuverlässigkeit glaubwürdig darzustellen. Er habe nie vor einem Testflug Alkohol getrunken, deshalb müsse sich Crispie wohl im Datum irren – er müsse mit Sam an einem anderen Abend im Casino gewesen sein. Ob das die Geschworenen überzeugte, war fraglich, doch wenn sie nach dem Gefühl urteilten, spielten Unwahrscheinlichkeiten keine Rolle.
Dann zählte sie noch einmal Sams Leistungen auf, betonte, daß er kaum jemals einen Unfall hatte, schilderte seine Bedenken bezüglich der X-215A und nannte schließlich den Grund ihrer Klage: Der gute Ruf ihres Mannes – und auch ihr eigener – sei ruiniert. Außerdem habe sie durch den Verlust des geliebten Mannes die Lebensfreude verloren. Sie habe damals sogar therapeutische Behandlung benötigt. Ihren Mann werde sie nie vergessen und immer lieben.

»Warum haben Sie einen Therapeuten aufgesucht, Mrs. Barton?« fragte Seth.

Elena hielt inne, offenbar um Tränen zurückzukämpfen. Dann flüsterte sie kaum hörbar: »Ich … wollte sterben … Selbstmord … begehen.«

Nun ließ Seth sie schildern, wie ihr der Staffelkommandeur und ein Geistlicher in den frühen Morgenstunden des 16. Oktober die Todesnachricht überbrachten. Sie schien von der Erinnerung so überwältigt, daß ihr der Richter erlaubte, sich vor dem Kreuzverhör durch Treadwell im Nebenzimmer kurz zu erholen.

In der Zwischenzeit ging Seth auf dem Flur auf und ab. In seiner Nähe beugte sich Simon Stephens über einen Wasserspender.

»Hallo, Simon!« grüßte Seth. »Sie waren schon gestern bei der Verhandlung. Wieso interessiert sich Caldwell & Shaw für diesen Fall?«

Verlegen sah Stephens zur Seite. »Ich bin nur neugierig, weil die Sache viel Aufsehen erregt. In den Medien wird davon berichtet.«

»Das glaube ich nicht, Simon: Sie beobachten den Prozeßverlauf für Caldwell & Shaw!«

Abwehrend hob Stephens die Hände.

Seth bot ihm eine Zigarette an. »Also, raus mit der Sprache!«

Stephens atmete den Rauch tief ein und ließ ihn langsam wieder ausströmen. »Wir sind nicht an dem Fall interessiert, Seth, sondern an *Ihnen*! Sie haben mich damals im Fall US Minerals geschlagen, weil Charlie Branch zu betrunken war, um anzutreten. Seit jenem Tag rede ich bei Caldwell & Shaw von Ihnen. Dann haben Sie den Fall Pacific Sigma Insurance gegen mich gewonnen. Und seitdem liege ich Caldwell & Shaw in den Ohren, Sie in unsere Kanzlei zu holen … Wenn Sie jetzt gegen Treadwell gewinnen, können Sie als Teilhaber bei uns einsteigen. Ich habe den offiziellen Auftrag, Ihnen dann dieses Angebot zu machen.«

Seth hielt den Atem an. »Weiß man in der Kanzlei denn von der Sache mit …«
»Sicher! Aber es ist schließlich nicht eindeutig geklärt, wer für das Fristversäumnis verantwortlich war – wer vergessen hat, den Termin in den Computer einzuspeichern. Außerdem sieht es ja so aus, als hätten Sie die Frist doch eingehalten.«
»Vielen Dank, Simon! Sie setzen sich wirklich für mich ein. Dafür stehe ich in Ihrer Schuld.«
Stephens schüttelte energisch den Kopf. »Bitte behalten Sie das alles für sich. Das reicht schon. Mein Gott, eigentlich hätten Sie mich gar nicht bemerken sollen, geschweige denn mit mir sprechen!«
»Ich weiß nichts von einem Gespräch«, sagte Seth schnell und ging zurück in den Gerichtssaal. Er fühlte sich, als würde er schweben.
»Worüber freust du dich denn so?« fragte ihn Elena.
»Darüber, daß du deine Aussage so wunderbar über die Bühne gebracht hast.«

Ein ungeschriebenes Gesetz verlangt, daß der Anwalt der Gegenseite eine Witwe im Zeugenstand nicht sofort in die Mangel nimmt. Erst bekundet er sein Mitgefühl, seinen Respekt vor der Trauer. Treadwell jedoch sparte sich diese Floskeln und griff Elena sofort erbarmungslos an. Die Geschworenen waren schockiert. Seth legte die Hand auf seinen schmerzenden Bauch. Treadwell mußte eine furchtbare Waffe in der Hand haben.
»Mrs. Barton, Sie wollten also nach dem Tod Ihres Mannes Selbstmord begehen? Würden Sie uns bitte sagen, was Ihr Therapeut dazu meinte.«
Seth erhob Einspruch: Es handle sich hierbei um Vertrauliches. Treadwell zog die Frage zurück, ließ aber keinen Zweifel daran, daß er Elenas Selbstmordabsicht für eine Lüge hielt.
»Haben Sie je mit Major Christopher über Ihren Suizidalzwang gesprochen?«

Seth legte gegen das Wort *Suizidalzwang* Einspruch ein. Also formulierte Treadwell seine Frage vorsichtiger. Seth beschloß, das Verhör nicht zu oft zu unterbrechen. Es sollte nicht der Eindruck entstehen, daß die Zeugin Beistand benötige.
»War Major Christopher der beste Freund Ihres Mannes?«
»Ja, ich denke schon.«
»Waren Sie auch mit ihm befreundet?«
Die zarte, blasse Elena wurde rot vor Wut. Seth spürte, daß Treadwell sie in eine Falle führte. Doch wie sollte er das verhindern?
»Aber natürlich!« antwortete Elena. »Alle Freunde meines Mannes waren auch meine Freunde.«
Treadwell ging einen Schritt auf seine Patentochter zu, und Elena wurde aschfahl. »Die Antwort ist zweideutig.« Treadwell wandte sich den Geschworenen zu, um ihre Reaktionen auf die nächste Frage zu beobachten. »Aber Major Christopher war der einzige Freund Ihres Mannes, mit dem Sie Geschlechtsverkehr hatten? Oder?«
Mit einem Satz war Seth aufgesprungen und schrie: »*Ich erhebe Einspruch*!« Es war ein Schrei aus verwundetem Gefühl, nicht der sachliche Einwand eines Anwalts.
Dann herrschte lautlose Stille. Seth' verzweifelter Schrei hing in der Luft wie der Todesschrei eines Tieres.
Endlich fragte Richter Singer in die Stille hinein: »Wie begründen Sie Ihren Einspruch, Mr. Cameron? Ich nehme an, Mr. Treadwell überprüft eben die Glaubwürdigkeit der Zeugin in bezug auf den ideellen Schaden.«
Elena war nun weiß wie die Wand. Seth suchte in ihrem Gesicht nach einem Zeichen dafür, daß der Vorwurf unberechtigt war. Doch sie sah ihm nicht in die Augen.
»Mr. Cameron, wir warten auf Ihre Begründung.« Seth hatte das Gefühl, den Verstand zu verlieren. Er hielt sich am Tisch fest und starrte Elena unverwandt an. Als sie schließlich den

Blick zu ihm hob, sah er in ihren Augen die Wahrheit: die nackte, schmutzige Wahrheit.
»Es gibt wohl ... keinen Grund, Euer Ehren. Keinen einzigen!«
Seth sank kraftlos auf seinen Stuhl. Er war unfähig, sich weiter auf das Verhör zu konzentrieren. Wie aus weiter Ferne drang eine dünne Stimme zu ihm vor. Konfus stotterte Elena herum und versuchte, alles zu leugnen. Doch keiner glaubte ihr. Treadwell genoß die Exekution, jede Frage ließ er sich auf der Zunge zergehen. Wie oft, Mrs. Barton? Wann das letzte Mal, Mrs. Barton? Wie war es denn vor einem Monat, Mrs. Barton, als Sie in New Mexico waren? Im *Palomar Hotel*?
Die Geschworenen verfolgten Treadwells gnadenloses Verhör mit voyeuristischer Faszination. Und Seth sah mutlos zu, wie seine Illusion vernichtet wurde: Elena – seine Klientin, seine Liebe, seine Zukunft! Schließlich griff Richter Singer ein – wie ein Ringrichter, der in einem ungleichen Boxkampf den Schwächeren schützt. Er stellte fest, Treadwell habe sein Anliegen ausreichend demonstriert, und beendete das Kreuzverhör.
»Haben Sie noch Fragen an die Zeugin, Mr. Cameron?« fragte er Seth.
Nun hätte er Elena die Gelegenheit geben müssen, sich gegen die ungeheuren Vorwürfe in entspannter Atmosphäre zu rechtfertigen. Aber er konnte sich nicht aufraffen. »Keine weiteren Fragen, Euer Ehren!« sagte er so gelassen wie möglich. Er fühlte sich, als wäre ihm gerade das Herz aus der Brust gerissen worden. All seine Träume und Hoffnungen waren zerstört: Wenn er gegen den großen Treadwell gewonnen hätte, hätte er bei Caldwell & Shaw einsteigen können. Triumphierend wäre er in die Montgomery Street zurückgekehrt, hätte endlich all die großen, interessanten Fälle verhandeln dürfen, wie er es sich wünschte. Und alle hätten seine Leistungen anerkannt. Mein Gott! Er hätte auch so gern die Frau geheiratet, die er zu lieben glaubte. Er hätte so gerne seine Schulden abbezahlt und seine Drogen für immer weggeworfen. Endlich

mal ein solides Auto haben, einen neuen Anzug! Endlich mal nachts schlafen können … einfach schlafen …

• 51 •

EINE STUNDE SPÄTER saß Seth in seinem Büro: mutterseelenallein und fast betrunken. Ramón war schon nach Hause gegangen, und auch Allyn war nicht bei ihm geblieben, als sie seine Selbstzerfleischung nicht mehr ertrug. Sie hatte gemurmelt, sie sei allergisch gegen Selbstmitleid. Natürlich hatte sie ihm ihr Mitgefühl gezeigt, aber sie hatte auch kein Hehl daraus gemacht, daß sie ihn gewarnt hatte. Ja. Sie hatte Elena von Anfang an mißtraut und ihn vor diesem Fall gewarnt, der nicht zu gewinnen war.

Wenig später war Elena kurz vorbeigekommen, aber nicht, um sich zu entschuldigen! Nein, sie hatte ihn mit Vorwürfen überhäuft, weil er sie im Stich gelassen und Treadwells Unverschämtheiten nicht verhindert habe! Seth schauderte bei der Erinnerung und schenkte sich noch ein Glas Tequila ein. Nein, es war klar: Elena hatte nichts für ihn übrig. Er war ihr gleichgültig, ebenso wie ihr Mann oder dessen guter Name. In ihrer Wut hatte sie alles zugegeben. Sie war enterbt, hatte nur eine kleine Versicherungssumme ausgezahlt bekommen und war über beide Ohren verschuldet. Mit diesem Prozeß hatte sie richtig absahnen wollen. Sie hatte auch ihre Affäre mit Crispie gestanden und angedeutet, daß der nicht der einzige gewesen war. Mit dieser Offenbarung hatte sich bei Seth eine neue Angst eingeschlichen: Mit wie vielen Männern hatte Elena geschlafen? Hatte er sich womöglich Aids zugezogen? Mußte er jetzt qualvoll sterben? Es gelang ihm, diese Befürchtungen wegzuschieben. Dafür hatte er jetzt weder Zeit noch Nerven.

Am Anfang ihrer Auseinandersetzung hatte Elena noch das Bild der Tugendhaften aufrechterhalten wollen. »Ich habe mich vertrauensvoll an dich gewandt, weil ich den guten Ruf meines Mannes retten wollte. Und was hast du erreicht? Du hast meinen eigenen ruiniert.«

In diesem Moment hätte er fast die Beherrschung verloren und Elena geschlagen. Er hatte noch nie zuvor eine Frau geschlagen – und hatte sich zum Glück so weit unter Kontrolle, daß er sie lediglich bei den Schultern packte und an die Wand drückte. Er fauchte, sie habe sich mit ihrer Hurerei die Tour selbst vermasselt. Ihn hätten ihre Eskapaden die Zukunft gekostet, denn er hätte bei der besten Kanzlei der Westküste als Teilhaber einsteigen können. Daraufhin spuckte sie ihm ins Gesicht, und dann strömte die ekelhafte Wahrheit ungefiltert aus ihr heraus. Seth grauste es bei all den widerwärtigen Enthüllungen. Sie schrie ihm ins Gesicht, daß ihr Vater sie im Alter zwischen zehn und vierzehn Jahren unzählige Male sexuell mißbraucht habe – gefickt, wie sie sich ausdrückte.

Dann gab sie zu, daß sie es mit Crispie (und anderen) getrieben habe und Sam davon durch einen anonymen Anruf erfahren habe. Allerdings habe der Anrufer keine Namen genannt. Das war am Tag vor dem Absturz gewesen, und Sam hatte sich an diesem Abend vor Kummer betrunken, wie sie von Crispie wußte. Sie hatte versucht, ihn in seinem Apartment auf dem Fluggelände zu erreichen, doch er war kurz vor neun Uhr abends schon im Casino gewesen.

Nun plagten sie Schuldgefühle, weil sie sich für Sams Tod verantwortlich fühlte. Deshalb wollte sie schon auch für seinen guten Namen kämpfen. Liebe aber hatte sie für ihn schon lange nicht mehr empfunden.

»Crispie mochte Sam sehr gern. Und er liebte mich!« gestand sie. Seth überlegte sich, wie sehr Crispie Elena wohl liebte und wie weit er gegangen war, um sie für sich zu besitzen. Hatte der Major womöglich seinen Freund und Konkurrenten zum Trinken ermutigt, weil er wußte, daß sein Rivale noch in jener Nacht am Steuer eines Düsenjägers sitzen würde, der fast so

schnell war wie das Licht? Vielleicht beneidete Christopher Sam Barton? Auf jeden Fall liebte er Elena. Und die Liebe, die Elena in einem Mann wecken konnte, durfte nicht unterschätzt werden, wie Seth wußte. Aber das Verrückteste kam erst am Schluß! Elena bestand darauf, daß er den Prozeß zu Ende führen sollte. Erst schlitzte sie ihm sein Herz mit einer Rasierklinge auf und stellte sich dann ungeniert vor ihn hin – die Hand lässig auf ihrem wunderbaren Hüftschwung – und verlangte, daß er weitermachte. Er sollte diesen aussichtslosesten aller Fälle durchziehen bis zum bitteren Ende! Die Klägerin hatte skrupellos herumgehurt, der gehörnte Ehemann hat sich aus Verzweiflung betrunken, gegen alle Vorschriften verstoßen und ein Flugzeug zertrümmert, das den Steuerzahler 300 Millionen Dollar gekostet hatte. Und er sollte nun Schadenersatz herauspressen!
Und er hatte sich darauf eingelassen!

• 52 •

SETH HATTE GEGLAUBT, es könne nicht noch schlimmer werden, und gehofft, das Pendel werde wieder in die richtige Richtung ausschlagen. Aber alles wurde noch schlimmer.
Der nächste Verhandlungstag begann damit, daß Treadwell einen außerplanmäßigen Zeugen aufrief. Seth nahm zunächst an, die Verteidigung habe jemanden bestochen, damit er sich hier als Augenzeuge des Unfalls ausgebe. Und natürlich würde er eine riesige Säule aus Flammen genau fünf Minuten vor Mitternacht gesehen haben. Aber da irrte er sich. Die Zeugin, Dr. Katherine Margolin, arbeitete als Pathologin in einem Krankenhaus in der Nähe des Absturzortes in Arizona, und sie hatte Sam Bartons Leiche obduziert. Ihre Referenzen waren so beeindruckend, daß Seth auf eine Überprüfung seinerseits verzichtete, um ihr nicht noch einmal die Gelegenheit zu geben,

ihre Kompetenz darzulegen. Außerdem: Was sollte sie über die Leiche Neues berichten? Tot ist tot!

Aber Dr. Margolin war gekommen, um zu bestätigen, daß Barton vor seinem Tod volltrunken war. Der nachgewiesene Alkoholgehalt im Blut hatte die gesetzlich festgelegte Promillegrenze weit überschritten.

Seth war entsetzt. Doch es kam noch schlimmer.

»Meiner Ansicht nach war der Mann bereits mindestens vier Stunden tot, als ich ihn zur Untersuchung bekam.«

»Und wann genau war das, Frau Doktor?« fragte Treadwell mit einschmeichelnder Stimme.

»In meinen Unterlagen steht, daß ich die Leiche am 16. Oktober um 3.45 Uhr morgens obduziert habe.«

Im Kreuzverhör konnte Seth Schwachstellen ihres Gutachtens offenbaren: Ja, die Leiche war bis zur Unkenntlichkeit verbrannt. Ja, das hat die Autopsie erschwert. Ja, das macht Fehler bei der Beurteilung möglich.

Aber Dr. Margolin blieb unerschütterlich bei der Aussage, daß das Opfer schon mindestens vier Stunden lang tot gewesen sei. »Aus medizinischer Sicht« mußte der Tod vor Mitternacht eingetreten sein. Dagegen stand die Aussage der Lukens, doch Treadwell hatte wieder die abgelaufene Frist ins Spiel gebracht.

Als nächsten Zeugen rief Seth Henry Daimler auf. Während der Professor vereidigt wurde, wanderten Seth' Gedanken zum 15. Oktober. Was war in jener Nacht nur geschehen? Wie paßten die Aussagen von Simmons und Dr. Margolin zusammen? Beide klangen überzeugend, aber es machte keinen Sinn. Seth stellte sich vor, wie Sam um halb zwölf aus dem Offizierscasino torkelte, sich irgendwie in die X-215A mogelte, ohne daß sein Zustand auffiel, irgendwie die Startkontrollen umging und losflog. Wenn er in seinem Zustand nun die Flugroute in falscher Reihenfolge abflog – hätte er vielleicht in Arizona noch vor Mitternacht abstürzen können. Möglich! Aber unwahrscheinlich! Jemand mußte lügen! Simmons? Crispie? Margolin? Die Lukens?

Oder sie alle?
Professor Daimler bewältigte seine Aufgabe souverän. Seine berufliche Autorität beeindruckte, und mit persönlicher Überzeugung trug er seine Expertise vor. Das TDA-Bordsystem sei nicht mit dem elektrischen System kompatibel. Durch die mechanische Betätigung der Einstiegsluke werde der Kabelbaum durch Reibung beschädigt, was zu Defekten in der Elektronik führe. Daimler verwies auf Alan Millsteins Experimente, die diese Theorie teilweise bereits untermauerten und mit Sicherheit bald vollständig bestätigen würden. Zum Schluß knüpfte er an Bostwicks Aussage an, daß es ConSpace lediglich 60 Dollar mehr gekostet hätte, den Kabelbaum zu verstärken. »Doch ConSpace befand es nicht für nötig, sich mit dem Problem zu befassen.«
Die Geschworene Mary Nance war sichtlich empört. Und auch Ronald Knowlton, der die Verhandlung bis jetzt mit unbewegter Miene verfolgt hatte, zeigte sich verärgert. Edward Stanton verriet keine Reaktion, doch Ruth Jackson tauschte mit ihrer Nachbarin Barbara Bateman einen vorwurfsvollen Blick. Die charmante Sophie Byers lächelte Seth sogar an. Allzusehr durfte man auf solche Sympathiebekundungen nicht bauen, aber wenn so viele Geschworene gleich reagierten, waren diese Zeichen auch nicht zu mißachten. Vielleicht war das Spiel ja doch noch nicht aus.
Beim Kreuzverhör mit dem Professor hatte Treadwell nicht viel Glück. Seth hatte sich an einem Rat seines Vaters erinnert und Henry Daimler entsprechend instruiert: Die geschickten Gutachter vor Gericht verhalten sich wie sonst Politiker. Sie gehen nie auf Fragen ein, sondern antworten nur das, was sie selbst sagen wollen.
Der Professor hielt sich an die Anweisungen und nutzte jede Frage, um seine Aussage zu wiederholen. Es klappte hervorragend.
»Haben Sie überhaupt jemals eine X-215A aus der Nähe gesehen?«

»Nein! Ihr Klient hat mir das nicht gestattet.«
»Aus Sicherheitsgründen, nehme ich an!«
»Das möchte ich bezweifeln. Die technischen Details der X-215A sind längst ein offenes Geheimnis. Sie werden schon in Fachzeitschriften abgedruckt. Sehen Sie, ich habe zum Beispiel ein Exemplar des *Jane's* mitgebracht, damit Sie sich selbst überzeugen können. Soll ich daraus zitieren?«
»Lassen Sie's gut sein, Herr Professor ...«
»Mr. Bostwick hat die Verweigerung des Zutrittes lediglich damit begründet, daß dies der Verteidigung schaden könnte.«
»Wenn Sie die Maschine persönlich hätten untersuchen können, wäre Ihr Gutachten womöglich anders ausgefallen?«
»Nein!«
»Wieso nicht?«
»An der X-215A sind ja, wenn Mr. Bostwicks Angaben stimmen, viele Veränderungen vorgenommen worden. So wurde zum Beispiel der Fehler behoben, der Captain Barton das Leben kostete. Die Maschine, mit der er verunglückte, kann natürlich nicht mehr untersucht werden, da sie – wie der Pilot – verbrannt ist.«
Als Treadwell merkte, daß er dem Professor ins Messer lief, beendete er das Verhör schleunigst.
Es gab eine kurze Unterbrechung. Als Seth sich bei Daimler bedankte, sah er wieder Simon Stephens. Das erleichterte Seth: Nach der Katastrophe des gestrigen Tages hatte er nicht erwartet, daß Stephens noch einmal vorbeikommen werde. Dann entdeckte er auch Allyn und Leviticus im Zuschauerraum. Vielleicht meinten sie auch, daß der Fall doch noch zu retten sei.
Er beschloß spontan, seine Beziehung zu Elena etwas zu verbessern. »Es kommt wieder Licht ins Dunkel. Ein kleiner Schritt vorwärts für die Kämpfer des Guten!«
Sie gab keine Antwort. Seit gestern abend hatte sie kein Wort mit ihm gewechselt.
Seth sah ihr ins Gesicht. »Hör zu, Elena! Wir beide sind mitein-

ander fertig. Du kannst mich nicht mehr leiden, und mir geht es mit dir genauso. Aber wir sitzen noch im gleichen Boot. Wenn wir zusammenarbeiten, geht es besser und schneller.«
Wortlos stand Elena auf und ging aus dem Saal. Sie ignorierte auch Levs freundlichen Gruß. Lev kam zu Seth, setzte sich auf das Geländer und meinte: »Ist die heute aber giftig!«
»Sie hat einen langen, beschwerlichen Weg vor sich.«
»Wer ist denn als nächster dran?« fragte Lev nach einer Pause.
»Es gibt keinen nächsten«, erwiderte Seth kleinlaut. »Ich habe schon all meine Zeugen präsentiert.«
Lev schüttelte ungläubig den Kopf. »Damit bist du erledigt, Mann! Das reicht nicht!«
»Vielleicht kann ich einen von Treadwells Zeugen knacken. Das ist mir schon mal geglückt, und dann habe ich wieder einen neuen Ansatzpunkt. Oder Treadwell überzieht seinen Vorteil – das kann ihm auch das Genick brechen.«
Lev sprang von dem Geländer und meinte: »Paß auf, Cowboy! Ich habe im Augenblick etwas Zeit. Wenn du mir das Flugticket spendierst, schnüffle ich in Albuquerque noch ein bißchen herum.«
»Was willst du denn dort finden? Indianerschmuck? Auf der Symington Base kannst du dich jedenfalls nicht mehr blicken lassen.«
»Vielleicht doch! In Uniform sehe ich umwerfend aus. Sie werden von mir begeistert sein.«
»Ich fürchte, dazu ist es zu spät.«
»Nein! Ich habe das dumpfe Gefühl, daß ich dort was herausfinden kann. Ich werde mich in den Bars vor der Symington Base herumtreiben, um mit den Leuten ins Gespräch zu kommen. Dabei werde ich geheime Tricks anwenden, die ich nicht verraten darf.«
»Sie sind ein echter Profi, Mr. Heywood! Aber das kann ich eigentlich nicht von dir verlangen, Lev. Ich schulde dir schon mehr, als ich ...«

»Schon gut, Cowboy! Ich habe ja auch noch eine Rechnung mit der Luftwaffe und Polizei zu begleichen!«

Seth kritzelte eine Nachricht für Ramón und gab sie Lev. »Vielen Dank, mein Freund. Du kannst nach dem Mittagessen losfliegen, Ramón wird alles arrangieren.«

Lev wollte schon gehen, als er plötzlich wie angewurzelt stehenblieb. »Halt dich fest, Cowboy! Ich habe soeben den Mann gefunden, der mit Sam Barton um halb zwölf das Casino verlassen hat. Deshalb kam er mir so bekannt vor: Er paßt haargenau auf die Beschreibung, die mir Simmons gegeben hat. Das ist dieser Don Juan dort – mit den vielen Orden auf der Brust, Major Christopher!«

Fünf Minuten später traf sich Seth mit Elena und Major Christopher im kleinen Beratungszimmer. Es war erstaunlich einfach gewesen, Crispie dazu zu bringen, ihnen die Wahrheit zu gestehen. Was sie damit anfangen sollten, war ihnen jedoch nicht klar.

»Warum hast du uns das verschwiegen?« herrschte ihn Elena an. »Wenn wir die Lukens nicht hätten, hätte man uns schon aus dem Gerichtssaal geworfen!«

Crispie sah Seth verzweifelt an. Also griff Seth ein. »Jetzt laß uns doch erst mal hören, was er uns zu sagen hat, Elena!«

»Wenn bekannt würde, daß ich bis zuletzt mit Sam zusammen war, müßte ich die ganze Wahrheit offenbaren«, sagte Crispie.

»Was soll das heißen?«

»Bis jetzt habe ich so getan, als hätte ich nur mit ihm zu Abend gegessen, damit ich nicht noch mehr über ihn erzählen muß. Denn nach dem Essen hat er an der Bar weitergetrunken – noch mindestens drei Wodka. Und er hatte Grund, sich zu betrinken. Er hatte erfahren, daß Elena ein Verhältnis hatte. Nur wußte er nicht, daß ich der andere Mann bin. Ich konnte ihn weder dazu bringen, mit dem Trinken aufzuhören, noch konnte ich den Start verhindern.«

»Sam hat das Casino also wirklich erst um halb zwölf verlassen!«
»Ja, das kann ich bestätigen. Aber ich dachte, daß es für euch besser ist, wenn ich den Mund halte. Ein betrunkener Pilot schadet euch mehr als die Unsicherheit über die Startzeit. Fast wäre ich ja schon damit herausgerückt, doch dann hat Seth die Lukens präsentiert. Deshalb habe ich weiter geschwiegen.«
Das schien Elena zu beschwichtigen. Sie richtete sogar wieder das Wort an Seth. »Was fangen wir damit an?«
»Nichts!« antwortete der. »Crispie kann uns zwar das Problem der Verjährung aus der Welt schaffen. Doch ein volltrunkener Pilot ist viel schlimmer. Und Sam war auf jeden Fall sternhagelvoll. Außerdem kommt dann noch einmal der Ehebruch zur Sprache. Nein – das wäre ein schlechter Tausch!«
Seth rieb mit beiden Händen sein müdes Gesicht. »Major Christopher, wird Sie Treadwell noch einmal in den Zeugenstand rufen, damit Sie den Ehebruch mit Elena zugeben?«
»Ich glaube nicht. Es ist mir ein Rätsel, wie sie das überhaupt herausbekommen haben. Ich habe mich strikt geweigert, das vor Gericht zu bestätigen. Damit wäre meine Karriere ruiniert – und ich will mir meine Zukunft nicht kaputtmachen.«
»Dann ist noch nicht alles verloren, Elena. Dein Wort steht gegen Treadwells unbewiesene Vorwürfe.«
»Aber keiner der Geschworenen zweifelt daran, daß Elena und ich ein Verhältnis hatten«, meinte Crispie.
»Das habe ich meinem hervorragenden Anwalt zu verdanken, der mich so gut beschützt hat.« Elenas Lippen waren schmal vor Wut.
»Da haben Sie recht, Major!« sagte Seth, ohne auf Elenas Bemerkung einzugehen. »Die Geschworenen wissen jetzt, daß sie ein Flittchen und eine Lügnerin ist. Geschworene merken so etwas intuitiv.«
»Nehmen Sie sich in acht, Cameron!« Crispie war aufgesprungen.
Doch Seth sagte ruhig: »Kommen Sie mir nicht zu nahe, Major!

Sie sind doch von derselben Sorte. Und das werden die Geschworenen auch noch erkennen. Sie und Ihr Flittchen sind es nicht wert, daß Sam Barton sterben mußte.«
Nun sprang Elena wutentbrannt auf: »Hör mir gut zu, du Klugscheißer! Du bist eine Niete – da hat Onkel Tony recht! Aber leider brauche ich dich noch eine Weile. Und ich sage dir jetzt genau, was du zu tun hast: Ich will die 150 000 Dollar, die man uns angeboten hat. Sorg dafür, daß ich sie bekomme!«
Seth aber war schon an der Tür und antwortete mit grausamem Lächeln: »Mit dem Angebot, Elena, verhält es sich wie mit deiner Tugend: Beide sind unwiederbringlich verloren. Außerdem ist das jetzt nicht mehr dein Fall. Das ist Sams Fall geworden – und meiner! Und natürlich auch Tuckers. Du bist nur noch ein lästiges Anhängsel, das wir mitschleppen müssen.«

• 53 •

AM DRITTEN VERHANDLUNGSTAG machte Treadwell seinen einzigen Fehler. Der Sieg war zum Greifen nahe. Er hätte nur noch einen überzeugenden Sachverständigen vernehmen müssen. Dann hätte er den Fall erfolgreich abschließen können. Aber er beging den unverzeihlichen Fehler, die Verhandlung in die Länge zu ziehen. Er rief einen Gutachter nach dem anderen in den Zeugenstand – alles Techniker und Wissenschaftler, die sich im Grunde wiederholten. Tenor der Aussagen: Die X-215A sei das beste Flugzeug, das jemals entwickelt worden war. Die Prozedur dauerte Tage.
Seth hatte in der letzten Zeit kaum geschlafen, er wirkte blaß und müde. Zudem quälte ihn ein hartnäckiger Husten. Trotzdem nahm er jeden Experten ins Kreuzverhör. Einerseits wollte er durch die unerträglich langweilige Prozedur den Unwillen der Geschworenen gegen die Verteidigung schüren, andererseits mußte er Zeit gewinnen. Aber wofür?

Als der sechste Verhandlungstag zu Ende ging, konnte Allyn Seth' erbärmlichen Anblick nicht länger ertragen. »Geben Sie endlich auf, Cowboy! Sie gehören ins Krankenhaus, nicht in den Gerichtssaal. Betrachten Sie sich doch mal im Spiegel!«
Seth hustete furchtbar, sein Husten saß tief in den Lungen fest. »Nett von Ihnen, daß Sie mir Mut machen! Vielleicht merken die Geschworenen ja, daß durch die endlosen Gutachten etwas vertuscht werden soll.«
»Meinen Sie die zwei Geschworenen, die zur Mittagspause noch aufwachen?«
»Jetzt übertreiben Sie aber! Außerdem werden sie es Treadwell übelnehmen, daß er ihre Zeit so verschwendet – nicht mir.«
»Warum macht Treadwell das eigentlich?«
»Er macht das immer so. Er geht kein Risiko ein. Vor allem bekommt er 3000 Dollar am Tag. Anwälte wie Treadwell ziehen eine Verhandlung immer so lange wie möglich hinaus. Aber diesmal ist es ein Fehler. Die Geschworenen müssen Verdacht schöpfen. Haufenweise präsentiert er ihnen todlangweilige Techniker und Ingenieure, obwohl keiner die Stelle am Kabelbaum untersucht hat, an der wir den Defekt vermuten.«
»Das wird schon noch kommen. Warten Sie es ab!« unkte Allyn.

Als Seth den Gerichtssaal am siebten Verhandlungstag betrat, saß Treadwell bereits am Tisch und sortierte seine Unterlagen. Sein nächster Zeuge war ein unabhängiger Avionikexperte.
Im Zuschauerraum war es während der letzten Tage immer leerer geworden. Auch die Reporter verloren das Interesse an diesem Fall. Traeger und Farnsworth jedoch ließen sich nichts entgehen. Auch die beiden Juristen des Verteidigungsministeriums verfolgten die Verhandlung aufmerksam weiter und mischten sich ab und zu »im Interesse der nationalen Sicherheit« ein. Simon Stephens hatte sich schon eine Weile nicht mehr blicken lassen.
Wieder ein Vormittag, an dem Seth allem zum Trotz weiter-

kämpfte. Aber sein Verstand sagte ihm, daß dieser Fall verloren war. Er hatte keine Aussicht darauf, seine Mühen bezahlt zu bekommen. Während einer kurzen Unterbrechung überkam ihn wieder das Schwächegefühl mit Schwindel und Sehstörungen. Kein Wunder! Schließlich konnte er seit Wochen vor lauter Arbeit nachts nur noch drei Stunden schlafen. Also nahm er etwas Hustensaft und zwei Coffeintabletten. Wirksamere Aufputschmittel hatte er im Augenblick nicht.
Allyns Prophezeiung war richtig. Der nächste Zeuge, Dr. Harrison, war ein forensischer Sachverständiger, ein Flugzeugtechniker, dem gestattet worden war, die Wracks zweier abgestürzter X-215A zu untersuchen. Er bestätigte natürlich, daß er kein Indiz für eine Materialabnutzung am Kabelbaum gefunden habe. Er habe das gesamte TDA-Bordsystem überprüft und nirgends Abnutzungserscheinungen feststellen können. Gegen diese Aussage erhob Seth Einspruch, da er über das Gutachten nicht informiert worden war. Also zogen sich die Parteien und Richter Singer zu einer kurzen Beratung ins Richterzimmer zurück. Dr. Harrison erklärte, er habe erst am Tag vor Verhandlungsbeginn die Erlaubnis erhalten, die Wracks zu untersuchen. Treadwell argumentierte, in der Luftwaffe sei man sich nicht einig gewesen, und das habe die Genehmigung verzögert. Das dürfe man nicht ConSpace zur Last legen.
»Das ist doch Humbug!« rief Seth. »Jeder weiß, daß ConSpace und die Luftwaffe am selben Strang ziehen!« Dann deutete er auf die Juristen des Verteidigungsministeriums. »Warum sind denn sonst diese zwei Kasperköpfe hier die ganze Zeit dabei? Sie sollen uns wohl im Kampf um Wahrheit und Gerechtigkeit beistehen, damit wir nicht vom rechten Weg abkommen!«
»Mr. Cameron!« wies ihn der Richter eisig zurecht.
»Euer Ehren! Hier geht es um eine riesige Intrige. Und das ist eine Attacke aus dem Hinterhalt!«
»Nun beruhigen Sie sich wieder, Mr. Cameron«, sagte der Rich-

ter, wenig beeindruckt. »Sie können doch im Kreuzverhör nach Belieben verfahren!«

»Was zum Teufel soll ich fragen? Das wird doch alles abgeblockt. Und mein Experte darf die X-215A noch nicht einmal von weitem sehen!«

»Jetzt reicht es aber, Mr. Cameron!« brüllte der Richter.

Als sie das Richterzimmer verließen, legte Treadwell Seth die Hand tröstend auf die Schulter. »Eine Attacke aus dem Hinterhalt? Eine scharfsinnige Bemerkung, Cameron. Und diesmal trifft sie sogar zu!«

»Auch das ist nur ein kleines Gefecht!« zischte Seth zwischen den Zähnen hervor. »Und nehmen Sie Ihre Hand gefälligst weg – sonst erleben Sie nicht mehr, wie ich den Krieg gewinne!«

»Hier irren Sie sich nun gründlich, Cameron. Mit diesem Gefecht werde ich den Krieg gewinnen. Waterloo, Gettysburg, die Normandie, Hiroshima – alles auf einmal!«

Und er behielt recht. Harrisons Aussage überzeugte alle endgültig. Im Kreuzverhör versuchte Seth die Glaubwürdigkeit des Gutachters zu erschüttern.

Sie haben nur zwei der vier X-215A-Wracks untersucht? In einer Lagerhalle? Das Kabelgeschirr war doch durch den Brand völlig zerstört. Wie können Sie da zu einer eindeutigen Aussage kommen? Sie können doch unmöglich feststellen, welche Beschädigungen schon vor dem Absturz bestanden und welche durch den Absturz verursacht wurden. Sie können Ihre Aussage nicht mit Experimenten untermauern. Vergebens!

Niedergeschlagen räumte Seth seine Unterlagen zusammen. Elenas Anwesenheit hatte er völlig vergessen, als sie ihn plötzlich ansprach.

»Du siehst müde aus!«

Völlig verblüfft drehte sich Seth um. »Was?«

»Du solltest heute nacht unbedingt schlafen«, meinte sie besorgt. »Du hast einen schlimmen Husten und bist leichenblaß.«

»Ich werde es versuchen. Vielen Dank für so viel Aufmerksamkeit!«
»Es tut mir leid, Seth. Alles, was passiert ist, tut mir leid! Es ist alles ganz schön verrückt, nicht wahr? Ich begreife das alles nicht!«
»Dann geht es dir wie mir!«
»Es geht mir an die Nerven. Kannst du mir nicht sagen, was wirklich geschehen ist?«
Seth sah sie nur scharf an.
Verlegen fuhr sie fort: »Ich gebe ja zu, daß ich dich belogen habe. Unsere Affäre ist vorbei, Seth, aber du bist immer noch mein Anwalt. Mich interessiert nicht, was du den Geschworenen für eine Geschichte auftischst. Ich will wissen, was in jener Nacht mit Sam passiert ist: Wieso ist er zu einem Zeitpunkt in Arizona verstorben, zu dem er eigentlich in New Mexico erst hätte starten können?«
»Du willst die Wahrheit wissen, Elena? Also gut! Ich habe nicht die geringste Ahnung! *Das* ist das Ergebnis meiner ausgiebigen juristischen Untersuchungen. Ich bin nicht so ins Detail gegangen, damit du mir folgen kannst. Sonst noch was?«
Zu seinem Erstaunen gab ihm Elena keine bissige Antwort. Sie sah ihn nicht einmal giftig an. Sie wirkte kraftlos, am Boden zerstört. »Ja!« sagte sie nach einer Weile. Mit ihrer rechten Hand strich sie sich eine Strähne zurück.
Noch vor wenigen Tagen hatte sein Herz bei dieser Geste höher geschlagen.
»Wenn du den Fall hinwerfen willst, kann ich das verstehen.«
»Ich habe dir doch schon gesagt, daß ...«
»Ich weiß! Es ist jetzt dein Fall! Und Sams! Trotzdem wollte ich dir das sagen.«
»Gut, Elena, nun hast du es gesagt. Aber der Geist ist aus der Flasche. Du kannst ihn nicht mehr zurückrufen.«
»Meinst du damit den Fall oder uns?«
»Beides!« antwortete Seth und verließ den Saal.

Mühsam schleppte er sich am Abend die Treppe zu seinem Büro hinauf. Allyn, die oben an der Tür auf ihn wartete, sah aus wie ein Gespenst.
»Was ist denn los, Allyn?« fragte er erschrocken. »Hat Sie Ihr Zahnarzt mißhandelt?«
Allyn ging wortlos in ihr Zimmer. »Ich habe eine schlechte Nachricht für Sie!« sagte sie schließlich. Von ihrem Humor, den sie sonst auch in schlimmen Situationen besaß, war nichts zu merken. »Und dann eine noch schlechtere!«
Seth spürte, wie sich sein Magen verkrampfte. »Gut! Fangen Sie mit der schlechten Nachricht an.«
»Vor fünf Minuten ist Elena gegangen. Sie hat Ihnen bei Ramón eine Nachricht hinterlegt. Sie wird sich einen anderen Anwalt suchen. Sie glaubt, das sei für alle Beteiligte das Beste.«
»Verdammt!«
Allyn gab ihm den Zettel, auf den Elena die Kündigung gekritzelt hatte. »Außerdem läßt Sie Ihnen ausrichten, daß es keinen Zweck habe, bei ihr anzurufen. Sie sei bereits mit einem Anwalt im Gespräch. Sie sagte etwas von einem Geist, der endgültig aus der Flasche sei.«
»Na toll!« brummte Seth. »Dann bleibt mir also nur noch Tuckers Nebenklage. Und da gibt es nichts zu holen. Ich fürchte, ich war ziemlich grob zu ihr.«
Allyn nickte. »Dafür haben Sie Talent, Cowboy!«
Regungslos starrte Seth vor sich hin, die Zigarette zwischen den Lippen. Dann drehte er sich zur Tür, um zu gehen.
»Das war leider noch nicht alles, Seth. Bitte setzen Sie sich hin.«
Seth nahm Platz und zündete ein Streichholz an.
»Ich weiß nicht, wie ich es Ihnen am besten sagen soll: Harry Cooper ist tot! Gestern nacht!«
Das Streichholz brannte herunter und versengte Seth die Finger. Doch er merkte es nicht. »Gestern nacht? Was ist passiert?« Seine Stimme klang dünn und schrill.

»Er hatte keine Schmerzen. Er ist jetzt drüben in der Ferguson-Aussegnungshalle.«
»Wie ist er gestorben?«
Allyn sah zur Seite und atmete tief durch. »Er hat sich aufgehängt.«
Eine Zeitlang schwiegen sie.
»Hat er eine Nachricht hinterlassen?«
Allyn nickte. »Aber ich weiß nicht, welche Nachricht.«
»Wissen Sie sonst etwas davon?«
Allyn zündete sich einen Zigarrenstummel an. »Sie haben ihn rausgeworfen! Miller & McGrath! Gestern nachmittag gab es eine Abstimmung. Ihm wurde die Teilhaberschaft wieder entzogen.«
»Mein Gott!« Seth ging zum Fenster. Er starrte auf das geschäftige Leben in der Straße. Doch er nahm nichts wahr. »Mein Gott!« seufzte er wieder. Dann ging er wortlos hinaus. Allyn sah ihm vom Fenster aus nach, wie er in der Menschenmenge eintauchte und die schmutzige Straße entlangging. Plötzlich blieb er stehen. Er gestikulierte wild und schien mit sich selbst zu reden. Ein Verrückter. Endlich ging er weiter, ein Fremder unter Fremden.

Harrys Leiche war in einem kleinen, düsteren Raum der Aussegnungshalle aufgebahrt. Seth war froh, daß keine anderen Besucher da waren; es war angenehm still. Harrys Körper war in ein weißes Tuch gehüllt. Im flackernden Kerzenlicht wirkte sein Gesicht friedlich und entspannt.
Seth meinte Harry lächeln zu sehen.
Ich habe jetzt endlich meine Ruhe. Trish geht es bestimmt auch viel besser. Ich bin versichert wie Prinz Farouk. Könntest du dich trotzdem ein bißchen um sie kümmern? Es wäre wirklich besser für sie gewesen, wenn sie damals bei dir geblieben wäre, Cowboy!
Ich muß wieder gehen.
Vielen Dank für deinen Besuch. Paß gut auf dich auf. Hier in der Hölle ist es verdammt heiß.
Seth lachte. Hast du dem Teufel vorher nicht abgeschworen?

Nein! Ich hielt mich da an Machiavelli. Man soll sich nicht allzu viele Feinde machen.

»Entschuldigen Sie bitte, junger Mann!« sagte eine brüchige Frauenstimme hinter Seth. »Wir sind Harrys Eltern. Sie kommen uns so bekannt vor.«

Erschrocken schüttelte ihnen Seth die Hand zur Begrüßung. »Seth Cameron. Ich kenne Sie von Harrys Hochzeit.«

»Aber natürlich!« sagte sie. »Du erinnerst dich doch sicher an Seth, Harold. Er war einer von Harrys besten Freunden an der Uni. Später war er dann auch bei Miller & McGrath.«

Jetzt erinnerte sich auch Harold. »Ach ja! Der junge Mann mit den Cowboystiefeln! Sie sehen aber auch nicht so gut aus. Fühlen Sie sich nicht wohl?«

»Es geht schon. Leider habe ich keine Zeit mehr – ich muß mich beeilen.«

»Es war sehr freundlich, daß Sie vorbeigekommen sind, Seth«, sagte Mrs. Cooper. Dann begann sie zu weinen. Sie zitterte so, daß sie sich am Arm ihres Mannes festhalten mußte. »Wir … wir kennen seinen Abschiedsbrief. Wir wissen … was sie ihm angetan haben. Wir wissen … nur nicht, warum!«

»Das sind knallharte Geschäftsleute«, sagte Seth. Er hielt es für besser, nicht zu viel zu erzählen.

»Mich interessiert nicht, warum sie Harry gekündigt haben. Ich will wissen, warum sich Harry umgebracht hat.«

Hinter ihrer Trauer verbarg sich Enttäuschung, und für einen Augenblick bedachte sie Harrys Leichnam mit einem vorwurfsvollen Blick. »Harry war doch an der Universität einer der Besten gewesen!«

»Und er war bei allen beliebt, nicht wahr?« fragte Mr. Cooper.

Plötzlich konnte es Seth in der Leichenhalle nicht mehr länger aushalten.

»Ja, Harry war sehr beliebt«, sagte er mit Nachdruck. »Und er wurde wegen seines Talents beneidet. Alles schien ihm so leicht von der Hand zu gehen.«

In ihrer Verzweiflung packte Mrs. Cooper Seth am Arm und hielt ihn fest. »Unser Junge ... sah gut aus, war talentiert und beliebt. Warum bringt er sich um ... wegen einer Teilhaberschaft bei einer ... *Kanzlei?*«

Sie sprach dieses Wort voll Verachtung und Haß aus, als wäre eine Anwaltskanzlei der Ku-Klux-Klan oder die NSDAP. Der Griff schloß sich immer fester um seinen Arm. Seth brach der Schweiß aus, und er sah sich panisch nach einem Fluchtweg um.

Mrs. Cooper war kurz davor, hysterisch zu werden. Gewaltsam zerrte sie Seth zum Sarg, beugte sich über Harrys Gesicht und flüsterte ihre Frage mit brüchiger Stimme so eindringlich, daß es Seth durch Mark und Bein ging: »Was kann denn so wichtig sein, daß man sich deswegen umbringt? Nennen Sie mir einen einzigen Grund!«

Seth betrachtete des fahle Gesicht des Toten, des hoffnungsvollen Sohnes. Fieberhaft suchte er nach einer Antwort, doch seine Gedanken drehten sich im Kreis. Endlich sah Seth der alten Frau in die Augen und sagte leise: »Ich weiß keinen Grund, Mrs. Cooper. Keinen einzigen. Tut mir leid.«

Er warf noch einen letzten Blick auf Harry und rannte hinaus in den strömenden Regen.

• 54 •

SEIN HERZ BEGANN zu rasen, als er sie sah. Rosie war noch schöner, als er sie in Erinnerung hatte. Sie stand im Abendlicht an der Tür zu seinem Büro und fragte: »Ist der Anwalt zu sprechen?« Sie trug einen beigefarbenen Rock mit marineblauem Blazer, war schlank und sonnengebräunt. In Mill Valley hatte sie vor Kummer zu viel Hasch geraucht, zu viele Pralinen gegessen und zu viel ferngesehen. Dadurch war sie etwas fülliger geworden. Jetzt war sie schlank, und in dem schmalen Gesicht leuch-

teten ihre großen Augen, die wieder alles zu durchdringen schienen – mehr noch als früher.
Seth spürte sofort, daß sie sich verändert hatte. Obwohl sie aufgeregt und verlegen war, strahlte sie innere Ruhe aus.
»Für dich bin ich immer zu sprechen, Rosie. Was machst du in San Francisco?«
»Samstags hat die Bank geschlossen, und ich mache hier einen Einkaufsbummel.«
»Du siehst sehr gut aus!«
Sie trat ein, betrachtete ihn kurz und umarmte ihn. Er spürte, daß sie Mitleid mit ihm empfand, aber er wußte nicht, ob sie sich wegen seines kranken Aussehens oder wegen Harrys Selbstmord um ihn sorgte. Auf jeden Fall war er dankbar für ihr Gefühl.
Vor einer Stunde hatte sie bei ihm angerufen und gefragt, ob sie kurz vorbeischauen könne. Sie sei zufällig in der Gegend. Das war natürlich ein Vorwand. Rosie hatte von Harrys Tod erfahren und wollte ihm beistehen. In ihrer grenzenlosen Warmherzigkeit mußte sie ihm in dieser Not zu Hilfe kommen.
»Die Sache mit Harry ist schrecklich. Es tut mir sehr leid.«
»Wie hast du davon erfahren?«
»So etwas spricht sich schnell herum!« sagte sie ausweichend.
»Rosie?«
»Na gut – ich kann wieder träumen wie früher«, gab sie zögernd zu. »Seitdem ich in Kanada war, kommen die Träume wieder zu mir. Gestern habe ich bei M & M angerufen, weil ich wissen wollte, ob es stimmt. Und dort habe ich dann erfahren … na ja … du weißt schon. Leider konnte ich heute morgen nicht bei der Beerdigung dabeisein. Wie war es denn?«
»Ich war auch nicht dort … Es geht mir selbst in letzter Zeit nicht so gut.« Es war wie immer. Kaum war er mit Rosie zusammen, fühlte er sich schuldig und mußte sich rechtfertigen. Und so, wie sie ihn ansah, gelang ihm das nicht überzeugend genug.
»In der Bibel steht, man soll die Toten in Frieden ruhen las-

sen.« Seth konnte sich kaum noch an Bibelzitate erinnern. Er war sowieso nie bibelfest gewesen, aber seit der Trennung von Rosie hatte er das wenige auch vergessen.
»Das heißt nicht, daß man ihnen nicht die letzte Ehre erweisen soll.« Vorwurfsvoll sah sie auf die Zigarette, die er sich eben anzünden wollte.
»Warum rauchst du denn? Hast du wieder Probleme mit dem Magen?«
Seth steckte die Zigarette in die Schachtel zurück und schob die zerknüllte Packung in seine Jackentasche. »Ja, es ist immer dasselbe, aber nicht so schlimm.«
»Entschuldige bitte«, sagte Rosie verlegen. »Ich plappere wie immer einfach drauflos.«
»Du hast ja recht. Ich hätte wirklich zur Beerdigung gehen sollen. Aber zur Zeit geht bei mir alles drunter und drüber.« Seth schob Rosie einen Stuhl hin und begann eine unverfänglichere Unterhaltung. Sie sprachen über Tante Claire, gemeinsame Bekannte und Rosies Arbeit in der Bank. Seth erzählte ihr von seinem Prozeß. Als Rosie wieder gehen wollte, weil sie ihn bei der Arbeit nicht stören wollte, überredete er sie zu einer Tasse Kaffee.
»Die Arbeit in der Bank bekommt dir gut, Rosie. Du hast dich sehr zum Positiven verändert.«
Rosie lachte. »In der Bank verdiene ich nur meinen Lebensunterhalt. Mich hat das Spirituelle verändert.«
»Bist du unter die Mystiker gegangen?«
Bevor sie antwortete, musterte sie ihn scharf. »Ich bin glücklich, Seth. Viel glücklicher als je zuvor in meinem Leben.«
Seth massierte seinen verkrampften Nacken, lächelte gezwungen und meinte trocken, daß er sich für sie freue.
»Du hast dich aber auch verändert«, sagte sie, nachdem sie ihn mit ihrem durchdringenden Blick erforscht zu haben schien.
»Ach ja? Das ist nur das übliche Delirium während eines Prozesses. Das kennst du doch.«

»Stimmt, du bist gespannt wie eine Sprungfeder. Trotzdem wirkst du verändert!«

»Ich glaube nicht, daß ich mich sehr verändert habe.«

»Wenn du das nicht glaubst, wirst du dich wohl auch nicht verändert haben.« Rosie schüttelte den Kopf, als wäre das nur eine unwichtige Bemerkung gewesen, und kam wieder auf den Prozeß zu sprechen. »Bist du mit der Auswahl der Geschworenen zufrieden?«

Seth erzählte nicht, daß Elena ihm gekündigt hatte. Er vertrat ja noch die Tucker-Familie und blieb deshalb bis zum Schluß beteiligt. »Es könnte für mich gar nicht besser sein. Zehn der Geschworenen sind eher emotionale Persönlichkeiten. Das heißt, sie urteilen vor allem aus ihren Gefühlen heraus.«

»So wie ich!«

»Ja.«

»Die beiden anderen sind verstandesbetont.«

»Wie du?«

»Ich weiß, was du meinst!« sagte Seth mit schiefem Lächeln. »Du glaubst, daß das unser großes Problem war, nicht wahr?«

»Du bist der Intelligentere von uns beiden: Was war deiner Meinung nach unser Problem?«

Seth stöhnte leise auf und zündete sich doch eine Zigarette an. »Es lag an M & M. Das ist doch eindeutig. Für mich kam immer die Kanzlei an erster Stelle – und alles andere erst an fünfter oder neunter.«

Rosie nickte. »Du hattest Angst davor, im Beruf zu versagen. Na ja – und ich habe bei dem völlig versagt, was ich mir vorgenommen hatte. Ich wollte für dich dasein und für dich sorgen. Du warst das Wichtigste in meinem Leben, Seth. Ich hätte alles für dich getan – weil ich glaubte, daß ich dir so viel verdanke. Aber ich konnte nichts mehr für dich tun – überhaupt nichts. Alles, was du im Grunde noch von mir wolltest, war, daß ich dich verlasse.« Mit einem tiefen Seufzer nahm Rosie die Kaffeetasse und lehnte sich zurück. »Ich rede viel zuviel.«

»Nein! Ich möchte das alles wissen.«
»Ich mußte dich verlassen, um selbst zu überleben. Ich mußte mir ein eigenes Leben aufbauen«, sagte sie schuldbewußt und lächelte ihn entschuldigend an.
Seth hatte fast vergessen, wie gern er sie hatte.
»Das stimmt alles, Rosie. Ich habe mir immer eingeredet, daß ich erst Teilhaber werden müßte. Ich glaubte, daß ich dich für deine Opfer später würde belohnen können. Ich habe beides aufs Spiel gesetzt und beides verloren.«
Nachdenklich schwieg Rosie. Dann meinte sie: »Es tut mir leid, daß ich dich so plötzlich verlassen habe. Aber anders hätte ich es nicht geschafft. Ich habe deswegen immer ein schlechtes Gewissen gehabt.«
»Du brauchst kein schlechtes Gewissen zu haben«, meinte Seth. »Ehrlich gesagt, ich war sogar erleichtert, als du weg warst. Ich habe zwar erst einmal furchtbar viel getrunken, aber das habe ich nach einer Weile wieder aufgegeben. Und dann konnte ich arbeiten, ohne ständig das Gefühl zu haben, im Privatleben zu versagen.«
Rosie hielt ihre Tasse mit beiden Händen, trank und sah ihn dabei kritisch an. »Du warst wirklich kein einfacher Mensch.«
»Das bin ich auch jetzt noch nicht, Rosie!« Er rieb sich seine entzündeten Augen. »Aber wenigstens mache ich jetzt keinen anderen mehr unglücklich.«
Rosie stellte ihre Tasse auf den Tisch. Ihre Augenbrauen waren gefährlich in die Höhe gezogen. »Warum erzählst du mir das? Willst du mir mein Schuldgefühl nehmen? Oder wirfst du mir vor, daß ich dich nicht früher verlassen habe?«
Seth wurde rot. Sie hatte den Sinn seiner Worte sofort erfaßt. Zudem spürte er in ihrer Nähe, wie in ihm das Selbstmitleid hochkroch. Und diesen Zug an sich verabscheute er zutiefst.
»Du hast genau das Richtige getan, Liebling. Erzähle mir noch mehr von deiner Arbeit in der Bank.«
»Ist das Spiel jetzt unterbrochen?«

Lachend zündete sich Seth noch eine Zigarette an.
»Reine Drückebergerei!« Jetzt mußte auch Rosie lachen. Damit war die Spannung gebrochen. Rosie erzählte ihm von ihrer Beförderung in der Bank, von ihren Abendkursen an der Volkshochschule und von einem Arbeitskreis der Unitarischen Kirche. Seth hörte ihr nur mit halbem Ohr zu – er war vor allem damit beschäftigt, sie zu betrachten. In seinem Inneren öffneten sich Türen, die er fest verschlossen hatte, weil sich dahinter ein großer Schmerz verbarg. Er erinnerte sich an die schöne Zeit, die sie gemeinsam erlebt hatten. Wie hatte sie nur den Mut finden können, ihn zu verlassen? Sie hatte damals kein eigenes Geld, nicht einmal einen Beruf! Wie schlecht mußte es ihr gegangen sein, daß ihr eine unsichere Zukunft lieber gewesen war!
War es seiner Mutter auch so schlecht gegangen? Nein, sicher nicht! Zwar hatte sie die Familie über Nacht verlassen – aber aus anderen Gründen. Die beiden Fälle haben nichts gemein, Euer Ehren. Außerdem bleibt diese Türe gefälligst zu! Er würde die ganze Nacht arbeiten müssen, um sein Pensum zu bewältigen, doch er wollte sie jetzt nicht schon gehen lassen. Er wollte noch etwas anderes herausfinden.
»Es tut mir leid, daß du mit mir hier so unglücklich gewesen bist«, sagte er unvermittelt.
»Das sollte es nicht. Du hast dich um mich gekümmert. Ich hatte nur jedesmal, wenn ich etwas von dir genommen habe, das Gefühl, mich selbst zu verlieren. Ich mußte erst lernen, auf eigenen Füßen zu stehen. Das war am Anfang ganz schön schwer. Oft wäre ich gern zu dir zurück. Da wäre ich dann wie ein armes Waisenkind vor deiner Tür gestanden. Deshalb war ich so kühl zu dir, Seth.«
»Ist das der einzige Grund?«
»Der wichtigste!« sagte Rosie, etwas zu schnell. »Ach – natürlich wußte ich auch, daß du etwas mit dieser Elena Barton hattest!«
Sie ist immer noch eifersüchtig. Menschen verändern sich nur sehr langsam, dachte Seth, selbst in der spirituellen Welt.

»Da war nicht viel, Rosie!«
»Mit uns war auch nicht mehr viel los, Seth. Und ich habe sie gesehen. Ich konnte dir fast keinen Vorwurf machen. Fast!«
»Hast du aber!«
»Ich weiß nicht, wem ich die Schuld gab. Ich war verrückt vor Angst, weil ich glaubte, es sei meine Schuld. Du willst mich nicht mehr. Aber im Innersten habe ich gewußt, daß das alles mit mir gar nichts zu tun hat. Ich war nur eine Stufe auf der Leiter, die du hinaufklettern mußt.«
Seth schenkte sich nach, obwohl er schon genug Kaffee getrunken hatte. »Und Elena Barton war die nächste Stufe, die mich in die höheren Sphären bringen sollte?«
»So etwa! Ach, am Anfang hast du mich wirklich gebraucht. Aber dann merkte ich, daß du mehr wolltest. Du wolltest immer weiter hinauf auf der Karriereleiter. Und dabei konnte ich dir nicht mehr helfen.«
»Weil mir die Anerkennung von dir nicht mehr ausgereicht hat und ich sie bei anderen gesucht habe?«
»Wir alle brauchen Anerkennung, Seth. Deshalb bin ich in Mill Valley ja auch fast übergeschnappt. Es war eindeutig, daß du mich nicht mehr wolltest!«
»Das stimmt doch gar ...«
»Ich weiß schon. Du machst immer die Arbeit dafür verantwortlich. Aber ich mußte immer daran denken, wie es in Bakersfield war. Wenn ich mich da nur gebückt habe, um eine Socke aufzuheben, hast du dich schon auf mich gestürzt.«
Verlegen sah Seth in seine Tasse, weil er Rosie nicht in die Augen sehen wollte, die ihn unverwandt anstarrten.
»Deswegen war ich ja auch so verärgert, als du dich über den Schmierfink, der mich im Restaurant betatscht hat, so furchtbar aufgeregt hast.«
»Das verstehe ich nicht!« Seth war auf einmal sehr müde.
»Weil ich mich gefreut habe, daß der Typ mich begrapscht!« Erschrocken legte sie die Hand vor den Mund. Seth war schlagar-

tig hellwach. »Ich … fühlte mich so abgelehnt und unattraktiv. Ich fürchtete, daß mich kein Mann mehr will …«
»Und deswegen hast du dich mit Tom Huckins im Bett herumgerollt und dich ficken lassen! Das war wohl auch noch meine Schuld!« Seth bebte vor Zorn und Eifersucht.
Rosie weinte leise – sanft und weich wie der Regen, der draußen fiel. »Ich weine nicht deinetwegen oder wegen meines Verhaltens – schließlich war das nur ein einziges Mal!« Sie holte sich ein Taschentuch aus der Handtasche und schneuzte sich. »Ich weine, weil du immer das Pferd von hinten aufzäumst!«
»Was heißt das jetzt wieder?« Seth fingerte nervös eine Zigarette aus der Schachtel.
Rosie schluchzte und rang nach Worten. »Ich komme Monate später zu dir und gestehe dir, daß ich vor Kummer fast gestorben bin, weil ich dich so liebte und mich so überflüssig fühlte. Meine ganze Welt ist zusammengebrochen. Und du denkst nur daran, daß ich in meiner Verzweiflung eine Dummheit gemacht habe. Ich habe nur mit Tom Huckins geschlafen, weil es mir so schlecht ging.«
Rosie kämpfte gegen ihre Tränen an. Seth berührte sanft ihre kalte Hand und sagte: »Es tut mir leid. Ich hatte kein Recht …«
»Es geht nicht darum, ob du ein Recht hast oder nicht!« Abrupt setzte sich Rosie kerzengerade hin. »Ich wünschte nur, daß du nicht immer alles verdrehen würdest. Wenn du bei einem Prozeß die Verteidigung übernommen hast, bist du meistens froh, wenn deine Geschworenen Männer sind. Denn du glaubst, daß Frauen grundsätzlich nur aus Gefühl heraus handeln. Als wären Gefühle eine schlimme Seuche – wie die Pest! Du hältst an deinen Vorurteilen fest. Und ich kann mich nicht gegen dich zur Wehr setzen. Wahrscheinlich wußte ich wirklich nicht, was ich tat. Aber ich wußte wenigstens, daß ich es nicht wußte. Du dagegen bist dir noch nicht einmal bewußt, daß du nichts von dir weißt. Das können Männer nicht zugeben. Dabei wissen sie überhaupt nichts. Sie wissen nicht, was

Liebe ist oder Sex, nicht, wie ein Toaster funktioniert, Inflation, Menstruation ...«
»Mensch, Rosie! Du übertriffst dich selbst! Aber ich habe dich verstanden.«
»Entschuldige!« Sie steckte das Taschentuch weg. »Ich fürchte, ich habe den Faden verloren ... Ich will nur sagen, daß ich nicht aufgehört habe, dich zu lieben. Aber ich hatte vergessen, was Liebe ist. Du hattest keine Zeit mehr für mich. Wir konnten nicht mal mehr zusammen schlafen, weil du immer zu müde warst. Ich konnte nicht mehr für dich kochen, weil du nie zu Hause warst. Mir blieb nur das Putzen und Wäschewaschen. Ich habe immer nur darauf gewartet, daß du nach Hause kommst – wie ein Hund, der auf sein Herrchen wartet.« Nachdenklich sah sie aus dem Fenster. Dann fuhr sie fort: »Endlich wurde mir klar, daß es keinen Sinn hatte zu warten, bis du Teilhaber sein würdest. Man kann die Liebe nicht wieder aufdrehen wie einen Wasserhahn.«
»Dann ist mir gekündigt worden.«
»Und ich habe mich darüber gefreut! Natürlich nur im stillen, aber trotzdem hatte ich deshalb ein schlechtes Gewissen. Ich hatte gehofft, daß wir nun wieder ein normales Leben führen könnten. Ich hoffte, du würdest merken, daß ich *dich* liebe – daß es mir nicht wichtig war, ob du nun unbedingt ein großartiger Anwalt bist oder nicht.«
»Dafür hast du dich recht schnell aus dem Staub gemacht!«
Blitzschnell stand Rosie auf. Auch Seth war aufgesprungen und wollte sie festhalten. »Es tut mir leid, Rosie. Das war unter der Gürtellinie.«
»Ja!« sagte sie wütend. »Aber es stimmt. Als du bei Allyn Friedlander die Anstellung bekamst, war mir klar, daß sich nichts ändern würde. Du hattest nur ein Ziel: wieder in die Montgomery Street zu kommen. Denn du glaubst nicht, daß dich jemand um deiner selbst willen lieben kann. Im Grunde hältst du dich immer noch für die kleine Rotznase, die die eigene Mutter nicht geliebt, sondern im Stich gelassen hat und ...«

Rosie hielt sich erschrocken die Hand vor den Mund. Aber zu spät.

Seth hielt sich seinen schmerzenden Bauch, als wäre er angeschossen worden. »Das war eine gute Revanche, Rosie!« sagte er mit gezwungenem Lächeln.

»Oh, Seth, das tut mir furchtbar leid! Es kommt so vieles in mir hoch! Wirklich, Seth! Ich bin nicht hierher gekommen, um dir all das an den Kopf zu werfen.«

»Aber du hast es mir sagen müssen. Das war wichtig für dich. Es ist schon gut so.«

Langsam ging Rosie zur Tür. »Ich habe viel zuviel geredet, Seth. Aber mein erster Eindruck von dir war richtig. Ich kann zwar nicht sagen, was sich verändert hat, aber es stimmt.«

Seth lächelte. »Wenn auch nur die Hälfte von dem wahr ist, was du mir vorwirfst, kann das ja nur ein Kompliment sein.«

»Wenn du so willst. Auf Wiedersehen, Seth! Viel Glück bei deinem Prozeß. Ich wünsche dir viel Erfolg!«

»Rosie, bitte, geh jetzt noch nicht! Trink noch eine Tasse Kaffee mit mir!«

»Ich muß gehen, Seth. Morgen werde ich mir Vorwürfe machen, daß ich gekommen bin. Und je früher ich gehe, desto weniger habe ich morgen zu bereuen.«

Seth begleitete sie noch zu ihrem Auto. Sie setzte sich in den alten El Camino und fuhr los. Nur ein Streifen weißer Abgase blieb zurück. Seth beobachtete, wie er sich langsam in der kalten Nachtluft auflöste.

• 55 •

AN DIESEM WOCHENENDE versuchte Elena Barton, einen anderen Anwalt aufzutreiben. Mit vierzehn Anwälten telefonierte sie, und sieben davon traf sie zu einer Besprechung. Nach sechsunddreißig Stunden war Elena klar, daß niemand bereit sein würde, diesen Fall zu übernehmen. Nun bereute sie ihre übereilte Kündigung, obwohl sie auf Seth immer noch wütend war. Aber sie hatte keine andere Wahl.

Also ging sie an diesem späten Sonntag nachmittag fast eine Stunde lang in ihrem Appartement auf und ab und suchte fieberhaft nach einer eleganten Möglichkeit, Seth den Fall wieder aufzuhalsen. Da läutete plötzlich das Telefon, und Seth entledigte sie höchstpersönlich ihres Problems. Er entschuldigte sich, daß er ihre Bedürfnisse nicht genügend berücksichtigt habe. Er hätte merken müssen, daß sie das Angebot ihres Vaters annehmen wollte. Er bezichtigte sich, in diesem Punkt »unprofessionell« gehandelt zu haben, worauf Elena kichern mußte: Sein Verhalten ihr gegenüber war in jeder Hinsicht unprofessionell gewesen. Sie konnte es sich allerdings nicht verkneifen, ihm unter die Nase zu reiben, daß ihr jeder Anwalt geraten habe, ihn zu verklagen, weil er die 150 000 Dollar abgelehnt habe. Dieses Angebot hätte er unter den schwierigen Umständen unbedingt annehmen müssen.

»Man kann nicht zweimal wegen desselben Vergehens angeklagt werden«, erwiderte Seth darauf erleichtert. »Du hast mich wegen dieses Falles schon einmal verklagt!«

Elena lachte herzlich und schlug vor, mit den Friedensverhandlungen zu beginnen. »Ich komme dir auf halbem Weg entgegen«, sagte sie scherzhaft. »Ich meine das wörtlich. Treffen wir uns im *Alta Mira* in Sausalito? Heute ist es so warm und sonnig, daß ich gern draußen sitzen möchte. Du darfst den Tisch und die Getränke aussuchen.«

Eine Stunde später saßen sie auf der Terrasse des Restaurants, tranken Irish Coffee und genossen die Aussicht auf die Bucht. Für Januar war es ungewöhnlich warm, und viele Segler nutzten diesen schönen Tag für einen ersten Törn. San Francisco war in leichten Dunst gehüllt, und es lag ein Zauber über der Stadt mit ihren vielen Hügeln.

Nachdem sie eine Zeitlang zugesehen hatten, wie die Segel-

boote leicht über das ruhige Wasser glitten, brach Elena das Schweigen. »Warum hast du eigentlich Treadwells Angebot abgelehnt? Von den 150 000 Dollar hätten 50 000 dir gehört …«
Seth zündete sich eine Zigarette an und betrachtete die Glut, während er sich eine Antwort überlegte. »Wie schon gesagt – der Eintrag wäre nicht aus Sams Akten gestrichen worden. Sie hätten nie und nimmer zugegeben, daß mit dem Vogel was nicht stimmt. Sams Tod und der Tod der drei anderen Piloten wäre unter dem rot-weiß-blauen Teppich geblieben.« Dann atmete er den Rauch tief ein. »Ich habe auch persönliche Gründe dafür. Wenn ich den Fall gewinne, kann ich als Teilhaber bei einer Kanzlei in der Montgomery Street einsteigen. Außerdem würde mir das die persönliche Genugtuung verschaffen, deinen Onkel Tony öffentlich zu ohrfeigen. Der *Chronicle* hätte genug in der Hand, um gegen ConSpace ein Exempel zu statuieren. Und damit würden es sich andere Rüstungsfirmen in Zukunft zweimal überlegen, bevor sie sich auf Kosten der Sicherheit bereichern.«
»Ziemlich viele Gründe!«
»Ja, und in einigen Punkten stimmen unsere Interessen nicht überein. Wenn du also nur das Geld haben möchtest, ist es besser, du nimmst dir einen anderen Anwalt. Du hast dich an diesem Wochenende ja schon intensiv umgesehen. Ich stehe dir nicht im Weg.«
»Wie edel von dir!«
»Von Kelly rate ich dir ab – er taugt nichts. Du solltest Deborah Shaffield oder Vic Anderson nehmen.«
Verblüfft fragte Elena: »Woher weißt du …?«
»Bis jetzt haben mich schon sechs Leute angerufen. Du mußt mit mindestens einem Dutzend Anwälten verhandelt haben, bis du gemerkt hast, daß sich keiner darauf einläßt.«
Elena fühlte sich ertappt, aber sie lächelte amüsiert. »Nur noch eine Frage! Wieso glaubst du eigentlich, daß du den Fall doch

noch gewinnen kannst – trotz Sams Trunkenheit und meines eigenen … Verhaltens?«
Seth grinste und stürzte seinen Irish Coffee hinunter. »Ich habe noch etwas in der Hinterhand: Lev hat in New Mexico herumgeschnüffelt und dort eine junge Frau gefunden, die uns weiterhelfen kann. Sie arbeitet bei einer Telefongesellschaft und hat am Abend vor Sams Tod ein Gespräch an General Farnsworth durchgestellt – und zwar von den Caicos-Inseln …«
»Caicos-Inseln? Habe ich noch nie gehört!«
»Das ist ein kleines Steuerparadies in der Karibik. Also, Farnsworth erhielt diesen Anruf gegen 23.00 Uhr. Etwa eine halbe Stunde später rief er im Offizierscasino an, in dem Sam und Crispie den Abend verbrachten. Das hat uns Simmons erzählt. Nun besteht die Möglichkeit, daß Sam an diesem Abend gar nicht regulär zum Testflug eingeteilt war. Deshalb hat er wahrscheinlich auch Alkohol getrunken. Dann hat Farnsworth bei ihm angerufen und ihn außerplanmäßig beordert, und niemand hielt es für nötig, das zu verhindern, obwohl Sam sturzbetrunken war.«
»Aber Crispie hat doch davon gewußt. Er hätte das bestimmt verhindert.«
Seth grinste. »Das glaubst du!«
Schweigend versuchte Elena die Tragweite der Mitteilung zu erfassen.
Seth ließ ihr etwas Zeit, dann fuhr er fort: »Jedenfalls ist Lev jetzt auf den Caicos-Inseln, um dort weitere Nachforschungen anzustellen.«
»Das klingt gut!« Elenas grüne Augen strahlten ihn an. Noch vor kurzem hätte Seth dieses Strahlen erregt. Jetzt schob er seine männlichen Impulse beiseite.
»Wann werden wir Genaueres erfahren?« fragte sie.
Seth winkte die Kellnerin herbei, um zwei weitere Irish Coffee zu bestellen. »Bald!« antwortete er.

Elena hielt ihr halb leeres Glas hoch, um ihm zuzutrinken. »Also gut, Rocky. Halten wir bis zum Schluß durch!«
Vom Westen trieb der Wind die ersten Nebelschwaden über den Pazifik heran. Die Segelboote kehrten allmählich in die Häfen zurück. Die Bedienung brachte ihnen den gewünschten Nachschub.
»Du mußt ihn wirklich hassen!« sagte Elena in die Stille.
»Wen? Treadwell? Ich weiß gar nicht mehr, was ich empfinde. Wenn das alles vorbei ist, muß ich gründlich nachdenken.«
Gedankenverloren sah er hinaus auf die Bucht. Eine Möwe flog auf die Terrasse und pickte Brotkrumen vom Nachbartisch auf.
Elena wechselte das Thema. »Ich habe dir auch etwas mitzuteilen. Und zwar über Crispie.«
»Das wundert mich nicht.«
»Ich habe ihn bearbeitet. Jetzt ist er bereit, noch mal in den Zeugenstand zu gehen, um auszusagen, daß Sam das Casino schon um 23.10 Uhr verlassen hat und nicht erst um 23.30 Uhr.«
Seth warf ihr einen verächtlichen Blick zu. »Bearbeitet? Du meinst wohl, du hast unter ihm gearbeitet? Vergiß es!«
»Sei friedlich, Seth! Er will uns doch nur helfen. So wird die Aussage der Lukens unterstützt, denn dann hätte Sam mehr Zeit gehabt.«
»Erstens reicht die Zeit trotzdem nicht. Zweitens habe ich den Eindruck, daß dein heißgeliebter Freund Christopher den Mund nicht aufgebracht hat, als er mit einem einzigen Wort deinem Ehemann das Leben hätte retten können. Deshalb traue ich ihm nicht über den Weg – und die Geschworenen auch nicht. Drittens werden die Geschworenen sofort vermuten, was Crispie als Belohnung dafür bekommen hat, daß er seine Aussage revidiert … Viertens wird ihn Treadwell zwingen, zu dem Ehebruch Stellung zu nehmen. Und fünftens ist es nicht die Wahrheit, denn Simmons hatte keinen Grund, uns anzulügen.«

Elena verdrehte die Augen zum Himmel. »Gut, mein lieber Moses! Bleib doch auf deinem Moralhügel sitzen. Aber du solltest dir in deine Gesetzestafeln ritzen, daß du ein Anwalt bist und kein Richter. Und schon überhaupt kein Heiliger!«
Seth grinste sie zynisch an. »Hier geht es nicht um Moral, Elena! Aber Crispies Aussage nimmt uns keiner ab.«
»Nein! Crispie wird diese Aussage machen. Du hast damit nichts zu tun!«
»Da hast du verdammt recht, Elena. Dann habe ich tatsächlich nichts mehr mit dir und diesem Fall zu tun. Entweder tust du, was ich sage, oder das Spiel ist aus. Mit Meineid will ich nichts zu tun haben. Du bist so kalt und skrupellos wie schön!«
Elena kämpfte mit sich. Am liebsten hätte sie ihn schon wieder gefeuert, aber er war ihre letzte Hoffnung. Leider war sie auch Seth' einzige und letzte Hoffnung. Was ihn aber noch mehr beunruhigte als das, war seine sinnlose Begierde. Obwohl er sie verabscheute, hätte er sie sofort in ein Hinterzimmer des Lokals zerren können, um sie dort hemmungslos zu vögeln.

Am nächsten Montag ging Seth schon früh am Morgen in sein Büro, um die Post durchzusehen und seinen Anrufbeantworter abzuhören. Er fand eine Nachricht von Lev auf Band und rief ihn in einem Hotel auf den Caicos-Inseln an.
»Sackgasse, Seth! Ich habe zwar herausgebracht, von welchem Hotel aus das Gespräch mit Farnsworth geführt wurde, aber der Anrufer hat sich unter falschem Namen eingemietet. Ich habe mir in demselben Hotel ein Zimmer genommen und herumgefragt. Niemand kennt ihn. Er nannte sich Dr. John Phillips und hat alles bar bezahlt.«
Seth wunderte sich, wie gut die Verbindung war, und fragte sich, was das Gespräch wohl kosten werde. Er stellte sich vor, wie Allyn beim Anblick der Rechnung die Haare zu Berge stehen würden.
Die Rechnung!

»Hör gut zu, Lev! Du machst dich noch mal an die Telefonistin ran. Sie muß alle Gespräche überprüfen, die unser geheimnisvoller Freund vom Hotel aus geführt hat. Vielleicht hat der Unbekannte ja bei sich zu Hause oder im Büro angerufen. Die Telefonistin soll alle Nummern heraussuchen, die in Frage kommen. Wir müssen es versuchen!«

Am Dienstag um 10.00 Uhr, als die Verhandlung fortgesetzt werden sollte, beantragte Seth bei Richter Singer eine Vertagung um achtundvierzig Stunden. Er benötige die Zeit, um neues Beweismaterial vorzulegen, das den Lauf der Verhandlung dramatisch verändern könne. Treadwell legte heftigen Widerspruch ein. Er bezeichnete dieses Ansinnen »als ein weiteres Beispiel für Mr. Camerons Kapriolen und Verzögerungstaktik«. Richter Singer bat die beiden Parteien zu einer kurzen Anhörung in sein Amtszimmer.

»Also gut, Mr. Cameron, wir erwarten eine Erklärung von Ihnen. Warum wollen Sie diese endlose Verhandlung just dann unterbrechen, wenn sie sich gnädigerweise ihrem wenig aufregenden Höhepunkt nähert?«

»Euer Ehren! Zweifelsohne hatte Captain Barton in jener Nacht Alkohol getrunken. Möglicherweise war er sogar betrunken.«

»Wenn Sie uns mit diesem Zugeständnis entgegenkommen wollen«, unterbrach ihn Treadwell, »können wir darüber reden.«

Seth ignorierte diese Bemerkung. »Ich brauche zwei Tage Zeit, denn ich möchte den Nachweis erbringen, daß Sam Barton an diesem Abend nicht regulär für einen Testflug eingeteilt war. Deshalb hat er auch getrunken. Ich nehme an, daß Barton erst am späten Abend des 15. Oktober von General Farnsworth zum Start beordert wurde.«

»Euer Ehren!« rief Treadwell empört. »Das ist völlig aus der Luft gegriffen und keine Begründung für eine Vertagung. Selbst wenn diese Behauptung richtig wäre – und ich versichere

Ihnen, daß sie vollkommen haltlos ist –, würde das für diesen Prozeß keine Rolle spielen. Meinen Klienten, die Herstellerfirma des Flugzeugs, interessiert nicht, *warum* Barton betrunken war, als er abstürzte.«
Richter Singer lächelte amüsiert. »Aber Mr. Treadwell! Ich war selbst einmal Prozeßanwalt und weiß, daß es entscheidend ist, ob die Geschworenen Captain Barton für einen verantwortungslosen Hallodri halten oder nicht. Ihre Beweisführung legt diesen Schluß ja zwingend nahe. Die Sache sieht aber ganz anders aus, wenn Barton ursprünglich an diesem Abend frei hatte. Offen gestanden, ich habe während des Prozesses über das Leben eines Testpiloten genug erfahren, um es keinem übelzunehmen, wenn er sich an einem freien Abend ein paar Gläschen genehmigt.«
Treadwell gab nicht so schnell auf. »Trotzdem bleibe ich bei meinem Einspruch, Euer Ehren. Mr. Cameron hat noch nicht dargelegt, wie er diesen Zaubertrick bewerkstelligen will.«
»Dazu wollte ich gerade kommen. Mr. Cameron! Ich möchte von Ihnen wissen, wie Sie Ihre Behauptung beweisen wollen.«
Das hatte Seth befürchtet. Er mußte zumindest einen Teil preisgeben. Zum Glück verlangte Richter Singer nicht den Namen der Telefonistin und genehmigte ihm schließlich die Vertagung.
»Die Verhandlung ist bis Donnerstag unterbrochen. Aber auf eine weitere Verlängerung lasse ich mich nicht ein, Mr. Cameron!«
Seth bedankte sich und fuhr erleichtert zurück in sein Büro. Dort machte er sich erst einmal an die liegengebliebene Arbeit. Seit zwei Wochen hatte er sich ausschließlich um den Barton-Prozeß gekümmert. Da Allyn bei der Verhandlung im Santa-Clara-Bezirk war, konnte er uneingeschränkt den flinken Ramón in Anspruch nehmen. »Wir wissen, daß sich unter all diesen Papieren ein Schreibtisch befindet. Und wir gehen erst nach Hause, wenn er zum Vorschein kommt.«

»Dürfte ich Ihnen ein kleines Feuerchen empfehlen?«
Zwei Stunden lang diktierte Seth Briefe und Plädoyers. Nur zweimal wurden sie dabei vom Telefon unterbrochen. Obwohl Seth das Läuten ganz leise gestellt hatte, erschrak er jedesmal fast zu Tode. Um Viertel nach zwölf klemmte Seth eine Bestellung an die Schnur und warf sie aus dem Fenster. Ramón bekam ein Sandwich und Seth eine Suppe.
Um fünf Uhr hatten sie schon eine beträchtliche Schneise in den Papierberg geschlagen, und Ramón konnte nach Hause gehen. Seth wollte noch eine Weile auf Levs Anruf warten. Er überlegte kurz, ob er nicht Allyns Jack-Daniel's-Vorrat plündern sollte. Doch er nahm statt dessen seinen Block, um das Schlußplädoyer zu entwerfen. Eine Stunde lang zermartete er sich das Gehirn. Aber alles, was er zu Papier brachte, machte so wenig Sinn wie der Fall selbst. Frustriert riß er die Seiten vom Block, zerknüllte sie und zielte auf den Papierkorb. Volltreffer!
Er begann von neuem:
Sehr geehrte Damen und Herren! Sie alle haben schon von Firmen gehört, die einen Regierungsauftrag bekommen und dann für einen einfachen Holzhammer 75 Dollar oder für einen Toilettensitz 100 Dollar berechnet haben. Bei unserem Fall geht es aber nicht nur um Verschwendung, Betrug oder Bereicherung auf Kosten des Steuerzahlers! Es geht um den Tod eines Menschen! Ein Mann mußte in der Blüte seines Lebens sterben, weil eine der reichsten Rüstungsfirmen der Welt 60 Dollar gespart hat. Sie hätte bei ihrem 300 Millionen Dollar teuren Flugzeug nur noch lächerliche 60 Dollar investieren müssen, um die lebensnotwendige Elektronik vor Abnutzung zu schützen.
Auch dieses Blatt riß er vom Block. Er faltete einen Flieger und ließ ihn in den Papierkorb segeln. Volltreffer!
Als endlich das Telefon klingelte, begann Seth' Herz heftig zu klopfen. Aber es war nur jemand, der Ramón sprechen wollte. Seth holte seinen Mantel und machte sich auf den Heimweg.

Während er im üblichen Feierabendstau auf der Golden Gate Bridge stand, betrachtete er die anderen Autofahrer, die jeden Tag zur gleichen Zeit heimkehrten. Dort erwarteten sie Frau und Kinder im kleinen Vorstadthäuschen mit Garage. Wie ist es nur, wenn man ein normales Leben führt? fragte er sich.
In der Bucht kämpften einige Segelboote tapfer mit der steifen Brise, bis an diesem späten Januarnachmittag die Sonne unterging und die Boote den sicheren Hafen anstrebten. Im Westen türmte sich eine Wolkenbank, die im letzten Sonnenlicht rot aufglühte.
Auf dem Anrufbeantworter in seiner Wohnung war kein Anruf notiert. Verdammt, Lev! Spann mich nicht so auf die Folter!
Seth hätte jetzt einen guten Schluck Tequila vertragen können. Doch weil er wußte, daß es bei einem Schluck nicht bleiben würde, ging er lieber mit Fat Dog in den Park, um Frisbee zu spielen. Bei Vollmond tobte Seth eine Stunde lang mit dem Hund herum. Dann gingen sie in Mill Valley noch ein wenig spazieren. Bei *D'Angelino's* sah Seth sehnsüchtig durchs Fenster ins Lokal. Gutangezogene Leute saßen dort und lachten. Wie schön mußte ein normales Leben sein!
Ein Golden Retriever war an der Tür festgebunden. Fat Dog beschnupperte ihn freundlich. Seth überlegte, ob er nicht kurz hineinschauen sollte. Vielleicht konnte er eine nette Bekanntschaft machen. Doch es schienen nur Pärchen dazusein. Nein, halt! Dort hinten an der Theke standen etwa acht, neun junge Leute beisammen. Kritisch prüfte er sein Aussehen in der Fensterscheibe und strich sein Haar zurück. Ein Mädchen aus der Gruppe sah zu ihm herüber. Er winkte ihr freundlich zu. Und sie winkte zurück! Kurzentschlossen band Seth seinen Hund an einem Regenrohr fest. In dem Moment stand ein großer junger Mann, der am Fenster gesessen hatte, auf, winkte der Kleinen zu und ging zu ihr hinüber.
»Komm, Fat Dog! Ab nach Hause! Es wird Zeit fürs Abendessen.«

Gegen Mitternacht schlief Seth auf seiner Couch erschöpft ein. Um 1.30 Uhr rief Lev an.

»Gute und schlechte Nachrichten, Cowboy – wie üblich! Mein Engel von der Telefongesellschaft ist tatsächlich fündig geworden. Unser mysteriöser Freund hat von seinem Hotel auf den Caicos-Inseln noch ein anderes Gespräch geführt – und zwar hat er eine Nummer im Bezirk Washington angerufen. Mein Engel wollte aber noch einmal 500 Dollar, bevor sie mir die Nummer geben würde. Ich sollte das Geld persönlich bei ihr vorbeibringen.«

»Vielversprechendes Angebot!«

»Ja, ich gefiel ihr offenbar!«

»*Gefiel*? Gefällst du ihr jetzt nicht mehr?«

»Mein Engel ist in den Himmel gefahren! Als ich zur verabredeten Zeit zu ihrem Apartment kam, wimmelte es dort von Polizisten. Alles war abgesperrt, und ein Krankenwagen stand vor dem Haus. Sie ist tot, Seth – ermordet! Jemand hat unzählige Male mit einem Messer auf sie eingestochen. Wahrscheinlich ein Verrückter!«

»Oder Tarnung!« Seth stellte eine Tasse mit kaltem Kaffee in den Mikrowellenherd und schaltete ihn ein. »Wie mit dem Vogel in der Turbine oder dem betrunkenen Soldaten, der vom Balkon stürzt!«

»Ja, dasselbe Muster!«

»Kannst du noch eine andere Telefonistin überreden, uns zu helfen?«

»Nein, nach dem, was passiert ist, wollen sie nichts mehr mit mir zu tun haben. Außerdem haben nur noch zwei andere Zugang zu dem Computer, der die Auslandsgespräche aufzeichnet.«

»Bist du im Apartment der Toten gewesen? Hast du was finden können? Einen Zettel mit einem Hinweis?«

»Du machst Witze! Ich durfte noch nicht einmal das Haus betreten. Das ist so hermetisch abgeschirmt wie bei einer der

Hochzeiten von Elizabeth Taylor. Aber morgen früh werde ich versuchen, etwas aus einem Polizisten herauszuquetschen.«
Schweigend hielt Seth den Telefonhörer in der Hand. Dann sagte er: »Hör zu! Ich will, daß du so schnell wie möglich von dort verschwindest! Wenn sie von dem Mädchen wußten, wissen sie auch über dich Bescheid.«
»Woher wußten sie das überhaupt?«
»Von mir! Ich mußte das vor Gericht preisgeben. Und der verdammte Farnsworth hat zugehört. Vielleicht steckt aber sogar Treadwell selbst dahinter. Also – du fährst sofort zum Flughafen und kommst hierher!«
Lev meinte, er werde es sich durch den Kopf gehen lassen, und legte auf.
Lange konnte Seth nicht einschlafen. Gegen Morgen weckte ihn das Telefon wieder: Lev war am Apparat. »Ausnahmsweise habe ich mich an deine Anweisungen gehalten, Cowboy. Ich bin jetzt am Flughafen. Eben habe ich die Morgenausgabe der hiesigen Zeitung gekauft. Auf der Titelseite ist ein Foto von der Toten abgedruckt. Ob das ein Polizeifoto ist oder ob ein Reporter ins Zimmer durfte, weiß ich nicht. Auf jeden Fall sieht man meinen Engel tot auf dem Fußboden liegen. Sieht aus wie ein grauer Linoleumboden! Sie muß vor ihrem Tod versucht haben, einen Hinweis auf den Mörder aufzuschreiben. Sie hat etwas auf den Boden gemalt – mit ihrem Blut. Sechs Zahlen. Leider kann man sie nur schwer entziffern, aber ich faxe dir die Seite ins Büro.«
»Kannst du die Zahlen lesen?«
»Hm – sieht aus wie 338310. Das ist bestimmt die Telefonnummer, doch die letzte Zahl fehlt.«
»Ich sause ins Büro. Aber du, Lev, bist noch nicht in Sicherheit. Laß dich auf nichts ein, hörst du?«
»Ich paß schon auf mich auf!«
Fünf Minuten später hatte Seth William Torville am Apparat. Er war bereits in seinem Büro in New Orleans.

»Vielleicht erinnern Sie sich noch an mich. Ich bin Allyn Friedlanders Mitarbeiter.«
»O ja, Mr. Cameron! Ich erinnere mich lebhaft.«
»Ich gebe zu, daß unsere Begegnung nicht allzu glücklich verlaufen ist. Und meine Chefin hat keinen Zweifel daran gelassen, daß ich mich wie ein Arschloch verhalten habe. Das liegt wahrscheinlich daran, daß ich eins bin. Ich rufe an, weil ich Ihre Hilfe brauche. Es geht immer noch um die Sache mit Aubrey Olmstead und TDA. Möglicherweise hilft Ihnen das auch bei Ihren Recherchen weiter.«
Seth weihte ihn in die neueste Entwicklung ein, und Torville erklärte sich zu Nachforschungen bereit. Er hatte die Möglichkeit, über die Nummer die dazugehörigen Adressen herauszubekommen. Dazu mußte er alle Anschlüsse des Bezirks Washington – also mit der Vorwahl 202 – ausfindig machen lassen, die mit der Zahlenfolge 338310 begannen und mit den Zahlen eins bis neun endeten.
Seth legte auf. »Stell dir vor, Fats, vielleicht schaffen wir es doch!« Nachdem Seth den Hund gefüttert hatte, duschte er, frühstückte schnell und brauste über die Golden Gate Bridge zu seinem Büro.
Neben seinem Faxgerät lag, wie versprochen, die kopierte Titelseite mit der reißerischen Überschrift: *Aufgeschlitztes Opfer schreibt Hinweis auf Mörder mit eigenem Blut.*
Neben dem Artikel war das Foto zu sehen. Eine junge Frau, deren Name als Rochelle Rodriguez angegeben war, lag auf dem Bauch am Boden. Sie war vollständig bekleidet. Um ihren Körper hatten die Ermittlungsbeamten einen weißen Kreidekreis gezogen. Ihr rechter Arm war ausgestreckt. Daneben waren die verschmierten Zahlen zu sehen.
Seth schaltete die Kaffeemaschine an, ging in sein Zimmer und ließ sich auf einen Stuhl fallen. Wie viele Menschen waren wegen dieser Sache schon ermordet worden? Lev befand sich sicher in Lebensgefahr. Auch er selbst könnte das nächste Opfer

sein. Alles nur wegen eines Prozesses, den er schon so gut wie verloren hatte. Wovor hatten sie solche Angst? Was steckte dahinter? Und wer zum Teufel waren *sie*?

Jetzt hieß es wieder warten. Seth wollte sich in der Zwischenzeit an die Arbeit machen, doch seine Gedanken wanderten immer wieder ab.

Wieso hatte er eigentlich Treadwells Angebot so kategorisch abgelehnt? War er zu ehrgeizig? Zu stolz? Er hätte die 50 000 Dollar, die er bekommen hätte, wirklich gut brauchen können. Er wußte nicht, wovon er diesen Monat die Miete zahlen sollte, und hatte von Allyn bereits zweimal einen Vorschuß bekommen. Zudem schuldete er Lev noch 1000 Dollar dafür, daß er die Lukens aufgetrieben hatte. Und die Reise auf die Caicos-Inseln war auch noch nicht bezahlt.

Unwillkürlich nahm er den Telefonhörer ab und wählte. Automatisch drückte sein Finger eine Nummer – Rosies Nummer. Er konnte diesen Impuls nicht stoppen, vielleicht wollte er es auch nicht. Er mußte mit ihr reden, ihre Stimme hören. In letzter Zeit hatte er oft an sie denken müssen. Plötzlich überfiel ihn die Angst, daß er einen Fehler machte. Aber er wählte wie in Trance weiter. So mußte es sein, wenn man sich von einem Hochhaus oder einer Brücke in die Tiefe stürzt.

Niemand hob ab. Rosie hatte natürlich keinen Anrufbeantworter. Mit geschlossenen Augen lauschte Seth dem Läuten am anderen Ende der Leitung. Da klingelte das zweite Telefon auf seinem Schreibtisch. Torville war am Apparat.

»Eine Nummer führt zu einem fünfundachtzigjährigen Rentner, der in einem Altenheim lebt. Zwei Anschlüsse sind seit knapp drei Jahren stillgelegt.« Torville säuselte wieder in seiner arroganten Art, die Seth aggressiv machte.

»Die anderen führen zu einem großen katholischen Kloster in Arlington. Das ist alles!«

»Sind Sie sicher, daß kein Fehler unterlaufen ist?«

»Absolut!«

»Scheiße! Nein, entschuldigen Sie! Ich war mir nur so sicher. So verdammt sicher! Und jetzt weiß ich nicht mehr weiter. Ich bin erledigt.«

»Aber, aber, Mr. Cameron. Der Fall bedeutet Ihnen zwar viel, aber es wird für Sie noch viele andere schöne Fälle geben.«

»Nein, für mich nicht mehr«, sagte Seth sarkastisch. »Es ist aus! Trotzdem vielen Dank für Ihre Hilfe!« Er legte auf und starrte benommen vor sich hin. »Es ist endgültig aus!«

Für ein paar Minuten vergaß Seth Zeit und Raum. Er versank in Trübsinn. Dann hörte er Schritte auf der Treppe – schwere, behäbige Schritte, die er kannte.

Eine vertraute Stimme rief: »Yo, Cowboy! Ich bin wieder im Lande!«

»Herein mit dir, Lev! Herzlich willkommen!«

Lev war völlig durchnäßt. Erst jetzt merkte Seth, daß es draußen in Strömen regnete.

»Was ist mit der Telefonnummer? Hast du etwas herausgebracht?« Zu Levs Füßen hatte sich bereits eine kleine Pfütze gebildet.

»Klang wie ein Volltreffer – und ist eine Niete!«

»Wie geht's jetzt weiter?« Nachdem er seinen tropfenden Mantel ausgezogen und aufgehängt hatte, schüttelte sich Lev wie ein nasser Hund.

»Mir fällt nichts mehr ein. Ich habe keine Zaubertricks mehr auf Lager. Hier nützen mir keine ekligen Käfer, die ich verschlucken kann. Und Vertagung kann ich auch nicht mehr beantragen. Nichts geht mehr, gar nichts! Das einzige, was ich versuchen kann, ist ein Bluff. Wenn ich so tue, als hätte ich etwas herausgefunden, schlägt mir Treadwell vielleicht noch einmal den Vergleich vor.«

»Die Jungs, die du bluffen willst, kennen aber dein Blatt, mein Freund. Also was sitzen wir hier noch rum?«

Seth riß seinen Mantel vom Haken. »Ich komme mit, Kumpel!«

In den frühen Morgenstunden landeten sie auf ihrer Kneipentour zuletzt noch im *Brazen Head.* Eine halbe Stunde vorher hatten sie ausgeknobelt, wer Auto fahren sollte, und Lev hatte verloren. Also trank er jetzt brav Kaffee, während sich Seth noch einen letzten Tequila genehmigte.

»Ich werde mich also in Zukunft als kleiner Scheidungsanwalt herumschlagen müssen, Lev.«

»Ach, Unsinn, Cowboy! Du kriegst schon noch mal eine Chance.«

»Nein, das ist vorbei. Nach diesem Debakel bin ich für alle Zeiten abgestempelt: Dilettant, Winkeladvokat, Provinzler! Ich krieg höchstens einen Oscar als größter Narr von Bakersfield. Pop hatte recht.«

»Geh doch zurück nach Bakersfield. Es gibt Schlimmeres. Immerhin ist Rosie dort, und man kennt dich.«

Seth leerte sein Glas mit einem Zug. »Das wäre zu einfach, mein Freund«, sagte er bitter, »und zu schwer!«

Seth wachte mit einem schrecklichen Kater auf. Ein wahres Tequila-Morgengrauen mit rasenden Kopfschmerzen. Trotzdem war er sofort hellwach. Es war schon acht Uhr. Gestern nacht hatte er vergessen, den Wecker zu stellen. Eigentlich hätte ihn Fat Dog längst wecken müssen. Hatte er den Hund noch gefüttert, als er heimkam? Wie war er überhaupt nach Hause gekommen? Seth tastete sich zum Fenster. Kein Auto! Sein Atem roch giftig wie die Abgase eines Chemiekonzerns. Ein barmherziger Samariter mußte ihm den Autoschlüssel abgenommen und ihn in ein Taxi befördert haben. Nein – Lev hatte ihn ja nach Hause gebracht!

Während sich Seth anzog, überlegte er sich eine Ausrede für Richter Singer – und ein Plädoyer.

Von Fat Dog keine Spur! Alle Türen waren geschlossen. Der Hund hatte also nicht einfach hinausspazieren können. Seth versuchte, einen klaren Kopf zu bekommen, löste ein Aspirin

auf und schluckte die bittere Arznei herunter. Fat Dog war also nicht im Haus gewesen, als er heimkam.
Kurz drauf fand er seinen Freund im Rinnstein. Der Kopf war unnatürlich verdreht, der kleine Körper schon steif. Gnädigerweise waren die Augen geschlossen. Vorsichtig hob Seth den Freund auf und trug ihn ins Haus. An der grauen Schnauze klebte getrocknetes Blut. So gut es ging, wusch Seth es ab. Dann hüllte er Fat Dog in ein weißes Laken und vergrub ihn im Garten unter einer Eiche, die ihre Äste wie gichtige Finger in den Januarmorgen reckte.
Seth war wie betäubt. Er fühlte nichts, auch keinen Schmerz. Mechanisch führte er die Arbeiten aus, wobei er sich selbst kommandierte. Nimm die Schaufel! Grab ein Loch! Mein geliebter Hund, mein Freund! Leg das Frisbee mit ins Grab! Du braucht es jetzt nicht mehr. Bring diesen Tag hinter dich, dann kannst du es denen heimzahlen. Streich das Laken glatt, und nun schaufel das Grab zu! Staub zu Staub.
Er versuchte, nicht an Fat Dog zu denken. Er durfte sich jetzt nicht vorstellen, daß sein Hund ihn nie wieder freudig begrüßen würde, wenn er abends heimkam. Was würde wohl General Farnsworth zu diesem Vorfall sagen? Ein Unfall! Täglich werden Hunde von Autos überfahren.
Denk jetzt nicht nach! Denk vor allem nicht daran, daß du wieder ganz allein bist!

• 56 •

SETH WUSCH SEINE Hände und setzte sich an den Küchentisch, um noch eine Tasse Kaffee zu trinken. Zufällig fiel sein Blick dabei auf die Kopie, die ihm Lev zugefaxt hatte. Eingehend betrachtete er sich das makabre Foto des Opfers. Die Haare lagen über dem Gesicht, so daß man nur ein Ohr sehen konnte. Dadurch wirkte die Frau wie ein Kind. 500 Dollar! Wahrscheinlich

hatte sie sich damit etwas Schönes zum Anziehen kaufen wollen! Der Preis für ein Leben! Seth legte das Blatt zur Seite. Er hatte genug.
Nachdenklich nippte er am heißen Kaffee. Plötzlich knallte er die Tasse auf den Tisch, schnappte sich das Blatt und suchte das Foto mit Argusaugen ab. Ja, er hatte bisher etwas Entscheidendes übersehen.
»Verdammt!« brüllte er und rannte zum Telefon. »Torville? Ich habe die Lösung!«
»Wie beruhigend!« antwortete Torville trocken. »Aber wer ist denn bitte am Apparat?«
»Cameron, Seth Cameron aus San Francisco! Sie müssen mir noch einen Gefallen tun, Torville. Ich werde Ihnen dafür ewig dankbar sein. Sie haben doch alle Telefonnummern überprüfen lassen, die nach der Vorwahl 202 mit 338310 weitergingen, nicht wahr? Aber das ist nicht die richtige Nummer. Die Frau wollte zum Schluß eine Acht schreiben. Sie macht die Achter mit zwei Kreisen, und bei der letzten Zahl ist sie nicht mehr fertig geworden. Die Nummer lautet 338318. Können Sie bitte die Anschlüsse dieser Nummer ausfindig machen lassen?«
»Sicher, warum nicht?«
»Ich bin auf dem Sprung ins Büro. Sobald ich dort bin, rufe ich Sie wieder an.«
Seth nahm sich ein Taxi. Als er gegen 9.30 Uhr Torville vom Büro aus anrief, konnte er noch nichts Neues in Erfahrung bringen. Torville hatte seinen Informanten noch nicht erreicht.
Seth sah die alten Zeitungsartikel noch einmal durch, die Ramón ihm vor Monaten herausgeschnitten hatte. Die Titelseiten berichteten fast ausschließlich von den bevorstehenden Präsidentschaftswahlen. Der Artikel über Sams Absturz erschien im *Chronicle* einige Seiten weiter hinter unter der Rubrik »Vermischtes«. Außerdem war die Meldung sehr kurz – nur zehn Zeilen. Der Reporter hatte schlicht die Stellungnahme

der Luftwaffe übernommen. Die beiden vorangegangenen Abstürze wurden nicht erwähnt. Auch die anderen Zeitungen hatten dieser Meldung nur wenig Platz eingeräumt, und stets wurde menschliches Versagen als Absturzursache angegeben.
Seth bestellte sich wieder ein Taxi. Er mußte ins Gericht. Dann wählte er noch automatisch Rosies Nummer in der Bank. Diesmal war sie da. Und sie freute sich über seinen Anruf.
»Wie gut, daß du anrufst«, sagte sie.
»Freust du dich?«
»Ich bin erleichtert, Seth! Gestern nacht hatte ich ... einen fürchterlichen Traum. Es war entsetzlich!«
»Gestern nacht haben sie Fats ermordet.«
»O mein Gott!«
Seth wußte nicht, was er sagen sollte.
»Mach keine Dummheiten, Seth! Bloß nicht durchdrehen!«
»Aber ich werde es ihnen heimzahlen.«
»Genau davor habe ich Angst.«
»Hör zu, Rosie! Ich muß sofort ins Gericht. Der Fall ist so gut wie verloren. Aber vielleicht habe ich noch eine winzige Chance. Heute nachmittag halte ich mein Schlußplädoyer, und ich wollte dich fragen, ob ... hm ... na ja, ob du nicht zufällig vielleicht einen freien Tag hast oder so. Ich könnte ... hm ... etwas Unterstützung ...«
Seth verschluckte den Rest des Satzes. Am anderen Ende herrschte eisiges Schweigen. Nur sein eigener Atem war unangenehm laut zu hören. Er hielt die Muschel von seinem Mund weg – und dann war nur noch Stille, tödliche Stille. Ihm wurde heiß und schwindlig. Aus weiter Ferne glaubte er noch seinen Namen rufen zu hören, doch die Verbindung zur Wirklichkeit war schon abgeschnitten. Die Silben dröhnten grausam verzerrt ins Endlose. Aus seinem Inneren stieg ein Schmerz auf, so heftig und nah wie vor dreißig Jahren – ein tödlicher Schmerz. Seth ließ den Hörer auf die Gabel fallen, nahm seine Aktentasche und rannte die Treppe hinunter. Das Taxi wartete schon.

Um Viertel vor zehn stieg Seth vor dem Gericht aus dem Wagen, rannte hinein und suchte die nächste Telefonzelle auf. Torville hatte seinen Informanten noch nicht erreicht.
Hastig ging Seth zum Gerichtssaal und setzte sich an seinen Platz. Treadwell und sein Stab hatten bereits Position bezogen. Die Geschworenen kamen. Seth zermarterte sich das Gehirn. Er hatte dem Richter einen geheimnisvollen Zeugen angekündigt. Wie sollte er das alles bloß erklären? Der Gerichtsdiener kam herein und teilte mit, daß der Richter aufgehalten worden sei und sich ein paar Minuten verspäten werde. Am liebsten wäre Seth sofort zu einem Telefon gestürzt. Aber er atmete ruhig und tief durch. Dann holte er aus einer Aktentasche die Zeitungen hervor, die über Sams Absturz berichteten. Wahllos griff er sich die *New York Times* heraus und las den politischen Leitartikel von damals. Es amüsierte ihn, über längst vergessene politische Querelen zu lesen. Hier ging es um das Verteidigungskonzept. Einige Politiker, die sogenannten Tauben, verlangten kategorisch Kürzungen im Verteidigungsetat, während die Falken für den harten Kurs plädierten. Sie forderten die Genehmigung des Stealth-Programmes. Im Wirtschaftsteil wurde über Rezession und steigende Arbeitslosigkeit berichtet. Neben dem Nachruf auf einen verstorbenen Filmstar stand die Nachricht, daß ein unabhängiger Berater berufen worden sei, der die Tauglichkeit des B-2-Bombers prüfen sollte. Mittlerweile hatte sich dieses Flugzeug ja als gigantische Fehlinvestition erwiesen. Die Meldung über Sams Absturz stand völlig unauffällig auf einer der letzten Seiten.

»Bitte erheben Sie sich!« rief der Gerichtsdiener. Richter Singer stürmte herein und zu seinem Tisch.
»Gut, Mr. Cameron!« sagte er. »Bitte rufen Sie Ihren nächsten Zeugen auf.«
Jetzt mußte er Farbe bekennen! Elena konnte er nicht noch einmal in den Zeugenstand rufen, ohne weiteren Schaden an-

zurichten. Crispie war zur Aussage bereit, daß Sam das Casino schon früher verlassen habe. Damit würde die Aussage der Lukens gestützt. Aber das war nicht nur riskant, es würde auch gegen das Gesetz verstoßen: Crispie müßte einen Meineid leisten.

»Also, Mr. Cameron?«

»Sofort, Euer Ehren!« Mit gerunzelter Stirn starrte Seth vor sich hin und überlegte. Die Zuschauer begannen zu tuscheln, und die Geschworenen tauschten verwunderte Blicke aus.

»Werden Sie noch einen weiteren Zeugen aufrufen oder nicht, Mr. Cameron?«

Treadwell betrachtete mit unschuldiger Miene einen Riß in der Decke, der vom großen Erdbeben im Jahre 1989 stammte. Ein zufriedenes Lächeln huschte über sein Gesicht. Seth entging es nicht.

Als er zu Christopher hinübersah, blickte ihn dieser finster und herausfordernd an. Seth spürte die Augen aller Anwesenden auf sich ruhen.

»Ich rufe Major Jack Christopher in den Zeugenstand, Euer Ehren.«

Elena nickte. Endlich hielt sich ihr Anwalt an ihre Anweisungen. Doch sie merkte sehr schnell, daß Seth etwas anderes vorhatte. Er gab Crispie nicht die Gelegenheit, sich eines Meineids schuldig zu machen, sondern nagelte ihn im Gegenteil darauf fest, daß Sam das Casino erst um 23.30 Uhr verlassen hatte. Daß damit die Aussage der Lukens unterlaufen wurde, schien ihn nicht zu stören. Das war erst der Anfang.

»Wohin ging Captain Barton anschließend, Major?«

»Das weiß ich nicht. Vermutlich zur Flugzeughalle.«

»Wohin sind Sie gegangen?«

»Einspruch! Irrelevant!«

»Stattgegeben!«

»Euer Ehren – ich bitte Sie, mir hier Spielraum zu lassen.«

»Mr. Cameron. Unsere Geduld ist am Ende. Einspruch stattgegeben!«

»Erinnern Sie sich daran, daß Sie an diesem Abend im Casino einen Anruf erhielten? Das war, kurz bevor Sie mit Hauptmann Barton gingen – genau um 23.25 Uhr.«
»Nein, ich erinnere mich nicht.«
»Vielleicht hilft Ihrem Gedächtnis ein Hinweis auf die Sprünge. Der Anruf kam von General Farnsworth. Der Mann sitzt dort drüben.«
»Einspruch, Euer Ehren. Die Frage dient nicht zur Klärung des Sachverhalts.«
»Doch, Euer Ehren! Ich werde gleich dazu kommen.«
Skeptisch meinte Richter Singer, er werde sich von José Carreras eine Arie vorsingen lassen, wenn das zur Klärung des Sachverhalts beitrage.
»Beantworten Sie bitte meine Frage, Major!«
»Schon möglich.«
»Nehmen wir mal an, General Farnsworth hat Sie angerufen. Wäre das nicht ziemlich ungewöhnlich? Der Kommandeur der Air Base ruft Sie doch nicht jeden Abend im Casino an, oder?«
»Nein, sicher nicht. Aber ich war an diesem Abend Offizier vom Dienst.«
»Können Sie sich erinnern, warum er Sie anrief?«
»Keine Ahnung!«
Ganz langsam erhob sich General Farnsworth und ging so unauffällig wie möglich zur Ausgangstür.
»Vielen Dank, Major! Das ist im Moment alles. Laufen Sie uns doch nicht davon, General Farnsworth. Wir brauchen Sie noch.«
»Wie bitte?« sagte Farnsworth erschrocken und blieb wie ertappt stehen. »Meinen Sie mich?«
»Euer Ehren! Als nächsten Zeugen rufe ich General Farnsworth auf.«
Während Farnsworth sichtlich nach Fassung rang, sah sich Seth im Zuschauerraum um. Wieder entdeckte er Simon Stephens. Aber ob er sich freuen sollte?

Farnsworth versuchte bei den beiden Juristen des Verteidigungsministeriums Unterstützung zu erlangen. Doch die zuckten mit den Schultern. Auch Treadwell kam ihm nicht zu Hilfe. Also marschierte der General verdrossen zum Zeugenstand. Er stellte sich kerzengerade hin und fragte mit energischer Stimme: »Euer Ehren! Ist das nötig? Ich habe nichts Neues beizutragen.«
Seufzend antwortete Richter Singer: »Das hält Mr. Cameron nicht davon ab, Sie als Zeugen aufzurufen. Gerichtsdiener, vereidigen Sie den Zeugen.«
Nachdem General Clement Farnsworth vereidigt worden war, nahm er Platz. Den Regierungsbeamten warf er schnell einen bösen Blick zu.
»General Farnsworth! Geben Sie zu, daß Sie an besagtem Abend gegen halb zwölf Major Christopher angerufen haben – das heißt, damals war er noch Captain?«
»Das kann schon sein. Und zwar genau aus dem Grund, den er Ihnen schon genannt hat: Er war an dem Abend Offizier vom Dienst.« Farnsworth sah Seth direkt in die Augen und fuhr mit höhnischem Lächeln fort: »Zu diesem Zeitpunkt war Captain Barton wahrscheinlich schon verunglückt.«
Nun verzog auch Seth höhnisch die Lippen, nickte zustimmend und meinte: »Da könnten Sie recht haben, General!«
Das schlug wie eine Bombe ein. Am Tisch der Verteidigung brach ein Tumult aus.
Treadwell schnellte in die Höhe.
»Euer Ehren, die Verteidigung stellt erneut den Antrag, die Klage abzuweisen, da die Klagefrist nicht eingehalten wurde. Das Verfahren muß unverzüglich eingestellt werden. Mr. Cameron hat soeben zugegeben, daß es am Abend des 15. Oktober zum Absturz kam.«
Auch Richter Singer war verblüfft. »Sie sind uns eine Erklärung schuldig, Mr. Cameron.«
Gelassen antwortete Seth: »Mr. Treadwell sollte wissen, daß die Bemerkungen eines Anwalts keine Beweiskraft haben. Außer-

dem habe ich nichts zugegeben. Ich sagte lediglich, daß General Farnsworth *möglicherweise* recht hat.«
»Der Antrag ist abgelehnt!« sagte Richter Singer enttäuscht, da Seth' Erklärung korrekt war. Er zeigte Treadwell sein Mitgefühl, indem er entschuldigend die Hände hob. »Jetzt brauche ich eine kurze Pause. Die Geschworenen sind entlassen. Wie üblich ermahne ich Sie, sich mit niemandem über den Fall zu unterhalten.«
Wie angestochen rannte Seth zur Tür hinaus zur nächsten Telefonzelle – dicht gefolgt von einer wutentbrannten Elena. »Bleib stehen, du Wahnsinniger! Kannst du mir erklären, was du eigentlich treibst?«
Seth beachtete sie nicht, sondern riß den Hörer von der Gabel und wählte Torvilles Nummer. Elena zwängte sich in die Zelle und schrie: »Du bist mir eine Erklärung schuldig. Selbst der Richter hält dich für übergeschnappt. Das hier ist nicht irgendein Spielchen, Seth! Um Himmels willen – das ist ein Prozeß!«
»Stimmt, aber der Prozeß wird nicht mir gemacht! Ich bin nur der Anwalt.«
Als Torville abhob, schob Seth Elena hinaus und schloß die Tür. »Nach genauer Überprüfung bleiben nur drei Nummern. Haben Sie etwas zum Schreiben, Mr. Cameron?«
Seth notierte sich Namen und Adressen. Als er den dritten Namen hörte, lief es ihm eiskalt den Rücken hinunter. »Sind Sie sich ganz sicher, Torville?«
»Absolut! Aber wozu brauchen Sie diese Information? Was haben Sie vor?«
»Vertrauen Sie mir, Torville. Ich weiß noch nicht genau, was ich damit anfangen werde. Aber ich lasse mich eher vierteilen, als meine Quelle zu verraten. Seien Sie unbesorgt.«
Nachdem er sich bedankt hatte, legte er auf. Er konnte nicht gleich zurück in den Gerichtssaal, er mußte erst nachdenken. In einer stillen Ecke des Flures ging er nervös auf und ab.
TDA. Der Pater. Die Entscheidung über das Stealth-Programm

stand bevor. Die Aufrüstungsgegner glaubten sich am Ziel. Das Programm sollte abgelehnt werden. Drei Wochen vor der Abstimmung stürzte eine X-215A ab. Senator Stanford Traegers Karriere war gefährdet.
All diese Ereignisse hingen zusammen. Es war an der Zeit, sie miteinander in Verbindung zu bringen. Das hieß aber auch, daß für ihn, Seth, alles zusammenbrach.

• 57 •

»**GENERAL FARNSWORTH,** kommen wir gleich zur Sache. Bevor Sie Major Christopher anriefen, erhielten Sie einen Anruf von den Caicos-Inseln. Ist das richtig?«
»Euer Ehren!« Treadwells Stimme war voller Verachtung. »Mr. Camerons Fähigkeit, vom Thema abzuschweifen, ist grenzenlos. Ihm geht jeder Bezug zur Realität ab.«
»Bitte begründen Sie Ihren Einspruch, Mr. Treadwell«, brummte Richter Singer, der allmählich die Nerven verlor. »Damit ich ihm stattgeben kann.«
»Die Frage ist irrelevant, suggestiv – und außerdem haarsträubend!«
»Einspruch stattgegeben. Ich stimme in jedem Punkt mit Ihnen überein.«
»Eurer Ehren!« rief Seth. »Ich bitte um eine Besprechung.«
Widerwillig ließ der Richter die beiden Anwälte zu sich vor den Richtertisch kommen, um sich Seth' Begründung anzuhören. Seth wollte beweisen, daß Sam Barton am 15. Oktober nicht regulär zum Testflug eingeteilt war. Notgedrungen mußte der Richter ihm die Frage gestatten.
»Bitte beantworten Sie diese Frage, General Farnsworth!«
Der General zuckte nicht mit der Wimper. »Einen solchen Anruf habe ich nicht erhalten.«
Seth ging näher an den Zeugen heran und hielt eine Telefon-

rechnung hoch. Er achtete darauf, daß der General die Rechnung sehen, aber nicht lesen konnte – es war Seth' eigene Telefonrechnung. Dann sagte er mit eindringlicher Stimme, wobei er so tat, als lese er die Rechnung vor: »Ich muß mich wohl etwas genauer ausdrücken. Sie haben am 15. Oktober 1992 um genau 23.03 Uhr einen Anruf erhalten. Der Anruf kam vom *Beach Cliff Hotel* in Kew auf den Caicos-Inseln.«
Nun zuckte der General mit den Wimpern. Sein Blick huschte zu Traeger und Treadwell. »Schon möglich!« Seine Kiefermuskulatur verspannte sich. »Aber ich kann mich nicht mehr daran erinnern.«
Seth hielt ihm die Telefonrechnung fast unter die Nase. »Sie räumen also ein, daß Sie einen solchen Anruf erhalten haben *könnten.*«
Wieder suchte Farnsworth bei Treadwell vergeblich Hilfe. Dann sah er Seth frech in die Augen und meinte: »Ja, das ist schon möglich.«
»Wenn Sie also diesen Anruf erhalten haben, und ich versichere Ihnen, daß das der Fall war – wer könnte der Anrufer gewesen sein?«
»*Falls* ich einen solchen Anruf bekommen haben sollte, weiß ich nicht mehr, wer der Anrufer gewesen sein könnte.«
»Sie wissen auch nicht mehr, *warum* jemand Sie von einem so exotischen Ort aus – einer völlig unbekannten Insel im Atlantischen Ozean – angerufen haben *könnte?*«
»Nein.«
Seth' Worte prasselten auf den General wie Schüsse aus einem Maschinengewehr. »Sie geben also zu, daß jemand Sie angerufen haben *könnte.* Sie geben ferner zu, daß jemand Sie von dieser exotischen Insel aus angerufen haben *könnte.* Und Sie streiten nicht ab, daß jemand Sie von dieser exotischen Inseln um zirka fünfzig Minuten vor Mitternacht angerufen haben *könnte.* Ist das richtig?«
»Einspruch! Mr. Cameron hat kein Recht, seinen Sarkasmus

über den Zeugen zu ergießen. Außerdem kann er seine Behauptungen nicht beweisen.«

»Obwohl Mr. Treadwells Bemerkungen völlig unzutreffend sind, nehme ich meine letzte Frage zurück.« Aus den Augenwinkeln beobachtete Seth die Geschworenen. Alle hörten gespannt zu. Doch keiner wußte, worauf Seth hinauswollte. Seth selbst wußte es ja auch nicht.

»Also, General Farnsworth! Wenn es bei uns hier 23.03 Uhr ist, dann ist es auf den Caicos-Inseln kurz vor Morgengrauen, nicht wahr?«

»Ja, natürlich.«

»Bekommen Sie oft mitten in der Nacht Anrufe von seltsamen Orten?«

»Einspruch!« sagte Treadwell herablassend. Er tat so, als langweilte ihn die Angelegenheit nur noch. »Suggestivfrage!«

»Stattgegeben!« sagte der Richter grimmig.

Seth ging langsam zurück zu seinem Platz und versteckte seine Telefonrechnung zwischen den Papieren.

»Sie erhielten am 15. Oktober 1992 um exakt 23.03 Uhr einen Anruf von den Caicos-Inseln. Und wegen dieses Anrufs wurde Sam Barton noch in jener Nacht außerplanmäßig zu einem Testflug beordert. Geben Sie das zu?«

Seth wußte, daß er damit eine Bombe zünden würde, doch er hatte die Explosionskraft bei weitem unterschätzt. Erregt sprang Treadwell auf und schrie aus Leibeskräften auf den Richter ein. Die Juristen des Verteidigungsministeriums kümmerten sich nicht mehr um Spielregeln, sondern rannten zum Richtertisch, um eine Besprechung zu verlangen. Senator Traeger schlich sich zur Ausgangstür. Und General Farnsworth wäre Seth am liebsten an den Kragen gesprungen. Im Zuschauerraum herrschte Tumult.

Richter Singer hämmerte hilflos auf seinem Tisch herum. Die Geschworenen und die Reporter redeten wild durcheinander. Als sich die Gemüter allmählich etwas beruhigt hatten, sorgte der Richter für Ordnung. Mit bitterböser Miene schickte er die Regierungsbeamten auf ihren Platz zurück und drohte ihnen mit einer Ordnungsstrafe. Außerdem kündigte er an, daß er jeden unverzüglich des Raumes verweisen werde, der die Verhandlung irgendwie störe.

Doch als Seth verkündete, daß er als nächsten Zeugen Senator Traeger aufrufen wolle, brach der Tumult von neuem los.

Wieder klopfte Richter Singer mit seinem Hammer auf den Tisch ein. Als es im Saal ruhig wurde, forderte der Richter General Farnsworth auf, Seth' letzte Frage zu beantworten.

Sofort sprang einer der beiden Regierungsbeamten auf und erhob Einspruch. Ein Blick vom Richter genügte, um den Gerichtsdiener in Aktion zu setzen. Der Regierungsbeamte mußte den Saal verlassen.

»Selbstverständlich nicht!« sagte Farnsworth zu Seth.

»Habe ich das richtig verstanden, General? Sie wissen nicht mehr genau, ob Sie einen Anruf erhalten haben, aber Sie wissen mit Bestimmtheit, worum es bei diesem Anruf *nicht* ging!«

»Euer Ehren!« protestierte Treadwell gequält.

»Daran würde ich mich bestimmt erinnern«, sagte Farnsworth.

»Dann erinnern Sie sich sicher auch noch daran, daß Sie mich auf der Nellis Air Force Base in Las Vegas bedrohten, als ich dort Gerald Murphy aufsuchen wollte?«

»Ich erinnere mich an die Begegnung, aber ich habe Sie nie bedroht.«

»Ach? Wie ist das denn sonst aufzufassen? Sie sagten mir doch, daß Sie mich als Spion erschießen lassen würden, wenn ich mich wieder auf der Symington Air Base blicken ließe.«

»Absurd!«

»Sie haben mich wohl auch nicht davor gewarnt, daß die Sache für mich viel zu groß sei?«

»Damals nicht. Aber genaugenommen stimmt das, Mr. Cameron. Der Prozeß ist Ihnen längst über den Kopf gewachsen. Sie wissen ja überhaupt nicht, was Sie wollen!«

Mit einem amüsierten Grinsen betrachtete Seth den General, wobei er sich am Hinterkopf kratzte. Im Saal herrschte erwartungsvolle Stille. Schließlich sagte Seth: »Das ist also Ihr Eindruck, General?«
»Genau!« antwortete der General aggressiv.
Langsam wiegte Seth den Kopf hin und her. Dabei grinste er den General unentwegt an. Sein Verstand schien sich zu trüben. Plötzlich schlug er sich mit beiden Händen gegen die Brust, sah hoch zur Decke und kicherte leise. »Glauben Sie mir, General! Sie sind zwar ein heuchlerischer Lügner und Betrüger, aber in diesem Punkt muß ich Ihnen recht geben!«
»Euer Ehren!« donnerte Treadwell instinktiv. Doch dann zog er seinen Einspruch zurück – diese Bemerkung wollte er nicht aus dem Protokoll gestrichen haben.
»Ich nehme die Bemerkung zurück, Euer Ehren!« meinte hingegen Seth. »Ich entschuldige mich beim Gericht und rufe den nächsten Zeugen auf – Senator Stanford Traeger!«
»Euer Ehren!« Treadwell winselte vor Entsetzen.
»Ich bitte beide Anwälte zu mir zu einer kurzen Unterredung.«
Diese Besprechungen waren Seth längst zuwider. Jedesmal kam er seinem Erzfeind dabei so nahe, daß er ihn fast berührte. »Entschuldigen Sie bitte meine Unbeherrschtheit, Euer Ehren, aber der General lügt wie gedruckt und ...«
»Hören Sie, Mr. Cameron! Seit über zwanzig Jahren bin ich nun Richter, aber so etwas ist mir noch nicht vorgekommen. Was Sie hier bieten, ist kein Prozeß, sondern absurdes Theater. Heute morgen haben Sie eingeräumt, daß Sie die Frist versäumt haben, und jetzt geben Sie zu, daß Sie überhaupt nicht wissen, was Sie wollen. Es fehlt nur noch Ihr Geständnis, daß Sie gar kein Anwalt sind. Das würde mich nicht im geringsten wundern. Gehen Sie bitte wieder an Ihre Plätze.«
Der Hammer dröhnte und Richter Singer verkündete, daß die Verhandlung bis 14.00 Uhr unterbrochen sei. Als Seth an seinen Platz zurückging, sah er Lev und Allyn am Ausgang. An ih-

nen vorbei bahnte sich Stephens den Weg hinaus. Als sich ihre Blicke trafen, wußte Seth, daß er mit ihm nicht mehr rechnen konnte.

Die Mittagspause verbrachten Seth, Allyn, Elena und Lev im Büro. Schweigend aßen sie belegte Brote, bis Elena es nicht mehr aushielt. »Was hast du vor?« platzte sie wütend heraus.

»Manchmal muß man den Baum schütteln, damit ein Apfel herunterfällt«, antwortete Seth.

Elena schlug so heftig mit der Faust auf den Tisch, daß die Flasche mit der Dr.-Pepper-Soße umfiel und der Inhalt sich über Seth' Hose ergoß.

»Schluß jetzt, du Spinner! Mit deinen dämlichen Sprüchen kannst du nur den Kretins in Modesto imponieren.«

»Bakersfield!« berichtigte Allyn leise und zündete sich eine Zigarre an.

»Ihr seid doch alle zum Kotzen! Es reicht wohl nicht, daß ich Onkel Tony und seine Horde gegen mich habe. Jetzt habt ihr euch auch noch gegen mich verschworen!«

Seth und Allyn tauschten einen Blick aus. »Nicht unbedingt«, meinte Allyn. »Allerdings muß ich zugeben, Cowboy, daß ich Ihre ... Strategie ... auch nicht so recht verstehe.«

»Ratschläge nehme ich dankbar entgegen, Allyn«, sagte Seth, der sein Sandwich nicht angerührt hatte. »Offen gestanden habe ich bis jetzt noch keine Strategie entwickelt.« Er zog den Rauch tief ein. »Ich arbeite noch daran. Wenn du es unbedingt wissen willst, Elena: Meiner Meinung nach gibt es keinen Fall Barton, so wie wir ihn vertreten.«

»Für diese Einsicht ist es ein bißchen spät.«

Widerwillig stimmte Allyn ihr zu. »Mit Weisheit und Demut kannst du zum Heiligen werden, Seth, aber damit gewinnst du keine Prozesse.«

»Ich bin kein bißchen demütig, Allyn. Aber wir sollten uns nicht länger etwas vormachen. Sam kann unmöglich um 23.30

Uhr aus dem Casino hinausmarschieren und um 1.20 Uhr morgens in Arizona abstürzen.«
Zornig beschimpfte Elena nun der Reihe nach Seth, Treadwell, ihren Vater und »diesen jämmerlichen Knilch von einem Richter. Früher gab es echte Juristen, die ihr Handwerk verstanden. Was ist nur daraus geworden?«
Gelassen blies Seth den Rauch seiner Zigarette vor sich hin. »Die gibt es nach wie vor. Aber auch Juristen können die Fakten nicht verändern.« Lev entschied, daß Seth sein Sandwich nicht mehr essen würde, und stopfte es sich in den Mund. Allyn legte die Füße auf den Schreibtisch, der sich unter der Last der Akten und Papiere bog.
Elena tigerte mit verschränkten Armen in dem kleinen Zimmer auf und ab. »Und was, bitte, sind deiner Meinung nach die Fakten?«
»Das weiß ich nicht so genau«, antwortete Seth ruhig. »Aber ich werde es herausfinden ...« Seth lächelte verschmitzt, »mit meinem juristischen Handwerkszeug und Fingerspitzengefühl!«
»Unfaßbar!« stöhnte Elena auf. »In Amerika gibt es ungefähr eine halbe Million Rechtsanwälte – und ich gerate ausgerechnet an diesen Verrückten.«
»Unsere Madonna hat schon recht, Seth«, sagte Allyn mürrisch. »Nicht, daß ich Sie auch für verrückt halte, doch die Geschworenen zweifeln manchmal schon an Ihrem Verstand. Allerdings habe ich die zwölf Leutchen heute morgen beobachtet. Sie merken langsam, daß es bei dem Fall nach Korruption und Mauschelei stinkt. Farnsworth ist ihnen höchst suspekt. Und sie glauben, daß ConSpace und Farnsworth gemeinsam etwas vertuschen. Sie können die Geschworenen schon noch auf Ihre Seite bekommen, Seth. Wenn Sie jetzt noch unseren allseits beliebten Senator vorführen. Der sieht so häßlich und unsympathisch aus, daß er gar nicht frei herumlaufen dürfte. Oh, entschuldigen Sie, Mrs. Barton. Ich wollte Sie nicht beleidigen. Aber dieser scheußliche Käfer kann nicht Ihr Vater sein.«

Allyn fuhr fort: »Wenn Sie die Geschworenen überzeugen können, daß Sam ursprünglich nicht eingesetzt war, werden sie Sams nächtliche Ausschweifung verzeihen und ConSpace ordentlich schröpfen.«

Elena war klug genug, zu schweigen. Sie ging sogar zu Seth hinüber und legte ihm die Hand auf die Schulter, was Seth als höchst unangenehm empfand. Seine Leidenschaft war erloschen, und er hatte nichts mehr für sie übrig. Deshalb stand er auf, ging zum Fenster und beobachtete das Treiben auf der Straße. Dann hob er den Blick zu den Hochhäusern hinter der Market Street. Die Glaspaläste der Montgomery Street funkelten in der Sonne.

»Du kannst immer noch gewinnen, Seth!« sagte Allyn und griff sich Elenas übriggebliebenes Thunfischsandwich. »Ruf Traeger auf, und nimm ihn gnadenlos auseinander!«

Zu viert zwängten sie sich in Levs kleines Auto und fuhren zum Gericht. Seth stieg ein wenig früher aus, denn er wollte ein paar Schritte gehen, um allein nachzudenken. Obwohl noch Winter war, hatte es fast 25 Grad. Die Sicht war klar, und von der Bucht wehte eine frische Brise. In den Straßencafés saßen viele Leute mit hochgekrempelten Ärmeln und genossen die ersten warmen Sonnenstrahlen.

Zehn Minuten später betrat Seth das Gerichtsgebäude und fuhr mit dem Lift in den vierten Stock. Als er in den düsteren Flur hinaustrat, standen Senator Traeger und Harold Baldwin, ein ranghoher Richter des Verteidigungsministeriums, vor ihm. Sie hatten auf ihn gewartet.

»Können wir Sie einen Augenblick sprechen, Mr. Cameron?« Baldwin war Mitte Fünfzig und hatte eine Glatze.

»Das läßt sich wohl nicht vermeiden!« brummte Seth unwillig, während er Richtung Gerichtssaal weiterging.

»Ich habe das kleine Beratungszimmer neben der Bibliothek für uns reserviert. Es dauert nur fünf Minuten, doch die können für Sie entscheidend sein. Auf jeden Fall ist

die Besprechung für Ihre Mandantin von äußerster Wichtigkeit.«
Seth blieb stehen, um eine Gruppe mit einem Rollstuhlfahrer vorbeizulassen. Der Mann im Rollstuhl hatte keine Beine. Das Gesicht der jungen Frau, die ihn schob, drückte Leid und Verzweiflung aus. Ihre Anwältin trug vergrößerte Unfallfotos unter dem Arm.
»Gut, aber nur fünf Minuten!« sagte Seth mit Bestimmtheit.
In dem Besprechungszimmer kam der Jurist ohne Umschweife zur Sache, während Traeger aus dem Fenster sah. Obwohl der Senator sich alle Mühe gab, gelassen und selbstsicher zu wirken, roch er nach Angst.
»Mr. Cameron«, begann Baldwin, »Sie haben uns in der Hand, obwohl Sie wahrscheinlich gar nicht wissen, warum. Aber das ist auch nicht nötig. Es sollte Ihnen nur klar sein, daß Sie zufällig auf belastendes Beweismaterial gestoßen sind, das der Öffentlichkeit nicht zugänglich gemacht werden darf. Die Sicherheit unserer Nation, unser Verteidigungssystem, könnte größten Schaden nehmen – und die Integrität der Regierung steht auf dem Spiel.«
»Sie meinen wohl eher die Integrität einer Rüstungsfirma, eines gewissen Senators und eines gewissen Generals der Luftwaffe!«
»Eine Regierung wird immer an ihren Vertretern gemessen!«
»Ach was?« fragte Seth erstaunt. »Hören Sie gut zu, Mr. Baldwin. Mir liegt nichts an Haarspalterei. Reden wir Klartext. Hier geht es um Korruption größten Ausmaßes. Dagegen ist Watergate ein Kasperltheater.«
»Also, kommen wir zur Sache! Ich bin bei diesem Fall zwar nicht offiziell mit der Verteidigung betraut, aber ich habe Ihnen im Einvernehmen mit Senator Traeger bereits einen außergerichtlichen Vergleich vorgeschlagen. Darauf sind Sie nicht eingegangen. Aller Wahrscheinlichkeit nach wird Ihre Klage wegen der Fristversäumnis vom Richter abgewiesen wer-

den, so daß es überhaupt nicht zu einem Urteil kommen wird. Und falls doch, kann der Richter es abschmettern, sofern es zu Ihren Gunsten ausfallen sollte. Sie haben also kaum eine Chance. ConSpace dagegen wird auf einer vollständigen Rehabilitierung bestehen, da die Öffentlichkeit an diesem Fall großes Interesse zeigt.«

Mit einem Blick auf seine Uhr meinte Seth: »Sie wollten zur Sache kommen!«

»Wir – das heißt die Regierung – machen Ihnen folgendes Angebot: Sie nehmen davon Abstand, Senator Traeger in den Zeugenstand zu rufen. Außerdem lassen Sie bestimmte ... delikate ... Angelegenheiten auf sich beruhen. Die nützen Ihnen für Ihren Fall sowieso nichts. Im Gegenzug erhalten Sie von uns dieses Dokument.« Baldwin übergab Seth ein notariell beglaubigtes Schreiben. Traeger studierte eingehend seine Hände.

»Senator Traeger hat diese Aussage unterschrieben und notariell beglaubigen lassen. Darin beschreibt er seinen Einfluß bei TDA genauer. Außerdem bestätigt er, daß er gegen die Sicherheitsgesetzgebung des Staates und des Bundes verstoßen und sein Amt als Senator der Vereinigten Staaten mißbraucht hat – und so weiter. Mit dieser Aussage, besser gesagt: mit diesem Geständnis, belastet er auch seinen Komplizen Aubrey Olmstead. Olmstead hat seinen Wohnsitz in Kew und ist Vorstand der TDA-Gesellschaft, die das Justizministerium schon seit Jahren der Steuerhinterziehung verdächtigt, ohne etwas nachweisen zu können. Das wird insbesondere Ihre Chefin interessieren, die gegen Olmstead eine Aktionärsklage eingereicht hat.« Baldwin holte kurz Luft und fuhr fort: »Außerdem erhalten Sie von uns Traegers Rücktrittserklärung. Er legt sein Amt als Senator mit sofortiger Wirkung nieder. Dann werde ich mich inoffiziell mit Richter Singer in Verbindung setzen und ihn vertraulich darauf hinweisen, daß die Regierung nichts davon hält, Ihre Klage aufgrund der Fristversäumnis abzuschmettern. Denn die

Aussagen von Christopher und der Lukens machen den Eintritt des Todes vor Mitternacht höchst unwahrscheinlich. Ich nehme an, der Richter wird sich dieser Auffassung anschließen.«

Wie ein Computer spulte Baldwin sein Programm ab. »Wenn Sie also Senator Traeger nicht in den Zeugenstand rufen und Ihren Fall jetzt ohne weitere Enthüllungen abschließen, kann ich dem Gericht den Dienstplan vom 15. Oktober 1992 vorlegen, aus dem eindeutig ersichtlich ist, daß Hauptmann Barton an diesem Abend nicht eingeteilt war.«

»Ist das alles?« fragte Seth mit schneidender Stimme. Das Gesicht des Senators war im Laufe des Gespräches hochrot angelaufen. Nun stand er in sich zusammengesunken da.

»Um Himmels willen – was wollen Sie denn noch?« fragte Baldwin erschrocken. »Wenn Sie wegen der Frist keine Schwierigkeiten mehr haben und nachweisen können, daß Barton nicht im Dienst war, als er Alkohol trank, dann können Sie den Fall gewinnen. Wir dagegen sind interessiert, den Schaden für die nationale Sicherheit möglichst gering zu halten – ganz zu schweigen davon, was so ein Skandal für die Integrität unserer Regierung ...«

»Keine Floskeln! Sie wollen vertuschen, daß Polizisten im Auftrag unseres Senators unschuldige Bürger ermordet haben.«

»Das ist eine Unterstellung!«

»Nennen Sie es, wie Sie wollen. Ich habe jedenfalls meine Bedenken, was meine eigene Lebenserwartung anbelangt.«

»Wir haben auch daran gedacht! Sie können jede Vorsichtsmaßnahme treffen, die Ihnen geeignet erscheint. Zum Beispiel können Sie einen Brief hinterlegen, der an die *New York Times* oder die *Washington Post* adressiert ist und alle wichtigen Beweismittel enthält. Falls Sie plötzlich eines unnatürlichen Todes sterben sollten, geht der Brief ab. Solange Sie sich an unsere Absprache halten, sind Sie nicht in Gefahr. Sollten Sie jedoch später auf die Idee kommen, doch noch alles an die Öffentlichkeit zu bringen, kann ich für nichts garantieren.«

»Das heißt: Dann werde ich umgebracht!«

»Aber nein! Dann haben Sie sich der Mittäterschaft schuldig gemacht, weil Sie Beweismaterial zurückgehalten haben, und hängen mit drin.«

»Und so weiter und so fort!« sagte Seth und stand auf.

Traeger schnaubte vor Wut. Doch er hatte offenbar versprochen, sich nicht einzumischen.

»Haben Sie Redeverbot bekommen, Senator? Seit wann sind Politiker auf den Mund gefallen?«

Traeger war nahe daran, die Selbstbeherrschung zu verlieren. Zwischen den Zähnen stieß er hervor: »Das Geständnis, das Sie in der Hand halten, kann mich viele Jahre hinter Gitter bringen, Cameron. Hoffentlich wissen Sie mein Entgegenkommen zu schätzen.«

»Dann hätten Sie trotzdem noch etwas gerettet. Allerdings ist das nicht allzuviel wert.«

»Was denn?«

»Ihr erbärmliches Leben! Auf Anstiftung zum Mord steht nämlich die Todesstrafe, Senator!«

Traeger schnaubte wieder. »Wenn Sie uns nachweisen wollen, daß Barton ermordet wurde, dann vermasseln Sie sich Ihre Schadenersatzklage. Und die ist für Sie ja wohl wichtig.«

»Sie könnte das auf den elektrischen Stuhl bringen.« Seth grinste den Senator unverschämt an. »Apropos: Wie sieht es denn mit Farnsworth aus? Schließlich sind wegen des Falles mehr Menschen ums Leben gekommen.«

»Farnsworth gibt zu, daß er bei den Betrügereien mit TDA mitgemacht hat«, sagte Baldwin, »obwohl er selbstverständlich nichts damit zu tun hat. Wir werden Unterlagen der Firma fälschen, um seine Mittäterschaft zu beweisen. Wir haben Farnsworth' angebliches Geständnis in das Dokument aufgenommen, das Sie vom Senator erhalten.«

»Farnsworth gesteht also etwas, was er nicht getan hat, um zu vertuschen, was er wirklich getan hat.«

»So könnte man sagen.«
Neugierig sah Seth den Senator an. »Wie haben Sie Farnsworth denn dazu gebracht, für Sie zu morden?«
»Ich habe niemanden zum Mord angestiftet! Meine Güte! Ich habe diesem Idioten nur gesagt, er solle die Lage unter Kontrolle halten. Er sollte doch nicht gleich jemanden *umbringen.*«
»Das hat mich schon immer gewundert.« Seth ging zur Tür. »Da sucht ihr euch zielsicher die abgebrühtesten Burschen aus und drillt sie darauf, Menschen zu töten. Und dann spielt ihr die Unschuldsengel, wenn sie morden.«

Als Seth zehn Minuten vor 14.00 Uhr zum Gerichtssaal kam, wartete Rosie am Eingang auf ihn.
»Wie schön, daß du gekommen bist.«
Schüchtern lächelte sie ihn an.
»Stimmt etwas nicht?« fragte er sie.
»Ich habe ein schlechtes Gewissen, das ist alles.« Ihre Stimme klang dünn.
»Das ist nicht nötig!« sagte er beruhigend. »Ich bin froh, daß du dir alles von der Seele geredet hast. Das war sehr wichtig für dich.«
»Oh, nicht deswegen! Ich habe mich heute bei der Bank krank gemeldet. Das habe ich noch nie gemacht.«
Seit Wochen mußte Seth zum erstenmal wirklich lächeln. Ihre Unschuld und ihre Ehrlichkeit waren rührend.
»Wie läuft es denn?« fragte sie.
Seth nahm sie am Arm und zog sie vom Eingang fort in eine stille Ecke des Flurs, denn er wollte ungestört mit ihr reden. Hastig umriß er ihr, was er eben erlebt hatte. Dabei trat er aufgeregt von einem Fuß auf den anderen. Er sprach wie im Fieber, und seine Gedanken überschlugen sich.
Aufmerksam hörte Rosie zu. Nur ein paarmal unterbrach sie ihn, um eine Frage zu stellen. Auf ihrem Gesicht stand das

blanke Entsetzen. Als Seth alles erzählt hatte, schwiegen sie betroffen.
»Wann hast du denn das letzte Mal richtig geschlafen?« fragte Rosie schließlich.
»Ab morgen kann ich wieder ausschlafen!«
»Was wirst du jetzt tun?«
Seth sah sich verlegen um. »Du bist doch für Träume zuständig, Rosie. In letzter Zeit habe ich immer denselben Alptraum. Ich klettere eine steile Klippe nach oben, weil ich einen Vogel fangen will. Aber ich bekomme ihn nicht zu fassen, er flattert immer weiter hinauf. Obwohl ich furchtbare Angst habe, klettere ich immer höher. Dann komme ich zu einem kleinen Absatz – dort liegt eine Leiche. Manchmal schaffe ich es, drei Absätze höher zu klettern – auf jedem Absatz liegt eine Leiche. Jedesmal wache ich schweißgebadet auf.«
»Traumdeutung ist leider nicht meine Stärke, Seth!«
Am anderen Ende des Flures stand Treadwell. Er drückte eben seine Zigarette aus.
»Wieviel weiß Treadwell?« flüsterte Rosie.
»Keine Ahnung!« Seth rieb seine müden Augen und versuchte, seinen verspannten Nacken zu lockern. »Vielleicht weiß er alles, vielleicht auch gar nichts. Oh, sieh mal, wer da kommt! Das ist Simon Stephens. Er kommt regelmäßig zum Prozeß, weil er mich beobachtet.«
»Hallo, Seth!« sagte Stephens, und blieb vor Seth stehen. Er schüttelte ihm die Hand, während er Rosie schnell von oben bis unten betrachtete. »Wie immer bei der Arbeit!« meinte er, leicht anzüglich.
Seth lächelte gequält. »Hallo, Simon! Das ist eine Freundin aus Bakersfield. Rosie Wheeler!«
»Sehr erfreut, Rosie! Unser Freund muß sich mit einem harten Brocken herumschlagen und kann moralische Unterstützung gut gebrauchen. Nicht wahr, Seth?« Schon im Gehen sagte er: »Man munkelt, daß Ihnen 150 000 Dollar angeboten worden

sind. Aber Sie gehen aufs Ganze, Seth. Ich wünsche Ihnen viel Glück! Ach, übrigens gilt unser Angebot immer noch: Wenn Sie gewinnen, können Sie zu uns kommen!«
»Was heißt das?« fragte Rosie.
»Ich kann dann bei Caldwell & Shaw einsteigen. Stephens ist dort Teilhaber!«
»Bei Caldwell & Shaw? Aber er ist jung – und er sieht glücklich aus.«
Seth zuckte nur mit den Schultern. Mit einem Blick auf die Uhr nahm er seine Aktentasche und drückte fest Rosies Hand. »Vielen Dank, daß du gekommen bist!« Dann ging er hinter der Verteidigungsriege her in den überfüllten Gerichtssaal.

»Bitte rufen Sie Ihren nächsten – und hoffentlich letzten – Zeugen auf, Mr. Cameron. Ich spreche hier sicher auch im Sinne der erschöpften Geschworenen.«
Die meisten Geschworenen nickten dankbar. Sogar Mr. Stanton, der sonst immer alles nur mit undurchdringlicher Miene zur Kenntnis nahm, warf dem Richter einen flehenden Blick zu, als könne dieser die Qual beenden.
»Gleich, Euer Ehren!« antwortete Seth, ohne den Richter anzusehen oder aufzustehen. Ja, er lümmelte geradezu auf seinem Stuhl. Seine Beine hatte er weit von sich gestreckt und den Oberkörper nach hinten gelehnt, während er mit der rechten Hand auf seinem Notizblock herum malte.
»Nun, Mr. Cameron?«
Seth schüttelte nur den Kopf. Alle Blicke waren auf ihn gerichtet. Sein Magen schmerzte höllisch, als sei ihm ein glühender Pfahl in den Bauch gerammt worden.
»Bitte, Mr. Cameron! Ersparen Sie uns dieses Spielchen. Das kennen wir schon.« Die Stimme des Richters war scharf wie eine Rasierklinge. »Sie haben genau dreißig Sekunden Zeit, einen Zeugen aufzurufen, oder der Fall wird abgeschlossen!«
Seth holte tief Luft und stand mit einem lauten Seufzer auf.

»Euer Ehren, haben Sie mittlerweile entschieden, ob der Fall Barton wegen Verjährung abgewiesen werden soll?«
»Eigentlich wollte ich Ihnen mein Urteil darüber erst mitteilen, wenn Sie Ihre Beweisaufnahme beendigt haben. Aber wenn Sie Wert darauf legen, sage ich es Ihnen schon jetzt, denn Sie scheinen im Moment wieder wie Hamlet an akuter Entscheidungsschwäche zu leiden.«
Vom Tisch der Verteidigung kam unterdrücktes Kichern.
»Wenn ich die vorgelegten Beweismittel zugunsten des Klägers bewerte, komme ich zu dem Urteil, daß die Frist ordnungsgemäß eingehalten wurde. Der Antrag der Verteidigung auf Abweisung der Klage wird somit abgelehnt.«
Das Kichern verstummte schlagartig.
Seth riskierte einen Blick zu Treadwell, doch dessen Gesicht verriet nichts. Gleichzeitig spürte Seth Harold Baldwins hypnotischen Blick auf sich liegen.
»Also, was ist, Mr. Cameron? Sind Sie zu einer Entscheidung gekommen?«
»Ja, Euer Ehren!« sagte Seth so leise, daß es kaum zu hören war: »Ich schließe den Fall ab!«
Baldwin und Traeger konnten ihre Erleichterung nicht unterdrücken. Aufgeregt flüsterten sie und schüttelten einander freudig die Hände, weshalb sie der Richter mit einem strafenden Blick bedachte. Sofort gefror ihnen das Grinsen, und sie hielten brav stille. Nun bat der Richter Seth, mit dem Schlußplädoyer zu beginnen.
In diesem Augenblick beugte sich Baldwin über das Geländer und flüsterte Treadwell etwas ins Ohr. Dessen Augen wurden schmal, und er biß sich wütend auf die Lippen. Trotzdem stand er folgsam auf und sagte: »Euer Ehren! Ich bitte um eine kurze Unterredung.« Die Anwälte gingen zum Richtertisch, und Harold Baldwin übergab Richter Singer einige Dokumente. Treadwell und Seth erhielten Kopien.
»Im Auftrag der Regierung übergebe ich Ihnen hiermit den

Dienstplan, der über den Einsatz der Testpiloten in der fraglichen Zeit Aufschluß gibt. Daraus ist ersichtlich, daß Captain Barton am 13. Oktober 1992 zu einem Testflug mit einer X-215A eingesetzt war und dann über eine Woche Urlaub hatte. Er war also am 15. Oktober nicht für einen Flug vorgesehen. Außerdem geben wir Ihnen Einblick in die persönlichen Akten von Lieutenant Ames. Ames hat die Air Base an besagtem Abend um 20.00 Uhr ›ohne offizielle Erlaubnis‹ verlassen. Darüber hinaus erhalten Sie noch ein weiteres Dokument, das über viele ungeklärte Fragen bezüglich der Ereignisse Aufschluß gibt. Dieses Dokument ist von Senator Traeger autorisiert und notariell beglaubigt.«

»Mit allem nötigen Respekt vor der Regierung«, protestierte Treadwell, »erhebe ich Einspruch gegen dieses Vorgehen!«

Doch Richter Singer fiel ihm ins Wort. »Das steht nur Mr. Cameron zu! Er hat seit Beginn der Verhandlung auf der Aushändigung genau dieser Unterlagen bestanden, da er sie für seine Beweisführung benötigte. Sie sind ihm aber bis jetzt vorenthalten worden.«

»Das kann ich Ihnen erklären, Euer Ehren«, schaltete sich Baldwin ein. »Diese Unterlagen sind strengster Geheimhaltung unterworfen. Nicht einmal Mr. Treadwell wußte davon. Ich habe erst jetzt vom Pentagon die Erlaubnis erhalten, sie dem Gericht vorzulegen. Ich selbst habe dabei größte Bedenken, doch es scheint im Dienste der Gerechtigkeit unumgänglich.«

»Wie Sie sehen, enthalten wir Ihnen die Informationen nicht vor!« Treadwells Stimme klang schrill. Er bebte vor Aufregung. »Trotzdem lege ich gegen dieses Vorgehen Einspruch ein!«

Seth schob Treadwell zur Seite und beugte sich zum Richter. »Ich möchte Sie nur daran erinnern, wer uns die Geschichte zugemutet hat, daß Barton …«

»… in dieser Nacht in verantwortungsloser Weise Alkohol getrunken hat!« ergänzte der Richter giftig. »Das weiß ich noch gut, Mr. Cameron. Auch mich haben diese endlosen Beweisauf-

nahmen gequält. Sie erheben wohl keinen Einspruch gegen die Verwendung der Unterlagen?«
»Besser spät als nie, Euer Ehren!«
»Gut! Damit sind die Dokumente als Beweismittel zugelassen. Um der Sache die Schärfe zu nehmen, teile ich den Geschworenen selbst den neuesten Stand mit. Dabei beschränke ich mich auf die Tatsache, daß Captain Barton am 15. Oktober nicht zum Testflug eingeteilt war. Bitte berichtigen Sie Ihre Plädoyers entsprechend.«
Verzweifelt sah Treadwell Harold Baldwin an. Der ignorierte die Blicke. Baldwins Aufmerksamkeit war auf Seth gerichtet. Dieser wiederum zerbrach sich den Kopf darüber, wie Treadwell in die ganze Geschichte paßte: Er konnte sich nicht vorstellen, daß die Ahnungslosigkeit gespielt war.
»Bringen wir diesen vermaledeiten Prozeß zu Ende. Bitte gehen Sie an Ihre Plätze!«
Richter Singer informierte die Geschworenen und entschuldigte sich bei ihnen. Dann bat er Seth, mit dem Schlußplädoyer zu beginnen.
Seth ließ seinen Blick schweifen. Simon Stephens saß wieder in der letzten Bank, offensichtlich gespannt. Zwei Reihen vor ihm saß Rosie, die wohl am liebsten die Flucht ergriffen hätte, so verschreckt wirkte sie. Als er sich kurz zu Elena umdrehte, fiel ihm auf, daß ihr Haar ein gutes Stück länger geworden war. Mein Gott – wie lange dauert dieser Alptraum eigentlich schon? Es fiel ihm auf, daß sie sich nicht mehr an seine Anweisungen hielt und sich kräftig geschminkt hatte. Sie trat wieder als die strahlende Schönheit auf, ohne daß er es bisher gemerkt hatte. Sie lächelte ihm zu und ließ ihre jadegrünen, kalten Augen aufleuchten. Die Chancen auf Sieg waren wieder gestiegen, und sie trieb ihr berechnendes Spiel mit ihm. Wie kann ein Mann dieser Frau so verfallen, daß er alles für sie riskiert? Wie hatte er sich in ihr geirrt! Und in sich selbst natürlich auch!
Der Richter räusperte sich ungeduldig.

Richter Singer! Das war ein anderer Mensch als Elena. Und solange es solche Menschen gab, würde es Recht und Ordnung geben. Er war hart, aber gerecht; ernst, aber nicht humorlos; intelligent, aber nicht arrogant.

Noch einmal wanderte Seth' Blick in den Gerichtssaal – diesmal zu Allyn und Lev. Wie tüchtig und tapfer waren die beiden! Wie würde er sich bei ihnen je revanchieren können? Allyn blinzelte ihm zu. Lev hatte seine großen Hände im Schoß liegen und hob nun einen Daumen nach oben, um ihm Mut zu machen. Unbeabsichtigt wirkte diese Geste obszön, so daß Seth auflachen mußte.

»Bitte entschuldigen Sie, Euer Ehren! Es tut mir leid, aber ...«

Er schüttelte sich vor Lachen, denn er konnte nur an Levs gewaltigen Daumen denken, wie er ihm aus dem Schoß herausgewachsen war. Jetzt, wo Erschöpfung und Anspannung nachließen, brach Seth in ein hysterisches Lachen aus. Er mußte sich am Tisch festhalten, und Tränen liefen ihm übers Gesicht. Er schien übergeschnappt.

»Mr. Cameron!« sagte der Richter entsetzt. »Wir machen jetzt fünf Minuten Pause, damit Sie sich beruhigen können.«

Mit einem Ruck stellte sich Seth kerzengerade hin und bemühte sich um einen unschuldigen Gesichtsausdruck – wie ein betrunkener Autofahrer, der von der Polizei erwischt worden ist. Dann sagte er reumütig: »Nein, Euer Ehren, das ist nicht nötig! Ich habe mich schon wieder ... im Griff. Ich bin nur ... so müde ... so unendlich müde!«

Langsam ging er zu der Geschworenenbank hinüber. Obwohl er sich zwang, nicht an Levs Daumen zu denken, stieg immer wieder das Lachen in ihm hoch. Sophie Byers hatte er schon angesteckt: Mühsam unterdrückte sie ein Kichern. Andere Geschworene fanden sein Verhalten höchst fragwürdig und wandten sich irritiert ab. Die übrigen beugten sich neugierig vor, damit ihnen nichts von der Vorstellung dieses seltsamen Clowns entging.

»Das war für uns alle eine lange und anstrengende Verhandlung, meine Damen und Herren. Ich bin sterbensmüde und habe genug von Mr. Treadwell und seinen Helfern und Helfershelfern! Und ich habe weiß Gott genug von diesem Prozeß! Wenn man das überhaupt einen Prozeß nennen kann!«
Einige Zuschauer tuschelten, und Elena räusperte sich vernehmlich. Skeptisch zogen einige Geschworene die Augenbrauen in die Höhe. Seth wußte: Jetzt würde alles kommen, wie es kommen mußte.
»So stimmt das natürlich auch nicht. Das ist schon ein Prozeß – es muß ja einer sein!« Er breitete seine Arme aus und drehte sich im Kreis. »Schließlich sind wir in einem Gerichtssaal. Hier liegen die Akten, dort sitzt ein Richter! O je, und dort sitzt meine Mandantin, die mir bitterböse Blicke zuwirft. Sie ist die Klägerin in diesem Prozeß. Ihr gegenüber sitzt Mr. Leffingwell, der Beklagte.«
Seth hielt inne, um Elena zu betrachten. Dann schüttelte er den Kopf und hob beide Hände. »Aber bei diesem Prozeß stimmt etwas Entscheidendes nicht, meine Damen und Herren! Auf der Klägerbank sitzt die falsche Witwe: Der Mann, der in jener Nacht mit der X-215A abstürzte, war nicht Captain Sam Barton!«
Alle sprachen aufgeregt durcheinander. Treadwell sprang auf, um Einspruch zu erheben, setzte sich aber sofort wieder, als ihm klar wurde, daß er damit den Prozeß gewonnen hatte. Elena schnappte nach Luft, und ein Reporter hastete zum Ausgang. Der Richter trommelte mit seinem Hammer vergeblich gegen den Lärm an.
Doch als Seth weitersprach, wurde es schlagartig still. »Die richtige Witwe – die Frau, die hier als Klägerin auftreten müßte – ist Mrs. Ames. Sehen Sie, dieses Dokument hier beweist, daß Lieutenant David Ames in der Nacht des 15. Oktober 1992 für den Testflug eingeteilt war. Und er ist auch der Pilot, der bei dem Absturz in der Wüste von Arizona ums Leben gekommen ist.«

Erst als Richter Singer seinen Hammer mit aller Kraft auf den Tisch schlug, kam er gegen das Getöse im Gerichtssaal an. Endlich konnte Seth weitersprechen.
»Ich wußte über den Flug in dieser Nacht fast alles. Ich wußte genau, wann er begann und wann er endete. Ich wußte auch, wo er ein Ende hatte und warum. Aber ich habe mich in *einem* Punkt gründlich geirrt. Und das weiß ich erst seit fünf Minuten: Der Mann in der Pilotenkanzel war nicht Sam Barton!«
Als er das sagte, sah er Edward Stanton direkt in die Augen. Elena schrie leise auf und warf einen flehenden Blick zum Richter. Doch dieser beobachtete Seth fasziniert. Treadwell und Leffingwell berieten sich im Flüsterton, während Traeger und Farnsworth sichtlich beunruhigt herumrutschten. Von alledem merkte Seth nichts. Er konzentrierte sich ganz auf die Geschworenen.
»Meine Damen und Herren! Sam Barton ist also nicht in jener Nacht mit der X-215A abgestürzt. Trotzdem ist er tot. Für diesen Prozeß gegen ConSpace bedeutet das, daß ich die falsche Klägerin vertrete. Vertrete ich dagegen Mrs. Barton wegen des Todes ihres Mannes, dann sitzen hier die falschen Männer auf der Anklagebank. Es spricht nicht gerade für mein juristisches Können, daß ich es nicht geschafft habe, die passenden Leute zusammenzubringen.«
Wieder spürte Seth das unwiderstehliche Bedürfnis, laut aufzulachen, doch beim Anblick der ratlosen Gesichter verging ihm das schlagartig. Diese Leute hatten es verdient, ernst genommen zu werden. Verlegen trank er einen Schluck Wasser und meinte dann entschuldigend: »An manchen Tagen sollte man besser im Bett bleiben.«
Susan Wanger nickte verständnisvoll, und Sophie Byers kicherte. Edward Stanton wußte nicht mehr, was er denken sollte.
»Ich bin Ihnen noch eine Erklärung schuldig, meine Damen und Herren. Sam Barton starb auch in jener Nacht, aber nicht in den Trümmern des Flugzeugs. Er wurde kaltblütig ermordet, und zwar von seinem besten Freund ...«

»Euer Ehren!«
»... von seinem besten Freund, Major Christopher, im Auftrag von General Clement Farnsworth ...«
»Euer Ehren!«
»Farnsworth wiederum hatte die Anweisung erhalten, die Lage unter Kontrolle zu halten. Diese Anweisung kam von keinem Geringeren als einem Senator der Vereinigten Staaten von Amerika – von Senator Stanford Traeger!«
Im Gerichtssaal brodelte es. Die Reporter stürmten hinaus, wobei sie immer wieder zurücksahen, damit ihnen ja nichts entging. Richter Singers Hammer zersprang fast, fand aber keinen Respekt. Nur Seth sprach unbeirrt weiter. Als der Lärm allmählich verstummte, wurde deutlich, daß er eben aus einem Dokument eine Reihe von Verbrechen und Vergehen Senator Traegers vorlas.
Treadwell war über die bizarre Wendung, die der Prozeß genommen hatte, ebenso erstaunt wie alle anderen. Pflichtschuldig legte er zwar Einspruch ein, aber das klang nur halbherzig. Als Seth seine Anschuldigungen gegen den Senator vortrug, konnte sich Treadwell ein genüßliches Lächeln nicht verkneifen. Als erfahrener Geschäftsmann hatte er Gewinn und Verlust bereits abgeschätzt. Den insgesamt erfolgreichen Abschluß dieses Prozesses würde er heute abend mit seiner Gattin Charlotte feiern. Er würde eine Flasche ausgezeichneten Bordeaux öffnen und mit ihr als seiner einzigen Vertrauten dieses Ereignis delektieren. Mit einem Geniestreich hatte ihn dieser Lümmel aus Bakersfield nicht nur den Prozeß gewinnen lassen, sondern auch seinen Erzfeind Traeger öffentlich mehrerer Kapitalverbrechen bezichtigt! Voll Häme dachte Treadwell daran, wie ihn dieser Mann bei M & M übervorteilt und jahrelang erniedrigt hatte.
In knappen Zügen beschrieb Seth die betrügerischen Machenschaften der TDA-Gesellschaft, wobei er Traegers Geständnis mit eigenen Kommentaren versah. Erst dadurch wurde Trae-

gers Alter ego als »Pater« im Komplott mit Olmstead deutlich. Dann enthüllte er den eigentlichen Pakt mit dem Teufel, den Traeger mit Herbert Leffingwell geschlossen hatte. Denn Traeger hatte Leffingwell, den Leiter von ConSpace, dazu gebracht, das mangelhafte Bordsystem von TDA in die X-215A einbauen zu lassen.

Richter Singer mußte wieder zu seinem Hammer greifen.

»Euer Ehren!« rief Treadwell. »Für diese Behauptungen liegen keinerlei Beweise vor!«

»Trotzdem, Mr. Treadwell, hören wir uns jetzt seine Darstellung an!« erwiderte der Richter. »Sie haben den Prozeß gewonnen, und wir alle haben eine Erklärung verdient – selbst wenn sie von Mr. Cameron kommt. Sie können ja später dazu Stellung nehmen. Aber um eines möchte ich Sie bitten, Mr. Cameron: Beschränken Sie sich auf diesen Fall, und lassen Sie die anderen kriminellen Betätigungen zunächst beiseite. Das wird in einem Strafprozeß geklärt werden müssen.«

»Ja, Euer Ehren. Meine Damen und Herren! Ich werde Ihnen nun die Ereignisse jener Nacht schildern, soweit ich sie habe rekonstruieren können. Sicher kam es auch Ihnen unwahrscheinlich vor, daß Sam Barton angeblich um 23.30 Uhr den Offiziersclub verlassen, dann die Flugvorbereitungen durchlaufen und die Route zum Großteil abgeflogen haben soll, um schließlich um 1.20 Uhr morgens in Arizona zu verunglücken. So schnell geht das alles nicht. Aufgrund der Beweismittel, die uns hier vorgelegt wurden, liegt der Schluß nahe, daß zu dem Zeitpunkt, als Barton das Casino verließ, David Ames in den Trümmern der X-215A bereits zu Tode gekommen war.« Damit wandte sich Seth Treadwell zu und fuhr fort: »Ja, die Klagefrist ist eindeutig versäumt – auch wenn Barton im Cockpit verbrannt wäre.«

»Entschuldigen Sie die Unterbrechung, Mr. Cameron«, sagte Richter Singer. »Aber mir ist da noch etwas unklar. Es mag Ihnen ja wie ein unwichtiges Sandkorn in der Wüste erscheinen, über das Sie großzügig hinwegsehen. Aber ich würde doch gerne wissen, wie die Aussage der Lukens in Ihr neues Konzept paßt. Schließlich waren die beiden Ihre Zeugen. Und ich habe mein Urteil, daß die Frist nicht verjährt war, weitgehend auf deren Aussage gestützt.«

»Das war mir auch lange ein Rätsel, Euer Ehren. Aber ich nehme an, daß die Lukens ein großes Feuer gesehen haben, das später an der Unglücksstelle entzündet worden war. Dieses Feuer war notwendig, da die Leiche von Sam Barton ebenfalls verbrannt werden mußte, damit sie gegen die Leiche von David Ames ausgetauscht werden ...«

»Wie bitte?« riefen Treadwell und Richter Singer gleichzeitig.

»Na ja, das ist natürlich nur ein Verdacht, den ich noch nicht beweisen kann. Aber nur so läßt sich das plausibel erklären. Dazu muß man den Hintergrund kennen. In dieser Nacht ist also die dritte X-215A abgestürzt. Da das Stealth-Programm politisch umstritten war, hätte es großen Ärger geben können. Dazu kam, daß Barton mehrfach gedroht hatte, sich mit seiner Kritik an der X-215A an die Öffentlichkeit zu wenden – und er hätte das nach diesem neuen Absturz zweifellos auch getan. Und damit wäre das Stealth-Programm gestorben gewesen. Vor allem aber hätte Bartons Kritik Traegers und Farnsworth' Karriere beendet. Also mußte er sterben!«

Wieder herrschte im Zuschauerraum helle Aufregung. Reporter rannten zwischen Telefon und Gerichtssaal hin und her. Richter Singer hämmerte vergebens.

Und wieder brachte Seth alle zum Schweigen, indem er leise weitersprach: »Versetzen wir uns doch für einen Augenblick in die Rolle eines Kriminalkommissars. Wer hatte für den Mord an Barton ein *Motiv*? Senator Stanford Traeger! Traeger war bei der TDA-Aktiengesellschaft der Hauptaktionär. Außerdem war er Leiter des Unterausschusses der Luftwaffe, der über das Stealth-Programm entscheiden sollte. Hier konnte er die Genehmigung durchsetzen und somit sein Produkt unterbringen.

Jetzt kommt Farnsworth ins Spiel. Als Colonel leitete er das Testprogramm der X-215A, was ihm die Beförderung zum General einbrachte. Und da fällt nun dummerweise die dritte X-215A vom Himmel. Also mußte Sam Barton zum Schweigen gebracht werden, und zwar auf eine Weise, die keinen Verdacht erregen würde. Und damit komme ich zu Christopher. Auch er profitierte von Bartons Tod, denn als Ehemann stand Sam zwischen ihm und Elena. Tja – und kurz nach Bartons Tod wurde Christopher wundersamerweise vorzeitig befördert. Was für einen Grund gab es wohl dafür? Die meisten Offiziere hätten diesen Befehl von General Farnsworth verweigert. Sie hätten ihn als bizarr und monströs abgelehnt. Nicht aber Christopher, denn er sah darin die Chance zum Aufstieg.
Damit haben wir also den *Täter*! Im Grunde genommen konnten Traeger und Farnsworth über eine gut ausgebildete Killertruppe verfügen – und waren skrupellos genug, das auch zu tun.
Kommen wir jetzt zur *Tat* selbst. Wer hatte die Gelegenheit, den Mord zu begehen? Christopher hat Sam Barton bekanntlich als letzter lebend gesehen. Da liegt doch der Schluß nahe, daß er ihn auch ermordet hat. Wahrscheinlich wird er sich darauf hinausreden, daß er einen Befehl ausführen mußte. Wir kennen das ja von den Nürnberger Prozessen.« Seth musterte Christopher von oben bis unten. »Ich habe lange gebraucht, bis ich Ihnen auf die Spur gekommen bin. Aber es gibt einen eindeutigen Beweis dafür. Gerald Murphy wußte einiges über die Sache und war bereit, mit mir darüber zu reden. Deshalb wurde das Treffen in Las Vegas vereinbart. Nur Elena und ich wußten davon. Murphy hat garantiert niemanden eingeweiht, dazu hatte er zuviel Angst. Ich habe ebenfalls meinen Mund gehalten. Bleibt nur noch Ihr Bettgeflüster mit Elena.«
Zum erstenmal hörten die Geschworenen von Gerald Murphy und sahen einander verdutzt an. Doch Seth drehte sich zu Elena und meinte: »Erinnern Sie sich noch daran, Elena? Sie

erzählten mir doch, daß Sie Christopher über unser Treffen informiert hatten. Christopher schien darüber ›begeistert‹. Sie konnten allerdings nicht ahnen, daß Ihr leichtfertiges Gerede Gerald Murphy das Leben kostete ... Das war es im wesentlichen, meine Damen und Herren. Nein, die Geschichte ist nicht zum Lachen. Mir sind einfach die Nerven durchgegangen. Sehen Sie, ich habe plötzlich jede Menge Beweismaterial in der Hand. Wir haben hier einen korrupten Senator, einen skrupellosen General, eine verbrecherische Rüstungsfirma, einen verantwortungslosen Flugzeughersteller und ein paar Killer, die im Auftrag von Traeger und Farnsworth Menschen umlegen. Aber das nützt mir bei diesem Prozeß nichts, weil ich keine Handhabe gegen die Beklagten habe. ConSpace hat zwar eine defekte Maschine verkauft, aber in dieser Maschine ist nicht der Mann meiner Klägerin verstorben.«

Elena war unter ihrem Make-up aschfahl geworden. Ihre zitternden Hände waren ineinander verkrampft. Sie stand auf und wankte tränenüberströmt zum Ausgang. Von alledem hatte sie nichts gewußt. Seth konnte ihre Reaktion gut verstehen. Selbst Elena hatte ihre Grenzen.

Als Traeger ihr folgen wollte, führte ihn der Gerichtsdiener auf Wink des Richters zu seinem Platz zurück. Vorsichtshalber ermahnte Richter Singer auch Farnsworth und Christopher, sich nicht vom Platz zu rühren.

Simon Stephens war ebenfalls aufgestanden. Mit aufgerissenen Augen starrte er Seth ungläubig an. Dann schnaubte er verächtlich und verließ den Saal. Diesmal würde er nicht zurückkommen.

Anthony Treadwell nutzte die Pause, um Antrag auf Einstellung des Verfahrens zu stellen, worauf der Richter nur erwiderte: »Ich habe diese Farce bis jetzt ertragen und will wissen, wie es ausgeht. Ich werde rechtzeitig auf Ihren Antrag zurückkommen, Mr. Treadwell.«

Seth starrte gedankenverloren auf die Tür, durch die Stephens eben gegangen war. »Haben Sie dem noch etwas hinzuzufügen, Mr. Cameron?« fragte der Richter freundlich. Seth suchte Rosies Blick. Blaß und verschreckt saß sie da, aber in ihren Augen sah er, daß sie stolz auf ihn war. Er nickte ihr zu, denn auch er war erleichtert, bei der Wahrheit geblieben zu sein. Dann antwortete er dem Richter: »Das war es im wesentlichen, Euer Ehren. Aber ich bin noch nicht ganz fertig. Meine Damen und Herren! Dieser Prozeß sollte die Ehre eines Piloten rehabilitieren. Zumindest glaubte ich das am Anfang. Für mich persönlich bedeutete dieser Prozeß jedoch etwas ganz anderes. Ich wollte allen beweisen, daß ich ein guter Anwalt bin – ein Spitzenanwalt. Ich wollte beweisen, daß ich diesem arroganten Schnösel dort drüben die Hölle heiß machen und ihn öffentlich blamieren kann.«

Erschrocken hielt sich Rosie die Hand vor den Mund. Die Tränen, die ihr über die Wangen liefen, funkelten im kalten Licht des Gerichtssaals wie Diamanten.

»Das ist mir nicht gelungen! Aber der Fall ist noch nicht abgeschlossen. Denn Ihnen bleibt noch etwas zu tun. Wir könnten jetzt jammern, daß die Welt so schlecht ist. Aber wir haben etwas, das nach wie vor funktioniert. Und das ist unser Rechtswesen. Genauer gesagt: Ihr Rechtsempfinden, meine Damen und Herren. Sie können die Ehre der vier verunglückten Piloten wiederherstellen und den Makel aus ihren Akten tilgen. Leider mußten vier junge Männer sterben, bevor das marode TDA-Bordsystem endlich ausgetauscht wurde. Der letzte war Lieutenant Lee Andrews. Es waren tapfere, tüchtige Männer, die für ihr Vaterland starben, und sie verdienen die gleichen militärischen Ehren wie unsere Kriegshelden. Im Grunde genommen sind sie nämlich auch Opfer eines Krieges, von dem sie allerdings nichts wußten. Sie sind die Opfer von Habgier und Betrug. Als ConSpace das heillose Bündnis mit TDA auf Geheiß des Senators einging, nahm diese Firma billigend in Kauf, daß einige Piloten sterben würden. Aber wie können Sie diese Männer rehabilitieren? Nicht so einfach. Denn obwohl Elena Barton die korrupte Firma verklagt hat, kann sie sie nicht zur Rechenschaft ziehen, weil ihr Ehemann nicht in einer X-215A starb. Doch es gibt noch einen Nebenkläger. Ben Tucker ist zwar verstorben, aber seine Erben führen den Prozeß weiter. Und für die Nebenkläger besteht ein entscheidender Unterschied, ob Grant Wilburn den Absturz zu verantworten hat oder ein technischer Defekt zugrunde lag. Und darüber können Sie, meine Damen und Herren Geschworenen, jetzt entscheiden.

Wenn Sie entscheiden, daß es sich um einen technischen Defekt handelt, und Tuckers Anwesen eine angemessene Summe Schadenersatz zusprechen, ist das auch eine Warnung an die Regierung und alle Rüstungsfirmen. Die tapferen Männer, die ihr Leben für unser Vaterland einsetzen, haben es verdient, daß bei der Sicherheitsausrüstung nicht an lächerlichen 60 Dollar gespart wird. Zum Schluß sei Ihnen noch versichert, daß Sie sich nicht den Kopf darüber zerbrechen müssen, was mit Senator Traeger, General Farnsworth und Major Christopher geschehen soll. Das ist nicht Ihre Aufgabe. Das wird in anderen Prozessen – Strafprozessen – entschieden werden. Ich bedanke mich bei Ihnen.«

Erschöpft setzte sich Seth auf seinen Platz. Keiner rührte sich. Noch nie war es in einem Gerichtssaal so still gewesen.

Schließlich faßte sich der Richter und forderte Treadwell auf, sein Schlußplädoyer zu halten.

Treadwell stand auf und wies die Geschworenen nur knapp darauf hin, daß Elena Barton keinerlei Anspruch auf Schadenersatz habe, was Seth mit einem Kopfnicken bestätigte. Dann machte er darauf aufmerksam, daß der technische Defekt, von dem die Klägerpartei ausging, mit den vorgelegten Indizien nicht hinreichend nachgewiesen sei. Deshalb dürfe auch der Nebenkläger keinen Anspruch erheben. Damit war sein Plädoyer beendet.

Seth durfte dazu abschließend Stellung nehmen. Er gab seine Antwort im Sitzen: »An Tuckers Anwesen ist ein Schaden von 25 000 Dollar entstanden. Dazu kommt der Verlust an Mieteinnahmen, der sich auf 4500 Dollar beläuft. Wir haben das durch Expertengutachten bestätigt. Auch die Absturzursache haben unsere Experten nachweisen können. Selbstverständlich können wir in diesem Fall nur Indizienbeweise vorlegen. Es ist kaum zu erwarten, daß die hochdotierten Techniker von ConSpace freiwillig zugeben, daß sie Mist gebaut haben. Aber: Ein Indiz ist eine Sache. Ein Indiz ist kein Mensch, der Motive und Vorurteile hat. Ein Indiz kann nicht lügen und große Vorträge halten. Es ist nur da. Und in unserem Fall ist seine Aussage klar und deutlich: Wenn man es nur genügend Reibung aussetzt, wird jedes Material brüchig! Das ist ein Naturgesetz. Wenn Sie dazu noch Traegers Geständnis berücksichtigen, haben Sie Tuckers Fall!«

In der Zwischenzeit waren vier kräftige Männer in grauen Anzügen hereingekommen und hatten sich neben der Tür postiert – FBI-Agenten, die Richter Singer herbeordert hatte, um Traeger, Farnsworth und Christopher zu verhaften. Der Richter unterbrach nun die Verhandlung für die Nachmittagspause. Die beiden Anwälte bat er, während der Pause die abschließenden Arbeiten zu erledigen, damit der Prozeß in Kürze beendet werden könnte. Die Zuschauer mußten den Gerichtssaal räumen, und die FBI-Agenten schritten zur Tat.

Traeger protestierte lautstark und wollte sich nicht abführen lassen. Ihm mußten gewaltsam Handschellen angelegt werden. »Ich bin ein Senator der Vereinigten Staaten!« brüllte er empört. Als das nichts nützte, richtete er seine Wut auf Seth. »Du hinterhältiger Hund! Du gemeiner Verräter! Ich werde alles leugnen. Man kann mir nichts nachweisen. Und wenn ich das hinter mir habe, dann zahle ich es dir heim!«

Als der Senator an ihm vorbeigeführt wurde, hob Seth noch nicht einmal den Kopf, um ihn anzusehen.

Farnsworth verhielt sich disziplinierter. Er fügte sich offenbar in sein Schicksal. Doch als er an Seth vorbeikam, konnte auch er seine Wut nicht zurückhalten. »Warum?« schrie er ihn an. »Warum haben Sie das gemacht? Wir haben uns doch an die Abmachungen gehalten!«
»Cameron!« rief nun auch Christopher, der hinter Farnsworth stand und zornig an seinen Handschellen riß. »Sie sind total verrückt! Was soll denn das Ganze? Sie haben alles kaputtgemacht – auch für sich selbst! Warum?«
Eigentlich wollte Seth sie ignorieren und packte seine Unterlagen in die Tasche. Doch plötzlich drehte er sich zu ihnen um und sagte so leise, daß man es fast nicht hören konnte: »Ihr hättet meinen Hund nicht töten dürfen!«

• 58 •

ALS TREADWELL NACH der Pause den Antrag stellte, den Fall Barton einzustellen, gab der Richter dem ohne weiteres statt. Den Geschworenen blieb nun nur noch die Aufgabe, ihr Urteil über Tuckers Schadenersatzforderung zu fällen. Sie erhielten vom Richter die üblichen Instruktionen und zogen sich ins Beratungszimmer zurück. Bevor sich auch der Richter in sein Zimmer begab, bat er die beiden Anwälte, in wenigen Minuten zu ihm zu einer kurzen Besprechung zu kommen. Rosie, Allyn und Lev gingen zusammen hinaus auf den Flur.
Schließlich waren im Gerichtssaal nur noch Seth und Treadwell. Schweigend packten sie ihre Unterlagen zusammen. Endlich brach Treadwells sonore Stimme die bedrückende Stille.
»Cameron? Das habe ich nicht gewußt! Hoffentlich glauben Sie mir. Ich habe nur meine Aufgabe als Jurist gesehen. Für alles andere war ich blind.«
Das war Treadwells Versuch einer Entschuldigung, mehr war

von ihm nicht zu erwarten. Seth nickte, um zu zeigen, daß er diese Entschuldigung annahm.

»Der Richter möchte Sie jetzt sprechen«, verkündete der Gerichtsdiener.

Freundlich empfing sie Richter Singer in seinem Zimmer und forderte sie auf, Platz zu nehmen.

»So eine Verhandlung sieht man selten!« sagte er. »Und ich bin dankbar dafür, daß ich das noch erleben durfte.« Er ging um seinen Schreibtisch zu Treadwell und schüttelte ihm herzlich die Hand. »Gute Arbeit, Anthony! Aber sind wir beide nicht schon ein bißchen zu alt für solche Aufregungen?«

Dann nahm er Seth' Hand. »Sie haben die Hölle durchgemacht, junger Mann! Und es zahlt sich für Sie kaum aus. Deshalb möchte ich Ihnen wenigstens meine Anerkennung aussprechen. Ich bin jetzt seit achtunddreißig Jahren am Gericht. Aber ich habe noch nie einen Anwalt erlebt, der mit so viel Scharfsinn, Durchhaltevermögen, Kreativität und Mut einen Prozeß führte. Sie haben uns gezeigt, daß unser Berufsethos weiterlebt. Sie müssen eine ausgezeichnete Ausbildung haben! Soviel ich weiß, haben Sie fast ein Jahr lang bei Ihrem augenblicklichen Gegner Erfahrung sammeln dürfen.«

Seth lächelte. »Mein Vater war Gerichtsschreiber. Er liebte seinen Beruf. Und ich habe am meisten von ihm gelernt. Das einzige, was Joe Cameron und ›mein augenblicklicher Gegner‹ gemeinsam haben, ist die Tatsache, daß sie mich für einen Versager halten. Das hat mich angespornt.«

»Die beiden haben sich geirrt, mein Sohn!« sagte Richter Singer mit Tränen in den Augen. »Ich werde Ihre weitere Karriere mit großem Interesse verfolgen.«

Auch Seth' Augen füllten sich mit Tränen. Die Spannung ließ nach, und eine abgrundtiefe Müdigkeit überkam ihn.

Da öffnete der Gerichtsdiener die Tür. »Die Geschworenen sind fertig, Euer Ehren. Das Urteil steht fest. Sie haben noch nicht einmal einen Sprecher bestimmt.«

»Dann führen Sie sie wieder herein.« Der Richter zog seine Robe über. »Auf mich wartet bereits der nächste Fall. Hoffentlich geht es dabei nur um schwere Verstöße gegen das Kartellgesetz und Gefährdungen der nationalen Sicherheit ... Ich könnte zur Abwechslung mal etwas Einfaches brauchen.«

Sogar Treadwell mußte über den freundlichen Scherz lachen. Als die beiden Anwälte hinausgehen wollten, hielt Treadwell Seth die Tür auf. »Nach Ihnen, Mr. Cameron!«

Kurze Zeit mußten sie noch auf die Geschworenen warten. Endlich kamen sie, und Edward Stanton übergab dem Schreiber das Urteil. Wie erwartet bekam Elena keinen Pfennig. Doch die InterContinental Aerospace wurde für schuldig befunden, ein Flugzeug mit erheblichen Mängeln konzipiert und gebaut zu haben. Deshalb wurde den Erben Tuckers ausreichend Schadenersatz zugesprochen, so daß das Motel gründlich renoviert werden konnte. Zusätzlich sollten die entgangenen Mieteinnahmen ersetzt werden. Dem Urteil war noch ein Zusatz beigefügt. Falls das im Rahmen der Möglichkeiten lag, sollte die Luftwaffe der USA gerichtlich verpflichtet werden, aus den Akten der vier tödlich verunglückten Piloten den Makel ›menschliches Versagen‹ zu tilgen.

Die Zuschauer klatschten und johlten. Richter Singer bedankte sich bei den Geschworenen und verabschiedete sie.

Als Stanton an Seth vorbeiging, blieb er stehen, um ihm die Hand zu schütteln. Er beteuerte, wie sehr alle Geschworenen es bedauert hätten, daß sie Mrs. Barton keinen Schadenersatz hatten zusprechen dürfen. »Aber eines möchte ich Ihnen noch ganz persönlich sagen, mein Sohn.« Edward Stanton drückte Seth' Hand noch fester. »Wenn wir Ihren Mut bezahlen dürften, dann wären Sie jetzt Millionär!«

• 59 •

NACHDEM SICH ALLE Geschworenen freundlich von Richter Singer und Seth verabschiedet und den Saal verlassen hatten, nahm Anthony Treadwell seine Tasche, um ebenfalls zu gehen. Doch vorher kam er zu Seth und hielt ihm die Hand hin. »Mein Mandant ist mit dem Ausgang des Prozesses zufrieden, da er keinen nennenswerten Schadenersatz zahlen muß. Aber wir beide, Sie und ich, wissen, wer im Grunde den Prozeß gewonnen hat.«

Seth nahm Treadwells Hand und sagte mit einem müden Lächeln: »Ja – die vier Menschen, die nicht mehr für sich selbst haben eintreten können! Das sind die wahren Sieger.«

Befremdet wollte Treadwell etwas erwidern, aber da tauchte hinter ihm Herbert Leffingwell auf, und Treadwells Miene erstarrte. Der kurze Augenblick der Vertraulichkeit war vorbei.

»Sie haben eindrucksvoll gekämpft, junger Mann!« sagte Leffingwell. »Aber vor allem hat Ihre Beharrlichkeit und Ausdauer Anerkennung verdient. Ich wünsche Ihnen beim nächstenmal mehr Glück!«

»Das wird früher sein, als Sie denken, Mr. Leffingwell«, rief Allyn, die unbemerkt ans Geländer getreten war. »Und beim nächstenmal ist uns das Glück mit Sicherheit hold!«

»Entschuldigen Sie«, antwortete Leffingwell belustigt, »kenne ich Sie?«

»Nein, aber Sie werden mich bald kennenlernen!« sagte Allyn keck. »Ich heiße Allyn Friedlander. Hier haben Sie meine Karte. Ich vertrete Mrs. Lee Andrews im nächsten Prozeß gegen Sie. Mrs. Andrews ist die Witwe des vierten Piloten, der in einer X-215A zu Tode kam, bevor Sie das TDA-System austauschen ließen.«

»Wie bitte?« Leffingwell war der Spaß vergangen.

»Wie bitte?« fragte Seth ebenfalls verdutzt.

»Ich schlage Ihnen vor, daß Sie sich wieder in Mr. Treadwells

Obhut begeben, Sie werden seinen juristischen Beistand dringend benötigen.« Allyn sah Leffingwell triumphierend an. »Dieses Urteil ist nämlich rechtskräftig und für alle weiteren Fälle maßgeblich. Das heißt, die Geschworenen haben ConSpace für die Abstürze verantwortlich gemacht. Und damit ist die Absturzursache für weitere Prozesse nicht mehr Gegenstand der Verhandlung. Die Geschworenen im kommenden Prozeß der Witwe Andrews müssen mit ihrem Taschenrechner nur noch die Summe des Schadenersatzes ausrechnen. Dabei wird es um eine siebenstellige Zahl gehen, Mr. Leffingwell.«

Die drei Männer sahen Allyn fassungslos an. Dann grinste Seth. Treadwell schüttelte nur noch den Kopf. »Cowboy, Sie sind und bleiben ein gottverdammter Hund!«

»Das geht nicht auf mein Konto, Mr. Treadwell. Ich wußte noch nicht einmal, daß Mrs. Friedlander für Mrs. Andrews die Klage eingereicht hat. Warum haben Sie mir nichts davon gesagt, Allyn?«

»Ich weihe meine Hilfskräfte nicht in all meine geschäftlichen Aktivitäten ein.«

Lev, der sich bis jetzt im Hintergrund gehalten hatte, brach in schallendes Gelächter aus.

Seth grinste glücklich über das ganze Gesicht. Dann sah er Rosie, die schüchtern hinter Levs breitem Rücken hervortrat. Als sich ihre Blicke trafen, vergaßen beide die Hindernisse und Jahre, die sie trennten, und fühlten sich tief verbunden.

Seth holte aus seiner Tasche das Dokument mit Traegers Geständnis und reichte es Allyn. »Das schenke ich Ihnen. Damit wird Ihre Aktionärsklage gegen Olmstead ein Kinderspiel. Jetzt haben Sie zwei dicke Fälle, die selbst Sie nicht verlieren können.«

»Unglaublich, Seth! Das ist ja wie das große Los. Ich muß nur noch den Lottoschein einreichen, und dann kassiere ich Millionen!« Allyn fuhr nervös in ihren Locken herum, was die Frisur

nicht verbesserte. »Aber es ist Ihr Los!« entschied sie schließlich und gab ihm das Dokument zurück. »Im Grunde gehören auch die beiden Fälle Ihnen. Ich habe sie nur für Sie verwahrt. Jetzt geht es für Sie erst richtig los!«
Treadwell schob sich durch die Absperrung und murmelte: »Das Glück hilft den Narren!«
»Sie haben Ihr Geld verdient!« sagte Allyn. Dann fügte sie wehmütig hinzu: »Das ist die Eintrittskarte, die Sie sich so gewünscht haben – Sie können zurück in die Montgomery Street.«
Seth jedoch schüttelte den Kopf. »Was nützt mir die Eintrittskarte, wenn ich dort gar nicht mehr hin will. Außerdem hätte ich ohne Ihre und Levs Hilfe nichts erreicht! Ich habe Ihnen viel zurückzuzahlen.«
Verwundert sah ihn Rosie an. Wieder verstanden sie sich ohne Worte.
Allyn fiel Seth um den Hals und drückte ihn an sich. Dann brüllte sie Treadwell hinterher: »Sie werden bald von uns hören, Mr. Treadwell, von mir und meinem neuen Teilhaber, Mr. Cameron!«
»Wenn das eben ein Angebot war, Allyn, dann nehme ich es an«, meinte Seth ernst.
»So ist's brav!« Allyn war schon an der Tür, als sie sich noch einmal umdrehte. »Ach, übrigens, morgen haben Sie in Marin einen Scheidungsprozeß. Holen Sie sich doch später bitte die Akte im Büro ab.«
Nun wollte auch Lev Seth zum Abschied die Hand reichen. Aber Seth umarmte seinen Freund. »Wie kann ich mich bei dir revanchieren, Lev?«
»Zunächst kannst du mir meine Rechnung bezahlen. Scheck oder Bargeld – das ist mir egal. Hauptsache, der Geldtransfer ist legal!«
Alle vier lachten herzlich, dann ließen Allyn und Lev die beiden anderen allein. Seth griff über das Geländer nach Rosies Hand.

Schweigend sahen sie sich in die Augen. Die Nachmittagssonne warf lange Schatten durch das Fenster in den stillen, leeren Saal.

»Komm zu mir zurück, Rosie!«

Rosies Augen füllten sich mit Tränen. »Ich glaube, das kann ich nicht, Seth.«

»Warum nicht? Du spürst doch, daß ich mich verändert habe. Gib mir bitte eine Chance, damit ich es dir auch beweisen kann.«

»Du hast es vorhin schon bewiesen, Seth. Aber ich ...«

»Ich weiß! Immer habe ich mich über deine Träume lustig gemacht. Ich war völlig verbohrt. Ich wollte nicht wahrhaben, daß du diese besondere ... Gabe hast.«

»Jeder Mensch hat sie, Seth. Ich habe nur etwas mehr davon geerbt als die meisten.«

»Na ja, jedenfalls habe ich dich dazu gebracht, daß du dich selbst verleugnest. Vielleicht hatte ich tief in meinem Innersten Angst davor, daß du einen Rückhalt hast, während ich immer nur auf mich selbst angewiesen war.«

Rosie wischte sich eine Träne aus dem Auge und berührte dann zart Seth' Lippen. Seth küßte ihre Finger.

»Ich weiß, wie schwierig ich bin, Rosie. Aber selbst ein blindes Huhn findet manchmal ein Korn. Ich mache doch Fortschritte.«

»Das stimmt!«

»Dann komm zurück zu mir nach Mill Valley. Ich liebe dich, Rosie. Es ist noch nicht zu spät für uns.«

»Das vielleicht nicht, Seth – mein Geliebter!« Traurig lächelte sie ihn an. »Aber vielleicht ist es noch zu früh für mich!«

Seth schluckte. Ihm blieb nichts mehr zu sagen, denn in Rosies dunklen Augen las er die Wahrheit. Sie würde wieder nach Bakersfield gehen. Aber er las auch noch etwas anderes – etwas, das ihm Hoffnung machte. Oder spiegelten sich nur seine eigenen Wünsche in ihren Augen?

Nur in einem war er sich ganz sicher: Alles würde anders werden.

Knaur

JAMES CLAVELL

(1439)

(235)

(3004)

(60133)

(653)